KB137107

버지니아 울프

한국버지니아울프학회 총서 4

버지니아 울프 4

한국버지니아울프학회 편

도서출판 동인

총서 발간에 부쳐

『한국버지니아울프학회 총서』는 2010년 처음으로 발간되었다. 1999년 당시 서울대학교 영어영문학과 박희진 교수를 중심으로 국내 버지니아 울프 연구자들이 연구 모임을 결성했고, 이는 2003년 한국버지니아울프학회의 정식 발족으로 이어졌다. 이후 학회 구성원들은 독회 모임과 정기 학술대회 및 국내외 학술대회에 참가하고 다양한 학술지에 논문을 발표하며 학문적 유대를 쌓았다. 그 첫 번째 학문적 결실이 총서 제1권이다. 이후 2013년과 2016년에 각각 제2권, 제3권이 발간되었으며 이제 네 번째 총서가 빛을 보게 되었다.

지난 총서 발간 이후 8년의 세월이 흘렀다. 그동안 정기 독회와 정기 학술대회 및 한일 버지니아 울프 학회는 활발히 계속되었고 팬데믹 기간에도 새로운 교류의 플랫폼을 활용하여 학술적 교류를 이어갔다. 버지니아 울프를 전공한 신진 연구자들이 합류하면서 학회는 더욱 활기를 띠게 되었고 국내외 학술지에도 관련 논문들이 많이 발표되었다. 이번 총서에는 지난 총서 발간 이후 발표된 학회 회원들의 대표 논문 1편씩을 싣기로 하고 그 밖의 논문은 제목만 부록에 따로 수록하기로 하였다.

팬데믹이 휩쓸던 2020년 버지니아 울프는 다양한 맥락에서 빈번히 소환되었다. "댈러웨이 부인은 자신이 꽃을 사 오겠다고 말했다"라는 『댈러웨이 부인』 첫 문장의 패러디가 트위터(현 X)에서 유행처럼 번지는가 하면, 이듬해 뉴욕 타임스 서평에서는 포스트 팬데믹 삶을 살아가는 데 도움이 되어줄 작품의 하나로 버지니아 울프의 『등대로』를 꼽았다. 가족의 죽음과 세계 대전, 그리고 전쟁보다 더 많은 사람의 목숨을 앗아간 독감, 문명의 종말과 인류의 자멸을 예고하는 듯한 가부장제와 파시즘이 공모하는 가운데 삶다운 삶을 지켜내고자 한 울프의 사투 속에서 새삼 울프의 통찰과 지혜를 실감하게 되었기 때문일 것이다. 지난해 노벨 문학상 수상자인 아니 에르노는 버지니아 울프가 남성들이 지배하던 문학사에서 등대 같은 존재였다며, 그가 해냈으면 나도 해낼 수 있다는 자극과 힘을 주었다고 말한 바 있다.

버지니아 울프가 해냈으면 나도 해낼 수 있다는 말은 울프가 개인적으로, 역사적으로 감당했던 것들의 엄청난 무게와 이에 맞서는 그의 열정과 용기를 함축한다. 일반 독자에서부터 작가와 연구자에 이르기까지 버지니아 울프에 관한 대중과 학계의 관심은 여전히 뜨겁다. 세계 곳곳에서 벌어지고 있는 전쟁과 팬데믹, 그리고 기후 위기 앞에 선 우리에게 울프는 이미 잃어버린 것들과 앞으로 잃어버릴지도 모를 것들에 대한 날카로운 상실의 감각과 더 나은 삶을 향한 상상력을 동시에 일깨운다. 이러한 맥락에서 이 총서가 작지만 유의미한 기여를 할 수 있기를, 그리고 앞으로 더욱 활발한 연구의 밑거름이 되기를 기대한다.

한국버지니아울프학회가 걸어온 날들과 걸어갈 날들의 한가운데 등대처럼 우뚝 서 계신 박희진 선생님께 감사드린다. 그리고 총서 발간을 흔쾌히 맡아주신 도서출판 동인 이성모 사장님과 학회에 지속적인 관심과 지원을 보내주시는 일곡문화재단 최재선 이사장님, 총서 발간을 위해 애쓰신 김승현 편집이사님을 비롯한 학회의 여러 회원께도 감사의 말씀을 전한다.

2024년 2월

한국버지니아울프학회 회장 손영주

| 차례 |

출항

The Voyage Out

손영주

•

"레이첼은 방에 앉아 전혀 아무것도 하고 있지 않았다":
버지니아 울프의 『출항』이 탐색하는 '무위'(idleness)와 여성의 성장의 문제

최석영

•

실패하는 빌둥의 윤리:
『출항』 속 윤리적 주체로서 레이첼의 수동성 다시 읽기

“레이첼은 방에 앉아 전혀 아무것도 하고 있지 않았다”: 버지니아 울프의 『출항』이 탐색하는 ‘무위’(idleness)와 여성의 성장의 문제*

ㅣ 손영주

> This soul, or life within us, by no means agrees with the life outside us. If one has the courage to ask her what she thinks, she is always saying the very opposite to what other people say. (Woolf, “Montaigne,” *The Common Reader* 59-60)

---

* 이 논문은 2015년도 서울대학교 ‘인문·사회 계열 학문 전공교수 해외연수 지원 사업’의 후원을 받아 수행된 연구결과물이며, 원래 2016년 한일국제학술대회에서 발표했던 발표문 “The Culture of Work and Idleness: Rethinking *Bildung* in Virginia Woolf's *The Voyage Out*”을 수정·보완한 것임.

I. 들어가며

버지니아 울프(Virginia Woolf)의 첫 장편 소설 『출항』의 주인공 레이첼(Rachel Vinrace)은 눈에 띄게 '아무것도 하지 않'는 듯하다. 그녀는 일찍이 어머니를 여의고, 적당히 사교계의 안주인으로 기르려는 무역가 아버지의 뜻에 따라 받은 가정교육이 전부인 스물넷의 여성으로, 독학으로 익힌 수준급의 피아노 연주 실력을 제외하고는 별로 내세울 것도, 딱히 어떤 일을 하고 싶은 의욕이나 계획도 없어 보인다. 반면 그녀의 주변 인물들은 강박적이리만큼 근면성과 각자의 일을 중시한다. 휴양차 여행하는 와중이면서도 신사들은 "칭찬받을 만한 근면성"(17)으로 책을 써내는 지인들 소식을 나누고, 자신의 "근면의 표지"를 전시하고 흡족해한다(172). 레이첼의 고모인 헬렌(Helen Ambrose)은 철학책을 읽어가며 자수를 놓고, 레이첼 또래의 이블린(Evelyn)은 남자들처럼 "정말로 위대한 일"(249)을 하겠다는 의욕에 차 분주하며, 영문학 선생인 중년의 미스 앨런(Miss Allan)은 한창 담소를 나누다가도 하던 "일"을 하러 가기 위해 줄곧 손목시계를 들여다본다(115). 이들이 보기에 레이첼은 하는 일 없이 빈둥거리기만 한다. "행동하는 여성"(23)인 헬렌은 가끔씩 레이첼의 방문을 열어 보지만 레이첼은 예상대로 "방 안에 앉아 전혀 아무것도 하고 있지 않"(33)고 있다. 후에 레이첼과 결혼을 약속하는 테렌스 휴잇(Terence Hewet)이 가장 먼저 떠올리는 그녀의 모습은 "소파에 누워 천장을 바라보고 있"는 것이며, 미스 앨런 역시 레이첼이 "할 일이 없어 서성이고 있다"(253)고 생각하고 방에 불러 이야기를 나눈다. 이블린도 레이첼이 하릴없이 빈둥거린다고 생각하고 우리도 남자들처럼 "무언가를 해야 한다"고 다그친다(248). 레이첼의 주변 인물들은 저마다 그녀가 하는 일 없이 빈둥거린다고 단정하고 그녀의 성장과 교육에 다양한 방식으로 관심을 기울이고 개입하지만 레이첼은 눈에 띄는 성장이나 변화 없이, 딱히 원한 적도 없던 결혼을 앞두고 원인 모를 병에 걸려 브라질 산타 마리아에서 숨을 거둔다.

본고에서 논의하는 '무위'(idleness)는 레이첼이 '아무것도 하고 있지 않았다'는 서술을 축자적으로 옮긴 것이다. 사실 작품 속에서는 형용사인 'idle'이 신사계급의 여가와 관련하여 등장하지만,1) 앞서 지적했듯 이들은 자신들의 '한가함'을 의식적, 혹은 무의식적으로 억압하거나 은폐하고 오히려 쉼 없는 지적 노동과 근면성을 과시한다. 이들의 관점에서 보면 레이첼의 'idleness'는 '나태'나 '게으름'에 가깝겠지만, 좀 더 중립적인 어감의 '무위'로 옮기는 것이 적절하다. 왜냐하면 이 작품은 레이첼의 무위를 나태와 동일시하는 근면의 이데올로기의 맹점과 허위를 드러내고, '아무것도 하지 않는다'는 것의 의미를 근본적으로 재고하기 때문이다. 이러한 맥락에서 『출항』은 로버트 루이스 스티븐슨(Robert Louise Stevenson)의 「빈둥거리는 자들을 위한 변명」("An Apology for Idlers" 1899)이나 버트란드 러셀(Bertrand Russell)의 「빈둥거림 예찬」("In Praise of Idleness" 1932), 또는 조지 오웰(George Orwell)이 "거지들은 왜 경멸당하는가?"(404)를 물으며 개진하는 근면의 이데올로기 비판과 궤를 같이한다. 특히 "소위 빈둥거림이란 . . . 아무것도 하지 않는 것이 아니라 지배 계급의 독단적인 규정들 속에서는 인지되지 않는 많은 일들을 하는 것"이므로 "근면"과 대등한 위치를 가질 권리가 있다(1)는 스티븐슨의 지적은 무언가를 '하는 것'과 '하지 않는 것'의 구분 자체가 특정 계급적 이데올로기와 밀접함을 환기한다는 점에서, 레이첼이 과연 무엇을 하고 무엇을

---

1) 'idle'이라는 단어는 클라리사 댈러웨이(Clarissa Dalloway)가 남편 리차드(Richard Dalloway)와 레이첼에게 읽어주는 오스틴(Jane Austen)의 『설득』(*Persuasion*)의 한 구절에서, 등장인물 월터 경(Sir Walter)이 "한가한"(idle) 시간에 세상 시름을 달래려고 책을 즐겨 읽는다는 대목에서 등장한다(64). 클라리사 역시 남편이 공적 업무를 잊고 쉬길 바라는 마음에 이 책을 읽어주며 리차드는 이를 들으며 잠이 든다.

하지 않는 것인가를 묻는 『출항』의 문제의식과 상통한다. 그러나 『출항』은 여기서 한 걸음 더 나아가, 여성의 '무위'를 중심으로 기존의 성장과 교육 담론의 이데올로기를 비판하고 새로운 성장의 가능성을 탐색한다는 점에서 특히 주목할 만하다.[2)]

비평가 그레고리 캐슬(Gregory Castle)이 지적하듯이, 18세기 계몽주의적 교양소설의 미학적·정신적 빌둥(Bildung)은 19세기를 거치면서 "일과 직업을 강조"하는, 사회적으로 실용적인 빌둥으로 변모했다(*Reading the Modernist Bildungsroman* 19). 근면은 개인의 성장과 자아실현의 근간으로 간주되었고, 나태와 무위는 어떤 계급 또는 젠더와 연관되느냐에 따라 그 함의가 조금씩 달랐지만 대체로 배격되거나 위험한 것으로 간주되었다. 교양소설의 원형이라 할 괴테의 『빌헬름 마이스터의 수업시대』를 영국에 최초로 번역, 소개한 토마스 카알라일(Thomas Carlyle)[3)]의, "인류의 불행과 악의 9할은 무위에서 온다"는 단언은 그 단적인 예이다(45). 이처럼 근면이 개인의 성장과 자기실현을 위한 중요한 자질로 간주되었던 시대에, 그렇다면 아무것도 하(려고 하)

---

2) '일'이나 '노동' 개념에 비해 '무위'에 관한 이론적 논의는 상대적으로 적었으나 근래 들어 다양한 맥락에서 논의되어왔다. 예컨대 벤야민(Walter Benjamin)은 'idleness'를 프로테스탄트-부르주아의 근면의 윤리에 대한 저항의 형태로서의 '일하지 않음'(not-work) 혹은 "일 반대"(anti-work), 또는 맑시스트적 의미에서의 "소외되지 않은 노동을 예고하는" 형태의 일로 설명한다(Buse 149). 본고가 주목하는 레이첼의 '무위'는 벤야민의 무위(idleness)와 통하는 점이 있기는 하지만 전면적이고 의식적인 '일 거부'와는 다르며, 일체의 인위적인 행위를 하지 않음을 뜻하는 노자의 '무위'와도 통하는 면이 없지는 않으나 본고에서 말하는 '무위'가 이를 염두에 둔 것은 아니다.

3) 카알라일은 후기 빅토리아조의 대표적 역사가이자 문필가로 울프의 에세이나 소설 속에서 종종 등장하거나 언급된다. 특히 울프의 에세이 「위대한 남자들의 집」("Great Men's Houses")은 카알라일의 집을 그의 아내와 하인들의 고된 노동으로 유지되는 "전쟁터"(25)에 비유하며, 문필가로서의 그의 위대한 성취는 바로 이들의 희생으로 인해 가능함을 폭로함으로써, 남성들의 성취를 온전히 자신들의 근면의 덕으로 돌리는 카알라일 식의 근면의 담론을 비판한다.

지 않는 레이첼의 실패는 처음부터 노정되었던 것일까? 당대의 지배담론에 예민했던 작가가 이토록 무언가를 '하거나' 무언가가 '되'는 데 관심이 없는 인물을 성장소설의 — 그 장르적 관습을 그대로 답습하려 한 것은 물론 아닐지라도 — 주인공으로 내세운 이유는 무엇일까? 더구나 레이첼의 무위를 공리주의적이고 실용적인 노동에 대한 저항으로 보기에는 작품 속에 그러한 노동의 형태가 거의 드러나지 않고 레이첼도 경험한 바가 없으며, 공적 영역에서의 여성의 소외를 비판한다고 보기에는 애초에 레이첼이 이블린과 같은 문제의식이나 열망을 보이지도 않는다는 점에서, 레이첼의 성장 실패에는 그녀의 개인적 결함이 한몫했다는 지적을 면하기 어려울 수도 있다.

실제로 비평가들은 레이첼의 성장 실패를 계몽주의적 빌둥 개념에 배태된 가부장제, 계몽주의 혹은 부르주아 자본주의 이데올로기에 대한 페미니스트-모더니스트적 비판 내지는 저항으로 평가하면서도, 레이첼 자체는 소극적이고 수동적이며 무기력하다는 데 대체로 동의해왔다. 루이스 드살보(Louise DeSalvo)를 필두로, 이러한 입장의 비평가들은 주로 1908년부터 1913년까지 수차례에 걸쳐 이루어진 『출항』의 개고 과정에서 드러난 레이첼의 변화에 주목한다. 처음에는 지적이고 자신의 의견도 비교적 분명하게 피력했던 레이첼이 개고를 거듭할수록 점점 더 소극적이고 위축된 모습으로 변모하는데, 이는 여성 작가로서 울프가 느끼는 심리적, 사회적, 문화적 압박과 억압이 점점 심해졌음을 반증한다는 것이다.[4] 한편 제드 에스티(Jed Esty)는 『출항』이

4) 수잔 스탠포드 프리드만(Susan Stanford Friedman) 역시 레이첼이 주변의 중상류계급 남성과 달리 "세상에서 동떨어진, 교육받지 못한" 여성으로서(115), "자신의 욕망을 말하는 법이 없고" 침묵한다고 지적한다(113). 이와 유사하게 크리스틴 프룰라(Christine Froula)도 창의적인 여성 주체의 성장을 가로막는 가부장제에 대한 『출항』의 비판을 주로 레이첼의 침묵과 죽음의 상징적 의미에서 찾는다. 수잔 래잇(Suzanne Raitt) 역시 레이첼이 작가의 위축된 자신감을 투영한 인물로서, 정체성도 몸도 성숙되지 못한다고 주장한다(37).

전시대의 성장소설이 제시하는 가부장적 사회화 과정을 비판하고 나아가 이를 "저지하려는 시도"라고 보는데(129), 이는 바로 "지성이 덜 발달한"[5] 레이첼의 "고질적인 수동성"이 전통적인 성장 플롯을 교란하는 "무기능"(a null function)을 수행함으로써 가능하다고 주장한다(129). 에스티에게 레이첼은 "침착성"(134)과 "자기 이해"(136)가 결여된 인물이며, 자신의 자아 소멸(self-dissolution)을 해석하지도, 표현하지도 못한다(138). 에스티는 레이첼의 실패가 가부장적 사회화 과정에 기반한 성장 플롯을 교란하고 거부한다는 점에서 유의미하다는 입장이지만, 그가 제시하는 레이첼은 결국 자기 인식이 부족하고 수동적인, 따라서 자신도 모르게 거둔 실패의 역설적 성과로부터 소외되어 있는 인물이다. 한편 패트리샤 온덱 로렌스(Patricia Ondek Laurence)는, 레이첼의 침묵과 꿈, 그리고 원인 미상의 열병과 환각에 주목하여, 여성의 아픈 몸과 히스테리아는 성적 욕구와 일을 통한 자아실현 욕구가 차단된 여성들이 자신들에게 가해진 문화적 억압을 드러내는 동시에, 가부장적 언어와는 다른 언어를 통한 저항을 수행한다고 본다. 로렌스는 레이첼의 침묵과 죽음을 적극적인 저항의 기제로 보기는 하지만, 여전히 그녀의 저항을 침묵과 비자발적, 무의식의 영역에 둔다는 점에서 에스티의 관점과 크게

---

5) 에스티는 영국 모더니스트 소설의 성장소설의 전형적인 주인공으로 "지성이 덜 발달한"(preintellectual)한 레이첼과 함께, 제임스 조이스(James Joyce)의 『젊은 예술가의 초상』(*A Portrait of the Artist as a Young Man*) 속 "지성이 과도한"(hyperintellectual) 스티븐 디덜러스(Stephen Dedalus)를 꼽는다(129). 즉, 영국 모더니스트 성장소설은 주인공들의 성장을 저지시킴으로써, 국가의 축소판으로서의 개인-남성을 전제하고 그러한 개인-남성의 성장이 국가의 성장에 통합되는 과정을 그리는 전시대 성장소설의 목적론적 진보의 이데올로기와 가부장적·제국주의적 이데올로기를 비판한다는 것이다. 에스티의 논의는 모더니즘 소설을 성장소설의 관점에서 새롭게 조명한다는 점에서 의의가 있으나 다소 형식주의적인 분석에 치우쳐 작품 속 등장인물들을 지나치게 수동적이고 무력한 존재로 몰아감으로써 개별 작품 분석의 설득력이 약화되는 문제점이 있다.

다르지 않다.

레이첼에 대한 이러한 시각은, 무엇보다— 그녀에 대한 작중 인물들의 관점을 무비판적으로 수용함으로써 이러한 관점에 대한 작품의 비판적 시선을 놓친다는 데 문제가 있다. 근면이 개인과 인류의 발전의 근간이라 믿는 레이첼의 주변 인물들은 하나 같이 그녀가 아무것도 하는 일이 없다고 단정할 뿐 아니라 그녀가 여러모로 미숙하고 지적으로 열등하며 소극적이라고 생각한다.6) 헬렌은 레이첼이 "틀린 말을 쓰는 경향"이 있고 "나이에 비해 평균이하로 무능"하며 매사에 "갈팡질팡하고 감정적"(20)이라고 단정 짓는다. 레이첼을 사리분별력 있는 사람이 되도록 가르치겠다는 결심도 이러한 판단에 근거한다. 레이첼의 말에 대한 이블린의 반응 역시 시사적이다. 이블린은 어느 날 레이첼의 방에 찾아가 "살짝 빈정거리는 미소를 지으며" "우린 아무것도 *하는* 일이 없어요. 당신은 뭘 *하나요?*"(248 원문 강조)라며 레이첼의 나태를 꼬집는다. 이에 레이첼이 "난 [피아노를] 연주해요"(I play)라고 답하자 이블린은 즉각 'play'의 이중적 의미, 즉 '연주하다'와 '역할을 하다' 가운데 후자를 취해, "우리들은 [주어진 여성의] 역할밖에 안 하죠. 그렇기 때문에 당신이나 나보다 스무 배나 가치 있는 릴라 해리슨 같은 여성들이 열심히 일해야만 하는 거라고요. 그렇지만 난 [그런 역할에] 지쳤어요. . . . 난 무언가를 할 거예요"(248)라고 말함으로써 레이첼의 대답을 왜곡하여 결국 레이첼은 아무것도 하는 것이 없으며 그녀의 연주는 수동적인 여성역할에 지나지 않음을 암시한다. 레이첼은 사실 남들에게 제멋대로 해석될 "의향이 전혀 없"고(79) 마음대

6) 레이첼이 입을 열 때마다 루시 고모는 "헛소리"(36)라고 일축하며 헬렌은 레이첼의 언어가 틀렸다는 점을 주지시키려 애쓴다. 아버지를 포함한 남성들의 노골적인 우월감과 여성에 대한 빈번한 멸시는 말할 것도 없고, 레이첼의 무지를 겨냥한 허스트의 노골적인 언사(155)만큼이나 혹은 더 큰 상처를 주는 것은 그런 분위기에 동조하는 헬렌의 비웃음(145)이다.

로 "규정되기"를 거부(215)하는데도, 이블린은 "그녀[레이첼]의 얼굴 뒤에 어떤 종류의 인물이 숨어있는 것인지 읽으려고 시도하는 것처럼 그녀의 얼굴을 샅샅이 살펴본"다(249). 그러고는 "당신은 진짜로 존재하나요?. . . 무언가 *믿는* 것이 있나요?"라고 물으며, 레이첼의 존재 의미와 신념에 관해 무례한 의구심을 던진다(249 원문 강조). 이블린이 보기에 하는 일 없이 약혼만 앞둔 레이첼은, 남자들처럼 "정말로 위대한 일"을 해보려는 자신과 달리 눈동자가 "너무 멍한" 한심한 여성(260)에 지나지 않는다. 『출항』이 결국은 레이첼의 교육과 성장 실패의 이야기라면, 레이첼의 실패는 작품 속에 이미, 그녀의 주변 사람들의 목소리를 통해 제시되어 있는 셈이다.

그러나 『출항』은 레이첼의 성장과 교육의 문제를 그녀의 인간적 결함과 여성의 공적 영역으로부터의 소외, 즉 "강요된 무위"(Pease 103)의 접점에서 찾는 것이 아니라, 보다 근본적인 문제, 즉 이 시기 노동과 무위, 그리고 자기실현에 관한 지배담론의 이중성과 모순에서 찾는다. 작품 속 인물들은 레이첼의 무위를 기정사실화하면서도 은밀하게 관리하고 통제하며, 이와 더불어 그녀의 생각과 언어, 그리고 자아 형성과 성숙의 가능성을 일정한 방식으로 재단한다. 아래에서 살펴볼 바와 같이, 레이첼을 이성적 사고와 언어를 통한 자기표현 능력이 부족하며, 성숙한 사회적 자아를 형성하려는 주체성도 부족한 인물로 인식하는 데는 노동과 무위의 이분법 속에서 작동하는 성적, 계급적 이데올로기가 작동하고 있다. 이처럼 레이첼의 무위를 잘못 읽는 방식을 폭로한다는 점에서 『출항』은 레이첼뿐 아니라 그녀의 멘토들에 관한 이야기이기도 하다. 바꾸어 말해, 기존의 성장서사에 대한 이 작품의 비판은 레이첼의 실패와 죽음을 통해서라기보다, 그녀의 멘토라 자처하는 중상류층 인물들이 일과 교육, 그리고 성장에 대해 갖고 있는 사고방식과 태도의 문제점을 파헤치는 지점에서 작동한다. 요컨대 본고는 『출항』이 레이첼의 교육과 성숙의 문제가 '무위'와 '일'을 둘러싼 당시 서구 근대 자아형성과 성장의 이데올로기와 뒤얽혀 있음을 폭로하고 있으며, 레이첼의 무위를 다시 읽음으로써 새로운 성장의 유형을 모색하고 있음을 밝히고자 한다.

II. 근면의 수사의 이중성

프랑코 모레띠(Franco Moretti)는 "부르주아 일 문화"(66)를 논하면서, 로빈슨 크루소 이후 중상류계급 남성들은 자신의 명예와 부를 정당화하기 위해 근면의 미덕을 내세웠다고 지적한다. 예컨대 로빈슨 크루소가 독자를 향해 자신의 경제적 번영은 "내가 결코 나태하지 않았음을 입증할 것"이라고 자랑스레 말하는 대목은, 크루소가 자신의 부가 플랜테이션 노예에 기반했음을 은폐하고 자신이 홀로 수행한 노동에 의한 것이었음을 강변하는 장면이며, "일이 사회적 권력을 정당화하는 새로운 원칙이 되었음"(30)을 보여준다는 것이다. 빅토리아조를 거치면서 근면의 이데올로기는 계급과 젠더에 따른 위계적 노동 분화를 더욱 안 보이게 감추며 공고히 하는 방향으로 진화하지만, 『출항』의 첫 장면은 근면의 약속이 빠르게 그 신뢰를 잃어가고 있음을 드러낸다. 『출항』의 첫 대목은 다음과 같이 시작된다.

> 스트랜드가에서 임뱅크먼드로 이어지는 거리들은 매우 비좁기 때문에 팔짱을 끼고 걷지 않는 편이 낫다. 만을 그렇게 걷기를 고집한다면 변호사 사무실 직원들은 진창으로 뛰어들지 않을 수 없고 젊은 여성 타이피스트들은 당신 뒤에서 안달해야만 할 것이다.

> As the streets that lead from the Strand to the Embankment are very narrow, it is better not to walk down them arm-in-arm. If you persist, lawyers' clerks will have to make flying leaps into the mud; young lady typists will have to fidget behind you.

이렇게 바쁜 도시 근로자들로 붐비는 비좁은 거리를 헬렌은 남편 리들리(Riddley Ambrose)의 팔짱을 끼고 걸으며 가난한 도시 노동자들이 던지는 "성난 눈길"과 "적대적인 시선"(9)을 의식한다. "그녀[헬렌]는 자신 곁을 지나가는 사람들을 *어떻게 읽어야 하는지* 알고 있었다. 이 시간에 서로의 집을 오가고 있는 부자들, 사무실로 빠르게 직진 중인 완고하고 편견 가득한 근로자들, 행복하지 않아 당연히 악의에 찬 가난한 사람들이었다"(11 강조는 필자). 이처럼 『출항』은 아무리 부지런해도 가난하기만 한 도시 근로자들의 현실과, 이들의 "불행"과 "편견," 그리고 "악의"를 기정사실화하는 헬렌 자신의 편견과 계급적 자의식을 동시에 드러내면서 시작된다.[7] 리들리 부부는 이러한 런던을 뒤로하고 남미로 가는 배에 승선하며, 그들이 탄 배는 근면의 미덕을 자신들의 사회적 지위와 인격의 보증이나 되는 듯 내세우는 중상류층들로 북적인다. 바쁘지만 가난하기만 한 도시 근로자들의 모습을 상기하면, 이들이

---

7) 이 장면을 드물게 비교적 상세히 분석하는 앨리슨 피쓰(Allison Pease)는, 런던이 "아름다움은 주목받지 못해도 독특함은 기어이 처벌을 받고 마는 곳"(9)으로 묘사된다는 점에 주목한다. 이 대목은 개성 있는 "개인"을 용인하지 않는 "사회적 기계"와도 같은 런던, 즉 "사회적 유형"들이 "사회적 계급"간 갈등 속에 살아가는 공간임을 드러낸다는 것이다(107). 이 대목에 계급적 갈등이 드러나는 것은 사실이지만 필자가 보기에 리들리 부부에 대한 도시 근로자들의 반감이 그들의 개성 때문이라고만 보기는 어렵다. 피쓰의 주장은 무엇보다 이 작품의 서술 시점이 일관되게 중립적인 전지적 시점이라기보다는 여러 등장인물들의 관점을 오가는 자유간접화법에 가깝다는 점, 이를 통해 등장인물이 포착하는 현실뿐 아니라 그 인물이 현실을 바라보는 방식, 즉 그들의 일정한 편견이나 이데올로기를 함께 드러낸다는 점을 간과한다.

내세우는 근면이 결코 모두에게 사회적, 경제적 성취를 보장하지 않는 현실 속에서 한층 기만적으로 보이게 된다.

노동과 근면성이 약속하는 자기 발전이라는 계몽주의의 신화는 근대 자본주의의 발전과 더불어 빠르게 보편성을 상실해 갔다. 교양 교육을 통한 개인의 발전과 성숙이라는 이상은 중하류 계급과 여성에게 자아실현의 방법과 가능성을 제시했지만 실제 현실은 그것이 가져올 사회적 계급 상승을 경계하고 가로막았다. 따라서 학자 리들리의 공부는 존경받지만 선상 승무원 그라이스 씨(Mr. Grice)의 교양과 학식은 "광신자"의 것으로 조롱받으며, 미스 앨런의 학구열을 가리켜 엘리엇 부인은 "그건 여자들이 원하는 게 아니"라고 단언하는 것이다(115). 중상류계급 남성들이 말하는 일과 근면이 성별과 계급에 따라 상이한 의미와 가치를 갖는 것도 이러한 맥락에서 이해될 수 있다. 즉, 지적 욕구와 활동은 중상류계급 남성의 전유물이며, 이들에게 교양 공부나 다양한 취미는 부단한 자아 확장의 조건이자 지표이고 공적 업무는 그들의 존재가치의 근거인 반면, 여성과 하층계급이 부지런히 힘써야 할 것은 이들의 활동이 제대로 수행될 수 있게 하는 '의무'를 다하는 일이다. 러셀이 지적하듯, "의무라는 개념은, 역사적으로 말해, 권력자들이 다른 사람들로 하여금 자기 자신보다 주인의 이익을 위해 살도록 유인하기 위해 사용한 수단"이었으며(5), 이러한 맥락에서 휴양 중에도 핀다르(Pindar)의 송시(odes)를 번역, 편집하는 데 몰두하고 있는 리들리의 방에 대한 묘사는 여러모로 시사적이다. 별장에 마련된 그의 방은 그 방만의 "독특한 개성"을 갖고 있어, "언제나 닫혀 있었고 음악소리나 웃음소리가 새어 나오는 법이 없"다(170). 그 방 앞을 지나가는 사람들은, 무언가가 그 방 안에서 진행되고 있음을 막연하게 의식하며, 정해진 시각에 맞추어 "소소한 의무들"을 조용히 이행함으로써 그의 "학자의 삶"(170)이 지속되도록 한다.

「빈둥거리는 자들을 위한 변명」에서 스티븐슨은 관습적으로 "바쁨"에 집착하는 인간들은 삶에 대한 진정한 "호기심"이 부족하고 "활기"가 없다고 비판하면서, "이런 자들을 시골로 데려가거나 배에 태워보라. 그러면 그들이 자기 책상이나 공부를 어찌나 갈망하는지 보게 될 것"이라고 말한다(7). 휴양 중이면서도 '일'을 놓지 못하는 리들리가 바로 이러한 사례이다. 그의 꽉 닫힌 방은 그의 지적 활동이 하층계급의 노동에 의존하고 있으면서도 역설적으로 현실과 유리되어 있음을 암시할 뿐 아니라 그의 삶 자체가 고립되어 있음을 시사한다. 그의 서재와 그 바깥은 그 어떤 소음도, 감정도 공유하지 않는다. "불행히도 나이와 학식, 그리고 성별은 각각 인간들 사이에 장벽을 하나씩 놓기에" "자신의 서재에 있는 앰브로우즈 씨는 가장 가까운 인간, 즉 이 집에서는 불가피하게 여성일 수밖에 없는 그 사람[헬렌]으로부터 수천 마일이나 떨어져 있었다"(170). 레이첼이 책을 빌리러 찾아오자 리들리는 하릴없이 노닥거리는 작자들을 비난하며 그녀의 나태를 함께 묶어 나무란다. 그러고는 "한숨을 쉬더니 주변에 널려있는 근면의 흔적을 가리켰다. 그의 한숨에도 불구하고 그 흔적들에 그의 얼굴에 흡족함이 너무 가득해져서 그의 조카는 방을 나가는 게 좋겠다는 생각이 들었다"(172). 레이첼의 시선을 통해 리들리의 이기적이고 자기탐닉적이며 폐쇄적인 근면성이 희화화되는 것이다.

레이첼이 선상에서 만나는 전직 의원 리차드 댈러웨이는 크루소 이후 가속화된 자본/제국주의 시대 속에서 한층 위선적이고 기만적인 정치적 수사로 자신의 노동의 가치를 과시하고 젠더와 계급에 따른 노동의 위계적 분화를 정당화하는 인물이다. 그는 세상에 대한 호기심에 찬 레이첼의 질문이 이어지자, 대답 대신 자신은 아내가 정치 얘기를 하도록 허락하지 않는다면서, 정치엔 무지하지만 "가정의 의무"를 다하는 아내 덕분에 자신이 "공적인 삶의 압박감"을 견디고 있다(65)는 엉뚱한 답을 내놓음으로써 레이첼에게 여성의 자리를 환기시키고 더 이상의 질문을 봉쇄한다. 그러고는 짐짓 겸허한 태도로, 세상에는 자신보다 “더 중요한 의무를 수행하는 사람들”이 많으며 자신은 그저 사회라는 “기계”의 부분들을 “연결하는” 일을 할 뿐이라고 덧붙인다(67). 기계의 부품처럼 각자 자신의 자리에서 주어진 의무를 다해야 하는 여성과 하층계급, 그리고 이러한 부품들을 연결하고 조작하는 자신의 역할 간의 철저한 분리와 위계를 레이첼에게 각인시키는 것이다.[8)]

노동과 근면에 관한 이중적인 수사는 계급과 젠더에 따라 ‘일하지 않는 것’에 대한 상이한 관점과도 맞물려있다. 신사들에게 일하지 않는 시간은 교양과 취미활동을 통한 경험의 확장을 가능케 하는 반면, 중하류계급이나 여성에게는 전적으로 무익하고 잠재적으로 위험할 수 있다는 관점이 그것이다. 빈둥거리는 노동자는 사회적으로 쓸모가 없을 뿐 아니라 도덕적, 성적 타락과 범죄로 이어질 수 있다는 시각(Kohlmann 199)은 여성의 무위에 대해서도 유사하게 작동한다. 가부장제는 여성에게 한편으로는 주체적인 자기실현의 근간이 될 수 있는 활동을 금하여 무위를 강요하면서, 다른 한편으로는 여성의 무위가 성적 방만이나 신경쇠약, 히스테리아, 혹은 우울증과 같은 병리적 현상을 가져올 수 있다는 이중성을 보인다.[9)] 그런데 여성의 무위와 히스테리아를 연관짓는 이러한 관점은 여성의 일할 권리를 주장하는 과정에서, 일과 자기실현에 관한 가부장적 전제를 되풀이할 우려도 있다. 가령 일레인 쇼왈

8) 남편의 계급적 속물주의를 똑같이 공유하는 클라리사 역시 마찬가지이다. 그녀는 가난한 사람들에 대한 걱정을 장식처럼 달고 지내면서도(96), 사람을 정말로 지치게 하는” 것은 그냥 “일”이 아니라 “책임”이기 때문에(43), 요리사가 하녀보다 돈을 더 받는 것이 당연하다고 말한다. 단순노동을 하는 하녀보다는 일의 ‘책임’을 져야 하는 요리사의 정신노동이 더 힘들기 때문에 이에 따른 보상이 필요하다는 것인데, 클라리사사 사실상 강조하는 것은 요리사와는 차원이 다른 ‘책임’을 지고 있는 남편의 노동의 가치이다.

9) 여성의 무위가 성적 방종이나 타락을 야기할 수 있다고 본 18세기 품행서 등에 관한 연구에 대해서는 특히 사라 조던(Sarah Jordan)의 논의 참고.

터(Elaine Showalter)는 19세기 미국의 의사 사일러스 미첼(Silas Weir Mitchell)이 무료한 중상류계급의 여성들이 주로 히스테리아를 일으킨다는 사실은 알았으나 여성도 남성들과 마찬가지로 아무 일도 못하도록 강제될 경우 건강한 삶을 영위할 수 없다는 것을 간과했다고 지적한다(299). 이러한 지적의 타당성과 의의는 분명하지만, 그럼에도 이러한 시각은 자칫 사회적으로 유의미하고 유용하다고 인정되는 종류의 활동만을 개인의 성장과 건강한 삶의 근간으로 간주할 가능성이 있다. 이렇게 보면 레이첼은 강요된 무위의 희생자로서 히스테리아에 취약할 수밖에 없고 그녀의 의식적이고 자발적인 성장과 저항의 가능성은 배제된다. 레이첼이 19세기 말 문명의 발달과 하층계급의 증가로 상대적으로 할 일이 줄어든 중상류계급 여성의 처지를 반영한다는 피쓰의 주장이 그 일례이다. 집 안에서는 무료하고 집 밖에서는 아무것도 못 하게 하는 사회적 억압이 당시 여성들을 광기로 몰고 갔다는 사라 그랜드(Sarah Grand)의 주장을 빌려, 피쓰는 레이첼의 히스테리아가 이러한 "강제된 무위"에 대한 저항이라고 본다(103). 가부장제의 억압과 이에 대한 다양한 저항의 양상에 관해서는 더 세밀한 논의가 필요하지만 여기서는 일단 이러한 독법은 레이첼의 사유나 독서를 의미 있는 활동으로 간주할 가능성이 차단할 수 있음을 지적하기로 한다.

『출항』의 인물들이 레이첼의 무위를 한편으로 기정사실화하면서도 이를 은밀히 통제하고 비판하며 관리하는 데는, 여성은 노동계급과 마찬가지로 기본적으로 자기 통제력이 부족하기 때문에 할 일이 없을 경우 도덕적 해이나 성적 타락에 빠지기 쉽다는 시각이 놓여 있다. 남성들처럼 일하기를 원하는 이블린과 달리 레이첼은 독서와 연주와 사색을 통해 자기만의 방식으로 성장하려 하나, 사람들은 레이첼이 아무것도 하지 않는다고 단정 짓고 끊임없이 무언가를 할 것을 명한다. 레이첼의 아버지는 그녀에게 가만있지 말고 불어

든 독어든 뭐라도 하고 있으라고 명령하며(28), 헬렌이 레이첼 교육에 필요한 "젊은 남자"(97)로 점찍고 도움을 청하는 옥스퍼드 출신 허스트(St. John Hirst)를 위시한 주변의 교육받은 남성들은 저마다 레이첼에게 읽어야 할 책을 정해준다. 레이첼을 교육시키겠노라는 헬렌의 "계획"(84)은 근본적으로 그녀의 무위를 억제하고 그녀에게 할 일을 주는 것이다.

III. 위험한 독해

저마다 무언가에 열중하는 남성들 사이에서 자신도 부지런히 철학책을 읽으며 자수를 놓던 헬렌은 문득 "레이첼은 혼자서 뭘 *하고* 있는지" 궁금해 한다(33 원문 강조). 이에 답하기라도 하듯 다음과 같은 서술이 이어진다.

> 그 시간 레이첼은 전혀 아무것도 하지 않은 채 자기 방에 앉아 있었다. . . . 피아노와 바닥에 널린 책들을 이유로 레이첼은 그곳[갑판 한 구석]을 자기 방으로 여기고, 몇 시간이고 앉아 아주 어려운 악보를 연주하고, 기분이 내키면독일어책이나 영어책을 조금씩 읽으면서, 그리고 바로 지금처럼, 전혀 아무것도 하지 않은 채 있곤 했다. (33)

> At that moment Rachel was sitting in her room doing absolutely nothing. . . . By virtue of the piano, and a mess of books on the floor, Rachel considered it her room, and there she would sit for hours playing very difficult music, reading a little German, or a little English when the mood took her, and doing — as at this moment — absolutely nothing.

레이첼이 "전혀 아무것도 하지 않"고 있다는 사실이 문단의 처음과 끝에서 이례적으로 강한 부정어와 함께 반복하여 강조됨으로써 위 인용문은 레이첼의 무위가 의심할 바 없이 분명해진다기보다는 오히려 아무것도 하지 않는다는 것이 무슨 뜻인지를 곱씹어 보게 하는 효과를 낳는다. 실제로 이어지는 장면에서 레이첼은 "의자에 비스듬히 누워" "열심히 생각을 하고 있는 중"(35)이라는 서술이 이어짐으로써 그녀가 전적으로 아무것도 하지 않고 있다는 서술은 사실상 철회된다. 그뿐 아니라 화자는 이러한 사색의 시간은 그녀가 정규교육을 받지 않은 덕에 누릴 수 있는 성장 기반임을 시사함으로써 정규교육 시스템의 한계를 에둘러 비판한다. 즉 레이첼은 역사와 법에 이르기까지 무엇 하나 제대로 아는 것이 없지만, 그녀가 받은 "교육 시스템"의 "한 가지 커다란 이점"은 학생에게 생각할 시간을 많이 남겨주어 "학생이 갖고 있을 진짜 재능을 결코 가로막지 않"는다는 것이다(34). 레이첼의 성장의 잠재력은 그녀의 탁월한 음악적 재능을 감당할 선생이 적당치 않아 독학으로 상당한 수준의 피아노 연주 실력을 쌓았다는 사실에서도 드러난다(34). 결국 레이첼이 '전혀 아무것도 하지 않았'다는 글자 그대로의 의미가 역전되는 이 지점에 이르러 그 구절을 다시 되새겨 보면, 그것은 온전히 서술자의 것이라기보다 레이첼의 나태를 이미 확신하는 헬렌의 관점을 '드러내는' 일종의 자유간접화법에 가깝다는 것을 알 수 있다. 다시 말해 위 대목은 레이첼과 같은 여성이 생각하는 시간은 아무것도 하지 않는 것이나 다름없다고 보는 당대의 지배적 독법을 드러내는 동시에 그러한 독법에 균열을 가하는 것이다.

레이첼의 무위에 대한 헬렌식의 독법이 오독이라는 사실은 이어지는 대목에서 더욱 분명해진다. 어느 날 아침 헬렌은 레이첼의 방문을 열어 잠든 그녀를 발견하고는 이것이 그녀가 "오전 시간을 보내는 방식"이라고 단정 짓는다(37). 그러나 작품은 방문을 열기 전 상황을 독자는 알되 헬렌은 모르기 때문에 발생하는 극적 아이러니를 통해 헬렌의 추측이 잘못되었음을 시사한다. 이날 아침 레이첼은 사실 오전 내내 자신의 말을 경멸조로 묵살하는 루시 고모에 분노하며 방에 들어와 사람들은 왜 일하며 무엇을 느끼는지, 어째서 하녀가 정해진 시간에 청소를 하는지 등 사람들이 "굳이 생각해 보려는 수고를 하지 않"은 채 받아들이는 "전체 시스템"에 대해 골똘히 생각하다가 그러한 시스템의 존재를 정당화할 근거는 사실상 없다는 결론에 이른다. 강도 높은 분노와 사색 끝에 레이첼은 잠이 든 것이고, 전후 사정을 전혀 모르는 헬렌이 방문을 연 것은 그녀가 잠든 지 십 분 후이다. "십 분 후 앰브로우즈 부인은 방문을 열고 그녀[레이첼]를 쳐다보았다. 이것이 레이첼이 오전을 보내는 방식임을 발견하는 것이 놀랍지는 않았다"(37).

레이첼의 사색은 후에 리차드와 같은 노련한 정치가의 정치적 수사의 허점을 꿰뚫는 통찰의 바탕이 된다는 점에서 중요하다. 이러한 맥락에서 리차드와 레이첼의 에피소드를 좀 더 자세히 짚어볼 필요가 있다. 비평가들은 대체로 리차드의 갑작스러운 키스가 레이첼에게 가져오는 트라우마와 각성, 즉 레이첼 "자신의 섹슈얼리티에 대한 자각"(Froula 73)이라는 복합적인 측면에 주목해왔다. 레이첼의 말보다는 침묵을, 그리고 리차드의 행위를 중심으로 순진하고 무지한 레이첼이 수동적으로 당하거나 깨닫게 되는 것이 무엇인가에 집중하는 것이다. 그러나 이 에피소드는 레이첼의 비판적인 통찰과 저항이 무자비하게 왜곡되고 통제되는 방식을 치밀하게 보여준다.

둘의 대화는 리차드의 경험과 지식에 대한 레이첼의 순진한 신뢰와 세상에 대한 호기심에서 시작된다. 그러나 위선과 모순 가득한 리차드의 정치적 수사는 레이첼의 기대에 부응하지 못하고 그녀는 점차 폐부를 찌르는 질문으로 그의 권위에 맞선다. 당신이 말하는 "통합이 무언지 이해시켜 달라"(65)는 레이첼의 질문에 리차드는, 앞서 잠깐 살펴보았듯, 대답 대신 여성의 마땅한 자리를 환기함으로써 질문을 봉쇄하려 한다. 그러나 레이첼은 멈추지 않고 그의 통합의 이상이 "누락하는 사람들"의 예로 온 나라의 구석구석에 살고 있는 "미망인들의 마음—[그들의] 감정"을 환기함으로써 '통합'을 내세우는 그의 정치적 수사의 허점을 꼬집는다(66). 이에 리차드는 "내가 너의 철학의 허점을 한번 꼬집어" 주겠노라며 반격을 시도한다. 여기서 드러나는 것은 아이러니컬하게도 리차드 자신의 '허점'이다. 리차드는 "그 미망인이 찬장을 열어 그것이 텅 비었음을 발견한다면" "그녀의 정신적 관점이란 것이 영향을 받을 수밖에 없을 것"이라고 비아냥거림으로써 레이첼이 소환하는 미망인들의 "마음"과 "감정"을 삶의 물적 조건에 무지한 레이첼 자신의 "정신적 관점"으로 치환하여 매도하고, "너 같은 젊은 진보주의자들"에게는 세상을 "유기체"로 생각하는 능력이 없다고 조롱한다(66). 이로써 리차드는 또다시 레이첼의 질문에 대답을 하는 것이 아니라 그녀의 관점을 멋대로 규정하여 질문을 차단하고 대답을 회피함으로써 그 자신의 '허점'을 고스란히 드러낸다. 데이빗 브래드쇼(David Bradshaw)는 사회라는 전체를 개인/부분의 총합으로 보는 리차드의 헤겔적 정치이론에 대해 레이첼은 자유주의 휴머니즘적 관점으로 맞선다고 지적하는데(184), 이 점은 사실 리차드 자신이 가장 정확히 인지하고 있는 셈이다. 리차드는 순식간에 "유기체"를 "기계"라는 말로 대체하여 사회란 하나의 "기계"이므로 각자 제 역할을 해야 전체가 제대로 작동"하는 법이라고 역설하면서, 이 모든 부분들을 연결하는 자신의 공로를 환기하며 대화를 마무리하려 한다.

무엇 하나 맞아떨어지지 않는 이 괴상한 논리에 레이첼은 리차드와의 소통이 "실패"했음을 깨닫고 "우리는 서로를 이해하지 못하는 것 같다"고 말하자, 리차드는 격분한다. 그러나 분노를 드러내는 대신 그것을 레이첼의 것으로 전가시키고 이를 입증하려 안간힘을 쓴다. "너를 아주 화나게 할 말을 좀 해

볼까"(66)라는 그의 도발에 레이첼은 자신은 화가 날 일이 없다고 대답하는데도(67) 그는 여성에겐 "정치적 감각"이 전무하며, "네가 더욱 화가 날" 말을 하자면 "앞으로 절대 만나고 싶지도 않다"면서, 이제 내가 이렇게 말했으니 "우린 평생의 원수가 되는 건가?"라며 비아냥거린다(67). 한편으로는 정치가의 권위를 앞세워 레이첼의 무지에 쐐기를 박을 뿐 아니라 자신이 만나주지 않으면 레이첼이 더욱 화가 날 것이라는 억측까지 내놓는 것이다. 이처럼 옹졸함과 분노, 그리고 논리적 궁색함을 노출하는 리차드와 달리 레이첼은 담담하다. 그녀는 더 대꾸하지 않는다. "그것은 레이첼이 할 말이 없어서가 아니"(67)라 이 혼란스러운 상황 속에서 생각에 빠졌기 때문이다. 이윽고 레이첼이 어색한 침묵을 깨기 위해 화제를 돌려 그의 어린 시절에 관해 묻자 난데없이 "자신에 대한 그녀의 관심이 진짜였다"며 "우쭐해하는" 리차드의 모습은 한층 시사적이다. 리차드의 착각은 여성이 자신의 무지를 앞세워 남성의 지적 허영심을 충족시키려는 유혹의 언어라 해석하고 통제하려는 가부장적 해석체계를 드러내기 때문이다.

레이첼과 리차드의 대화 직전, 4장의 첫머리에 등장하는 클라리사와 배의 승무원 그라이쓰 씨(Mr. Grice)와의 에피소드를 보면 이 점이 좀 더 분명해진다. 클라리사는 갑판 위에서 우연히 부딪친 그라이쓰 씨에게 사과를 하면서 배 꼭대기에 달린 놋쇠가 무엇을 상징하는지를 묻는다. 자신의 설명에 감탄을 하는 클라리사 모습에 그라이쓰 씨는 "묘하게 흥분하면서" 급기야 그녀를 자신의 거처로 데리고 가 바다와 셰익스피어에서 영국 상황에 이르기까지, 클라리사에겐 "광신자의 장광설"(53)에 불과한 일장연설을 한다. 그라이쓰 씨의 과시욕은 계급적 자의식과 무관하지 않고 이에 대한 클라리사의 경멸은 상류계급의 편견을 폭로하는 측면도 있지만, 이 에피소드는 젠더 역학관계 또한 드러낸다. 몸이 부딪히자 사과를 하는 쪽은 상류계급이지만 여성인 클라리사이고, 그녀는 신분에 어울리지 않는 그라이쓰 씨의 교양을 비웃으면서도 그의 지적 과시욕을 충족시켜주기 위한 여성의 역할, 즉 물어보기를 수행한다. 남성의 비위를 맞추기 위해 자신의 무지를 활용하는 상황이 바로 앞서 살펴본 레이첼과 리차드의 대화에서 다시 변주되면서 레이첼의 질문이 빠질 수 있는 덫을 예고한다.

클라리사의 질문은 (그녀의 입장에서 보면) 광신자의 일장연설을 들어야 하는 해프닝으로 끝나지만 레이첼의 질문은 깊은 트라우마를 남기는 심각한 사건의 시발점이 된다. 며칠 뒤 리차드는 우연히 레이첼과 부딪치고, 이번에도 사과를 하는 쪽은 레이첼이다. 레이첼이 자신에게 관심이 있다고 믿는 그는 그녀의 방에 따라 들어가 바흐 악보와 『워더링 하이츠』를 발견하고는, "이곳이 네가 세상에 대해 골똘히 생각한 다음 밖으로 나와서는 불쌍한 정치가들에게 질문을 하는" 곳이냐고 물으며, 일전의 그녀와의 대화가 자신으로 하여금 "생각을 하게 했다"면서 버크(Burke)의 책을 빌려주겠으니 읽은 후 네 생각을 알려달라고 제안한다(75). 한껏 짓밟았던 그녀의 자존심을 슬그머니 세워주면서 환심을 사려 하는 것인데, 여기엔 그녀의 지적 욕구에 대한 존중이 아니라 이를 적절히 이용하려는 속셈이 깔려있다. 모르는 것을 가르쳐달라는 레이첼의 발언을, 남성을 우쭐하게 해주려는 여성의 전형적인 역할로, 나아가 자신에 대한 관심 표명이자 여성으로서의 매력을 어필하려는 시도로 보는 지극히 자기중심적인 해석이 전제되어야 가능한 수법이다. 그는 현대사회야말로 엄청난 "기회와 가능성"으로 인해 몸이 몇 개라도 부족하다면서 레이첼이 빈둥거리느라 마치 주변에 널린 기회를 제대로 이용하지 못한다는 듯한 암시를 하며 "너의 관심사와 하는 일은 무엇이냐?"(76)고 묻는다. 이에 레이첼은 "아시다시피 저는 여자잖아요"라고 답함으로써 여성의 흥미와 일을 제한하고 규제하는 장본인의 가식적인 호기심과 위선을 꼬집는다. 그러나 노련한 리차드는 레이첼의 "아시다시피"는 빼고 "여자"라는 말만 받아 "젊고 아름다운 여자"의 권력이 얼마나 대단한지 너무나 잘 알고 있다면서 레이첼에게 "아름답다"며 갑자기 껴안고 격렬한 입맞춤을 한다. 그러고는 "네가 날 유혹하는구나"라는 말을 남기고 자리를 떠난다(76). 세상을 알고 싶어 던진 레이첼의 물음들을 자신에 대한 관심의 표현으로 해석하고, 자신의 분노와 욕망 모두를 레이첼의 것으로 전가함으로써 자기 정당화를 꾀하는, 참으로 리차드다운 결론이다. 그날 밤 기괴한 형상의 남자들이 욕정의 눈길을 던지는 지하 무덤의 "덫에 걸려든" 레이첼의 악몽(77)은, 그녀의 다양한 욕구와 욕망을 제어하고 그녀의 존재를 감금하는 겹겹의 덫들에 대한 불길한 전조라 할 수 있다.

리차드는 어찌 보면 가장 유일하게 레이첼의 질문이 담대하고 도전적임을 알아차리는 인물이고 그런 만큼 그가 그녀의 도전에 가부장적 프레임을 씌워 이를 통제하는 방식은 야비하고 잔인하다. 그의 갑작스러운 키스는 그녀의 질문을 남자의 지적 허영심을 만족시키며 유혹하려는 제스처로 치환하여 제압해버리는 문화적/심리적 메커니즘을 드러내는 동시에, 그러한 제압이 역설적으로 드러내는 레이첼의 결코 만만치 않은 비판적 통찰력을 보여준다. 그러나 『출항』에서 레이첼의 이러한 면모를 알아보는 이는 없다. 레이첼이 책을 읽고 음악을 연주하며 생각을 하는 장면은 독자의 눈에만 간간이 띌 뿐이다. 그녀의 아버지가 승선한 사람들을 소개할 때 그녀의 이름만 빠뜨릴 정도로 레이첼의 존재감은 미미하다. 그녀의 말은 수시로 묵살당하며 그녀의 호기심은 난폭하게 제지된다. 저마다 레이첼 교육에 직, 간접적인 관심을 갖고 관여를 하는 듯 보이지만 정작 레이첼은 누구의 눈에도 띄지 않는 듯하다. 『출항』은 레이첼이 아무것도 하지 않으며 따라서 아무것도 아닌 존재라는 인식이 얼마나 자연스럽게 일상에 만연해있는지, 그리고 바로 그 일상성이 얼마나 파괴적인지를 고발한다. 『출항』은 이렇게 사각지대에 놓인 레이첼의, 불가능한 출항을 그리고 있다.

Ⅳ. 막다른 골목에서의 독서와 연주, 그리고 사색

처음부터 레이첼을 어떤 인간으로 성장시킬 것인가라는 문제를 전면에 내세운 후 그녀의 예기치 못한 죽음으로 끝을 맺는 이 작품에서 레이첼의 저항과 성장을 논하기는 쉽지 않다. 더구나 그녀의 성장과 성장을 섣불리 논하다가는, 그녀의 교육과 성장이 진행됨에 따라 무서운 속도로 그 정체를 드러내며 그녀를 짓누르는 가부장제의 겹겹의 억압과 굴레를 오히려 축소하거나 외면할 우려도 있다. 실제로 남아 선호를 거리낌 없이 드러내어 레이첼로 하여금 세상에서 쫓겨난 기분이 들게 하는 클라리사와 헬렌(57), 그녀를 그저 미숙하고 수동적인 훈육의 대상으로 여기고 자신의 지성을 과시하기 위해 책을 권하는 허스트와 리들리, 그리고 약혼 후 권위주의적이고 가부장적인 본색을 드러내는 테렌스에 이르기까지 레이첼을 둘러싼 이들은 하나 같이 그녀의 욕망과 행동의 의미를 왜곡하거나 부정한다. 남자들처럼 위대한 일을 하지 않을 바엔 존재할 가치도 없다는 듯 몰아붙이는 이블린을 피해 자리를 뜬 레이첼이 우연히 도망가던 닭이 막다른 구석에 몰려 목이 잘리는 모습을 목격하는 장면은, 그녀가 처한 "막다른 골목"(257) 같은 현실을 상징적으로 보여준다. 레이첼은 자신의 몸이 세상의 무게에 짓눌린 듯한 갑갑함과 분노를 느끼지만, 이블린에게 레이첼의 눈동자는 그저 흐리멍덩해 보이며(260), 미스 앨런에게도, 헬렌에게도 그녀는 나태하고 하찮은 존재일 뿐이다. 레이첼의 약혼은 사랑의 감정이 무르익었을 때가 아니라 레이첼의 절망과 분노가 극에 달하는 시점에 이루어지며, 이후 레이첼은 원인 모를 병에 걸려 환각에 시달리다 마침내 세상을 떠난다.

평자들이 지적하듯이 레이첼은 자신의 목소리를 분명하게 내는 경우가 많지 않다. 그녀는 주로 그녀의 멘토를 자처하는 사람들의 시선의 객체로 등장하며 그녀의 내면은 좀처럼 드러나지 않기 때문이다. 그러나 이 작품이 레이첼을 이렇게 그리는 것은 그녀의 수동성과 자기 인식 및 현실감각 부족을 강조하기 위해서라기보다는 그녀를 대상화하고 오독하는 일이 얼마나 일상화되어 있는지를 가시화하고 있다고 보는 것이 타당하다. 『출항』은 미숙한 레이첼을 어떻게 가르칠 것인가가 아니라 따를 멘토가 없는 세상에서 그녀가 무엇을 어떻게 배우고 성장할 것인가를 탐색하는 작품이다. 그녀는 독학으로 수준급의 피아노 실력에 다다랐듯 자신의 욕망과 재능을 알아보지도 감당하지도 못하는 멘토들의 가르침 대신 스스로 선택한 책을 읽고 생각하고 연주하며 지적, 정서적, 사회적 자아를 형성해간다. 레이첼이 입센(Henrik Ibsen)과 메러디스(George Meredith)를 읽고 있는 장면은 이러한 맥락에서 주목할 만하다. 우선 아래 인용문은 책을 읽고 있는 그녀의 눈이 "지루하거나 멍해 보이기는커녕"이라는 구절로 시작된다. 레이첼의 독서에 대한 일반적 인식이 무엇인지를 제시하고 이를 반박하고 그녀의 독서를 다르게 봐야 함을 암시하는 것이다.

> *지루하거나 멍해 보이기는커녕,* 그녀의 눈은 엄중하리만치 페이지에 집중되어 있었고, 그녀의 호흡을 보면 그녀의 온몸이 마음의 작동에 의해 제약받고 있다는 걸 알 수 있었다. 마침내 그녀는 책을 탁 덮고 뒤로 누워, 언제나 *상상의 세계에서 현실로의 이행을 표시하는 경이*를 드러내는 깊은 숨을 들이마셨다. . . . "그 모든 것의 진실은 뭘까?" 그녀는 부분적으로는 자기 자신으로서 그리고 부분적으로는 지금 막 읽은 희곡의 여주인공으로서 말하고 있었다. 바깥의 경치는 . . . 이제 놀랍도록 견고하고 또렷해졌다. . . . 그러나 . . . 그 속에서 가장 생생

> 한 것은 그녀 자신이었다. . . . 입센의 희곡을 읽고 나면 그녀는 언제나 그런 상태였다. . . . 그러다가 메러디쓰의 차례가 되면 크로스웨이즈의 다이아나가 되었다. 그러나 헬렌은 *그것이 모두 연기가 아니라 인간 안에서 모종의 변화가 일어나고 있는 것임*을 알고 있었다. (124 강조는 필자)

> *Far from looking bored or absent-minded*, her eyes were concentrated almost sternly upon the page, and from her breathing . . . it could be seen that her whole body was constrained by the working of her mind. At last she shut the book sharply, lay back, and drew a deep breath, expressive of *the wonder which always marks the transition from the imaginary world to the real world*. . . . "What's the truth of it all?" She was speaking partly as herself, and partly as the heroine of the play she had just read. The landscape outside . . . now appeared amazingly solid and clear . . . but . . . she herself was the most vivid thing in it. . . . Ibsen's plays always left her in that condition. . . . [A]nd then it would be Meredith's turn and she became Diana of the Crossways. But Helen was aware that *it was not all acting, and that some sort of change was taking place in the human being*. (123-24)

이처럼 레이첼의 독서는 다양한 여주인공들과의 동일시를 통해 현실의 감각을 익히며 다층적인 자아형성을 가능케 한다. 이러한 독서를 통해 레이첼이 현실의 견고함과 자기 존재의 확실성을 자각한다는 점, 그리고 독서 후 그녀는 언제나 "상상의 세계에서 실제 세계로 이행"하는 경이를 경험한다는 점에서 그녀의 독서는 허구로의 도피나 현실 망각과는 거리가 멀다. 레이첼의 독서는 현실과 허구의 상호구성성을 인지해가는 과정이며, 헬렌의 판단대로 레이첼의 "인간 존재"에 "변화"가 일어나는 과정이라 볼 수 있다. 실제로 후에 헬렌은 레이첼에 대한 애초의 생각을 수정하고, 레이첼에겐 온전한 이성도 감정도 없다고 경멸하는 허스트에게 레이첼에게는 "자기만의 의지"가 있다고 반박하며, 마침내 자신이 레이첼의 멘토로 점찍었던 "허스트가 레이첼을 교육"할 만한 인물이 못 된다는 것을 깨닫는다(207).

헬렌이 레이첼에 대한 자신의 오독을 어느 정도 깨닫기는 하지만, 그렇다고 레이첼의 성장을 적극적으로 견인하는 멘토 역할을 해내는 것은 아니다. 자신의 판단력에 대한 근본적인 맹신과 남성의 우월함에 대한 믿음으로 인해 헬렌은 레이첼과의 교감과 소통을 이끌어내지 못하고 그녀의 잠재력을 온전히 이해하지도 못하기 때문이다. 언제나 옳은 소리를 하면서도 그 어떤 일에도 진실한 헌신보다는 거리를 두고 무관심으로 일관하는 헬렌에게 레이첼이 강한 비판을 쏟아내는 대목을 보자.

> 난 고모 같지 않아요! 난 가끔씩 고모는 생각도 감정도 애정도 없고 존재하는 것 말고는 하는 일도 아무것도 없다고 생각해요! 고모는 허스트 씨랑 똑같아요. 고모는 사태가 나쁘다는 걸 알고 그렇게 말하면서 자부심을 느끼죠. 그게 고모가 말하는 정직이겠죠. 하지만 사실 그건 게으른 거고 멍청한 거고, 아무것도 아닌 거예요. 고모는 도움이 안 돼요. 고모는 상황을 종결시켜 버리니까요.

> "I'm not like you! I sometimes think you don't think or feel or care or do anything but exist! Youre like Mr. Hirst. you see that things are bad, and you pride yourself on saying so. It's what you call being honest; as a matter of fact it's being lazy, being dull, being nothing. You don't help; you put an end to things." (262)

이 대목은 레이첼이 헬렌에게 원주민들이 사는 곳에 가볼 것인지 여부를 분명하게 대답해달라는 상황에서 하는 말이지만, 실제로는 그간 레이첼이 헬렌을 비롯한 주변 사람들로 인해 쌓였던 원망과 분노를 표출하는 순간이라 할 수 있다. 특히 레이첼이 헬렌을 향해 게으르고 멍청하며 아무것도 하는 일이 없는, 결국 아무것도 아닌 존재이며 "절반만 살아 있을"(262) 뿐이라고 비난하는 대목은 레이첼이 자신을 향한 헬렌과 세상의 뿌리 깊은 편견에 대한 강력한 항변이라 할 수 있다. 이러한 편견은 레이첼의 성장에 아무런 "도움이 되지 않"고 "상황을 종결시켜" 버릴 뿐이다(262). 여기에 덧붙여 레이첼은 주변 사람들의 "목적 없음, 살아가는 방식"(263)을 볼 때 그들에게는 배울 것이 없다고 단언한다. 자신을 향한 사람들의 부정적인 시선을 그들에게 고스란히 돌려주며, 세상에는 그녀에겐 자신의 교육을 담당할 멘토가 없음을 선언하는 것이다.

레이첼의 정확한 현실감각은 그녀의 침묵 역시 다르게 바라볼 가능성을 연다. 레이첼의 침묵은 그녀의 소극성과 무지의 지표가 아니라 의사 표현이며 냉철한 현실 인식에 근거한 결정이라 할 수 있다. 예컨대 약혼 후 두드러지게 가부장적인 태도를 보이는 테렌스가 여성이란 근본적으로 "자신감"이 부족하며 "생각을 하지 않기 때문에" "낙관적"이라는 자신의 글에 어떻게 생각하느냐고 묻자, 그녀는 대답하지 않는다(291). 여기서 레이첼의 침묵은 그의 생각에 동의하지 않는다는 의사 표현일 뿐 아니라, 그가 사실은 레이첼의 의견을 물은 것이 아니라 자신의 글쓰기에 방해가 되는 그녀의 연주를 중단시키려는 의도로 물어보는 것임을 간파하고 고의로 그 질문을 "무시"하는 행위이다(291). 또한 레이첼은 자신이 테렌스보다 훨씬 지혜롭다는 것을 알고 있지만 그가 아직은 자신이 알고 있는 "여성의 비밀"(292)에 관해 제대로 논의하거나 이해할 능력이 없음을, 아직은 그런 시대가 오지 않았음을 알고 있기에 그의 거듭되는 질문에 침묵으로 일관한다.

지금까지 살펴보았듯 레이첼은 결코 멍하니 아무것도 하지 않은 적이 없다. 그녀의 들끓는 분노는 그것대로 그녀의 날카로운 현실 인식과 정신적 성장의 지표이며, 끊임없는 성찰과 독서를 통해 자아를 형성하고 현실에 대한 비판적 통찰력을 키워간다.[10] 그녀의 침묵은 소극적 후퇴나 순응이 아니라 불응이고 결단이다. 더욱 중요한 점은, 레이첼이 분노와 절망에 갇히는 것이 아니라 기성세대의 그것과는 다른, 존재와 삶의 감각을 익혀간다는 사실이다. 레이첼이 연주하고 읽고 생각하며 세상 만물과 "교감"하고 "결합"(37)하는 그녀의 방은, "언제나 문이 닫혀 있고 음악 소리도 웃음소리도 흘러나오지 않는," "장벽"과도 같은 리들리의 서재(170)와는 대조적이다.

레이첼의 독서와 사색은 리들리처럼 유아(唯我)적이고 고립된 자아가 아니라, 생생히 살아있는 중심이면서 동시에 다른 존재와 교감하는 자아를 형성하며, 세상에 대한 그녀의 비판은 지적 자만으로 "상황을 종결"시키는 것이 아니라, 인간 존재에 대한 넓은 시선을 획득하고 삶의 경이를 발견하는 것으로 나아간다. 이러한 모습은 작품 전반에 걸쳐 여러 차례 등장한다. 예컨대 루시 고모와의 불통으로 격분하던 레이첼이 피아노 연주를 하면서 그녀의 마음은 "보고 느끼는 것으로서의 리얼리티"에 가닿으며, 분노가 잦아듦에 따라 주변 사물과 인간, 자연과 예술과 섞여드는 "교감"에 이른다(37). "그녀의 마

---

10) 레이첼의 "한가한 사색"은 비평가 데이빗 브래드쇼(David Bradshaw)가 말한 "체제비판적인 정치적 사상가"로서의 울프의 통찰력과 맞닿아 있다는 캐슬의 주장은 타당하다. 캐슬에 따르면, 계몽주의적 성장소설의 남성주인공의 사색은 미학적-정신적 빌둥을 위한 일(occupation)로서의 가치를 인정받고, "실용적 노동"(practical labor)을 위해 꽉 짜인 일정을 명하는 "부르주아 직업에 저항"하여 "창조적인 에너지를 위한 전복적인 출구"로(219) 간주되었던 반면, 여성주인공 레이첼의 사색은 인정받지 못한다. 요컨대 레이첼은 계몽주의적 빌둥이 내걸었던 "미학적 교육의 가치"를 환기하지만 그녀의 실패는 개인과 사회의 조화로운 합일이라는 고전적 이상에 내재 된 이데올로기를 폭로함으로써, 계몽주의 빌둥의 이데올로기에 아도르노식의 "네거티브 비판"을 수행한다는 것이다(1). 그러나 캐슬 역시 레이첼의 '실패'에 비중을 둠으로써 그녀의 사색의 의미를 적극적으로 밝혀내지 못한다는 데 문제가 있다.

음은 꿈결 같은 혼란 속으로 빠져들어, 교감의 상태로 진입하는 듯, 기분 좋게 확장되어 갑판 위 희끄무레한 널빤지 정령과, 바다의 정령, 베토벤 작품번호 111의 정령, 그리고 심지어 올니에 사는 가여운 윌리엄 쿠퍼의 정령과 결합하는 것 같았다"(37). 이러한 마음은 후에 울프가 일상의 비존재(non-being)를 넘어서는 "존재의 순간"(*Moments of Being* 70)에 이르는 마음, 또는 작가의 이상적인 마음의 상태로 꼽은 "셰익스피어의 마음"(*A Room of One's Own* 57), 즉 일체의 사회적, 심리적 장벽과 장애를 넘어 존재의 리얼리티에 닿는 자유로운 마음의 전신이라 할 만하다.

노골적으로 남아를 선호하는 헬렌과 클라리사의 말에 세상 밖으로 밀려난 듯한 소외감 속에 방에 들어가 피아노를 치며 레이첼이 경험하는 비개성(impersonality)[11]의 상태 역시 주목할 만하다. 레이첼의 분노는 피아노 연주와 더불어 잦아들며 그녀의 얼굴엔 완벽한 몰입을 드러내는 "기이하고 초연한 비개성적 표정"이 떠오른다. 이 비개성의 상태 속에서 출현하는 "어떤 형상, 어떤 건물"의 이미지(57)는, 이 순간이 에스티가 말하는 자아 소멸이나 상실이 아니라 반대로 새로운 자아의 형성의 과정임을 상징한다. 이 순간의 비전은 레이첼의 바흐 연주에 열광하며 찾아온 클라리사의 침입으로 산산이 부서지지만, 후에 수잔과 아더의 약혼식 파티에서의 연주 장면에서 다시 등장한다. 악사들이 자리를 뜬 후 레이첼이 피아노를 연주하자 사람들은 "빈 공간에 널찍한 공간과 기둥을 가진 건물들이 꼬리를 물고 세워지는 광경을 보고 있는 것처럼" 가만히 앉아 연주에 귀를 기울인다. 자신의 감정을 표현할 출구

11) 레이첼의 상태는 엘리엇(T. S. Eliot)이 말한 "몰개성"(impersonality)과 상통하는 면이 있지만 '몰개성'은 탈피할 '개성' 혹은 시적 주체를 전제한다는 점에서 레이첼의 경우에는 적합하지 않아 "비개성"으로 옮기기로 한다. 울프가 여성적 자아의 부재를 좀 더 해방적인 대안적 주체 형성의 토대로 제시하는 일례로 울프의 에세이 「여성의 직업」("Professions for Women")을 참고.

를 찾지 못하던 수잔은 레이첼의 연주가 "우리 자신은 할 수 없었던 모든 것을 다 말해주는 것 같다"며 고마워한다(167). 레이첼이 연주하는 곡은 정해진 춤곡이 아니기에 사람들로 하여금 저마다 원하는 방식으로 춤을 추게 해준다. 레이첼의 음악이 그녀 자신만의 새로운 존재적 지평을 여는 데 그치는 것이 아니라 사람들과 교감하며 동시에 각자 자신만의 존재의 순간을 경험하게 하는 것이다.

이렇게 볼 때, 레이첼의 음악적 재능은 그녀가 상황을 "미학적으로 . . . 파악하는 방식"을 드러내며, 레이첼이 경험하는 "리얼리티"는 "본질적으로 고독하고 존재론적으로 특권 받은 경험의 세계"(529)라는 몰리 하이트(Molly Hite)의 주장은 수정을 요한다. 하이트에 따르면 이러한 경험은 레이첼이 "세상 돌아가는 이치를 모르고 사회에서 거의 완전히 고립된" 덕에 사회적으로 공유된 의미나 가치와는 다른 '리얼리티'에 접근할 수 있다는 것(529)인데, 이는 물론 레이첼의 사색과 성장의 의의를 새롭게 조명한다는 데 의의가 있으나 레이첼의 무지와 고립을 기정사실화한다는 점에서 문제가 있다.[12] 리차드와의 대화를 통해 살펴보았듯, 레이첼은 훈련된 세련된 언어를 구사하지 않지만 그녀의 성찰이 도달한 리얼리티는 리차드의 담론이 은폐하려는 사회 현실의 구석구석을 들추어낸다. 그뿐 아니라 리들리나 리차드, 테렌스와 허스트가 보여주는 옹졸하고 자기방어적인 모습에 비해 레이첼은 훨씬 더 여유롭고 넓은 품성을 보인다. 경험 많은 어른의 외양을 갖췄으되 보잘것없는 내면을 드러내고만 리차드 앞에서 오히려 레이첼의 차분함이 빛났듯, 헬렌에 의해 자신의 멘토로 잘못 낙점되었던 허스트와의 관계에서도 오히려 성숙한 면

12) 이러한 입장은 예컨대 레이첼이 팔리기 위해 배에 실린 염소들을 가여워하자 "염소들이 없었다면 음악도 없는 거다. . . . 음악은 염소에 달린 거야"(23)라고 날카롭게 쏘아붙이며 레이첼의 무지를 지적하는 레이첼 아버지의 태도와 근본적으로 다르다고 보기 어렵다.

모를 보인다. 레이첼은 자신의 무지를 공개적으로 무시하는 허스트의 처사에 분노하지만 위축되지 않고, 그의 허세를 경멸하지만 그 역시 "변화와 기적이 가득한 따뜻하고 신비로운 지구의 바깥에 있는 불행한 사람들" 가운데 하나라는 생각이 들어 측은함을 느끼며, "세인트 존 허스트로서 존재한다는 건 아주 지루하기 짝이 없을 것"이라고 생각하는 것이다(295).

그러나 레이첼의 생각과 독서와 연주가 아무것도 하지 않는 것으로 치부되는 한 그녀의 성장 과정은 인지될 수도, 인정받을 수도 없으며, 그녀의 죽음은 성장 실패의 결정적 지표로 간주된다. 하지만 그녀가 죽음 직전에 경유하는 감각과 사유의 여정은 그녀의 죽음의 의미를 달리 볼 가능성을 제시한다. 결혼을 앞둔 레이첼의 불안과 혼란은 테렌스에게서 점차 위압적인 가부장적 남성의 모습을 발견함에 따라 가중되며, 이와 함께 이 모든 굴레에서 벗어나고 싶은 욕망도 커진다. 테렌스도 이를 감지한다. 그에게 "그녀는 그로부터 스스로를 떼어내어 그가 전혀 필요 없는 미지의 세상으로 갈 *수 있을 것* 같았다"(302, 강조는 필자). 작품이 끝난 후 다시 돌아보면 이 대목은 레이첼의 죽음에 대한 복선이면서 동시에, 그녀의 독립 능력("be able to cut herself from him")에 대한 테렌스의 불안한 예지를 드러낸다고 할 수 있다. 레이첼의 결혼(플롯)에 대한 거부와 궁극적 독립은 그녀가 비개성의 상태에서 다다랐던 새로운 차원의 교감 능력과 맞물려있다. "한 인간에 대한 사랑보다 훨씬 더 많은 것"을 원하는 레이첼의 사랑(302)을 테렌스는 납득할 수도, 용인할 수도 없다. "당신에겐 내가 붙잡을 수/이해할 수 없는 무언가가 있다"(There is something I can't get hold of in you, 302)는 테렌스의 불안한 고백은 "get hold of"가 함축하는 물리적, 정신적 소유로서의 그의 사랑의 본질을 드러냄으로써, 이것과는 근본적으로 어긋나는 레이첼의 사랑과 존재의 방식과 극명한 대조를 이룬다.

약혼 후 주변 사람들과 공간 속에서 레이첼이 느끼는 "기이한" 상태 역시 여러모로 시사적이다. 그녀는 문득 낯익었던 공간이 낯설게 느껴지고, 누구에게나 무슨 말이든 할 수 있을 것처럼 느끼며, 자기 존재가 놀랍도록 확실하고, 지나간 삶 전체를 "다정하고 유머러스하게" "돌아볼 수 있을 것"처럼 느끼며 마침내 "살아있음"을 생생히 체감한다(314). 앞에서도 보았듯, 레이첼이 자기 존재를 가장 생생하게 느끼는 순간은 유아적 자기현시의 순간이 아니라, 유한하면서도 영원하며, "무엇과도 통합될 수 없는"(unmergeable)(84) 중심이면서도 동시에 다른 사물과 존재와 "교감"(37)하며, 세상과 상호 독립적이면서도 그것에 의존적인, 모순적이고도 역동적인 자아의 존재 방식을 자각하는 순간이다. 이것은 모더니스트 빌둥스로만에 관한 캐슬의 말을 빌리면, "타자의 공간으로 뻗어가는" "새로운 빌둥의 형태"(*A History* 497)를 제시하는 순간이라 할 수 있다. 이러한 상태에서 레이첼은 "더 이상 삶 속에 그녀의 몫이 없는 것처럼 초연하고 담담한 기분을 느끼"며(315), "이제 장차 다가올 것이 어떤 형상을 띠든 당황하지 않고 받아들일 수 있겠다고 생각"(315)한다. 그리고 삶 그자체가 "그녀와 독립"되어 있으며, 그녀 역시 테렌스를 비롯한 모든 것과 독립적으로 존재함을 깨닫는다(315). 곧바로 이어지는 장에서 레이첼이 원인 모를 병으로 앓다가 죽는다는 점을 상기하면, 이 대목은 레이첼의 죽음에 대한 또 하나의 복선이기도 하지만, 그 죽음의 의미를 암시한다는 점에서 중요하다. 즉. 전후 맥락을 볼 때 레이첼의 이 순간은 자신의 몫을 끝내 할당받지 못했다는 소외와 박탈을 재확인하는 순간도, 운명에 수동적으로 순응하는 순간도 아닌, 자신의 존재의 지평을 협의의 삶을 넘어선 더 넓은 리얼리티에 두는 "존재의 순간"임을 알 수 있다. 레이첼의 죽음은 삶의 배타적 타자로서의 죽음이 아니라 삶을 구성하고 삶과 공존하는, 존재의 또 다른 지평을 받아들이는 순간을 상징하는 것이다.[13]

V. 나가며

레이첼의 죽음은 물론 그녀에게 끝내 삶의 자리를 내어주지 않은 당대 사회의 한계와 폭력성을 드러낸다. 그러나 그렇다고 해서 그 죽음이 '역설적'으로 증명하는 의미에 주목하는 것은, 그녀가 무엇을 하고 어떤 인간이 되어가고 있는지 인지조차 못한 멘토들의 무지와 맹목을 반복하는 데 그칠 수 있다. 레이첼은 그 누구도 의미 있는 활동으로 인지하지 못한 활동, 즉 여성으로서 생각하고 읽으며 연주하기를 통해 스스로를 성장시킨다. 이러한 맥락에서 그녀가 죽고 난 후 자신의 '일'의 의미를 되돌아보는 여성 인물들의 모습은 의미심장하다. 리들리 못지않게 고전 연구에 매진하던 앨런은 문득 "자신의 삶이 실패"였으며 "무의미하게 힘들고 고생스러웠던 것"처럼 느낀다. 자신의 위해 "그토록 많은 일을 했던" 두 손을 바라보며, "모든 것이 헛된 것 같다"고 느낀다(356). 이블린은 오랜 훈련으로 영혼 없이 움직이는 손가락들을 바라보며, 말라버린 분수가 자신과 닮았다는 생각을 한다(365). 가부장 사회가 정한 의미 있는 '일'에 자신의 성장과 성취의 의미를 두고 "훈련"받듯 "영혼 없이 움직"이던 이들이 자신의 '일'과 삶의 의미를 되짚어 보는 이 장면은, 레이첼이 무위를 통해 던지는 질문, 즉, 일하는 것과 하지 않음을 나누는 기준은 무엇이며 그것이 개인의 성장과 사회 시스템을 구성하는 데 어떤 역할을 하는가의 문제를 다시 한번 환기한다.

레이첼은 결코 아무것도 하지 않은 적이 없다. 그녀가 비개성의 상태 속에 경험하는 존재와 사물, 그리고 자기 존재의 독자성과 세계와의 관계성은 이후 『댈러웨이 부인』의 클라리사나 『등대로』의 램지 부인과 같은 인물들

13) 이러한 맥락에서 레이첼의 죽음은 "삶과 이원성을 형성하는 것이 아니라 그것을 전복한다"는 캐슬의 주장은 타당하다(*Reading* 225).

의 통찰을 선취하며, 울프 작품의 존재론적, 미학적, 윤리적 근간인 "셰익스피어의 마음"과 "존재의 순간들"을 예고한다. 『출항』이 출판된 지 15년이 지난 1930년 2월 울프는 일기장에 "내 마음은 무위 속에서 작동한다. 아무것도 하지 않는 것이 내겐 가장 유익한 방식이다"라고 적는다(*Diary* Vol. 3. 286). 그로부터 다시 10년 후 2차 세계대전이 발발한 후 울프의 강력한 반전 평화주의는 "생각하는 일이 나의 싸움이다"(*Diary* Vol. 5. 285)라는 말로 집약된다.[14] 사실 레이첼의 죽음을 선고하는 것은 그녀를 "괴롭히는 자들"(tormentors)일 뿐, 레이첼은 "죽지 않았다." "그녀를 괴롭히는 사람들은 그녀가 죽었다고 생각했지만 그녀는 죽지 않고 바다 밑바닥에 웅크리고 있었다. 그곳에서 그녀는 때로는 어둠을, 때로는 빛을 보며 누워 있었고 가끔씩 누군가가 와서 바다 밑바닥에 있는 그녀를 뒤집어 보았다"(341). 후에 울프는 "존재의 순간들"을 "틈 막은 배"에 금이 가 갑자기 "배 안에 현실이 넘쳐나"는 순간(*Moments of Being* 142)으로 묘사한다. 이 순간은 자아가 익사하는 순간이 아니라 "아무것도 자랄 수 없는"(*A Room of One's Own* 100) 자아 대신 생경하고 아찔하지만 진정으로 자유로운 자아의 존재 방식을 대면하는 순간이다. 『자기만의 방』의 화자는, 자신의 재능을 알아보지 못한 세상 속에서 잊혔던 셰익스피어의 누이는 우리가 우리 자신과 타인의 자유로운 성장을 가능케 하는 진정한 "자유의 습관"(*A Room of One's Own* 111)을 가지게 되었을 때 "다시 태어날 것"이라고 말한다(114). 레이첼은 결혼(제도의) 플롯[15] 혹은

---

14) 울프의 사유가 갖는 실천적 의의에 대해서는 졸고 「"생각하는 일이 나의 싸움이다": 버지니아 울프의 사물, 사유, 언어」 참고.

15) 필자가 염두에 둔 것은 영어의 '플롯'의 두 가지 의미, 즉 서사 장르의 '플롯'과 '음모'이다. 울프가 이 점을 명시적으로 언급하지는 않았지만 다양한 장르의 플롯을 "폭군"이라 칭하고 기존의 장르적 규범과 재현의 방식에 저항하는 글쓰기를 했음은 주지의 사실이다. ("Modern Fiction," *The Common Reader* 149)

가부장 사회에 의해 죽임을 당한 것이 아니라, 아직 "게으르고 멍청"하여 그녀를 알아보지 못한 세상이 성숙해질 때까지 계속되어야 할 오랜 기다림을 시작한 것인지도 모른다.

출처: 『영미문학페미니즘』 제26권 2호(2018), 59-90쪽.

■ 인용문헌

손영주. 「"생각하는 일이 나의 싸움이다": 버지니아 울프의 사물, 사유, 언어」. 『영미문학페미니즘』, 22권 2호, 2014, pp. 85-116.

Bradshaw, David. "Vicious Circles: Hegel, Bosanquet, and *The Voyage Out*." *Virginia Woolf and the Arts*, edited by Diane F. Gillespie, and Leslie K. Hankins, Pace UP, 1997, pp. 183-90.

Buse, Peter, et al. *Benjamin's Arcades: An Unguided Tour*. Manchester UP, 2005.

Carlyle, Thomas, *The Works of Thomas Carlyle*. 1899. New York: Cambridge UP, 2010.

Castle, Gregory. *Reading the Modernist Bildungsroman*. UP of Florida, 2006.

_____, editor. *A History of the Modernist Novel*. Cambridge UP, 2015.

Esty, Jed. *Unseasonable Youth: Modernism, Colonialism, and the Fiction of Development*. Oxford UP, 2013.

Friedman, Susan Stanford. "Spatialization, Narrative Theory, and Virginia Woolf's *The Voyage Out*," edited by Kathy Mezei. *Ambiguous Discourse: Feminist Narratology and British Women Writers*. U of North Carolina P, 1993, pp. 286-335.

Froula, Christine. "Out of the Chrysalis: Female Initiation and Female Authority in Virginia Woolf's *The Voyage Out*." *Tulsa Studies in Women's Literature*, vol. 5, no. 1, 1986, pp. 63-90.

Hite, Molly. "The Public Woman and the Modernist Turn: Virginia Woolf's *The Voyage Out* and Elizabeth Robin's *My Little Sister*." *Modernism/Modernity*, vol. 17, no. 3, 2010, pp. 523-48.

Jordan, Sarah. *The Anxieties of Idleness: Idleness in Eighteenth-Century British Literature and Culture*. Bucknell UP, 2003.

Kohlmann, Benjamin. "Versions of Working-Class Idleness: Non-Productivity and the Critique of Victorian Workaholism." *Idleness, Indolence and Leisure in English Literature*, edited by Monika Fludernik, and Miriam Nandi, Palgrave Macmillan, 2014, pp. 195-214.

Laurence, Patricia Ondek. *The Reading of Silence: Virginia Woolf in the English Tradition.* Stanford UP, 1991.

Moretti, Franco. *The Bourgeois: Between History and Literature.* Verso, 2013.

Orwell, George. *Homage to Catalonia/ Down and Out in Paris and London.* Houghton Mifflin Harcourt, 2010.

Pease, Allison. *Modernism, Feminism, and the Culture of Boredom.* Cambridge UP, 2012.

Raitt, Suzanne, "Virginia Woolf's Early Novels: Finding a voice." *The Cambridge Companion to Virginia Woolf.* 2nd ed., edited by Susan Sellers, Cambridge UP, 2010, pp. 29-48.

Russell, Bertrand. *In Praise of Idleness And Other Essays.* Routledge, 2004.

Showalter, Elaine. "Hysteria, Feminism, and Gender." *Hysteria Beyond Freud,* edited by Sander L. Gilman, et al., U of California P, 1993, pp. 286-335.

Stevenson, Robert Louis. *An Apology for Idlers.* Penguin, 2009.

Woolf, Virginia. *The Common Reader*, edited by Andrew McNeillie, Hogarth Press, 1984.

_____. *The Diary of Virginia Woolf Volume 3: 1925-1930*, edited by Anne Olivier Bell, Harcourt Brace Jovanovich, 1980.

_____. *The Diary of Virginia Woolf Volume 5: 1936-1941*, edited by Anne Olivier Bell, and Andrew McNeillie, Harcourt Brace Jovanovich, 1980.

_____. "Great Men's Houses." *The London Scene: Six Essays on London Life.* Harper Collins Publishers, 1975, pp. 31-39.

_____. *Moments of Being.* 2nd ed., edited and introduced by Jeannes Schulkind, Harcourt Brace, 1985.

_____. *A Room of One's Own.* 1929. Harcourt, 1981.

_____. *The Voyage Out.* 1920. Harcourt, 1948.

실패하는 빌둥의 윤리: 『출항』 속 윤리적 주체로서 레이첼의 수동성 다시 읽기

| 최석영

I. 들어가며

버지니아 울프(Virginia Woolf)의 첫 장편소설 『출항』(*The Voyage Out*)(1915)은 흔히 주인공 레이첼 빈레이스(Rachel Vinrace)의 실패한 혹은 비극적인 성장소설(Bildungsroman)로 읽히며, 많은 비평가들이 그녀의 수동성을 문제적으로 지적해왔다. 소설의 플롯은, 혼기가 찬 스물네 살의 레이첼이 무역상인 아버지 윌로우비 빈레이스(Willoughby Vinrace)의 에우프로시네호(*Euphrosyne*)에 승선해 식민지로 항해하던 중 고모 헬렌 엠브로우즈(Helen Ambrose)의 제안으로 산타 마리나(Santa Marina)로 향하게 되고, 그곳에서 소설가 지망생 테렌스 휴잇(Terence Hewitt')을 만나 약혼하지만 원주민 마을을 탐방한 후 원인 모를 열병으로 갑작스레 죽음을 맞는 것으로 요약된다. 이렇게 이야기가 전개되는 표면을 보자면, 독자는 레이첼의 출항이 처음부터 그녀를 각기 자신들이 원하는 여성상으로 교육시키기 위한 윌로우비와 헬렌의 계획에 따라 좌지우지되며, 그녀가 결국 성장의 목적지로 예정되어 있는 결혼과 가부장제로의 편입 앞에 무력해지다가 희생된다는 인상을 받기 쉽다. 레이첼의 죽음에 대해 단순히 플롯의 결과로서가 아니라 울프의 첫 소설로서 『출항』이 문학사적 맥락에서 위치하는 지점을 고려해 읽을 필요가 있는데, 레이첼의 성장서사는 크게 두 줄기의 서사전통, 즉 조셉 콘래드(Joseph Conrad)의 『어둠의 심연』(*Heart of Darkness*)(1899)으로 대표되는 식민지 탐방서사와 제인 오스틴(Jane Austen) 소설로 표상되는 결혼서사가 복잡하게 교차하면서 비틀어지는 지점에 위치한다. 기존의 연구들이 언급하듯 이 소설을 앞선 서사들에 대한 울프의 저항이자 다시쓰기로 볼 때, 원주민 마을 탐방 후 레이첼의 열병과 그로 인한 결혼의 불발은 단순히 빌둥(Bildung)의 실패가 아니라 구조적으로 불가피한 결말로 해석돼 왔다.[1] 다시 말해 소설이 앞선 구혼소설의 전통을 전복하는 방향성에 있어 레이첼의 죽음은 그 자체로서 승리이자 해방으로 상징적 의의를 갖는다는 것이다.

『출항』과 레이첼에 대한 기존 비평들은 주로 문학사적 또는 동시대 작품들과의 비교분석적 관점에서 『출항』이 울프가 모더니즘으로 이행하는 분기점이 되는 소설이며, 레이첼이 소설의 모더니즘적 형식실험에 부합하는 주인

---

1) 대표적으로 수잔 스탠포드 프리드만(Susan Stanford Friedman)은 『출항』의 근본적인 모순, 즉 작가인 울프에게는 이 소설이 19세기 여성의 교양소설에서 여성의 운명이 결혼으로 규정되는 전통 플롯의 "압제"(tyranny)를 벗어난 "해방의 서사"(109)이지만, 주인공 레이첼에 있어서는 "실패한 *빌둥*"(원문 강조)으로서 "젊은이의 삶이 채 시작되기도 전에 져버린 슬픈 이야기"와 부딪히는 것에 주목한다. 프리드만은 이러한 "부조화"(dissonance)를 소설의 두 서사로 분석하고 이것이 독자가 "전통적인 서사의 결말을 원하는 한편 그러한 엔딩이 함의하는 화합에 저항하는"(110) 두 갈래의 욕망이자 읽는 방식으로 발전된다고 주장한다. 제드 에스티(Jed Esty) 역시 레이첼의 비극에 대해, "너무 많은 희생을 치르고 얻은 승리"(pyrrhic victory, 131)이지만 그녀의 순수함을 상징적으로 입증하는 불가피한 결말로 긍정한다.

공이라는 의의에 집중해왔다.[2] 에스티는 『시기를 벗어난 젊음』(*Unseasonable Youth*)(2013)에서 『출항』을 제국주의의 목적론적 서사를 뒤집는 반-성장소설로 읽으며, 레이첼의 수동성(passivity)에 대해, 전통적인 성장서사를 저지하기 위한 서사적 장치로 쓰임으로써 "남성화되고 국가주의적인 개념의 운명"(129)을 폭로하는 주인공들의 특성으로 분석한다. 에스티는 레이첼의 수동성을 서사의 기능적인 차원에서 필요한 요소로 평가하지만, 캐릭터 자체로서는 "지성이 덜 발달한" 상태로 "자아강화(self-consolidation)와 자아소멸 사이를 오가"(144)는 인물로 분석한다. 애슐리 나도(Ashley Nadeau)의 경우 울프가 콘래드적 전통에서 그녀의 여성 탐험자들을 이동성이 결여되고 제국주의의 진실로부터 차단된 커츠(Kurtz)의 약혼녀 모델을 수정하여 발전시킨 과정에 주목하며, 그중 레이첼은 초기모델로서 그녀의 죽음은 상징적인 저항성을 갖지만 결혼 외의 선택지가 주어지지 않는 문맥적 한계를 가진다고 분석한다. 이처럼 레이첼에 대한 지배적인 담론은 그녀의 수동성이 가부장제와 제국주의의 이데올로기를 비판하는 기제로 쓰이는 것에는 동의하나, 그녀 자체는 무기력하며 자아탐색의 과정에서 주체로 서지 못하고 운명에 수동적으로 휩쓸린다는 의견이다.

---

2) 마크 울래거(Mark Wollaeger)에 따르면 『출항』은 울프가 콘래드와 콘래드적 주제를 연상시키는 레너드 울프(Leonard Woolf)의 식민지 소설, 『정글 속 마을』(*The Village in the Jungle*)(1913)을 의식하여 그들과의 "문학사적 삼각관계" 속에서 여성을 주인공으로 하되 오스틴의 소설, 에드워드 시대 문학과는 구별되는 자신의 미학을 구축하려고 분투한 결과이다. 그는 레이첼의 주체성을 논함에 있어 그녀의 예술가적 성향에 주목하여, 울프의 자의식적인 검열과 반복적인 개정의 결과 다소 감춰지지만, 독자적인 예술의 영역을 구축하려는 레이첼의 주체성이 울프를 대리하는 "현대 예술가 형상"(41)으로 볼 수 있다고 평가한다. 울래거는 레이첼과 울프의 연계성을 긍정적으로 평가하면서 이들이 각각 음악과 문학에서 기존의 예술형식을 탈피하려는 성향을 볼 때 레이첼을 울프의 "현대적 감수성의 발생"(41)이자 "「현대 소설」("Modern Fiction")에서 논의되는 존재의 덧없음(ephemerality of being)을 예견하는 인물"(42)이라 주장한다.

그런데 비평가들이 레이첼의 수동성을 비판하면서 흥미롭게도 공통적으로 지적하는 부분은 레이첼이 가부장제와 제국주의의 억압 속 소외된 여성들과 자신을 무분별하게 '동일시'(identification)한다는 것이다.[3] 레이첼이 리처드 댈러웨이의 전체주의적 세계관에 맞서 여윈 흑인 과부의 이미지를 떠올리는 장면, 문학작품 속 고통받는 여성인물들의 이야기를 읽을 때 직접 대면하듯 반응하는 장면, 그리고 원주민 마을 탐방 중 그곳 여성들에 대해 "저 여인들, 저 나무들과 강들은 영원히 지속될 것"(270)이라 모호한 언급을 하는 장면 등에 대해, 비평가들은 대체로 레이첼이 수동적이기 때문에 현상(status quo)의 모순에 저항하기보다 약한 처지의 여성에 자신을 '동일시'하는 데 그친다고 분석한다. 그러나 여러 평자들이 사용한 '동일시'라는 분석 내지 표현은 레이첼이 타자에 반응하며 관계 맺고 이를 통해 주체성을 형성하는 다양한 맥락들을 간과하는 경향이 있다. 레이첼은 소설 여러 군데서 미지의 타자를 상상하고 응답하려는 열망을 드러내며, 이는 단순히 타자에게 자신을 이입하거나 동일시하는 차원이 아니라 주체의 응답을 명하는 타자의 '얼굴'에 반응하는

3) 가장 문제가 된 장면은 본고 후반에 다룰 원주민 여성과의 대면 장면으로, 레이첼이 원주민 여성들과 자신을 "동일시"하는 장면이 그녀가 곧 경험할 가부장제의 억압을 깨닫는 데 꼭 필요한 순간으로 쓰이지만, 식민지 여성 주체가 레이첼의 깨달음을 위해 "목소리가 제거된 조력자"(a voiceless foil)로 착취되는 함정은 고려하지 않는다(17-18)는 비판이다. 울래거 또한 울프와 인종 문제를 다룬 다른 논문에서 『출항』이 원주민 여성을 그리는 방식은 그들을 "전 지구적 가부장제의 단순한 대상으로의 상징"(object-symbols, 44)로 국한한다고 비판한다. 이처럼 『출항』이 제3세계 인물들을 그리는 방식에서 "제한적인 인종 관점"(Carr 210)을 드러낸다고 비판하는 평자들은 이를 울프의 제3세계에 대한 경험 혹은 인식부족으로 연결시킨다. 그러나 콘래드나 레너드 울프와 달리 울프는 자신의 경험에 바탕하여 식민지를 타자화하여 재현하기보다 『출항』에서 가상의 식민지를 배경으로 유럽 제국주의의 허상을 폭로하고 풍자하는 데 중점을 둔다. 소설은 리처드 댈러웨이(Richard Dalloway), 윌로우비 빈레이스 같이 제국주의 가부장제를 대변하는 인물들을 직접적으로 희화화하고 풍자하며, 특히 헬렌의 관점을 통해 윌로우비가 그의 운수업에 식민 타자들을 착취하여 부를 축적하는 행태가 얼마나 우스꽝스러운지를 전달한다.

의미로서 윤리적 주체의 수동성을 드러낸다.

본고는 타자철학의 관점에서 레이첼의 수동성을 기존 논의에서와 같이 부정적인 의미로만 볼 것이 아니라 타자와의 관계에서 보이는 윤리적 주체의 특성으로 다시 읽는다. 타자철학의 창시자라 할 수 있는 에마뉘엘 레비나스(Emmanuel Levinas)가 현상학적인 바탕에서 설명하는 주체는 코기토적인 인식상의 자아 혹은 추상적인 자아가 아니라 타인의 부름에 응답하는 경험을 하는 나 자신이다. 레비나스는 타자의 현존 앞에 취약한 주체의 수동성을 주체를 주체로 만드는 핵심으로 설명한다(*OTB* 50). 이 글은 『출항』을 읽는 기존의 후기식민주의 비평 및 페미니즘 비평의 비판적 논점들을 인정하되, 울프가 당대 영국사회의 관습에 미처 포섭되지 않은, 마치 백지와도 같은 상태의 레이첼이라는 인물을 창조하면서 여성과 남성, 제국과 식민, 더 넓게는 주체와 타자의 관계를 어떻게 가정하고 전복하는지를 레비나스의 타자철학에 근거하여 살펴보고자 한다.

울프와 타자철학을 함께 연구하는 최근의 비평 흐름은 레비나스를 페미니즘적으로 재해석하는 뤼스 이리가라이(Luce Irigaray)의 "친밀함"(intimacy)의 윤리에 주목해 『등대로』(*To the Lighthouse*)(1927)와 『댈러웨이 부인』(*Mrs. Dalloway*)(1925)과 같은 대표작들을 주로 다뤄왔다. 제시카 버먼(Jessica Berman)은 이리가라이의 성차의 윤리를 들여와 울프의 텍스트가 레비나스 철학의 핵심인 타자의 알 수 없음과 이리가라이가 주목하는 여성의 친밀함의 윤리를 연결한다고 주장하며, 엘사 헤그바리(Elsa Högberg) 또한 울프의 작품들이 "자아가 자율적인 독립체로 확장되는 것이 각 개인의 침해할 수 없는 고유성을 인식하도록 격려"(5)하는 의미로서 "친밀함의 윤리"를 발전시킨다고 본다. 반면 『출항』에 관해서는 레이첼과 헬렌의 퀴어적 관계에 대한 간헐적인 논의 외에 소설에서 나타나는 친밀함의 윤리나 레이첼의 윤리적 가능성을 논하는 글은 극히 드물었다고 할 수 있다. 최근 논문으로 알렉산드르 프리고진(Aleksandr Prigozhin)은 『출항』에서 비개인적(impersonal)으로 전염되는 "사소한 친밀함"(minor intimacy)이 주체성과 사회성을 구성하는 기존체계에 균열을 일으키는 양상(284-85)에 주목하나, 몇몇 장면들에 한정하여 논한 바 있다.[4] 『출항』에서 레이첼이 타자를 상상하고 이해하려는 열망이 일련의 사건마다 균일하게 표출되거나 결과를 드러내 보일 어떤 협의의 성장에 이르는 것은 아니며, 소설에서 더 많이 보이는 것은 레이첼의 타자의 비전이 여성의 역할과 위치를 가정과 모성의 영역으로 극히 제한하는 사회제도와 관습으로 인해 더 발전되지 못하고 좌절되는 지점들일 것이다. 그러나 레이첼은 한계에도 불구하고 이후 울프의 주요 여성인물들의 특성, 즉, 『등대로』의 램지 부인(Mrs. Ramsay)과 릴리 브리스코(Lily Briscoe), 『댈러웨이 부인』에서의 클라리사(Clarissa Dalloway)가 타자와의 관계에서 이성적인 앎을 초월하는 친밀함을 추구하는 유형을 부분적으로 예고한다. 이 글은 레이첼이 타자와 대면하는 장면들에 초점을 맞추어 그녀가 여성의 위치와 쓸모를 재단하는 사회의 억압에 저항하며 윤리적인 주체로 성장하는 가능성들에 주목한다.

---

4) 프리고진은 울프의 미학에서 중요하게 논의되어 온 비개인성(impersonality)이 친밀함과 배척되는 것이 아니라 얽혀져 있으며, 『출항』에서 결혼, 가정과 같이 수립된 형식으로서의 "주된 친밀함"(major intimacy)이 아닌 "사소한 친밀함"이 돋보이는 장면들에 주목한다. 프리고진은 『출항』의 인물들이 사회적으로 분리된 상태를 절감하는 가운데 배, 호텔과 같이 개개인이 공존하고 있는 물리적 공간에서 서술자가 묘사하는 비개인적이며 사소한 친밀함이 주체간의 벽을 투과한다고 분석한다. 그의 분석은 레이첼과 테렌스를 포함한 『출항』의 인물들이 타인에게 노출되어 있으면서도 분리 돼있는 역설적 조건을 포착한다는 면에서 소설 속 사회에 대한 본고의 기본적인 입장과 맥을 같이 한다. 그러나 프리고진의 글은 울프의 다른 단편들을 더불어 분석하면서 『출항』과 레이첼에 대한 분석이 짧은 한편 상호주체성을 초월하는 비개인성에 집중한다는 점에서, 타자와의 관계에서 레이첼의 수동적인 주체성을 윤리적인 특성으로 읽으려는 본고의 방향과 다르다.

윤리적 주체로서 레이첼을 다시 읽는 작업은, 울프의 소설 중 『출항』이 모더니즘으로 이행하는 과도기적 작품으로서 주인공 레이첼을 그리는 방식과 레비나스의 타자 철학이 서양 주체를 근본적으로 재고하려는 작업을 연결하는 데서 시작할 수 있다. 레비나스의 타자철학은 서양철학 전통에서 앎(knowing)의 주권자(sovereign)로 정의되어 온 존재론적(ontological) 주체를 반성하고 주체를 형성하는 것은 타자의 부름에 응답하는 책임이라고 주장한다. 레비나스에 따르면, 타자는 주체의 앎 너머에 존재하며 '나'의 인식 대상으로 개념화되거나 한정되지 않는 초월성을 지닌다. 주체는 언제나 이 타인에게 응답하는 책임을 가지는 동시에 타인은 그의 인식이 포착할 수 없는 대상으로 남는 것이다. 이러한 주체-타자의 관계로서 레비나스가 주창하는 "제일 철학으로서의 윤리"(ethics as first philosophy)는 어떠한 정치적 관계성에 우선한다. 그러나 이는 레비나스의 철학이 사회역사적 맥락과 벗어나 있는 것을 뜻하지 않으며, 그의 철학은 자신이 홀로코스트로 가족을 잃고 망명의 삶을 산 자전적 배경에 기초하여 나치즘과 같은 전체주의의 정치적 사상적 폭력이 타자를 억압하고 주체성을 왜곡하는 양상을 비판한다. 타자(alterity)의 무한성(infinity)에 반대되는 개념으로 레비나스가 비판하는 전체성이란 타자를 동일자(the same)의 존재론적 앎으로 환원시킨다. 이에 따라 레비나스는 제국주의를 전체주의적 관점에서 "인간이 쉽게 대상화되는"(men can easily be treated as objects, *TI* 170) 이념으로 비판한다. 제국주의가 계몽과 발전, 연합이라는 미명 아래 제3세계 국가들을 식민으로 종속시키고 지배를 확장한 것은 서양 전통에서 타자를 동일자에 환원시키는 인식의 폭력성이 역사의 한 단계에서 극대화된 것이라 할 수 있다.

모더니즘 문학은 근대 주체가 서양문명의 계몽과 진보에 대한 믿음이 붕괴되는 역사적 맥락에 처하면서 주체성의 근본과 인식의 바탕을 의심하는 주제를 다루며, 그러한 점에서 레비나스가 주장하는 급진적 의미로서의 윤리적 주체 개념과 접점을 가진다. 모더니즘이 발흥한 시기는 영국 제국주의가 정점을 찍으면서 그 만행 또한 드러나고, 다른 한편 여성 권리 신장을 위한 운동이 시작되는 시기였다. 모더니즘을 정의하는 방식은 무수하지만 넓게 말하면 모더니즘 소설들은 젠더, 계급, 인종의 차이에 따라 타자와의 관계에 근거하는 근대적 주체성(modern subjectivity)이 어떻게 형성되는지를 탐색한 작품들이라 할 수 있을 것이다. 그중 20세기 초 모더니즘의 대표적인 소설들은 공통적으로 제국 주체와 식민 타자의 조우를 그리면서 제국주의가 궁극적으로 쇠퇴할 수밖에 없는 양상을 목도하고 그에 따라 그들의 주체성의 본질을 질문하고 해체하는 양상을 보인다. 일례로 울프의 『출항』은 상기하였듯이 『어둠의 심연』의 전통에서 이후 포스터(E. M. Foster)의 『인도로 가는 길』(*A Passage to India*)(1924)과 더불어 유사한 서사를 보이는데, 경험이 부족한 영국 젊은이가 식민지 탐방을 나서서 (식민지와 원주민을 포함하는) 식민 타자를 알고자 하지만, 대지의 심장부로 들어가 식민 타자를 대면하자 이유를 설명할 수 없이 정신적, 육체적으로 손상을 입는다. 그들이 결국 식민지에서 깨닫는 것은 타자가 자신들의 인식 안으로 포섭 불가능하며 자신들의 정체성 혹은 가치관의 기저 또한 불분명하다는 것이다. 여성 인물인 레이첼과 아델라 퀘스티드(Adela Quested)는 식민 타자를 대면한 이후 약혼자와의 관계가 깨지고 결국 결혼이 불발된다.[5] 이와 같이 초기 모더니즘 소설들의 공통된 서사는 제국 주체의 인식론적 허상이 식민 타자와의 조우를 통해 폭로되는 양상을 그

5) 이들의 파혼은 이성애적 결합을 거부하며 가부장제가 제국주의를 뒷받침하는 흐름을 차단한다. 세 소설의 연관성에 대한 연구로는 필자의 박사 학위논문 『불가능의 서사: 모더니즘 소설 속 알 수 없는 타자와 윤리적 상상력』(*Impossible Narration: The Unknowable Other and the Ethical Imagination in Modernism*)(2021) 본론 첫 번째 챕터를 참조.

린다는 점에서 후기식민주의의 제국주의 비판과 타자 윤리의 존재론적 주체 비판을 연결한다.

초기 모더니즘 소설이 서구 주체의 인식론적 위기를 다루는 흐름에서 『출항』의 레이첼이 독특한 위치를 점하는 것은, 그녀가 식민지 탐험을 나서는 제국 주체이자 가부장제에 속박된 여성이라는 이중적 정체성으로부터 복잡한 결을 지니기 때문이다. 레이첼은 (커츠의 약혼녀와 같이) 제국 밖으로의 이동성이 결여되거나 제국주의의 실체로부터 완전히 가리워지지 않지만, (아델라처럼) 국제간 이동, 약혼과 파혼 등의 결정에서 주체성을 발휘할 만큼 충분한 선택권이 주어지지 않은 젊은 여성으로 등장한다. 이야기의 결말을 생각할 때 『어둠의 심연』은 말로우를 통해 커츠의 죽음의 전말이 드러나고, 『인도로 가는 길』의 아델라는 동굴에서 자신을 공격했던 타자가 자신의 환각이었음을 깨닫고 진술을 번복하지만, 『출항』은 레이첼이 왜 열병에 걸리고 죽게 되는지 서사의 층위에서 충분히 설명하거나 해결하지 않고 끝난다. 캐릭터로서 레이첼의 수동성은, 서사형식의 측면에서 볼 때 울프가 많은 개정 끝에 레이첼을 주변 영국 인물들의 인식에서 벗어나고 온전히 포섭되지 않는 타자로 그리면서 생성된 부분이기도 하다. 『출항』은 레이첼을 중심인물로 보여주고 있지만 그녀에 대해 다 설명하지 않으며, 어떤 국면에서는 서술자의 설명이 헬렌의 관점, 즉, 그녀가 이해할 수 없는 레이첼에 관심을 가지고 보호자로 자청하여 관찰을 이어가는 시점과 크게 차이가 나지 않는다는 점이 이를 뒷받침한다. 손영주의 지적처럼, 반성장서사로서 이 소설의 비판은 그녀의 멘토라 자청하는 중상류층 인물들이 레이첼을 "자기표현 능력이 부족하며 성숙한 사회적 자아를 형성하려는 주체성도 부족한 인물"(65)로 "오독"하는 지점들을 드러내는 데 중점이 있다. 성장소설의 주인공으로서 레이첼이 사회의 편협한 관습에 맞서 자기 목소리를 내는 부분은 양적 측면에서 보자면 현저히 부족한 것이 사실이다. 그러나 관점을 바꿔 레이첼의 수동성을 주체와 타자 간 관계 맺음의 근간으로 본다면, 레이첼의 자아실현과 주체성 확립 과정을 다르게 읽게 된다. 소설 속에서 레이첼이 독서를 통해 동시대 문학 속 인물들에 반응하며 '취약해지는' 수동성은 서사 윤리에서 논하는 윤리적 읽기의 전형을 보여주며, 소설을 읽는 독자인 우리의 주체성의 윤리 또한 재고하게 한다. 본문에서는 레이첼이 제국의 한 부품으로서의 개인이 아닌 창문 너머 응답을 기다리는 타자를 상상하는 장면, 읽는 행위를 통해 텍스트 너머 타자에 응답하는 장면, 영속하는 제국주의의 비전에 저항하는 장면들을 살핌으로써 그녀가 타자에 응답하는 주체의 책임을 명확히 하며 윤리적 주체로서 성장하는 측면을 주목한다.

II. 창문 너머의 타자를 상상하기

레이첼이 자라온 배경에서 주목할 것은 그녀가 소통할 타인들 없이 고립되어 지내왔다는 것이다. 레이첼은 어머니를 일찍 여의어 모성이 부재하고 가부장 윌로우비가 사업 때문에 그녀를 방치하는 상황에서 두 명의 나이 들고 보수적인 고모들 밑에서 성장한다. 소설 초반 레이첼의 배경을 설명하는 대목은 성장소설의 주인공을 소개하는 것과는 거리가 먼 풍자적인 톤으로 한편으로는 레이첼의 지성이 아직 변별력이 부족한 초보적인 수준이었다고 언급하지만, 다른 한편 레이첼이 받은 교육이 "19세기 말의 대부분의 부유한 집 딸들이 교육받는 식의"(26) 평범한 것이었다고 하면서 빅토리안 시대 여성들이 받은 '평범한' 교육이 근대 주체로서 필요한 지성을 갖추는 데 얼마나 무의미했는지를 이어 서술한다.[6] 서술자는 아이러니한 톤으로 레이첼이 겉보기에는 특별할 것이 없는 중상류층의 가정에서 자랐으나 실상을 들여다보면 주변 어른들의 무관심과 방치 속에 제멋대로 자랐기에, 두 고모와 아버지가 그녀가 숙녀로서의 "품행"(morals)을 지키도록 "지나치게 보호"하고 "검열"한 것이 실질적으로는 레이첼이 그러한 '품행'이 있었는지도 인지하지 못했을 만큼 영향력이 없었던 것을 꼬집는다. 이처럼 레이첼이 성장해온 환경은 양날의 검처럼 작용하여 먼저는 그녀가 바깥 사회 그리고 타인들과 관계 맺을 기회 없이 홀로인 채로 성장해온 것을 알 수 있다. 그러나 레이첼이 덜 사회화될 수밖에 없던 환경은 다른 한편으로 그녀가 정형화된 빅토리안 가정에서 여성에게 요구되는 자질과 품행을 철저히 학습하며 자라지 않았다는 것을 의미한다. 주로 음악에 몰두했지만 레이첼은 연주와 독서, 사색을 통해 자신만의 세계를 구축하고 있었으며 삶의 이치와 사람들에 대한 호기심을 골똘히 품은 상태에서 에우프로시네 호에 승선한다.

레이첼이 미지의 타인을 상상하고 이해하려는 열망은 순탄하게 유지되지 않고 부침을 겪는다. 레이첼의 성장배경과 더불어 그녀의 내면이 처음으로 서술되는 2장 후반은 그녀가 타자를 알고자 하는 노력이 좌절된 문맥들을 자유간접화법으로 설명하는데, 레이첼은 나와 타자의 다름을 "심연"(abyss)으로 받아들이고 고모를 이해하려 대화를 시도했으나 소통이 좌절됐던 기억을 떠올리며 "그 누구도 자신이 의미하는 바를 말한 적도 그들이 느낀 감정을 표현한 적도 없는 듯이"(28) 느낀다. 타자와의 진정한 소통이 부재하는 상황에서 음악은 레이첼이 자신의 감정을 그대로 표현하는 창구이기도 하지만 소통의 엇나감이나 부자연스러운 관계로부터 그녀가 도피하는 영역이기도 하다. 소설은 레이첼이 속한 영국의 중상류층 사회가 타자에 대한 이해뿐 아니라 자

6) 『출항』의 우리말 번역은 진명희 역본(2019, 솔)을 참조하되 필요에 따라 필자가 번역했음을 밝힌다.

아의 삶의 동기에 대한 반성 없이 '그런 체'로 일관하며 그러한 행태들이 레이첼의 열망들을 어떻게 좌절 시키는지를 폭로한다. 항해 초반 레이첼은 갑작스레 배에서 대면하게 된 아버지의 지인들, 즉 고모인 헬렌을 포함한 기성세대들이 자신의 다름을 인정하지 않고 그녀가 되어야 할 여성상만을 강조하는 흐름에 고립감을 느끼는데, "이 이상한 남자와 여자들을 . . . 특색은 없지만 위엄 있는, 무대 위의 배우들이 종종 그렇듯 아름다운, 나이, 젊음, 모성, 배움의 *상징*들로 생각하자"(29, 필자 강조)는 레이첼의 다짐은, 나와 타자가 서로를 고유한 주체로 받아들이지 못하는 상황에서 레이첼이 알 수 없는 타자를 일반화하며 그로부터 거리를 두는 방어적인 태도를 반영한다. 이러한 태도는 소설 전반에서 레이첼이 보이는 타자를 향한 열망과 상반되는 것으로, 그녀는 줄곧 "그런 체"(pretending)하는 영국인들 속에서 겉돌며 몇몇 평자들이 지적하듯 어느 순간 인류학적 시선으로 사람들을 관망하는 태도를 취하기도 한다.

리처드 댈러웨이와의 대면은 레이첼이 주체로서 타자를 대면하고 그 위험에 노출되는 터닝포인트로서, 그녀의 타자를 향한 열망이 어떻게 발현되며 또한 좌절되는지를 핵심적으로 보여준다. 댈러웨이 부부는 레이첼이 처음으로 관계를 맺게 된 성인남녀이자 중산층부부의 한 표본으로 인상을 남기는데, 특히 리처드는 레이첼에게 알 수 없고 철저히 타자인 남성으로 등장한다. 두 사람은 리처드가 잠든 채로 홀로 남겨지거나 술에 취해 갑판에서 비틀대다가 레이첼의 방으로 따라 들어오는 상황과 같이 서로 무방비인 상태로 마주하며, 이와 같은 독대는 이들이 서로에게 존재의 본질을 드러내는 동시에 타인의 존재로 인해 취약할 수 있는 상황을 만든다. 레비나스에 따르면 타자란 나와 같은 유한(mortality)의 존재인 동시에 나의 생존을 위협할 수 있는 존재이며 그 앞에 취약할 수밖에 없는(vulnerable) 수동성(passivity)이 주체를 주체답게 한다고 주장하는데, 이러한 관점에서 레이첼이 리처드의 타자성에 응답하는 방식은 일면 레비나스가 말하는 윤리적 주체의 특징들을 보인다 할 수 있다. 레이첼은 사람들 간의 대화속에서 이미 리차드가 여성을 비하하는 것을 경험하지만, 그를 자신의 관심을 요하는 타인으로 받아들이고 그가 자신에 대해 내세우는 말들에 주의를 기울이며 그를 더 알고자 대화를 이어 나간다. 특히 레이첼은 그가 고통에 대해 — 애완동물을 잃은 고통, 어린시절 아버지와 사이가 좋지 않았고 고통스러웠던 것, 누이들과 함께 자란 기억 등 — 이야기하는 것에 반응한다. 두 번째 만남에서 리처드는 결국 강제로 키스하는 폭력으로 레이첼의 안전을 위협하며, 이 사건은 육체적으로서뿐 아니라 빅토리안 여성성(womanhood)에 반해 연기돼 있던 레이첼의 처녀성을 파괴하는 상징적인 폭력으로서 레이첼에게 지속되는 악몽을 초래한다. 표면상으로 레이첼은 그 폭력이 무엇을 의미하는지 아직 맥락화하지 못한 상태에서 헬렌에게 리처드와의 만남을 돌아볼 때 그의 얘기들에 응답함으로써 "자신의 작은 세계가 멋지게 확장"됐다고 이야기한다. 리처드와의 만남은 레이첼에게 끈질긴 트라우마를 남기는 '나쁜 만남'이 분명하며, 표면에 묘사되는 레이첼의 이러한 반응은 순진무구한 성격을 드러낸다 할 것이다.[7] 그러나 레비나스의 타자윤리적 관점에서 두 주체의 대면을 읽을 때 레이첼이 악한 타자라 할 수 있는 리처드의 현전에 반응하는 양상은 수동적인 주체의 윤리적 측면을 드러낸다.

---

7) 프리고진은 위의 문장, "그녀는 그의 슬로건-통합-상상력을 상기했으며, 그가 누이들과 카나리아들과 소년 시절과 자신의 아버지에 대해 말할 때 그녀의 찻잔에 거품들이 일어나며 그녀의 작은 세계가 멋지게 확장되던 것을 다시금 떠올렸다"(79)에 주목하여, 레이첼이 리처드 댈러웨이와 만난 의미를 돌아보는 것은, 캐릭터로서 그의 결함들과 레이첼과 견해를 좁힐 수 없었던 그의 전체주의적 세계관을 떠나서, "댈러웨이가 레이첼에게 "세상을 하나의 전체로 상상"하는 도전을 상징"하기 때문이라고 분석한다(291).

반면, 리차드는 레이첼과의 관계에서 자신을 경험과 지식, 남성으로서 가진 사회적 지위 등 모든 면에서 우월한 위치로 설정한다. 그는 자아도취적인 성향의 정치가로 자신이 한 일 중 "랭카셔의 수천명의 여공들이 하루에 한 시간씩 맑은 공기를 마시며 쉴 수 있게"(56) 한 것을 떠벌리는데, 레이첼은 그가 자신은 가 닿을 수 없는 힘없는 타자들에게 막강한 영향력을 행사하는 것에 감탄하며 관심을 보인다. 레이첼은 그러나 그가 대영제국의 "이상"(ideal)이라고 말하는 "통합"(unity), 즉, "목표와 지배와 진보의 통합, 가장 넓은 지역에 가장 훌륭한 아이디어를 분산시키는 것"을 이루기 위해 타자와 "애정"(affections)을 나누는 삶의 중요한 부분을 놓치고 있다고 지적한다. 이에 리처드는 레이첼에게 "유기적 조직체"(organism)이자 "전체"(whole)로서의 대영제국을 상상할 것을 주장한다.

> 세상을 하나의 전체로 생각해요. . . . 나는 대영제국의 시민이 되는 것 외에는 — 더 고귀한 목표를 생각할 수 없소. 이렇게 생각해 보시오, 빈레이스 양. 국가를 하나의 복잡한 기계로 생각해봐요. 우리 시민들은 그 기계의 일부요. 어떤 사람들은 보다 중요한 의무들을 수행하며, 다른 이들은 (아마도 나도 그들 중 하나요) 대중의 눈에 띄지 않은 채로 그 기계장치의 잘 보이지 않는 어떤 부품들을 연결하는 일에만 종사하오. 하지만 이 과업에서 가장 하찮은 나사 하나라도 잘못된다면 전체의 정확한 기계 작업이 위태롭게 되는 거요. (57)

리처드는 국가를 "하나의 복잡한 기계"에 비유해 설명하며, 개인은 "제국의 시민"이자 기계의 "한 부분"으로 기능할 때 존재 가치를 갖는다고 주장한다. 그가 주창하는 전체주의는 인간의 가치를 "보다 중요한" 일과 아닌 일, 보이는 일과 보이지 않는 일 등 위계화된 역할로 구분하고 제한하는 동시에, 어떤 위치에서든 개인이 주어진 역할에서 탈선할 경우 전체가 무너진다고 역설한다. 요컨대 리처드의 세계관은 타자를 규정함에 있어 사회가 암묵적으로 정한 위치와 역할로 도구화하며 전체를 유지하는 하나의 부품으로 축소한다. 리처드의 이 같은 관점은 타자로서 여성을 얘기할 때 두드러진다. 그는 아내 클라리사 댈러웨이가 '집안의 천사'로서 육아 등 "가사의 의무"를 다하기 때문에 그와 같은 가부장이 전체와 제국을 위한 공적생활을 "*계속해 나갈*"(56, 필자 강조) 수 있다고 강조하며, 이분법적 젠더 역할을 역설한다. 그가 "아내의 환상은 깨지지 않았소"(56)라고 말할 때 그의 가부장적 젠더 이념은 『어둠의 심연』에서 말로우가 여성은 제국주의의 진실로부터 "완전히 벗어나 있다," "우리는 그들이 그들 만의 아름다운 세계에 머물도록, 그래서 우리의 세계가 더 나빠지지 않도록 해야 한다"(49)고 말하는 수사를 상기시킨다. 이처럼 리처드가 대변하는 전체주의는 실체가 없는 "이상" 또는 "환상"이라는 구분으로 여성의 타자성을 한정하는 한편, 여성을 제국주의의 진실로부터 차단되도록 타자의 앎을 억압한다.

레이첼은 리처드가 주장하는 "유기적 조직체"로서 제국의 비전에 의구심을 품으며 그 비전이 소외시키는 타자의 얼굴을 상상한다. 레이첼은 "리즈 근교에 자기 방에 있는 한 늙은 과부"가 "창밖을 응시하며 얘기할 상대를 찾고 있는" 장면을 상상하며 리처드의 전체주의적 세계관이 "애정이 닿지 않은 채로 남겨지는 과부의 마음(the mind of the widow — the affections; those you leave untouched, 57)을 소외시킨다고 비판한다. 레이첼이 상상하는 사회 속 주체들의 관계는 나와 타자가 서로 응답할 책임을 지며 그것들이 모여서 사회를 이루는 것이다. 이 장면에서 레이첼이 상상하는 타자가 다름 아닌 "창밖을 응시하며 얘기할 상대를 찾고 있는 여윈 혹은 과부의 이미지"(57)인 것은 그녀가 앞으로 소설에서 자신과 타자의 관계를 설정하는 방식의 패턴과 딜레마를 함께 노정한다. 리처드와의 대면은 분명 레이첼로 하여금 사회에서 자신의 위치 — 미혼의 백인, 중산층, 여성 — 를 깨닫게 한 측면이 있다. "그녀는 사실 빈민가를 걸어본 적이 거의 없었으며 언제나 아버지나 하녀 고모들의 보호를 받으며 다녔"(56)는데, 이는 그녀가 사회-인종-계급적으로 특권층에 있는 한편 그러한 배경이 타자와 만나는 일에 상당한 제약을 끼친 것을 시사한다. 그러나 레이첼이 과부의 이미지를 떠올릴 때 자신과 타자와의 인종 또는 계급적 차이를 염두에 두었을지를 추측해보면, 그와 같은 차이를 의식화하지 않았을 것이라는 데에 윤리적 주체로서 레이첼의 복잡성이 드러난다. 레비나스적 관점에서 보면 주체에게 응답을 요구하는 타자의 얼굴은 어떠한 종류의 정치적 맥락이든 그것에 선행하는 것이다. 사회적 약자에 속하는 타자들을 만날 기회가 차단된 채 살아온 레이첼이 '늙고 여윈 과부의 얼굴'을 먼저 떠올리는 것은, 그녀가 알 수 없는 타자들을 만나고 응답하기를 열망한다는 것을 방증하며, 이후 『댈러웨이 부인』에서 클라리사 댈러웨이가 한 번도 본 적 없는 셉티머스(Septimus Warren Smith)의 고통을 상상하고 마음을 쓰는 장면을 예견한다. 레이첼의 상상은 과부의 비전을 언어로 표현하는 데 있어 서툴고 추상적인 성격을 띠지만, 리처드가 "그 과부가 찬장이 바닥난 것을 발견한다면 정신적 관점에 영향을 받을 것"(57)이라 단정하며 타자의 부름을 몰각한다면, 레이첼은 미지의 타자를 함부로 규정하지 않고 주체의 응답할 책임을 강조한다.

결국 레이첼의 타자의 비전, 즉, "이야기할 누군가를 찾아 창문 너머를 바라보는 여윈 흑인 과부의 이미지"는 리차드의 제국주의적 비전, "사우스 켄싱턴에서 보는 것과 같이 쾅 쾅 쾅 소리내는 거대한 기계의 이미지"와 "결합할 수 없는"(57) 것으로 결론지어진다. 이에 대해 나도는 레이첼이 과부의 이미지와 기계의 이미지를 연결 짓지 못하는 것은 외로운 과부와 자신을 "동일시"하기 때문이며, 나아가 레이첼이 과부의 이미지를 통해 그 기계에서 이탈하는 자신의 미래를 본다(19)고 주장한다. 소설 전체의 흐름—레이첼의 이른 죽음으로 끝이 나는—을 두고 결과적으로 해석한다면 레이첼의 운명이 유기적인 기계에 비유되는 대영제국의 영속적 움직임과 유리된다고 볼 수 있을 것이다. 그러나 결과론적으로 레이첼이 여윈 흑인 과부의 이미지를 떠올리는 것과 제국주의 가부장제에 편입되지 않고 죽음을 맞는 것을 동치하여 그녀가 상상의 타자에 자신을 동일시한다는 해석은 무리가 있으며, 레이첼이 타자와 관계 맺는 방식을 단순화하는 한계가 있다. 레이첼이 리처드가 제시한 기계로서의 국가의 비전을 듣고 상상한 의성어 "쾅 쾅 쾅"(thumping, thumping, thumping)은[8] 그가 강조하는 대영제국의 "지속"(continuity, 42)의 이미지를 소리로서 전달한다. 이처럼 레이첼이 창문 너머의 타자를 상상하는 비전은 리처드가 개인을 기계의 부분으로 상정하는 전체주의의 비전 앞에서 좌절되며, 뒤에서 자세히 살피겠지만, 빈번히 등장하는 '영속하는'(go on) 제국의 이미지가 타자와의 관계 맺음을 통해 개인의 고유성(singularity)을 찾으려는 레이첼의 열망에 그림자를 드리운다.

III. 타자에 응답하는 책임(answerability)으로서 레이첼의 읽기

『출항』에서 인물들은 항상 독서를 하며 독서에 관한 대화로 자신들의 지성과 앎의 정도를 드러내는 데 익숙하다. 프리드만이 주장하듯 이 소설에서

8) 닉 몽고메리(Nick Montgomery)는 이 산업적 소음이 '유기적 조직'인 기계의 맥박소리에 비유되는 측면도 있지만, "강타(a blow), 곧 개인에 대한 공격 행위"로서 기계의 보이지 않는 부분이자 원동력인 개인에 대한 위협으로 해석한다(38). 몽고메리는 결론적으로 "자동기계(automaton)화된 국가와 인간의 반목은 산업-제국적 복합체와 구성 주체간의 지속 불가능한 관계를 묘사한다"고 주장한다(38).

독서는 성인으로서 갖춰야 할 지성의 척도로, "교육의 비유이자, 성인사회로의 관문을 나타내는 형상"(109)으로 읽힌다. 레이첼의 주변인들은 그녀에게 특정한 독서목록을 권함으로써 영국 사회의 관습과 이데올로기를 주입하려 한다. 일례로 댈러웨이 부부는 레이첼이 『설득』(*Persuasion*)(1817)을 비롯한 제인 오스틴의 소설들을 좋아하지 않는 것을 못 견뎌 하며, 존 허스트(John Hirst)는 에드워드 기번(Edward Gibbon)의 『로마제국 쇠망사』(*History of the Decline and Fall of Rome*)(1776)를 읽지 않은 것은 용납할 수 없는 일로 치부한다. 그러나 레이첼은 이와 같은 도서목록을 교육과 지성의 표본으로 받아들이는 것을 거부하며, 독서가 개인에 미치는 영향을 특정한 목적과 기준 하에 재단하는 이들의 교만을 지적한다. 레이첼은 존이 그녀가 기번의 스타일을 인정하지 않는다는 이유로 자신의 지성을 판단하자, "당신은 어떻게 사람들을 단순히 그들의 정신으로 판단하려 하나요?"(How are you going to judge people merely by their minds?, 185), "사람은 책 읽는 것 없이도 아주 좋은 사람일 수 있어요"(185)라고 반박한다. 이들이 레이첼에게 독서목록들을 강요하면서 각각 오스틴 소설을 관통하는 주제인 이성애적 결합, 즉 결혼과, 기번의 책이 대변하는 남성 중심의 문명사를 교육하려 했다면, 레이첼은 이를 거부함으로써 빅토리안 사회가 요구하는 지성과 규범에 순응하지 않을 것을 분명히 한다.

레이첼의 읽기는 적극적인 자기교육의 행위이자 서사를 통해 알 수 없는 타자들에게 윤리적으로 응답하는 방식이다. 레이첼은 "집의 나머지 공간들과 구분된 . . . 신전이자 요새"(112)와 같은 '자신만의 방'에서 연주할 뿐 아니라 책을 매개로 "읽고, 생각하고, 세상에 도전(defy the world)"하며, 타자와 세상에 대한 앎을 넓히고자 한다. 레이첼은 그녀의 보호자들이 결코 추천하지 않을 "현대 작품들"을 골라 읽는데, 그 책들은 고모들이 본다면 "그렇게 중요하지 않은 사실들에 대한 거친 말다툼이고 논쟁의 표식일 뿐"이며 헬렌이 젊은 여성들의 교육을 생각한다면 "혐오할" 만한 종류의 책들로 묘사된다. 레이첼은 『인형의 집』(*A Doll's House*)(1879)을 비롯한 『헨리 입센의 작품들』(*Works of Henrik Ibsen*)과 조지 매러디스(George Meredith)의 『십자로의 다이애나』(*Diana of the Crossways*)(1885)에 특히 몰입하는데, 이 작품들은 공통적으로 가부장제에 저항하는 여성들과 그로 인해 결혼이 깨지는 이야기들을 다루고 있으며, 레이첼이 동시대 여성들의 삶에 관심을 기울임을 증명한다.

레이첼이 읽기를 통해 문학작품 속 여주인공들에 응답하는 방식은 레비나스적 개념에서 타자에 반응하는 주체의 윤리적 응답능력을 보여준다. 레이첼의 독서는 누군가의 이야기를 소비하거나 지식을 넓히기 위한 용도에 국한되지 않고 "일부는 자기 자신으로 그리고 어느 정도는 방금 읽은 희곡의 여주인공이 되어"(112) 캐릭터들의 삶을 "연기"(perform)하고 재현하는 것으로 확장된다. 이처럼 레이첼이 작품 속 인물들에 반응하여 텍스트와 상호 작용하는 방식은 아담 뉴튼(Adam Newton)이 『서사 윤리』(*Narrative Ethics*)(1995)에서 설명하는 "해석의 윤리"를 체현한다. 뉴튼은 타자에 응답하는 능력이 주체를 구성한다는 레비나스의 타자윤리를 텍스트에 적용하여 서사를 "윤리적 대면"(ethical encounter)의 장으로 읽는다. 레비나스적 관점에서 보면 픽션은 재현의 알레고리적 현현으로 레비나스가 경계하는 "앎"의 형식으로 작용하기도 하지만, 뉴튼은 픽션에 적용되는 현상학적 인식이 픽션의 재현 능력뿐 아니라 "더 엄중하고 충분한 힘을 가진 윤리적 책임"을 소환한다고 본다(19). 이러한 측면에서 뉴튼이 설명하는 서사 윤리의 세 가지 카테고리, 즉, 서술의 윤리, 재현의 윤리, 해석의 윤리 중, 해석의 윤리는 이야기를 취하는 독자의 책임에 방점을 두는 가장 중요한 카테고리로 설명된다. 독자의 책임이란 기본적으로 "이야기의 재현적, 미학적 한계 바깥에 있는," "문학 캐릭터의 무력함(helplessness)"(21)에 적극적으로 반응하는 윤리적 응답능력을 뜻한다. 뉴튼은 읽는 주체가 텍스트 속 타자의 무력함과 자신의 분리됨(separateness)을 인지하며 응답하는 방식으로, 서사 윤리 전체를 설명하는 다른 표현으로 "텍스트 수행하기"(Performing the Text)를 강조한다.9) 여기서 '수행'이란 단순히 연대감이 불러일으키는 연극적인 수행이기보다 「외로움」을 읽는 독자들이 "그들 자신의 특이성, 그들 자신의 분리됨, *그리고* 캐릭터에 대한 책임"(원문 강조 22)을 느끼는 것에서 비롯되는 행위이다. 읽기의 윤리적 딜레마는 읽기 자체의 고립적 성격에 있으나, 뉴튼은 텍스트가 레비나스적 타자와 같이 우리에게 비판적으로 읽고 응답하는 "수행을 명하며"(23) 독자가 그 책임을 이행할 때 역설적으로 홀로 이루어야 하는 읽기의 상황이 상호주체적으로 남을 수 있다고 주장한다. 『출항』에서 레이첼의 읽기가 '연기하다,' '수행하다'는 뜻이 "perform"으로 계속 묘사되는 것이 흥미로운데, "그녀는 한 번에 며칠씩 주인공들을 연기했고, . . . 메러디스의 차례가 되면 십자로의 다이애나가 되었다"는 서술이 시사하듯, 레이첼의 독서는 이야기에 거리를 두고 감상하는 것이 아니라 "내가 알고자 하는 것은 . . . 이것이야. 진실은 무엇이지? 이 모든 것의 진실은 뭘까?"(112)와 같이 텍스트와 타자에 반응하는 적극적인 수행에 가깝다고 할 수 있다. 이처럼 레이첼의 읽기는 텍스트 속 인물들과 상호관계를 맺는 수행을 동반하며 윤리적 주체로서의 응답능력을 드러낸다.

---

9) 뉴튼이 주목하는 소설 중 대표적으로 셔우드 앤더슨(Sherwood Anderson)의 『와인즈버그, 오하이오』(Winesburg, Ohio)(1919)는 서술자의 지배적 역할이 비워지고 텍스트가 자율적으로 자신을 드러내는데, 소설에서 단편 「외로움」("Loneliness")과 같이 "말을 거는"(addressive) 텍스트들이 "픽션과 현실 사이의 존재론적, 인식론적인 경계에도 불구하고 독자들에게 모방적, 수행적 행위(performative acts)를 요청한다"(22).

레이첼은 또한 독자의 읽는 행위가 가진 책임의 양면을 기꺼이 받아들인다. 뉴튼은 서사를 통한 윤리적 대면이 "역설"(paradox)을 수반한다고 설명하는데, 코울리지(Samuel Taylor Coleridge)의 노수부의 노래(the rime of ancient mariner)가 결혼식 하객을 사로잡아 그 마음을 물들였듯이, 독자로서 우리는 서사의 물들이는 힘(contaminating power)에 노출되면서 그 이야기에 종속되는 한편, "서사가 가진 권력의 주인이 바뀌어 우리의 수중에 들어오는 것을 목격"(21)한다는 것이다. 레이첼의 읽기는 서사에 단순히 굴복하지 않으며 픽션의 세계와 실제 세계 사이의 경계를 혼돈하지 않는다. 서술자는 레이첼이 책을 덮고 내쉬는 "깊은 숨"이 "항상 상상의 세계로부터 현실세계로의 이행을 보여주는 놀람의 표현"(112)이라고 덧붙인다. 레이첼이 입센과 메러디스를 읽을 때 텍스트 속 주인공들의 상황에 몰입하지만, 관찰자인 헬렌이 지각하는 바와 같이, "그것은 그러나 단지 연기만이 아니며 인간 내면에 모종의 변화가 일어나는"(112) 주체로서의 '수행'을 보여준다. "그녀의 생각은 노라로부터 벗어나 있었지만, 그녀는 계속해서 그 작품이 그녀에게 암시해준 것들, 여성과 삶에 대해 생각하고 있었다"(113)는 서술이 시사하듯, 레이첼의 읽기는 단순히 자신을 작 중 인물에 투영하는 것이 아니라 그 책이 자신의 인생에 말하는 것을 깊이 생각하는 것으로 지속된다.

비평가들은 레이첼이 작중 인물들에게 반응하며 관계를 맺는 양상을 주로 "동일시"라는 분석으로 통일해 왔으며, 그녀가 결국 죽음을 맞게 되는 것도 독자로서 주체성을 지키지 못하고 작품들에 함몰되는 수동성 때문이라 평한다. 대표적으로 프리드만은 "그녀가 읽는 것들과 완전히 동일시하는 버릇"(121), 곧, "그녀가 좋아하는 것을 읽는 행위가 텍스트가 삶이 되고 그녀의 삶이 텍스트가 되는 동일시를 수반하는 것"이 문제적이라 지적하며, 레이첼의 독서에 "비판적 거리"가 결여된 것이 결국 그녀를 가부장제의 폭압을 완전히 거부하는 것, 즉 죽음으로 이끌었다고 주장한다. 결론적으로 프리드만은 읽기의 교육학적 관점에서 레이첼이 삶과 텍스트들 사이의 복잡한 상호텍스트성으로부터 "그녀의 성장을 위한 방책을 협상하지 못했다"(121)고 진단한다. 프리드만의 이와 같은 비판은 레이첼이 테렌스가 밀턴의 결혼 가면극『코머스』(*Comus*)(1637)를 낭송하는 것을 들으며 치명적으로 영향을 받는 장면이 곧 그녀의 열병과 죽음으로 연결되는 상징성에 근거를 두고 있다. 밀턴의『코머스』는 은색 의자에 갇힌 여인이 물의 정령 사브리나에 의해 구출되는 이야기를 다루는데, 레이첼은 시구에서 가부장의 권력을 상징하는 왕과 왕국의 이름인 "브루트"와 "로크린," 그리고 속박의 의미를 더하는 "재갈" 등의 시어들을 들으면서 "괴로움을 느끼며" 눈앞에 불쾌한 광경이 펼쳐지는 것을 경험한다. 주목할 것은 레이첼의 반응이 테렌스가 제시하는 읽기에 역행한다는 것이다. 테렌스는 텍스트의 의미를 작가의 권위로부터 파생되는 것으로 규정하며 "밀턴의 시구들은 본질과 형태를 갖고 있어서 무슨 말을 하고 있는지를 이해할 필요가 없다. 누구든 그저 그의 시구들을 들을 수 있었고, 누구라도 시 구절들을 거의 이해할 수 있다"(308)고 설파한다. 이와 같은 테렌스의 읽기는 독자의 역할과 책임을 간과하며 독자가 텍스트와의 관계 속에서 발견하는 개별성을 배제하는 것이다. 레이첼이 시어들을 듣고 괴로워하며 타격을 받는 것은 이후 그녀가 열병에 걸린 첫째 날 물이 침대의 발치까지 차오르면서 이 시구절들이 맴도는 환영을 보는 것과 연결된다. 이와 같은 연결성 때문에 시어들의 의미가 레이첼의 읽기 행위를 통해 구체화되는 것이, 울래거가 주장하듯, "밀턴 시의 상징적 위협과 더 명확히 감지되는 테렌스와 함께할 가정 생활의 위협"(66)에 영향을 받은 탓이라고 설명할 수도 있을 것이다.

그러나 레이첼이 밀턴 시에 영향을 받은 것을 단순히 그녀의 수동성과 텍스트와의 동일시 때문이라 해석하는 것은 재고할 여지가 있다. 앞서 『출항』의 서술자는 레이첼이 읽는 자연주의적 성격의 책들, "소설의 목적이 여성의 타락을 당연히 죄를 지은 사람에게 돌리는 것으로, 만약 독자의 *불편함*(discomfort)이 그 목적달성의 증거다 된다면 그것은 성취되었다"(113-14, 필자 강조)고 하는데, 레이첼이 작중 인물들의 '무력함'에 반응하고 그들의 이야기의 힘에 '노출'되면서 겪는 "불편함"은 뉴튼이 말하는 윤리적 읽기의 증거로 의미를 가질 수 있다. 뉴튼은 서사를 통한 윤리적 대면이란, 읽음으로 겪게 되는 위험을 피하고 독자의 역할 속에서 안전을 찾기 전에 텍스트 속 타자의 "불편한 근접성"(the uncomfortable proximity, 280)을 마주하고 감당하는 것이라 강조한다. 이는 레비나스가 설명하는 윤리적 주체의 근본에 부합한다. 레비나스가 말하는 상호주체적인 접촉(interpersonal contact)에 따르면, "자아는 정신보다는 피부로 생각되는데, 타자들과의 관계가 이성적인 결정과 선택에 우선하기 때문이다 — 그것은 먼저 노출로 *느껴지는* 것이다. 읽는다는 것은 취약해지는 것이다"(it is first *felt* as exposure. To read is to be vulnerable. [뉴튼 65], 원문 강조). 취약해지는 것이 주체의 수동성의 다른 표현이라면, 타자 윤리에서 수동성이란 일반적으로 갖는 부정적인 함의 대신 오히려 타자에게 반응하는 주체적이고 적극적인 양식으로서 의미를 갖는다. 그렇다면 레이첼이 읽기의 결과 '취약해지는 것'은 단지 밀턴 텍스트의 가부장적 위협에 자신을 투사하고 동일시하기 때문이 아니라 그녀의 자아가 텍스트 속 타자에 반응하고 그들의 이야기 속 고통과 부침에 '노출'된 결과이며, 이러한 현상은 윤리적 독자로서 보이는 "응답의 부정적 능력"(negative capability of response, 뉴튼 20)으로 다르게 해석할 여지를 갖는다.

IV. 영속하는(Going on) 전체주의적 비전에의 저항

레이첼이 타자와 맺는 관계에 있어서 가장 비판을 받은 지점은 소설의 클라이맥스가 되는 원주민 마을 탐방장면에서 그녀가 원주민 여성들에 대해 언급하는 부분이다. 영국인 무리의 식민지 탐방은 매년 마을을 돌아보면서 원주민들이 만든 물건들을 구매하는 관광 이벤트로 묘사된다. 마을에 당도한 영국인들은 원주민 여인들이 무언가를 만들며 노동하거나 아이들을 돌보는 모습을 돌아보는데, 레이첼은 그곳을 나오면서 "나무들 아래 앉아 있는 저 여인들, 저 나무들과 강들은 *영원히 지속될 것*"(So it would *go on* for ever and ever, she said, women sitting under the trees, the trees and the river. [필자 강조], 270)이라 언급한다. 평자들은 이에 대해 원주민 여성들이 노동과 더불어 울고 있는 아이들을 젖먹이는 모습을 보고서 레이첼이 자신에게 임박할 모성(maternity)의 굴레를 예감하고 그들과 자신을 "동일시"한다고 분석해왔다. 나도는 이와 같은 동일시가 "식민 여성 주체를 레이첼의 페미니즘적 개인주의와 가부장제의 저항을 일깨우기 위한 대비자(foil)이자 산파로 이중 전유"(21)하는 것이라 비판하며, 에스티는 이 "모호한"(oblique) 동일시에 대해 "소설 자체가 범문화적 동일시가 무효함을 고통스럽게 입증"(129)한다고 평한다. 이와 같은 비판들은 후기식민주의적 관점에서 레이첼의 동일시가 제국주체인 자신과 식민 주체인 원주민 여성들의 불균형한 관계를 간과하며, 그로 인해 그녀가 품고 있는 여성과의 연대, 가부장제에의 저항이라는 긍정적 함의들이 근본적으로 무력하게 된다는 입장이다. 우선 원주민 마을 탐방 장면에서 레이첼이 탐험에 나서는 제국 주체의 일원이 되는 것은 비판을 피할 수 없는 설정이다. 탐험을 주도하는 플러싱 부인(Mrs. Flushing)이 원주민 여성들의 노동을 착취하는 행태에 대해 어떠한 반성도 없는 발언을 하며("이 사람들은 이것들이 어떤 가치를 지니고 있는지 몰라요. 그래서 우리는 그것을 싼 값으로 구하지요. 그러고는 런던의 멋쟁이 여자들에게 파는 거예요." 222) 계획을 세우는데, 서술자는 이에 대한 레이첼의 반응을 생략한다. 그러나 탐험계획에 대해 "레이첼은 열성적이었는데 실제로 그 생각이 이루 말할 수 없이 그녀를 즐겁게 했기 때문이었다. 그녀는 항상 강을 보고 싶다는 커다란 욕망을 갖고 있었다"(222)는 서술은, 분명 『어둠의 심연』에서 콩고 강 탐험을 욕망했던 말로우를 상기시키며 레이첼을 제국주의 탐험자의 연장선상에 놓는 측면이 있다.

그런데 원주민들과의 대면 장면에서 중요한 것은 제국 주체들이 식민 타자를 마주하며 그동안 전제해온 자신들의 주체성에 위협을 느끼게 되는 지점이다. 식민 주체들이 제국 주체의 시선의 객체로 대상화되는 일반적인 식민 소설의 수사와 달리, 울프는 탐방의 주체인 영국인들과 마치 전시된 것처럼 관찰 당하는 식민 주체들 간의 주객 관계를 교란하고 전복시킨다. 특히 서로의 몸에 교차하는 시선에 대한 서술은 현상학적 관점에서 타자의 현현에 반응하는 순간에 대한 묘사로 읽을 수 있다. 앞서 영국인들은 강을 따라 식민지의 심장부로 들어가면서 자신들에게 낯선 자연 풍경들을 무질서하고 비문명적인 것으로 평가하며 영국적인 풍경의 질서로 편입하려 한다. 이국 자연의 타자성을 자신들의 질서와 앎의 범위로 환원하는 이들의 수사에 레이첼의 목소리는 들어있지 않지만, 대면 장면에서 레이첼은 예외 없이 제국 주체의 일원으로서 식민 타자들의 반대항에 있는 "그들"에 포함되며, 타자의 얼굴에 직접 '노출'된다.

> 그들은 그러나 잠시 몰래 쳐다보다가 눈에 띄게 되었으며, 플러싱 씨가 개간지 한가운데로 나아가서 깡마른 위엄 있는 남자와 대화를 나누게 되었는데, 그 남

자의 골격과 움푹 들어간 곳들은 플러싱 씨 몸의 형태가 추하고 부자연스러워 보이게 만들었다. 여인들은 낯선 사람들을 주목하지 않았다. 그들은 단지 잠시 손을 멈추었으며 그들의 길고 좁은 눈은 말이 들리지 않을 정도로 아주 멀리 떨어진 곳에서 움직임 없이 무표정한 시선으로 빙그르르 미끄러져 그들에게 고정되었을 뿐이었다. 여인들은 다시 손을 움직였지만, 쳐다보는 눈길은 계속 되었다. 그들이 걸으며 구석에 있는 총들과 마루에 놓인 사발들과 물건 더미들이 보이는 오두막들을 자세히 들여다볼 때 눈길이 따라왔다. 어두컴컴한 곳에서 아기들의 진지한 눈이 그들을 응시했으며 늙은 여인들도 역시 빤히 바라보았다. 그들이 한가로이 산책할 때, 적대감이 서린 호기심에서 여인들은 겨울 파리가 스멀스멀 기어가는 것처럼 그들의 다리로 몸으로 머리로 계속 시선을 던졌다. (269)

위 대목에서 제국 주체가 당연시하던 시선과 인식의 우위는 식민 타자와의 맞대면속에서 허물어진다. 앞서 영국인들이 자신을 "세상을 식민지 삼도록 파견된 위대한 선장들," "개척자들"(colonists)과 같이 우월한 제국 주체로 설정하고 식민 주체를 열등하고 미개한 존재로 환원하였다면, 이 장면은 이들이 오히려 식민 주체의 알 수 없는 시선을 되받고 의식하면서 자신들을 우스꽝스럽고 부자연스러운 존재로 인식하는 심리적 변화를 보여준다. 레비나스는 주체에 응답을 요구하는 타자의 얼굴을 "벌거벗음"(nakedness/nudity)으로 설명하는데, 여기서 '벌거벗음'이란 타인의 무언가 감춰져 있는 것이 아니라 "내가 적용할 어떤 자질(qualification)에서도 벗어나는 타자성"을 뜻하며, 벌거벗은 얼굴은 문화적 · 사회적 역할이 감추는 얼굴과 달리 나와 타자에게 동일한 "근본적인 빈곤"을 드러내는 얼굴이다(Waldenfels 71). "얼굴의 벌거벗음은 곧 궁핍"(destituteness)이며, 윤리적 주체로서 타자를 인식하는 것은 인간 존재의 공통된 취약함, 곧 "굶주림을 인식하는 것이다"(to recognize a hunger, *TI* 75). 또한 타인의 얼굴은 나의 힘, 시선, 인식을 통해 내게 보이는 것이 아니라, "그 얼굴이 내게 방향을 돌려 드러내며 그것이 곧 얼굴의 벌거벗음"(The face has turned to me — and this is its very nudity; *TI* 74-75)이다. 주체와 타자의 윤리적 관계는 타자성의 현현인 타자의 얼굴이 '벌거벗음,' 즉, 그 자체로 내게 드러나고 응답을 명하는 현상에서 시작한다. 다시 말해, 타자의 현상학은 의식이 아닌 감각으로 타자를 인식하는 것이며, 이는 주체가 되는 시발점이자 자신 또한 타자로서 상대에게 노출되는 위험을 감수하는 상호주체성을 촉발한다. 원주민 남성의 마른 골격, 즉 타자의 몸의 벌거벗음이 영국인들로 하여금 그들 "몸의 형태가 추하고 부자연스럽게 느끼도록 만들었다"는 서술은, 비록 순간에 불과하나 자신들이 당연시해온 우월한 주체성을 의문시하고 낯설게 느끼는 심리를 보여준다.

되돌아오는 시선으로서 타자의 얼굴은 영국인들에게 자신들의 본질, 얼굴—혹은 얼굴의 확장인 몸—의 벌거벗음이 드러나도록 위협하기에, 원주민들의 응시는 "겨울 파리가 스멀스멀 기어가는 것과 같은"(269) 실재로 그들의 피부에 감지된다. 영국인들은 자신들이 이해할 수 없는 원주민들의 시선을 "움직임 없이 무표정한 시선"으로 한정하지만, 이는 역으로 식민 타자의 외면할 수 없는 '얼굴' 앞에서 이들이 주체로서 취약함을 느낌을 방증한다. 이처럼 영국인들이 느끼는 낯섦과 위기의식은 "노출"된 것에 대한 두려움과 거부감으로 드러나는데, 이는 식민지 탐방을, 우리가 볼 수 있는 것 이상을 보려 하는 지나친 것, 낯선 사람들 속에서 몸을 드러내야 하는 불편 등으로 반대했던 헬렌의 시점을 통해 거듭 표현된다. 원주민 마을에서 돌아선 직후 헬렌이 "재해의 예감에 노출되는 것"(270, 필자 강조)과, "이번 탐험여행을 진척시킨 것에 대해, 지나치게 위험을 무릅쓰고 와서 그들 자신을 노출시킨 것에 대해 플러싱 부부를 비난"(필자 강조)하는 장면은, 제국 주체들이 식민지 탐방에서 아무런 정신적, 육체적인 해를 입지 않을 것이라는 오만에 대한 민감한 비판이자, 이후 레이첼의 열병에 대한 복선이기도 하다.

레이첼의 원주민 여성들에 대한 언급은, 이들과의 대면 직후 테렌스와 그녀가 보이는 심경의 변화와 더불어 행해진다는 점에서 그 문맥을 살필 필요가 있다. 앞서 인용한 대목에서 보듯 울프의 서술자는 시선의 주체와 객체를 의도적으로 혼동시키고 뒤집는 서술을 통해 식민 주체를 열등한 존재로 대상화하는 제국주의 관점을 무력화하고 낯설게 한다. 영국인들을 압도했던 원주민들의 '얼굴'은 그들이 곧 시선을 거두고 일상으로 돌아감에 따라 사라진다. 영국인들과 원주민이 서로에게 노출되던 상호작용이 잠시 동안의 것으로 그치자, 테렌스와 레이첼이 느끼는 알 수 없는 우울감은 주목할 만하다. "그들을 바라보기를 그만둔 여인들의 모습이 평화롭고, 처음에는 아름답기조차 했으나, 이제는 그들을 매우 냉담하고 우울하게 느끼도록 만들었다"(269). 다음 문장에서 "이것이 우리를 하찮은(insignificant) 것처럼 느끼게 하는군요"(270)라는 테렌스의 코멘트는, 우선 그들이 원주민과의 대면을 통해 제국 주체로서 자신들의 우월성이 아닌 그 허상을 느끼게 된 결과라고 볼 수 있으며, 타자 철학의 관점에서 보자면 주체를 주체로 만드는 타자와의 상호작용이 부재하는 까닭이라고 할 수 있다. 문제가 된 레이첼의 발언은 테렌스의 이 코멘트에 대한 동의와 더불어 등장한다. "나무들 아래 앉아 있는 저 여인들, 저 나무들과 강들은 영원히 지속될 것이에요." 앞서 살폈듯, 레이첼의 이 모호한 언급에 대해, 그녀가 여성으로서 자신에게 임박한 모성의 운명을 제국주의와 가부장제의 억압 하에 있는 원주민 여성들의 그것과 동일시한다는 다수의 평자들의 해석도 문맥적 정황들을 갖고 있다 할 수 있다. 흥미롭게도 원주민들과의 대면 장면은 레이첼이 테렌스와 서로 애정을 확인하여 약혼에 이르는 장면 바로 직후에 위치한다. 위 언급이 결혼 플롯과 식민 탐방 서사가 교차하는 맥락에서 나오기 때문에 자신이 직관한 모성의 역할에 감정이입 한다는 해석은 가능하지만, 그 경우에 레이첼이 제국 주체로서 "자신의 계층적 우위를 분명히 한다"(울래거 67)는 비판은 피할 수 없다.

그러나 레이첼이 원주민 여성들의 노동이 전시된 듯한 모습을 "영원히 지속될 것"이라고 표현한 것은 타자와의 동일시가 아니라, 소설 초반 리처드 댈러웨이가 대영제국의 영속과 확장을 "계속되다"(goes on)라고 표현한 것에 대한 비판으로 해석 가능하다. 리처드는 "영국 역사의 비전"을 "지속"으로 설명하며, 제국주의의 비전이 지속되기 위해서는 클라리사와 같이 '가정의 천사'로서 출산과 양육을 담당하는—그래서 리처드와 같은 제국주의자들을 생산해낼—여성의 역할, 즉, 모성이 중요함을 강조한다. 산타 마리나의 식민 역사를 설명하는 7장 초반은 그러나 대영제국이 지속적으로 성장하고 팽창되어왔다는 리처드의 신념이 허상에 불과함을 폭로한다. 당시 영국은 식민지를 미리 점령하고 있었던 스페인, 이후 참전한 포르투칼과의 진흙탕 싸움을 벌여야 했으며 결국 몰래 빠져나온 역사는 기록에 남기지 않았다("English history then denies all knowledge of the place," 80). "영국 제국의 팽창에 호의적"이었던 시대가 잠시나마 가능했던 것은(80) 여자들이 유입되어 그들이 번식하고 후대가 자라날 수 있었기 때문이었다. 소설은 윌로우비와 리처드, 그리고 결혼을 앞두고 변모하는 테렌스와 같은 인물들을 통해 제국주의와 가부장제의 공모를 가시화한다. 소설 속 사회는 그 공모를 뒷받침하는 기제로서 여성의 모성에 집착하며, 이에 대한 레이첼의 공포와 주저함이 이야기 곳곳에서 암시된다.

레이첼이 테렌스와 약혼하는 과정에서 무리의 또다른 커플인 수잔(Susan)과 아서(Arthur)를 생경하게 보는 반응이 그 예라고 볼 수 있다. 수잔과 아서는 레이첼 커플에 한 발치 앞서 이성애적 결합을 예시하는데, 소설은 이들의 결혼 플롯을 두 개별자가 서로를 알아가고 사랑에 빠지는 로맨틱한 과정이 아니라 성인남녀가 사회의 질서에 편입되기 위해 의례 통과해야 하는 과정으로 그린다. 레이첼 커플이 수잔과 아서가 언덕 아래에서 사랑을 나누는 것을 목격하는 장면에서, "수잔의 표정으로는 그녀가 행복한 것인지 아니면 고통을 겪은 것인지 결코 알 수 없었다"(128), "숫양이 암양에게 뿔을 내밀 듯이 아서가 다시 몸을 돌려 그녀에게 달려들자 휴잇과 레이첼은 말 한마디 없이 돌아섰다" 등의 서술은, 레이첼(과 수잔)이 아직 성(sexuality)에 무지한 상황이기도 하지만, 여성에게 사랑과 성이 그들의 주체성의 발현으로 의미가 주어지는 것이 아니라 결혼제도와 재생산을 위한 수순으로 예정되는 부조리를 시사한다. 이어 레이첼은 혼기가 지난 여성으로서 비슷한 처지에 있는 수잔이 가사일로 바쁜 자신의 삶과 본성을 만족스러운 듯이 묘사하자, 불현듯 수잔의 미래를 "살찌고 다산하는 여인으로 성장"(247)한 모습으로 상상하며 "심한 반감"을 느끼기도 한다. 이처럼 레이첼은 점차 영국인들 무리 속에서 여성의 삶이 개별성을 인정받지 못하고 제국주의와 가부장제를 유지하는 부수적인 역할로 제한되는 사회적 억압을 감지하며, 이들의 일률적인 삶과 사고방식에 반발한다. 레이첼이 약혼 후 테렌스와 엇나가기 시작하는 것은 수잔-아서 커플의 결합을 반면교사로 삼은 결과라고 할 수 있으며, 이러한 맥락에서 앞서 두 사람을 발견했을 때 "레이첼은 죽은 듯이 멈춰 섰다"(Rachel suddenly stopped dead, 127)는 서술은 여성에게 정해진 결혼의 길을 가지 않는 그녀의 미래를 암시하기에 의미심장하다.

레이첼이 느끼는 억압은 약혼 후 테렌스가 점차 가부장적인 성향을 드러내면서 이들 사이에 균열과 갈등이 깊어지는 가운데 그의 발언을 통해 반복된다. 테렌스는 레이첼이 "시대에 뒤진 문제극들, 이스트 엔드에서의 비참한 삶의 묘사들"(276) 대신 시를 읽어야 하며, 그녀가 연주하는 음악이 "단지 빗속에서 뒷다리로 돌고 있는 불행한 늙은 개"(276)와 같다고 비판하는 등 레이첼의 일거수일투족을 제한하고 자신의 통제 하에 두려고 한다. 그는 자식을 여섯 낳은 쏜버리 부인(Mrs. Thornbury)의 "근본적인 소박함"(elemental simplicity)을 미덕으로 칭찬하고 그녀를 "달빛에서 속삭이는 커다란 늙은 나무, 혹은 *계속해서 끊임없이 흐르는* 강물"(a river *going on and on and on*? [필자 강조], 278)에 비유하며 이상적인 아내의 상으로 미화한다. 이에 더해 테렌스는 쏜버리 부인이 모성의 역할을 다하는 것이 마치 남편 랠프 쏜버리(Ralph Thornbury)가 가장 젊은 영국령 군도의 총독인 것의 토대가 된 것처럼 첨언하며, 제국주의 가부장제가 여성의 모성을 착취하는 단면을 드러낸다. 여기서 테렌스가 쏜버리 부인을 비유한 "나무 혹은 끊임없이 흐르는 강물"의 이미지는, 앞서 레이첼이 원주민 여성들을 영원히 지속될 나무와 강에 비유한 것과 매우 유사하다. 심화해서 해석한다면 테렌스가 그녀의 말을 자신의 비유에 끌어오며 의식적이든 무의식적이든 제국주의와 가부장제의 공모를 재확인시키는 것으로도 생각할 수 있다. 레이첼은 테렌스가 자신에게 주입하려는 이상적인 여인상, 즉, 다산하는 모성의 역할에 반발하며, "저는 열한 명의 아이들을 갖지 않을 거예요. . . . 노부인의 눈길도 지니지 않을 거예요"(278)라고 말하며, 여기서 구식의 사고방식을 가진 쏜버리 부인의 "눈길"은 레이첼이 수잔의 미래를 "친절한 푸른 눈이 얄팍하게 꺼지고 눈물이 어린"(247) 노부인의 모습으로 상상한 것과 연결된다.

이처럼 리처드로부터 시작된 '계속되다'는 뜻의 "goes on"은 레이첼이 경계하고 비판하는 제국의 지속의 비전과 "세상이 *계속되기(go on)* 위해 행해져야 하는 일(274, 필자 강조), 곧 반성 없이 돌아가는 사회체제를 함축하며 소설을 관통해 변주된다. 남편이 죽은 후 재산을 축적하며 살아온 페일리 부인(Mrs. Paley)은 조카인 수잔의 약혼 직후 자신이 "보통 사람보다 낫다"(166)고

유일하게 인정하였으나 오래전 요절한 두 사람 — 눈앞에서 익사한 남동생과 첫 출산 중 사망한 친구 — 을 떠올리고는, "이기적이고 늙은 우리들은 *계속 살아간다*"(we old and selfish creature *go on* [필자 강조], 166)는 독백과 함께 회한에 젖는다. 페일리 부인이 죽음으로 멈춰진 "그들의 젊음과 아름다움에 대한 일종의 존경"과 사회의 위선과 관습들에 순응하는 삶을 살아온 "자신에 대한 수치심"을 느끼는 장면은, 에스티가 이 소설의 반성장서사를 설명하는 키워드로 제시한 "정지된 성장"(stalled Bildung, 36)을 상기시킨다. 소설에서 역시 때 이른 죽음을 맞은 레이첼의 모친 테레사에 대해 헬렌이 윌로우비의 가부장적 억압과 괴롭힘이 배후에 있었을 것이라 추측하는 것 또한, 윌로우비가 표상하는 제국주의 가부장제의 폭력과 멈춰진 젊음의 대립을 시사한다. 이러한 맥락에서 레이첼의 때 이른 죽음은 리처드가 주창하는 대영제국의 맹목적인 영속의 비전, 그리고 그 사회의 쳇바퀴 같은 질서에 편입되는 의미로서의 성장에 대한 저항을 포괄한다.

V. 나가며

레이첼은 곁에서 자신을 가장 많이 지켜보고 소통했던 헬렌에게, 그녀가 "생각도 감정도 애정도 없으며 존재하는 것 말고는 하는 일도 아무것도 없다"(248)고 비난한다. 이는 그녀가 헬렌을 포함하여 그간 영국인들의 위선과 오만에 대한 분노를 표출하는 순간으로, 영국인 중상류층이 사회가 정한 자신들의 위치를 유지하는 것 외에는 관심이 없으며 나와 타자의 고유성을 등한시하는 갇힌 세계에 대해 레이첼이 던지는 일침이라 할 수 있다. 흥미롭게도 레이첼이 회고하는 리치몬드의 고모들의 삶은 이와 정반대로 묘사된다.

"그들은 세상을 느껴요. 그들은 사람이 죽으면 마음을 쓰지요. 나이 든 독신 여성들은 언제나 일들을 하고 있어요"(they feel things. They do mind if people die. Old spinsters are always doing things, 202). 레이첼이 "사실적"(real)이라고 느낀 고모들의 삶은 응답을 요하는 타자들의 얼굴을 늘 환대하고 고통 중의 타자에게 도움의 손길을 내미는, 행동하는 윤리적 주체로서의 삶이다. 비록 고모들의 삶의 양식에 동의하지 않는 부분도 존재하지만－레이첼은 하루 네 번의 식사시간을 엄수하고 많은 시간을 청소하는 데 소모하는 등 집안을 유지하기 위한 고모들의 틀에 박힌 일상을 "아주 격렬하게 산산조각으로 부숴버리고 싶은"(202) 것으로 말한다－그녀는 고모들의 삶에 모종의 아름다움과 허상이 아닌 실질의 세계가 존재한다고 언명한다.

> 레이첼은 월워쓰 지역으로, 다리가 불편한 일용잡역부에게로, 이런저런 모임들로 여기저기 다닌 작은 여정들, 그들이 반드시 해야 한다는 분명한 관점에서 지체 없이 꽃피웠던 소소한 자선활동과 비이기적인 행동들, 그들의 우정, 그들의 기호와 취미들을 회고해보았다. 그녀는 이 모든 것들이 모래 알갱이처럼 수많은 나날 동안 떨어지고 떨어져서, 어떤 분위기를 만들어내고 견고한 덩어리, 배경을 굳건히 쌓아 올리는 것을 보았다. (202)

레이첼이 이상적으로 떠올리는 사람과 사회의 모습이 자선활동을 일상의 중심에 두는 "나이 든 독신 여성들"의 삶인 것은 의미심장하다. 레이첼이 최종적으로 가 닿고자 한 비전은 리처드와 테렌스 같은 가부장이 그녀에게 요구하는 '가정의 천사'나 쏜버리 부인과 같이 다산하는 모성이 아니라, 개인들이 각자의 고유성을 잃지 않으면서 서로에게 응답의 책임을 지는 윤리적 주체로 연결되는 사회, 그렇게 무수한 개별자들이 더불어 한 덩어리를 이루는 사회의 비전이다. 타자의 얼굴에 닿고자 하는 주체의 상상은 완결되는 것이 아니라 끊임없이 계속됨으로써 윤리적 주체의 본질에 근접할 수 있다. 레이첼의 수동성은 주체를 호명하는 타자의 얼굴에 노출되고 취약해지기를 마다하지 않는 의미로서 윤리적인 주체로서의 가능성을 시사한다.

출처: 『제임스조이스저널』 제28권 2호(2022), 167-200쪽.

■ 인용문헌

손영주. 「“레이첼은 방에 앉아 전혀 아무 것도 하고 있지 않았다”: 버지니아 울프의 『출항』이 탐색하는 ‘무위’(idleness)와 여성의 성장의 문제」. 『영미문학페미니즘』, 26권 2호, 2018, pp. 59-92.

울프, 버지니아. 『출항』. 진명희 옮김, 솔, 2019.

Berman, Jessica Schiff. “Ethical Folds: Ethics, Aesthetics, Woolf.” *Modern Fiction Studies*, vol. 50, no. 1, 2004, pp. 151-72.

Carr, Helen. “Virginia Woolf, Empire and Race.” *The Cambridge Companion to Virginia Woolf*, edited by Susan Sellers, 2nd ed., Cambridge UP, 2010, pp. 29-48.

Choi, Seokyeong. *Impossible Narration: The Unknowable Other and the Ethical Imagination in Modernism*. Dissertation, Texas A&M University, 2021.

Conrad, Joseph. *Heart of Darkness*. Penguin, 2007.

Esty, Jed. *Unseasonable Youth: Modernism, Colonialism, and the Fiction of Development*. Oxford UP, 2013.

Friedman, Susan Stanford. “Spatialization, Narrative Theory, and Virginia Woolf's *The Voyage Out*.” *Ambiguous Discourse: Feminist Narratology and British Women Writers*, edited by Kathy Mezei, The U of North Carolina P, 1993, pp. 286-335.

_____. “Virginia Woolf's Pedagogical Scenes of Reading: *The Voyage Out*, *The Common Reader*, and Her Common Readers.” *Modern Fiction Studies*, vol. 38, no. 1, 1992, pp. 101-25.

Högberg, Elsa. *Virginia Woolf and the Ethics of Intimacy*, Bloomsbury, 2020.

Levinas, Emmanuel. *Otherwise than Being: or, Beyond Essence*. Translated by Alphonso Lingis, Duquesne UP, 1998. Abbreviated as *OTB*.

_____. *Totality and Infinity: And Essay on Exteriority*. Translated by Alphonso Lingis, Duquesne UP, 1969. Abbreviated as *TI*.

Montgomery, Nick. "Colonial Rhetoric and the Maternal Voice: Deconstruction and Disengagement in Virginia Woolf's *The Voyage Out*." *Twentieth Century Literature*, vol. 46, no. 1, 2000, pp. 34-55.

Nadeau, Ashley. "Exploring Women: Virginia Woolf's Imperial Revisions from *The Voyage Out* to *Mrs. Dalloway*." *Modern Language Studies*, vol. 44, no. 1, 2014, pp. 14-35.

Newton, Adam. *Narrative Ethics*. Harvard UP, 1995.

Prigozhin, Aleksandr. "Contagion of the World: Minor Intimacies in *The Voyage Out*." *Twentieth-Century Literature*, vol. 66, no. 3, 2020, pp. 283-304.

Waldenfels, Bernhard. "Levinas and the Face of the Other." *The Cambridge Companion to Levinas*, edited by Simon Critchley, and Robert Bernasconi, Cambridge UP, 2002, pp. 63-81.

Wollaeger, Mark. "Woolf, Postcards, and the Elision of Race: Colonizing Women in *The Voyage Out*." *Modernism/modernity*, vol. 8, no. 1, 2001, pp. 43-75.

_____. "The Woolfs in the Jungle: Intertextuality, Sexuality, and the Emergence of Female Modernism in *The Voyage Out*, *The Village in the Jungle*, and *Heart of Darkness*." *Modern Language Quarterly*, vol. 64, no. 1, 2003, pp. 33-69.

Woolf, Virginia. *Mrs. Dalloway*. Harcourt, 1981.

_____. *The Voyage Out*. Penguin, 1992.

제이콥의 방

Jacob's Room

임태연

•

"누가 알리—같이 가는 길에 이야기를 나눌 수 있을지":
데리다의 애도 이론으로 울프의 *Jacob's Room* 읽기

"누가 알리 — 같이 가는 길에 이야기를 나눌 수 있을지": 데리다의 애도 이론으로 울프의 *Jacob's Room* 읽기*

| 임태연

I. 서론: 1차 세계대전과 죽음을 애도하는 방식

『제이콥의 방』(*Jacob's Room*, 1922)의 화자들은 작품을 관통하며 부재하는 제이콥(Jacob Flanders)뿐만 아니라 인류의 역사상 유래 없는 인명 피해를 가져온 1차 세계대전과 전쟁으로부터 살아남은 자들을 애도한다. 전쟁은 전 세계적으로 1,000만 명에 가까운 사망자와 3,000만 명의 사상자들을, 400만 명이 넘는 미망인과 800만 명의 고아라는 비극을 낳았다. 국가는 전쟁이라는 고통에 어떤 이유가 없음을 애써 숨기기 위해 국가 일반을 위한 분명한 상실의 대상을 필요로 했고 이들을 공적으로 애도하기 위해서 또 누군가의 죽음은 공언하는 것조차 금지하는 보편화된 우울증 효과를 공공연하게 지지하기

* 이 논문은 2021학년도 홍익대학교 학술진흥연구비에 의하여 지원되었음.

도 하였다. 그러나 『제이콥의 방』에서 버지니아 울프(Virginia Woolf)는 세계대전 당시 영국이 자행하던 자기애적이고 웅장한 애도의 서사를 비판적으로 사유한다. 그렇기에 넬슨 제독(Admiral Lord Nelson)의 동상이 경례를 받고 수상들과 총독들이 이야기를 나누고 지브롤터(Gibraltar)에 영국 함대가 주둔할 때 그녀는 수백 명의 노동자들이 술렁거리는 노성과 뒷골목, 캘거타(Calcutta)의 장터의 집회나 묻히지 않은 뼈가 널브러져 있는 알바니아(Albania) 고지를 상상한다(242). 뿐만 아니라, 1차 세계대전의 종결을 암시하는 베르사유(Versailles)는 작품 속에서 도덕이나 정의의 차원이 아니라 무미건조한 "그리고 여기 베르사유가 있다"(182)라는 짧은 문장으로만 언급된다. 연합군은 정의라는 이름으로 1919년 베르사유 궁전에서 1차 세계대전의 책임을 독일에게 돌리고 경제적 배상에 관한 모든 조항을 확정지음으로써 적에 대한 정치 보복을 시작했다. 그러나 작중 인물인 지니(Jinny), 크러튼던(Cruttendon), 그리고 제이콥은 마리 앙투아네트(Marie Antoinette)가 초콜릿을 마시던 베르사유의 별장에서 햇살을 즐기고 먹이를 먹기 위해 수면 위로 떠오르는 연못의 물고기들을 관찰한다. 풍선으로 손을 뻗치며 달려갔지만 풍선은 이미 연못 분수 밑으로 사라지고, 지니와 제이콥의 대화 또한 알 수 없는 언어의 흔적들로 부수어져 공중으로 흩어진다(182). 화자들 역시 그들도 알지 못하는 사이 자신을 타자에게 양도하며 시시각각 형성되는 주체로 그려지고 그 과정에서 제이콥은 그들을 매 순간 구성하고 이루지만 완벽히 이해될 수 없는 하나의 흔적이자 응시의 눈으로 존재한다. 작품 속 화자들은 이처럼 저마다 다른 방식으로 자신이 제이콥에게 묶이는 복잡다단한 삶의 방식을 발견하고 그 순간 그들의 삶이 영원히 바뀔 수 있음을 혹은 이미 바뀌었음을 깨닫게 된다.

작품은 남편과 오빠를 잃은 베티 플랜더스(Betty Flanders) 부인이 "떠나는 것 말고는 아무것도 할 게 없어요"(9)라고 말하는 장면으로부터 시작한다. 플랜더스라는 이름에서도 알 수 있듯 1차 세계대전의 잔향은 작품 전반에 깊게 배어 있다. 『제이콥의 방』이 출간되기 1년 전인 1921년 영국 재향군인회는 자신들이 발행한 팸플릿에서 11월 11일에 양귀비꽃을 달고 전몰장병들의 죽음을 기억하자고 제안했다. 영국과 캐나다를 비롯한 영연방 국가에서는 그 후 매년 종전 기념일이 다가오면 양귀비꽃을 가슴에 달기 시작했는데 이는 1차 세계대전 직후부터 이어져 온 오랜 전통이자 국가적 추모의 형태였다. 플랜더스 들판은 벨기에, 네덜란드, 프랑스에 걸쳐있는 지역으로 당시 강 하나를 사이에 두고 연합군과 독일군이 대치했던 서부 전선의 격전지였다. 플랜더스 들판에서만 백만 명에 달하는 군인들이 실종되거나 목숨을 잃었고 현재까지 수백 개의 기념비와 묘지, 추모공원과 박물관에서 전쟁 영웅들의 죽음이 기억된다. "만약 그대가 전사한 우리와의 맹세를 저버린다면/ 우리는 결코 잠들지 못하리/ 플랜더스 들판에 양귀비꽃이 자란다 해도(If ye break faith with us who die / We shall not sleep, though poppies grow / In Flanders fields." McCrae 110)." 이 글은 캐나다의 시인이자 군의관이었던 존 매크레이(John McCrae)가 쓴 「플랜더스 들판에서」("In Flanders Fields")라는 시의 마지막 구절이다. 이 시는 1915년 『펀치 매거진』(*Punch magazine*)에서 처음 출간되었는데 그해는 매크레이가 플랜더스 전선에 투입된 첫 해였을 뿐만 아니라 부하이자 벗이었던 알렉시스 헬머(Alexis Helmer)를 잃은 해이기도 했다. 1차 세계대전 당시 쓰인 글 중 가장 유명한 시로 알려진 이 시는 이처럼 부하이자 친구를 잃은 매크레이 중령의 슬픔과 비통함이 고스란히 담겨있다. 또한 작품 속에 나오는 양귀비꽃은 격전지였던 플랜더스 지방에서 많이 피는 꽃으로 전사한 장병들의 피와 희생을 상징한다. 전쟁의 마지막 해였던 1918년 매크레이 또한 세상을 떠났지만 그의 시는 그 후에도 세계대전의 전몰장

병들을 추모하는 대표적 애도 시로 큰 사랑을 받았다.

그러나 울프의 『제이콥의 방』에서는 죽은 자들을 잊지 말자던 매크레이의 절절한 맹세는 잊혔거나 시도조차 되지 않는 듯하다. 많은 수의 화자들은 전쟁에 대해 공공연하게 말하기를 꺼리거나 적극적으로 망자의 유령을 소환하지도 그들의 영웅화 된 이미지를 내면화하려 노력하지도 않는다. 플랜더스 부인은 전사자들이 묻힌 들판을 떠올리며 "지미는 플랜더스 지방에서 까마귀에게 먹이를 주고 있고 헬렌은 병원에 가서 봉사를 한다"(137)고 중얼거리고 패니 엘머(Fanny Elmer)는 폐기된 묘지를 통과하면서 "비석에 적힌 이름이 무언지 읽으려고 잔디를 가로지르다"(162) 묘지기에 들켜 그 이름을 기억하기도 전에 황급히 거리로 내몰린다. 베티는 바다 너머 들려오는 전투지의 대포 소리를 흡사 "밤에 일하기 좋아하는 여자가 거대한 양탄자를 터는 듯한 소리"(248) 같다며 혼잣말을 하고 파르테논 기둥 뒤로 붉은 빛이 타오를 때 그리스 여인들은 "스타킹을 짜면서 때로 아이에게 이리 오라고 소리를 지르거나 아이 머리에서 벌레를 집어내며 열기에 뜬 갈색제비처럼 즐거워"(247) 한다.

플랜더스 부인의 아들 아처(Archer)가 머무는 지브롤터 역시 전쟁과 죽음의 이미지를 강하게 환기시킨다. 지브롤터는 영국인에게 중요한 전략적 요충지이자 아군과 적군의 치열한 접전지로 오랜 기간 전쟁 영웅들의 이름을 산 자들의 마음속에 아로새겼다. 수에즈 운하가 건설되기 전까지 이곳은 지중해와 흑해를 연결하는 유일한 출구였다. 정치적, 경제적 요지였기 때문에 대영제국은 대항해시대부터 이곳에 해군 전력을 집중시켰고 지중해 제해권을 유지하고자 노력했다.[1)]

---

1) 지브롤터는 15세기에는 서유럽과 이슬람 세력의 접전지였고 19세기에는 프랑스 나폴레옹이 유럽 석권 직전 이곳을 전략의 요충지로 삼은 영국군과 스페인 저항군과 대적했던 곳이다.

이처럼 작품은 전쟁과 죽음 그리고 상실된 것들로 가득하다. 그렇기에 콘월(Cornwall)의 언덕 위에서 바라보는 풍경은 보는 이로 하여금 "압도적인 슬픔을 기억하게 만든다"(68). 그러나 울프 화자는 이내 "이 슬픔은 어떤 슬픔이란 말인가"(68)라고 독자들에게 되묻는다. 만약 그녀가 전쟁을 그리고 전사자들을 기억하기 위해 『제이콥의 방』을 썼다면 그들을 기억하는 지점은 오히려 다양한 화자들의 목소리가 상실된 타자의 본질을 제대로 전달하는 것이 불가능한 그러나 그들 나름의 방식으로 이들을 기억하길 시도하는 행위에 있을 것이다. 작중 화자들은 역사 속에서 온전히 재현되지 못한 채 사라져간 존재들을 끄집어내기 위해 언어를 사용하지만 그 언어로 이들을 되살려낼 수 없음을 깨닫는 일련의 실패의 과정을 반복한다. 상실된 것의 유령은 울프의 문장의 시작과 끝이 아니라 단어의 중간중간에 출몰하고 클라라(Clara)도, 자비스(Jarvis) 부인도, 플로린다도 끊임없이 누군가를 기억하기 위해 글을 쓰지만 그들과 "펜 사이에 놓인 장애물을 뛰어 넘기는 쉽지"(133) 않다고 느낀다. 글을 쓸 때 그 글과 그녀 사이에 시시각각 "나비 한 마리, 모기, 아니면 날개 달린 곤충이 달라붙어 편지지 위에 굴러"(28)다니기 때문이다. 플랜더스 부인이 바풋(Barfoot) 대령의 편지에서 사랑이라는 단어를 읽고 있는 순간에도 노란 하늘을 배경으로 작은 이파리들은 바삐 흔들리고 거위들은 잔디를 황급히 가로질러간다. 울프의 단어들은 이처럼 아마 모두 전적으로 다른 것, 어쩌면 구조와 기능은 조화롭게 보일지 모르나 매 순간이 단독적이고 완벽히 이질적인 세계들의 집합체일지 모른다. 본 논문은 『제이콥의 방』에 나타난 울프의 애도의 의미를 인물들이 점유한 언어적 공간에서 이뤄지는 사투의 과정으로 살핀다. 더 나아가 누군가에게도 완전히 포섭되지 않은 공간으로서의 언어 표면을 재설정하려는 인물들의 몸짓을 데리다의 차연적 애도와 연결 짓는다. 이를 위해서 우선 지그문드 프로이트(Sigmund Freud)가 「애도와 우울증」

("Mourning and Melancholia")에서 정의하는 (비)정상적 애도의 개념을 살펴보고 자크 데리다(Jacques Derrida)의 차연적 애도가 이 개념들로부터 어떻게 발전하였는지 그리고 울프가 『제이콥의 방』에서 수행하는 애도와 어떤 연관성을 지니는지 살피고자 한다.

II. 울프와 데리다의 애도 그리고 유령의 귀환

『제이콥의 방』의 많은 화자들에게 죽은 타자들의 면면을 적절히 소화시키고 자기화하려는 프로이트의 정상적 애도는 실패한 과업처럼 보인다. 이들의 발밑에서는 죽은 자들이 여전히 낯선 존재로 살아간다. 『제이콥의 방』의 인물들은 각자 망자들을 마음 속 지하묘지에 묻고 그들이 반복적으로 어둠으로부터 살아 돌아옴을 경험하는 우울증적 존재들이다. 플랜더스 부인이 바라보는 돗즈힐(Dods Hill)은 어두운 그림자 아래 무리를 지어 겸허하게 웅크리고 있고(177), 로마 시대 병영이었던 교회 터는 "죽은 자와 산 자, 경작자, 목수, 여우 사냥을 하는 신사들과 진흙과 브랜디 냄새를 풍기는 농부 모두를 끌어안고 있느라"(189) 온몸에 힘을 주고 있다. 남편인 씨브룩(Seabrook)이 전쟁에서 목숨을 잃은 후, 플랜더스 부인은 눈물 마를 날이 없다. 그렇기에 그녀의 눈에 마당에 핀 달리아도 온실도 부엌도 예전처럼 또렷한 형상을 띄지 못한다(10). 제이콥을 부르는 아처의 목소리에는 "순수하게 세상을 향해 외치는 외롭고 대답 없는"(12) 별스러운 슬픔이 담겨 있고, 전쟁 중 한쪽 눈을 잃는 커노우 씨는 화약에 대해 시끄럽게 떠들다가도 이내 "마음속 깊이 묻힌 무언지 알 수 없는 불안"(14)을 느낀다. 스카보로의 여인들은 "어떤 종양은 잘라내야 해요"(20)라며 강한 삶의 의지를 드러내지만, 여전히 전쟁과 죽음이라는 외상에 대한 어렴풋한 자각만이 인물들의 마음속에 상징화되지 못한 채 자리하고 있다. 베티는 수많은 사람들이 묻힌 그러나 지금은 과수원이 된 들판을 거닐며 "거기서 바늘을 얼마나 많이 잃어버렸는지"(187) 그리고 자신이 아끼던 가넷 브로치가 사라졌는지를 생각한다. 상실된 것/자들은 이렇게 살아남은 자들의 삶의 일부분이 되어 작품 전반에 멜랑콜리아의 그림자를 짙게 드리운다.

"씨브룩은 지난 수년 동안 세 겹의 관에 싸여 육 피트 아래 묻혀"(22)있고, 죽은 자들은 산 자들이 바라보는 경사진 언덕 위의 "수천 개의 하얀 비석과 함께 시든 화환들, 초록의 양철로 된 십자가들, 가느다랗고 노란 샛길들"(22)이 되어버린 지 오래이다. 그리고 이런 우울증적 내면화를 통해 더 이상 망자들은 공공연하게 회자되지 않는다. 「애도와 우울증」에서 프로이트는 타자에게 투여했던 리비도적 에너지를 망자로부터 서서히 거둬들임으로써 자기 보존본능을 회복하는 상태를 정상적인 애도의 과정이라고 정의하는 반면, 망자를 떠나보내야 한다는 사실에 대한 극도의 반발심 때문에 내면에 타자를 내면에 상상적으로 융합하고 나르시시즘적 상태로 퇴행하는 것을 우울증이라 칭한 바 있다. 정상적 애도가 타자의 부재를 완벽히 이해하고 자기화하는 데 성공한 상태라면 우울증은 상실한 것이 무엇인지 아직 의식적으로 인지하고 있지 못한 상태인 것이다(프로이트 246-47). 그러나 데리다가 보기에 상실된 타자의 기억을 말끔하게 떠나보내는 완결된 작업으로서의 애도는 오히려 타자성을 배제하거나 집어삼키는 폭력적인 과정의 다름 아니다. 다시 말해서 모든 쾌락과 무의식적 욕망으로부터 우리가 말끔하게 절단될 때 생성되는 자유와 쾌의 개념은 그에겐 오히려 "회복할 수 없는 소진이며, 붕괴이고, . . . 폭력적 재배치"(김보현 160)가 된다. 또한, 프로이트가 정상적인 애도라고 부른 것은 데리다가 보기에는 주체 자신이 이미 타자의 산물이라는 점을 외면한 것이기에 아직까지 불완전한 개념이다.

이처럼 데리다의 애도 개념은 프로이트가 설정한 정상적 혹은 비정상적 애도의 공식 중 어느 한 가지 모형으로만 설명되기 힘들며 그렇다고 해서 전혀 다른 무엇도 아니다. 한 가지 분명한 것은 그는 타자에 대한 기억과 계속 교감하기 위해 망자를 동일성으로 전유하려는 욕망 대신 있는 그대로의 타자성을 인정하는 데서부터 애도를 시작하려 한다는 점이다. 우리 안에 있으나 우리 것이 아닌, 우리 안에 먼 타자성을 인정하고 그 이질적인 타자성이 끊임없이 우리의 안과 밖에서 영원히 우리를 초월하는 존재로 남겨질 때 애도를 이어갈 수 있다고 말한다. 그렇다고 해서 그가 주체의 존립을 위태롭게 하는 우울증적 태도를 마냥 긍정한 것은 아니다. 그는 정상적인 애도 과정과 비정상적인 멜랑콜리아 중 어느 한쪽을 선택하기보다는 오히려 애도에 대한 애도를 하길, 다시 말해, 자신에 대한 애도를 하길 제안한다. 상실된 것들의 과거를 완벽히 소생하는 일보다도 과거의 유령이 나의 언어에 출몰하여 지금의 나를 용해시키고 아직 일어나지 않은 미래의 가능태를 여는 그 방향성에 보다 집중하는 것이다(*Memoires for Paul de Man* 59).

데리다는 이처럼 프로이트의 이론을 항상 조정되고 바뀌는 거리를 유지하며 비판적으로 받아들였고 그와의 상호적인 대담을 위해 자신의 입장을 유보하길 주저하지 않았다(왕은철 784). 잘 알려져 있듯, 프로이트는 손자가 실감개를 던졌다 끌어올리는 행위를 반복하는 것을 보고 고통이나 트라우마가 왜 환자들에게 반복적으로 재-경험되는지 연구하였다. 그 결과 생명 충동이나 쾌락 원칙을 넘어서는 보다 원초적인 죽음의 충동이 내면에 존재함을 알게 되었다. 『엽서』(*The Post Card*)에서 데리다는 이러한 주장에서 한 발짝 더 나아가 '포다'(for:da) 게임의 반복 행위와 반복되는 것 사이의 괴리 그리고 차이의 순간에 집중하면서 자신의 "차연"(Différance) 개념을 『쾌락 원칙을 넘어서』(*Beyond the Pleasure Principle*)와 연관 짓는다. 다시 말해서, 반복 충동과 쾌락 원칙 사이의 구조에 내재하는 이중성에 천착하여 전자가 오히려 후자를 위협하고 저해하며 그 기반을 약화시키는 지점이 있음을 강조한다. 같은 저서의 「프로이트에 대해 추측하기」("To Speculate—on 'Freud'") 장에서는 아이의 환호성이 어머니의 사라짐과 부재를 완벽하게 복원하거나 대체할 수 없는 이질적인 성격을 띠고 있으며 그 때문에 아이의 '포다'(for:da) 게임은 어머니의 사라짐과 상실을 오히려 받아들이고자 하는 일종의 추모 행위일 수 있다고 주장한다(*The Post Card* 325). 그에게 프로이트의 반복 충동은 "기존의 것을 결렬시키고 이끌며 동시에 무효로 만들고 해체하는 즉각적이고 분열적인 운동"(*Writing and Difference* 197-98)이다. 다시 말해서, 반복 충동은 쾌락 원칙의 반대편에 위치한 개념이 아니라 오히려 쾌락 원칙 자체를 장악하고 동시에 무효화하는 행위이자 좀 더 원초적이고 근본적인 것으로 그 내부에 거하는 무엇이다(*The Post Card* 352). 물론 『쾌락 원칙을 넘어서』에서 정의된 반복 충동이나 현실 원칙의 개념을 데리다의 해체주의적 독법으로 완벽히 이해하려 하거나 분석하는 것은 무리일 수 있겠으나, 데리다의 '사후의 삶'(life-death) 개념은 이처럼 죽음 충동과 삶 충동 사이의 구분 자체에 근본적인 의문을 가한 프로이트와 분명 접점을 지닌다. 그래서 데리다는 죽음 충동이 삶의 질서에 내재해 있고 우리의 정신세계에 있어 불가피한 존재이기 때문에 죽음은 오직 "죽음의 경제에 의해서만, 차연에, 반복에, 그리고 유보에 의해서만 그것에 대항하여 자기를 방어할 수 있다"(『글쓰기와 차이』 322)고 말한다. 그리고 죽음 충동과 삶 충동 사이의 모호함에 천착한 그의 애도 이론은 후에 부수고 여는 그리고 수많은 '일회성'을 통과한 결과물로서의 소통 기능으로 이어진다(322).

우리가 무언가를 상실하였을 때 그리고 공공연하게 대상을 애도할 기회가 주어지지 않았거나 상징적 거세가 온전하게 이뤄져 상징계 내에서 대타자의 욕망의 주체가 되는 것에 실패했을 때, 망자의 유령은 우리 안에 상주하며 우리의 의식을 지속적으로 사로잡는다. 어떤 경우이든 애도 과정에서 유령의 출몰을 목도하게 되겠지만 중요한 것은 데리다에게 유령은 현전할 뿐 존재하지는 않는다는 점이다. 애도를 통해 죽은 자들은 끊임없이 호출되지만 그에게 애도란 아직 태어나지 않은 자나 현재 살아가고 있는 자의 정의를 실현하고자 하는 행위일 뿐 유령은 무엇인가라는 존재론적 질문은 무의미하다(이택광 223). 그의 애도론에 있어서 보다 적합한 질문은 호출된 과거의 유령들은 산 자의 삶의 미래에 어떤 지점으로 돌아오는가이다. 그리고 그들이 돌아오는 자리가 살아가고 있는 자들의 삶의 과정과 앞으로 태어날 새로운 주체의 출현을 예비한다는 조건 아래에서만 유령의 출몰은 윤리적 측면에서 논의될 수 있다. 데리다에게 애도란 그러므로 유령의 허구성을 알아가는 과정이며 우리의 언어는 무덤의 문을 연 유령과의 지속적이고 반복적인 대화를 통해 치유의 길을 연다.

울프에게도 잃어버린 것들을 향한 애도를 가능케 하는 것은 유예와 반복의 언어이다. 그녀는 죽은 자들을 진정으로 애도하는 길은 오직 말할 수 없음과 그럼에도 불구하고 이를 시도하는 것 사이에서 끊임없이 말의 길을 여는 것 외에는 방법이 없다고 말하는 듯하다. 프로이트의 반복 충동 개념과 의의는 데리다에 와서 말하기/글쓰기와 잃어버린 대상/글쓰기의 내용 사이를 관계를 끊임없이 훼손시키는 방식으로 진행된다. 울프 역시 죽음의 문턱에서 사라진 자들을 온전하게 복원하기 위해서는 상실이라는 경험의 불완전하지만 반복적인 봉합과 결핍을 언어 속에서 이어가는 일만이 그리고 매번 다르게 반복되는 죽음을 재-경험하는 일만이 대상을 온전히 기억하는 방법이라고 말하는 듯하다. 말할 수 없는 것을, 그럼에도 불구하고, 말하고 쓰려는 시도이기 때문에 울프의 애도는 언제나 대상을 온전히 회복시키지 못한 채, 그저 베인 흉

터만을 가지고 살아남으려 하는 산 자들의 사투이다.

제이콥에게 닿으려는 여정은 그러므로 특정한 목적지도 없고 목적지에 닿을 방법도 없고 그 사건의 발생지에 이르는 길도 없는 방향 감각을 상실한 애도이다. 그러나 작품 속에는 분명 부재하는 제이콥을 나름의 방식으로 그러나 상실된 방향 감각을 지닌 채 기억하는 다양한 인물들이 있다. 세속적이지 않고 잰 체하지 않는 그가 좋다면서도 "안 돼, 안 돼"(99)라고 되뇌며 문 앞에서 한숨을 쉬는 클라라, "우리의 열정에는 지도가 없기에 . . . 이 모퉁이를 돌아서면 무엇을 맞닥뜨릴지"(135)조차 짐작하기 힘들다며 무도한 삶을 탓하는 로즈 쇼(Rose Shaw), 가로등 불빛에 비친 그를 바라보며 "그의 하숙집으로 따라가는 것"(134)에 대해 생각하다 이내 이를 번복하는 플로린다(Florinda), 그에게 사랑의 감정을 느낀 후 터번을 두른 터키의 기사가 되어 나타날 제이콥을 상상하는 패니(167), 그리고 그가 "콧날이 높은 그리스 여자와"(198) 사랑에 빠질지도 모른다고 생각하는 보나미(Bonamy)가 있다. 그러나 이들의 언어는 투명하지 않으며 그들이 말을 하는 중간 중간에는 여전히 참새 한 마리가 지푸라기 하나를 끌며 창문 위로 지나가고 "밤나무는 잎을 펄럭"거리며 "나비들은 숲의 승마로를 가로질러 드높이 날아오르고 있다"(176). 그러나 넬리 젠킨슨(Nelly Jenkinson)이 케이크를 조각 조각내고 웨이트리스들이 뜨거운 우유와 롤빵 주문을 받느라 소리를 지를 때에도 여전히 "문은 계속 열렸다가 닫히길"(170) 반복하고, "음산한 날씨지만 웨그 부인은 마치 무슨 일이 생기기를 기대하는 양 문가에 서서"(134) 밖을 쳐다본다. 제이콥이 그리스의 석고상처럼 배 위에 누워 먼 바다를 응시할 때에도 여전히 파도들은 규칙적으로 그러나 저마다 다른 모양새를 하고 "보트를 들어 올리고는 물러가기를"(170) 반복한다.

그들의 편지들은 이제 모두 각양각색의 필체와 다양한 흔적을 간직한 채

전 세계로 흩뿌려진다(177). 그러나 편지는 망자의 이미지를 움켜쥐거나 논리적으로 죽음과 상실의 이유를 분석하려 들지 않는다. 제이콥에게 향하는 플랜더스 부인의, 플로린다의 그리고 클라라의 편지는 오히려 망자와의 상호적인 응시 아래 놓이고 그 응시 속에서 인물들은 끊임없이 일어나는 자신의 죽음을 목도한다. 그리고 망자의 유령들은 새로운 모습으로 화자들의 내면에 끊임없이 출몰하여 그들의 행위를 시시각각 낯설게 만들고 매 순간 그들 자신을 구성해낸다. 그러므로 울프의 애도는 우리가 어떠한 상실을 조건으로 나 자신이 되었는지 즉, 나와 내 신체를 구성해 온 그런 과정들에 끊임없이 의문을 던지는 과정으로 이뤄진다. 자신이 겪은 상실에 의해 자신이 이미 어쩌면 영원히 바뀌었을지도 모른다는 가능성을 받아들이지 않는다면 혹은 자신이 끊임없이 훼손되는 방식으로 애도가 이뤄지지 않는다면 우리는 결국 무언가를 계속 놓치는 셈이 될 것이기 때문이다(Butler, *Precarious Life* 50-51). 망자를 애도한다는 것은 울프에게도 그러므로 차연적 사유이며 『제이콥의 방』의 화자들은 하나의 상흔으로 존재하는 제이콥을 기억할 때마다 시시각각 죽음을 맞이하는 자신과 자신의 글쓰기를 낯설게 바라본다.

> 편지에 대해 좀 생각을 해보자ㅡ어떻게 편지가 노란 도장이 찍히거나 녹색 도장이 찍혀 그 소인으로 불멸의 것이 되어 아침 식사 시간이나 한밤에 우리에게 오는지를ㅡ우리 자신이 쓴 편지 봉투가 다른 사람의 탁자에 놓인 것을 보는 것은 얼마나 빨리 우리의 행위가 별개의 것이 되어 낯설게 되는지를 깨닫게 해준다. 그리고 마침내 마음의 능력이 몸을 떠나는 게 분명해지고 아마도 우리는 탁자 위에 놓여있는 우리 자신의 유령이 사라지는 것을 두려워하거나 싫어하거나 어쩌면 바라는지도 모른다. 그럼에도 저녁 일곱 시에 식사가 있다는 것만을 알리는 편지와 석탄을 주문하는 편지 그리고 약속을 주고받는 편지들도 있다. 얼굴을 찌푸리거나 목소리는 말할 것도 없고 편지에 쓰여 있는 필체마저도

거의 알아볼 수가 없다. 아, 그러나 우편배달부가 문을 두드리고 편지가 올 때면 항상 기적이 반복되는 것 같다 — 말하려는 시도 말이다. 이 유서 깊은 편지라는 존재, 무한히 용기 있고 버림받고 그리고 잊히는. (131)

Let us consider letters — how they come at breakfast and at night, with their yellow stamps and their green stamps, immortalized by the postmark — for to see one's own envelope on another's table is to realize how soon deeds sever and become alien. Then at last the power of the mind to quit the body is manifest and perhaps we fear or hate or wish annihilated his phantom of ourselves lying on the table. Still, there are letters that merely say how dinner's at seven; others ordering coal; making appointments. The hand in them is scarcely perceptible, let alone the voice or the scowl. Ah, but when the post knocks and the letter comes always the miracle seems repeated — speech attempted. Venerable are letters, infinitely brave, forlorn and lost. (79)

화자들은 자기 정체성을 불안하게 되돌아보는 방향 감각을 상실한 글쓰기를 작품 속에서 이어가고 이는 쓰고 지우기를 반복하는 화자들의 삐뚤삐뚤한 글씨로 나타난다. 이 글씨들은 매 순간 다시 태어나기에 반복하는 마치 "어린아이의 것"(133)과 같다. 이처럼 울프가 생각하는 애도란 자신을 우리 자신에 대한 기준이자 척도로 만드는 모든 것에 대한 떠남이자 맹목적인 주체 중심주의에 대한 비판이기도 하다. 그러나 데리다에게 재현의 영역이 유일한 가능성으로 다가왔듯 울프 역시 텍스트의 밖에서 슬픔의 원인을 찾거나 해결하려 하지 않는다. 오히려 그녀는 무한히 버림받고 잊히는 죽은 글과 편지들이 결국 "우리의 버팀목이자 지주"(131)가 될 것이라 말한다. 말들이란 너무 자주 쓰이고 누군가에게 닳고 돌아서서 거리의 먼지에 다시 노출되지만 새벽이 돌아오면 또 예기치 못한 싱싱함으로 글쓴이들의 삶을 매번 구원해낸다. 이는 불가능성을 횡단하는 이 말하고 쓰는 행위야말로 살아남은 자들이 죽은 자들을 제대로 기억하고 삶을 지속할 수 있게 해주는 원천이 되기 때문이다. 또한 이는 구조적 차원에서 내가 사후에 숨 쉴 수 있게 하는 원동력이라고 한 데리다를 떠올리게 한다(*Jacques Derrida* 26). 망자를 애도하는 데리다의 글쓰기는 불가능한 글쓰기를 이어가는 행위이고 내가 이야기하는 도중에 멈춰서며 나의 남은 삶을 "산-죽음"으로 살겠다는 다짐이다. 그리고 나의 발화를 망치고 혼란스럽게 만드는 타자와의 관계가 다름 아닌 나에게 끊임없이 이의를 제기하는 방식으로 울프의 슬픔은 이야기된다.

III. 제이콥 화자와 에피스테메의 언어

그러나 『제이콥의 방』에는 차연적 언어와는 결이 다른 플라톤(Plato)의 에피스테메(episteme)의 언어도 존재한다. 탁자 앞에 앉아 글로브 신문을 읽고 있는 제이콥 화자의 목소리는 여전히 형이상학적이고 보편주의적 언어로 이뤄져 있다. 그는 세계에 단 하나의 질서를 부여하려고 하며 "삶을 도덕적으로 심판"하는 인물이다(138). 그러므로 제이콥의 목소리는 언어의 투명성을 끊임없이 경계하는 작품 내 여성 화자들의 목소리들과는 차별적이다. 제이콥 화자의 언어는 일면 플라톤의 에피스테메적 언어를 떠올리게 한다. 그가 플라톤, 에우리피데스(Euripides), 소포클레스(Sophocles) 등 그리스 문화와 문명을 탐닉한다는 점과 '신플라톤주의'(Neo-Platonism)에 영향을 받은 르네상스 화가들에게 깊은 관심을 보인다는 점으로 이를 짐작할 수 있다. 뿐만 아니라, 제이콥과 티미(Timmy)는 젊음의 확신으로 이 세상의 모든 것에 분명한 형체를 부여하려 하며 변화하는 모든 세상으로부터 "어떤 확신, 안정된 확실성"(50)을 끄집어내고자 한다. 런던 거리를 걸을 때도 아크로폴리스를 생각하고 소크라테스가 자신을 "내 좋은 친구들"(108)이라고 불러주는 모습을 상상하기도 하며 아테네인의 본성이 자신에게 있음을 느낀다. 그리고 마침내 파르테논 신전을 육안으로 보는 순간 "인간적이고 깊이 가라앉은 진흙 같은 침전물－기억, 포기, 회한, 감상적 헌신"(210) 등이 그리스 신전으로부터 완전히 분리되었다고 생각한다. 그리고 그 순간, "여기저기 터진 벽토들, 아무렇거나 튕기며 연주되는 기타와 축음기에서 흘러나오는 사랑 노래, 길거리를 오가는 별 볼일 없는 얼굴들"(210)과 비교하면 파르테논 신전이야말로 영속하고 쇠락하지 않는 무엇이라고 확신한다.

이처럼 제이콥은 그의 눈앞에서 매 순간 모습을 달리한 채 찰싹이는 검은 물결에 굴복하길 거부한다. 플라톤에게 현실이란 크게 "에피스테메"라고 불리는 관념의 세계와 "독사"(doxa)라고 불리는 감각의 세계로 나뉘는데 에피스테메가 초월적이고 영원한 세계를 의미한다면 독사는 우연적이고 끊임없이 변하는 세계를 의미한다. 플라톤은 그 때문에 철학가들의 언어는 가변적인 현실 대신 인간의 고유하고 자연스러우며 본질적인 존재를 전달해야 할 의무가 있다고 주장한다. 『국가』(*Republic*)에서는 시인을 포함한 예술가는 자신의 머리 위에 "거울"을 들고 다니고 현실의 겉모습만을 흉내 내는 자이기에 철학가들에 비해 열등한 존재라고도 말했다(X, 596d-e). 시인의 언어뿐만 아니라 예술가들의 작품은 철학가의 에피스테메의 언어와는 다른 이미지의 언어이기에 대문자 진실과는 거리가 멀고 사람들로 하여금 진짜 앎과 무지를 구분하지 못하게 만든다고도 비판한다(X, 598c-d).

그러므로 제이콥 화자가 말하는 에피스테메의 언어는 데리다의 차연이 들어오길 거부하는 공간이며 인간과 사물의 가장 본질적이고 자연스러운 형태를 비추는 한결같은 거울 공간이 된다. 그러나 그 때문에 누군가에겐 자신의 존재와 목소리를 말끔하게 지워낼 수 있는 폭력적인 공간으로 변모하기도 한다. 아크 등에서 뿜어 나오는 불빛은 제이콥 바지에 수놓인 무늬까지도 세세하게 비춰내지만 그가 멍청하다고 비난한 길거리의 여인 플로린다는 흔적조차 지워버린다(134). 위대한 시대의 정신이 깃든 대영 박물관 도서관에는 플라톤, 아리스토텔레스, 소포클레스 그리고 셰익스피어(Shakespeare)의 작품들이 정 중앙에 비치되어 자신의 존재를 뽐내지만 조지 엘리엇(Geroge Eliot)이나 샬롯 브론테(Charlotte Bronte)의 작품들은 잠시 머물 곳조차 남겨두지 않는다. 그레이트 오몬드(Great Ormond) 뒷골목 여인의 들어가게 해달라는 절박한 절규는 마치 파리 한 마리가 천장에서 떨어지거나 석탄 하나가 난로에 떨어지는 정도의 미미한 효과밖에는 자아내지 못한다(155).

> 마치 뇌의 통찰력과 열기 위에 뼈가 차갑게 놓여 있듯이 돌이 대영 박물관 위에 그렇게 놓여 있었다. 그러나 여기서는 그 뇌가 플라톤의 뇌이고 셰익스피어의 뇌이다. 그 뇌가 항아리와 동상을 만들고 거대한 소와 작은 보석을 세공하고 죽음의 강을 건너 이 길로 와서 끊임없이 어떤 상륙할 곳을 찾는다. 때로 긴 잠을 위해 몸을 감싸고, 때로는 눈 위에 1페니짜리 눈가리개를 놓고 조심스럽게 발가락을 동쪽으로 돌린다. 그동안에도 플라톤은 대화를 계속한다. 비가 오는데도. 마차꾼이 휘파람을 부는데도. 그레이트 오몬드 스트리르의 뒷골목에서 여인이 술에 취해 집으로 와 밤새도록 "들어가게 해줘! 들어가게 해줘!"라고 외치는데도. (155)

> Stone lies solid over the British Museum, as bone lies cool over the visions and heat of the brain. Only here the brain is Plato's brain and Shakespeare's; the brain has made pots and statues, great bulls and little jewels, and crossed the river of death this way and that incessantly, seeking some landing, now wrapping the body well for its long sleep; now laying a penny piece on the

eyes; now turning the toes scrupulously to the East. Meanwhile, Plato continues his dialogue; in spite of the rain; in spite of the cab whistles; in spite of the woman in the mews behind Great Ormond Street who has come home drunk and cries all night long, 'Let me in! Let me in!' (94)

그리고 독자들은 이제 대영 박물관 도서관 천장 아래 수백의 살아있는 사람들은 바퀴의 살에 앉아 인쇄된 책들을 끊임없이 필사하는 모습을 보게 된다. 그리고 그 속에 애스퀴스 씨의 아일랜드 정책을 옹호하고 셰익스피어와 말로의 문장을 곱씹는 제이콥이 있다(149-50). 플라톤은 『타마이오스』(*Timaeus*)에서 여성을 고정된 본질이 부재하므로 이데아의 세계로 가기를 포기한 존재로 묘사한 바 있다. 여성은 플라톤의 형이상학의 세계에서는 여전히 비가시적이고 결핍된 존재 혹은 부재하는 무엇이다. 그리고 이러한 차이의 문제를 형이상학적인 언어는 본래적이고 자연스러운 것 그리고 도덕적 우열의 관계를 지닌 것으로 치환해 낸다. 마치 제이콥 화자가 보는 여성들이 "죄만큼이나 추악하기"(45-46) 때문에 킹스 칼리지(King's College) 교회의 예배에 참석해선 안 된다고 말하는 것처럼 말이다. 성차의 문제뿐만 아니라 그의 눈에 비친 타인종이나 이교도의 모습도 차별적 언어로 기술된다. 티미는 마호메트 교도가 된 제이콥의 외삼촌을 두고 이제 온갖 소문의 밥이 될 거라고 비아냥대고 플로린다와 함께 있을 때, 옆 테이블에서 난동을 피우던 흑인 여성은 소호의 가로등 불빛 너머로 유유히 사라진다. 독자들은 그의 시선이 머무는 어둠 속에서 자신을 파는 여자들과 "내놓을 게 성냥밖에 없는 늙은 여자"(115)와 "머리에 베일을 쓴 여자들"(115)의 존재가 얼마나 손쉽게 삭제되는지 그리고 그들의 언어가 정욕에 찬 화나고 절망적인 짐승의 목소리로 치환되는지 목도하게 된다.

반면 제이콥은 세인트 폴 대성당에 묻힌 웰링턴 공을 생각한다. 성당 천장을 수놓은 천지창조와 마리아의 수태고지를 연상케 하는 모자이크 벽장식들로 둘러쌓인 이 진공관에서는 나폴레옹과 싸웠던 그리고 워털루 전쟁을 승리로 이끈 영국의 총사령관이자 총리 웰링턴 공(The Duke of Wellington)이 누워있다. 1852년 장례식 이후 그는 자신이 전쟁에서 쓰던 깃발들에 둘러싸인 채 영원히 잠들어 있는데 그는 나폴레옹 전쟁뿐 아니라 마이소르(Mysore) 그리고 마라타(Maratha) 전쟁에서도 큰 공을 세운 영국 제국주의의 상징과도 같은 인물이다. 이처럼 제이콥이 보는 세상은 애도되어야 할 삶 그리고 가시적인 삶과 그렇지 못한 삶이 분명하게 구분되어 있으며 후자에 대한 전자의 가시성과 도덕적 우월성이 확보되는 공간이다(156). 그러나 플라톤의 에피스테메의 언어는 차이의 문제를 본래적이고 자연스러운 것과 그렇지 못한 것 그리고 도덕적 우열의 관계를 지닌 것으로 치환해 낸다. 그렇기에 이러한 장면에 도달할 때마다 독자들은 촉을 날카롭게 세우고 화자의 보편주의적 언어를 징후적으로 읽어야 할 필요성을 느끼게 된다. 나서서 내면을 내보이지 않는 언어의 당연스럽게 보이는 형식들이 독자들의 촉과 날을 무디게 하기 때문이다.

남성적인 이성, 여성적인 감각, 자연스러운 모성 등 본래적이고 자연스러운 것에 대한 언어의 집착을 데리다 역시 비판적으로 사유한다. 언어가 순수하고 선험적인 밖의 영역을 재현할 수 있다는 사실을 그는 일종의 허위의식으로 보며 원래부터 자연스러운 것은 애초에 존재하지 않았다고 말한다. 소쉬르(Ferninand de Saussure) 역시 언어적 음성 기호가 다른 기호 체계들보다 월등하다는 이유로 언어 구조를 소리와 개념 사이의 이상적인 결합으로 꼽은 바 있다. 음성주의란 원래 아리스토텔레스가 『시학』(*Poetics*)에서 동물들과 다르게 오직 인간의 목소리만이 은유화되어 의미를 가질 수 있다고 주장한 데서 유래한다(김보현 253). 문자가 음성을 담고 있기에 의미를 지니고 있다고 믿었고 음성은 문자보다 우월한 위치를 차지하고 있었는데 그 까닭은 음성이야말로 인간을 현현할 뿐만 아니라 진리를 담고 있기 때문이다. 그러나 데리다가 보기에 소쉬르의 구조주의적 언어와 음성-중심주의는 여전히 현전에 우위를 둔 언어이기에 한계적이며 플라톤의 "에피스테메"의 연륜을 지닌 무엇이다(『글쓰기와 차이』 439). 에피스테메의 언어는 고정된 기원의 환영에 여전히 붙들려 있고 그 중심의 기능은 언어 자체에 일관성을 줄 뿐만 아니라 도덕적인 향방마저 부여한다. 그러나 데리다의 차연의 언어에서 중심은 고정된 장소가 아니라 하나의 순간적인 기능이자 "기호들의 대체가 끝없이 이뤄지는 일종의 비-장소"(441-42)로 탈바꿈한다.[2] 차연적 글쓰기는 흔적 외에 어떠한 외적인 경계도 지니지 않고 같은 맥락에서 문학작품의 언어도 이러한 재-표지들의 형태의 다름 아닌 것이다(데리다, 『입장들』 87).

제이콥 화자의 언어가 지니는 또 다른 문제점은 애도되어야 하는 존재들의 삶과 그렇지 못한 삶이 분명하게 나누고 후자의 삶을 끊임없이 검열하고 차단한다는 데 있다. 더 나아가 이러한 언어는 국가 전반의 일반화된 우울증의 효과를 공인하는 듯 보인다. 그럴 때마다 제이콥이 바라보는 트리니티 칼리

---

2) 에피스테메의 언어에 대한 데리다의 비판은 버틀러가 라캉의 상징계가 금기를 통해 스스로를 징후적으로 만들었다고 비판한 것을 떠올리게 한다. 오랜 기간 반복적으로 수행된 또 다른 결과일 수 있는 상징계가 자신의 보편성을 초월적인 위치로 만들기 위해 내부의 본질적인 변화 가능성을 처음부터 부정했다는 것이다. 특히, 죽음 충동, 전-오이디푸스적 욕망 등 언어로 표현될 수 없는 것들을 보편적 질서 체계인 상징계 밖으로 밀어냄으로써 그 보편적 언어를 스스로 절대 불변하는 무엇으로 만들었다는 것이다(Butler, *Antigone's Claim* 93-100). 데리다의 해체주의적 언어 역시 무의식의 언어와 그 속에 가려진 욕망들이 스스로를 표현할 수 있는 탈출구로서의 은유의 언어를 인정하는 라캉의 상징계와 어느 정도 대척점에 있다고 할 수 있다. 비슷한 맥락에서 김보현은 데리다가 생각하는 (초기) 라캉의 상징계는 되돌아간다는 사실에 거의 강박을 가지고 있는 그리고 형이상학적인 성격을 은근슬쩍 은폐하는 언어로 볼 가능성도 있음을 이야기한다(265).

지(Trinity College)의 네빌스 코트(Neville's Court)는 마치 조르지오 키리코(Giorgio de Chirico)의 <오후의 수수께끼>(1914)의 멜랑콜리함을 그대로 담아내는 듯하다. 그의 시선을 따라가는 독자들은 완벽한 빛과 그림자의 세계를 마주하게 되고 "반대편 기둥들과 보도만이 하얗게 보이는"(52) 트리니티 칼리지의 어둠 속에 "사기 접시를 카드 섞듯 하는"(52) 웨이터들이 까만 밤 안으로 사라지는 걸 보게 된다. 뿐만 아니라 늙은 헉스터블 교수가 시계처럼 정연한 방식으로 옷을 갈아입고 파이프에 담배를 채우고 신문을 고르며 안경을 끼는 동안 세상의 모든 가변적인 존재들은 그의 눈가 주름에 접힌 채 말끔하게 사라져 버림을 목도한다.

그러나 울프의 애도의 언어는 제이콥 화자의 수많은 타자들, 예를 들면, 미스 킬먼(Miss Kilman)[3] 같은 존재들의 희생을 담보로 하는 나르시시즘적 애도를 비판적으로 사유한다. 오히려 이러한 일-방향적인 국가의 수사학으로부터 지워진 이들의 목소리들을 기억하고 그들과의 관계 맺음이 언어의 장 속에 어떻게 기입될 수 있는지 그리고 타인과 우리의 삶이 얼마나 복잡하게 얽혀 있는지를 논한다. 영국의 과도한 군국주의와 정의 실현의 문제에 대해 울프가 보이는 냉담한 태도는 『위태로운 삶』(*Precarious Life*)에서 주디스 버틀러(Judith Butler)가 9. 11 이후 미국의 국가적 면역 시스템에 대해 보인 짙은 회의감을 떠올리게 한다. 미국의 국수주의 정치는 공공연하게 테러나 테러리스트라는 말을 사용하면서 본국의 상흔과 피해를 무기 삼고 이라크와 아프가니스탄에 대한 무차별 공격에 대한 면죄부를 얻고자 했다. 더 심각한 것은 미

---

3) 그녀는 울프의 『댈러웨이 부인』(*Mrs. Dalloway*)에 등장하는 인물이다. 1차 세계대전 이후 촉발된 반-독일인주의 반 나치즘 운동에 의한 희생자이며 자신의 오빠도 1차 세계대전 당시 사망했지만 사람들은 그녀가 '독일인은 모두가 악당이다'라는 명제를 인정하지 않았다는 이유로 비난한다.

군의 폭격기에 의해 희생당한 아프가니스탄의 아이들이 매스-미디어의 자체 검열을 통해 미국인들에게는 아예 보이지 않을뿐더러 애도할 수 없는 존재로 치환된다는 점이다. 미국은 수십 년간의 분쟁에서 사라진 팔레스타인인들의 죽음을 애도할 수 없는 것으로, 반면 자국민의 죽음을 공적으로 애도할 수 있는 무엇으로 만들었다. 진정으로 애도할 수 있는 능력은 먼저 이슬람교도들과 아랍인들의 삶을 한 인간의 그것으로 생각하지 못한다는 그 사실에 의해 폐제된다. 그렇기에 버틀러는 미국이 핵무기나 "애국자 법"(Patriot's Act)으로 자국민을 보호하고자 하는 노력과 그러한 국가의 자체적 면역 시스템이야말로 아프가니스탄과 이라크의 벌거벗은 타자들을 마주해야 하는 우리의 과업을 방해한다고 말한다(*Precarious Life* 576).[4] 버틀러의 애도는 이처럼 우울증적 주체에서 진정한 애도의 의미를 발견한 데리다의 이론의 연장선에 있다. 데리다의 죽음을 기리는 비망록에 버틀러는 애도의 과정에 있어서 나타나는 주체성의 모호함 그리고 매체로서 언어가 지니는 본래적 불투명성으로 인해 소통이란 결국 우리에게 불가능한 무엇이 된다고 말한다. 그렇기에 지금 여기서 타자와 관계를 맺으려는 모든 시도와 그에게 닿으려는 시도는 "언제나 이미 묘지 너머에서 온 기억의 서명을 싣는"(Derrida, *Paul de Man* 29) 어쩌면 애도 자체가 불가능한 것 그러나 그럼에도 불구하고 이를 말하려고 하는 시도일 수밖에 없다고 주장한다. 이들이 말하는 애도의 시작은 밖의 보이지 않는 존재들이 언제든 내부로 침투하여 내부의 존재들과 관계를 맺을 수 있을 가능성을 사유하는 데서부터 시작된다. 이를 위해 우리는 유령의 세계에 우

4) 벌거벗은 존재들을 비가시성의 영역으로 몰아내려는 국가의 면역 시스템을 지적하며 버틀러는 다시 한번 "우리가 어떤 사회적인 소속감도 느낄 수 없는 이들과 함께 살아야 할 뿐 아니라 그들의 삶과 복수성—그들이 일부를 형성하는—을 보존할 의무"가 있다고 주장한다(『지상에서 함께 산다는 것』 284).

리 자신을 들여놓고 우리가 사는 시간 속에서 방향 감각을 상실하여야 하며 말할 수 없는 것을 말하려 시도해야 한다. 애도는 그 속에서 구르고 엎어지며 말을 더듬는 일부터 전부 다시 시작되어야 하기 때문이다(Stanescu 577).

IV. 결론: "누가 알리 – 같이 가는 길에 이야기를 나눌 수 있을지"

본 논문은 『제이콥의 방』에 나타난 울프의 애도의 방식을 데리다의 애도 이론을 통해 살펴보았다. 에피스테메의 언어에 대한 데리다와 버틀러의 입장은 일면 「벽 위의 자국」("The Mark on the Wall")에서 보편적 언어의 사용을 비판적으로 사유하는 울프를 떠올리게 한다. 울프의 언어에서 플라톤의 단 하나의 진실만을 비추는 거울 세계는 "거의 무한한 수의 반영"들로 치환된다(123). 우리에게 익숙한 그리고 보편적 언어로 이뤄진 세계는 울프에게는 "정말로 반쯤은 환영이며 이런 것들을 믿지 않는 자들을 찾아오는 저주는 단지 불법적인 자유의 감각"일 뿐이다(123). 그러나 이렇게 변칙적인 방법으로나마 느끼는 자유가 동시에 얼마나 한시적인지 그리고 우리로 하여금 사실이라고 믿게 하는 규범과 보편의 언어에 의해 얼마나 쉽게 좌절되는지도 함께 지적한다. 울프 화자에게 그러므로 "벽 위의 자국"은 기억 저편으로 건너간 죽은 자들을 위한 "무덤"이고 타자의 유령이 출몰하는 공간이기도 하다. 그러나 무덤 속에 묻힌 것들을 기억해 내는 그녀의 방식은 퇴역 대령들이 발굴 작업을 하듯 끄집어낸 유물들을 분석하고 학술대회에서 논문을 발표하는 행위들로 이뤄지지 않는다. 그 행위는 오히려 자신의 언어가 낯설어지는 인식의 한계 지점을 향해 있고 무덤 뒤에 묻혀 있을지도 모르는 알려지지 않은 동굴이나 숲속에 웅크려 약초를 달이고 별들의 언어를 적어 놓았을 마녀들과 은둔자들의 자손을 기억하는 것을 통해 이뤄진다(125).

『제이콥의 방』은 이처럼 인류에게 유래 없는 인명 피해를 가져온 1차 세계대전과 상실된 세대라고 불리는 살아남은 자들을 기억하고 애도하는 작품이다. 그러나 그녀는 상실된 것들을 대변하는 인물인 제이콥에게 영원히 닿을 수 없다는 자신의 허약함을 드러내는 경험만이 그리고 자신에 대해서도 영원히 알 수 없다는 무지의 힘만이 그를 온전히 기억하는 방법이라고 말하는 듯하다. 우리가 타자를 인정하거나 기억하는 행위는 항상 언어를 수반하고 메시지의 전달을 통해 타자에 대한 욕망을 공적인 영역에 생산해냄으로써 이뤄진다. 버틀러에 따르면 그것이 없다면 우리가 우리일 수 없는 그런 존재에 의해 우리가 매 순간 구성되기 때문에 그 순간들을 기억하는 일은 존재의 새로운 변형들을 부추기고 타자와의 연관이 있는 미래들을 만들어낼 수 있다(*Precarious Life* 77-80). 그래서 울프는 잊히고 필체마저 알아볼 수 없는 이미 흔적으로 변한 편지조차도 여전히 소중하며 그래서 우편배달부로부터 편지가 올 때면 매번 "기적이 반복되는 것 같다"(131)고 말한다.

> 그러고는 쪽지들이 쌓인다. 전화가 울리고, 우리가 가는 곳마다 전선과 관이 우리를 에워싸고 마지막 카드가 처리되기 전에 그래서 하루가 끝나기 전에 목소리가 관통해 들어오게 한다. '관통해 들어오려고,' 우리가 잔을 들거나 악수를 하고 바람을 표시하고 무언가를 속삭이면서 이게 다일까? 결코 알 수 없는 것, 공유가 확실히 가능할까? 나는 '와서 식사를 같이 하자'는 차 탁자에 떨어뜨려질 편지를 하루 종일 쓰고 복도로 사라질 목소리를 보내는 약속을 잡느라 삶을 축소시키는 사람으로 운명 지워졌단 말인가? 그럼에도 편지란 존경스러운 것이고 전화는 값어치가 있다. 삶의 여정이란 외로운 것인데 쪽지와 전화로 함께 묶여 같이 갈 수 있다면, 누가 알리 — 같이 가는 길에 이야기를 나눌 수 있을지. (132)

And the notes accumulate. And the telephones ring. And everywhere we go wires and tubes surround us to carry the voices that try to penetrate before the last card is dealt and the days are over. 'Try to penetrate,' for as we lift the cup, shake the hand, express the hope, something whispers, Is this all? Can I never know, share, be certain? Am I doomed all my days to write letters send voices which fall upon the tea-table, fade upon the passage, making appointments, while life dwindles, to come and dine? Yet letters are venerable; and the telephone valiant, for the journey is a lonely one, and if bound together by notes and telephones we went in company, perhaps — who knows? — we might talk by the way. (80)

망자의 죽음이 초래하는 고통과 상실은 이해될 수 없고 명명되지도 못한 채 『제이콥의 방』에 남아있다. 순수한 애도는 불가해지고 망자는 유령이 되어 우리와 함께 머문다. 타자를 기억하고자 할 때마다 언어는 돌이킬 수 없이 깨어지고 그 알 수 없는 존재에 우리는 끊임없이 굴복해야 한다. 그러나 그 순간 우리가 습관적으로 인식의 세계 밖에 존재한다고 여겨졌던 죽음과 상실의 문제는 이미 또 우리를 구성해내고 삶의 내부로 들어와 있음을 알게 된다. 그렇기에 애도는 완결되지 않은 채 끊임없이 쓰고 쓰이는 과정이 된다. 그러나 그 과정에서 투명한 소통 가능성을 담보로 하지 않는 전혀 다른 연대를 만들어낼 수 있기에 버려진 편지들과 사라질 목소리를 잇는 우리의 일상은 여전히 가치 있다. 그렇게 "나"를 그리고 "우리"를 모을 수 있고 각자 그리고 함께 애도할 수 있기 때문이다.

출처: 『영어권문화연구』 제14권 3호(2022), 199-224쪽.

■ 인용문헌

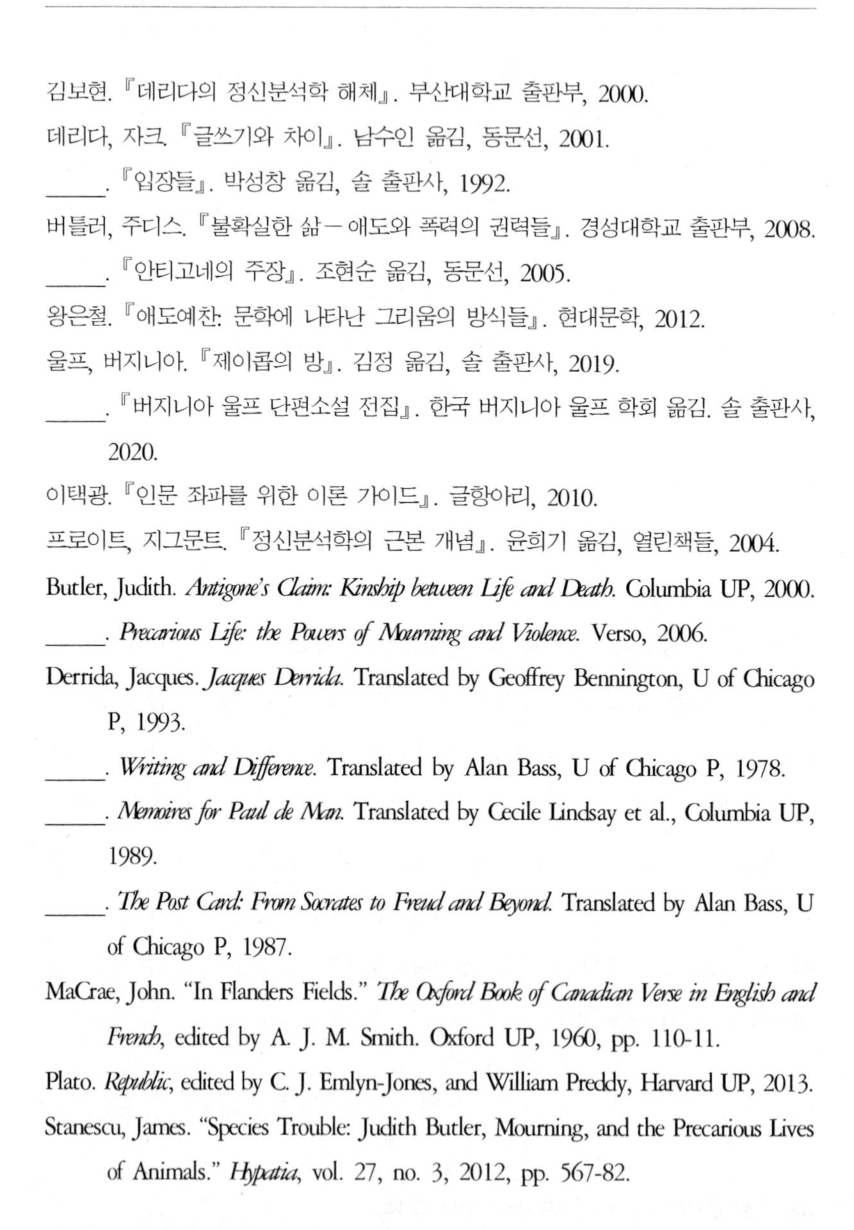

김보현. 『데리다의 정신분석학 해체』. 부산대학교 출판부, 2000.
데리다, 자크. 『글쓰기와 차이』. 남수인 옮김, 동문선, 2001.
_____. 『입장들』. 박성창 옮김, 솔 출판사, 1992.
버틀러, 주디스. 『불확실한 삶 – 애도와 폭력의 권력들』. 경성대학교 출판부, 2008.
_____. 『안티고네의 주장』. 조현순 옮김, 동문선, 2005.
왕은철. 『애도예찬: 문학에 나타난 그리움의 방식들』. 현대문학, 2012.
울프, 버지니아. 『제이콥의 방』. 김정 옮김, 솔 출판사, 2019.
_____. 『버지니아 울프 단편소설 전집』. 한국 버지니아 울프 학회 옮김. 솔 출판사, 2020.
이택광. 『인문 좌파를 위한 이론 가이드』. 글항아리, 2010.
프로이트, 지그문트. 『정신분석학의 근본 개념』. 윤희기 옮김, 열린책들, 2004.
Butler, Judith. *Antigone's Claim: Kinship between Life and Death.* Columbia UP, 2000.
_____. *Precarious Life: the Powers of Mourning and Violence.* Verso, 2006.
Derrida, Jacques. *Jacques Derrida.* Translated by Geoffrey Bennington, U of Chicago P, 1993.
_____. *Writing and Difference.* Translated by Alan Bass, U of Chicago P, 1978.
_____. *Memoires for Paul de Man.* Translated by Cecile Lindsay et al., Columbia UP, 1989.
_____. *The Post Card: From Socrates to Freud and Beyond.* Translated by Alan Bass, U of Chicago P, 1987.
MaCrae, John. "In Flanders Fields." *The Oxford Book of Canadian Verse in English and French*, edited by A. J. M. Smith. Oxford UP, 1960, pp. 110-11.
Plato. *Republic*, edited by C. J. Emlyn-Jones, and William Preddy, Harvard UP, 2013.
Stanescu, James. "Species Trouble: Judith Butler, Mourning, and the Precarious Lives of Animals." *Hypatia*, vol. 27, no. 3, 2012, pp. 567-82.

등대로

To the Lighthouse

이순구

•

『모슬리엄 북』과 『등대로』:
"자기중심적 숭고함"에서 "집단적 숭고함"으로

진명희

•

울프의 식탁과 예술적 상상력

이주리

•

『등대로』가 기념하는 램지 부인과 환대의 식탁

한솔지

•

The Temporality of Anti-Consolation:
Redeeming Women's Solidarity in Virginia Woolf's *To the Lighthouse*

『모솔리엄 북』과 『등대로』: "자기중심적 숭고함"에서 "집단적 숭고함"으로*

| 이순구

I. 들어가기

레슬리 스티븐(Sir Leslie Stephen)이 쓴 『모솔리엄 북』[1](*Mausoleum Book*, 1895-1903)과 버지니아 울프(Virginia Woolf)의 『등대로』(*To the Lighthouse*, 1927)는 거의 한 세대에 가까운 시간 차이를 두고 각각 아버지와 딸이 쓴 책으로, 주로 그들의 개인적인 가족사를 글의 소재로 삼고 있다. 전자는 아버지가 그의 두 번째 아내 줄리아 스티븐(Julia Stephen)의 이른 죽음에 충격을 받고 슬픔에 빠진 가운데 남겨진 자녀들[2]에게 어머니 이야기를 들려주는 서신

---

* 이 논문은 원래 『현상과인식』 제41권 3호(2017), 212-47쪽에 수록된 것을 일부 수정·보완한 것임.

1) 책의 제목에 나오는 '모솔리엄'의 뜻은 모솔러스(Mausolos) 왕의 아내, 즉 왕비가 세운 그의 웅장한 무덤을 가리킨다. 거대하고 치장이 많은 구조로 되어 있는 이 무덤은 소아시아 서남부 카리아(Caria)의 고대도시 핼리카나서스(Halicarnassus)가 그 소재지로 고대의 세계 7대 불가사의 중 하나로 꼽힌다. 실제 인간 줄리아의 모습은 온데간데없고 그녀에 대한 찬사로만 가득 찬 이 책을 반항심 강한 자녀들이 조롱하기 위해 그렇게 불렀다(Zwerdling 170).

형태를 띠고 있고, 후자는 딸인 울프가 죽은 지 이미 20년 이상 된 부모를 소설 속의 인물로 형상화하고 있다.

전자에서는 줄리아가 중심인물이 되어야 하는데 스티븐 자신의 이야기가 많이 등장하며, 『등대로』에서는 램지(Ramsay) 부부의 관계보다는 램지 부인의 내면세계와 그녀와 릴리 브리스코(Lily Briscoe)와의 관계로 초점이 옮겨져 있다. 그러면서 두 작품 다 전기나 자서전이기보다는 외부와 자아 사이의 거리를 잘 유지하면서 만들어진 문학 작품의 성격을 지닌다.

전자의 경우 스티븐은 '성인'(saint)으로 살다 간 아내 이야기를 하면서도 그녀의 죽음에 어쩌면 자기의 잘못이 있을지도 모른다는 죄의식을 드러낸다. 자녀들에게는 헌신적으로 살다 간 어머니를 잊지 말아 달라며 아버지로서 가족 간 화합과 유대를 강조한다. 한편 『등대로』에서 울프는 어린 시절 가부장적인 아버지에게서 느꼈던 분노를 표출하며, 또한 한때 어머니에게 품었던 흠모를 고백하면서도 아버지에게 예속적이었던 그녀의 삶에 대한 원망을 드러낸다. 이 과정에서 울프는 근대화에 따른 개인의 소외의 문제를 암시하며, 제임스 조이스(James Joyce), E. M. 포스터(Forster), T. S. 엘리엇(Eliot) 등과는 달리 여성 작가로서 여성의 관점에서 그 극복의 실마리를 찾고자 한다.

『등대로』를 발표할 무렵 울프는 이미 협동조합 여성 길드(Cooperative

2) 줄리아 잭슨(Julia Jackson)이 허버트 덕워스(Herbert Duckworth)와 결혼하여 낳은 세 명의 자녀인 George · Stella · Gerald, 그리고 그녀가 레슬리 스티븐과의 재혼에서 얻은 네 명의 자녀인 Thoby · Vanessa · Virginia · Adrian을 의미한다. 스티븐이 첫 번째 아내 Minnie Thackeray에게서 낳은 딸 Laura는 여기서 제외된다. 줄리아가 낳은 이들 일곱 명의 자녀에게 보내는 서신 형식의 이 책은 1895년 5월 5일 줄리아가 죽고 대략 2주 뒤인 5월 21일부터 쓰이기 시작하여 스티븐 자신이 죽기 석 달 전인 1903년 11월 14일 글이 마무리된다. 이것이 정식 책으로 나온 것은 1977년이고, 이때 앨런 벨(Alan Bell)이 서문을 썼다. 서신 형식의 글이 끝나면 뒷부분에 스티븐의 지인들과 친척들의 사망을 알리는 내용이 길게 나오는데, 오랜 세월 저널리스트로 활약했던 그의 면모가 드러나는 셈이다.

Women's Guild)의 지도자였던 마거릿 레웰린 데이비스(Margaret Llewelyn Davies)[3]와 오랜 기간 교류를 나누었으며, 1917 클럽(1917 Club)[4]에서는 사회주의자들과 러시아 혁명을 논했고, 에멀린 팽크허스트(Emmeline Pankhurst)를 비롯한 여성 참정권자들의 활약으로 1918년 여성의 투표권이 국회에서 통과되는 것을 목격했다.[5] 그리고 무엇보다 그녀는 1차 대전을 경험했다. 그녀는 부모 세대가 경험한 빅토리아조와는 확연히 다른 새로운 감수성과 사상을 대변할 수밖에 없었다. 스티븐은 『18세기 영문학과 사회』(*English Literature and Society in the Eighteenth Century*)에서 "한 시대의 철학은 본질적으로 . . . 사회적 견해에 의해 결정되고"(2-3) "문학은 한 시대 철학의 가장 상상력이 풍부한 구현"(12-13)이라고 주장한 바 있다. 스티븐과 울프의 작품을 살펴보는 일은 가부장제적 · 자본제적인 빅토리아 조에서 페미니스트적, 사회주의자적인 20세기로 넘어오는 과정을 지켜보는 것이기도 하다.

본 장에서는 각기 다른 세대를 대변하는 문인이면서 부녀지간이기도 했던 두 사람의 작품을 페미니즘 관점에서 고찰하고자 하는 것으로, 특히 남성의 관점과 여성의 관점이 어떻게 작동하는지 제인 마커스(Jane Marcus)의 "자기중심적 숭고함"(egotistical sublime)과 "집단적 숭고함"(collective sublime)

---

3) 데이비스는 1889년부터 1921년까지 협동조합 여성 길드를 총괄했다. 여성 참정권을 포함한 사회개혁을 추진하는 등 사회주의와 페미니즘을 결합한 그녀의 견해는 길드의 방향을 정하는 데 결정적이었다.

4) 남편 레너드 울프(Leonard Woolf)가 사회주의자 친구들과 함께 만들었고 1932년까지 존재했다.

5) 1910년 국회는 몇몇 여성들(돈 많고 재산을 소유한 백만 명이 넘는 여성들)에게 투표권을 주자는 "화해 법안"(Conciliation Bill)을 제안했다. 이 법안은 1910, 1911, 1912년 세 차례에 걸쳐 하원의원들 앞에 상정되었는데, 모두 통과되지 않았다. 드디어 1918년 국회는 세대주이거나 세대주의 아내이고 나이가 30이 넘는 여성들에게는 투표할 권리를 허용하는 법안을 통과시켰다(Squier 201).

("Thinking Back Through Our Mothers" 6-11)의 개념을 빌려 설명하고자 한다. 마커스에 따르면 가부장제 사회의 교육받은 중산층 남자들은 "자기중심적 숭고함"을 추구한다. 이들이 추구하는 "자기중심적 숭고함"은 본질적으로 가부장적이며 자본주의적인 속성을 지닌다. 근대화를 주도했던 이들은 자본주의 사회의 경쟁과 이윤추구, 성공 신화를 당연시하며 사회적 약자에 대한 배려를 고려하지 않는다. 반면 근대화에서 배제되어온 여성을 대변하는 울프가 지향하는 바는 "집단적 숭고함"이다. 마커스는 「우리의 어머니들로 거슬러 내려가 사고해보기」에서 울프 문학의 의미를 다음과 같이 설명한다.

> 버지니아 울프는 처음으로 여성으로서 "우리"를 말하기를 배웠다. 그것은 그녀가 에델 스미스에게 설명한 것처럼 그녀 자신의 에고로부터의 해방이기보다는 개인적인 불안의 고독감으로부터의 해방이었다. 그녀의 어머니들에게로 거슬러 올라가 사고하는 것은 그녀에게 최초로 집단적 정체성을 부여했으며 그녀의 창조적 능력을 강화해주었다. 그녀의 전반적인 커리어는 저자와 인물들과 독자들에게 픽션으로부터 에고를 제거하도록 훈련하는 것이었다. 그것은 결국 모든 소외된 그리고 억압받는 자들을 대변하기 위해 생겨난 과거와 미래의 여성 작가들의 세계에서 "우리"라는 단어를 확장하는 것으로, 『밤과 낮』에서 메리 다체트의 페미니즘이 국제적 사회주의로 확장하는 것과 같다.

> Virginia Woolf first learned to say 'we' as a woman. It was not so much a liberation from her own ego, as she explained to Ethel Smyth, as a liberation from the loneliness of individual anxiety. Thinking back through her mothers gave her her first collective identity and strengthened her creative ability. Her whole career was an exercise in the elimination of the ego from fiction in author, characters and readers. It was the expansion of the word 'we' in a world of women writers past and future which grew eventually to speak for all

the alienated and oppressed, as Mary Datchet's feminism expands in *Night and Day* to international socialism. ("Thinking Back Through Our Mothers" 11)

이런 맥락에서 마커스는 울프의 문학을 "어머니들과 여형제들과 같이 사고하는 집단적인 역사적 노력"이자 "사회주의자 페미니즘의 적극적인 정치적 노력"("Introduction" xiv)으로 보았다.[6] 또한 독자 역시 작가가 이러한 노력을 기울이는 동안 과거와 미래의 독자와 연결되어 브레히트의 서사 극장에서처럼 자신을 스스로 집단적 관객의 일부로 바라보게 될 것으로 전망했다("Thinking Back Through Our Mothers" 10). 본 장에서는 이러한 마커스의 주장을 토대로 『모솔리엄 북』과 『등대로』를 각각 분석하고자 한다.

Ⅱ. 『모솔리엄 북』: "자기중심적 숭고함"

빅토리아조의 교육받은 중산층 남성들이 추구하는 "자기중심적 숭고함"은 『모솔리엄 북』에서 스티븐에 의해 전형적으로 드러난다. 그의 인식 세계에서는 다른 어떤 것도 중요하지 않고 오직 '나'가 강조되며, 나의 판단과 가치가 우선시 되며, 개인의 성공과 업적만이 중요하다. 주변 사람들은 이러한 자신의 "자기중심적 숭고함"을 위해 봉사해야 한다고 믿으며, 따라서 약자들에 대한 배려 없이 지배와 착취를 당연시한다. 겉으로 볼 때 『모솔리엄 북』은 여성에 대한 이상화의 특징을 보여주지만 이것은 여성을 '가정의 천사'로 만

---

6) 마커스는 영국과 유럽에서 점점 더 남녀 차별적이고 형식주의적이 되는 마르크스주의자를 보면서 자신은 더 이상 마르크스주의자 비평가가 아님을 분명히 했다(*Virginia Woolf and the Languages of Patriarchy* xi-xii).

들어 남성의 "자기중심적 숭고함"에 봉사하도록 하기 위함으로, 결국 그 기저에는 남녀의 영역 분리를 당연시하는 가부장제적 성 이데올로기에 대한 믿음을 전제한다. 스티븐의 "자기중심적 숭고함"은 자신의 성공에 집착하도록 하여 자아 몰입과 자아 중심주의에 빠져들게 하며, 종국에는 자아에 갇혀 성공했으면서도 자기만족을 모르고 오히려 자기 비하에 사로잡히는 결과를 초래한다. 또한 도덕적인 안내자로서의 여성의 역할에 대한 그의 믿음은 결국 가족 간 결속을 강조하는 가운데 가부장제 사회를 공고히 하고자 하는 것에 불과하다. 본 장에서는 스티븐의 자아 몰입과 자아 중심주의, 그리고 여성에 대한 이상화를 추구하는 그의 "자기중심적 숭고함"과 관련하여 살펴보고자 한다.

1. 스티븐의 자아 몰입과 자아 중심주의

『모솔리엄 북』에서 스티븐은 전문 작가로서 항상 지적・학문적 업적을 쌓으려고 노력한다. 그러나 그러면 그럴수록 더욱 자아 몰입에 빠지고 자아 중심적이 되어 다른 사람과의 관계 맺기에 어려움을 느낀다. 서재에서 너무 많은 시간을 보낸 나머지 찾아든 문제점을 그 자신은 다음과 같이 분석한다.

> 나는 또한 나의 책이나 글에 관한 생각에 몰입하여 약간 멍한 경향이 있으며 가끔은 내 주변에서 벌어지는 일에 별로 관심을 기울이지 않는다. 내가 다소 이런 상태에 있을 때면 들은 말을 종종 잊어버리며 변명의 방식으로 들은 적이 없다고 선언해버리기도 하는데, 이것은 나를 사람들의 조롱거리로 만들었다. 나는 또한 자주 말을 하지 않는 경향이 있었고 — "당신은 너무 말이 없어요."라고 그녀가 편지에서 말했다 — 공부방에서 너무 많은 시간을 보냈다. 특히 우울할 때면 안절부절못했고, 사교적 관점에서 나는 골치 아픈 존재였다. 나는 아주 쉽게 지루해하는 사람 중의 하나라고 생각한다. 멍청한 사람들과 오래 앉아 있는 것

을 견딜 수 없어 했고 가족들과 있을 때도 가끔 하이에나처럼 불안해했다. 나는 미안하게도 몇몇 손님들에게는 매우 무료함을 느꼈던 것으로 기억한다. . . .

I am apt also to be a little absent in mind, absorbed in thoughts about my books or my writings, and occasionally paying very little attention to what is passing around me. I have so often forgotten things that have been told me, when I was more or less in this state, and declared by way of excuse that I had never been told, that it became a standing joke against me. I am inclined too to be often silent-'you don't know how silent you can be,' she says in a letter—and have spent too much time in my study. At the time of my nervous depression in particular I became fidgety and troublesome in a social point of view. I am, I think, one of the most easily bored of mankind; I cannot bear long sittings with dull people and even when alone in my family I am sometimes as restless as a hyena. I remember—and certainly not without compunction—how bored I was with certain guests of ours . . .[7)]

세상은 항상 거기 있는데 그는 자아에 빠져 그것을 바라보지 못한다. 배움이 많은 남자가 종종 빠지는 한계를 그 자신이 분석한다. 개인의 성공을 인생의 목표로 삼는 스티븐의 "자기중심적 숭고함"은 이처럼 자아에 갇히게 하고 다른 사람과의 관계의 망을 형성하지 못하게 한다.

로라(Laura)와의 관계에서도 그는 딸을 제대로 바라보지 못한다. 로라는 어려서부터 이상증세를 보였지만 그는 전혀 눈치채지 못한다. 결국 그녀의 지적장애에는 그 자신의 책임도 있다는 것을 이 작품은 시사한다. 로라는 스티븐이 첫 아내 미니 새커리(Minnie Thackeray)와의 사이에서 얻은 딸로 17

7) Sir Leslie Stephen, *The Mausoleum Book*, introduced by Alan Bell, Clarendon P, 1977, p. 89. 앞으로 이 텍스트의 인용은 괄호 안에 쪽수만을 기재하도록 한다.

세 때 가족으로부터 격리되어 요양병원에서 생을 마감하는 비극적 인물로, 스티븐 인생의 가장 큰 치부라면 치부랄 수 있었다. 그런데 이런 로라를 다루는 데 나타난 그의 양육 방식을 보면 문제가 있음을 보여준다. 로라는 다섯 살이었을 때 그녀의 어머니가 죽었다. 그리고 로라가 여덟 살이었을 때 아버지는 재혼했다. 게다가 그가 재혼한 여성은 결혼하자마자 그녀의 첫 결혼에서 얻은 세 명의 자녀를 데리고 로라가 아버지와 함께 살고 있는 하이드 파크 게이트(Hyde Park Gate)로 들어왔다. 설상가상으로 그녀는 스티븐과의 사이에서 네 명의 자녀를 1879년부터 1883년 사이에 차례로 낳았다. 어머니를 일찍 여의고 아버지의 사랑마저도 이복형제들과 나누어 가져야만 했던 로라는 결국 거의 고아와 같은 신세가 되고 말았다. 그런데 스티븐은 로라가 처한 이러한 상황에 대해서는 정작 무심한 듯했다. 그의 상상력으로는 딸이 처한 어려움을 도저히 이해할 수 없었다. 그의 관심은 단지 딸이 책을 읽을 줄 아느냐 못하느냐는 것뿐이었다.

> 나는 이 문제가 1882년에 정점에 달했다고 생각한다. 내 편지에 그것에 관한 고통스러운 언급이 있다. 그 뒤 우리는 집에서 가정교사를 고용하려고 했고 그 다음에는 시골에서 가정교사를 두려고 했다. 그러나 결국 그녀는 이스트우드로 보내어졌다. 거기서 로라는 매우 아팠다. . . . 나는 이 점에서 내 잘못이 없다는 말을 덧붙이고 싶다. 나는 로라를 가르쳤고 가르치는 데 상당한 역할을 했다. 1879-1880년 잭슨 여사(스티븐의 장모)의 발병 후 우리가 브라이턴에 있었을 때 내가 받은 충격을 잊을 수 없다. 우리는 로라를 유치원에 보냈었는데 여선생이 로라가 결코 읽기를 해낼 수 없다고 말했기 때문이다. 나는 내가 가르쳐보기로 작심하고 어느 정도 로라를 읽히는 데 성공했지만 나는 너무 자주 화를 냈고 너무 강제적이었다고 생각한다.

> I think that the trouble culminated about 1882, when I find some painful references to it in my letters. We afterwards tried governesses at home, and then a governess in the country, but at last she was sent to Eastwood, where she has had a very serious illness. . . . I must add that in this matter I do not blame myself. I took a considerable part in teaching or trying to teach Laura. I shall never forget the shock to me, when we were at Brighton after Mrs. Jackson's illness of 1879-80, I think. We had sent Laura to a 'kindergarten' and the mistress told me that she would never learn to read. I resolved to try and succeeded in getting the poor child to read after a fashion, although I fear that I too often lost my temper and was overexacting. (92)

그의 자녀 양육 방식에는 지배와 통제가 암시된다. 부모가 자녀를 직접 책임지고 양육하는 대신 값싼 노동력의 가정교사에게 맡긴다든지, 먼 곳으로 보내 아이를 방치한다든지, 자신이 직접 개입 시 아이에게 강요하거나 학대하는 모습을 보여주고 있다. 그는 아빠로서 로라와의 관계에서도 이처럼 관계 맺기에 실패한다.

노엘 아난(Noel Annan)에 의하면 스티븐 가의 남성들은 모두 최고 수준의 엘리트 교육을 받은 "지식인 귀족들"이었다(*The Godless Victorian* 3). 이들은 19세기에 부상했던 중산층 집안의 아들들로 이튼(Eton)과 케임브리지(Cambridge) 대학에서 교육받은 뒤 졸업 후에는 주로 변호사나 성직자가 되었다. 그 결과 이들은 오랫동안 귀족 못지않게 사회적 안정과 지위를 누릴 수 있었다. 스티븐의 아버지 제임스 스티븐(Sir James Stephen)은 전문 변호사였다가 식민지청의 공무원인 상시 차관(Permanent Under Secretary)으로 오래 근무했다. 케임브리지 시절 "사도들"(Apostles) 중의 한 사람으로 뽑힐 정도로 유능했던 스티븐의 형 제임스 피츠제임스 스티븐(Sir James Fitzjames

Stephen, 1829-1894) 역시 영국법과 인도법의 법전 편찬자로 활동했으며, 후에 고등법원의 판사(Judge of the High Court, 1879-1891)가 되었다. 스티븐 자신도 엘리트 교육을 받아 전문 작가로서 성공 가도를 달린다. 그는 9세에 이튼에 들어갔고 1854년에 케임브리지 대학에서 학위를 받는다. 그는 종교적으로 회의론자로 영국 국교회에 맹세할 수 없다고 하여 케임브리지 대학의 교수직을 포기했다. 1865년 런던에 정착하여 『콘힐』(*Cornhill*) 편집장이라는 직함으로 글을 쓰기 시작했을 때 그는 전문 작가의 길로 들어서며, 그 후 그가 문인으로서 성취한 바는 모두가 인정하고 존경할 만한 것이었다. 특히 매슈 아널드(Matthew Arnold) 사후 그를 빅토리아조 후반 최고의 지성으로 바라보는 견해가 당시 지배적이었다. 지식인으로서의 그의 위치를 아난은 한 책의 서문에서 다음과 같이 평가한다.

> 러스킨과 페이터 같은 현인이 있었고, 헉슬리와 틴들 같은 유창한 과학자도 있었고, T.H. 그린과 F.H. 브래들리, 헨리 시즈윅 같은 명성 높은 철학자도 있었다. 앨프리드 마셜 같은 위대한 사회 과학자도 있었고, J.A. 시먼스와 헨리 메인 같은 새로운 주제들을 다룬 선구자도 있었다. 새로운 시대는 해설가를 요구하여 진지한 잡지 편집장들이 등장하게 되었던바 「포트나이틀리」의 몰리, 「스펙테이터」의 허튼, 그리고 이들 중 가장 독창적인 인물이었던 「이코노미스트」의 배젓이 있었다. 이들은 『콘힐』을 이끌었던 스티븐보다 더욱 성공적인 편집장들이었다. 그러나 이들 중 아무도 스티븐만큼 권위를 가지고 그토록 광범위한 주제들을 다루지는 못했다. 그는 사상을 다룬 역사가였고 최초의 영소설 비평가였으며 자기 시대의 해설가였고 매우 뛰어난 전기 작가였다. 그는 현인 중의 현인이 아니었다. 그는 현인들 사이를 권위를 가지고 서로 중재했다.

> There were sages such as Ruskin and Pater, eloquent scientists such as Huxley and Tyndall, and philosophers of the stature of T. H. Green, F. H. Bradley,

> and Henry Sidgwick. There was a great social scientists, such as J. A. Symonds and Henry Maine. The new age demanded interpreters; and there appeared, as editors of the serious periodicals, Morley of the *Fortnightly*, Hutton of the *Spectator*, and—most original of all—Bagehot of the *Economist*. They were all more successful as editors than was Stephen with the *Cornhill*. Yet none of them covered such a wide range of topics with such authority as Stephen did. He was a historian of thought, the first critic to tackle the English novel, a commentator on his time, and a biographer of immense distinction. He was not a sage among the sages. He adjudicated between them with authority. ("Editor's Introduction" xi)

즉 스티븐은 "지식인 귀족"이 되는 데 성공했다. 아버지와 형이 법률가로서 성공했다면 그는 문인으로서 최고의 자리에 올랐다.

그런데 『모솔리엄 북』에서 스티븐은 자신을 지적인 낙오자로 인식한다. 그의 자기혐오와 자학적 태도는 책의 여러 군데 나타난다. 그는 1880년 이후 자신의 지식인으로서의 업적을 다음과 같이 소개한다. 그는 1882년 『윤리학』(*The Science of Ethics*)을 출판한다. 그는 이 책이 자신의 책 중에서 최고의 저서로 평가받을 것으로 예상했으나 당시 독자들의 반응은 좋지 않았고 결국 초판으로 끝난다. 그는 이 책 때문에 6년이나 시달려야 했다고 고백한다. 1884년에는 케임브리지 대학에서 영문학 강연을 20회에 걸쳐서 했고, 1885년에는 학부 시절의 친구였던 포셋(Fawcett)의 전기집을 출간하기도 했다. 『윤리학』 출판이 실패로 돌아갔던 1882년 그는 자신이 편집장으로 있던 『콘힐』의 인기마저도 시들해지자 같은 해에 결국 『영국 인명사전』(*The Dictionary of National Biography*, 1885-1901)의 편집장직 제안을 받아들인다. 그런데 이것은 그에게 개인적인 불행의 시작이었다. 그는 사전편찬 작업을 아주 힘들고 무엇보다도 골치 아픈 작업이었다고 기술한다(86). 1882년부터 시작된 이 지루한 작업은 1885년에 1권이 나오고, 1886년에 5권, 1887년에 9권이 나오는 식으로 해서 1891년 25권이 출간될 때까지 진행되는데, 이 작업으로 인해 그는 병을 얻었고, 결국 1891년에는 사전 작업에서 완전히 손을 떼게 되었다고 말한다. 『모솔리엄 북』에서 그는 자신이 지적 낙오자로서 열등감을 느낀다고 할 때 그것이 무엇을 의미하는지 『영국 인명사전』 작업과 연관시켜서 다음과 같이 설명한다.

> 나는 다음과 같은 방식에서 실패한 자이다. 나는 너무 많은 분야에 나 자신을 흩어놓았다. 나는 윤리적, 철학적 사고에 있어 진정 두각을 나타낼 정도로 나 자신 안에 무언가를 가지고 있었다고 생각한다. 불행하게도 나는 저널리즘과 『영국 인명사전』 때문에 너무 팔방미인이 되었고 한 가지 방향으로 홈런을 날리기보다 그것을 해낼 능력을 갖추고 있다는 것만을 보여주었다. 알다시피 나는 (나의 친구들도 인정했듯이) 이것이 크게 중요하다고는 생각하지 않는다. 그러나 만일 일찍이 금세기의 영국의 사상사가 쓰인다면 나의 이름은 아주 작은 글씨로 각주에 등장할 것으로 생각한다. 그러나 만일 나의 에너지가 더 잘 방향을 잡았었더라면 아주 큰 글씨체로 한 구절 혹은 챕터의 한 부분을 차지했을 것으로 생각한다.

> The sense in which I do take myself to be a failure is this: I have scattered myself too much. I think that I had it in me to make something like a real contribution to philosophical or ethical thought. Unluckily, what with journalism and dictionary making, I have been a jack of all trades; and instead of striking home have only done enough to persuade friendly judges that I could have struck. I am far indeed from thinking that this matters very much; but I do feel that if, for example, the history of English thought in the

nineteenth century should ever be written, my name will only be mentioned in small type and footnotes whereas, had my energies been wisely directed, I might have had the chapter all to myself. (93)

철학 저서에서 자신의 이름이 겨우 작은 글씨로 각주에나 들어가게 되었으니 패배한 자로서의 자괴감이 그를 사로잡는다는 것이다. 즉 그는 더욱더 지적 성취에 몰입했었더라면 세상 사람들로부터 더 높은 평판을 받았을 것이라면서 후회하고 있다. 그가 지식인으로서 이룬 성취는 앞에서 아난이 평가한 바와 같아서 오히려 그의 예상을 뛰어넘는 결과를 낳았다고 보아야 옳다. 그러나 이처럼 스티븐은 성공에도 자학과 자기 비하에 빠지는 결과를 경험한다. 그의 "자기중심적 숭고함"에는 자기만족의 자리가 없다. 성공이란 어차피 상대적인 개념이기 때문이다. 근대화의 주역인 남성들에게도 이처럼 소외와 좌절은 남는다.

2. 스티븐의 여성에 대한 이상화

『모솔리엄 북』은 줄리아를 이상화하는 데 많은 부분을 할애한다. 그녀의 아름다움, 희생정신, 친절과 사랑, 모성 등을 찬미한다. 그러나 이것은 자신의 관점에서 줄리아를 축조한 것으로 자신을 서포트하기 위한 이상화이자 당대의 가부장제적 성 이데올로기를 공고히 하고자 함일 뿐이다. 스티븐은 빅토리아조 중반을 대표하는 지식인이었지만 1860년대 이후 영국에서 활발하게 전개된 여성운동에 대해서는 전혀 관심을 보이지 않았으며, 이 책에서도 공적 영역에서 여성을 철저히 배제한 당대의 가부장제적 이데올로기에 대해서는 전혀 비판적인 태도를 보여주고 있지 못하다. 가정에서 줄리아의 주요한 역할은 고작 그의 자기 비하와 자기 불만족을 달래주는 것에 국한된다(93).

그 자신의 불모성과 내적 결핍에서 벗어나기 위해 아내의 격려가 필요했기 때문이다. 이처럼 여성이 가정에서 남성의 조력자로 봉사할 때 그녀에게 주어지는 보상은 가정 내의 하인들을 마음대로 다스릴 권한뿐이었다. 가부장제는 가정에서 가장에게 아내와 자녀를 다스릴 권한을, 그리고 아내에게는 집안의 하인들을 거느릴 권한을 부여했다. 문제는 이러한 가부장제가 가정 내에서는 가장에 의한 아내와 자녀들에 대한 억압을, 그리고 가정 밖에서는 노동자 계급에 대한 착취를, 나아가 대외적으로는 약소국가들에 대한 지배를 정당화하는 기제로 작용한다는 점이다. 빅토리아 조의 전형적인 중산층 신사에 의해 쓰인 『모솔리엄 북』은 가장이 그의 소왕국인 가정에서 어떻게 여성들을 사랑이라는 이름으로 지배하고 착취하는지를 예증하는 책이다.

스티븐은 우선 줄리아의 외적인 아름다움과 내적인 아름다움 사이의 균형을 강조한다. "그것은 정신과 몸의 완벽한 균형과 조화로, 내가 그녀를 볼 때면 그리스 조각의 걸작한테서 나오는 날카로운 예술적 감각이라고 생각되는 종류의 쾌락을 느끼도록 해준다"(32). 나아가 딸로서, 아내로서, 어머니로서 줄리아가 생전에 보여주었던 선함을 강조한다(75, 83). 한편 그녀가 주변 사람들에게 베푼 작은 친절과 사랑의 행위들에 대해서는 종교적 차원으로까지 찬미한다. 윌리엄 워즈워스(William Wordsworth)의 「틴턴 애비」("Tintern Abbey")에 나오는 "선한 자의 삶의 가장 훌륭한 부분, 그의 수많은 기억되지 않은 작은 친절과 사랑의 행위들"을 인용하면서 "그것들은 순간의 충동으로 행해지는 분리된 사건들이 아니라 미리 생각하고 행해진 체계의 일부였다. 아마도 일종의 종교적 행위라고 말할 수 있다"(82)라고 단정한다. 그리하여 그녀는 그가 존경하고 숭배할 수밖에 없는 "성인"으로 신격화된다. 줄리아에 대한 이러한 자신의 숭고한 감정을 구체화하기 위해 구애 기간 그녀에게 보낸 자신의 편지를 직접 인용하기도 한다.

> '그리고,' 내가 말했다, '사랑뿐만이 아니라 존경이라고 부를 수 있는 그 무엇을 내가 당신에게서 느끼고 있고 항상 느끼리라는 것을 말하도록 허락해주시오. 내가 어리석다고 생각되면 그렇게 하시오. 당신이 나쁘다는 말은 하지 마시오. 그건 내가 견딜 수가 없소. 알다시피 나는 어떤 성인도 섬기고 있지 않소. 그리고 만일 나의 성인이 앉아 있어야 할 자리에 당신을 내가 앉힌다 해도 그대는 화를 내지 말아야 하오.' 그녀는 내게는 아주 많은 이유 때문에 거룩한 성모 마리아보다도 더욱 훌륭한 성인이었다.

> 'And', I said, 'you must let me tell you that I do and always shall feel for you something which I can only call reverence as well as love. Think me silly if you please. Don't say anything against yourself for I won't stand it. You see I have not got any Saints and you must not be angry if I put you in the place where my Saints ought to be.' She was for very sound reasons a better saint for me than the blessed Virgin. (53)

이처럼 줄리아에 대한 스티븐의 감정은 한 여성에 대한 단순한 사랑을 넘어 "존경" 혹은 "숭배"의 형태로까지 표현된다. 이것은 일차적으로 자신을 한없이 낮추어 아내와 자신의 관계를 신과 죄인, 주인과 종의 관계로 설정하기 위한 수사학적 전략이자 코번트리 패트모어(Coventry Patmore)의 '가정의 천사' 만큼이나 남성중심적인 관점을 드러내는 것으로, 여성의 역할을 가정에 국한하는 당대의 가부장제적 성 이데올로기를 당연시하는 믿음이 전제된다. 월터 호턴(Walter Houghton)이 지적하듯이 19세기 중산층 남성들은 산업사회를 주도하는 주역으로서 공적 영역에서 공리주의적 이익 창출을 위해 복무했는데, 이들에게는 집안에서 그들을 정신적으로 위로해줄 '가정의 천사'가 필요했다(Houghton 393). 여성은 '가정의 천사'가 되어 남편의 정신적 삶을 위로해줌으로써 그가 산업역군으로서 능력 있는 남자로 살아갈 수 있도록 도와주어야 했다.

아내가 죽은 지금 스티븐에게 절실하게 필요한 것은 남은 딸들이 자신을 위해 희생을 마다하지 않는 것이다. 이제 의붓딸인 스텔라(Stella), 그와 줄리아 사이에서 태어난 버네사(Vanessa)와 버지니아 등 딸들은 홀로 남은 자신을 위해 딸로서 의무를 다해야 한다는 이기적인 메시지가 이 책에는 담겨 있다. 주변 여성들을 자신의 필요를 충족시키기 위한 도구로서 어느 정도로 그가 잘 활용했는지는 이제 막 신혼여행을 떠난 스텔라에게 보낸 그의 긴 편지에 잘 나타나 있다. 그는 결혼해버린 스텔라에게 자신을 계속 돌볼 것을 강요한다. 이때 그는 "사랑"이라는 단어를 의붓딸에게 서슴없이 사용한다. "우리는 서로 사랑하고 계속 사랑하리라는 것을 나는 안다. 나를 위해 네가 할 수 있는 모든 것을 네가 할 것이고 네 남편도 도우리라는 것을 나는 안다"(quoted in Bell xxvi-xxvii). 다시 말해 그는 줄리아 다음으로 자신을 위해 일할 또 다른 희생자로 스텔라를 지목하여 아내 역할을 대신해줄 것을 종용하는 것이다. 아난의 지적처럼 현실 속 줄리아의 모습은 성모 마리아처럼 스티븐의 숭배를 받은 것이 아니라, 그가 손짓하거나 부르면 언제고 달려가 시중을 들어야 했던 그의 노예였을 뿐이다(Bell xix).

앞서 잠시 언급되었듯이 그는 사전편찬 작업으로 인해 여러 차례 발병하였는데 그때마다 밤잠을 자지 못하고 곁을 지키는 줄리아의 모습에서, 그녀의 이른 죽음에는 이러한 가정 내에서의 희생과 봉사 때문일 수 있다는 것을 암시한다. 그리고 스티븐 자신도 그것을 인정한다(88-89). 그러나 스티븐은 아내를 착취하고 희생시켰던 나쁜 지식인으로 평가받는 토머스 칼라일(Thomas Carlyle)과 헨리 본(Henry Vaughan)을 언급하면서, 자신은 이들과는 다르다며 적극적으로 자신을 변명하기도 한다(67-69). 즉 스티븐은 이 책에서 한 인간으로서 진정한 참회에 이르지 못하고 지식인으로서도 당대의 가부장제적 성 이데올로기에 대해 끝내 비판하지 못하는 한계를 보여주고 있다. 그가 추구하는 "자기중심적 숭고함"의 편협성 때문이다.

III. 『등대로』: "집단적 숭고함"

지금까지 『모솔리엄 북』을 분석해 보았다. 이 책은 겉으로는 여성에 대한 이상화를 말하고 있으나 당대의 가부장제적 성 이데올로기를 무비판적으로 수용하는 것에 불과했다. 또한 스티븐이 겪는 내적 소외와 좌절은 근대화의 주체인 남성들 역시 가부장제 사회의 희생자들일 수 있음을 암시한다. 이제 똑같이 줄리아 스티븐이라는 여성을 주인공으로 삼지만 완전히 다른 작품인 『등대로』를 살펴보도록 하겠다. 울프가 제시하는 작품 속의 램지 부인은 스티븐이 묘사하는 줄리아와는 다르게 '가정의 천사'라는 당대의 이상화된 여성상을 해체할 뿐만 아니라, 가난한 사람들과의 연대를 적극적으로 지향하는 사회적 열망이 큰 인물로 다루어진다. 자아 몰입과 자아 중심주의를 보여주었던 스티븐과 달리 그녀는 자아 망각과 자아 소멸의 특징을 보여주는 인물로 다른 사람과의 관계를 잘 맺을 줄 알고 궁극적으로는 "집단적 숭고함"으로 나아간다. 1부에서 그것은 등대지기의 아들에게 줄 양말 짜기에서 상징적으로 구현되며, 만찬 장면에서는 그녀에 의해 성별과 계급을 초월하여 모든 개체가 하나가 되는 연대 능력을 부각한다. 램지 부인의 예술적 창조는 어머니로 대변되는 과거의 억압받았던 여성을 딸인 울프가 소환하는 것이자 여성 문제를 억압받은 당사자들인 어머니 세대와 같이 사고해보고자 함이다.

1. "집단적 숭고함": 램지 부인

『모솔리엄 북』은 아내를 신격화하고 자신은 그녀를 섬기는 종의 신분으로 낮추었지만, 본질적으로 남성을 위해 여성을 희생시키고 착취하는 가부장제적 시각을 보여주었다. 그러나 『등대로』에서는 여성의 관점을 취하며 페미니즘의 시각에서 어머니를 재조명하여 여성과 여성, 여성과 노동자 계급 간 연대를 추구하는 사회주의자적인 페미니즘을 지향한다. 『등대로』에서 울프는 램지 부인의 내면으로 들어가서 램지의 "자기중심적 숭고함"을 비판하며, 이상화된 '가정의 천사'라는 아버지가 만들어낸 견고한 여성의 정체성을 해체한다. 어머니는 더 이상 아버지가 생각하는 '가정의 천사'도 아니고 도덕적 안내자도 아니고 이상적인 희생자도 아님이 드러난다. 『모솔리엄 북』에서의 줄리아와는 대조적으로 램지 부인은 자아 소멸 혹은 자아 망각을 통해 다른 대상과의 관계 맺기를 쉽게 한다. 그리고 그녀는 궁극적으로는 "집단적 숭고함"으로 나아간다. 앞의 스티븐의 이상화된 줄리아와는 대조적으로 램지 부인은 가정을 벗어나는 확장된 관계를 적극적으로 추구한다. 그녀의 관계 맺기는 주로 사회적 약자인 피지배계급의 사람들에게로 향한다. 이것은 그녀가 가정에서 억압받는 여성이기 때문에 가능하다.

우선 램지 부인은 자아를 망각하고 자아를 소멸하는 가운데 자유를 느낀다. 램지 부인은 등대 불빛과 하나가 되고 꽃과 나무와 하나가 되는 데서 영혼의 자유로움을 느낀다.

> 종종 그녀는 일감을 손에 든 채 앉아서 바라보고 또 앉아서 바라보고 있는 자신을 발견했는데 마침내 그녀는 자기가 바라보고 있는 것이 되었다. 예를 들면 그녀는 저 불빛이 되었다.

> Often she found herself sitting and looking, sitting and looking, with her work in her hands until she became the thing she looked at — that light for example.[8)]

이러한 자아 망각과 자아 소멸을 통해 램지 부인은 만족감을 얻는다. 그녀가 경험하는 이러한 상태는 하루 일이 끝난 후 혼자만의 명상에서 얻는 것으로 "이것은 엄숙히 자기 자신으로 오그라드는 것, 쐐기 모양의 어둠의 핵, 다른 사람 눈에는 보이지 않는 그 무엇이 되는 것이었다"(69)로 표현된다. 그녀의 자기 망각 혹은 자아 소멸은 『모솔리엄 북』에서 스티븐이 빠져드는 자기 몰입 혹은 자아 중심과는 대조적인 것으로 다른 사람과 진정한 관계를 맺을 수 있는 출발점이 된다. 철학 교수인 램지 씨는 자아만의 세계에 갇혀 학자로서 결코 R로 나아가지 못하는 딜레마를 경험하는데, — 그는 인간의 사고는 알파벳과 같은 것으로 생각하고 자신은 Q 즈음에 도달했다고 보았다 — 램지 부인은 그가 처한 이러한 고민을 이해할 수 없다. 그녀는 "자기중심적 숭고함"을 추구하지 않기 때문이다.

그동안 램지 부인의 사회의식은 크게 주목받지 못했다. 그러나 그녀는 비평가들이 파악하는 것보다 훨씬 더 사회에 대해 폭넓은 이해를 하고 있다. 공적 영역에서 여성을 배제하는 가부장제적 이데올로기에 순응하는 것이 아니고 병원과 하수도, 그리고 우유를 생산하는 낙농업에 대해서까지 생각하는 공적 영역에 대한 사회적 관심을 표출한다. 소설의 서두에서 램지 부인의 자녀들은 찰스 탠슬리(Charles Tansley)와 각을 세우는데, 이들을 지켜보는 램지 부인의 생각은 다음과 같이 묘사된다. "이 순간에 그녀가 생각하고 있

---

8) Virginia Woolf, *To the Lighthouse*, Penguin Books, 1992, p. 70. 앞으로 이 텍스트 인용은 괄호 안에 쪽수만을 기재하기로 한다.

었던 것은 빈부의 차이, 신분상의 높고 낮음의 차이의 문제였다"(13). 그리고 뒤이어 그녀가 어느 정도로 좀 더 넓은 세계에 관해 관심이 있는지가 나온다.

> [그녀는] 빈부의 문제와 매주, 매일, 여기 혹은 런던에서 그녀의 두 눈으로 직접 보았던 것들을 좀 더 심오하게 생각해보았다. 그녀는 팔에 가방을 끼고 노트와 연필을 들고서 이 미망인, 혹은 힘들어하는 저 아내를 몸소 방문했고, 공들여 노트에 줄을 치며 각각의 칸에다 임금과 지출, 고용과 실업 상태를 연필로 적었다. 이렇게 함으로써 그녀는 자신의 자선이 반은 그녀만의 분노를 달래주고 반은 그녀의 호기심을 만족시키는 사사로운 여인이 되는 것을 그만두고 그녀가 감탄해 마지않는 자신의 훈련되지 않은 정신으로 그녀가 사회문제를 푸는 탐구가가 되고자 하는 기대감을 품고서 그렇게 했다.

> [but] more profoundly she ruminated the other problem, of rich and poor, and the things she saw with her own eyes, weekly, daily, here or in London, when she visited this widow, or that struggling wife in person with a bag on her arm, and a note-book and pencil with which she wrote down in columns carefully ruled for the purpose wages and spendings, employment and unemployment, in the hope that thus she would cease to be a private woman whose charity was half a sop to her own indignation, half a relief to her own curiosity, and become, what with her untrained mind she greatly admired, and an investigator, elucidating the social problem. (13)

소설은 그날 그녀가 한 여인을 만나기 위해 시내의 작은 집을 방문하여 잠시 이 층으로 올라가는 장면을 탠슬리의 관점에서 묘사한다. 이 장면에서 탠슬리는 자신처럼 하층민 출신에게 관심을 두는 램지 부인을 보고 모처럼 자긍심을 느껴본다(19). 탠슬리 외에도 램지 부인의 관계 맺기는 가난한 화가 지망생 릴리, 그리고 하녀 마리(Marie)에게까지 이어진다(33). 그녀는 그들이 처한 곤경과 어려움을 잘 헤아릴 줄 안다. 소설은 그녀의 관계 맺기를 "그녀는 항상 말이 없었다. 그런데 그녀는 알고 있었다. 그녀는 결코 배운 적이 없었지만 말이다. 그녀의 단순함은 영리한 사람들이 놓치는 것을 깊이 있게 이해하도록 해주었다"(34)로 설명하지만, 그녀의 공감 능력은 그녀가 가정에서 억압받는 여성이라서 가능하다. 억압받는 자로서의 그녀의 지위는 그녀가 계급과 성별 구분 없이 모든 이들과 관계 맺기를 잘할 수 있게 해준다.

램지 부인은 여성으로서 자신의 한계와 무기력함을 인식한다. 그러면서 동시에 다른 사람의 한계와 약점도 간파한다. 이러한 인식능력은 그녀의 "집단적 숭고함"이 다른 사람에 대한 무조건적인 공감이나 이상화가 아님을 분명히 한다. 그녀는 모든 상황을 올바로 보고 그러한 상황에서 올바른 관계 맺기를 추구하고자 한다. 특히 그녀는 인간의 불완전성과 나약함, 그리고 인간관계의 불완전성을 종종 인식한다. 남편과의 관계에서도 그녀는 여러모로 그가 이해가 가지 않는다고 생각한다. 왜 자기가 필요할 때만 수시로 와서 그녀에게 "동정"을 강요하는지 의아해한다. 사회적으로 자신보다 비교가 되지 않을 정도로 탁월한 사람이 왜 하찮은 자신에게 그토록 매달리는 건지 이해가 가지 않는다(45). 이러한 램지 부인의 내면 묘사는 램지 씨를 비판적으로 제시한다. 그녀가 남편과의 관계에서 느끼는 불만은 이들 부부를 지켜보는 막내아들 제임스(James)의 아버지에 대한 분노를 통해 더욱 증폭된다. 자신이 필요할 때마다 아내를 찾아와 그녀로부터 정서적인 자양분을 빼앗아 가는 아버지 램지의 모습은 거의 강간에 가까운 것으로, 제임스에 의해 다음과 같이 난폭한 것으로 묘사된다.

편안한 자세로 앉아서 팔로 아들을 감싼 램지 부인은 몸을 긴장시켰고 몸을 반쯤 돌려 힘겹게 자신을 일으켜 세우는 듯했다. 그리고 즉시 똑바로 서서 대기 속으로 에너지의 비와 물보라의 기둥을 쏟아내는 듯이 보였고, 동시에 그녀는 마치 그녀의 모든 에너지가 힘으로 용해되어 불타고 빛을 발하기라도 하는 것처럼 (비록 조용히 앉아서 그녀의 양말을 다시 들고는 있었지만) 생동감 있고 생명력이 있어 보였다. 그리고 남성의 치명적인 불모성이 이 맛 좋은 비옥함, 삶의 샘과 물보라 속으로, 비생산적이고 헐벗은 놋쇠로 된 새의 부리와도 같이 돌진해 들어갔다.

Mrs. Ramsay, who had been sitting loosely, folding her son in her arm, braced herself, and, half turning, seemed to raise herself with an effort, and at once to pour erect into the air a rain of energy, a column of spray, looking at the same time animated and alive as if all her energies were being fused into force, burning and illuminating (quietly though she sat, taking up her stocking again), and into this delicious fecundity, this fountain and spray of life, the fatal sterility of the male plunged itself, like a beak of brass, barren and bare. (42-43)

램지 부인은 이런 식으로 남편에 의해 희생되고 착취당한다. 나이 어린 제임스를 통해 가장으로서의 아버지의 폭력성과 전제주의는 가차 없이 고발되는데, 이것은 곧 울프 자신이 어린 시절 아버지로부터 받았던 억압을 형상화한다고 볼 수 있다. 울프는 어머니가 죽고 야수 같은 아버지 밑에서 언니 버네사와 함께 자신이 당했던 경험을 「과거의 스케치」에서 고발한다("A Sketch of the Past" 107).

『등대로』의 1부에서 램지 부인이 보여주는 주요 행위로는 첫째, 등대지기 솔리(Sorley)의 아들에게 건네줄 양말을 뜨개질하는 것, 둘째, 제임스에게 동화를 읽어주는 것, 셋째, 만찬 장면을 주도하는 것 등이다. 우선 그녀의 뜨개질하는 행위부터 살펴보자. 등대로 가고자 하는 그녀의 열망은 소설의 서두에서 다음과 같이 묘사된다. "만약 오늘 밤 이 양말 뜨개질을 끝내서, 마침내 그들이 등대에 가게 되면 이 양말을 등대지기 아들에게 줄 것이었다"(8). 램지 씨가 내일은 등대로 가지 못할 것이라고 제동을 걸지만, 램지 부인은 제임스의 다리를 잣대 삼아 양말 뜨는 일을 멈추지 않는다. "결국 그들은 등대에 가게 될지도 모르고, 그녀는 양말의 다리 부분을 일 혹은 이 인치 더 떠야 할지를 살펴보아야 했기 때문이다"(31). 이 양말 뜨기는 램지 부인을 집안에 가두려는 램지 씨에 대한 저항의 수단이 되기도 한다. "내일 그들이 등대에 갈 가능성은 눈곱만큼도 없다고 램지 씨는 화가 나서 말을 내뱉었다. 어떻게 알아요? 그녀가 물었다. 바람은 종종 방향을 바꾸었다"(37). 등대에 가고자 하는 그녀의 열망은 1부의 첫 섹션부터 마지막 섹션 19까지 언급된다. 마지막 섹션 19에서 램지 부인은 만찬을 끝내고 남편의 방에 들어가는데 거기서도 그녀는 뜨개질을 계속한다. 아니 뜨개질을 계속할 수밖에 없다. "그녀는 남편을 바라다보았다. (양말을 집어 들고 뜨개질을 시작하면서) 그리고 그가 방해받기를 원치 않는다는 사실을 알아차렸다. 그것은 분명했다"(127). 즉 그는 독서하고 있었고 자기 일에 몰두하고 있었던 것이다. 그는 아내로 인해 방해받고 싶지 않았다. 이때 램지 부인의 내면 묘사는 남편이 추구하는 지적 성취나 학문적 성취를 냉소적으로 바라봄을 보여준다. "그는 끊임없이 자신의 저서에 관해서 걱정하고 있을 것이었다. 읽힐 것인지, 질이 우수한지, 왜 좀 더 낫지 못한지, 사람들이 그에 관해서 어떻게 생각하는지?"(128) 그러면서 램지 부인은 그런 게 무엇이 그리 중요한지 이해할 수 없다는 반응을 보인다. "그녀는 이것은 전혀 문제가 되지 않는다고 생각했다. 위대한 인간, 위대한 책, 명성 — 누가 그것을 판정할 수 있단 말인가?"(128) 이처럼 소설은 여성의 내면으로 들어가서 가부장적 남성이 추구하는 "자기중심적 숭고함"을 비판한다. 1부의 마지막 섹션은 램지 씨가 부인에게 "꼭 한 번만 당신이 나를 사랑한다고 말해주지 않겠소?"라고 생각하는 부분과 "하지만 그녀는 그럴 수 없었으니 그 말을 할 수 없었다"(134)라는 부분이 대비를 이루며 끝나는데, 왜 램지 부인은 남편에게 사랑한다고 말할 수 없는지 그 직전의 장면이 설명해준다고 본다. 여기서 결국 아내에 대한 램지의 태도가 평소 가혹했음이 드러난다. 따라서 램지 부인이 등대 방문을 포기하는 것은 남편의 강압에 의한 것임을 시사한다.

> '당신은 오늘 밤 그 양말을 끝내지 못할 것이오,' 라며 그는 그녀가 짜고 있는 양말을 가리키면서 말했다. 그녀가 원하던 말이다. 그녀를 꾸짖는 그의 목소리에는 퉁명스러움이 있지 않은가. 비관적인 건 잘못이야, 라고 그가 만일 말한다면 아마 그건 잘못일 수도 있다고 그녀는 생각했다. 어쨌거나 결혼생활은 아무 문제도 없게 될 것이었다.
>
> "네, 맞아요." 그녀는 무릎 위의 양말을 평평히 하면서 말했다. "끝내지 않도록 할게요."

> 'You won't finish that stocking tonight,' he said, pointing to her stocking. That was what she wanted-the asperity in his voice reproving her. If he says it's wrong to be pessimistic probably it is wrong, she thought; the marriage will turn out all right. 'No,' she said, flattening the stocking out upon her knee, 'I shan't finish it.' (133)

램지 부인은 그와의 관계가 악화할까 봐 더 이상 등대 방문을 고집하지 않기로 하지만, 결국 그에게 사랑한다고 말하지 않음으로써 그의 강압적 제지에 침묵으로 복수한 셈이다. 램지 씨는 부인이 뜨고 있는 양말의 의미를 모른다.

그에게는 "나"만이 있고 "집단적 숭고함"이 부재하기 때문이다. 1부의 제목은 「창」("The Window")이지만 실제 제목은 「양말 짜기」라고 볼 수 있다. 1부는 램지 부인이 등대에 가고 싶었으나 결국 남편의 뜻에 부응하여 가지 않기로 하며 끝난다. 등대 방문으로 상징되는 램지 부인의 사회적 열망은 실현되지 않은 것으로 막을 내린다. 이처럼 1차 세계대전이 임박하기 직전의 영국은 램지 부인의 등대 방문이 좌절되는 것과 연관된다. 램지 부인이 힘겹게 유지하고자 했던 1부에서의 "집단적 숭고함"은 2부 「시간이 흐르다」("Time Flows")에서 전쟁으로 인해 완전히 파산선고를 맞는다.

여기서 램지 부인의 동화 읽기와 관련하여 말하자면, 그림(Grimm) 형제의 동화 「어부와 그의 아내」("The Fisherman and His Wife")는 권력이 부부 중 어느 한쪽으로 기울었을 때의 파국을 다룬다. 권력이 남성에게만 집중된 램지 부부의 문제점을 계속 상기시켜주는 역할을 하여 결국 가부장제 사회에 대한 램지 부인의 내적인 저항을 암시한다. 남성과 여성의 역할이 뒤바뀌어 있지만, 그럼에도 불구하고 이 동화는 여성이 권력을 추구하면 안 된다는 교훈을 던지는 게 아니고, 권력이 어느 한쪽에 일방적으로 쏠릴 때 그 결혼은 비극으로 치달을 수밖에 없다는 것을 예증한다. 자기가 원하는 것을 아내와 자녀에게 계속 강요하는 램지 씨는 남편이 도다리를 만나도록 계속 부추겨 결국 신이 되고자 하는 동화 속 어부의 아내와 기본적으로 닮아있다.

램지 부인이 주도하는 만찬 장면과 관련해서는 일반 비평가들이 바라보듯이 램지 부인의 모성을 강조하는 것이기보다는 가난한 시인, 가난한 화가 지망생, 가난한 학자, 중산층인 램지, 민타 도일(Minta Doyle)과 폴 레일리(Paul Rayley) 등 다양한 계층의 사람들을 하나 되게 하는 그녀의 통합 능력을 보여주는 데 의미가 있다고 본다. 그녀는 개체들을 있는 그대로 수용하며 그러한 상태에서 하나로 통합시킨다. 이러한 관계 맺기는 그녀에게 "자기중심적 숭고함"이 없으므로 가능하다. 그리고 구성원들 역시 각각 자아를 버려야 하는데 그녀를 통해 그 모든 것이 가능해진다. 만찬 장면에서 개체들은 그녀가 초대하는 하나의 집합체 속으로 통합된다. 이것이 그녀를 통해 형상화되는 "집단적 숭고함"의 가치다. 그것은 마치 어떤 영원한 예술작품의 성격을 지닌 것 같기도 하다(106). 이런 경우 개체들은 자신의 에고를 벗어던지고 모두가 몰개성적인 상태에 도달한다. 여기서 계급이나 성별 등의 차이는 문제가 되지 않는다. "남성적이고 공격적이며 남을 지배하고자 하는" 우리 안의 에고가 사라지면 모든 개체는 이처럼 각자 자신이면서 또한 하나됨 속에서 황홀을 경험하게 된다. 다시 말해 각자 분리되었으나 서로 같이 있게 된다.

2부 「시간이 흐르다」에서는 하찮은 청소부 맥냅 부인(Mrs. McNab)을 주인공으로 하여 그녀와 바스트 부인(Mrs. Bast) 등 청소부들이 황폐해진 램지 부부의 집을 제 모습으로 갖추도록 하는데, 이로써 울프는 전쟁 이후의 혼돈과 무질서에 삶의 활력을 제공할 대상으로 노동자 계급을 제시한다. 맥냅 부인은 노동을 하면서도 시종 기쁨을 만끽한다(142-43). 그녀는 「베넷 씨와 브라운 부인」("Mr. Bennett and Mrs. Brown")에서 울프가 언급했던 더 이상 빅토리아조의 요리사가 아닌 새로운 종류의 조지안 시대의 요리사로 그녀는 소설의 2부에서 단순한 배경으로 남는 것이 아니라 진정한 주인공으로 활약한다. 이것은 계급 없는 미래 사회를 꿈꾸었던 울프의 급진적인 비전이 있었기 때문에 가능하다. 2부는 노동자 계급이 지닌 생명력과 원천적인 힘을 강조하는 것으로, 이러한 설정은 3부에서 가난한 화가 지망생인 릴리와 램지 부인의 연대를 용이하게 해주는 하나의 연결고리로 작용한다. 이 작품에서 울프가 릴리를 램지 부인의 친딸로 설정하지 않은 것은 두 사람 사이의 연대가 지닌 사회적 확장성을 강조하기 위한 것으로 보인다.

2. 연대: 릴리와 램지 부인

1부에서 울프는 램지 부인의 내면으로 들어가 어머니의 관점에서 아버지를 비판하는 관점을 보여주었다. 또한 램지 부인은 더 이상 아버지가 생각하는 '가정의 천사'가 아니고, 오히려 가정 밖으로 관계의 확장을 추구하는 인물이었다. 1부에서 램지 부인의 "집단적 숭고함"은 3부에서 릴리와의 연대를 통해 더욱 넓은 개념으로 확장된다. 램지 부인의 "집단적 숭고함"의 성격을 릴리가 간파하며 그것에 강렬하게 이끌려 그녀는 자신의 예술 속에 그것을 형상화하고자 한다. 그러나 그것은 램지 씨로의 예속을 거부할 때만 가능하다. 릴리는 램지 부인 같은 가부장제 사회에 대한 공모자나 동조자로서가 아닌, 억압받는 다른 여성들과의 연대를 통한 모두가 평등한 미래 사회를 지향한다.

여기서 릴리와 램지 부인의 연대가 지닌 의미를 살펴보기 위해 남성의 폭력에 대항하는 여성 간 공모의 예로 인용되는 그리스 신화 속의 프로크네(Procne)와 필로멜라(Philomel) 자매 이야기를 살펴보겠다. 특히 로마의 시인 오비드(Ovid)의 『변신』(*Metamorphoses*) 4권에서 각색된 것으로 살펴보겠다. 아테네를 해방시킨 트라키아(Thrace)의 테레우스(Tereus) 왕은 아테네 왕의 딸 프로크네와 결혼한다. 결혼한 지 5년 후 프로크네는 테레우스에게 여동생 필로멜라를 보게 해달라고 간청한다. 테레우스는 배를 타고 아테네로 가서 필로멜라를 데리고 오는데 정작 정욕에 사로잡혀 그녀를 강간한다. 그리고 그녀의 혀를 자른다. 감금당한 필로멜라는 베를 짜는데 테레우스가 저지른 형벌을 그 안에 담는다. 그리고 그것을 언니에게 전달한다. 그것을 받아본 프로크네는 무슨 일이 벌어졌는지를 직감하고 그녀의 유일한 아들인 이티스(Itys)를 살해하여 남편의 저녁 식사로 내어놓는다. 분노한 테레우스는 자매를 죽이고자 하지만 그들은 새가 되어 달아난다. 뒤쫓던 테레우스 역시 새로 변한다. 오비드의 『변신』 중에서 프로크네와 필로멜라가 등장하는 이 부분은 전체의 이야기 중에서 가장 잔인하고 그로테스크한 부분으로 속임수와 강간과 신체 절단 외에도 아동 살해와 식인 풍속을 다룬다. 이러한 것들이 한 가정 내에서 벌어진다는 점에서 더욱 끔찍하다. 남편과 아내, 언니와 동생, 형부와 처제, 어머니와 아들, 아버지와 아들 사이의 관계가 모두 망가진다. 그런데 이 와중에 예술은 하나의 소통방식이 되어준다. 동생 필로멜라는 말할 능력을 잃게 되자 베짜기라는 기예를 통해 자신의 억압을 표현한다. 그녀의 이러한 노력은 궁극적으로 그녀를 감옥으로부터 해방시킨다. 이때의 베짜기 기예는 필로멜라에게 자기표현의 수단이 되어주며 고통받는 자들을 대변하는 예술에 비유된다. 억압의 이야기를 직조하는 베틀이 내는 소리는 자유를 염원하는 필로멜라의 목소리로, 그것은 피압제자의 정치적 저항으로 감금의 장소에서 들려오는 고통 어린 목소리이다. 그러나 언니 프로크네의 목소리는 필로멜라가 짠 태피스트리의 의미를 해독하는 독자의 목소리로, 타자로 살아가는 여성들을 대신하여 사회적 정의를 부르짖는 페미니스트들의 목소리이다. 마커스는 울프의 『자기만의 방』(*A Room of One's Own*)을 다루는 글에서 울프가 그녀의 『막간』(*Between the Acts*)에서 이 오비드의 두 자매 이야기를 언급한다면서, 울프를 동생이 짠 태피스트리에서 남성에 의한 강간을 해독해낼 줄 아는 독자, 즉 언니 프로크네로 보아 "사회주의자 페미니스트 비평가"로 지칭한다(*Art and Anger* 215-18). 그런데 이러한 마커스의 입장은 『등대로』에서도 적용될 수 있다고 본다.

다시 『등대로』로 돌아가 보자. 릴리는 가부장제 사회에서 램지 부인이 겪는 억압과 학대를 이해한다. 그녀의 위치는 마치 프로크네가 필로멜라의 태피스트리를 보고 그동안 무슨 일이 벌어졌는지를 직감하는 것과 같다. "저 남자는 결코 주는 법은 없고 취하기만 한다고 생각했다. 부인은 계속 주었다.

주고, 주고 또 주다가 그녀는 결국 죽고 이 모든 것을 남겨놓았다"(163). 그녀는 램지가 형상화하는 "자기중심적 숭고함"의 전제주의와 폭력성을 강한 어조로 비난한다. "그리고 이것이 비극이라는 생각이 그녀에게 갑자기 들었다. 관도, 시체도, 수의도 비극이 아니었다. 아이들이 강요당하고, 그들의 정신이 진압당하는 것, 이것이 비극이라고 생각했다"(162-63). 램지 씨의 강요에 굴복한다는 것은 그의 세계에 자신을 종속시킴을 의미한다. 폭군은 노예를 필요로 하기 때문이다. 그녀는 자신에게서 "동정"을 강요하는 램지 씨를 단호히 거부한다. "[사실상] 계속해서 그가 생각하고 있는 것은 나를 생각하라, 내 생각을 하라, 라는 것이었다"(166). 그의 강요에 굴복하는 순간 그녀는 화가로서 자기 일에 집중할 수 없다. 하지만 그녀는 이 세상에서 그림 그리는 일이 가장 소중하다고 생각한다. 그리하여 그녀는 램지 부인과는 달리 램지 씨에로의 종속을 거부한다. 즉 램지 씨의 세계에 함몰되지 않기 위해서는 여성으로서의 자신의 정체성을 지킬 필요가 있다. 그렇게 함으로써만 여성으로서의 정체성인 "집단적 숭고함"의 가치를 공적인 영역으로 확장할 수 있다. 릴리가 죽은 램지 부인을 회상할 때 그녀에게 계시처럼 떠오른 장면은 다음과 같이 해변에서 본 램지 부인의 모습이다.

> 거기 앉아 바위 밑에서 글을 쓰고 있는 저 여성은 모든 것을 단순함으로 녹여 버렸다. 이 분노와 초조함을 낡은 누더기처럼 떨어져 나가도록 만들었고, 그녀는 이것과 저것 그러고는 이것을 한군데로 다시 모아서는 그 처참한 어리석음과 악의로부터 (말다툼하고 서로 치고받곤 했던 그녀와 찰스는 어리석었고 악의에 차 있었다) 무언가를 만들었는데 예를 들면 해변 위의 이 장면, 우정과 호감의 이 순간이었다. 그것은 이 모든 세월이 흐른 뒤에 완전히 살아남을 것이어서 그녀는 그곳에 깊이 빠져들어 그에 대한 그녀의 기억을 다시 재구성했고, 그것은 거의 예술작품처럼 마음속에 남았다.

That woman sitting there, writing under the rock resolved everything into simplicity; made these anger, irritations fall off like old rags; she brought together this and that and then this, and so made out of that miserable silliness and spite (she and Charles squabbling, sparring, had been silly and spiteful) something — this scene on the beach for example, this moment of friendship and liking — which survived, after all these years, complete, so that she dipped into it to re-fashion her memory of him, and it stayed in the mind almost like a work of art. (175)

이것은 램지 부인의 "집단적 숭고함"을 릴리가 간파하는 장면이다. 그곳에는 성별과 계급과 종족에 따른 차별과 배제가 없다. 램지 씨가 지지했던 이분법적 세계가 아니다. 마지막으로 릴리 앞에 직접 등장하는 죽은 램지 부인의 환영은 등대지기 아들에게 건넬 양말을 짜는 모습으로 나타나는데, 이것은 램지 부인이 추구하던 사회적 열망이 릴리에 의해 연결되고 포착되었다는 것을 의미한다.

램지 부인이 거기 아주 소박하게 의자에 앉아서 — 이것은 릴리에게는 완전한 선함의 일부였다. — 바늘을 이리저리 퉁기면서 붉은빛이 감도는 갈색 양말을 짜고 있었고 계단 위에 그녀의 그림자를 드리우고 있었다. 거기 그녀가 앉아 있었다.

Mrs. Ramsay — it was part of her perfect goodness to Lily — sat there quite simply, in the chair, flicked her needles to and fro, knitted her reddish-brown stocking, cast her shadow on the step. There she sat. (219)

램지 부인이 추구하던 "집단적 숭고함"은 이처럼 릴리와의 연대를 통해 더욱 확장되고, 릴리의 예술을 통해 완성된다. 릴리는 가정에 갇히는 것을 전면적으로 거부하며 결혼하지 않고 화가로 살기로 함으로써 빅토리아조의 '신성한' 결혼 개념과 성 이데올로기를 거부하는데, 그녀가 예술과 삶에서 추구하는 것은 바로 램지 부인이 지향한 "집단적 숭고함"으로 그녀는 이제 화가로서 그것을 공적 영역에서 실현하게 될 것이다. 여기서 릴리는 울프 자신의 관점을 대변한다. 울프는 이처럼 가부장제를 살아가는 다른 억압받는 여성들에게 손을 내밀며 그들 편에서 그들과 함께 가부장제에 저항함으로써 그들을 억압에서 해방시키고자 한다. 그것은 과거의 어머니들을 해방시키는 것이자 자신을 해방시키는 것이기도 하다. 또 다른 피지배계급인 노동자 계급과의 연대 역시 마찬가지로 유효하다. 그리고 이때 그녀의 페미니즘은 여성해방뿐만이 아니고 종족과 계급을 초월하여 모두가 평등하고 조화를 이루는 계급 없는 민주적 사회를 지향한다.9)

IV. 나가기

본 장에서는 스티븐과 울프의 작품을 페미니즘 관점에서 고찰하고자 하는 것으로, 특히 남성의 관점과 여성의 관점이 어떻게 작동하고 있는지 마커스의 "자기중심적 숭고함"과 "집단적 숭고함"의 개념을 차용하여 설명하고자 했다. 스티븐의 『모솔리엄 북』은 주인공을 통해 마커스가 언급한 "자기중심적 숭고함"을 전형적으로 보여준다고 보아, 그의 자아 몰입과 자아 중심주의, 그리고 여성에 대한 이상화를 그가 추구하는 "자기중심적 숭고함"과 관련하

---

9) 김희정은 다음과 같이 말하기도 한다. "자꾸만 경계를 짓고 벽을 쌓고 구분하려는 가부장적 사회 속에서 울프의 문학이 지니는 의미는 바로 그 '대립 넘기'와 '경계 허물기', '대립된 현실 세계를 동시에 포착하기'에 있다고 할 수 있다"(김희정 20). 적절한 발언이다.

여 살펴보았다. 스티븐은 "자기중심적 숭고함"을 추구한 나머지 자아 몰입과 자아 중심에 빠지고 결국 다른 사람과의 관계 맺기에 실패하는 것으로 드러났다. 그는 자신을 종의 신분으로 낮추는 한편 여성을 계속해서 이상화하지만 그것은 여성을 남성에게 복종시키기 위한 것으로, 궁극적으로는 남녀의 역할 분리에 대한 믿음을 전제하는 가부장제적 성 이데올로기를 공고히 하는 것이었다. 그리고 그 세계에서는 열심히 일하면 할수록 소외와 좌절감만이 남는다.

울프의 『등대로』의 경우는 같은 소재를 다루지만 여성의 내면으로 들어가 남성의 관점이 해체되고 비판적으로 조망되는 것을 분석했다. 램지 씨의 "자기중심적 숭고함"은 램지 부인에 의해 철저히 해체되며, 램지 부인은 램지 씨와는 대조적으로 자아 망각과 자아 소멸을 통해 "집단적 숭고함"을 추구하는 인물로 제시했다. 특히 본 장에서는 램지 부인의 등대지기 아들에게 건네줄 양말 짜기 행위를 중시하여 거기에 담긴 억압받는 낮은 계급과 하나가 되고자 하는 램지 부인의 급진적 열망을 부각하였으며, 그녀가 집 밖으로 관계의 확장을 시도한다는 점에서 스티븐이 제시한 '가정의 천사'와는 거리가 먼 여성으로 분석했다. 개인의 성취만을 좇느라 자아에 갇혀 다른 사람과의 관계 맺기에 실패하는 스티븐과는 대조적으로 램지 부인의 "집단적 숭고함"은 피압제자들과 수평적 관계를 지향하며, 릴리를 통해 그 의미가 더욱 분명해지고 마침내 릴리의 예술을 통해 완성되는 것으로 평가했다.

본 장에서 『모솔리엄 북』을 『등대로』와 나란히 분석한 것은 『등대로』를 이해하려면 작가 아버지의 책이 필수적이라는 생각에서였다. 벨의 지적처럼 『모솔리엄 북』의 많은 부분이 울프의 소설 속에 그대로 녹아있다(Bell xxx). 단지 울프는 그런 것들을 페미니스트의 관점에서 다르게 바라본다는 것뿐이었다. 『모솔리엄 북』에서 스티븐의 자아분석이나 줄리아에 대한 생생한 기록이 없었더라면 어쩌면 『등대로』는 존재하지 않았을지도 모른다. 『등대로』의 탁월성을 이루는 데 아버지의 책이 중요한 역할을 했음이 틀림없다. 울프는 남성들이 이룩한 문학적 자산을 자신에게로 끌어와서 여성들의 편에서 여성해방에 도움이 되는 방향으로 재창조했다고 볼 수 있다. 그리고 그것은 남성 해방에도 기여하는 것이었다. 울프는 우리 여성 독자들에게도 자기 작품에서 그러한 의미들을 해석해낼 것을 촉구한다.

출처: 『현상과인식』 제41권 3호(2017), 212-47쪽.

■ 인용문헌

김희정. 『버지니아 울프 입문서』. 일곡문화재단, 2017.

Annan, Noel. "Editor's Introduction." *Leslie Stephen: Selected Writings in British Intellectual History*. U of Chicago P, 1979.

_____. *Leslie Stephen: The Godless Victorian*. U of Chicago P, 1984.

Bell, Alan. "Introduction." *Mausoleum Book*. Clarendon P, 1977.

Houghton, Walter. *The Victorian Frame of Mind: 1830-1870*. Yale UP, 1957.

Maitland, Frederic William. *The Life and Letters of Leslie Stephen*. U of P of the Pacific, 2003.

Marcus, Jane. *Art and Anger: Reading Like a Woman*. Ohio State UP, 1988.

_____. "Introduction." *New Feminist Essays on Virginia Woolf*, edited by Jane Marcus, U of Nebraska P, 1981.

_____. "Thinking Back through Our Mothers." *New Feminist Essays on Virginia Woolf*, edited by Jane Marcus, U of Nebraska P, 1981.

_____. *Virginia Woolf and the Languages of Patriarchy*. Indiana UP, 1987.

Squier, Susan. "A Track of Our Own: Typescript Drafts of *The Years*." *Virginia Woolf: A Feminist Slant*, edited by Jane Marcus, U of Nebraska P, 1983.

Stephen, Sir Leslie. *English Literature and Society in the Eighteenth Century*. Duckworth, 1904.

_____. *Mausoleum Book*. Introduced by Alan Bell, Clarendon P, 1977.

Woolf, Virginia. "Mr. Bennet and Mrs. Brown." *The Captain's Death Bed and Other Essays*. A Harvest/HBJ Book, 1978.

_____. "A Sketch of the Past." *Moments of Being*, edited by Jeanne Schulkind, A Harvest Book, 1985.

_____. *To the Lighthouse*. Penguin Books, 1992.

Zwerdling, Alex. *Virginia Woolf and the Real World*. U of California P, 1986.

울프의 식탁과 예술적 상상력*

ㅣ 진명희

I. 서론

『등대로』(*To the lighthouse*, 1927)는 버지니아 울프(Virginia Woolf)의 소설 중 가장 많은 비평을 생산해 낸 작품이다. 『등대로』는 모더니즘, 페미니즘, 서사기법, 정신분석학, 심리학, 철학, 미학, 신화, 여성예술가소설 등과 관련하여 문학비평분야에서 다양하게 연구되고 있다. 울프는 이 작품에서 토마스 칼라일(Thomas Carlyle), 데이비드 흄(David Hume), 존 로크(John Locke)와 같은 철학자들을 직접 언급하고 램지 씨(Mr. Ramsay)를 당대 훌륭한 철학자로 등장시킬 뿐만 아니라, 삶, 실재, 진리에 대한 형이상학적 물음을 제기하며 지속적인 철학적 탐색을 보여준다. 문학자이며 철학자인 부친 레슬리 스티븐(Leslie Stephen)과 케임브리지 대학 출신인 오빠 토비(Thoby) 덕분에 토론문화에 익숙한 환경에서 성장한 울프는 부친이 쓴 『18세기영국사상사』를 통해 흄에 대해 읽었으며 당대 케임브리지대 철학교수인 G. E. 무어(Moore)의 책을 읽었다. 울프가 자신의 작품과 관련한 철학에세이를 남긴 것

* 이 논문은 2017년 한국교통대학교 지원을 받아 수행하였음.

은 없지만, 『등대로』를 삶에 대한 철학적 사유로 접근하는 방식은 울프의 소설미학 이해에 근간이 되는 독해이다. 특히 앤드류 램지(Andrew Ramsay)가 릴리 브리스코(Lily Briscoe)에게 부친의 저서를 쉽게 이해하도록 추천하는 식탁이라는 상징물은 데이비드 흄의 책상에 관한 회의적 관념론과 연관되며 『등대로』의 분석에 의미 있는 대상이 된다.

질리언 비어(Gillian Beer)는 램지 씨 저서의 "주체와 객체/대상과 실재의 본성"(*Lighthouse* 40)이라는 철학적 주제가 『등대로』의 "근원적 탐구"(grounded enquiry)(Beer 43)임을 주장하지만, 이를 지나치게 흄의 회의적 관념론에 대한 비판으로 한정하는 한계를 보인다. 비어는 또한 『등대로』의 철학자인 램지 씨를 레슬리 스티븐과 동일시하고 있는데, 이러한 해석은 이 작품의 상징적 특성을 감소시킨다. 스티비 데이비스(Stevie Davies)는 울프가 1920년대 초반에 플라톤을 집중적으로 읽었음을 지적하며 이 작품이 플라톤이 말하는 궁극적 실재를 탐구하는 "울프의 작품 중에서 가장 철저하게 변함없이 플라톤적인 작품이다"(70)라고 주장한다. 울프는 『등대로』에서 끊임없이 변화하는 형체를 알 수 없는 바다로 상징되는 변전하는 현상계를 넘어 선 불변의 실재에 대한 추구를 보여주고 있다고 데이비스는 강조한다. 그러나 옥스퍼드 박사학위 논문에서 프랭크(A. O. Frank)는 플라톤적인 불변의 실재가 서구 형이상학적 관념론에 근거하고 있으며, 『등대로』는 오히려 이를 해체하는 니체의 철학적 입장을 더욱 견지한다고 주장한다(36, 44-45). 현상세계를 플라톤적인 이데아의 관점에서 허구라고 부정하는 것은 크게 보아 흄의 회의주의적 관념론과 유사한데, 이는 『등대로』에서 특히 램지 씨의 말을 통하여 지속적으로 희화되고 비판의 대상이 된다.

흄과의 관계를 다루고 있지는 않지만 자아와 지각세계의 통일성을 추구한 울프와 로저 프라이(Roger Fry)에게 영향을 준 철학자 무어와의 관계를 연구한 비평가로 하브나 리히터(Harvena Richter)가 있다. 리히터는 무어의 의식과 외부세계와의 관계를 다룬 지각원리가 울프가 의식의 상태를 반투명한 봉투와 같은 것으로 파악하는 데 큰 영향을 미친 것으로 분석한다(18-22). 리히터는 인식주체의 마음과 정서에 따라서 대상이 다르게 경험될 수 있음을 주장하며 울프의 인식론이 존재론에 우선한다고 보는데(67), 이것은 객관적 현실의 존재 자체를 그대로 인정하는 울프의 태도와 거리가 있다. 울프가 『등대로』에서 실재와 인식의 문제를 중심으로 예술적 재현의 문제를 제기하고 있다고 주장한 비평가로 에밀리 달가노(Emily Dalgarno)가 있다. 달가노는 1920년대 영국의 분석철학의 입장에 울프가 결코 만족하지 못하고 진리의 다양성을 추구하고 있다고 주장하는데, 그는 이 작품에서 릴리 브리스코가 제시하는 "삶의 의미란 무엇인가?"에 대한 철학적 답변은 결국 제시되지 않는다고 결론짓는다(78).

인식론의 관점에서 울프의 철학적 관심을 버트런드 러셀(Bertrand Russell)의 분석철학과 로저 프라이의 후기인상주의 미학을 중심으로 전개하고 있는 앤 밴필드(Ann Banfield)의 방대한 저서 『환영의 탁자』(*The Phantom Table*) 역시 부분적으로 울프의 식탁을 실재와 인식의 문제에 대한 사례로 다루고 있다. 그러나 그녀의 저서는 러셀이 주장한 수학과 같은 논리형식에 근거한 진리와 감각에 기초한 진리라는 이원화에 집착하고 있어 울프가 말하는 어둠 속에서 밝혀진 섬광처럼 사그라지는 진리의 다양한 측면을 충분히 설명하지 못한다. 밴필드의 주장에 따르면 『등대로』의 식탁은 램지 씨의 사적인 철학적 식탁에서 램지 부인의 "무한히 긴, 접시와 나이프가 놓여있는 식탁"[1])이라는 공적인 식탁으로 변형된다(120). 그러나 밴필드는 이 식탁을 흄의 철학이

1) *Lighthouse* 130.

제기한 주관과 객관, 실재의 문제로 자세하게 발전시키지는 않고 있다.

울프와 데이비드 흄의 경험철학을 직접적으로 연결시킨 비평가는 데보라 에쉬(Deborah Esch)이다. 에쉬에 따르면 인간의 가변적인 지각을 떠나서 객관적으로 존재하는 실체의 사례로 흄은 그의 책상을 들고 있는데, 울프의 소설에서 흄의 책상이라는 객관적 실체는 예술가이자 독자의 대변자인 릴리 브리스코에 의해서 램지 씨의 철학체계에 대한 상징적 대체물로 인식된다. 에쉬는 울프에 의해서 흄의 책상은 모든 지각현상과 독립된 불변의 실재에 대한 예증이 아니라 "유령과 같은 식탁"(*Lighthouse* 41)으로 변형되어 흄이 주장하는 불변의 실재를 부정하는 수사비유, 상징적 대체물로 작용한다고 본다(271-72). 그러나 에쉬의 주장은 울프의 작품에서 그려지고 있는 식탁을 지나치게 상징물로 처리함으로써, 즉 존재론에서 인식론의 차원으로 흄의 책상을 옮겨놓음으로써, 릴리나 램지 부인이 여전히 추구하는 일상적인 경험 속에서 마주하는 대상물로서 책상, 식탁의 존재와 가치를 격하시키는 점이 있다.

이와 같이 흄이 경험론적 입장에서 주체의 간섭을 벗어나 객관적이며 항구적으로 존재하는 하나의 예시적 실체로 제시한 책상은 울프의 『등대로』에서 식탁으로 등장한다. 울프는 이 작품에서 철학적 이성과 언어(글쓰기)를 상징하는 책상을 여성적인 공간이자 친교와 담론의 공간인 주방의 식탁으로 변화시킨다. 이러한 변화 자체가 울프에게 철학적 글쓰기와 문학적 글쓰기의 대립을 상징하는 것이라고 볼 수 있다. 그러나 울프와 철학의 관계를 논하는 앞서 언급한 기존의 비평들에서 이런 기본적인 변화는 간과되고 있다. 울프의 식탁은 투박하고 옹이진 널빤지로 만든 평범한 식탁이지만 램지 부인이 애써 박박 닦은 "성실하게 힘들인 세월들"(years of muscular integrity)(41)과 별개로 존재하는 것이 아니다. 흥미롭게도 울프는 그녀의 1927년 1월 14일 자 일기에서 『등대로』를 "아주 힘들여 쓴 책"(a hard muscular book, *Diary* III

123)이라고 말하는데, 램지 부인의 식탁을 묘사하는 데 사용한 "힘들인"(muscular)이란 단어를 자신의 소설을 특징짓는 어휘로 사용함으로써, 은연중에 자신과 램지 부인을 동일시하는 작가의 무의식을 드러내며, 자신의 소설 『등대로』가 사실은 등대의 상징성보다 식탁을 바라보는 관점의 충돌과 대립을 중심으로 전개되고 있음을 암시한다. 이것은 작품에 묘사된 식탁의 성격을 등장인물의 성격과 같은 차원에서 분석함으로써 울프의 소설을 더욱 잘 이해할 수 있음을 의미한다.

본 논문은 울프의 식탁을 진리의 다양성과 재현의 문제, 재현의 문제에 따른 상상력의 작용과 관련짓는다. 『등대로』에서 울프는 흄의 관념론이나 램지가 주장하는 사실과 실재에의 실증적 집착 모두 삶을 한 면으로만 보는 편협한 관점이라는 주장을 분명히 하고 있음을 살펴본다. 따라서 본 논문에서는 현실세계에 존재하는 현상계를 단지 인간 지각의 산물로 파악하는 관념론의 한계와 이와는 반대로 지나치게 극단적인 사실과 굳건한 사물의 실체에 집착하는 램지 씨의 태도를 모두 비판하며, 사물의 의미는 인간 주체와 연결됨으로써만 예술의 의미로 탄생하며 이러한 연결의 공간에 예술적 상상력이 존재하고 기능하고 있음을 밝힌다.

II. 흄의 회의적 관념론의 한계

제1차 세계대전이 발발하기 전 어느 9월 오후 헤브리디스(Hebrides) 제도의 스카이 섬(the Isle of Skye)에 있는 램지 씨 일가의 여름 별장에 머물고 있는 화가 릴리 브리스코는 램지 씨의 아들 앤드류에게 아버지가 쓴 저서들의 주제가 무엇인지를 묻는다. 앤드류는 "주체와 객체/대상과 실재의 본성"을 다루고 있다고 대답하며, "당신이 그곳에 있지 않을 때의 부엌 식탁을 생각해 보세요"(40)라고 충고한다. 따라서 릴리는 램지 씨의 저서를 생각할 때마다 깨끗하게 문질러 닦아 놓은 식탁을 떠올린다. 릴리에게 그 식탁은 "램지 씨의 정신에 대한 그녀의 심오한 존경의 상징"(43)이다. 램지 씨가 추구하는 것은 객관적인 사실과 확실성이다. 작품초반에 화자가 "램지 씨가 말한 것은 사실이었다. 그의 말은 항상 사실이었다. 그는 거짓을 말할 수 없었으며 결코 사실을 함부로 바꾸지도 않았다"(13)라고 말할 때 여기에는 단순한 아이러니에 그치지 않는 존경심이 배어있다. 램지 씨의 객관적인 확실성의 추구 뒤에는 사물에 대한 감정이입을 배제하고 대상의 속성만을 분석하려는 논리 실증주의적 태도가 자리하고 있다. 논리적 실증분석에 집착하는 과학적 방법론은 그 자체로 비난할 것은 아니지만, 실증적 원자론의 한계는 대상을 전체적인 관계 속에서 보지 못하는 맹목성을 지니고 있다는 점이다. 램지 씨는 기온이 떨어지고 서풍이 불고 있는데도 불구하고 내일 날씨가 좋으면 등대 여행을 가자고 아들 제임스에게 말해주는 부인의 애매한 태도를 참을 수 없다. "부인 말의 극단적인 비합리성, 여성들의 정신의 어리석음이 그를 격노케 했다"(53). 결코 기쁨이나 편의를 위해 완곡한 표현을 쓰는 법이 없는 램지 씨는 내일 날씨가 "좋을 수도 있다"(13)는 가능성의 세계를 곧 "거짓말"(54)과 동일시한다.

그러나 일기예보가 흔히 그러하듯 날씨처럼 변덕스러운 것이 없으며 램지 부인이 혼잣말로 속삭이듯 바람이 바뀔 수 있는 가능성은 항상 열려있다. 이 새로운 가능성의 세계에 예술적 상상력이 존재하고 있는데, 램지 씨는 이를 철저하게 거짓말로 상정함으로써 예술적 사고에 대한 엄격한 거부 반응을 보인다. 더 나아가 램지 씨의 실증적 과학주의는 객관성의 추구라는 명제 하에 감정이입을 배제하고 전체적인 맥락을 도외시함으로써 전체적인 현상을 파편화시켜 관찰하고 정복하는 제국주의적 관찰자의 눈과 연결된다. 램지 씨의 여성폄하의 시각은 바로 그의 과학적 합리주의와 직결되어 있으며 예술언어의 다의성과 연상 작용을 부정하는 태도로 발전한다. 부인의 비합리성에 대한 램지 씨의 비난은 램지 부인에게 "자신은[그녀는] 인간의 감정들로 흠뻑 젖은 스펀지에 불과하며"(54) "남편의 구두끈을 매기에도 부족한 여자"(55)라는 자기비하적인 생각을 굳혀준다. 이처럼 램지 씨의 실증주의 철학은 객관적인 확실성의 추구라는 미명하에 여성비하의 담론을 생산하고, 제국주의적 정복전쟁과 파괴를 가져오는 한 원인이 된다. 램지 씨의 실증주의 철학은 사물에 대한 환원주의로 귀결됨으로써 눈앞의 현상에만 집착하고 전체적인 조망을 불가능하게 만드는 한계를 보인다. 램지 씨의 여성폄하적인 태도는 램지 씨 밑에서 논문을 쓰고 있는 찰스 탠슬리(Charles Tansley)의 "여자들은 그림을 그릴 수도 글을 쓸 수도 없다"(78)는 발언 속에도 집약되어 있다.[2)]

타인의 감정을 배려하지 않는 램지 씨는 10년 후 아들 제임스(James), 딸 캠(Cam)과 등대로 항해할 때 늙은 매칼리스터(Macalister)의 어린 아들이 "바로 저곳이 배가 침몰했던 곳이에요"(315)라고 하는 말에 전혀 동요함이 없이 "심해도 . . . 결국 단지 물일뿐이다"(316)라는 무감각한 사고를 보인다. 전쟁 중에 세 명이 빠져죽은 깊은 바다를 결국은 물에 불과하다고 생각하는 냉담함은 객관성의 세계에서는 진리와 상통하는 덕목이겠지만, 인간이 제외된 사물의 세계만을 보여주는 극단적인 비인간화의 전형이다. 램지 씨의 과학적 실증주의 추구와 여성비하적인 부권주의가 보수적으로 현실체제를 인정하며 제국주의 정복전쟁을 용인하는 태도로 이어진다는 점을 울프는 다음과 같이

2) "They[Women] did nothing but talk, talk, talk, eat, eat, eat. It was the women's fault. Women made civilisation impossible with all their "charm," all their silliness." (*Lighthouse* 134) 참고.

보여준다.

> 문명의 발전이 위대한 사람들에게 달려 있는가? 파라오들의 시대보다도 지금의 보통사람들의 운명이 더 나아졌는가? 보통사람들의 운명이 우리가 문명의 척도를 판단하는 기준일까 하고 그는 자문했다. 아마 그렇지 않을 것이다. 아마 최고선은 노예계급의 존재를 필요로 할 것이다. 런던 지하철 승강기 운전자는 영원히 필요한 존재이지. 그에게 이 생각은 불쾌한 것이었다. 그는 고개를 저었다. 이 생각을 회피하기 위해서 그는 예술의 우위를 무시할 방법을 찾을 것이다.

> Does the progress of civilisation depend upon great men? Is the lot of the average human being better now than in the time of the Pharaohs? Is the lot of the average human being, however, he asked himself, the criterion by which we judge the measure of civilisation? Possibly not. Possibly the greatest good requires the existence of a slave class. The liftman in the Tube is an eternal necessity. The thought was distasteful to him. He tossed his head. To avoid it, he would find some way of snubbing the predominance of the arts. (70)

위 인용문에서 볼 수 있듯이 램지 씨의 실증주의 철학은 토마스 칼라일의 영웅주의 사관과 연결되어 있고 궁극적으로는 현실체제를 인정하고 용인하는 태도를 보인다. 여기에서 그는 가능성, 상상력에 의존하는 예술을 단순히 삶에 부착된 장식물로 취급하며 셰익스피어가 존재하지 않았더라도 세상은 다르지 않았을 것이라는 주장을 보인다. 램지 씨의 생각이 보여주는 파괴성을 화자는 그가 울타리의 이파리를 세차게 잘라내는 행동으로 보여준다(71). 사소하게 보이는 램지 씨의 이런 행동은 자연에 대한 그의 파괴적 정복욕을 보여주는 것이며, 자연에 대한 정복과 파괴의 저변에는 근대적 합리성, 질서, 문명의 추구라는 명분이 자리하고 있다.

램지 씨가 현재 도달해 있는 문자판 위의 'Q'는 질이 아닌 양(Quantity)의 세계이며 그가 결코 도달할 수 없는 'R'의 단계는 진정한 비판적 합리성(Rationality), 즉 전체를 조망할 수 있는 진정한 이성의 단계이다. 이것은 자기 인식에 이르는 반성적 이성을 의미하는데, 이 R의 단계에 이를 수 없음으로써 램지 씨는 올바른 자기인식, 자기발견에 이르지 못하는 도구적 합리성의 세계에 갇히고 만다. 작품에서 램지 씨가 줄곧 "황폐하고 메마른 청동부리"(62)로 비유되는 것은 당연하다. "자신의 새끼손가락이 아프면 세상이 끝이다"(75)는 램지 씨의 이기적인 생각은 영웅주의 역사관으로 이어지며, 이 영웅주의 역사관은 인종주의를 낳고, 이 개인적 이기심이 집단적 이기심으로 발전할 때 제국주의 전쟁을 가져온다.

램지 부인의 식탁은 흄의 주장과 달리 인간의 지각과 상관없이 외부세계에 자체적으로 존재하는 하나의 사물이다. 그러나 이 식탁은 단지 목재로 만들어진 가구에 불과한 것이 아니라 오랜 세월동안 문질러 닦아온 인간의 손길로 그 옹이나 결이 드러난, 친교와 담소를 포함한 인간과의 관계 속에 존재하는 대상이다. 하이데거(Martin Heidegger)가 말하는 고흐(Vincent van Gogh)의 "농부의 구두"가 대지를 밟고 선 인간 투쟁의 상징이며, 그리스 신전의 기둥이 우주의 4원소가 깃들고 거주하는 4중자의 거주지이듯이, 울프의 식탁 또한 여성들의 수고가 고스란히 배어있는 사물이며 삶의 터전의 일부이다. 흄은 그의 『인간본성론』(*A Treatise of Human Nature*)(1739-40)에서 굳이 탁자를 예로 들어 그것의 실체를 부정한다. "나에게 바로 지금 보이는 저 탁자는 단지 지각에 불과하며, 그것의 모든 특성들은 지각의 특성들이다"(That table, which just now appears to me, is only a perception, and all its qualities are qualities of a perception)(Hume 523). 흄은 감각적 지각이 인간 지식의 전부라고 보는데, 지각은 시시각각 변하는 것이어서 일관되고 통일된 사물에 대한 진실을 갖는 것은 불가능하다는 생각이다. 레슬리 스티븐의 흄 해석에 따르면 "인간의 정신은 감각적 경험을 한 치도 넘어설 수 없다. 정신은 다양한 '인상'과 '관념'을 분리하고 결합할 수는 있지만, 전혀 단 하나의 새로운 관념도 창조할 수 없으며 궁극적인 실체들의 세계를 꿰뚫고 들어갈 수 없다"(The mind, according to him, is unable to rise one step beyond sensible experience. It can separate and combine the various 'impressions' and 'ideas'; it is utterly unable to create a single new idea, or penetrate to an ultimate world of realities)(315). 현상계를 지탱하고 있는 외부세계란 단지 정신이 만들어낸 허구에 불과한데, 이 정신 또한 태생적으로 내재하는 인간의 기능이 아니라 단지 감각적 지각의 산물에 불과하다. 따라서 흄에게 인간의 상상력이란 인간정신에 저장된 감각적 지각의 자료들을 연상적으로 조합하는 연상기능 이상의 것이 아니다. 그에게 창조적인 지성이나 상상력은 모두 정신의 허구에 불과한 것이다. 흄의 회의적 관념론은 사실상 경험론이 극단적으로 거꾸로 된 모습이다. 외적 실체란 지각에 불과한 것이기 때문에 흄에게 있어서 지각하는 주체가 없으면 외적인 대상도 존재하지 않게 된다.

> 나로서는, 이른바 *나 자신*이라는 것에 친숙하게 들어설 때, 항상 한두 가지의 특정한 지각, 열기나 냉기, 빛이나 그림자, 사랑이나 증오, 고통이나 쾌락과 맞닥뜨리게 된다. 나는 지각이 없이는 결코 아무 때나 *나 자신*을 붙잡을 수 없으며, 지각 아닌 어떤 다른 것을 관찰할 수도 없다. 깊은 잠에서처럼 어느 순간 내 지각이 제거될 때, 나는 *나 자신*에 무감각해지며, 진정으로 존재하지 않는 것일지도 모른다. 죽음으로 내 지각이 모두 제거되고 내 육체가 해체된 후 내가 생각할 수도, 느낄 수도, 볼 수도, 사랑할 수도, 증오할 수도 없게 된다면,

나는 완전히 파괴되어버릴 것이다. 나를 완전한 비실체로 만들기 위해 이 이상 무엇이 더 필요한지 상상할 수도 없을 것이다.

> For my part, when I enter intimately into what I call *myself*, I always stumble on some particular perception or other, of heat or cold, light or shade, love or hatred, pain or pleasure. I never can catch *myself* at any time without a perception, and never can observe any thing but the perception. When my perceptions are remov'd for any time, as by sound sleep; so long am I insensible of *myself*, and may truly be said not to exist. And were all my perceptions remov'd by death, and cou'd I neither think, nor feel, nor see, nor love, nor hate after the dissolution of my body, I shou'd be entirely annihilated, nor do I conceive what is farther requisite to make me a perfect non-entity. (Hume 534; italics original)

감각적 지각의 덩어리인 나의 육체가 해체되는 순간 더 이상 외적인 실체의 세계는 존재하지 않는다는 관념론은 더할 나위 없이 인간중심의 세계관을 반영하고 있으며, "내 새끼손가락이 아프면 세상은 끝이다"는 램지 씨의 생각과 맞닿아 있다. 그러나 램지 씨는 노년에 뚱뚱해진 흄이 수렁에 빠졌을 때 지나가던 부인에게 주기도문을 외운 후에야 도움을 받아 구출되었다는 일화를 생각하며 흄의 패배를 고소해하듯(116), 흄의 관념론을 비판한다. 레슬리 스티븐 역시 흄의 관념론을 요약 소개한 뒤 "그러나 우리가 탁자나 집을 그것에 대한 우리의 지각과 독립적으로 존재하는 것으로써 생각하다는 것은 의식이 있다는 명백한 사실이다"(Yet it is a plain fact of consciousness that we think of a table or a house as somehow existing independently of our perception of it)(46-47)라고 객관적 대상세계를 분명히 인정하고 있는데, 이런 의미에서 램지 씨는 스티븐의 생각을 어느 정도 반영하고 있는 것도 사실이다.

Ⅲ. 대상의 사물성과 인간의 관계

흄의 관념론과 달리 인식 주체인 인간이 부재하는 곳에서도 여전히 존재하는 현상세계의 모습을 잘 보여주는 대목이 바로 『등대로』의 제2부이다. 1차 세계대전의 참혹상을 황폐한 집과 정원의 모습으로 상징화한 "시간이 흐른다"("Time Passes")에서 울프는 인간이 사라진 자연의 모습을 목가적인 전원 풍경과는 전혀 다른 무질서한 자연의 모습으로, 그렇지만 인간의 눈과 손과 상관없이 여전히 무성한 현상세계로 제시한다. 1부 "창문"("The Window")과 3부 "등대"("The Lighthouse")가 빛의 세계라면 2부 "시간이 흐른다"는 조수처럼 밤에서 밤으로 이어지는 어둠의 세계이며 죽음의 세계이다. 『등대로』는 빛과 어둠의 교차를 보이는데, 빛의 세계에서 시작하여 긴 어둠의 터널을 지나 다시 빛의 세계에 이르는 정신의 여정이라고 볼 수 있다. 흄이 자신의 육체가 해체되고 나면 외부세계도 존재하지 않는다고 주장한 것을 반박이라도 하듯이 이 어둠의 세계에서도 자연의 원소들은 여전히 활발하게 활동하고 있다.

> 사랑스러움과 고요함이 침실에서 손을 마주잡고 있었고, 보자기를 씌워놓은 주전자들과 시트를 씌운 의자들 사이에서 새어 들어오는 바람도, 문지르고 킁킁거리며 "사라질 거니?" "죽어 없어질 거니?" 하고 거듭 질문하는 축축한 바다공기의 부드러운 코조차도 평화, 무관심, 순수한 온전함의 분위기를 거의 흩뜨리지는 않았다. 마치 그들의 질문에 "우리는 남아요"라는 대답을 필요로 하지 않는다는 듯이.

> Loveliness and stillness clasped hands in the bedroom, and among the shrouded jugs and sheeted chairs even the prying of the wind, and the soft

> nose of the clammy sea airs, rubbing, snuffling, iterating, and reiterating their questions — "Will you fade? Will you perish?" — scarcely disturbed the peace, the indifference, the air of pure integrity, as if the question they asked scarcely needed that they should answer: we remain. (201)

전쟁으로 황폐해진 집안에서도 대기가 침실에서 사랑을 나누듯 자연의 왕성한 생식은 계속되고, 인간의 문명이 허물어져가는 순간에도 자연의 시간은 계속된다. 아이들 방의 10년 묵은 돼지 해골은 비록 곰팡이가 슬었지만 여전히 그곳에 남아 있다. 여전히 집안을 파고드는 등대의 빛처럼 해풍과 파도는 계속되고 계절은 순환한다. 그렇지만 인간이 부재한 자연 자체를 울프는 전락 이전의 낙원상태가 아니라 태초의 혼돈으로 인식하고 있다. 인간의 지각을 떠나서도 현상계의 사물들은 존재하지만, 이 대상들이 인간과 관계를 맺지 않을 때 그것들은 단지 '사물'로 남을 뿐이며, 덮쳐오는 시간의 물웅덩이 속에 잠겨 썩어갈 것이다. 늙은 맥냅 부인(Mrs McNab)과 바스트 부인(Mrs Bast)이 쓸고 닦는 노력으로 허물어져가는 세간들은 다시 인간의 산물인 '가구'로 복원된다. 램지 씨 부엌의 식탁이 단지 목재가 아니라 옹이나 결이 드러난 식탁으로 기능할 수 있는 것도 이와 같은 맥락으로, 식탁은 힘들여서 문질러 닦은 이들의 정직한 노력의 산물이기 때문에 단순한 사물을 넘어선 의미를 지니게 된다. 사물의 사물 됨, 혹은 '사물성'(thingness)은 단지 독자적인 대상이 아니라 인간과 함께하는 전체적인 관계 속에서 드러난다.

램지 씨가 죽음의 심해 역시 물에 불과하다고 말하는 것과 같이, 인간과의 의미를 배제한 대상의 황량함과 기괴함은 릴리 브리스코가 자신이 그곳에 앉아 있지 않을 때의 식탁을 상상할 때 분명하게 드러난다. 그녀는 앤드류와 함께 정원에 이르렀을 때 배나무 가지 사이에 네 다리를 위로 하고 거꾸로 걸려 있는 환상의 식탁을 본다. 릴리에게 "허수아비 모양을 하고 배나무 가지 사이에 걸려 있는 식탁"(43)은 더 이상 '식탁'이 아니다. 마치 교수형을 당한 사람의 시체와 같은 이 식탁은 더 이상 인간의 손길과 정서가 개입되어 있지 않은 벌거벗은 사물의 기괴한 모습이다. 릴리의 거꾸로 매달린 환상 속의 식탁을 통해서 울프는 인간 주체와 동떨어진 사물세계의 비현실성을 지적하고 있다. 램지 씨의 실증주의는 이 식탁을 부엌의 식탁이 아니라 "각이 진 본질"로 환원해버린다. 릴리가 바라본 거꾸로 매달린 식탁은 바로 램지 씨가 목재로 환원시켜버린 식탁의 모습이다.

> 당연히 매일같이 이렇게 각이 진 본질의 모습을 보는 데 시간을 보낸다면, 플라밍고 구름과 푸른빛과 은빛 구름이 덮인 아름다운 저녁을 흰색의 전나무 네 발 탁자로 이렇게 환원해 버린다면 (그렇게 할 수 있다는 것은 가장 정교한 정신의 표식이다), 당연히 그 사람은 평범한 사람이라고 평가될 수 없었다.

> Naturally, if one's days were passed in this seeing of angular essences, this reducing of lovely evenings, with all their flamingo clouds and blue and silver to a white deal four-legged table (and it was a mark of the finest minds so to do), naturally one could not be judged like an ordinary person. (41)

다분히 아이러니한 릴리의 독백은 램지 씨의 한계를 통해 흄의 회의적 관념론의 맞은편에 선 객관적 사물세계의 절대성 추구 역시 세상을 단편적이고 기괴하게 보는 세계관임을 드러낸다. 『등대로』에서 울프는 객관적 현실을 부정하는 흄의 관념론과 인간감정의 개입을 거부하는 실증적 객관주의를 조화시키며, 객관과 주관의 결합, 이들의 영향관계 속에 실재의 본질이 존재함을 밝히고자 한다. 그런 의미에서 계속 뜨개질을 하며 어떻게 젊은이들을 결혼으로 맺어줄까 궁리하는 램지 부인은 울프 자신의 예술적 비전을 삶 속에서 실현시키고자 하는 인물이다. 램지 부인에게 있어 남편이 사실에 집착하는 태도는 인간의 정서를 무시하는 일종의 야만적인 폭력과 다름없어 보인다.

> 다른 사람의 감정은 전혀 아랑곳없이 진리를 추구하는 일, 엷은 문명의 베일을 그렇게 함부로, 그렇게 잔인하게 찢어버리는 일은 그녀에게는 인간의 예의를 끔찍하게 유린하는 일이었다. 그녀는 어지럽고 눈이 컴컴해져서 아무 대꾸 없이, 마치 날카로운 돌풍이 자신을 내려치고 더러운 물이 자신을 적시어도 비난 않고 내버려두려는 듯이 머리를 숙였다. 대꾸할 말이 없었다.

> To pursue truth with such astonishing lack of consideration for other people's feelings, to rend the thin veils of civilisation so wantonly, so brutally, was to her so horrible an outrage of human decency that, without replying, dazed and blinded, she bent her head as if to let the pelt of jagged hail, the drench of dirty water, bespatter her unrebuked. There was nothing to be said. (54)

램지 씨가 문명을 이끌어가는 이들은 위대한 사람들이며 위대한 문명을 위해선 노예계급이 필요함을 인정하듯이, 그의 사상과 저술, 강연을 위해서 부인의 희생은 당연시된다. 램지 부인 역시 남편에게 사실을 말하고 싶지만, 온실 지붕 고치는 비용 50파운드가 필요하다든지, 남편의 지난번 저서가 첫 저서만큼 인기가 없다든지, 일상적인 집안일이라든지, 아이들과의 문제 등을 남편의 기분과 집중력을 해칠까봐 사실대로 말하지 못한다. 이러한 타인의 정서에 대한 세심한 배려를, 질서와 문명과 지성을 책임지는 남성의 일원인 램지 씨는 여성의 흐릿함이며 거짓이라고 단정지어버린다. 사실이라는 명목으로 여성의 정서를 폄하하는 데 있어서 램지 씨와 탠슬리는 전혀 주저함이 없다. 가정의 평화를 위해서 때로 현실을 은폐해야 되는 부담이 램지 부인을 짓누르고 있으며, 이러한 자기희생이 두 음의 완벽한 화음을 방해하며 "온전한 기쁨, 순수한 기쁨"(65)을 약화시키는 불협화음의 부부관계를 만든다고 작중화자는 지적한다. 이러한 지적을 통해 울프는 이성과 사실에만 근거한 삶의 폐해를 드러내고 강조한다.

IV. 예술의 상상력과 삶의 조화

울프는 램지 씨가 철학적으로 추구하는 바를 램지 부인은 삶의 일상성 속에서 경험과 정서로 체험하고 있음을 통해 예술적 상상력을 강조한다. 램지 부인은 가사에 대한 부담과 인간에 대한 예의에서 짐짓 '거짓'을 말해야 되는 순간에서 벗어나 자유롭게 혼자 있을 때 주변 사물들과 자신이 하나로 통일되는 황홀경을 경험한다. 램지 씨가 사유를 통해서 이성적인 합리성의 단계 'R'에 이르기를 염원한다면, 램지 부인은 주객일체가 되는 순간적 희열을 통해서 단계를 거치지 않고 단번에 마지막 'Z'에 이르는 직관의 예술가이다.

> 그녀[램지 부인]는 어째서 혼자 있게 되면 나무, 개울, 꽃들과 같은 사물들, 무생물에게로 기울게 되는지 알다가도 모를 일이라고 생각했다. 그녀는 그들이 하나를 표현하고 하나가 된다고 느꼈으며, 그들이 하나임을 알며 어떤 의미에서는 하나라고 느꼈다. 따라서 마치 자신에 대하여 느끼듯이 (그녀는 계속 지속적으로 비추는 그 불빛을 바라보았다) 터무니없는 애정을 느꼈다. 그녀는 뜨개질바늘을 멈추고 바라보고 또 바라보았다. 안개가, 연인을 맞이하려는 신부가, 그녀 마음의 밑바닥으로 부터 뭉게뭉게 피어올랐으며, 존재의 호수로부터 솟아올랐다.

> It was odd, she thought, how if one was alone, one leant to things, inanimate things; trees, streams, flowers; felt they expressed one; felt they became one; felt they knew one, in a sense were one; felt an irrational tenderness thus (she looked at that long steady light) as for oneself. There rose, and she looked and looked with her needles suspended, there curled up off the floor of the mind, rose from the lake of one's being, a mist, a bride to meet her lover. (101-02)

모두들 잠든 시간에 마루에 파고드는 등대의 불빛을 바라보며, 고요한 혼자만의 시간에 램지 부인은 주변 사물세계와 하나로 결합하는 신비한 순간을 맛본다. 워즈워스(Wordsworth)의 시 「수선화」("Daffodils")에서 시인 화자가 계속해서 사물(대상)과 하나 되는 '응시'(gaze)를 강조하듯이, 램지 부인은 응시 가운데 무생물과 생물의 경계를 허물고 신비주의에서 말하는 결혼을 통해서 사물의 세계로 들어간다. 울프는 램지 부인이 겪는 이 황홀한 경험을 이성을 넘어선 것으로 강조하기 위해 '안개'라는 모호한 현상으로 처리한다. 램지 씨의 입장에서 보면 부인이 누리는 황홀경의 순간은 거짓이요, 환상일 뿐이다. 그러나 램지 부인이 아이들을 포함한 주변 인물들의 결혼에 집착하는 것도 타인과의 정서적 친교와 유대가 분리의 벽을 허물고 하나의 개울을 이루어 죽음이 있는 현실을 이겨낼 수 있다고 믿기 때문이다.

울프는 벌거벗고 각진 날카로운 사물에 인간의 정서를 개입시켜 아름답게 변형시킬 수 있는 예술가적 상상력이 바로 힘든 현실을 견뎌내게 하는 힘이라는 것을 보여준다. 예술의 기능이 바로 여기에 있다. 램지 부인은 아들 에드워드(Edward)가 보내 온 늙은 돼지 해골 때문에 딸 캠이 무서워 잠을 못 이루자 벽에 걸린 이 해골을 자신이 두르고 있던 숄로 덮는다.

> 그런 후 그녀[램지 부인]는 캠에게 되돌아와 딸의 옆 베개에 편평하게 머리를 눕히고는 이제 정말 아름다워 보이지 않느냐고 말했다. 요정들도 사랑할 정도며 새둥지 같아 보였다. 그녀가 외국에서 보았던 계곡과 꽃들과 종소리와 노래하는 새들과 작은 염소와 산양들이 있는 아름다운 산처럼 보였다. . . . 그녀는 자신이 말할 때 단어들이 딸의 마음속에서 리드미컬하게 메아리치고 있음을 알 수 있었다.

> [A]nd then she came back to Cam and laid her head almost flat on the pillow beside Cam's and said how lovely it looked now; how the fairies would love it; it was like a bird's nest; it was like a beautiful mountain such as she had seen abroad, with valleys and flowers and bells ringing and birds singing and little goats and antelopes. . . . She could see the words echoing as she spoke them rhythmically in Cam's mind. (177)

딸을 잠재우는 이야기꾼 램지 부인이 이룬 창조적 변형은 돼지 해골이라는 객관적 대상을 흙처럼 부인하는 것이 아니다. 이 해골은 "시간이 흐른다"에서는 여전히 곰팡이가 핀 채로 빈 집에 놓여있는 엄연한 물건이다. 그러나 해골이 주는 무서운 정서적 반응 역시 무시할 수 없는 현실이다. 현실 대상을 그대로 인정하되 이를 정서적으로 받아들이고 견딜 수 있게 변형하고 각색하는 순간의 매개물로 예술적 창조성, 상상력이 기능한다면, 이야기꾼 램지 부인은 바로 예술가의 전형이다.

램지 부인의 예술적 특성은 릴리에게서 구체화된다. 릴리가 예술적으로 추구하는 것은 현실을 그대로 모방하는 것이 아니라 대상과 하나가 되는 신비한 경험을 어떻게 예술언어로 구체화할 수 있느냐의 문제이다.

> 그녀[릴리]가 원하는 것은 지식이 아니라 일체감이었다. 인간에게 알려진 어떤 언어로 쓰일 수 있는 그 무엇이 아니었고, 명판에 새긴 비문이 아니었다. 그것은 친밀함 그 자체로, 이 친밀함이 지식이라고, 그녀는 램지 부인의 무릎에 머리를 기대며 생각했다.

> [I]t was not knowledge but unity that she desired, not inscriptions on tablets, nothing that could be written in any language known to men, but intimacy itself, which is knowledge, she had thought, leaning her head on Mrs. Ramsay's knee. (83)

릴리가 자신의 화폭 오른쪽에 그려 넣은 아들 제임스에게 책을 읽어주고 있는 램지 부인의 모습은 "자줏빛의 삼각형 모양"(84)으로 일종의 상형문자와 같다. 램지 씨의 친구이자 식물학자인 뱅크스 씨(Mr. Bankes)는 이것이 전혀 사람의 모습과 같지 않다고 불만이지만, 릴리의 대답은 자신은 결코 그럴듯한 모사를 시도하지 않았다는 것이다. 그녀에게 문제가 되는 것은 "전체적인 일체감"(86)이다. 화폭 왼쪽의 빛과 대조되는 "자줏빛 음영"(85)은 실제 램지 부인의 모습 그대로가 아니라 마치 꿈을 꾸고 난 사람이 그 꿈 때문에 약간 다른 사람 같은 기분이 들 때처럼 램지 부인이 주변에 미친 친밀감과, 하나 됨을 삼각형의 모습으로 형상화한 것이다. 릴리가 램지 부인의 모습을 굳이 삼각형으로 처리한 것은 주체와 객체, 이 둘을 연결시킬 제3의 존재를 의도한 것이다. 릴리에게 응접실 안락의자에 앉아있는 램지 부인의 모습은 "돔의 형태"(83)로 비치며, 혼자 있을 때 부인은 "다른 사람 눈에는 보이지 않는 어떤 것, 쐐기 모양의 어둠의 핵심"(99)이 된다.

울프는 램지 부인의 특성을 삼각형으로 처리하고 있다. 절정의 순간에 말들은 옆으로 날아가 버리고 말하고자 하는 대상을 빗맞히기 때문에 정신이 아니라 육체의 정서는 상징의 언어로 표현할 수밖에 없다. 자신의 육체를 경직시키며 심연의 공허와 상실감을 가중시키는 "원하지만 갖지 못하는"(275) 결핍의 감정은 릴리의 것이기도 하지만 언어로 육체의 느낌을 구체화해야 하는 울프 자신의 곤경의 표현이다. 따라서 램지 부인과 연결된 삼각형 모습은 죽은 후에도 여전히 주변 인물들에게 유령처럼 출몰하는 그녀의 영향력을 체현하는 울프의 상징 언어가 된다. 어머니가 죽은 지 10년 후에 아버지, 동생 제임스와 함께 등대로 향하는 캠에게 등대가 있는 섬은 나뭇잎을 바로 세워 놓은 삼각형 모습을 하고 있다. 졸리는 가운데 바라본 섬의 근경은 그녀에게 "매달려있는 정원이었다. 그 섬은 새와 꽃과 산양들이 가득한 계곡이었다"(313). 캠에게 등대섬은 어머니가 어린 시절 잠자리에서 들려주었던 이야기로 재형상화 된다. 다시 말해서 삼각형으로 비친 등대섬 여행은 캠에게 다시 어머니의 존재로 되돌아가는 과거여행인 셈이다.

삼각형의 등대섬, 그 위에 세워진 돔 모양의 등대는 캠과 릴리에게는 모두 "쐐기 모양의 어둠의 핵심"인 램지 부인의 세계로 들어가는 친밀함과 일체화의 신비한 경험이다. 릴리의 말처럼 "위대한 계시의 순간은 결코 온 적이 없으며 아마 일어나지도 않았다. 그 대신 어둠 속에서 뜻밖에 켜진 성냥불처럼 작은 일상의 기적들, 빛(계시)의 순간들이 있었다"(249). 이 일상속의 기적의 순간에 삶은 정지하고 영속성을 획득하는데, 그 계시의 순간은 대상과 주체가 혼연일체가 되는 순간이며, 객관적 현실이 주관 속으로 용해되는 순간이기도 하다. 램지 부인의 말처럼 "이곳에서 삶은 정지한다"(249). 램지 씨 역시 순간적이나마 섬에 상륙하기 직전에 "그의 원시안으로 아마 황금접시에 거꾸로 선 쪼그라든 나뭇잎 같은 형상을 분명히 볼 수 있었다"(317). 램지 씨 역시 삼각형 모양의 부인의 세계에 들어섬으로써 아들과 화해를 한다. 램지 씨 일행이 등대섬에 발을 올려놓는 순간 릴리 역시 응접실 의자에 앉아 있는 램지 부인의 모습을 보게 되고, 이때 비로소 화폭의 양면을 연결시킬 선을 화폭 중앙에 그려 넣을 수가 있다. 램지 부인을 불러 낸 초혼의 순간에 릴리는 자신의 비전을 가질 수 있었다(320). 울프는 『등대로』에서 주체와 객체가 합일되는 존재의 순간을 여성들의 연대 속에 실현시키며, 이러한 일상속의 기적을 릴리는 순간을 영원으로 바꾸는 예술의 비전으로 이뤄낸다.

V. 결론

그러나 제임스가 실제로 와서 본 등대는 "벌거벗은 바위에 세워진 삭막한 탑에 불과했다"(311-12). 제임스는 아버지의 실증적 확실성의 추구를 그대로 답습하고 있다. 이로써 울프는 『등대로』에서 객관적인 사실의 세계를 그대로 인정하지만, 이 객관세계가 주관과 만날 때는 각 주체의 눈을 통해서 비치고 해석되고 있음을 강조한다. 분명 동일한 등대이지만 그것이 주는 의미는 이를 바라보는 사람의 관점에 따라 다르다. 조세핀 쉐퍼(Josephine Schaefer)의 지적처럼 "이 소설의 작중 인물들 각자는 세상을 향해 열린 자신만의 유리창을 가지고 있다"(111). 『등대로』에 제시된 램지집안의 식탁은 단지 객관적인 사물이 아니라 인간의 노동력이 깃든 가구이며 식사를 하며 친교를 이룸으로써 개인의 벽이 허물어지는 '정서적 공동체'의 터전이기도 하다. 램지 부인이 죽은 후에도 여전히 존재하는 이 식탁은 흄의 회의적 관념론을 부정하고 있는 증거이지만, 그렇다고 램지 씨가 주장하듯이 단지 목재로 구성된 죽은 물체만도 아니다. 이 식탁을 죽은 사물성에서 건져내서 삶의 일부로 만드는 것은 인간의 노력이며, 이 노력에 의해서 시간의 파괴성은 정지된다. 응접실 팔걸이의자에 램지 부인이 앉았을 때 그 의자는 가구를 넘어서 삼각형 그림자로 형상화된 등대섬의 일부가 되듯이, 대상은 주체의 영역 속에서 하나의 통일된 흐름을 형성할 때 전체의 일부가 된다.

릴리가 배나무 가지 사이에 거꾸로 매달린 식탁을 볼 때 그 가지와 잎사귀와 응어리진 등걸을 볼 수 없듯이, 파편화된 사물 자체에 집중할 때 인간과 자연의 관계는 분리된 사고로 고착된다. 울프의 식탁은 주체와 대상과의 온전한 관계 속에서 탄생한 '사물의 본성'을 구현하고 있는 철학자의 식탁이다. 이때의 철학자는 삶을 전체로 조망하는 생의 철학자를 의미하는데, 램지 부인이 바로 그런 존재이다. 울프는 「무명인들의 삶」("The Lives of the Obscure")이란 에세이에서 위대한 인물들에 대한 기억을 등대불빛에 비유한다. "위대한 인물들에 대한 기억은 등대의 빛줄기처럼 인생행로에 엄습해온다. 그것들은 번쩍이고 깜짝 놀라게 하고 계시하고 사라진다"(They fall upon the race of life like beams from a lighthouse. They flash, they shock, they reveal, they vanish)(163). 길이 없는 컴컴한 삶의 바다에서 가끔씩 비치는 길잡이 불빛, 등대의 불빛은 위인들의 몫일 수 있겠지만, 『등대로』에서 이 길잡이 불빛은 평범한 가정주부인 램지 부인의 몫이다. 이런 의미에서 『등대로』의 식탁은 남성중심의 부권주의, 이성, 합리성의 추구, 또한 전쟁과 파괴를 묵묵히 응시하는 삶의 철학자, 예술가의 식탁이다. 『등대로』에서 램지 부인이나 릴리의 일상 속에 존재하는 대상으로의 식탁은 주체와 침묵으로 소통하는 식탁으로, 울프에게 있어 중요한 것은 관찰된 사물의 재형상화와 사물과의 서사적이며 상대적인 관계이며, 이 작품에서 식탁은 자유로운 예술적 상상력의 시공간 안에서 울프의 예술적 비전과 재현의 문제에 중요한 역할을 행한다.

출처: 『영어영문학』 제63권 4호(2017), 823-40쪽.

■ 인용문헌

Banfield, Ann. *The Phantom Table: Woolf, Fry, Russell and the Epistemology of Modernism.* Cambridge UP, 2000.

Beer, Gillian. "Hume, Stephen, and Elegy in *To the Lighthouse*." *Virginia Woolf: The Common Ground.* U of Michigan P, 1996, pp. 29-47.

Dalgarno, Emily. "Reality and Perception: Philosophical Approaches to *To the Lighthouse*." *The Cambridge Companion to* To the Lighthouse, edited by Allison Pease, Cambridge UP, 2015, pp. 69-79.

Davies, Stevie. *To the Lighthouse: Penguin Critical Studies.* Penguin, 1989.

Esch, Deborah. "'Think of a kitchen table': Hume, Woolf, and the Translation of Example." *Literature as Philosophy/Philosophy as Literature*, edited by Donald G. Marshall, U of Iowa P, 1987, pp. 262-76.

Frank, A.O. *The Philosophy of Virginia Woolf.* Dissertation, Akademiai Kiado, 2001.

Hume, David. *A Treatise of Human Nature and Dialogues Concerning Natural Religion*, edited by T.H. Green, and T.H. Grose, vol.1, Scientia Verlag Aalen, 1964.

Richter, Harvena. *Virginia Woolf: The Inward Voyage.* Princeton UP, 1978.

Schaefer, Josephine O'Brien. *The Three-Fold Nature of Reality in the Novels of Virginia Woolf.* Mouton, 1965.

Stephen, Leslie. *History of English Thought in the Eighteenth Century.* 1876. vol.1. Peter Smith, 1949.

Woolf, Virginia. *To the Lighthouse.* 1927. Hogarth, 1977.

_____. "The Lives of the Obscure." *Common Reader.* 1st ser. Hogarth, 1975.

_____. *The Diary of Virginia Woolf*, edited by Ann Olivier Bell. vol.3. Penguin, 1982.

『등대로』가 기념하는 램지 부인과 환대의 식탁*

| 이주리

I. 들어가며

버지니아 울프(Virginia Woolf)의 1927년 작 『등대로』(*To the Lighthouse*)의 주인공 램지 부인(Mrs. Ramsay)은 집에 온 손님들에게 맛있는 음식을 '선물'로 준다. 좀 더 구체적으로 말하자면, 램지(Ramsay) 부부와 여덟 명의 자녀는 휴양지의 여름 별장에서 시간을 보내는 것으로 나오는데, 이곳에서 램지 부인은 여섯 명의 손님을 초대하여 뵈프앙도브(Boeuf en Daube)라는 쇠고기 스튜를 대접한다. 램지 부인은 런던에 있는 대학의 철학과 교수 램지 씨의 아내이자 슬하에 4남 4녀를 둔 어머니이다. 오십 대 초반의 나이로 그려지는 램지 부인은 남편과 아이들을 위해서 자기를 희생하고, 고아와 가난한 사람들에게 자선을 베푼다. 램지 부인의 이타적인 행동은 경제적 빈곤층뿐 아니라 심리적인 결핍을 갖고 살아가는 외로운 사람들에게도 향해있다. 구체적으로 『등대로』는 램지 부인이 가족이 머무는 휴양지에 손님 여섯 명을 초대하고 저녁

---

* 이 논문은 원래 『영미문학페미니즘』 제30권 2호(2022), 155-176쪽에 수록된 것을 일부 수정·보완한 것임.

만찬을 베푸는 것을 보여준다. 램지 부인은 다른 사람을 기쁘게 해주고 싶다는 마음을 갖고 정성을 다해서 음식을 준비한다. 음식이 근사하게 완성된 것을 보았을 때 램지 부인이 느끼는 기쁨은 크다. 램지 부인은 식탁 앞에 있는 손님과 가족에게 고기를 덜어주면서 만족과 안도감을 느낀다. 식사 전에 사람들은 서로 연결되지 못하고 심리적으로 고립된 상태였지만, 램지 부인이 나누어 주는 한 조각의 고기를 맛보면서 순식간에 사랑이 심연으로부터 피어오르는 것을 느끼고, 타인에 대한 경계를 풀고 부드러운 마음을 갖게 된다. 3인칭 서술자는 손님들이 램지 부인의 음식을 먹을 때 식사 자리에 "깊은 고요함"이 피어올랐고, 시간이 도무지 침공할 수 없는 단단한 보호막 아래에서 모두가 안온하다는 느낌, 그리고 이 순간이 영원할 것 같은 느낌을 받았다고 말한다(107).[1]

> 아무 말도 필요 없었다. 아무것도 말하여 질 수 없었다. 이러한 분위기가 그들을 감쌌다. 그녀는 조심스럽게 뱅크스 씨에게 특별히 부드러운 조각을 접시에 놓아주면서 이것이 영원에 참여하는 것이라고 느꼈다. 그녀가 이미 그날 오후에 한번 다른 어떤 것에 관하여 느낀 것처럼, 모든 것에 통일성과 안정감이 깃들어 있다. 어떤 것은 변하지 않고 빛날 것 같다는 생각이었다. [. . .] 그녀는 이러한 순간들에서 영원한 것이 만들어진다고 생각했다.

> Nothing need be said; nothing could be said. There it was, all round them. It partook, she felt, carefully helping Mr. Bankes to a specially tender piece, of eternity; as she had already felt about something different once before that afternoon; there is a coherence in things, a stability; something, she meant, is

1) Virginia Woolf, *Mrs. Dalloway* (Orlando: Harcourt, 2005). 이 책을 인용할 때는 본문에 쪽수만 제시한다.

immune from change, and shinesout. [. . .] Of such moments, she thought, the thing is made that endures. (107)

식탁 앞에 둘러앉은 사람들이 음식을 맛보면서 느끼게 되는 행복감은 램지 부인이 만들어낸 일상의 기적이다. 문학 비평가 테레사 프루덴테(Teresa Prudente)는 위의 장면을 인용한 바 있다. 프루덴테는 "특별히 부드러운 한 조각"이라는 구절과 "영원"이라는 단어가 소설의 한 장면에 결합되어 있는 것에 초점을 맞추면서, 울프의 텍스트에서 물질성과 추상성이 조우하는 현상을 포착한다. 그에 따르면, 램지 부인이 음식을 통해 만들어내는 창조적인 행위는 흘러가는 시간에 "영원성의 느낌"을 부여하는 예술가의 행위와 같다(Prudente 17). 이러한 관점에서 본다면 램지 부인은 소박한 식사를 예술적인 경지로 끌어 올리는 능력을 발휘하는 인물로 해석될 수 있다.

그런데 모든 학자들이 램지 부인이 만들어내는 저녁 식사의 기적을 긍정적인 시각에서 바라보는 것은 아니다. 예를 들어 오늘날 페미니즘 관점에서 『등대로』를 읽는 상당수의 학자들은 『등대로』에 차려진 음식을 '맛있는' 음식으로 평가하지 않는다. 그들은 램지 부인의 음식 서빙을 여성의 가사 노동을 강요하는 사회적 교육의 산물로 본다. 일부 학자들은 식탁위의 음식을 램지 부인의 '살과 피'를 표상하는 기표로 보면서, 사람들이 이 음식을 먹는 것을 '식인 행위'로 해석하기도 한다. 만일 식탁 앞의 사람들이 음식을 먹는 것을 여성의 몸을 '먹는' 것으로 읽는다면, "특별히 부드러운" 고기 한 조각은 달콤하기보다는 씁쓸하고 '끔찍한' 맛을 내는 음식으로 여겨질 수 있다. 이 글에서 필자는 램지 부인의 뵈프앙도브 나눔이 '집안의 천사'가 되기를 강요받았던 빅토리아 시대 여성의 수동적인 자기희생으로 단순화될 수 없다는 점을 말하고자 한다. 아내이자 어머니로서 램지 부인이 집안의 천사 역할을 하는 것은 사실이지만, 다른 한편으로 그녀는 영국 사회에서 흔히 통용되는 규범과 상식을 이탈하면서까지 타인을 포용하는 인물로 그려진다. 타인을 향한 램지 부인의 환대는 기독교의 성만찬과 겹쳐지는 음식 나눔에서 가장 극적으로 나타난다. 아래에서는 우선 램지 부인이 누구인지를 울프의 자전적인 요소와 관련하여 살펴본 후, 램지 부인이 만든 음식의 의미를 분석할 것이다.

II. 램지 부인과 줄리아 스티븐

소설 『등대로』는 총 3부로 구성되어 있다. 1부 창문("The Window") 장에서는 램지 부부와 여덟 명의 자녀들, 별장에 초대받은 여섯 명의 손님이 등장한다. 1차 대전을 암시하는 2부 시간이 흐르다("Time Passes") 장은 램지 부인과 두 자녀가 죽었다는 언급이 나온다. 등장인물의 죽음은 괄호 속에 암시된다. 램지 부인의 죽음은 다음과 같은 방식으로 기술된다. "[램지 씨는 어느 깜깜한 아침 복도에서 비틀거리며 두 팔을 뻗었지만, 램지 부인이 그 전날 밤 갑자기 죽었기에, 뻗은 팔은 비어있었다]"(132). 3부 등대("The Lighthouse")는 1부의 시점보다 십 년이 경과한 시점을 묘사한다. 1부에 등장했던 손님 중에서 두 명의 손님, 즉 화가인 릴리 브리스코우(Lily Briscoe)와 시인 어거스트 카마이클(Augustus Carmichael)이 별장을 다시 찾는다. 칠십 대 초반의 노인이 된 램지는 열여섯 살이 된 아들 제임스(James)와 막내 딸 캠(Cam)과 함께 『등대로』 여행을 떠난다. 한편 릴리는 1부에서 그리다 말았던 미완성의 그림을 드디어 완성한다.

『등대로』의 중심에는 램지 부인과 그의 남편 램지가 있다. 그들은 모두 저자의 부모를 모델로 한 인물이다. 울프는 1925년 8월에 집필을 시작해서

1927년 1월에 집필을 끝내고 1927년 5월에 『등대로』를 출간했다. 1928년 11월 28일 자 일기에서 울프는 『등대로』를 쓰는 것이 자신에게 반드시 필요했다고 말한다. 울프는 죽은 부모에 대해서 강박적으로 생각했는데, 이 소설을 쓰면서 부모에 대한 생각에서 어느 정도 놓여날 수 있었다고 한다. 울프는 부모를 기억하면서 『등대로』를 썼고, 이 과정에서 심리적인 거리를 두고 부모를 재조명할 수 있는 기회를 가질 수 있었다. 자연스럽게 소설에 등장하는 램지 부부는 작가의 부모를 반영한다. 램지 씨는 런던에 있는 대학의 철학과 교수로 비평가이자 역사가였던 작가의 아버지 레슬리 스티븐(Leslie Stephen)을 생각하면서 만든 인물이다. 한편 램지 부인은 어머니 줄리아 스티븐(Julia Stephen)을 닮아있다. 울프의 부모 레슬리와 줄리아는 둘 다 첫 번째 결혼에서 배우자와 사별을 경험한 이후 재혼한 부부이다. 레슬리와 결혼하기 전 줄리아는 첫 번째 남편과 결혼해서 아들 조지(George)와 제럴드(Gerald), 딸 스텔라(Stella)를 낳았다. 레슬리에게는 전 부인과의 사이에서 낳은 딸 로라(Lora)가 있었다. 레슬리와 줄리아가 결혼해서 낳은 첫 번째 자식이 훗날 클라이브 벨(Clive Bell)의 아내가 된 바네사 벨(Vanessa Bell)이고, 둘째가 토비(Toby), 세 번째가 작가 버지니아, 막내가 에이드리언(Adrian)이다. 이와 같이 작가는 여덟 남매가 있는 집안에서 자라났다. 마찬가지로 『등대로』에도 4남 4녀가 등장한다.

울프는 1925년 5월 14일 자 일기에서 『등대로』를 통해서 특히 아버지에 관해 연구하려고 했다고 말한다(*D* 18-19).[2] 『등대로』에서 화가로 등장하는 릴리는 램지 부부의 생물학적 자녀는 아니지만, 부모로 형상화된 인물에 관하여 성찰하는 인물로 재현된다. 소설의 전반에 걸쳐서 릴리는 램지에 관한

2) Woolf, *The Diary of Virginia Woolf* (New York: Harcourt Brace Jovanovich, 1980). 이 책의 인용은 괄호 속에 약자 *D*와 쪽수만 표기한다.

고찰을 한다. 램지는 영웅적이고 혁혁한 업적을 남긴 위대한 남성의 삶을 살고 싶어 하면서도 여성의 동정심을 요구하는 인물로 그려진다. 그는 아내의 동정심을 요구할 뿐 아니라 아내가 죽은 이후에는 자신의 집을 찾은 릴리에게도 내심 칭찬을 바라는 어린 아이 같은 태도를 보인다. 울프에게 있어서도 아버지는 분석을 요하는 일종의 '연구 대상'이었다. 『등대로』의 릴리도 램지의 성격을 다각도로 분석하고 그 내면을 꿰뚫어보기도 한다.

아버지를 형상화한 인물이 연구와 분석의 대상이라면, 어머니를 토대로 창조된 인물 램지 부인은 타인의 지력 '바깥'에 있는 수수께끼 같은 인물로 표현된다. 이러한 인물 재현은 울프가 자신의 어머니 줄리아를 보았던 방식과 관계있다. 램지 부인의 모태가 된 줄리아는 하나의 시선으로는 파악하기가 어려운 존재였다. 어린 시절부터 작가의 마음에 동경을 불러일으켰던 어머니 줄리아는 1895년에 류마티스 열로 사망한다. 이때 울프는 열여섯 살이었다. 어머니의 죽음은 울프에게 큰 심리적인 타격을 주었다. 울프는 일기에서 줄리아의 죽음 이후 삼십 년 가까이 슬픔에 시달렸고, 『등대로』를 썼던 사십대 중반까지도 어머니에 대한 그리움에서 벗어나지 못했다고 한다. 줄리아에 대한 기록은 울프의 자전적인 에세이 『존재의 순간들』(*Moments of Being*)에 구체적으로 나온다. 울프는 『등대로』를 쓰는 지점까지도 자신이 어머니에게 "사로잡혀" 있었고, 어머니의 목소리를 듣고 모습까지도 보았다고 말한다(*MB* 80).[3] 울프는 자신의 어머니 줄리아가 뛰어난 직관의 소유자였으며 "삶을 에워싼 무수히 많은 비밀들"을 알고 있었다고 말한다(*MB* 34). 울프에게 줄리아는 한 인간이자 여성으로서 지혜와 아름다움을 체현한 수수께끼 같은 '타자'였다고 볼 수 있다.

---

3) 본문에 이 책을 인용할 때는 괄호 속에 책의 약자 *MB*와 쪽수만 표기한다.

『등대로』의 램지 부인도 '집안의 천사'라는 진부한 용어로 규정할 수 없는 '타자'이다. 램지의 오랜 친구로 나오는 윌리엄 뱅크스(William Bankes)에 의하면 램지 부인은 "아이처럼 자신의 아름다움에 대해 인식하지 않는" 독특한 여성이다. 울프가 줄리아에 대해서 느꼈던 것처럼, 뱅크스는 램지 부인의 얼굴을 통해서 서로 다른 성격이 미묘하게 조화를 이루고 있는 모습을 본다(33). 『등대로』에서 울프는 램지 부인을 평범한 어머니로 그리지 않고 '어머니'라는 기표에 포섭될 수 없는 독특한 인간, 즉 '나'와는 '다른' 존재로서의 타자로 표현한다. 램지 부인은 누군가의 어머니 혹은 아내이기 이전에 그 자체로 존재하고 있다. '타자'로서 존재하는 그녀의 내면성은 그녀의 얼굴과 형상을 통하여 '드러날' 뿐, 그 누구에도 충분히 '읽힐' 수 없다. 소설에서 울프는 램지 부인에 대한 주변 사람들의 인상을 기록하는 방식을 통하여 '읽힐 수 없는' 램지 부인의 타자성을 드러낸다. 예컨대 사람들은 램지 부인의 "아름다움과 찬란함"(beauty and splendour) 이면에 무엇이 있는지를 질문한다. 왠지 모르게 슬퍼 보이는 그녀가 말 못할 실연의 상처를 겪었던 것은 아닌지 추측해보기도 한다(32). 울프의 서술자는 여러 사람들이 램지 부인에 대해 느끼는 다양한 시선을 텍스트에 기록하면서, 한 인물을 온전히 이해하는 것이 불가능하다는 것을 보여준다.

소설의 3인칭 서술자조차 램지 부인의 내면을 파고들지 않으며, 별다른 판단을 덧붙이지 않고 눈으로 지각되는 인상을 제시하는 데 그친다. 소설의 1부 5장에는 다소 생경하게 들릴 수도 있는 서술자의 목소리가 나온다. 내러티브의 상황을 요약하자면 다음과 같다. 1부 앞부분에서 램지 부인은 등대지기의 아들에게 선물로 줄 긴 털양말을 짜고 있다. 램지 부인은 뜨개 양말이 무릎 위까지 덮을 수 있도록 잘 만들어졌는지 사이즈를 체크하기 위해서, 제임스를 세워놓고 그의 다리에 양말을 대어본다. 등대지기의 아들이 제임스와 또래이기 때문에 둘의 키가 비슷할 것이라고 예상하는 것이다. 이때 램지 부인은 양말 길이가 최소한 일 인치는 짧겠다고 판단하면서 약간의 염려를 내비친다. 서술자는 이러한 램지 부인의 행동과 감정을 묘사하다가 갑자기 "아무도 그처럼 슬퍼보이지는 않았다"(Never did anybody look so sad)라는 의아한 말을 한다(32). 내용의 흐름만을 보면 서술자가 이런 발언을 하는 것이 부적절하게 보일 수 있다. 뜨개 양말이 조금 짧게 떠졌다는 것은 약간의 걱정거리가 될 수는 있겠으나, 램지 부인을 그토록 슬프게 할 만한 이유는 될 수 없을 것 같다. 그러나 울프의 서술자는 의도적으로 인과관계 논리에 따른 플롯의 전개를 해체하고 있으며, 행간에 인상을 기록하는 방식을 통하여 인물의 내면세계를 드러낸다.

『등대로』는 램지 부인에 대하여 단정적인 판단을 유보하게 한다. 한 인간으로서 타자인 램지 부인을 미학적으로 재현할 수 없다는 것도 암시된다. 이러한 관점은 램지 부인을 추상화의 형태로 그리게 되는 화가 릴리를 통해서 효과적으로 나타난다. 릴리는 제임스를 무릎 위에 앉혀놓고 책을 읽어주는 램지 부인의 모습을 그리려고 하는데, 사실주의 화가들이 주로 활용했던 정밀묘사법을 택하지 않는다. 그 대신 캔버스 위에 "보랏빛 삼각형 형태"(the triangular purple shape)를 그려나간다(55). 릴리는 그림을 통해서 램지 부인의 내면성을 표현하기를 원하기 때문에, 겉으로 보이는 모습을 세밀하게 묘사하는 것에 초점을 맞추지 않는다. 릴리에게 필요한 것은 대상의 내적진실을 표현할 수 있는 색감과 형태를 찾아가는 것이다. 3부에서 램지 가의 별장을 다시 찾은 릴리는 여전히 램지 부인은 어떤 사람인지에 대하여 생각한다. 십 년이 시간이 흐른 후에도 릴리는 램지 부인이 누구인지에 관하여 말할 수 없다. 3부의 11장에서 그녀가 내리는 한 가지 결론은 "오십 쌍의 눈이 있더라도" '타자'인 램지 부인을 이해할 수 없다는 것이다(201). 울프가 다른 사람의 시선을 빌려서 줄리아에 관해 기록한바 있듯이, 릴리는 혼자의 힘으로 램지 부인을 이해할 수 없다는 진실을 인정한다.

『등대로』의 램지 부인이 남성의 이기심을 만족시켜주면서 자기도 모르는 사이에 영국 엘리트 계층의 젠더 역할을 수행하는 것은 사실이다. 램지 부인은 여덟 명의 아이를 양육할 뿐 아니라 끊임없이 칭찬과 동정심을 아내에게 바라는 남편 램지의 정서적인 욕구를 충족시켜주는 것으로 나온다. 릴리는 빅토리아조 젠더 역할을 수행 하면서 남성의 허영심을 적절하게 맞춰주는 램지 부인의 태도를 냉소적으로 바라보기도 한다. 하지만 "오십 쌍의 눈이 있더라도 램지 부인을 제대로 이해할 수 없다"고 릴리가 말한 바 있듯이, 저자는 램지 부인을 '집안의 천사' 이미지에 가두지 않는다. 오히려 램지 부인이 자기만의 방식으로 사회의 규범과 전통을 넘어서는 면이 있다는 점을 보여준다. 다시 말해서 램지 부인이 타인을 도와주고 자선 행위를 하는 것은 보수적인 사회 규범이나 전통의 잣대로 볼 때 부적합한 측면이 있다. 보다 구체적으로, 램지 부인은 자신에게 돌려줄 것이 전혀 없는 사람들을 '가족의 공간'에 들이고 음식을 나누는 행동을 한다. 램지 가의 별장에 초대받은 손님은 가난한 철학도로 램지 밑에서 학위논문을 쓰는 찰스 탠슬리(Charles Tansley), 아버지를 부양하면서 살아가는 여성 릴리, 식물학자로서 자기 일에만 몰두하는 뱅크스, 타인과 소통하지 않는 시인 카마이클, 풋내기 연인 폴 레일리(Paul Rayley) 민타 도일(Minta Doyle)이다. 그들은 램지 부인에게 되돌려줄 만한 물질적, 정신적인 자원을 갖고 있지 않다. 일부 손님은 자신을 초대한 램지 부인에게 '줄 것'이 없을 뿐 아니라 심지어는 파티의 분위기를 해칠 만한 요인까지도 갖고 있다.

램지 가의 손님 중에서 가장 불편한 손님은 탠슬리라고 할 수 있다. 탠슬리는 부모의 보살핌을 받지 못하고 어린 동생을 키우면서 돈을 벌어 공부를 해야 했던 청년으로, 물질적으로만 가난한 것이 아니라 정신적으로도 가난 하다. 열등감이 커서 사람들과 함께 있을 때 자신을 돋보이게 하려고 애를 쓴다. 그는 자신을 내세우고 싶어 하고 여성을 무시하는 발언을 한다. 예컨대 그림을 그리는 릴리를 보면서, "여자는 글을 쓸 수 없지, 여자는 그림을 그릴 수 없어"라는 혼잣말을 계속한다. 램지 가의 아이들도 모두 탠슬리를 싫어하고 자기들끼리 그를 "키 작은 무신론자"(the little atheist)라고 부른다(9). 이처럼 대다수의 사람들이 싫어하는 탠슬리를 공동의 식사 자리에 초대하는 것은 파티를 망칠수도 있는 '과감한' 선택이다. 탠슬리의 존재 자체가 파티에 모인 사람들의 감정을 해칠 가능성이 다분하지만, 램지 부인은 그가 자신의 거주공간에 머무를 만한 권리 내지는 자격이 있는지 없는지를 따지지 않는다. 램지 부인은 자신의 아이들이 탠슬리를 존중하도록 가르치고 그가 손님으로서 환대받을 수 있는 환경을 마련한다.

『등대로』가 보여주는 램지 부인의 환대는 『댈러웨이 부인』(*Mrs. Dalloway*, 1925)에서 파티의 호스트 역할을 하는 클라리사(Clarissa)의 사회적이고 조건적인 환대와는 차이가 있다. 영국 보수당 의원의 아내인 클라리사는 파티를 열 때 손님의 자격을 엄격하게 따진다. 클라리사의 파티에 초대받는 사람들은 영국수상, 저명한 의사부부, 자신의 옛 친구 등이다. 반면 클라리사는 가난하고 사회적인 매너를 갖추지 못한 친척 엘리 핸더슨(Ellie Henderson)이 파티에 오고 싶어 하는 것을 알고 있지만 선뜻 초대하지 않는다. 클라리사의 경우와는 달리, 램지 부인의 환대는 상대방이 환대를 받을 자격이 있는지와 관계없다. 램지 부인은 상대방이 환대받을 자격이 있는 사람인지를 묻지 않고, 공동체의 분위기를 해칠 수도 있는 불편한 손님까지도 집 안으로 맞아들이는 과감한 형태의 환대를 실천한다.

III. 램지 부인의 '성만찬'

램지 부인이 음식 나눔을 매개로 실천하는 환대는 기독교의 성만찬과 유사한 측면이 있다. 성만찬의 주체인 예수 그리스도는 가장 '위험한 손님'인 가룟 유다까지도 환대하면서 함께 식사를 하였다. 그리스도는 십자가 처형 전 식탁 앞에서 제자들에게 빵과 포도주를 먹으라고 하면서, "내 살을 먹고 내 피를 마시는 자는 영생을 가졌고 마지막 날에 내가 그를 다시 살리리니 내 살은 참된 양식이요 내 피는 참된 음료로다 내 살을 먹고 내 피를 마시는 자는 내 안에 거 하고 나도 그 안에 거하나니"라는 말을 남겼다.[4] '살'(고기)에 '피'의 이미지인 와인을 부어서 만든 음식은 자신의 몸을 내어주는 그리스도 혹은 램지 부인을 형상하는 것으로 볼 수 있다. 『등대로』는 식사의 주요 음식인 뵈프앙도브의 숙성 기간이 '3일'이라는 점을 명시하는데 이러한 숫자는 부활 전의 그리스도가 무덤에서 있었던 3일과 일치한다. 또한, 만찬의 자리에서 그리스도는 제자들에게 빵과 포도주를 주면서 "이것은 너희를 위하는 내 몸이니 이것을 행하여 나를 기념하라"고 부탁한다. 그리스도의 이 말은 램지 부인의 내적독백에서 변주된다. 램지 부인은 음식을 서빙하면서 마음속으로 "이것은 그날을 기념할 것이다"(This will celebrate the occasion)라고 말한다 (102).

램지 부인의 음식 나눔이 성만찬의 속성을 갖고, 그 음식이 램지 부인의

4) 위의 구절은 기독교 성경의 <요한복음> 6장 54-56에 나온다. 신약성경의 <고린도전서>에서 성만찬은 다음과 같이 언급된다. "내가 너희에게 전한 것은 주께 받은 것이니 곧 주 예수께서 잡히시던 밤에 떡을 가지사, 축사하시고 떼어 이르시되 이것은 너희를 위하는 내 몸이니 이것을 행하여 나를 기념하라 하시고 식후에 또한 그와 같이 잔을 가지시고 이르시되 이 잔은 내 피로 세운 새 언약이니 이것을 행하여 마실 때마다 나를 기념하라 하셨으니"(11:23-25).

'몸'을 은유한다고 본다면, 여기서 한 가지 질문을 해 볼 수 있다. 램지 가의 별장에 모인 손님과 가족이 음식을 즐기면서 램지 부인을 '살과 피'를 먹고 생명을 얻는다면, 그들은 무조건적인 사랑을 베푸는 여성 혹은 어머니의 몸을 소비 내지는 착취하는 것일까? 다시 말해, 램지 부인은 음식과 '자기 몸'을 내어주는 모성적인 역할을 수행하면서 죽음을 앞당기고 있는 것은 아닌가? 더구나 소설의 내용을 보면 램지 부인 자신이 음식을 먹는 모습은 나오지 않는다. 그렇다면 램지 부인은 타인에게 자신의 '몸'을 나누어주는 절대적인 환대를 베푸는 한편, 자신에게는 음식을 '주지 않는' 인물인가?

위와 같은 문제의식을 갖고 『등대로』의 음식 나눔 장면을 논평한 선행연구를 발견할 수 있다. 루시오 루오토로(Lucio Ruotolo)는 1986년 저서에서 램지 부인이 뱅크스에게 뵈프앙도브 한 조각을 덜어주면서 "순간의 영원성"을 떠올리는 것을 "정적인 상태로의 지향성"(a disposition for stasis)이라고 해석하고, 이처럼 정적인 상태를 갈망하는 것은 죽음 충동과 관련된 욕망이기 때문에 극복되어야 할 필요가 있다고 주장한다(12). 페미니즘 시각에서 텍스트를 분석한 학자들은 램지 부인의 음식을 여성의 가사노동과 희생을 통해 만들어진 가부장제의 음식으로 해석한다. 엘리자베스 도드(Elizabeth Dodd)는 램지 부인이 음식을 서빙만 할 뿐 스스로는 먹지 않는다는 점을 강조한다. 그에 의하면 음식을 먹지 않는 램지 부인의 행동은 여성의 욕망을 인정하지 않고, 여성이 자신을 위한 쾌락을 추구하지 못하도록 금지하는 사회적 분위기와 관련 있다(152). 리사 안젤렐라(Lisa Angelella)도 비슷한 주장을 한다. 램지 부인은 음식을 나누면서 "자기 스스로의 육체적 요구로부터 소외"되고, "노예 성"(servile subjectivity)을 강화한다는 것이다(176). 페트리시아 모란(Patricia Moran)은 램지 부인의 음식 나눔은 인간의 살을 먹는 "카니발리즘"(cannibalism) 행위와 같다고 주장한다(143). 모란은 뵈프앙도브를 결혼을 상징하는 기표로 본다. 또한 램지 부인이 음식을 대접하는 것은 그녀가 젊은 사람들을 결혼의 제단으로 데려가는 것으로 읽는다. 모란에 의하면 램지 부인은 빅토리아조의 질서를 젊은 여성들이 답습하도록 종용하면서 타인을 '죽이는' 여성이다.

이러한 선행연구의 밑바탕에는 램지 부인이 전형적인 '집안의 천사'라는 전제가 깔려있다. 여성의 희생을 요구하는 사회에서 자기의 몸을 타인에게 내어주는 만찬이 즐겁게 보이기란 어렵다. 하지만 울프는 음식을 나누는 램지 부인을 '희생자'로 단순화시키지 않고 그녀의 내면에서 일어나는 즐거움의 감정을 섬세하게 표현한다. 맛있는 음식을 먹지 않고 보는 것만으로도 램지 부인은 '먹는' 것과 같은, 혹은 먹는 것보다 더 큰 환희의 감정을 느끼고 있는 것으로 나타난다.

> 올리브와 오일과 육즙의 절묘한 향이 큰 갈색 접시에서 피어올랐고, 다소 부산스럽게 마르트가 덮개를 열었다. 요리사는 음식 준비에 사흘을 보냈다. 램지 부인은 부드러운 살덩이 속으로 뛰어들면서, 뱅크스 씨에게 특별히 부드러운 한 조각을 주려면 신경 좀 써야겠다고 생각했다. 그리고 맛깔나게 보이는 황갈색 고기, 월계수 잎과 포도주가 한데 어울린 음식이 담긴 광채 나는 접시를 들여다보았다.

> [A]n exquisite scent of olives and oil and juice rose from the great brown dish as Marthe, with a little flourish, took the cover off. The cook had spent three days over that dish. And she must take great care, Mrs. Ramsay thought, diving into the soft mass, to choose a specially tender piece for William Bankes. And she peered into the dish, with its shiny walls and its confusion of savoury brown and yellow meats and its bay leaves and its wine, [. . .] (102)

위의 장면을 보면 동적인 이미지와 정적인 이미지가 절묘하게 결합되어 있다. 집안의 하녀 마르트가 움직이면서 음식을 담고 있는 그릇의 덮개를 여는 장면이 펼쳐진다. 식탁의 정적인 풍경에 요리사의 활동성이 가미되면서 식사 장면에 활력이 생긴다. 텍스트를 구성한 언어 표현도 괄목할만하다. 작가는 인간의 오감과 관련된 언어를 위의 장면에 밀집시켜 놓았다. 또한 시적으로 언어를 배열해서 리듬을 만들어냈다. 텍스트 원문에 기록된 "an exquisite scent of olives and oil and juice rose"라는 구절을 보면 "올리브"(olive)와 "오일"(oil)이 소리의 짝을 이루면서 라임(rhyme)이 생긴다. 이러한 음성적 효과와 리듬감은 텍스트에 가볍고 경쾌한 이미지를 부여한다.

식탁 앞에 모인 사람들에게 음식을 나눠주는 램지 부인을 표현한 작가의 기법도 주목할 만하다. 윌리엄 뱅크스의 접시에 고기의 "특히 연한 한 조각"을 담아주는 램지 부인의 모습은 "부드러운 살덩이 속으로 뛰어드는" 것에 비유된다(102). 타자의 살에 램지 부인이 뛰어든다는 표현은 살과 살의 접촉을 암시하면서 에로틱한 정서를 환기한다. 울프 소설의 음식 장면은 자기희생을 감내하는 여성의 슬픔을 드러낸다기보다, 예술품에 비견할 만한 음식을 눈으로 보는 행위를 통해서 타자와 상상적으로 접촉하는 여성의 즐거움을 보여준다. 글레니(Allie Glenny)가 논평하듯이 램지 부인은 음식을 직접 먹지는 않아도 나누어 주는 가운데 스스로를 "기쁨"(joy)으로 채우고 일종의 "육체적인 즐거움"(physical pleasure)을 누리는 것으로 볼 수 있다(140).

식탁에 차려진 음식을 보면서 문학적인 상상력을 발휘하는 것은 램지 부인의 특별한 자질이다. 만찬이 시작되기 이전에도 램지 부인은 딸 로즈가 식탁 위에 장식한 과일을 보면서 신들의 만찬을 떠올린바 있다. 식탁위의 포도, 배, 바나나를 보면서 넵튠(Neptune)의 연회 날 바다 밑에서 건져낸 전리품 같다고 연상하고, 포도 잎을 어깨에 두르고 있는 박카스(Bacchus)를 떠올린다(99).

램지 부인은 현실에서 펼쳐지는 시각이미지를 신화적 세계로 환원시켜 상상한다. 또한 접시 위에 올려진 과일의 굴곡을 보는 중에는 언덕과 계곡을 연상하고, 공간 사이를 인간이 누비고 다니는 상상을 한다(99). 서술자는 이러한 상상이 램지 부인에게 특별한 쾌락을 주었다고 말한다(99). 음식을 서빙할 때에도 램지 부인은 독특한 문학적 상상을 하고 미적인 쾌락을 누린다. 램지 부인은 뱅크스에게 뵈프앙도브를 덜어주면서 "두 가지 감정이 몰려오는 것"을 느낀다. 죽음과 관련 된 심오한 감정을 느끼는 한편, 화관으로 장식한 빛나는 눈빛의 사람들이 장난치면서 춤추는 모습을 상상하는 것이다(102).

Ⅳ. 나가며

『등대로』는 울프가 어머니 줄리아를 기억하면서 쓴 소설로, 이 소설의 핵심에는 죽은 어머니에 대한 사랑과 추억과 슬픔이 깔려 있다. 물론 울프가 어머니처럼 '집안의 천사'로 살고 싶었던 것은 아니었고 실제로도 어머니와 다른 삶을 살았다. 울프는 작가로 활동하면서 직업이 있는 여성의 삶을 살았고 남편과 공동으로 출판사를 운영했으며, 영국이라는 국가 안에 머물러있지 않고 프랑스와 이탈리아 등으로 여행을 다니기도 했다. 그러나 '어머니처럼' 살고 싶지 않았다고 해서, 울프가 자신의 어머니를 사랑하지 않았거나 감정적으로 멀리 했던 것은 결코 아니다. 울프는 어머니에 대한 짙은 애정을 갖고 『등대로』를 썼고, 이 소설을 쓰면서 어떻게 하면 '말로 표현할 수 없는' 어머니의 아름다움을 글에 녹여낼 수 있을지를 고민했다. 세상에 존재하는 어떠한 말로도 정확하게 표현될 수 없는 줄리아—램지 부인의 아름다움을 표현하기 위해서 울프는 언어로 그녀를 상세하게 묘사하는 서술방식을 택하지 않있다. 대신 『등대로』의 서술자는 램지 부인의 인간됨을 최대한 근접하게 표현할 수 있을 만한 등가물—이를테면 뵈프앙도브라는 음식—을 묘사하면서 램지 부인이 누구인지를 서서히 풀어나간다. 『등대로』를 읽는 독자는 램지 부인의 식탁에 오른 뵈프앙도브의 부드럽고 농밀하고 오묘한 맛을 상상하면서, '영원한 타자'인 어머니를 기억하고 기념하면서도 한편으로는 '떠나보내려는' 저자의 복합적인 감정을 헤아릴 수 있을 것이다.

출처: 『영미문학페미니즘』 제30권 2호(2022), 155-76쪽.

■ 인용문헌

대한성서공회. 온라인 성경. https://www.bskorea.or.kr/bible/korbibReadpage.php. Accessed 16 August 2022.

Angelella, Lisa. "The Meat of the Movement: Food and Feminism in Woolf Source." *Woolf Studies Annual*, vol. 17, 2011, pp. 173-95.

Ciobanu, Estella Antoaneta. "Food for Thought: Of Tables, Art and Women in Virginia Woolf's To the Lighthouse." *Journal of the Academic Anglophone Society of Romania*, vol. 29, 2017, pp. 147-68.

Dodd, Elizabeth. "'No, She Said, She Did Not Want a Pear': Women's Relation to Food in *To the Lighthouse* and *Mrs. Dalloway*." *Virginia Woolf: Themes and Variations*, edited by Vara Neverow-Turk, and Mark Hussey, Pace UP, 1993, pp. 150-57.

Glenny, Allie. *Ravenous Identity: Eating and Eating Distress in the Life and Work of Virginia Woolf*. St. Martin's, 1999.

Moran, Patricia. *Word of Mouth: Body Language in Katherine Mansfield and Virginia Woolf*. UP of Virginia, 1996.

Prudente, Teresa. *A Specially Tender Piece of Eternity: Virginia Woolf and the Experience of Time*. Lexington Books, 2009.

Rolls, Jans Ruotolo, Lucio. *The Interrupted Moment: A View of Virginia Woolf's Novels*. Stanford UP, 1986.

Woolf, Virginia. *Moments of Being*. Harcourt Brace Jovanovich, 1985.

_____. *Mrs. Dalloway*. Harcourt, 2005.

_____. *To the Lighthouse*. Harcourt, 2005.

_____. *The Diary of Virginia Woolf*, edited by Anne Oliver Bell. Harcourt Brace Jovanovich, 1980.

The Temporality of Anti-Consolation: Redeeming Women's Solidarity in Virginia Woolf's *To the Lighthouse*

| Seolji Han

I

In her book, *The Nightmare of History*, Helen Wussow observes Virginia Woolf's constant awareness of the predicament of writing history for women. Citing Margaret and Patrice Higonnet's comparison of women's history to "the pattern of an ascending spiral" (158), Wussow states that Woolf's writings reveal the ways in which "the unification of past and present underscores the constancy of female roles and the binary positions of male and female" (158).[1] Referring to the Higonnets, Wussow writes: "[w]omen

1) Margaret and Patrice Higonnet in "The Double Helix" discuss why the gender role for women in the immediate postwar years was not dramatically changed from the conventional one, even though the war realigned social territory that produced greater social equality. They use the image of a double helix, which leads us to look at women's role not

have been condemned to live within a construct of history that promises change but that, in reality, affords merely a repetition of that which has gone before" (158). As Wussow rightly notes, Woolf's novels show her awareness of the fact that historical continuity for women bears danger of perpetuating their subordinate position.

The tripartite form of *To the Lighthouse*, along with Woolf's subtle depiction of gender dynamics, raises questions of remembrance, mourning and continuity. The novel, divided into three parts, condenses the plot in a circular frame in which Part Three ("The Lighthouse") revisits where Part One ("The Window") leaves off, interrupted by a ten-year interval that simultaneously separates and links the two parts. "The Window" concludes at the end of the day, and "The Lighthouse" begins in the morning at the same location, the Ramsays' summer home, with the same question of whether they will go to the lighthouse. The intervention of the chapter titled "Time Passes" disrupts the apparent continuity of the two sections, indicating the irreversible changes that have taken place not only for the Ramsay family but for all of Western Europe. The vague suggestion of the impending war in the first chapter, "The Window," transitions into melancholic contemplation of what remains after the war in the final chapter, "The Lighthouse." Lily Briscoe, a young artist visiting the Ramsays and attempting to paint a portrait of the family, experiences a profound debilitation in her creative ability to paint after

independently but within "a persistent system of gender relationships" (34). In this way, they illuminate how women's role has been always identified as "culturally assigned subordinate position" (38) and suggest "the continuity behind the wartime material changes in women's lives" (39).

"Time Passes." Lily's postwar suffering reflects her creative struggles as an artist who, from the state of being "in love with this world" (22) changes into the one who cannot express "nothing" at all (145). In this senseless state, Lily's painting takes on the task of summoning up meaningful relationships amidst the fragmentation of the world. In this light, *To the Lighthouse* is closely related to the literary convention of pastoral elegy, which laments the death of a loved one and the loss of the harmonious relationship between nature and humans.[2] Woolf herself tentatively named this work as elegy: "I am making up 'To the Lighthouse'—the sea is to be heard all through it. I have an idea that I will invent a new name for my books to supplant 'novel'. A new—by Virginia Woolf. But what? Elegy?" (*The Diary* 34). In the tradition of the elegy, the role of an artist is not only to lament the deaths of others and the fundamental loss of innocence and happiness, but also to bridge the gap caused by the loss with poetic imagination. The gap represented in the elegy is ontological as well as temporal, because the loss does not simply mean the passing of time or a person but is conceived as being internalized into the self so that it feels deprived and impoverished. Therefore, the meaning of the elegiac practice is not limited to remembering the dead but is also tied to resuscitating the destitute self by creating a

2) Pastoral elegy is defined as the elegy with the pastoral theme. It derives its origin from ancient Greek elegy; passing through history, the theme becomes less limited to the literal death but includes the contemplation of loss in a more general sense, for example, the loss of an emotional attachment to nature in the process of modernization and industrialization. The introduction to *The English Elegy* by Peter Sacks provides a comprehensive study of origin and history of the genre.

consoling image that can cover up the loss.

If the impulse of the elegy is to mourn the past, palliate the shock of the loss, and repair the fragmented self, Lily's painting in *To the Lighthouse* complicates the notion of the consolatory and redemptive power of art inherent in this tradition. Lily's creative work is intricately tied to her search for a place as a female artist, which involves both inheriting and resisting Mrs. Ramsay's maternal role as a traditional provider of harmony and comfort. Lily's relation to Mrs. Ramsay cannot be characterized by a simple subjugation of the "old-order status quo" (Stevenson and Goldman 177) in favor of a more developed future as Jane Goldman suggests, nor can it be fully explained by the sympathetic mourning for the more harmonious past and the urge for the succession.[3] Lily's attitude toward Mrs. Ramsay is ambivalent, incorporating both a desire for communal connection and a rejection of traditional gender roles. Lily's painting, unfinished at the beginning of "The Lighthouse" with its object — Mrs. Ramsay — permanently lost, does not easily allow for reconciliation with the disconnected past, although the novel's elegiac tone constantly evokes a sense of pre-traumatic yearning.[4] Lily's reluctance to reproduce Mrs. Ramsay's image while insisting

3) While it may be reasonable to interpret Lily as a character who epitomizes an emerging feminist subjectivity, as argued by Goldman in her discussion with Randal Stevenson, this perspective appears to unfairly reduce Mrs. Ramsay to a wholly dispensable character who represents the older order. I tend to depart from Goldman's understanding of the plot as a "journey to enlightenment," in which Lily triumphs over Mrs. Ramsay (178).

4) Tammy Clewell offers a compelling study of Woolf's refusal of the traditional trope of pathetic fallacy in the "Time Passes" chapter, examining Woolf's articulation of modernism that resists formal consolation.

on remembering her seems to suggest the predicament of temporal continuity posed by the presence of women. As a result, the plot suggests a more complex temporality than a dialectical yet linear narrative of a journey of a heroic self. Lily does not entirely denounce Mrs. Ramsay as an epitome of the oppressive past nor celebrate her as an enduring beauty of femininity. In this way, Woolf shows how the question of time for women cannot be explained by notions of either "historical celebration" or "historical mourning," which Leo Bersani conceptualizes as the two types of modernist attitudes towards modern temporality.[5)]

Ultimately, the circular and repetitive structure of *To the Lighthouse* reflects Woolf's struggle to give shape to an alternative temporality that can represent the future of women, while avoiding the reproduction of existing gender relationship. The cyclical nature of the narrative reflects the enduring pattern of women's subordination and, at the same time, reveals a paradoxical dimension of repetitive temporality that promises redemption (rather than reparation) for lost opportunities for female solidarity.[6)] Woolf joins Lily's

---

5) Bersani notes that modernism is characteristic of its compulsion "to define discontinuities between the present and the past" and this type of historical reflection is always "motivated by a need for historical celebration or historical mourning" (47).

6) According to Svetlana Boym, "redemption is a more transformative process that involves acknowledging the impossibility of repairing the past or restoring a lost object, and instead seeking a new beginning in the present" (xiii). Boym also notes that redemption "engages more critically with the past" (xiii) suggesting a deeper reflection on the past and its implications for the present and future. In contrast, restoration is often driven by "a desire for comfort and familiarity" (xiii), indicating a more nostalgic longing for a return to a familiar and idealized past.

artistic endeavor with the question of how to remember, mourn, and overcome Mrs. Ramsay, the epitome of conventional Victorian femininity. The problem of the role of art is thereby tied to finding a temporality for women's solidarity, which cannot be subsumed under the narrative of development—nor under that of resistance, for that matter.

II

Mrs. Ramsay's character in "The Window" is portrayed as a source of comfort not only for her family but also for a world haunted by the impending threat of war. While Goldman posits "The Window" as the idyll that precedes "the untimely fall" of "Time Passes" (Stevenson and Goldman 178), "The Window" is not a perfect world; it already anticipates the loss that will be caused not only by the contingency of human life but also by the anticipation of the war. Mrs. Ramsay represents this "pessimistic" (59) view on life that "[n]o happiness lasted" (64). Woolf depicts Mrs. Ramsay as follows, "[w]ith her mind she always seized the fact that there is no reason, order, justice; but suffering, death, the poor" (64). It is also Mrs. Ramsay who has a strong presentiment of the war as she recognizes the "sound which had been obscured and concealed under the other sounds suddenly thundered" when the "the habitual sound" ceases (16). This "terror" is followed by Mr. Ramsay's recitation of a line from Alfred Tennyson's poem: "*[s]tormed at with shot and shell*," which strongly reminds of the approaching war and anticipates

Andrew's death by shell explosion (16-17).

The dinner party scene in "The Window" indicates that Mrs. Ramsay performs the role of an artist who creates the consoling notion of "eternity," "a coherence in things, a stability; something . . . {that} is immune from change, and shines out" (105).[7] The people who gather in the dinner party do not easily merge together and are estranged from each other, and it is Mrs. Ramsay's role to resist such fragmentation and promote unity: "the whole of the effort of merging and flowing and creating rested on her" (83). In this effort, Mrs. Ramsay can be compared to an artist. This is especially true when right after the dinner party, Mrs. Ramsay takes her own time to give shape to the impressions she received from that evening and transform them into "the thing made that endures" (105).

> She felt rather inclined just for a moment to stand still after all that chatter, and pick out one particular thing; the thing that mattered; to detach it; separate it off; clean it of all the emotions and odds and ends of things, and so hold it before her, and bring it to the tribunal where, ranged about in conclave, sat the judges she had set up to decide these things. Is it good, is it bad, is it right or wrong? Where are we all going to? And so on. So she righted herself after the shock of the event, and quite unconsciously and incongruously, used the branches of the elm trees outside to help her to stabilize her position. Her world was changing: they were still. The event had given her a sense of movement. All must be in order. (112)

---

7) Joori Lee also notes that Mrs. Ramsay's character in the novel cannot be limited to the maternal role but rather embodies a subversive power of hospitality that reflects her artistic inspiration (157-58).

In this passage, Mrs. Ramsay takes on the role of a pastoral poet who, borrowing an image of endurance and stillness from nature ("the branches of the elm trees outside . . . help her to stabilize her position"), creates a reconciliatory vision of stability in the transitory world that precipitates fragmentation. Her solitary contemplation is an attempt to heal the separated relationship between human world and nature's enduring qualities, a discontinuity caused by "the shock" of the event.

Mrs. Ramsay's role in the dinner party scene is not solely related to the aesthetic concern about reconstructing unity and order. Mrs. Ramsay is also extremely sensitive about the implicit inequality among people in the amount of attention they receive; she takes a special care of Charles Tansley and Lily Briscoe who "fade" under Paul and Minta's glow and makes sure they are not excluded from the conversation (104). Her effort to bring people together without discrimination and treat them equally with her universal sympathy shows its nobility not only in its creation of a symbolic unity; it also has a political implication in its establishment of solidarity among people. Given that Woolf deeply engaged with the conversation on socialism in the Bloomsbury Group, Mrs. Ramsay's dinner party especially signifies William Morris's belief in the power of the aesthetic as a democratic site of common feeling. It should be noted, however, that Woolf approached Morris's politics of the aesthetic with reservations because it promoted "a radical sympathy that sought to elide the individual in the name of solidarity" (Livesay 135). The call for sympathy and communality, to Woolf, is in line with a nineteenth-century tradition where "women writers used their feminine powers of feeling to imagine the lives of the poor for a middle-class audience" (Livesay 139).

Overall, Mrs. Ramsay in "The Window" represents a call for community and continuity, which is indivisible from her symbolic role as a mother, wife, and hostess. Her universal sympathy and well-wishing provide a powerful consolation against the dark prospect of death and war, and serve as a bonding force among those around her. Seen from this light, she cannot be simply subsumed under the label of an "Angel in the House," as Goldman suggests (Stevenson and Goldman 177), but rather is an active fighter who "brandish[es] her sword at life" and struggles against its contingencies that bring sudden losses and disappointments (Woolf, *To the Lighthouse* 60). Although her fight depends on "lies" and illusions, that "it might be fine tomorrow," contradicting the stark facts of "the barometer falling and the wind due west" (31-32), it is not a futile attempt, as it offers consolation to those she loves. It is for this purpose that she covers the skull in the children's bedroom and conceals, if temporarily, the fatal death that looms not only over the Ramsay family but over all of humanity. In this way, she represents the power of art, which creates illusions upon or against reality.

However, Mrs. Ramsay, as a figure of an artist, presents complexities because her artistic creativity is closely tied to what is required of her as a woman during the Victorian era: "They came to her, naturally, since she was a woman, all day long with this and that; one wanting this, another that; the children were growing up; she often felt she was nothing but a sponge sopped full of human emotions" (32). Not only is Mrs. Ramsay in charge of the emotional needs of "the sterility of men" (83), but her uniting force and consoling power are used to serve the male ego represented by Mr. Ramsay: "It was sympathy he wanted, to be assured of his genius, first of all, and then to be taken within the circle of life, warmed and soothed, to have his senses restored to him, his barrenness made fertile, and all the rooms of the house made full of life" (37). Mrs. Ramsay's role as an artist, in other words, is always already predicated on the symbolic and practical tasks of providing emotional support to the wounded ego/world.

Therefore, if Lily, an artist in "The Lighthouse," inherits the legacy of Mrs. Ramsay, she faces the demand of conventional femininity attached to the identity of a female artist. Charles Tansley's phrase, "[w]omen can't write, women can't paint" haunts Lily's mind and expresses the real problem that a female artist must encounter. By depicting Lily's struggle with working on her painting, Woolf suggests a historical insight that the notion of female creativity has been confined within the rhetoric of femininity. And Lily's rejection of aesthetic consolation questions the association of consoling and recuperative function of art with the feminine role of sympathy-giver. Nevertheless, Lily keeps contemplating the legacy of Mrs. Ramsay — her creative endeavors to impart a sense of wholeness to the world; her yearning for an inclusive community; her persistence towards realizing a vision of her own. Embracing Mrs. Ramsay's virtue, as opposed to the conquering and egotistic self, tasks Lily with a search for an alternative vision of an artist that takes a leap out of the history of binary gender relationships.

III

The problem with inheriting Mrs. Ramsay's role is tied to the temporal break created by the presence of "Time Passes." Mrs. Ramsay's struggle for happiness is ultimately unsuccessful as her projection of happiness onto the future through Prue remains unfulfilled: "[y]ou will be as happy as she is one of these days. You will be much happier, she added, because you are my daughter" (109). Additionally, Andrew's death in the Great War marks a significant shift in the function of art. Mr. Carmichael's poems receive unexpected attention as people turn to poetry as a source of consolation from the shock of the war. However, this flourishment of poetry suggests that a permanent rupture has occurred in the world, indicating a lasting separation between humans and nature.

> Did Nature supplement what man advanced? Did she complete what he began? With equal complacence she saw his misery, his meanness, and his torture. That dream, of sharing, completing, of finding in solitude on the beach an answer, was then but a reflection in a mirror, and the mirror itself was but the surface glassiness which forms in quiescence when the nobler powers sleep beneath? Impatient, despairing yet loth to go (for beauty offers her lures, has her consolations), to pace the beach was impossible; contemplation was unendurable; the mirror was broken. (134)

As if announcing the impossibility of the art's function to represent, the narrator in "Time Passes" declares that "the mirror was broken."

The "Time Passes" chapter creates a sense of futility and decay that replaces the vibrant and lively atmosphere of the Ramsay house, once "full of life" (37), embodied by Mrs. Ramsay. The chapter indicates that "[n]othing, it seemed, could survive flood, the profusion of darkness" (125-26). Mrs. Ramsay's absence is temporarily filled by Mrs. McNab who, as decayed as the house itself, makes futile attempts to restore order. Mrs. McNab almost looks like a parody of Mrs. Ramsay's faith in harmony and stability, as she is described to have "her consolation, as if indeed there twined about her dirge some *incorrigible* hope" (131; italics added). Here, Mrs. McNab seems to take on the role of singing an elegy about the changes and losses happening in the chapter, but she is "not inspired to go about its work with dignified ritual or solemn chanting" (139). Mrs. McNab's uninspired attempt to sing a dirge and restore the house seems to suggest that irrecoverable changes had occurred that cannot be consoled by the traditional act of mourning: "many families had lost their dearest. So she was dead; and Mr Andrew killed; and Miss Prue dead too, they said, with her first baby; but every one had lost some one these years" (136).

Following Mrs. McNab's ineffectual attempt at recovery, Lily is in profound mourning for Mrs. Ramsay at the start of "The Lighthouse." Unable to find the consoling phrases "to cover the blankness of her mind" (245), Lily feels "as if the link that usually bound things together had been cut, and they floated up here, down there, off, anyhow. How aimless it was, how chaotic, how unreal it was, she thought, looking at her empty coffee cup. Mrs. Ramsay dead; Andrew killed; Prue dead too — repeat it as she might, it roused no feeling in her" (146). However, Lily's mourning for Mrs. Ramsay is complicated. From "The Window" onwards, she struggles to transform Mrs. Ramsay into an artistic image, finding it difficult to give shape to her ideas despite her instinct for what she wants to express: "She could see it all so clearly, so commandingly, when she looked: it was when she took her brush in hand that the whole thing changed. It was in that moment's flight between the picture and her canvas that the demons set on her who often brought her to the verge of tears and made this passage from conception to work as dreadful as any down a dark passage for a child" (19). In "The Lighthouse," Lily also laments that her drawing does not easily give consolation, and that the image she is attempting to create challenges her to unending battle: "Other worshipful objects were content with worship; men, women, God, all let one kneel prostrate; but this form . . . roused one to perpetual combat, challenged one to a fight in which one was bound to be worsted" (158).

Beneath the complications of her artistic creation lies the paradoxical position of a woman painter. Lily tries to escape the conventional femininity and maternity represented by Mrs. Ramsay, striving to gain an androgynous vision by "subduing all her impressions as a woman to something much more general, becoming once more under the power of that vision which she had seen clearly once and must now grope for among hedges and houses and mothers and children—her picture" (53). The problem is, she cannot find the forms available for expressing her own vision; the available form is only that derived from the history of painting, as revealed by Mr. Bankes's rapturous gaze at Mrs. Ramsay — the symbolized image of Madonna and Child. To "spread" her artwork "over the world and become part of the human gain" (47), Lily must compromise her vision and follow the convention established by male artists. It costs her utmost courage to keep claiming, "[b]ut this is what I see; this is what I see" (19), but she is simultaneously aware of "how Paunceforte would have seen it" fearing that her painting will never be seen or hung (48).

Paradoxically, Lily's difficult position as a woman painter not only makes it difficult for her to create art that reflects her own vision, but also prevents her from simply consuming Mrs. Ramsay's presence (and absence) in service of the male ego. In contrast to Mr. Ramsay's emotional response to his wife's death, Lily feels weary and antagonistic about taking over Mrs. Ramsay's legacy: "Mrs. Ramsay had given. Giving, giving, giving, she had died — and had left all this. Really, she was angry with Mrs. Ramsay" (149). Feeling burdened by the expectation to "imitate" Mrs. Ramsay's "rapture of sympathy" to "give [Mr. Ramsay] what she could" (150), Lily observes that Mr. Ramsay's mourning seems to bring him "his own pleasure in memory of dead people" (165). She feels uncomfortable with both his excessive performance of grief and demand for sympathy, seeing it as a demand for her to play the conventional feminine role of "sponging up" emotions: "All Lily wished was that this enormous flood of grief, this insatiable hunger for sympathy, this demand that she should surrender herself to him entirely, and even so he had sorrows enough to keep her supplied for ever, should leave her, should be diverted before it swept her down in its flow" (151).

Confronted with the demand for sympathy, Lily feels inadequate in performing the expected role of a woman, as she reflects, "[a] woman, she had provoked this horror; a woman, she should have known how to deal with it. It was immensely to her discredit, sexually, to stand there dumb" (152). Her failure to respond to Mr. Ramsay's emotional need is connected to her refusal, or inability, to reproduce Mrs. Ramsay's image in the existing form of representational art, and represents her struggle to reevaluate Mrs. Ramsay's creativity without relying on traditional conceptions of femininity. In other words, Lily does not simply inherit Mrs. Ramsay's role in "The Window" as a consolatory artist, nor does she participate in the history of artistic representation that confines women in the context of maternity with the image of "Madonna and Child." Her challenge in completing her vision, inspired by Mrs. Ramsay, derives mostly from the difficulty of finding new language and expressions untainted by the existing gender binary. In her attempt to redeem Mrs. Ramsay from her entanglement with the reductive idea of consoling femininity, Lily persistently refuses to use Mrs. Ramsay as a source for self-consolatory practice of mourning, seeing Mrs. Ramsay as irreducible to "a thing you could play with easily and safely at any time of day or night" (179).

While Lily rejects the gendered implications imposed on women as consolers, she does not denounce the creative power of Mrs. Ramsay. She recognizes her affinity with Mrs. Ramsay as an artist:

> This, that, and the other; herself and Charles Tansley and the breaking wave; Mrs. Ramsay bringing them together; Mrs. Ramsay saying, "Life stand still here"; Mrs. Ramsay making of the moment something permanent (as in another sphere Lily herself tried to make of the moment something permanent)—this was of the nature of a revelation. In the midst of chaos there was shape; this eternal passing and flowing (she looked at the clouds going and the leaves shaking) was struck into stability. Life stands still here, Mrs. Ramsay said. "Mrs. Ramsay! Mrs. Ramsay!" she repeated. She owes it all to her. (161)

She acknowledges Mrs. Ramsay's complexity, refrains from absorbing her completely into her own knowledge, and accepts that there has always existed a shadowy part of Mrs. Ramsay that is to be left permanently in mystery and darkness.[8] Lily's act of remembering Mrs. Ramsay is concurrent with illuminating the unrecognized part of Mrs. Ramsay's life. In recollecting Mrs. Ramsay, Lily revisits the sense of incongruity she felt when witnessing Mr. Bankes's gaze upon her.

> Yes, thought Lily, looking intently, I must have seen her look like that, but not in grey; nor so still, nor so young, nor so peaceful. The figure came readily enough. She was astonishingly beautiful, as William said. But beauty was not everything. Beauty had this penalty—it came too readily, came too

8) David Sherman relates this attitude represented in the novel to Emmanuel Levinas' notion of exteriority, arguing that *To the Lighthouse* suggests an ethical approach of sustaining "difference as a meaningful discrepancy in being, rather than subsuming difference in identity or rendering it an object for the subject's grasp" (161).

completely. It stilled life — froze it. One forgot the little agitations; the flush, the pallor, some queer distortion, some light or shadow, which made the face unrecognisable for a moment and yet added a quality one saw for ever after. I was simpler to smooth that all out under the cover of beauty. But what was the look she had, Lily wondered, when she clapped her deer-stalker's hat on her head, or ran across the grass, or scolded Kennedy, the gardener? Who could tell her? Who could help her? (177-78)

In this, Lily rejects the "too readily" provided image of the conventional maternity in the conception of Mrs. Ramsay, believing that the moments of truth are revealed in unexpected ruptures of that image. Nevertheless, Lily also admits that those moments of revelation remain elusive and difficult to capture. She insists that Mrs. Ramsay cannot be fixed into one image, as she realizes that "nothing was simply one thing" (186) and that "[f]ifty pairs of eyes were not enough to get round that one woman with" (198).

In refusing to assimilate the memory of Mrs. Ramsay into the emotional need of the present, Lily's contemplation leads her to uncover the unrecognized parts of the past image. She brings to the surface Mrs. Ramsay's anxiety and solitude, buried under "the weight that the world had put on her" (181). In doing so, Lily comes to *remember* the parts of Mrs. Ramsay that she was previously blind to and could never have accessed otherwise. Lily's understanding of how Mrs. Ramsay "in her weariness perhaps concealed something" (199) redeems from "The Window" the moments of Mrs. Ramsay's solitary suffering that were "something real, something private, which she shared neither with her children nor with her husband" (59). By imagining — redeeming — Mrs. Ramsay's private life, Lily writes an *unofficial* history about her, one that is not subsumed in the story of the death of a loving wife and mother. Lily knows that "[s]he was not inventing; she was only trying to smooth out something she had been given years ago folded up; something she had seen" (199).

Lily's revision of Mrs. Ramsay's history is intertwined with completing her painting at the end of the novel: "[i]t was done; it was finished" (209). The completion of her painting is at once an act of mourning and creation, a temporal movement that extends in both directions. However, Lily admits this vision she painted on canvas will only remain temporarily: "[i]t would be hung in the attics, she thought; it would be destroyed" (208). The curious present perfect tense of the final sentence of the novel — "I *have had* my vision" (209; italics added) — suggests that her vision has already become the past, much like how Mrs. Ramsay felt about her dinner party as she left the scene: "With her foot on the threshold she waited a moment longer in a scene which was vanishing even as she looked, and then, as she moved and took Minta's arm and left the room, it changed, it shaped itself differently; it had become, she knew, giving one last look at it over her shoulder, already the past" (111). Lily's retrospective vision of Mrs. Ramsay is redemptive rather than reparative in a sense that it does not faithfully record the past but rather brings to the surface a part of Mrs. Ramsay that has been left unrecognized. Lily herself does not exactly *know* what that part is, and therefore she cannot fully represent it on the canvas. However, what is meaningful and significant in Lily's vision is the fact that she recognizes there is a "shadow" in the scene of Madonna, which eludes the full explanation provided by the conventional Victorian type of woman.

IV

Although *To the Lighthouse* is concerned with the problem of the subordinate history of women, the novel does not end up with a celebration of female subjectivity or a glorification of an artist. Lily's passivity in relation to her inspiration suggests that the novel does not aim to create a new powerful subjectivity that can fight against the victors of history. After making her "risky" first mark, Lily gradually adds the strokes to the picture. However, she is constantly aware that "nothing stays; all changes" (179) and her picture will be hung in the attics, leaving her as "a skimpy old maid, holding a paint-brush" (181). She cannot control the moments of creation because inspiration comes at "startling, unexpected, unknown" moments, leaving her with "[n]o guide, no shelter" (180). She contemplates how the "great revelation had never come" (161) and how once the vision is made, it will "be perpetually remade" (181). Therefore, what "remain[s] for ever" (179) will be a pile of "attempt[s] at something" (208). Even this idea is expressed doubtfully: "she was going to say, or, for the words spoken sounded even to herself, too boastful, to hint, wordlessly" (179).

Therefore, *To the Lighthouse* does not end with Lily's *victory* as an artist; rather, her "attempts" to remember Mrs. Ramsay and recover her power of creation reveal the "retroactive force" that Walter Benjamin refers to as a quality of true historiography, which "constantly call[s] in question every victory, past and present, of the rulers" (255). Benjamin argues that "[t]he true picture of the past flits by. The past can be seized only as an image which flashes up at the instant when it can be recognized and is never seen again" (255). By making this assertion, he suggests that any reified image of the past, no matter how revisionary and democratic, becomes a victor's history that necessarily involves the suppression of other voices and presences.

It is for this very reason that Woolf reconciles Lily with Mr. Ramsay and Charles Tansley. Her feminist ideas do not rely on the antagonism between the sexes, nor do they argue for the victory of female subjectivity over male. Rather, the complexity and subtlety of Woolf's exploration of a temporality for women involve untying the problem of female roles from the binary system of gender relationships. Woolf's critical view of the reparative/consolatory art, progressive temporality, and the gendered binary of the private and public sphere gestures towards an alternative temporal mode to account for women's solidarity across time, which moves beyond gender antagonism to realize a vision of androgyny.[9] The androgynous role of an

9) Woolf's idea about a figure of the artist liberated from the gender antagonism is famously presented in *A Room of One's Own*. Woolf writes, if "we go alone and that our relation is to the world of reality and not only to the world of men and women, then the opportunity will come and the dead poet who was Shakespeare's sister will put on the body which she has so often laid down" (113). Although John Batchelor argues that it is in *The Waves* where Woolf "replace[s] the female consciousness" with "the androgynous consciousness" (131), Woolf's search for androgyny is prepared from her earlier novels. I read the novel's androgynous consciousness as Woolf's demonstration of the model of non-derivative being

artist is achieved when Lily sympathizes with Mr. Ramsay, not for the role of femininity, but as a fellow human being who belongs to the same world and experiences the same temporality. This moment of communality opens up when Lily realizes that Mr. Ramsay's "expedition" to the lighthouse is a "tragedy," not in the sense of his playing a self-conscious actor, but in the sense of what Ann Banfield suggests is an indication of the discrepancy between the "now" and "the irrevocable series" ("Tragic Time" 68). As Banfield writes, "modernity for Woolf was the 'correlation' of the present moment — contemporaneity — and a vision of history in which all time is ultimately past" ("Tragic Time" 66). The passivity of individual beings in relation to the "unexpected physical time extending in both directions beyond human history, working undetected by human consciousness" (Banfield, "Time Passes" 504) gestures towards a view that exceeds the level of subjectivity. This is, in Gillian Beer's words, a "survival" that goes beyond the human centrality in the anthropomorphic practice of symbolizing (37). The post-symbolic impetus of *To the Lighthouse* suggests that sexual difference is accidental to being and meaning, making "ontological difference — the difference of being — the matrix of subjectivity" "[a]gainst the psychoanalytic view that 'there is no subjectivity without sexual difference'" (Froula 131). *To*

— i.e., a form of being that does not derive from social identity, which coincides with her claim of impersonality when it comes to the representation of women's voices. She says in "Women and Fiction" (1929) that "the greater impersonality of women's lives will encourage the poetic spirit, and it is in poetry that women's fiction is still weakest. . . . They will look beyond the personal and political relationships to the wider questions which the poet tries to solve — of our destiny and the meaning of life (*Selected Essays* 138).

the Lighthouse does not follow a linear and developmental narrative of female subjectivity. Rather, to borrow Marianne DeKoven's words, it shows "the simultaneity of the impossible dialectic, of dualism that seeks neither unitary resolution in the dominance of one term over the other or in the spurious third term of dialectical synthesis, but rather the two-way passage, difference without hierarchy, never the one without the other" (206). Dekoven's observation coincides with that of Gilles Deleuze and Félix Guattari, who describe Woolf's search for a way out of dualisms leading her "to be-between, to pass between, the intermezzo," which she "lived with all her energies, in all of her work, never ceasing to become" (277).

Mr. Ramsay conceives himself as an Odysseus-like figure in "The Window," a "leader of the doomed expedition," looking at his wife and son (26). However, when Lily notices his boots in "The Lighthouse," his "expedition" is not conceived as a hero's conquering journey towards self development.

> Why, at this completely inappropriate moment, when he was stooping over her shoe, should she be so tormented with sympathy for him that, as she stooped too, the blood rushed to her face, and thinking of her callousness (she had called him a play-actor) she felt her eyes swell and tingle with tears? Thus occupied he seemed to her a figure of infinite pathos. He tied knots. He bought boots. There was no helping Mr. Ramsay on the journey he was going. (154)

The journey becomes more like a "tragedy" in Banfield's sense, in that it expresses the passivity of Mr. Ramsay rather than exposing his heroic subjectivity. It is this moment when the text reveals its understanding of the tragedy of the Great War, as well as the transitory nature of all human existences as a universal human suffering. This attitude of not putting blame on the opposite sex nor inciting antagonism reveals the idea of pacifism characteristic of Woolf, who understands that all human beings are equally individual sufferers of the tragic history. At the same time, she resists an illusionary reconciliation based on an ahistorical notion of sympathy and insists on the need to face the concrete material conditions of the world. The fact that Lily's first "decisive" stroke is made "as if she were urged forward and at the same time must hold herself back" seems to show this ambivalence in Woolf's idea that historical continuity without constant interruption for revision is dangerous; "the risk must be run" (157).

V

Woolf's aesthetic and philosophical concern of narrative temporality to depict women's collectivity across time intervenes in the traditional cultural notion of women's role as providers of consolation and stability. Lily's struggle with her female identity in her ambivalent attitude towards Mrs. Ramsay, marked by a complex interplay of admiration and antagonism, seems to resort to the figure of an artist to assert the possibilities for a new form of subjectivity. Lily's dedication to her art seems to liberate women's roles from their confinement to the private and domestic realm into the professional and public realm. However, Woolf's idea of the alternative form of female subjectivity resists a linear progression into the idea of liberation. Through the complexity of Lily's character, Woolf demonstrates an acute awareness of the continuity between the consolatory roles of women and the elegiac function of an art form. By portraying Lily's challenge to reconcile her role as an artist with her female identity, Woolf shows how Mrs. Ramsay's task of providing stability to the family can be easily assimilated into the poetic practice of reparation expected of Lily after Mrs. Ramsay's death. A simplistic view of the relationship of two characters as a progressive movement from the private to the public realm, therefore, only serves to reinforce the very binary system that the search for a narrative of liberation seeks to challenge. Lily's struggle with her female identity represents Woolf's exploration of an androgynous vision, bypassing the limitations of traditional gender roles and expectations while suggesting the creative possibilities of art to forge meaningful relationships.

출처: 『영미문학페미니즘』 제31권 1호(2023), 147-74쪽.

■ 인용문헌

Banfield, Ann. "Time Passes: Virginia Woolf, Post-Impressionism, and Cambridge Time." *Poetics Today*, vol. 24, no. 3, 2003, pp. 471-516.

_____. "Tragic Time: The Problem of the Future in Cambridge Philosophy and *To the Lighthouse*." *Modernism/Modernity*, vol. 7, no. 1, 2000, pp. 43-75.

Batchelor, John. *Virginia Woolf: The Major Novels*. Cambridge UP, 1991.

Beer, Gillian. *Virginia Woolf: The Common Ground*. U of Michigan P, 1997.

Benjamin, Walter. *Illuminations*, edited by Hannah Arendt, Schocken Books, 2007.

Bersani, Leo. *The Culture of Redemption*. Harvard UP, 1990.

Boym. Svetlana. *The Future of Nostalgia*. Basic Books, 2001.

Clewell, Tammy. "Consolation Refused: Virginia Woolf, the Great War, and Modernist Mourning." *Modern Fiction Studies*, vol. 50, no. 1, 2004, pp. 197-223.

DeKoven, Marianne. *Rich and Strange: Gender, History, Modernism*. Princeton UP, 1991.

Deleuze, Gilles, and Félix Guattari. *A Thousand Plateaus: Capitalism and Schizophrenia*. Translated by Brian Massumi, U of Minnesota P, 1987.

Froula, Christine. *Virginia Woolf and the Bloomsbury Avant-garde: War, Civilization, Modernity*. Columbia UP, 2006.

Higonnet, Margaret R., and Patrice L. R. Higonnet. "The Double Helix." *Behind the Lines: Gender and the Two World Wars*, edited by Margaret R. Higonnet, Yale UP, 1987. pp. 31-47.

Lee, Joori. "'Boeuf en Daube': Sacramental Food in *To the Lighthouse*." *Feminist Studies in English Literature*, vol. 30, no. 2, 2022, pp. 155-76.

Livesay, Ruth. "Socialism in Bloomsbury: Virginia Woolf and the Political Aesthetics of the 1800s." *The Yearbook of English Studies*, vol. 37, no. 1, 2007, pp. 126-44.

Sacks, Peter. M. *The English Elegy: Studies in the Genre from Spenser to Yeats*. Johns Hopkins UP, 1985.

Sherman, David. "A Plot Unravelling into Ethics: Woolf, Levinas, and 'Time Passes'." *Woolf Studies Annual*, vol. 13, 2007, pp. 159-79.

Stevenson, Randall, and Jane Goldman. "'But what? Elegy?': Modernist Reading and the Death of Mrs. Ramsay." *The Yearbook of English Studies*, vol. 26, 1996, pp. 173-86.

Woolf, Virginia. *A Room of One's Own.* 1929. Harcourt, 1957.

_____. *The Diary of Virginia Woolf*, edited by Anne Oliver Bell, and Andrew McNeillie, vol. 3, Hogarth P, 1980.

_____. *Selected Essays*, edited by David Bradshaw, Oxford UP, 2008.

_____. *To the Lighthouse.* 1927. Harcourt, 1955.

Wussow, Helen. *The Nightmare of History: The Fictions of Virginia Woolf and D. H. Lawrence.* Lehigh UP, 1998.

올랜도

Orlando

손현주

•

『올랜도』, 버지니아 울프의 러시안 러브레터

손일수

•

『출항』과 『올랜도』에 나타난 생태적 경험과 권력

『올랜도』, 버지니아 울프의 러시안 러브레터

| 손현주

조지 오웰(George Orwell)은 에세이 「고래의 내부」("Inside the Whale")에서 작가는 "고래의 바깥"에 있어야 한다고 역설한다. 그렇지 않으면, 성경의 요나가 고래에게 삼켜진 것처럼, 작가는 국가나 사회에 매몰되어 버릴 위험이 있기 때문이다(Orwell 131). 작가는 자신이 묘사하고 있는 것에 속하지 않고, 그것의 경계에 서서 내부를 들여다볼 수 있어야 비로소 대상으로부터 비판적 거리를 확보할 수 있다. 자신이 속한 사회로부터 비판적 거리를 유지하기 위해서는 새로운 관점이 필요하다. 영국의 대표적인 모더니스트 작가 버지니아 울프의 경우 러시아 문학을 포함한 러시아 문화가 익숙한 영국적 문화와 영문학의 전통에서 한 걸음 떨어져 바라볼 수 있는 비평적 시각을 갖추는 데 중요한 역할을 했다고 본다. 이 글은 울프의 소설 『올랜도』(*Orlando*, 1928)를 바탕으로 울프의 모더니스트 미학에 미친 러시아적 영향을 살펴보고자 한다.

I. 울프와 러시아 문학의 만남

1919년 러시아 문학에 한창 심취해 있을 당시 울프는 다음과 같이 적었다:

> 현대 영국 소설에 대해 아주 대략적으로만 말하더라도 러시아적 영향에 대해 언급하지 않을 수 없을 것이다. 만일 러시아의 영향을 언급하게 되면, 러시아 소설 말고는 다른 어떤 소설을 쓰는 것도 시간 낭비라는 느낌을 줄 위험이 있다. 영혼과 마음에 대해 제대로 이해하고 그에 비견될 만한 깊이를 우리(영국인들)는 대체 달리 어느 곳에서 찾을 수 있을까? 우리는 스스로의 물질주의에 신물이 나지만 러시아 소설가들은 인간 정신에 대한 자연스러운 숭배를 타고났다. (Woolf, "Modern Fiction" 109)

울프는 영국적인 것은 "물질주의"적인 것으로 보고, 영국인들이 스스로의 "물질주의"에 신물이 난 상태에서, 그 대안을 러시아 작가들이 보여주는 타고난 "인간정신"에 대한 숭배와 경이에서 찾으려 했다. 울프가 러시아 문학에 매료된 것은 단순히 개인적인 취향으로 치부하긴 어렵다. 당시 영국 사회는 러시아에 대해 지대한 관심을 가졌고, 러시아 애호는 문화적인 현상이었다. 신문은 거의 매일 혁명을 비롯한 러시아 관련 뉴스를 실었고, 러시아 문학작품이 번역되어 나왔다. 러시아 문학뿐만 아니라, 회화와 발레, 음악 등도 유행해 1912년에서 1922년에 이르는 10년간은 영국에 러시아 열풍이 불었던 기간이었다(Rubenstein 2). 이 시기 울프는 톨스토이와 도스토옙스키, 체홉 등 러시아 거장들의 작품을 읽었을 뿐만 아니라, 자신이 속한 블룸즈버리 그룹의 멤버들인 로저 프라이(Roger Fry)와 클라이브 벨(Clive Bell)이 함께 기획한 "영국, 프랑스, 그리고 러시아 화가들"이라는 제목의 제2차 후기 인상파 화가전(1912)을 보았고, 발레 뤼스(Ballet Russes)의 공연에 심취하는 등 러시아 문화를 깊이 탐닉했다.[1] 울프는 일기에서 발레 뤼스 공연을 관람했다는 언급을 여러 차례 하고 있고, 남편 레너드 울프도 자서전에서 밤이면 코벤트 가든으로 달려가 디아길레프와 니진스키가 선사하는 러시아 발레 공연에 넋을 잃었었다고 술회한다(L. Woolf 37).

울프는 또한 남편 레너드 울프와 함께 운영하는 자신의 출판사, 호가스 프레스(Hogarth Press)의 러시아 문학을 번역 출판작업에도 적극적으로 관여했다. 울프는 러시아에서 망명한 사무엘 솔로모노비치 코텔리안스키(Samuel Solomonovich Koteliansky)와 함께 러시아어 번역작업을 하면서 러시아에 대해 많을 것을 배울 기회를 가졌다. 울프는 그를 콧트(Cot)라 불렀는데 그는 당시 러시아 땅이었던 볼린(Volin)에서 태어나 1911년 영국에 정치적 망명을 했다. 울프는 1921년 코텔리안스키에게서 러시아어를 배우며 직접 러시아어를 번역하려 했지만 성과는 만족스럽지 못했다. 결국 울프는 콧트가 번역한 영어를 감수하는 데 만족해야 했다. 울프가 함께 작업한 첫 번째 책은 막심 고리끼(Maxim Gorky)의 『톨스토이 회고록』(*Reminiscences of Leo Nicolayevitch Tolstoi*, 1920)이었다. 콧트는 이미 알려진 러시아 작가들의 작품 외에도 이반 부닌(Ivan Bunin)과 알렉산더 쿠프린(Alexander Kuprin) 등 1905년 혁명 후 러시아를 떠난 현대 작가들의 작품들을 번역하기도 했다. 울프는 콧트와 함께 작업을 하면서 러시아는 "혁명으로 좋아지기에는 너무 문명화되지 않은" 나라라는 생각이 든다고 일기에 적었다(Woolf, *Diary 1* 103).

울프가 러시아에 대한 갖게 된 또 다른 인상은 어린 시절 읽었던 해클류잇

---

1) 제2차 후기 인상파 화가전은, 앞서 1910년에 처음 열렸던 후기 인상파 화가전에 이은 것으로, 러시아 모자이크 작가인 보리스 안렙(Boris Anrep)과 나탈리아 곤차로바(Natalia Goncharova), 미하일 라리오노프(Mikhail Larionov) 등의 작품들이 전시되었다. 라리오노프는 또한 발레 뤼스의 대담한 무대 디자인과 장식으로 널리 알려진 화가였다. Rubenstein, p. 2 참조

(Richard Hakluyt)의 작품의 영향일 것이다. 16세기 말 출판된 환상 여행기, 『영국의 주요 항해와 여행, 교역과 발견』(*The Principal Navigations, Voyages, Traffiques and Discoveries of the English Nation*, 1598-1600)에서 리처드 해클류잇은 러시아를 비롯해 남미와 인도 등 당대의 먼 이국땅에 대한 이야기를 풀어 놓았다. 1809-1812년 사이 이 해묵은 엘리자베스시대 여행기가 다시 5권으로 출판되었는데, 울프의 아버지 레슬리 스티븐(Leslie Stephen)은 책읽기와 글쓰기를 좋아하는 딸을 위해 대영도서관에서 그 책들을 빌려왔다. 당대의 저명한 문사였던 스티븐은 딸의 재능을 알아보고 자신의 문학적 후계자로 키우고자 직접 교육시켰었다. 울프는 엘리자베스조의 이 여행기에 흠뻑 빠져 해클류잇의 화려하고 고풍스러운 문체를 흉내 내어 글을 쓰기도 했다.[2] 여행기의 첫 권은 대부분 "머스커비"(당시 러시아 지역을 부르던 이름)에 관한 것이었다. 이야기를 통해 처음 러시아를 접한 엘리자베스시대 사람들이 받은 인상은 크게 상반되었는데, 한편으로는 머스커비라는 나라의 크기와 인구, 자연자원이 풍성함에 찬탄했고, 동시에 당시 영국인들의 기준에서 보았을 때 심하게 문명화되지 않은 거친 행동양식에 거부감을 느꼈다.

울프가 가진 러시아에 대한 이미지는 당시 영국인들이 가졌던 것과 크게 다르지 않았다. 미지의 나라에 대한 동경과 찬탄, 러시아 문학과 미술, 화려한 발레 등 러시아 문화에 매료되었지만, 한편으로는 영국인이 가진 문화적 우월감과 더불어 러시아 혁명과 정치상황에 대한 지식인들의 열띤 관심 등이 한데 어우러져 상당히 복합적인 형태를 보인다. 울프가 가진 러시아에 대한 생각과 다양한 지적 감성적 인상들은 소설 『올랜도』(*Orlando*, 1928)에 잘 나타난다.

2) 울프는 어린 시절 아버지가 도서관에서 빌려온 해클류잇의 책에 얼마나 심취했었는지 일기에서 회고하고 있다(Woolf, *Diary 3* 237).

II. 『올랜도』

『올랜도』(1928)는 울프가 연인 비타 색빌웨스트(Vita Sackville-West)를 모델로 삼아 쓴 전기형식의 판타지 소설이다. 당시 이미 다섯 편의 주요 작품을 발표한 중견 작가 울프가 자전적 실험소설 『등대로』(*To the Lighthouse* 1927)를 완성하고 지쳐 있을 때, "작가의 휴가"(writer's holiday) 삼아 마음 편히 써 내려간 작품이라고 한다(Woolf, *Diary 3* 161). 울프는 이 소설에서 "작가의 휴가"를 마음껏 누리며 엘리자베스 시대 귀족 남자로 태어나 20세기까지 400년을 살면서 남자에서 여자로 변신하는 올랜도라는 환상적 인물을 그려냈다. 울프가 처음 비타를 만난 것은 1921년이었는데, 그녀는 귀족이자 유명 작가였다. 비타는 켄트 백작의 딸로 가문의 장원인 놀(Knole)의 상속권을 둘러싸고 20년에 걸친 긴 법정 투쟁을 벌였지만 여성 상속을 허용하지 않는 켄트 주법에 따라 결국 패소하고 말았다.

울프는 올랜도라는 가상의 인물을 통해 연인 비타가 꿈꾸었던 것들, 즉 위대한 문학적 성취와 더불어 현실에서 비타가 여성이기 때문에 상속받을 수 없었던 놀 성(城)을 상속받게 해주었다. 비타의 아들 나이젤 니콜슨(Nigel Nicolson)은 이 작품을 일컬어 "문학사상 가장 길고 멋진 연애편지(the longest and most charming love-letter in literature)"라고 평했다(Nicolson 186). 그런데 이 작품은 비타에 대한 울프의 사랑뿐만 아니라 그녀가 오랫동안 간직해 온 러시아 문학과 문화에 대한 경의 또한 담고 있다. 그런 의미에서 소설 『올랜도』는 비타 색빌웨스트를 향한 연애편지이자 동시에 오랜 기간 숙성되어 온 러시아 문학과 문화에 대한 열정이 담긴 러시아에 대한 울프의 러브레터라고 부를 수 있을 것이다.

소설 초반부, 엘리자베스 여왕이 죽고, 성년이 되어 아버지의 작위와 재산을 물려받은 올랜도는 런던을 방문한 러시아 공주 사샤를 만나 사랑에 빠진다. 사샤를 포함한 러시아 외교사절단에 대한 묘사에서 16세기 말 17세기 초 영국의 러시아관—정확히 말하자면 20세기 초 버지니아 울프가 패러디하는 엘리자베스조 사람들이 가졌다고 생각하는 러시아에 대한 생각을 엿볼 수 있다. 런던을 방문한 러시아 공주 사샤는 런던의 궁정이 "새장"처럼 답답하다고 느낀다. 그녀는 올랜도에게 러시아의 강들은 "폭이 10마일이나 돼서 그 위에서 말 6마리를 나란히 온종일 달리게 해도 사람 하나 구경할 수 없을 정도"라고 묘사한다(Woolf, *Orlando* 30). 울프가 『올랜도』에서 그려내는 러시아는 해클류잇의 여행기에서보다 더 환상적이다. 특히 사샤에 대한 묘사가 그러하다. "러시아 풍의 헐렁한 튜닉과 바지"를 입고 있다고 하는데, 사실 해클류잇의 책 어디에도 러시아 여자가 바지를 입는다는 언급이 없다. 그리고 이 같은 복장은 러시아 정교회의 복식 규정과도 맞지 않는다. 러시아 대사에 대한 묘사도 그렇다. "커다란 수염과 모피 모자를 쓰고 거의 침묵하며 앉아있었다. 이따금씩 마시던 검은 액체를 얼음 위에 뱉으면서"(26). 러시아 사람들이 마시던 술을 뱉는다는 것은 울프의 상상력의 소산인 것 같다. 올랜도가 러시아에 대해 가지고 있는 생각들은 사실 러시아에 가본 적이 없는 르네상스 시대 사람들이 그려냈을 법한 모습을 요약해 놓은 것 같아 보인다. 올랜도는 "머스커비의 여인들은 수염을 기르고 남자들은 허리춤부터 털로 덮여있고, 남녀가 추위를 막기 위해 몸에 소기름을 바른다거나, 손가락으로 고기를 찢는다는 말, 그리고 영국 귀족이라면 외양간으로도 쓰지 않을 오두막에서 산다는 이야기"를 들었다고 묘사한다(33). 야만적이고 문명화되지 않은 러시아에 대한 묘사는 빅토리아 조와 20세기 초 대영제국을 운영했던 영국인들의 문화적 자만심을 엿볼 수 있는 대목이다.

울프는 서리와 눈, 모피, 썰매 등 엘리자베스 시대 러시아를 방문했던 여행자들을 매료시켰던 요소들을 소설 속에 풀어놓는다. 울프가 그려내는 러시아는 과장되고 시대착오적이지만, 그러한 묘사는 소설 전체의 판타지적 분위기와 잘 맞아떨어진다. "[사샤]는 러시아에서 살기로 결심했는데, 그곳은 얼어붙은 강과 야생말과 남자들이 서로의 목을 따는 곳"이다. 폭력과 결부된 야만성은 올랜도로 하여금 비록 사샤를 사랑하기는 하지만 그녀를 따라 러시아에 가기를 꺼리게 만든다. 러시아에 가면 "카나리주 대신 보드카를 마셔야 한다는 것이 겁났다"(34)고 말하지만 "강한 술"이라는 현대적 의미의 보드카는 19세기나 되어야 러시아에 등장한다는 점에서 이 또한 잘못된 정보다. 『올랜도』에 나오는 또 다른 시대착오적인 것은 사샤가 올랜도를 "백만 개의 촛불로 장식된 크리스마스 트리"에 비유하는 부분이다(39). 성탄절에 전나무를 장식하는 풍습이 러시아에 소개된 것은 1700년대이고, 표트르 1세가 처음 러시아 궁정에 들여왔다고 한다. 그리고 19세기까지 절대적으로 귀족들만의 생활양식이었다. 울프가 『올랜도』에서 그려내는 러시아는 1920년 당시 그가 뉴스와 신문기사, 19-20세기 문학작품에서 만나는 러시아라기보다는 어린 시절 읽었던 해클류잇의 묘사에 기초한 상상력의 발현으로, 엘리자베스시대 영국인들이 생각했을 법한 러시아에 가깝다.

다시 사샤로 돌아가 보자. 셰익스피어와 같은 시인이 되고자 하는 문학적 야심을 가진 귀족청년 올랜도가 처음으로 사랑에 빠지는 상대가 러시아 공주라는 설정은 우연일 수 있지만, 작품 속 사샤와 러시아에 대한 묘사와 언급은 울프가 가진 러시아에 대한 견해와 상상력을 유추해 볼 수 있는 흥미로운 사례를 제공해 준다. 올랜도는 템즈강이 얼어 마치 러시아의 설원처럼 변해버린 "대서리"(The Great Frost, 1608) 기간에 열린 축제에서 러시아 외교사절로 온 사샤를 처음 만난다. 그녀를 보자마자 올랜도는 "멜론, 파인애플, 올리브 나무, 에메랄드, 눈 속의 여우"라고 부른다(26). 심지어 그는 사샤가 남자인지 여자인지도 구분하지 못하지만, 그럼에도 불구하고 "그녀를 바라보았을 때, 그의 진한 피는 녹았고, 혈관 속에서 얼음이 포도주로" 변할 만큼 깊은 열정을 느낀다(28). 사샤에게서 올랜도가 느꼈던 충격을 묘사하는 부분에서 우리는 울프가 러시아 문학을 접했을 때 받았던 문화적 충격에 대한 문학적 상관물을 발견할 수 있다.

1940년 울프는 톨스토이의 『전쟁과 평화』를 읽으며 마치 "피복이 벗겨진 전선을 만지는 것 같은" 짜릿함을 경험했다고 적었다. 그리고 그 느낌은 30여 년 전 1909년에 요양차 트위크넘에 머물면서 이 작품을 처음 읽었을 때와 마찬가지라고 술회했다.

> 아침을 먹을 때 톨스토이를 읽었다. [. . .] 언제나 꼭 같은 현실감, 피복이 벗겨진 전깃줄을 만질 때 같은, 그처럼 불완전하게 전달돼도 그의 거칠고 짧은 생각은 반드시 공감이 가는 것은 아니지만 나에게는 더없이 감동적이고 자극적이다. 가공되지 않은 천재, 다른 어떤 작가보다도 예술에 있어서나, 심지어는 문학에 있어서까지 우리 마음을 더 흔들어 놓고, 더 "충격적"이며, 마치도 우레 같은 작가다. 트위크넘 요양소의 침대에 누워 『전쟁과 평화』를 읽을 때도 마찬가지 느낌이었던 생각이 난다. (Woolf, *Diary* 5 273)

울프는 톨스토이를 "가공되지 않은 천재"라 평했는데, 1912년 이탈리아 여행 중 『죄와 벌』을 읽고 나서 리튼 스트레치(Lytton Strachey)에게 쓴 편지에 도스토옙스키는 "세상에 태어난 가장 위대한 작가"라고 적었다(Woolf, *Letters* 2 5).

20세기 초 영국에 불어 닥친 러시아 열풍에는 러시아 문학작품이 대량 영어로 번역되었던 것이 한몫을 했다. 콘스탄스 가넷(Constance Clara Garnett)은 그 열풍에 불을 지핀 핵심적인 인물로 도스토예프스키와 체홉을 처음 영어로 번역했다. 투르게네프(Turgenev), 곤차로프(Goncharov), 오스트로프스키(Ostrovsky), 헤르젠(Herzen), 톨스토이의 거의 모든 작품을 포함하여 모두 71권이나 되는 엄청난 양의 러시아 작품을 번역해냈다. 울프가 읽은 러시아 문학작품도 상당부분 가넷의 번역이었다. 가넷은 러시아 혁명가들이 영국으로 망명하던 시대적 배경 속에서 독학으로 러시아어를 공부했고, 러시아를 여행했으며, 톨스토이를 직접 만나기도 했다. 가넷이 번역한 압도적인 양의 러시아 작품들 덕분에 많은 영국인들은 낯선 러시아 작가들을 손쉽게 접할 수 있게 되었고, 그 결과 아놀드 베넷(Arnold Bennett)은 세계에서 가장 훌륭한 12편의 소설을 고르는데 모두 러시아 작품을 꼽았다. 한편 E. M. 포스터는 톨스토이와 도스토옙스키를 인간의 내면을 탐구한 가장 위대한 작가로 추앙하기도 했다. 루벤스타인(Roberta Rubenstein)에 따르면, 베넷과 갤스워디(John Galsworthy), 웰즈(H. G. Wells)를 비롯한 34명의 영국 문필가들이 1914년 12월에 타임즈(*Times*)에 러시아 작가들에게 보내는 감사의 글을 실었다고 하는데, 당시 영국작가들이 러시아 문학에 얼마나 심취하고 열광했었는가를 가늠해 볼 수 있는 대목이다(Rubenstein 3-4). 울프의 지인이자 경쟁자였던 캐더린 맨스필드(Katherine Mansfield)는 가넷이 번역한 『전쟁과 평화』를 읽고 가넷에게 당신 덕분에 우리의 삶이 바뀌었다는 취지의 감사편지를 보내기도 했다(12). 가넷은 번역을 통해 울프를 비롯한 당대의 주요 지식인 작가들의 의식의 지평을 확장시키는 데 막대한 기여를 했고, 그 결과 영국 모더니즘 문학을 탄생 확산시키는 촉매 역할을 했다. 울프의 에세이 "현대소설"은 러시아 문학이 영국문단에 준 영향이 얼마나 대단한가를 잘 보여준다.

III. 러시아 문학과 울프의 모더니즘 미학

울프는 앞서 인용한 에세이 "현대소설"에서 웰스와 베넷, 겔스워디 등의 에드워드 조 소설가들을 "물질주의자"들이라 비판했다. 울프는 작가들이 출판업이나 사회적 관습이 요구하는 사항이 아니라 삶에 대해, 삶의 진실에 대해 써야 한다고 주장한다. 물론 여기서 울프가 말하는 "삶"이 과연 무엇인지 구체적으로 특정하기는 쉽지 않다. 울프에 따르면 "삶"이란 기존의 문학형식에 담기기를 거부하는 어떤 것이기 때문이다. 울프는 "삶"은 잡을 수 없으며, 끊임없이 손에서 빠져나가는 것이라고 인지한다.

> 그것을 삶이라 부르던 정신이라 부르던, 진실이건 현실이건, 이것, 이 핵심적인 것은 계속 도망치고, 우리가 준비한 이제는 더 이상 맞지 않는 옷[소설 형식]을 입기를 거부한다. (Woolf, "Modern Fiction," 105)

울프는 작가는 모름지기 삶의 "모호함"(vagueness)과 "복잡함"(complexity)을 표현하려 노력해야 한다고 역설한다. 이러한 시각에서 울프는 토머스 하디(Thomas Hardy)와 조셉 콘래드(Joseph Conrad), 제임스 조이스(James Joyce) 등의 작가들을 "정신주의자"(spiritualists)라 명명하고 에워드 조의 "물질주의자"(materialists) 작가들의 대척점에 놓았다. 현대 소설을 마주한 작가들은 기존의 문학적 관습에서 벗어나 새로운 재료로 가지고 새로운 방식으로 접근해야 한다고 믿었던 울프는 어떤 주제나 사물이 "소설에 적합한 재료"(proper stuff for fiction)라는 생각은 단지 익숙해진 문학적 관습일 뿐이라고 비판한다. 관습을 벗어나 새로운 시도를 하는 현대 소설가의 대표적인 예로 울프는 제임스 조이스를 꼽았다(106). 작가의 임무가 삶을 표현하는 것이라는 점에서 조이스가 추구하는 방향은 톨스토이, 체홉(Anton Chekhov), 도스토옙스키와 같은 러시아 작가들과 닮아 있다는 것이다.

울프는 체홉의 단편 「구제프」("Gusev" 1890)를 예로 들며, 이 단편이 당대 영국인들에게 낯설게 느껴지는 이유에 대해, 기존의 문학적 관습에 익숙한 영국인들에게, 이 작품은 "모호하고" "미완성"인 듯한 느낌을 주는데, 울프는 그것이 체홉의 글이 강조하는 강약의 지점이 기존 영국 단편들과 다르기 때문이라고 진단했다.

> 그러한 예기치 못한 장소에 강조가 놓여 있어서 처음에는 전혀 강조가 없는 것처럼 보인다. 그러고 나서, 눈이 어스름에 익숙해지고 방의 사물의 모양을 분별할 수 있을 때 우리는 이야기가 얼마나 완전한지, 얼마나 심오한지, 그리고 체홉이 정말 얼마나 충실하게 비전에 따라 이것과 저것 등등을 선택하고 위치시켜 새로운 것을 만들어 내는지를 알게 된다. (108-9)

체홉의 이 단편은 영국인들이 익숙하게 즐겨왔던 희극이니 비극이니 하는 형식으로 분류되기를 거부하고, 단편소설을 압축적이어야 한다는 기존의 관념도 파괴한다. 울프에 따르면 러시아 작가들은 영국작가들과 전혀 다른 관점에서 삶을 바라본다. 그들은 인간의 "영혼"과 "마음"을 탐색하고 뛰어나고, 그것을 표현하는 방식을 발전시켜왔다. 울프는 인간의 "내면 심리"라는 어두운 영역을 탐험하고 표현하기 위해서 작가와 독자 모두 "황혼"의 어스름 속을 들여다 볼 수 있는 눈이 필요한데, 이 분야에 있어 가장 뛰어난 사람들이 러시아 작가들이며, 따라서 영국의 모더니스트 작가들은 이들에게서 배워야 한다고 생각했다.

울프가 얼마나 러시아 문학에 깊은 관심을 가지고 있었는가는 1917년에서 1933년 사이 러시아 문학과 러시아에 관해 쓴 에세이만 17편에 이른다는 사실에서도 쉽게 추측해 볼 수 있다. 루벤스타인은 울프의 소설 『댈러웨이 부인(*Mrs Dalloway*, 1925)』과 『등대로』(*To the Lighthouse*, 1927), 『막간』(*Between the Acts*, 1941)에서 톨스토이와 도스토옙스키의 영향을 읽을 수 있고, 『세월』(*The Years*, 1936)에서는 뚜르게네프의 예술적 기교를, 그리고 「행복」("Happiness," 1925), 「사냥대회」("The Shooting Party," 1938), 「반야 숙부」("Uncle Vanya," 1897) 등의 몇몇 단편에서는 체홉의 영향을 발견할 수 있는 것처럼 울프의 작품 전반에 러시아적인 요소가 깊이 스며들어 있다고 보았다. 그는 울프의 대표적인 소설 기법인 "내적 독백, 의식의 흐름"뿐만 아니라 "광기와 자살" 등의 모티프들에서도 도스토옙스키에게서 영향을 받았다고 주장한다(Rubenstein 56-57). 그렇다면 1928년에 출간된 『올랜도』의 경우는 어떨까? 작가의 휴가삼아 쓴 작품이라고 울프가 말했듯이, 『올랜도』는 대표적 모더니스트적 기법으로 꼽히는 "의식의 흐름과 내적 독백" 등 형식적 실험보다 울프의 자유로운 상상력이 더 두드러진 작품이다. 그렇기 때문에 이 작품에서 러시아와 관련한 울프의 생각과 상상력이 작품에 어떻게 구현되고 있는지 알아보는 것은 흥미로운 작업이 될 것이다.

IV. 리디아 로포코바와 발레 뤼스

울프는 한 번도 러시아에 가본 적이 없었다. 하지만 절친이자 연인이었던, 비타 섹빌웨스트는 여러 번 러시아를 방문했었고, 울프에게 러시아 여행에 대해 말해주었다. 울프의 아버지 레슬리 스티븐은 뚜르게네프와 개인적 친분이 있었고, 울프가 소유한 호가스 출판사는 1917-1946년 사이에 15권의 러시아 번역을 출판했다. 거의 삼십 년에 걸친 러시아 관련 출판과 서평 작업을 통해 울프는 러시아의 정치사회적 이슈에 상당한 지식을 갖추게 되었다. 20세기 초반 영국과 러시아 사이의 우호적인 관계는 울프가 러시아 문학을 소개하는 데 도움이 되었다. 당시 영국의 신문들은 하루가 멀다 하고 러시아 사회문제 관련 기사들이 쏟아냈고, 러시아인이 등장하거나 러시아를 배경으로 하는 영국 소설들이 대량으로 출판되었다. 그리고 울프가 핵심 역할을 했던 아방가르드 예술인들과 지성인들의 모임인 블룸즈버리 그룹의 구성원인 저명한 경제학자 메이나드 케인즈가 러시아 발레리나 리디아 로포코바와 결혼함으로써 울프의 세계 한가운데 러시아인이 등장하게 된다.

『올랜도』에 등장하는 러시아 공주 사샤의 모델로 울프가 리디아 로포코바를 염두에 두었을 것이라고들 추측한다. 리디아 로포코바는 디아길레프(Diaghilev)[3]가 이끄는 발레 뤼스의 단원으로 1921년 런던을 공연 중 케인즈를 만난다. 그리고 둘은 1925년 결혼한다. 케인즈는 울프와 함께 블룸즈버리 그룹으로 알려진 문화예술 동호회의 일원으로 둘은 오랜 친구 사이였다. 로포코바는 결혼 후에도 활동을 계속해 1933년까지 무대에 섰다. 케인즈와 결혼하기 전에도 로포코바는 유럽과 미국의 뉴스 문화면을 장식하는 톱스타였고, 울프는 무대 안팎에서 그녀를 만났다. 어느 날 런던 궁정에 나타난 러시아 공주 사샤처럼 리디아 로포코바는 화려한 모습으로 런던 문화계와 사교계에 등장했고, 그녀의 모습은 사샤와 오버랩되어 울프의 작품에 스며들었다.

리디아 로포코바는 러시아 세인트 피터스버그에서 태어나 왕립발레학교에서 수학했다. 왕립발레학교에서 두각을 나타냈던 로포코바는 1910년 디아길

3) 세르게이 파블로비치 디아길레프(Sergei Pavlovich Diaghilev 1872-1929) 보통 러시아 밖에서는 세르주라고 불렸다. 그는 예술비평가, 패트론, 발레단장으로 활약하며, 발레 뤼스(Ballets Russes)를 조직하여 다수의 유명 댄서들과 안무가들을 배출해냈다. 초기 멤버로 안나 파블로바(Anna Pavlova), 아돌프 볼름(Adolph Bolm), 바슬라프 니진스키(Vaslav Nijinsky), 타마라 카르사비나(Tamara Karsavina), 베라 카랄리(Vera Karalli) 등이 있다.

레프의 발레뤼스에 발탁되어 유럽공연에 합류한다. 디아길레프는 당시 17세였던 로포코바를 16세로 낮춰 천재 소녀 발레리나로 언론에 소개했다. 비록 유명세를 타기는 했지만 주연을 맡기에는 타고난 키가 작아 신체조건이 맞지 않았고, 이미 많은 프리마돈나들이 있어 러시아에서는 장래가 불투명하다고 판단한 로포코바는 1914년 미국으로 가 이후 6년을 그곳에서 지낸다. 한 때 브로드웨이 뮤지컬 무대에 서기도 하면서 새로운 길을 모색해 보았지만, 1916년 발레뤼스에 다시 돌아간다. 그리고 발레뤼스의 이탈리안 사업매니저인 랜돌프 바로치(Randolfo Barrocchi)와 만나 곧 그와 결혼한다. 하지만 얼마 후 그가 중혼이었음이 드러나 헤어진다. 이후 유럽투어 과정 중에 발레뤼스의 음악 작업을 의뢰받은 작곡가 이고르 스트라빈스키(Igor Stravinsky)와 사귀었지만 스트라빈스키는 이미 결혼한 상태였다.

로포코바가 처음 블룸즈버리에 이름을 알린 것은 디아길레프의 발레뤼스가 1918년 8월 런던 공연에 나섰을 때였다. 그녀는 시즌 최고의 화제로 떠올랐다. 1차 대전 이전의 러시아 발레는 지나치게 장식적이고 이국적이어서 런던 문화계의 별다른 주목을 받지 못했던 반면, 1918년 공연에 나선 공연단의 멤버들은 끔찍한 전쟁을 겪었던 인물들로, 피카소(Pablo Picasso), 장 콕토(Jean Cocteau), 에릭 사티(Éric Alfred Leslie Satie) 등 아방가르드 예술가들의 영향을 받고 이탈리아 미래파 등을 흡수한 새로운 무대를 보여주었다. 발레뤼스는 11개월 동안 런던에 머물며 런던의 문화예술 인사들의 집중적인 관심을 받았고, T.S. 엘리엇(T.S. Eliot)과 레베카 웨스트(Rebecca West) 등 유명 문사들이 공연 리뷰를 쓰기도 했다. 오스버트 싯웰(Osbert Sitwell)에 따르면, 발레뤼스의 공연에서 관중들을 열광시킨 것은 레퍼토리가 아니라 단연 리디아 로포코바였다고 한다.

로포코바는 이력과 면면에 있어 상당히 독특한 발레리나였다. 이제 27세의 원숙한 로포코바는, 왕년에는 러시아 왕립발레학교의 천재 소녀 발레리나로 유명했던 인물이었으며, 뉴욕 브로드웨이 뮤지컬 무대에 올랐던 특이하고 화려한 이력을 가지고 있었다. 그녀는 디아길레프 발레단의 일반적인 프리마돈나들하고는 차별화되었는데, 안나 파블로바(Anna Pavlova)나 타마라 카사비나(Tamara Karsavina)처럼 고전전인 미인은 아니었지만, 작은 체구에 생생하고 활기차고, 열정적이고 지적인 모습으로 런던의 지성들을 사로잡았다. 예술평론가 클라이브 벨은, 로포코바는 새로운 모더니스트 발레 자체라고 극찬했다. 화가인 마크 거틀러(Mark Gertler)의 주선으로 던컨 그란트와 메이나드 케인즈, 오토라인 모렐 등을 만난 그녀는 블룸즈버리의 파티에 초대되었다. 하지만 러시아 장성과 사랑에 빠진 그녀가 발레단을 버리고 갑자기 잠적해 버려 만남은 무산된다. 1921년 로포코바는 혼자서 다시 런던으로 돌아와 발레단에 합류했고, 그 첫 공연에 런던 청중들은 로포코바의 이름을 부르며 열광했다고 한다. 그해 가을 케인즈는 공연 3일 내내 앞좌석을 예약해 놓고 그녀를 보러 왔고 이들은 곧 연인 사이로 발전해 1925년 정식으로 결혼한다.

흥미로운 것은 그때까지 케인즈는 동성애자로 여자에게 관심을 보인 적이 없었다는 점이다. 로포코바의 공연을 보러 갔을 당시도 케인즈 자신이 일생일대의 사랑(the love of his life)이라 불렀던 동성 애인이자 화가인 던컨 그란트(Duncan Grant)를 동반했었다. 이런 정황을 근거로 이후로도 오랫동안 케인즈와 로포코바의 결합은 대외적인 쇼이며 이들 부부가 러시아 스파이라는 루머가 떠돌았다. 케인즈의 입장에서는 대외적으로 동성애를 은폐하기 위한 수단으로, 로포코바는 케인즈를 러시아 측에 회유하기 위한 수단으로 서로 필요에 의해 부부행세를 했다는 것이다. 하지만 버지니아 울프 부부, 던컨 그란트, 바네사 벨, 클라이브 벨, 로저 프라이, 리튼 스트레치, E.M. 포스터, T.S. 엘리엇 등 유수한 문화계 인사들이 주축을 이루며 케인즈와 평생 가까운 친분을 유지했던 블룸즈버리 그룹에서는 한 번도 그 같은 의혹을 제기하지 않았다. 사실 블룸즈버리 그룹에 속하는 인물들 사이에서 동성애를 포함한 삼각 사각관계는 낯선 것이 아니었고, 케인즈의 경우가 그다지 특별할 것도 없었다. 굳이 남다른 점을 꼽자면 난데없이 나타난 러시아 발레리나와 결혼까지 했다는 점일 것이다.

1923년 두 사람이 연인으로 발전하고 몇 주 후 케인즈는 로포코바를 고든 스퀘어의 아파트에 들이는데, 바로 위층에는 버지니아 울프의 언니 바네사 벨이 살고 있었다. 사실 블룸즈버리 그룹 멤버들은 고든 스퀘어를 비롯한 블룸즈버리 지역에 거주하고 있었고, 거기서 이들을 부르는 명칭이 유래한 것이니 모두들 가까운 이웃이 되는 것은 피할 수 없는 일이었다. 문제는 로포코바가 가끔씩 열리는 파티의 손님이 아니라 붙박이 거주민이 된 것에 있었다. 블룸즈버리 인사들은 거의가 작가, 평론가, 음악가 등으로 일상의 모임 자체가 고도의 지적인 활동이었다. 로포코바의 경우, 지적이고 똑똑했으며, 전 유럽을 돌며 많은 경험을 한 인물이었지만, 그녀의 직업은 무대 위의 공연이 위주였고, 섬세한 지적 대화를 하기에는 영어가 짧았다. 영국 중상류층 출신의 블룸즈버리 인사들은 로포코바를 자신들보다 급이 떨어지는 지적으로 부족한 댄서 정도로 생각해 케인즈의 부인이 되기에는 부족하다고 여겼던 것 같다. 하지만 두 사람의 결혼은 1946년 케인즈가 죽을 때까지 아주 친밀하고 행복한 결합으로 남는다.

케인즈의 사후에도 로포코바는 영국을 떠나지 않고, 서섹스의 전원에 칩거하여 1981년 세상을 떠날 때까지 40여 년의 여생을 조용히 보냈다. 그리고 2008년 주디스 맥크렐(Judith Mackrell)이 『블룸즈베리 발레리나: 리디아 로포코바, 임피리얼 댄서이자 존 메이나드 케인즈 부인』(*Bloomsbury Ballerina: Lydia Lopokova, Imperial Dancer and Mrs John Maynard Keynes*)이라는 제목으로 그녀의 전기를 출판했다. 거의 모든 블룸즈버리 구성원들이 전기와 영화 등을 통해 끊임없이 연구되고 기억되는 데 반해, 20세기 초 뉴욕과 런던의 문화계를 장식했던 톱스타 리디아 로포코바에 대해서는 위대한 경제학자 케인즈의 부인이라는 것 외에는 거의 언급된 것이 없다는 사실이 정상이 아니며, 이제라도 그녀의 예술과 삶은 그 자체로서 재조명되어야 한다고 맥크렐은 주장한다.

V. 올랜도와 사샤 / 울프와 러시아

『올랜도』에 등장하는 사샤는 성별조차 구분하기 어려운 신비로운 인물로 그려져 있다. 전례 없는 추위로 템즈 강이 얼어붙고 온 세상이 눈과 얼음으로 뒤덮인 사이, 축제에 참가하기 위해 템즈 강가에 도착한 올랜도는 처음으로 사샤를 보게 된다.

> 그는 모스크바 대사관의 천막에서 나오는 한 사람을 눈여겨보았는데, 러시아풍의 느슨한 반코트와 바지 때문에 성별을 알아보기 힘든 이 사람에게 극도의 호기심을 느꼈다. 그 사람은 이름과 성별은 어찌 되었든, 키는 중키였고, 몸매가 매우 날씬했으며, 가장자리에 생소한 녹색 털로 단을 댄 진줏빛의 벨벳으로 전신을 싸고 있었다. 그러나 이런 소소한 것들은 몸 전체에서 유별나게 배어나오는 매혹적인 분위기 때문에 흐리게 보였다. 더없이 과격하고 터무니없는 이미지와 비유가 그의 마음속에서 얽히고 꼬였다. 단 3초 동안에 그는 그녀를 멜론 파인애플, 올리브 나무, 에메랄드, 눈 속의 여우라고 명명했다. (Woolf, *Orlando* 26)

올랜도의 눈에 비친 사샤는 일단 성별이 확인되지 않은 존재로, 처음에는 소년이라 생각했다가 이후 여성으로 밝혀지지만 끝까지 모호한 여운을 남긴다. "중키에 매우 날씬"한 모습으로 춤을 추고 스케이트를 타는 사샤에게서 발레리나 로포코바의 모습을 어렵지 않게 연상할 수 있다. 그리고 올랜도는 "단 3초" 만에 그녀에게 매료되고 만다. 사샤는 올랜도가 좋아하는 모든 것이 모여진 결정체로, 과일과 보석, 동물까지 망라한 올랜도의 세계 전체를 채우는 존재로 그려진다. 또한 올랜도는 사샤를 오감으로 받아들인다. 그녀에게 매료되는 그 3초의 순간에 "그가 그녀의 목소리를 들었는지, 그녀의 맛을 보았는지, 그녀를 보았는지, 아니면 셋 다인지 알 수 없었다"고 말한다. 그리고 곧 올랜도는 지금껏 자신이 만났던 여인들은 사랑이 아니었다고 확신하게 된다.

> 지금까지 그는 누구를 사랑해왔던가, 무엇을 사랑해왔던가, 라고 그는 격한 감정 속에서 자문했다. 뼈와 가죽뿐인 늙은 여인을 사랑했던 것이라고 그는 대답했다. 헤아릴 수조차 없이 많은 볼이 붉은 매춘부들, 구슬피 우는 수녀, 냉철하고 입이 험하며 뭔가를 노리는 여자 모험가, 한 무더기 레이스로 몸을 감싸고, 고개를 주억거리는 여인네들, 사랑이란 그에게 있어 톱밥과 재에 불과했다. (28)

사샤를 만나고 비로소 진정한 사랑에 눈떴음을 깨닫는다는 진부하고 과장된 묘사는, 늙은 (엘리자베스) 여왕에서 수녀와 매춘부까지를 망라하는 올랜도의 과장된 여성편력과 함께 어우러져 풍자적 묘미를 더해준다. 이렇듯 과장된 묘사는 작품 전체의 분위기를 가벼운 판타지 풍으로 만드는 데 일조한다. 『올랜도』가 출판된 1928년 즈음에 울프는 중견작가로 톨스토이의 『전쟁과 평화』를 읽고 전율을 느끼고, 체홉과 도스토옙스키가 보여주는 새로운 문학에 열광했던 초기 모습보다 상당히 여유로워졌을 것이다. 자신이 러시아 문학과 문화에 대해 가진 열정과 애호를 올랜도가 사샤에게 얼이 빠지는 모습을 통해 풍자할 수 있을 만큼 비평적 거리를 확보했다고 해석해 볼 수 있을 것이다.

신비로운 존재는 사샤만이 아니라 사샤의 나라, 아무도 가본 적이 없는 러시아라는 장소 또한 마찬가지다.

> 러시아 사람들에 관해서는 알려진 바가 거의 없었다. 커다란 수염을 기르고, 털모자를 쓴 채, 그들은 거의 아무 말도 하지 않고 앉아 있었다. 뭔가 검은 액체를 마시고는 이따금 얼음 위에 그것을 내뱉었다. 영어를 하는 사람은 아무도 없었고, 그나마 몇 사람이 알고 있는 프랑스 말은 그 당시 영국 궁정에서는 거의 사용되지 않았다. (27)

올랜도와 사샤, 그리고 러시아 사이에는 커다란 장벽이 놓여 있는데, 물리적 거리와 지식, 그리고 풍습과 언어까지 장애가 되어, 그들이 소통할 수 있는 유일한 통로는 부정확하나마 프랑스어밖에 없었다. 무엇보다 언어의 장벽 때문에 올랜도와 사샤 사이의 교류는 제한될 수밖에 없었고, 올랜도는 사샤와의 관계에는 항상 오해의 소지가 도사리고 있었다.

사샤와 올랜도 사이의 언어 장벽은 영어와 러시아어 사이의 장벽이다. 비록 콘스탄스 가넷을 비롯한 번역가들의 노력을 통해 영국 지식인들이 러시아 문학을 접할 수 있었지만, 번역이 넘을 수 없는 한계를 울프는 항상 첨예하게 의식하고 있었다. 「그리스어를 모르는 데 대하여」라는 에세이에서 울프는 영국인들이 그리스어를 제대로 이해하기 어려운 이유가 "이 외국인들(고대 그리스인들)과 우리(영국인들) 사이에는 종족과 언어의 차이뿐만 아니라 엄청난 전통의 간극이 존재하기 때문"이라고 지적한 바 있다(Woolf, "On not

Knowing Greek" 1). 러시아어와 영어 사이의 간극도 마찬가지다. 번역의 한계를 넘어 조금이라도 더 러시아 문학을 제대로 이해하고 싶어 울프는 직접 러시아어를 배웠다. 그렇다 하더라도 두 언어 사이에 존재하는 "엄청난 전통의 간극"을 넘는 것은 요원한 일이었을 것이다. 결국 올랜도와 사샤의 관계는 한계에 부딪히게 된다.

영국적인 관습에 익숙한 올랜도는 비록 사샤를 사랑하지만, "소나무와 눈 일색의 경치, 정욕과 살육의 풍속"에 끌리지 않았고, 또한 "스포츠와 정원 가꿀 수 있는 있는 쾌적한 전원생활을 버리거나, 자신의 공직을 떠나거나, 토끼 대신 사슴사냥을 하거나, 카나리 와인 대신 보드카를 마시거나, 소매 속에 이유 없이 칼을 품고 다닐 생각은 없었다." 사샤도 마찬가지로 "얼어붙은 강과 야생마들과," "칼로 서로의 목을 따는 사내들이 사는 러시아를 절대로 떠나지 않을 작정이었다"(Woolf, *Orlando* 34). 결국 이 둘은 의사소통 문제로 시작된 오해와 의심, 그리고 배신을 통해 헤어지게 된다. 도식화의 위험성이 없지는 않지만, 소설 속 올랜도와 사샤의 관계는 울프가 러시아 문학과 러시아 문화에 대해 가지고 있던 생각과 태도를 반영하고 있다고 해석할 여지가 충분히 있다.

VI. 『올랜도』와 시각예술

울프를 비롯한 블룸즈버리 그룹 멤버들에게 러시아와의 만남은 문학과 발레, 회화와 영화로 이어진다. 물론 혁명과 맑시즘도 중요한 요소였다. 앞서 살펴보았듯이 톨스토이와 도스토옙스키, 체홉, 뚜르게네프를 비롯한 러시아 거장들의 소설이 20세기 초 번역을 통해 영국사회에 소개되면서 커다란 반향을 일으켰고, 영국의 모더니즘 문학의 미학적 이론을 형성하는 데 지대한 공헌을 했다. 그리고 러시아 발레를 현대적인 종합예술로 승격시킨 발레뤼스의 공연은 그들에게 러시아의 또 다른 면모를 접하는 계기가 되었다. 피카소와 마티스 등 첨단의 실험적 회화로 무대를 장식하고, 코코 샤넬이 디자인한 발레복에 스트라빈스키와 에릭 사티의 음악, 그리고 장 콕토가 함께 만들어 내는 발레 뤼스의 공연은 가히 상상을 초월하는 신선하고 충격적인 무대 위의 향연이었다. 그리고 그 무대의 중심에 선 프리마돈나 로포코바가 케인즈와의 인연으로 블룸즈버리 한가운데로 걸어 들어와 그들 세계의 일부가 되었다. 발레뤼스와 로포코바는 발레와 무대라는 형태로 문학적 상상력을 넘어선 종합적인 감각을 일깨웠다. 올랜도가 사샤를 듣고, 맛보고, 보는 종합적인 감각으로 파악하려 했던 것과 통하는 부분이다.

블룸즈버리에는 후기 인상파 화가전을 기획했던 로저 프라이와 예술비평가인 클라이브 벨, 울프의 언니이자 화가인 바네사 벨과 던컨 그란트 등 시각예술가들이 포진하고 있었다. 그런 영향 때문인지 울프의 글쓰기에는 시각적인 요소가 강하다. 레베카 웨스트(Rebecca West)는 『제이콥의 방』을 평하면서 "[울프는]그림으로 그려질 수 있는 것일 때만 기막히게 잘 쓸 수 있다. 어쩌면 거기서도 이미 그려진 것을 가장 잘 쓰는 것 같다"라고 평했고(Marcus 128), 클라이브 벨 또한 「다이얼」(*The Dial*) 지에 기고한 글에서 울프의 "회화적 상상력"(paintly vision)에 대해 언급하고 이를 인상주의와 연결시키기도 했다. 발레뤼스와 로포코바로 이어지는 러시아의 시각 문화예술은 러시아 영화와 더불어 블룸즈버리와 울프의 예술세계에 영향을 주었다. 당시 영국에서는 러시아 영화에 대한 관심 또한 뜨거웠다. 1929년 출판된 『소비에트 러시아의 영화 문제』(*Film Problems of Soviet Russia*)는 에이젠슈타인(Eisenstein)과 푸도프킨(Pudovkin)이 만든 영화의 스틸 사진들을 실었고, 동시에 러시아 영화에 대한 영국당국의 검열에 대해 비판했다. 울프는 1926년 에세이 "시네마"에서 새로운 매체인 영화에 대해 지대한 관심과 기대를 표명한 바 있다. 1926년 "영국영화협회"(the British Film Society)가 설립되었는데 클라이브 벨과 레베가 웨스트도 참여했다. 그리고 런던에는 픽처 팰리스(Picture Palace)라는 영화관이 생겼고, 울프는 여가를 즐기기 위해 영화관에 가는 첫 세대에 속했다. 아이젠슈타인을 비롯한 러시아 실험예술 영화는 울프의 소설 기법에 영향을 주었고, 특히 『파도』(*The Waves*, 1931)는 영화의 몽타주 기법을 글쓰기에 도입하려는 시도를 보여준다.

울프는 영화적인 기법을 글쓰기에 응용하여 영화의 컷과 같이 장면들을 배열하고 중첩시켜 입체적인 인물을 전달하려는 시도를 했고, 다른 한편으로는 적극적으로 사진과 그림을 소설에 도입하여 읽기와 보기를 결합하려 했다. 이러한 시도는 『올랜도』에서 시작해 나아가 『플러쉬』(*Flush*, 1933)와 『삼기니』(*Three Guineas*, 1938)로 이어진다. 세 작품 모두 표면적으로는 객관성을 강조하는 전기와 논픽션으로 울프는 이 작품들에 사진과 초상화 등을 삽입하여 다큐멘터리나 르포르타주의 느낌을 살리려 했다. 울프는 『올랜도』가 '전기'라는 것을 강조하기 위해 곳곳에 그림과 사진을 끼워 넣었는데, 비타의 사진과 섹빌웨스트 가문의 장원인 놀에 걸려있는 선조들의 초상화들 중에서 하나를 골라 주인공 올랜도의 시간에 따라 변화된 모습들을 보여주고 있다는 점이 특기할 만하다. 예를 들어, 엘리자베스 시대의 청년귀족 올랜도의 모습은 '놀' 성의 갤러리에서 찾은 초상화를, 러시아 공주 사샤는 울프의 조카 안젤리카 벨(Angelica Bell)을 분장시켜 찍은 사진을 사용했고, 18세기 이후 여성으로 변신한 올랜도로는 비타의 사진을 넣었다.

ORLANDO AS A BOY

The Russian Princess as a Child

Orlando on her return to England

Orlando about the year 1840

사실 이러한 시도는 당시 유행하던 다큐멘터리 영화와 사진의 영향으로도 볼 수 있다. 카메라가 널리 보급되고 사진을 찍어 기록을 남기는 것이 일상적인 관행으로 자리 잡으면서, 사진은 초상화를 대치하게 되었다. 이제 사람의 일생을 기록한 '전기'도 글로만 쓸 것이 아니라 사진과 함께하면 좀 더 정확하고 강하게 객관적 '사실'에 근거하고 있다는 것을 증명하는 데 도움이 된다. 또한 영화산업이 본격적인 궤도에 진입하고 영화관에 가는 것이 일상의 한 부분으로 자리 잡기 시작하면서 영화는 예술과 오락뿐만 아니라 뉴스를 전달하고 기록하는 역할을 맡게 되었고, 다큐멘터리 영화가 유행했다.

울프에게 있어 러시아 문학과 문화가 끼친 영향은 깊을 뿐만 아니라 광범위하다. 직접적으로는 러시아 문호들의 소설이 울프의 모더니즘 미학이론의 기초가 되었고, 초기 단편에서부터 장편소설, 에세이에 이르기까지 거의 모든 글쓰기에 직간접적으로 영향을 미쳤다. 소설 『올랜도』는 울프의 작품 중에서 특별한 위치를 차지하고 있다. 소설이지만 전기문학의 형식을 취하고 있고, 전통적인 전기문학 장르 자체를 패러디하는 한편, 전기와 소설, 사실과 허구 사이를 오가며 그 둘 사이의 해묵은 위계를 전복시키는 작품이기 때문이다. 더구나 작품의 핵심에는 울프 자신의 지극히 사적인 애정사가 자리하고 있다. 올랜도라는 허구의 표면을 뚫고 비타라는 실재가 끊임없이 모습을 드러내고, 거기에 러시아라는 요소는 이 전복적 전략에 깊이와 활력을 더해준다. 사샤를 통해 도입된 러시아적 요소는 올랜도라는 환상적 인물에 신비함과 야성을 입혀주고, 동시에 올랜도로 하여금 영국이라는 안정적이지만 굳어진 틀을 깨고 나와 성장할 수 있도록 해주는 확실한 계기를 마련해 준다. 마치 톨스토이의 『전쟁과 평화』가 17세의 울프에게 "피복이 벗겨진 전선에 닿은 것 같이" 짜릿한 전율을 느끼게 했던 것처럼 말이다. 『올랜도』의 세계는 울프가 어려서 읽었던 해클류잇의 여행기에 등장하는 머나먼 미지의 땅 러시아의 모습에서부터 발레 뤼스의 프리마돈나 리디아 로포코바가 사샤의 옷을 입고 나타나고, 러시아 회화와 영화에 의해 고양된 모더니즘의 시각예술과 다큐멘터리 영화의 흔적이 사진의 형태로 반영되어 있다. 조지 오웰이 지적했듯이, 작가가 자기가 속한 세계에서 비평적 거리를 유지하기 위해 그 세계의 경계에 서야 한다면, 울프에게 있어 러시아는 경계에 서도록 끊임없이 바깥으로 당기고 일깨우는 거대한 힘이며 존재라 할 수 있을 것이다.

출처: 『노어노문학』 제32권 1호(2020), 131-57쪽.

■ 인용문헌

Hakluyt's Collection of the Early Voyages, Travels, and Discoveries, of the English Nation. Vols. 1-5. Printed for R.H. Evans, J. Mackinlay, and R. Priestley, 1809-12.

Haller, Evelyn. "Her Quill Drawn from the Firebird: Virginia Woolf and the Russian Dancers." *The Multiple Muses of Virginia Woolf*, edited by Diane F. Gillespie, U of Missouri P, 1993, pp. 180-226.

Mackrell, Judith. *Bloomsbury Ballerina: Lydia Lopokova, Imperial Dancer and Mrs John Maynard Keynes.* Weidenfeld & Nicolson, 2008.

Maclean, Caroline. *The Vogue for Russia: Modernism and the Unseen in Britain 1900-1930.* Edinburgh UP, 2015.

Marcus, Laura. *Virginia Woolf.* Northcote House Publishers Ltd., 1997.

_____. *The Tenth Muse: Writing about Cinema in the Modernist Period.* Oxford UP, 2007.

Nicolson, Nigel. *Portrait of a Marriage.* Phoenix, 1992.

Orwell, George. "Inside the Whale." *Inside the Whale and Other Essays.* Victor Gollancz, 1940, pp. 131-88.

Reinhold, Natalya. "'A Railway Accident': Virginia Woolf Translated Tolstoy." *Woolf Across Cultures*, edited by Natalya Reinhold. Pace UP, 2004, pp. 237-48.

_____. "Virginia Woolf's Russian Voyage Out." *Woolf Studies Annual Volume 9: Special Issue Virginia Woolf and Literary History Part 1.* Pace UP, 2003, pp. 1-27.

Rubenstein, Roberta. *Virginia Woolf and the Russian Point of View.* Palgrave Macmillan, 2009.

Smith, Marilyn Schwinn. 'Woolf's Russia: Out of Bounds'. *Virginia Woolf Out of Bounds: Selected Papers from the 10th Annual Conference on Virginia Woolf* (University of Maryland, 7-10 June 2000), edited by Jessica Berman, and Jane Goldman. Pace University Press, 2001.

Szamuely, Helen. *British Attitudes to Russia 1880-1918*, thesis (DPhil), University of Oxford, 1983.

Woolf, Leonard. *Beginning Again: An Autobiography of the Years 1911-1918.* Hogarth Press, 1964.

Woolf, Virginia. "Kew Gardens." *The Complete Shorter Fictions of Virginia Woolf.* Harcourt, Brace & World, 1967, pp. 162-81.

_____. "Mark on the Wall." *The Complete Shorter Fictions of Virginia Woolf.* Harcourt, Brace & World, 1967, pp. 83-89.

_____. "Modern Novels." *The Essays of Virginia Woolf*, vol. 3, edited by Andrew McNeillie, The Hogarth Press, 1988, pp. 30-37.

_____. "The Novels of Turgenev." *Collected Essays*, vol. I, edited by Leonard Woolf, Harcourt, Brace & World, 1966, pp. 247-53.

_____. "On not Knowing Greek." *Collected Essays*, vol. I, edited by Leonard Woolf, Harcourt, Brace & World, 1966, pp. 1-13.

_____. " The Russian Point of View." *Collected Essays*, vol. I, pp. 238-46.

_____. "Modern Fiction." *Collected Essays*, vol. II, edited by Leonard Woolf, Harcourt, Brace & World, 1967, pp. 103-10.

_____. *Orlando*, edited by Brenda Lyons with an introduction by Sandra M. Gilbert, Penguin Books, 1993.

_____. *The Diary of Virginia Woolf*, 5 vols., edited by Ann Olivier Bell, Harcourt, 1977-84.

_____. *The Letters of Virginia Woolf*, 6 vols., edited by Nigel Nicholson, and Joanne Trautmann, Harcourt Brace & Jovanovich, 1975-80.

_____. *The Moments of Being: Selected Autobiographical Writings*, 2nd ed., edited by Jeanne Schulkind, Harvest/Harcourt Brace, 1985.

_____. *A Passionate Apprentice: The Early Journals, 1897-1909*, edited by Mitchell A. Leaska, Hogarth Press, 1990.

『출항』과 『올랜도』에 나타난 생태적 경험과 권력*

ㅣ 손일수

I. 들어가며

본 논문은 최근 주목받고 있는 생태비평(ecocriticism)의 관점으로 버지니아 울프(Virginia Woolf)의 두 소설, 『출항』(*The Voyage Out*)과 『올랜도』(*Orlando*)를 읽어보려는 시도이다.[1] 최근 생태비평의 대두는 분명 20세기 후반 이후 인류에 의한 환경파괴의 심각성이 부정하기 어려울 정도로 널리 인식되기 시작한 데 기인한다. 따라서 생태비평의 권위자인 그렉 개러드(Greg Garrad) 역시 "생태비평가와 해당 연구 영역을 포괄적으로 정의하는 데 도덕적, 정치적 지향을 강조하는 것은 핵심"이라고 주장한다(4). 특히 초기 환경주의적(environmentalist) 생태비평은 산업 자본주의 시대 이후 급속히 파괴되고 있는 자연을 보존하고 문명에 의한 각종 왜곡이나 허위의식을 타파하여 인간

---

* 이 논문은 2020년도 부산대학교 인문사회연구기금의 지원을 받아 연구되었으며, 원래 『현대영미소설』 제28권 2호(2021), 137-164에 수록된 것을 일부 수정·보완한 것임.

1) 이하 『출항』의 인용은 *VO*, 『올랜도』 인용은 *O*로 표시한다.

이 자연과 다시 교감할 수 있는 가능성을 제기하는 작품들에 집중한 바 있다 (Garrad 21-23). 이런 종류의 생태비평은 자연스럽게 낭만주의 문학이나 헨리 데이비드 소로(Henry David Thoreau)로 대표되는 작가들처럼 명시적으로 자연을 문학 작품의 소재로 다루고 자연 친화적인 삶을 예찬하는 작품에 주목한다.

하지만 이러한 접근이 환경적 정의를 강변하는 데 기여할 수 있다 할지라도 여전히 문명/자연의 이분법적 구분을 재생산한다거나, 특히 모더니즘처럼 자연보다는 흔히 인간의 심리나 도시적 경험에 주목한다고 일컬어지는 작품 혹은 문예사조를 충분히 조명하지 못한다는 비판을 받아왔다. 예를 들어 앤 레인(Anne Raine)이 설명하는 전통적인 모더니즘 독자 및 연구자들의 시각에 따르면, "모더니즘이 추구하는 혁신의 목표는 생태비평가들이 옹호하는 바와 같은 자연에 대한 더욱 강한 충실함이라기보다는 인간의 의식에 대한 보다 풍부한 이해 또는 자율적인 삶을 가진 미학적 대상들을 구축하는 것이다"(100). 하지만 최근에는 생태비평이론을 확장하는 가운데 보다 정교화함으로써, 생태적 환경을 녹색 환경만이 아니라 도시 환경, 인간과 비인간, 담론과 물질을 모두 아우르는 환경으로 정의하곤 한다. 여러 평자들은 인간과 비인간, 자연과 문화, 담론과 물질 등의 대립 쌍들이 실제로 존재론적으로 구분되는 것이 아니며, 상호 영향을 행사하고 서로의 존재를 가능케 한다는 생태적 관점을 제시한다. 세레넬라 이오비노(Serenella Iovino)와 서필 오퍼만(Serpil Oppermann)은 신유물론(new materialism) 관점을 생태비평에 적용함으로써, 인간에게만 의도성을 갖춘 주체의 지위를 부여하는 것을 재고하고 다중적이며 분산된 행위자(agent)의 집합체로 세상을 이해할 필요성을 강조한다. 그들에 따르면 생태비평의 과제는 "인간 및 비인간의 행위능력이 복합적이고 비선형적이며 공진화적으로 상호 영향을 주고받는 과정에 입각하여 윤리와 정치를 재구성함으로써, 생태학적 상호작용의 지도를 새로 그리는 것"이다(451). 즉, 최근의 생태비평이론은 인간만이 능동적, 독립적인 행위자이고 기타 동식물 그리고 사물은 수동적인 존재가 아니라, 후자 역시 행위 능력을 가지며 인간에게 끝없이 그들 존재의 의미를 각인시킨다는 미학적, 윤리적 관점을 택한다. 인간은 세상의 일부이며 인간은 여러 행위능력의 결과이자 과정이고, 담론과 물질 환경의 구분 자체가 인간의 문화적 산물이기 때문에 당연시되지 않아야 한다는 생각이다. 결국 생태비평은 신유물론이나 정동 이론 등, 탈인본주의 관련 이론들과 접점을 늘려가고 있다.

결과적으로 최근 모더니즘은 생태적 환경에 주목하지 않는다는 과거의 '오해'를 극복하고 생태비평의 각별한 조명을 받고 있다. 『모더니즘과 환경』(*Modernism and Its Environment*)에서 마이클 루벤스타인(Michael Rubenstein)과 저스틴 뉴먼(Justin Neuman)은 최근 연구 경향의 변화를 추적하면서, 언어적 전회, 차연, 담론성과 같은 개념을 강조하면서 자연, 진리와 같은 초월적 개념을 부정하는 포스트모더니즘의 위세가 약화되기 시작할 때 생태비평과 모더니즘이 다시 주목받기 시작했다고 지적한다(12). 그들의 지적처럼 과연 포스트모더니즘과 생태비평이 상호 배타적인 성격을 갖고 있는지에 대해서는 다른 지면의 추가적인 논의가 필요하겠지만, 생태비평을 통한 모더니즘의 생산적인 재해석 가능성에 대한 그들의 입장은 분명 귀 기울여 들을 필요가 있다. 그들에 따르면 생태비평적 읽기는 "모더니즘 작품이 그간 인간의 심리 또는 회화적인 스타일에 집착하는 것으로 보였던 곳에서 자연과의 대화를 드러낼 수 있으며, 전경[인간 활동]과 후경[생태적, 물질적 맥락] 사이의 관계에 대한 우리의 본능이 종종 혼동되었거나 심지어 전도되었다는 것을 보여줄 수 있다"(2). 기존 재현 방식, 리얼리즘 언어, 제국주의와 자본주의 그리고 가부장제에 의해 구조화된 인간관계 속에서 어떻게 진리의 순간, 혹은 울프의 표현을 빌리면 "존재의 순간"(moments of being)을 표현할 수 있을지에 대한 고민으로 흔히 이해되는 모더니스트들의 예술가적 도전은 분명 인간과 자연 사이의 윤리적 관계를 재설정하는 과제와는 사뭇 괴리된 것으로 보일지 모른다. 하지만 이 논문이 전제하는 것은 바로 그러한 도전 역시 20세기 초를 특징짓는 기술문명, 그리고 메트로폴리스의 경험을 포함하는 더 큰 생태적 환경에 대한 경험이나 지각에 의해 매개되거나 한계 지어진다는 점이다.

모더니스트 작가들 중 울프가 특별히 생태비평의 관심을 누리는 현상은 이상한 일이 아니다. 아래 본격적으로 논의할 두 작품 이외에도 울프는 여러 작품에서 생태적 환경에 대한 인식이나 인간의 사유와 행위 양식에 대한 환경의 영향을 직간접적으로 묘사했다. 『파도』(*The Waves*)에서 버나드(Bernard)는 고립과 소외를 겪는 인물들에게 소속감과 질서를 제공하고자 노력하는데, 자연 고유의 불가해하고 우발적인 리듬은 그로 하여금 그런 인간적 활동의 가능성과 한계를 동시에 인지하게 만든다. 『막간』(*Between the Acts*)에서도 갑작스러운 소나기나 소의 울음소리는 야외극을 통해 영국의 역사를 재현하려는 라 트로브(La Trobe)의 기획을 훼방하기도 하고 보완하기도 한다. 인간의 통제 내지 목적론적 역사 전개에서 벗어난 채 작동하는 자연에 대해 울프가 부여하는 의미가 긍정적이든 부정적이든, 울프는 자주 인간의 주체성을 생태 환경의 일부로 인식한다. 울프의 생태적 관심에 주목하는 대표적 평자로서, 크리스티나 알트(Christina Alt)는 울프가 린네식(Linnean) 자연사 분류학 전통에서 자라며 관련 취미를 많이 누렸지만, 수집·분류·명명의 과정이 대상의 복합성을 지우고 정체성을 부과함으로써 기존의 지식 체계에 자연을 복속시키는 폭력을 행사한다는 것을 일찌감치 인지했다고 주장한다(14-36). 또 다른 최근의 예로 보니 카임 스콧(Bonnie Kime Scott)은 울프의 작품에서 "이러한 환경과의 혼합은 환경에 인간의 자아를 부과하기보다는 여러 갈래의 에코페미니즘과 상통”(113)하며, 울프는 “가부장주의적이고 민족적인 과업에 자주 이용되는 ‘영국성’-장소에 대한 민족적 동일시에 대해서 회의적”(114)이었다고 평한다.[2)]

하지만 여러 평자들은 생태비평이 문학 이론으로서 지속적인 이론적 정합성을 지니기 위해 극복해야 할 몇 가지 도전에 대해서도 인지하고 있다. 제시 오크 테일러(Jesse Oak Taylor)가 “서사 문학에 주목함으로써 ‘생산된’ 기후에 대해 상상하는 것은 어떤 의미인가”(429-30; 필자 강조)라는 질문에 답을 구하고자 하듯이, 평자들은 환경이라는 소재에 특별히 주목하지 않고 주로 개별 인간들의 삶과 심리에 주목하며 또 그런 차원에서 주로 해석되는 문학 작품이 생태계 파괴 및 기후 변화나 사막화처럼 지질학적 시간대에 걸쳐 발생하는 인류세의 경험을 어떻게 서사화할 수 있는지 고민한다. 또 생태계에 대한 지식은 기본적으로 각종 과학 이론에 의존한다. 비록 과학을 과학으로 정의하는 행위 자체는 문화적인 것이라 할지라도, 각종 생물학적 이해 없이 인문학자가 생태적 관점을 적용하는 것은 마치 약 한 세기 전에 진화론을 왜곡하고 전유했던 사회 진화론자들의 잘못을 반복하는 게 될 수도 있다. 이런 우려를 고려하여 개러드는 “따라서 생태비평은 생태학의 문제들에 대한 논쟁에 크게 기여할 수는 없지만, 넓은 의미에서의 생태적 문제를 정의하고, 탐구하고, 심지어 해결하는 것을 도울 수 있다”(6)라고 신중히 주장한다. 끝으로 인류세에 정치나 윤리, 행위 능력을 인간(특히 성, 계급, 인종 등의 관점에서 특권적 위치를 점하고 있는 집단)만의 영역으로 간주하지 않고 근대적 인간중심주의를 타파하는 작업을 많은 환경론자들이 천명하고 있지만, 과연 인간이 생태계를 인간 중심이 아닌 관점으로 이해하는 것이 가능한지, 설령 가능하

2) 울프를 비롯한 여성작가들을 특별히 생태여성주의, 생태정치(ecopolitical) 등의 관점에서 연구한 최근의 시도로 저스티나 코스트코스카(Justyna Kostkowska) 참조.

다고 해도 진정 바람직한지, 생물학 결정주의의 위험 내지 협의에 대해서는 어떻게 극복할지 등에 대한 논의도 지속되고 있다(Feder 14-15).

필자 역시 생태비평이 지속적으로 설득력 있고 유용한 설명력을 가지기 위해서는 생태적 경험을 구체화하는 가운데 반인간중심주의나 환경적 정의, 또는 인간과 자연은 존재론적으로 완전히 구분되지 않는다는 사실을 강변하거나, 이미 생명과학이 증명한 사실들, 예를 들어 여타 많은 동물 종들도 인간과 비슷하거나 혹은 독립적인 논리적 사고력, 감정, 행위 능력을 가질 수 있다는 것을 문학 작품에서 다시 한번 발견하며 과학을 추인하는 단계를 넘어서야 한다고 생각한다.[3] 문명과 자연이 서로를 매개하며 존재한다는 점을 사실주의적으로 재현하는 것 자체보다도 매개하는 방식의 특수성과 그 특수성이 새롭게 조명하는 삶의 복잡성, 또는 그 특수성이 야기하는 예술적 표현 양식을 문학 작품에서 읽어내는 일이 중요할 것이다.

필자는 특히 울프의 작품을 분석하는 가운데 생태적 경험 또는 인식에 의해 반영되거나 매개되는 권력의 문제에 주목하고자 한다. 다시 말해서 인간이 생태계의 일부이며 문화와 자연 사이의 근본적인 구분이 실은 문화적 구성물이라는 태도 자체가 해방적 가능성을 담보하는 게 아니라, 차별화된 생태적 경험 역시 권력의 대상이자 권력을 표현하는 방식이라는 점을 전제로

3) 최근의 모더니즘 생태비평 역시 이러한 한계를 극복하고자 생태적 경험이나 인식을 보다 구체적인 사회적 맥락에서 해석하려는 시도를 보여준다. 예를 들어 문화의 지배적 상징체계에 완전히 포섭될 수 없는 것으로서의 자연, 인간의 효용에 봉사하는 대상(object)으로 완전히 환원되지 않고 사물성(thingness)을 현현하는 것으로서의 자연 묘사를 하이데거 철학을 빌려 읽어 내거나, 담론과 물질, 인간과 자연 등의 경계를 원천적으로 허물어뜨리는 양자역학 등의 20세기 초 과학이론을 빌려 인간중심주의에 대한 비판과 인간의 생태적 존재양식을 읽어 낸다(Raine 105). 하지만 이렇게 인간과 자연 사이의 긴장이나 불가분성을 주장하는 가운데, 결국 인간 보편과 같은 다분히 문제적인 개념을 다시 소환하는 위험도 발생한다.

삼고자 한다. 켈리 엘리자베스 술츠박(Kelly Elizabeth Sultzbach) 역시 과거의 생태비평이 "너무 자주 자연과의 평등이나 합일과 관련된 모든 것을 포괄하는 관점으로 농축된다"(6)는 비판을 소개하며, 실제로 모더니즘 문학은 "인간과 비인간 행위자들 모두를 구속하는 권력체계를 비판하는 관점"(8)을 제공할 수 있다고 주장한다. 수동적으로 인간의 담론적, 물질적 행위의 대상이 되기만 하는 것이 아니라 인간의 신체, 나아가 사회관계와 문화에 영향을 미칠 수 있는 것이 생태계라면, 생태적 존재양식이나 태도는 권력에 의해, 또는 권력을 가진 집단에 의해 우선적으로 전유됨으로써 불균등하게 형성되고 관리되며 나아가 재생산되기 쉽다. 따라서 필자는 울프의 소설에서 비인간적 존재들 자체와 그들이 행사하는 영향력에 주목하기보다 생태적 경험이 권력관계에 의해 매개되는 양상에 집중하고자 한다. 궁극적으로 울프의 작품을 통해 생태비평의 관점으로 권력의 미시적 작동 방식을 보다 세밀하게 분석하는 하나의 사례를 제시하고자 한다.

II. 『출항』에서 본 생태적 경험과 지식 권력

『출항』에서 레이첼(Rachel)과 그녀의 이모 헬렌(Helen)을 비롯한 여러 인물들은 런던을 떠나 남아메리카의 산타 마리나(Santa Marina)라는 낯선 생태적 환경으로 여행을 떠난다. 소설은 도착지에서뿐만 아니라 바다 위에서의 경험이 어떻게 영국의 문명이 제공했던 지배적 행위 양식이나 가치 체계를 교란하거나 상대화하는지 묘사한다. 런던에서 일상적으로 일어나던 행동이나 고민은 바다 위의 사람들에게는 망각되고, 영국은 "아주 작은 섬", 심지어 "사람들이 감금된 쪼그라드는 섬"으로 인식된다(*VO* 29). 그리고 산타 마리나에 도착하여 그들이 마주치는 생태환경은 영국식 정원은 어울리지 않을 곳으로 여겨진다(*VO* 99). 스콧이 "정복의 시대는 끝났지만 여전히 현재의 전망에 대한 인물들의 반응으로부터 배울 수 있는 흥미로운 것들이 많다"(139)라고 말하듯, 이러한 일련의 경험은 여러 인물들, 특히 레이첼이 영국의 가부장제와 산업자본주의의 속박되고 규범화된 삶에서 벗어나 타인들과 자신의 과거를 비판적으로 성찰할 계기를 마련해 준다. 나아가 그녀가 세상에서의 자기 위치 및 타자와의 관계를 독립적으로 정립할 교육의 기회를 누린다고 볼 수 있다.

실제로 이 소설은 제국 변방의 낯선 생태적 환경 경험을 통해 진정성 있는 삶에 대한 비전, 그리고 그 비전의 비판적이며 실천적인 가능성을 보여준다. 하지만 동시에 울프의 소설은 그러한 종류의 비전이 그들이 처한 사회관계와 물질적 조건에 의해 매개되며, 매개되는 방식이 상이하다는 점도 끊임없이 암시한다. 매개 방식이 상이한 이유는 비전이나 상상을 현실화할 수 있는 여러 종류의 자원, 그리고 그 자원에 대한 접근성이 공정하게 분배되어 있지 않기 때문이다. 자유간접화법을 통해 레이첼의 생각이나 감정에 밀착된 화자의 묘사가 자주 제시되지만, 화자는 그것이 제시하는 가능성에 끊임없이 거리를 두며 서사를 진행한다.

먼저 작품 초반에 등장하는 장면을 예로 들면, 레이첼은 선상에서 부인들이 나누는 공손한 대화에 어떤 분노와 소외감을 느끼고 자기 객실로 돌아가 피아노를 연주한다(*VO* 58). 그녀의 연주는 모더니스트 예술가의 비순응적 예술처럼 "퀴어"하며 "몰개성적"이다(*VO* 58). 몰리 하이트(Molly Hite)가 지적하는 것처럼, 레이첼의 예술가적 면모는 "실제(reality)와 관습화된 범주들 사이의 대립"(533)이라는 모더니즘 예술의 주된 관심사를 환기시킨다. 레이첼은 부인들이 보여주는 관습적인 행위와 언어 양식에 불만을 품고 비언어적 예술로 실제를 포착하며 독자적인 만족을 얻고자 한다. 하지만 마침 댈러웨이(Dalloway) 부인이 갑작스레 문을 열고 그녀의 객실에 들어서자 "하얀 갑판과 바다의 한 조각"이 함께 레이첼의 방으로 들어오고, 그녀의 바흐 연주는 "내동댕이쳐진다"(*VO* 59). 이 장면은 레이첼이 자신의 환경을 자신의 의사대로 이해하고 통제하는 가운데 예술적인 활동과 사유의 밀도를 스스로 조절할 수 없는 상황을 보여준다. 그에 반해 높은 사회적 지위와 재력을 통해 세계 곳곳을 자유롭게 여행하고 조사하는 댈러웨이 부부는 쉽게 레이첼 아버지의 배에 얻어 타는 데서도 확인할 수 있듯이, 그들이 필요로 하는 자원에 접근하는 데 어려움을 겪지 않는다. 특히 위의 인용에서 보듯 댈러웨이 부인은 본인만이 아니라 생태적 환경의 일부마저 '대동'하고 레이첼의 방에 난입하는 것처럼 보인다.

레이첼은 이미 스물네 살이지만 세상 경험이나 지식 습득이 철저히 제한된 교육, 사실상 방치에 가까운 교육을 받고 자랐다(*VO* 32). 하지만 그 덕에 레이첼은 자신이 원하는 소수의 활동에 — 물론 아버지로부터 승인받을 수 있는 한에서 — 집중할 수 있는 자유를 얻었다. 그리고 음악 연주에서 나타나듯이 그와 같은 성장 경험은 레이첼에게 남다른 관점이나 예술적 비전을 발전시킬 계기가 되었으리라 기대할 수 있다. 하지만 이내 화자는 그런 한 가지 재능이 있음으로 인해 "사람이 더 현명할 건 없다"(*VO* 32)라며 레이첼의 가능성을 낙관적으로 전망하는 것에 냉소적인 태도를 취한다. 분명 백지와 같은 상태 덕분에, 레이첼의 소위 열린 주체성은 남아메리카라는 새로운 생태적 환경으로의 여정이 제공하는 이질적이고 우발적이며 다양한 감각적 경험을 기존에 정립된 모종의 인지 체계를 통해 왜곡하거나 규정하지 않은 채 흡수할 수 있는 가능성을 남들에 비해 더 많이 보유한다고 볼 수 있다. 앞으로 살펴보겠지만 실제로 그러한 순간들은 자주 등장한다. 하지만 동시에 그녀의 협소한 성장과 교육 배경으로 인해 레이첼은 그녀를 둘러싼 낯선 환경이 제공하는 유무형의 미지의 자극, 때로는 위험한 자극들을 적절히 소화하고 관리하는 데 능숙하지 못하다. 환경이 제공하는 매혹적일 수도 있고 위험할 수도 있는 자극은 그녀 주변 사람들의 존재도 포함하는데, 레이첼은 그들이 남들보다 많이 가진 특권에서 유래하는 경험과 지식을 통해 구축한 (생태적) 세계 인식방식에 강렬하게 매혹된다. 결국 이 소설은 레이첼이 보여주는 생태적 통찰과 비전 자체의 가치와 아름다움 못지않게, 그 통찰과 비전을 지속 가능한 생태적 관계로 발전시킬 담론적, 물질적 자원의 차이가 어떤 결과를 낳는지 보여준다.[4]

배 위에서 레이첼에게 지대한 영향을 미치는 것은 같은 배를 탄 다른 사람들에 비해서도 우월한 지식과 세상 경험을 자랑하는 댈러웨이 부부다. 그리고 그들에게서 받은 영향은 작품 내내 레이첼이 고민하고 정립하려는 것의 기초가 된다. 댈러웨이 씨는 "세상을 하나의 전체로 인지하라"라고 레이첼에게 조언한다(*VO* 69). 그리고 국가를 하나의 복잡한 기계에 비유하면서, 자신과 같은 높은 지위의 사람이든 레이첼이 답답하게 여기는 그녀의 고모들처럼 집안일을 하는 여성이든 모두 기계의 필수적인 부분이며 한 부분이 오작동을 일으키면 기계 전체가 곤경에 처한다고 설명한다(*VO* 69).

인간을 포함한 세계 전체를 유기적인 동시에 공학적으로 설명하는 댈러웨

4) 『출항』이 제국 변방을 배경으로 여성을 중심인물로 삼아 어떻게 전통적 성장소설 문법을 다시 쓰는지 탐구한 대표적인 연구로 제드 에스티(Jed Esty) 참조. 에스티는 근대 민족국가에서 문화와 자본이 성공적으로 조화를 이루는 이상을 문학적으로 표현한 것이 성장소설이라고 한다면, 제국 변방의 환경이 어떻게 성장소설의 서사를 불가능하게 만들면서 모더니즘 스타일을 촉발하는지 설명한다. 에스티의 논의는 대체로 명민하지만, 사회경제적 환경에 집중하는 한편 생태적 환경에 대한 인물들의 반응을 고려하지 않은 점에서 한계가 있다고 볼 수 있다.

이 씨의 세계관은 당시 발전하고 있던 생태학을 반영한다. 미셸 푸꼬(Michel Foucault)가 『말과 사물』(*Les mots et les choses*)에서 여러 예시 중 하나로 생물학을 들어 인식소(episteme)의 계보를 논했던 것처럼, 피더 앤커(Peder Anker)는 당시 영국에서도 자연에 대한 연구가 명명, 분류, 그리고 계통 정립을 중요시하는 자연사(natural history) 중심의 연구에서 인간을 포함한 동식물과 환경 전체의 유기적인 관계를 강조하는 생태학 중심의 연구로 이행하고 있었다는 점을 지적한다. 앤커는 아서 조지 탠슬리(Arthur George Tansley)라는 심리학자 겸 생태학자를 중심으로 영국 생물학계에서 생태학의 헤게모니 획득 과정을 설명하는데, 그들은 식민지의 생태적 역사 연구, 종(species)들 사이의 유기적 관계에 대한 연구를 통해 제국 경영의 올바른 방향을 정립할 수 있다고 믿었다. 탠슬리의 가장 중요한 협력자인 토마스 포드 칩(Thomas Ford Chipp)은 다름 아니라 울프 연구자들에게는 특히 친숙한 큐 가든(Kew Garden)의 관리자이기도 했다. 그들은 “정원에서 식물들 사이의 생태적 관계가 식민지들 사이의 관계를 위한 하위 언어”라고 주장했다(Anker 33). 나아가 그들은 원주민들의 생태계 파괴를 근거로 삼아, “제국이 원주민들을 그들 자신으로부터, 그리고 산림 벌채라는 나쁜 습관으로부터 구제한다”(Anker 39)라고 주장했다. 그리고 울프의 소설에서 댈러웨이 씨는 이러한 유기체적 생태학에 정초하여 제국의 경영이나 사회관계는 물론 여성의 지위나 역할 등에 대해서도 이론을 펼치는 것이다. 그의 이론에 따르면 인간을 포함한 생태계의 개별 존재들은 ‘자기 자리’에 있을 줄 알고 자신의 역할을 충실히 수행할 줄 아는 ‘미덕’을 통해서 전체의 항상성과 발전에 기여할 수 있다(*VO* 69-70).

앤커의 연구와 울프의 소설 속 댈러웨이 씨의 면모는 분명 생태계의 유기적 관계에 대한 상상이 그 자체로 반제국주의, 반가부장주의, 반자본주의에 기여하지 않는다는 사실을 여실히 보여준다. 생태학과 정치, 윤리 사이의 관계가 얼마든지 다양하게 분화할 수 있기 때문이다. 그런데 울프의 소설 전개에서 댈러웨이 씨가 제시하는 생각의 윤리적 문제 자체만큼이나 중요한 건 그의 생각이 세상을 총체적으로 이해할 수 있는 지식에 목마르되 독자적인 판단을 할 수 있는 교육이나 경험은 누리지 못한 레이첼에게 지대한 영향을 행사한다는 사실이다. 손영주는 댈러웨이 씨와 레이첼의 대화를 세밀하게 분석하는데, 그는 레이첼이 "비판적인 통찰과 저항"(73)을 보여주고 "폐부를 찌르는 질문"(73)을 던짐으로써 댈러웨이 씨가 그녀를 "조롱"(73) 내지 "괴상한 논리"(74)로 대응할 수밖에 없게 만든다고 주장한다. 하지만 둘의 대화가 진행되는 와중에 레이첼의 질문이 설령 댈러웨이 씨가 논리적으로 답하기 어려운 성격을 일부 지니고 있다 할지라도, 그녀의 질문은 애당초 그의 논리의 허점을 찌르기보다는 그녀의 지식에 대한 열망을 댈러웨이 씨가 채워주길 갈구하는 마음에서 비롯되었다고 보는 것이 더 정확하다. 그리고 댈러웨이 씨는 둘 사이의 지식과 경험의 큰 격차에서 유래하는 권력의 비대칭적 관계를 분명히 인식하고 있다.

대화의 초반 댈러웨이 씨가 공적 삶의 부담을 과시하듯 늘어놓을 때 레이첼의 눈에 그가 "너덜너덜해진 순교자"(*VO* 68)처럼 보였을 정도로 그의 경험의 폭은 레이첼에게 가히 종교적인 매력을 선사한다. 이어서 "사람이 그런 일을 어떻게 하는지 . . . 이해가 안 돼요!"(*VO* 68)라고 외칠 때도, 레이첼의 반응은 분명 의심의 표현이라기보다 찬양과 매혹에 가깝다. 바로 이어서 레이첼은 댈러웨이 씨가 의미하는 유기적 전체의 의미를 이해시켜달라며 자신이 아는 현실, 즉 미망인들의 일과를 묘사한다. 이 지점에서 레이첼은 그에게 여성들의 삶의 가치를 납득시키려 했다기보다는, 극히 제한된 반경의 삶을 살았던 그녀가 댈러웨이 씨의 유기체적 전체에 대한 이론을 스스로 형상화해보기 위해 생생하게 동원할 수 있는 공적 활동의 모습이 그 순간 그것밖에 없었다고 보는 게 적절하다. 따라서 이런 형상화를 통한 이해와 그것을 통한 계속된 대화가 쉽지 않자 "우리는 서로를 이해하지 못하는 것 같다"(*VO* 69)라고 말할 때도, 레이첼의 의도는 댈러웨이 씨에 대한 비판이라기보다 자기 체념에 가깝다.

댈러웨이 씨가 정치력을 가진 여자를 만난 적도 없고 앞으로도 만나지 않기를 바란다며 "우리는 이제 평생 원수가 되는 건가요?"(*VO* 69)라고 말할 때도, 그의 어투는 분노나 조롱이라기보다는 마치 미성숙한 청소년을 데리고 희롱하는 모습에 가깝다. 그리고 이에 대한 레이첼의 반응은 "허영심, 짜증, 그리고 이해받길 바라는 솟구치는 욕망"(*VO* 70)이다. 즉, 레이첼은 여성 비하적인 댈러웨이 씨의 발언에 신경이 거슬리기도 하지만, 자신이 상상하기도 어려울 만큼 위대한 일을 하고 있는 것만 같은 상대방이 자기에게 서로 원수가 되는 것이냐며 묻자 그러한 상호 대립이 전제하는 동등한 관계에 모종의 "허영심"(vanity)을 느끼는 것이다. 물론 이런 모습은 레이첼의 치명적인 단점이라기보다도, 훨씬 높은 지위와 사회 경험을 가진 연장자와 대화를 나누는 자의식 강한 젊은 사람이라면 누구나 한 번쯤 가질 법한 감정이라 볼 수 있다. 결국 울프는 협소한 사회 경험의 폭을 강요받은 채 자란 여성 레이첼이 남아메리카로의 여행과 같은 특수한 생태적 경험의 지평에 던져졌을 때, 외부의 영향이나 매혹에 쉽게 노출되고 영향받기 쉬운 취약함을 강조한다. 앞서 보았듯 규범적 사회 활동에 덜 노출된 덕에 계발된 비판적 거리와 통찰도 존재할 수 있지만, 울프는 물적 조건과 괴리된 예술적 비전에 쉽게 대안적 가치를 부여하지 않는다.

결과적으로 댈러웨이 부부의 경험과 지식은 그 자체로 권위가 되고, 레이첼은 그들의 이론에 매혹되면서 모종의 생태적 상상을 통해 삶의 진실, "존재의 순간"을 찾기 위한 학습을 시작한다. 그리고 소설은 그녀가 착수하는 정신적, 육체적 모험에 대해 가지는 작가의 복잡한 태도를 보여준다. 댈러웨이 씨의 유기체 이론을 추상화하여 이해할 능력이 부족한 레이첼은 본인이 동원할 수 있는 이미지를 사용하는데, 리치먼드가 있던 지역을 거닐던 매머드가 어떻게 현재의 돌이나 상자, 심지어 그녀의 고모들이 되었는지 고심한다(*VO* 70). 또 하수로를 신경망으로, 망가진 집을 병든 피부로 상상해보다가 이제는 사람들을 상징 이상의 것으로 볼 수 있게 되었다고 기뻐하며 위인전을 무작정 읽고 인간에 대한 지식을 얻고자 한다(*VO* 88). 낯선 환경에서도 여전히 교회에 가고 경건히 예배를 드리는 어느 여성을 보았을 때는, "그녀는 한갓 조개 같은 거야. 민감한 부분은 바위에 들러 붙인 채, 그녀를 지나쳐 가는 신선하고 아름다운 것들에 대해서는 죽은 것과 다름없지"(*VO* 265)라고 생각한다. 레이첼의 이러한 생각은 새로운 생태적 환경에서도 종교라는 지배적 가치 체계에 무비판적으로 순응하는 인물에 대한 생태적 관점의 비판이라고도 볼 수 있지만, 그 인물의 내밀한 삶과 내면을 전혀 알지 못한 채 성급히 윤리적인 평가를 내리는 레이첼의 모습에 대해 화자가 거리를 두고 있다고 보는 게 더 정확하다. 또는 잔디 위에 누워서 잎사귀들 속에 책을 묻은 채 나른하게 독서를 하다 모종의 비전을 깨닫는 모습 역시 담론과 자연의 교합을 상징하는 장면으로 볼 법도 하지만(*VO* 196), "모든 지식이 그녀의 것이 될 것"(*VO* 196)이라 상상하는 모습, 그리고 "일어나서 두 권의 책을 들고 집으로 향했다. 마치 전투에 임하는 병사처럼"(*VO* 197)과 같이 묘사되는 모습은 마치 의사영웅시(mock-heroic)를 연상케 한다.

특히 수잔(Susan)과 아서(Arthur)의 약혼을 기념하는 파티에서 레이첼이 즉흥성, 우발성, 차이들의 조합을 특징으로 하는 재즈 같은 음악을 연주하며 희열의 순간을 만끽하는 장면은 비록 그녀가 언어 중심의 지식은 부족하더라도 오히려 그것을 초월할 수 있는 예술적 가능성을 보여주는 대표적인 장면으로 여겨지기도 한다. 하지만 파티가 끝난 후 "단정하지 못한 머리, 그리고 30분 전에는 축제에 어울려 보였던 녹색, 황색의 보석들은 이제 값싸고 칠칠맞게 보였다"(*VO* 187)라며 조용히 집으로 돌아가는 레이첼 일행을 묘사하는 대목은 독자들로 하여금 비전과 희열의 순간이 선사하는 경이로움과 함께 그 경이로움의 지속가능성을 동시에 고민하도록 만든다.

이처럼 작중 여러 장면은 지배적 가치 체계를 교란하거나 그 체계에 내재된 불완정성을 폭로하고 대안적 주체성 또는 사회관계를 상상하도록 돕는다. 하지만 울프는 그런 순간들이 아무리 생태적 관계와 예술적 상상력을 동반하더라도 그것들에 쉽게 초월적 지위를 부여하지 않는다. 특히 어떤 생태학적 상상이냐가 중요하다기보다 누가 자신의 상상을 구축하고 지속시킬 수 있는 모종의 자원에 접근 가능한지가 중요하다고 할 수 있다. 높은 사회적 지위와 재력을 갖추고 각국을 여행하는 댈러웨이 부부에게는 제국 프로젝트의 일환으로 생태적 상상력을 전유하는 데 아무런 어려움을 느끼지 않는다. 댈러웨이 씨는 보수주의적 정책을 마치 "지구의 거주 가능한 영역"을 사로잡는 "올가미"처럼 설명하고(*VO* 51), 댈러웨이 부인은 남편의 활동에 감격하며 태양이 뜬 바다 위를 바라보다 "삶이란 얼마나 아름다운지!"(*VO* 63)라고 외친다. 마찬가지로 전 지구를 여행 다니며 고고학 등을 연구하다가 작중 강을 따라 보트 여행할 것을 제안하고 실행에 옮기는 플러쉬(Flushing) 부인의 경우, "잘 육성되고 양육된 수세대의 조상들"(*VO* 222)이 그녀의 뒤에 도열한 것처럼 느껴진다. 아일랜드에서 아침에 침대에 누워 발가락으로 창밖의 장미꽃을 꺾을 수도 있는 집을 가져본 적이 있다고 자랑(*VO* 223)하는 플러쉬 부인은 남아메리카의 깊은 곳을 보트를 타고 들어가는 종류의 생태적 경험을 즐거운 도전이자 유흥의 차원에서 향유할 수 있다.

사회학자 피에르 부르디외(Pierre Bourdieu)의 이론을 빌리면, 댈러웨이 씨나 플러쉬 부인과 같은 이들이 누리는 생태적 취향이나 지식은 그들을 다른 집단으로부터 분리함으로써 사회 계층을 분류하는 "구성적 권력"(constitutive power, 467)이 된다. 부르디외가 논하는 아비투스(habitus), 즉 사회 구성의 역할을 수행하는 습관이나 행위 양식을 이해하기 위해서는 특정 대상(object)을 논할 때 "그 대상에 그 대상의 부분인 행위자들이 그 대상에 대해 갖는 지식, 그리고 그 지식이 그 대상의 실제를 형성하는 데 기여하는 바를 포함"해야 한다(467). 그리고 이 "구성적 권력"은 "일반 지식이나 이론적 지식을 실제 세계에 대한 단순한 반영으로 간주할 때는 확인되지 않는다"(467). 부르디외의 관점에서 지식이나 취향이란 항상 사회구조에 기반함과 동시에 그 사회구조의 일부인 행위자들에 의해 반복됨으로써 다시 그 사회를 구조화하는 데 기여한다. 그리고 "이 [사회를] 구조화하는 활동은 . . . 내면화되고 체화된 체계들의 체제이며, 집단적 역사 속에서 형성된 후 개인의 역사를 통해 습득되고 그들의 실천적 상태 속에서 작동한다"(467).

울프의 소설 속 인물들에게도 생태적 경험이나 지식은 그 자체의 가치에 의해 평가되지도, 인식되지도 않는다. 그러한 요소들은 그것의 논리적 완결성이나 윤리적 정당성, 또는 과학적 사실에 대한 부합 여부와 무관하게 등장과 동시에 레이첼의 눈에 그것을 보유한 인물들에게 우월적 지위 내지 카리스마를 부여한다. 그런 효과가 발현될 수 있는 또 하나의 이유는 다름 아니라 레이첼과 같이 그런 요소가 박탈된 삶을 산 이들이 지속적으로 그런 요소에 특별한 가치를 부여하기 때문이다. 레이첼은 그들이 보여주는 것들로부터 차별화되면서도 실천 가능하고 견고한 자기만의 생태적 인식을 구축하기에는 지극히 제한된 지식과 경험만 누리고 자랐다. 그녀는 플러쉬 씨의 화려한 고고학적 지식의 매력에 무방비 상태로 노출되고(275), 결국 그들을 따라서 그녀에게는 치명적인 경험이 되고 마는 보트 여행에 참가한다.

여행에서 레이첼이 일종의 풍토병에 걸려 죽고 마는 이유 역시, 생태적 상상이나 비전의 윤리적 올바름 못지않게 생태적 환경을 주체적으로 이해하고 관리하며 나아가 적절히 통제할 수 있는 역량, 자원, 지식 등의 권력이 공정하게 분배되어 있는지의 문제와 관련하여 논할 수 있다. 많은 지식과 세상 경험을 과시하는 인물들에게 레이첼이 정서적으로는 물론 육체적으로 감화되는 예민함과 취약함을 보였던 것처럼, 그녀가 이름 모를 바이러스에 감염되는 것 역시 생태적 관계를 구축할 수 있는 현실적인 권력 내지 자원으로부터 배제된 채 살아온 데서 발생하는 연약함을 상징한다고 볼 수 있기 때문이다.

최근에도 여러 평자들은 레이첼의 죽음에 다양한 상징적 의미를 부여했다. 예를 들어 에스티는 레이첼에게서 "제국 체제 자체에 대한 지식의 차단, 제국 자본주의와 국내 인본주의 사이의 깊은 연결을 읽을 수 있는 능력의 부재"(137)를 지적하며, 그녀의 죽음이 전통적 성장소설이 실패할 수밖에 없는 사회경제적 조건을 암시한다고 평한다. 진명희는 성경에 나오는 이름 "레이첼"의 유래, 그녀의 약혼녀 휴잇(Hewet)이 읽는 밀턴(Milton)의 시, 레이첼의 악몽에 나타나는 추악한 남자 형상 등을 분석하면서 그녀의 죽음이 "가부장적 폭력의 연장선상"(120)에 있다고 주장한다.

하지만 레이첼의 죽음을 전혀 상징적이지 않은 의미로 해석할 여지도 얼마든지 있다. 실제로 레이첼과 함께 보트 여행을 했던 다른 이들은 그곳에 가기 전에 이미 세상을 두루 여행하고 경험하는 중에 레이첼을 죽게 한 바이러스에 면역성이 생겼던 것이고, 따라서 레이첼과 달리 그런 환경의 위험을 아무렇지 않게 극복하고 살아남았을 확률이 높기 때문이다. 신대륙의 원주민들이 대량 사망했던 핵심적인 이유 중 하나는 구대륙 탐험가들이 그들이 의식도 못한 채 몸에 지니고 온 각종 세균이었다는 것은 주지의 사실이다. 재러드 다이아몬드(Jared Diamond)는 『총, 균, 쇠』(*Guns, Germs, and Steel*)에서 아메리카에 비해 유럽 지역에서 지리적, 기후적 요인들로 인해 농경과 동물들의 가축화가 일찍 진행되었고, 결과적으로 유럽인들이 일찌감치 가축이나 타인과의 접촉이 잦은 군집 사회를 형성하여 가축에서 유래한 각종 질병에 면역성을 갖출 수 있었다고 설명한다(187-205). 다시 말해서 풍토병에 의한 감염은 단순히 우발적인 요인이나 인간의 활동과 무관한 천재지변에 근거한 것이 아니라, 역사적이고 사회적인 조건들 속에서 인간과 환경이 상호작용하는 가운데 발생해왔다. 그런데 울프의 소설에서 제국주의 역사의 주된 경향과는 달리 구대륙 출신의 레이첼이 신대륙의 풍토병에 걸려 사망하는 것은 제국주의 사업을 포함한 각종 사회적, 생태적 이동성이 젠더, 계층 등에 따라 영국 내에서도 불균등하게 배분되어왔다는 사실을 시사한다고 볼 수 있다. 즉, 이 소설은 제국주의 내부의 모순과 권력의 위계 역시 정치경제적 관계에 국한하기보다 인간과 자연환경 사이의 관계를 횡단하는 더 긴 역사생태학적 맥락에서 사유할 수 있는 기회를 제공한다.

죽음을 앞두고 병상에서 레이첼이 시달리는 환각 중 가장 지배적인 이미지 중 하나는 바다 밑바닥, "해저"(the sea bottom)다. "그녀는 죽지 않았고 대신 해저에 웅크리고 있었다. 거기 누워서 그녀는 때로는 어둠을, 때로는 빛을 보았으며 이따금 누군가 해저에서 그녀를 뒤집곤 했다"(*VO* 398). 해저의 근원적이면서도 밀실공포증을 유발하는 듯한 이미지는 외부 세계와 완전히 단절된 채 인지 능력과 행위 능력을 상실한 레이첼의 상태를 묘사한다. 하지만 이 이미지는 레이첼이 병들기 전에 문명의 영향이 잠시 물러나는 순간, 존재의 순간과 같은 희열·비전의 순간을 상징할 때 자주 등장했던 것이기도 하다. 예를 들어 남아메리카로 오는 배에서 폭풍이 물러난 후 잠시 바다가 매우 투명해졌을 때, 사람들은 "유령이 살고 있는 이상한 지하 세계"(*VO* 76)를 보는 것처럼 느낀다. 하지만 그들은 이내 다시 "여느 때보다 즐겁게 찻잔 그리고 빵과 함께 사는 세상으로 돌아간다(*VO* 76). 파티에서 음악을 통해 희열의 시간을 보낸 후 인생에 대한 생각에 변화가 있었느냐는 헬렌의 질문에도 레이첼은 “해저의 물고기와 같은 기분”(*VO* 189)이라고 답한다. 그리고 레이첼과 휴잇은 언어와 지식이 부과하는 한계를 넘어선 진정한 관계의 가능성을 고민하던 중, 인간 사회의 목소리로부터 완전히 단절된 숲속을 함께 걸으며 교감을 나누다 처음으로 서로의 사랑을 확인한다. 화자는 이러한 순간이 여행자에게 “해저를 걷고 있”(*VO* 315)는 느낌을 준다고 말한다.

결국 바다 밑바닥, 해저와 같은 이미지는 소설의 결말에 이르기 전까지 공식화된 사회관계가 형성되기 이전의 시공간, 문화와 역사로부터 절연된 자연의 상징이자 여러 통찰과 비전의 상징으로 등장한다. 이런 이미지는 이 소설에서 심층 생태학(deep ecology)적 순간, 인간의 파괴적 활동으로부터 완전히 자유로운 생태적 환경을 찰나와 같이 경험하는 순간이라 할 수 있을 것이다. 하지만 레이첼이 행위 능력을 모두 상실한 채 고통스럽게 죽어가는 상태에서 같은 이미지가 반복되는 데서 보듯, 울프는 그런 순간의 비전을 쉽게 예찬하지 않으며 그런 순간이 예술적 행위를 통해 역사와 권력관계로부터 인간을 해방시킬 수 있다고 안일하게 제안하지 않는다. 울프를 모더니스트라 할 수 있을 텐데, “모더니스트”를 문자 그대로 번역하면 “근대주의자”라 할 수 있다. 근대주의자로서 울프는 근대적 가치의 가능성이나 영향력을 절대로 간과하지 않는다. 예술가의 비전, 생태적 상상력은 역사 속에서만 의미를 갖거나 또는 갖지 못한다. 의미를 갖는다 하더라도 조밀하게 구성된 권력관계에 의해서 매개되며, 매개되어 어떤 식으로든 활용될 수 있는 가능성도 사회적으로 불균등하게 배분되어 있다.

생태적 경험과 가능성을 인간 보편을 대상으로 개념화할 것이 아니라 권력의 상이한 분배에 따라 구체화해야 할 필요성은 소설의 마지막 장면에서 다시 한번 확인된다. 레이첼이 죽은 다음 날 다시 한번 태풍이 몰아친다. 레이첼을 죽게 한 바이러스처럼, 태풍과 같은 재해는 물리적 위험 이외에도 그 특유의 우연성, 예측 불가능성을 통해 다시 한번 지배적인 행위 양식이나 담론 체계를 상대화하거나 반성하게 만든다. 하지만 이내 그 시간은 지나고, "태풍 속에서 너무나 작아 보였던 건물은 다시 여느 때와 다름없이 각지고 넓어졌다"(*VO* 431). 잠시 일상적인 행위와 생각을 멈추고 호텔 로비의 한 가운데 모여 걱정을 함께했던 인물들은 아무렇지 않게 자기 자리를 찾아 돌아간다. 플러쉬 부인은 레이첼의 죽음 소식을 듣고 잠시 충격에 빠졌으나, 태풍이 왔을 때는 남편과 지붕에 올라가 바다 위에서 번개가 치는 장관을 구경한다(*VO* 434). 플러쉬 씨는 "저는 백 년을 살고 싶어요. 물론 내 능력을 모두 사용할 수 있다는 한에서 말이지요. 앞으로 일어날 모든 것들을 생각해 봐요!"(*VO* 434)라고 말하고, 플러쉬 부인은 화성에서의 삶에 대해서도 궁금히 여긴다(*VO* 434-35). 레이첼이 숲속에서 감염병에 걸린 것처럼, 누군가는 태풍과 같은 우발적이고 예측 불가능한 자연의 힘에 삶이 송두리째 파괴될 것이다. 하지만 플러쉬 부부와 같은 이들은 그런 경험들을 도전과 호기심의 계기로 향유할 수 있도록 적절히 관리할 수 있다. 그들이 전 지구적으로 만들어내는 생태적 관계, 패턴, 질서가 레이첼이 이따금 보여주었던 생태적 상상에 비해 어떤 윤리적 문제가 있다 할지라도, 그보다 더 중요한 것은 그들은 상상을 현실로 옮기기 위한 각종 인적, 물적 자원에 대한 접근성을 갖추었다는 사실이다. 그리고 이 접근성은 소설이 보여주듯 그것의 소유자에게 인간적 매력이나 카리스마적 권위를 부여하기도 하고, 당장에 그들의 목숨을 보전할 신체적 면역력도 생성시킬 수 있다. 그들이 만들어내는 패턴과 질서가 레이첼의 죽음 뒤에 심신이 극도로 지친 허스트에게 모종의 안식을 제공하는 장면 역시(*VO* 436), 그것의 윤리적 성격과 무관하게 얼마나 강력한 정서적·신체적 영향력을 행사하는지 보여준다.

이상 살펴본 바와 같이 『출항』은 낯선 생태적 환경이 촉발하는 사유의 도약도 암시하지만, 그 '낯섦'이 역설적으로 시사하는 생태적 경험과 지식에 대한 불균등한 접근성, 그리고 접근성이 재생산하는 권력관계를 보여준다. 울프는 이 작품 이후 다시는 제국의 변경을 주 무대로 삼는 소설을 쓰지 않는다. 메트로폴리스에서 물리적으로 동떨어진, 아마존 밀림과 같은 생태적 '타자성'을 직접적으로 묘사하지는 않은 셈이다. 하지만 13년 후 출판된 『올랜도』에서 울프는 공간적 이동성 대신 환상적 요소를 더함으로써 그녀의 작품 세계에서 시간적 이동성을 가장 크게 확장한다. 그리고 이 시간의 폭은 권력관계가 매개하는 생태적 환경을 묘사하는 매우 효과적인 장치가 된다.

III. 『올랜도』에 나타난 환경 변화의 사회적 분배

작중 올랜도는 셰익스피어 시대부터 약 4백 년을 살면서 남성에서 여성으로 성이 바뀌는 경험을 누린다. 자연스럽게 『올랜도』는 젠더나 섹슈얼리티 관련 비평의 각별한 관심을 받았다. 임옥희는 『올랜도』를 두고 트랜스, 퀴어, 사피즘 등 "젠더이론가들이 자기 이론을 검증하는 장"(72)이었다고 평한다. 하지만 일반적인 소설의 시간 폭을 훌쩍 뛰어넘는 특징 때문에, 기후 변화 내지 지질학적 변화를 서사화할 수 있는 가능성도 내포한다.[5] 예를 들어 생태

---

5) 영국 소설사에서 원형적이자 신화적인 캐릭터라 할 만한 로빈슨 크루소(Robinson Crusoe)가 상징하듯, 이안 와트(Ian Watt)나 게오르그 루카치(György Lukács) 등의 고전적인 소설 이론가들은 전통을 거부하고 세계와 충돌하는 근대적 개인의 탄생을 소설사의 중요한 계기로 간주한다. 따라서 일반적으로 한 개인의 생애를 넘어서는 시간적 배경을 지닌 소설을 만나는 일이 흔치 않다. 하지만 다른 문화권의 소설사에도 같은 전제가 적용된다고 할

비평 분야에서 최근 주목받는 연구자라 할 수 있는 테일러는 "대기 읽기"(atmospheric reading), 혹은 "기후 읽기"(climate reading) 같은 개념을 소개한다. 기후 변화가 심각해진 현실에서, 테일러는 "대기 읽기"가 "행위능력의 주요 원천으로서 개별 인간에 입각하거나 (또는 [그와 같은 인간을] 형성하는) 장르가 소설"(381-82)이라는 통념을 수정할 수 있다고 주장한다. 기후 변화의 시대에 인간의 활동이나 생각이 대기에 실제 영향을 미치며, 결과적으로 대기는 더욱 중대한 이데올로기적 의미를 내포한다(Taylor 343-45). 테일러에 따르면, 궁극적으로 서사(narrative)는 "인간이 우리의 서식지 및 다른 살아있는 존재들뿐만 아니라 죽은 자들 그리고 미래의 주민들과 접촉하게 해주는 연결 조직"(428-29)의 역할을 할 수 있다. 이와 같은 연구 기획과 관련하여 이오비노와 오퍼만은 다음과 같은 질문을 던진다. "우리가 얼마나 물질적인가? 또는 얼마나 물질-담론적인가? 우리는 얼마나 '우리'인가? 우리는 어떻게 '우리의' 몸과 행위 능력을 정의하는가?"(449).

기후나 대기 변화의 영역으로 생태비평의 관점을 확장하는 것은 곧 인간의 주체성이나 윤리를 구성하는 환경의 범위, 동시에 인간의 활동이 흔적을 남기는 지평을 거의 한계치까지 확장하는 시도라고 할 수 있다. 이는 곧 본 논문의 주제라고 할 수 있는 권력의 작동 방식이나 작동 영역에 대해서도 동일하게 적용할 수 있는 관점이다. 올랜도는 400년간의 환경 변화를 몸에 축적하며 살아간다. 작중 그/녀는 마치 장기간의 환경 변화가 축적되어 야기하는

수는 없을 것이다. 이를테면 『혼불』, 『토지』, 『태백산맥』 등 20세기 중후반 한국의 문학사에서 중요한 위치를 차지하는 대하소설은 서사의 중심이 개인이라기보다는 가문이나 민족 등의 '집단'이라고 할 수도 있고, 자연스럽게 소설의 물리적 길이는 물론 서사의 시간적 배경도 훨씬 긴 편이다. 따라서 이런 장르를 통해 기후 변화 등 장시간에 걸쳐 발생하는 환경 변화에 주목하는 생태비평은 흥미로운 연구 과제라 할 만하다. 필자 역시 관심을 가지고 있으나, 본 지면에서 심도 있게 펼칠 수 있는 논의는 아니다.

인간성의 변화에 비하면 성 변화는 대수롭지 않게 여기는 것처럼 보인다.[6] 하지만 이 소설은 유머러스한 묘사 속에서도 환경 변화가 영향을 끼치는 대상이 인류라는 허구적 보편이 아니라 구체화되었으며 비대칭적 권력에 의해 차등적으로 노출된 집단들이라는 것을 보여준다.

실제로 소빙기이기도 했던 17세기 초가 작중 배경일 때는 "새가 공중에서 얼어서 돌멩이처럼 떨어졌다"(*O* 15)라는 식의 장난스러운 묘사를 하면서도, 재난적 상황이 계층에 따라 불균등하게 경험된다는 것도 날카롭게 지적한다. 화자에 따르면 "모든 사람들이 극도의 궁핍을 겪고 나라의 무역이 교착 상태에 빠졌을 때, 런던은 최상으로 현란한 축제를 즐겼다"(*O* 15-16). 새로 등극한 왕이나 귀족들에게는 극심한 한파마저도 특별한 볼거리를 많이 제공하는 유흥의 기회로 소비될 수 있다. 환경 변화에 대한 이와 같은 불균등한 경험은 올랜도가 「떡갈나무」("The Oak Tree") 시를 써서 실제 떡갈나무가 상징하는 진리의 순간을 찾아 떠나는 긴 예술적, 육체적 여정 중에도 지속적으로 반복된다. 그리고 이 소설 역시 『출항』과 마찬가지로 시를 통한 비전의 완성이 환경을 포함한 광범위한 역사적 현실로부터 초월적인 위치를 점할 수 없다는 사실을 상기시킨다.

그러한 경험은 소설 속에서 19세기, 즉 제국주의와 자본주의, 화석연료에 기반한 산업화가 본격화했을 때 가장 극적으로 표현된다. 가정과 산업 현장에서의 화석 연료 사용이 런던의 안개를 생성하고, 그 안개는 습기가 되어 사람들의 생활양식, 예술 양식, 그리고 제국의 경영 방식에 영향을 미친다. "습

---

6) 울프가 당대 젠더 관련 억압과 지배 이데올로기를 무시하고 성전환이라는 소재를 환상적이면서 장난스럽게 처리한다는 혐의에 대해서는 여러 학자들이 대응한 바 있다. 생태비평의 관점은 아니지만 관련 주제에 대해서는 임옥희의 논문 참조. 1920년대 최초의 성전환 수술과 함께 모더니스트들의 각종 트랜스 담론들이 경합했던 양상에 대해서는 파멜라 코기(Pamela L. Caughie) 참조.

기는 모든 집으로 침투하기 시작했"고, "조용하고 감지될 수 없었으며 어디에나 있었다"(*O* 131). 생활환경의 변화로 인해 "양탄자가 등장했고, 사람들은 수염을 길렀으며, 발등 아랫부분을 조이는 바지를 입었다"(*O* 131). 급기야 "습기는 내면에 침투"해서 "사람들은 마음속에 냉기를 느꼈"고, "감정을 조금이라도 데워보려는 필사적인 노력" 하에 "멋진 표현"들로 삶의 면면을 치장하기 시작한 결과 "문장은 웅장해졌고 형용사들은 배가 되었다"(*O* 132). 습기가 대지를 비옥하게 하듯이 여성의 출산도 왕성해져서 인구가 늘어난 덕분에 "결과적으로 제국이 출현했다"(*O* 132).

습기는 쉽게 가시화되지 않지만 구획된 공간을 쉽게 침투하는 물리적, 화학적 특성을 갖고 있기 때문에, 인간이 설정해놓은 사적/공적 영역 사이, 신체/환경 사이의 경계 같은 것을 조금도 신경 쓰지 않는다. 사적 공간은 물론 신체의 내부로 침투하는 습기는 위에서 보듯 인간의 정신적 영역에도 변화를 야기함으로써, 담론과 물질 사이의 경계 역시 무화시킨다. 물론 작품에 묘사된 일련의 연쇄적 과정이 정확한 과학적 사실에 부합한다고 볼 수는 없을 것이다. 하지만 루벤스타인과 뉴먼이 지적하듯, "날씨 같은 건 재현하기에 너무 진부하거나 신뢰하기에는 너무 극단적인 것이라 여겨왔던 문학적 상식에 대해, 인류가 발생시킨 기후 변화의 시대는 새로운 도전을 제기"(173)한다. 따라서 소설과 같은 서사 장르는 과거에는 재현하거나 심지어 상상할 수 없는 것들을 어떻게 서사화할지 고민할 필요성을 맞닥뜨린다. 그리고 울프는 반사실주의적이면서 독창적인 문학적 실험을 통해 그녀만의 방식으로 이 도전을 수행한다고 볼 수 있다. 그리고 울프가 묘사하는 습기는 자연과 문화, 환경과 사회 등이 겹쳐지고 서로를 매개하는 양상을 보여주는 매우 적절한 은유(동시에 예시)라 할 수 있다.

또 다른 예로, 앞서 보았듯 환경 변화로 인해 출산율이 증가하면서 모성을 강요받는 여성들은 동시에 임신 사실을 숨기길 요구받음으로써 가부장제의 이중적인 억압에 시달린다. 그리고 이 억압은 의상에서부터 시작한다. "그 사실, 그 위대한 사실, 유일한 사실, 하지만, 그럼에도 불구하고, 개탄스러운 사실을 더 잘 숨기기 위해 크리놀린을 입으"며, 그 사실을 "더 이상 부정할 수 없을 때까지 모든 점잖은 여성들은 최선을 다해서 부정"(*O* 135)한다. 그리고 크리놀린은 여성의 행동양식을 구속함으로써 특정 문화를 재생산하는 데 봉사한다. 크리놀린을 입은 후 "그녀는 더 이상 개들을 데리고 정원을 활보할 수 없었"(*O* 141)고, "그녀의 근육은 예의 유연함을 상실했다"(*O* 142). 활동이 제한된 처지에서 올랜도는 처음으로 강도나 유령을 무서워하기 시작했고, 각 남녀가 자기 짝을 찾아 서로에게 기댈 수밖에 없는 현실을 수용하게 된다(*O* 142).

이런 생태적 변화는 올랜도의 창작 활동에도 지대한 변화를 야기하면서 독자들로 하여금 텍스트와 사회 사이의 관계, 담론과 물질 사이의 관계를 반성하도록 만든다. 올랜도는 "모든 사물의 영원함에 대한 어떤 성찰을 묘사"(*O* 137)하고자 펜을 들지만, 19세기의 그 습기 때문에 잉크가 "번져서"(blot) 글 쓰는 활동을 방해받는다. 곧 올랜도는 "우리는 손가락이 아니라 온몸으로 쓴다"(*O* 140-41)는 사실을 깨닫는다. 이런 장면은 작가의 활동이 지극히 물질과 환경 의존적이라는 것을 보다 근본적인 차원에서 상기시킨다. 데릭 라이언(Derek Ryan)은 울프가 "텍스트적인 것과 텍스트 외적인(extra-textual) 것, 언어와 물질성 양자가 그들의 생산적인 변이들을 통해 공진화"(51)한다는 것을 보여준다고 지적한 바 있다. 올랜도는 자신으로 하여금 글 쓰는 것을 힘들게 하는 당장의 문제는 윈손이지만, 근본적인 해결책은 결국 "시대의 정신"(*O* 141)에 굴복하고 남편을 맞아들이는 일이라는 걸 깨닫는다. 이와 같은 묘사는 19세기 영국의 젠더 문화를 풍자하지만, 동시에 젠더 권력이 영속하는 데 정치경제적 체제만이 아니라 옷과 같은 일상은 물론 생태적 환경 변화가 어떻게 공모할 수 있는지 엿보게 만든다. 런던 안개의 발생은 국제화된 자본주의와 산업화의 결과와 분리되어 이해할 수 없고, 기후의 변화는 인간이 만들어낸 국가 간의 경계에 구속받지 않는다. 그럼에도 불구하고 인간의 삶에 끼치는 영향은 균등하지 않으며, (젠더) 권력의 작동으로부터 자유롭지 않은 것이다.

기후, 환경의 변화가 삭제되지 않고 빙하, 지층, 나무의 나이테에 기록되듯이, 수백 년의 삶을 살면서 올랜도가 경험한 것 역시 망각되는 대신 축적되고 기록된다.

> "시간이 내 위를 지나갔어." 그녀는 자신을 추스르면서 생각했다. . . . "어떤 것도 더 이상 하나가 아니야. 핸드백을 들면 나는 얼음 속에서 얼어 죽은 나룻배의 아낙이 생각나. 누가 분홍빛 양초에 불을 붙이면 나는 러시아 바지를 입은 여자가 보여. 내가 지금처럼 밖으로 걸어 나오면," 여기서 그녀는 옥스퍼드 거리의 보도에 발을 디뎠다. "이 맛이 뭐지? 작은 약초들. 염소의 방울 소리가 들린다. 산이 보여. 터키? 인도? 페르시아?"

> "Time has passed over me," she thought, trying to collect herself; . . . Nothing is any longer one thing. I take up a handbag and I think of an old bumboat woman frozen in the ice. Someone lights a pink candle and I see a girl in Russian trousers. When I step out of doors — as I do now," here she stepped on to the pavement of Oxford Street, "what is it that I taste? Little herbs. I hear goat bells. I see mountains. Turkey? India? Persia?" (*O* 178)

인용이 보여주듯 20세기에 이르러 올랜도가 지각하는 시간성은 과거의 망각과 미래에 대한 지향성에 입각한 선형적인 것이라기보다 빙하나 지층처럼 다층적이며, 스콧의 표현을 빌리면 "팔림프세스트적"(palimpsestic, 143)인 것이라 할 수 있다. 그리고 인용에서 보듯 올랜도에게 중첩된 시간들은 지식만이 아니라 약초 냄새 등의 생태적 감각을, 그리고 소빙기 시대 귀족들이 축제를 즐기는 동안 얼어 죽은 여인과 같이 자연재해의 비대칭적 충격에 의한 희생자의 기억을 모두 포함한다. 다층적 시간 개념은 곧 단순히 선형적 시간에 대한 해방적 대안이 아니라 켜켜이 쌓인 권력의 증표이기도 한 셈이다. 따라서 올랜도가 현재 시를 완성한다고 해서 "올랜도의 자아 역시 완성단계"라거나 올랜도의 시와 실제 떡갈나무, 그리고 올랜도 자신이 "완성된 일체"라는 식의 일부 논평은 성급하다(김정애 22, 23). 시를 완성하는 순간처럼 찰나의 비전의 순간이 있지만, 올랜도의 생애와 그/녀가 수백 년간 몸으로 기록한 생태적 변화와 권력관계는 예술적 완성으로 승화되거나 수렴되는 성격의 것이 아니다. 올랜도가 시를 완성한 이후에도 생태계는 인류세의 인간 활동에 의해서 어떤 식으로든 변화할 것이며, 또 인간을 가장 일상적인 신체 활동에서부터 변화시킬 것이기 때문이다.

권력의 역학에 의해 지배되어온 역사 속에 생태적 상상력을 위치시키라는 울프의 요청은 마지막으로 올랜도가 집시들과 함께 생활하는 장면에서 나타난다. 올랜도는 그들로부터 땅과 돈을 빼앗고 하나면 족할 침실을 수백 개나 지었던 영국의 귀족들이 강도나 다름없다는 사실을 이해한다(*O* 84). 집시들은 "풀(the grass)을 따라다니"(*O* 79)고 문서 같은 것을 알지도 못하며, 개인의 개념이 없기 때문에 그들의 사회에서는 열쇠도 존재하지 않고 "'방문(visit)'이라는 단어도 알려지지 않았다"(*O* 79). 실재와 재현 사이의 괴리, 자연과 사회 사이의 간극, 자아와 타자의 대립 등에 대한 개념이 부재한 채 살아가는 그들은 자연이라는 '대상'에 대한 올랜도의 경탄을 이질적인 것으로 받아들인다. 그들은 올랜도를 자연이라는 신에 사로잡힌 환자로 간주한다.

집시에 대한 앞의 묘사가 역사적 사실에 부합하는지와 무관하게, 올랜도는 그들에게 매혹되면서도 그들의 삶에 결코 완전히 융합되지 못한다. 집시들과 함께한 삶은 그녀로 하여금 "펜과 잉크를, 그 어느 때보다 더욱, 갈망하게 만들었다"(*O* 82). 결국 올랜도는 권력관계에 의한 위계적 질서의 재생산, 생태적 환경의 대상화와 착취로 인한 피해의 불균등한 배분이 존재하는 '역사의 세계'로 돌아온다. 집시들과 달리 올랜도에게 자연은 문명으로부터 분리되어 존재할 수 없다. 그렇기 때문에 비로소 자연은 시인 올랜도에게도 미학적, 반성적 대상으로서 의미를 지닐 수 있는 것이다. 헬레나 페더(Helena Feder) 역시 생태비평의 역할은 "생물학적으로 다양한 주체들의 생태적 상호 연결성"을 인정하는 데서 그칠 것이 아니라, "그들 사이의 관계가 정치적이며, 그것은 삶과 죽음의 관계"라는 것을 인정하는 데 있다고 강조한다(5). 울프는 그녀의 소설 속 몇 군데서 자연과의 합일이나 평화로운 상호의존의 순간을 묘사하는 방식으로 대안적 사회관계를 제안하지 않는다. 그런 순간은 존재한 적이 없으며 앞으로도 존재하지 않을 것이다. 생태적 환경에 대한 경험이나 지식은 그 자체로 해방적 가치를 내포한 적이 없으며 오히려 항상 권력을 위한 자원으로 활용되었거나 적어도 장차 활용될 위기에 놓여 있다.

Ⅳ. 나가며

21세기 지구 온난화, 기후 변화의 시대에 생태 위기는 전 지구적인 현상이며 대안적인 생태적 상상을 필요로 한다. 그리고 자연재해 역시 인간의 활동과 무관하게 발생하지 않는다는 사실이 명확해졌다는 점에서 생태적 관계에 대한 공동체의 인식과 태도의 변화가 더욱 간절히 요구된다. 대안적인 생태적 상상력은 비단 환경보호라는 목적만을 위해 봉사하는 것이 아니라 인간과 비인간 모두를 아우르는 새로운 공동체와 사회관계, 그리고 예술의 형식을 구축하는 데 기여할 것이다. 울프는 그러한 상상력의 필요성과 그것을 위한 예술가의 역할을 인지하면서도, 그것을 상상할 수 있는 교육과 경험의 기회, 그리고 상상해내더라도 그것을 실천할 인적, 물적 자원에 대한 접근성이 차등화 된 현실과 그것이 초래하는 삶의 복잡성을 문학적으로 형상화하는 데 집중한다.

거의 백 년 전 울프의 소설이 보여주는 것처럼, 오늘날에도 생태적 경험과 상상은 모든 이들에게 다른 모습일 것이다. 쉽게 쾌적한 외곽의 거주지로 이동하여 공기청정기 등의 제품도 적절히 사용하고 정원도 가꾸면서 생태적 삶의 풍족함을 누리는 이들이 있는가 하면, '외주화'된 환경재해를 직접 감당해야 하는 집단도 있게 마련이다. 어쩌면 보다 진정성 있고 절박한 생태적 상상력은 후자의 집단에서 나올지도 모른다. 하지만 가장 필요로 하는 사람에게 가장 중요한 자원이 주어져있지 않다면 그들의 상상력은 미약할 것이고 결코 세상의 모습은 쉽게 바뀌지 않을 것이다. 다른 세상을 상상할 수 있는 비전을 제시하는 것 못지않게 왜 세상은 그렇게 쉽게 바뀌지 않는지를 독창적으로 묘파해내는 것이 뛰어난 작가의 능력이라면, 분명 울프는 위대한 작가라고 할 수 있다.

출처: 『현대영미소설』 제28권 2호(2021), 137-64쪽.

■ 인용문헌

김정애. 「『올랜도』: 자연을 통한 Orlando 의 자아성장」. 『문학과환경』, 12 권 2 호, 2013, pp. 7-26.

손영주. 「"레이첼은 방에 앉아 전혀 아무 것도 하고 있지 않았다": 버지니아 울프의 『출항』이 탐색하는 '무위'(idleness)와 여성의 성장의 문제」. 『영미문학페미니즘』, 26 권 2 호, 2018, pp. 59-92.

임옥희. 「젠더이주로 읽어본 버지니아 울프의 『올랜도』」. 『도시인문학연구』, 9 권 2 호, 2017, pp. 69-90.

진명희. 「존재의 순간들: 버지니아 울프의 『출항』」. 『제임스조이스저널』, 17 권 2 호, 2011, pp. 109-25.

Alt, Christina. *Virginia Woolf and the Study of Nature*. Cambridge UP, 2010.

Anker, Peder. *Imperial Ecology: Environmental Order in the British Empire, 1895-1945*. Harvard UP, 2001.

Bourdieu, Pierre. *Distinction: A Social Critique of the Judgement of Taste*. Harvard UP, 1984.

Caughie, Pamela L. "The Temporality of Modernist Life Writing in the Era of Transsexualism: Virginia Woolf's *Orlando* and Einar Wegener's *Man Into Woman*." *Modern Fiction Studies*, vol. 59, no. 3, 2013, pp. 501-25.

Diamond, Jared M. *Guns, Germs, and Steel: The Fates of Human Societies*, 1st ed., W. W. Norton & Company, 1997.

Esty, Joshua. *Unseasonable Youth: Modernism, Colonialism, and the Fiction of Development*. Oxford UP, 2012.

Feder, Helena. *Ecocriticism and the Idea of Culture: Biology and the Bildungsroman*. Routledge, 2016.

Garrard, Greg. *Ecocriticism*, 2nd ed., Routledge, 2012.

Hite, Molly. "The Public Woman and the Modernist Turn: Virginia Woolf's *The Voyage Out* and Elizabeth Robins's *My Little Sister*." *Modernism/Modernity*, vol. 17, no. 3, 2010, pp. 523-48.

Iovino, Serenella, and Serpil Oppermann. "Theorizing Material Ecocriticism: A Diptych." *Interdisciplinary Studies in Literature and Environment*, vol. 19, no. 3, 2012, pp. 448-75.

Kostkowska, Justyna. *Ecocriticism and Women Writers: Environmentalist Poetics of Virginia Woolf, Jeanette Winterson, and Ali Smith*. Palgrave Macmillan, 2013.

McCarthy, Jeffrey Mathes. *Green Modernism: Nature and the English Novel, 1900 to 1930*, 1st ed., Palgrave Macmillan, 2015.

Raine, Anne. "Ecocriticism and Modernism." *The Oxford Handbook of Ecocriticism*, edited by Greg Garrard, Oxford UP, 2014. pp. 98-117.

Rubenstein, Michael, and Justin Neuman. *Modernism and Its Environments*. Bloomsbury Academic, 2020.

Ryan, Derek. *Virginia Woolf and the Materiality of Theory: Sex, Animal, Life*. Edinburgh UP, 2013.

Scott, Bonnie Kime. *In the Hollow of the Wave: Virginia Woolf and Modernist Uses of Nature*. U of Virginia P, 2012.

Sultzbach, Kelly. *Ecocriticism in the Modernist Imagination: Forster, Woolf, and Auden*. Cambridge UP, 2016.

Taylor, Jesse O. *The Sky of Our Manufacture: the London Fog in British Fiction from Dickens to Woolf*. E-book, U of Virginia P, 2016.

Woolf, Virginia. *Orlando*. Vintage, 2004.

_____. *The Voyage Out*. Oxford UP, 2009.

막간

Between the Acts

김금주

•

버지니아 울프의 『막간』: 지적인 싸움으로서 생각하기

박신현

•

회절과 얽힘의 텔레커뮤니케이션: 버지니아 울프의 『막간』

버지니아 울프의 『막간』: 지적인 싸움으로서 생각하기

| 김금주

I

울프(Virginia Woolf)의 마지막 소설 『막간』(*Between the Acts*, 1941)은 2차 세계 대전이 발발하기 3개월 전인 1939년 6월의 어느 날을 배경으로 한다. 이 소설은 애초에 "포인츠 홀"(Pointz Hall)이라는 제목으로 1938년 4월 2일에 집필이 시작되어 1941년 3월 울프가 작고한 뒤에 출판되었다. 『막간』이 집필된 시기는 파시즘과 전쟁이 전 유럽을 휩쓸고 있던 암울한 시기였다. 당시 유럽 시민들은 대중매체를 통해 암울한 현실을 일상적으로 접할 수 있었는데, 대중매체는 현실에 관한 정보를 널리 알리는 역할도 했지만 대중을 선동하거나 통제하는 데 동원되기도 했다. 이러한 대중매체는 1920년대 후반 비약적으로 발전하여(Laurence 227), 커밍스(A. J. Cummings)는 신문이 1930년대에 "거의 우리가 사는 집만큼이나 우리의 일상생활의 한 부분"(qtd. in Westman 3)이 되었다고 주장한다. 라디오 역시 보급률이 증가하여 각 가정에 보급된 비율이 1932년 43퍼센트에서 1939년에는 75퍼센트에 이르는 호황을 누렸다(Snaith, *VW* 138). 울프는 이렇게 널리 보급된 대중매체를 통해 확산되는 공적 목소리가 "마치 바늘이 고정된 축음기처럼" "상투화된 가락"(*TG* 59)으로 현실의 모든 부분을 장악하고 있다고 비판했다. 그녀는 일기에서 이렇게 끊임없이 들려오는 공적 목소리에 대해 "공적인 세계가 아주 두드러지게 사적인 세계를 침범한다"(*D* 131), 그리고 "공동으로 경험하는 삶이 얼마나 끔찍하게 고통스러운가!"(*D* 239)라고 토로했다. 이렇게 전쟁 발발을 앞둔 상황에서 대중매체를 통해 국민의 단결을 요구하는 공적 목소리는 책임있는 개인보다는 집단에 순응하는 동질적이고 무비판적인 대중을 양산할 위험을 초래했다. 그리하여 이 시기의 대중은 공적 세계가 동일시하기를 요구하는 집단적이고 동질적인 정체성에 "자신을 동일시하여 그것에 굴복하기는 쉬울 것이고"(Adorno, "Resignation" 292), 각 개인은 책임 있는 한 인간으로서 "자신의 무력함을 인식하지 않아도 된다"(Adorno, "Resignation" 292)는 무비판적인 태도에 빠지기 쉬웠다. 따라서 이러한 대중은 마르쿠제(Herbert Marcuse)의 표현에 의하면 "표준화된 개인들인, 무리"(qtd. in Primore-Brown 414)로 전락할 위험이 있었다.[1)]

이처럼 대중매체는 정치가들에 의해 도구적으로 사용되어 대중들을 수동적이고 무비판적으로 만들 수 있는 문제를 야기했을 뿐 아니라, 독서 대중에

---

1) 『막간』에 나타난 파시즘과 대중매체의 문제와 관련하여 프리드모어 브라운(Michele Pridmore-Brown), 필립스(Gyllian Phillps), 스콧(Bonnie Kime Scott)과, 커디-킨(Melba Cuddy-Keane)의 "Virginia Wool, Sound Technologies and the New Aurality", 그리고 웨스터먼(Karin E. Westman)을 참조할 것. 대중매체에 관한 최근의 논문에서 마케이(Marina MacKay)는 『막간』이 "인간, 동물, 기계와 같은 온갖 소음에 관한 소설"(150)이라고 주장하며 소음에 초점을 맞추고, 대중매체에 대해서는 자신의 견해보다 다른 비평가들의 주장을 소개하는 데 치중한다.

게도 영향력을 행사하여 독서 인구를 잠식한다거나 독서의 수준을 떨어뜨린다는 문제도 불러일으켰다. 1932년 포스터(E. M. Forster)는 라디오 송화기와 영화가 "우리를 독자에서 청자와 구경꾼으로 바꿔버리고" 있다고 염려했다(qtd. in Cuddy-Keane, *VW* 62). 또한 1920년대 초반 일간 신문 판매의 급성장이 보여주듯 글을 읽을 수 있는 독서 대중은 증대했지만, 교육부가 표현과 이해 수준이 낮다는 문제점에 대해 우려를 표명한 것처럼 대중의 독서 능력에 대해 회의적인 견해가 나타나기도 했다(Cuddy-Keane, *VW* 60). 급속한 대중매체의 확산과 더불어 인쇄문화의 상업성도 독서 대중에 대한 회의적인 견해를 불러일으켰다. 트레블얀(Trevelyan)과 같은 역사가는 낮은 수준의 교육을 받은 독자층의 취향과 능력에 맞춘 시장의 힘에 의해 지성이 절멸하고 있다는 일반적인 불안을 표현했고, 이렇게 염려되는 시장의 힘이 점점 오락으로 향할 뿐 아니라 글로 쓰인 것에서 멀어지게 한다는 점을 비판했다(Cuddy-Keane, *VW* 62).

울프 역시 대중매체나 상업적 인쇄문화의 영향으로 독서 대중들이 점차 수동적이고 무비판적이 될 수 있다는 점을 인지했다. 울프는 『3기니』(*Three Guineas*, 1938)에서 상업적 자본의 논리를 좇는 신문이 "지성의 간통 행위"(93)를 저지르는 지적 "매음문화"(94)로 타락하였으므로 "지적 노예를 조장하는 신문을 구독하지 말 것"(98)을 충고한 바 있다. 그리고 당대 대중 영화에 대해서는 "미적 감각이 결핍된 관객들"에게 "장난감이나 사탕절임으로 두뇌를 잠자코 있게 한다"("Cinema" 268)며 대중들을 쉽고 단순하게 반응하도록 하여 깨어있는 상태로 만들지 못한다는 점을 비판했다.[2] 또한 「도서관

2) 울프는 다수의 대중영화에 대해 비판적이었지만, 「칼리가리 박사의 밀실」(*The Cabinet of Dr. Caligari*)과 같은 실험적인 예술 영화에서 언어보다 형상에 의해 생각이 보다 효과적으로 전달 수 있다는 점을 높이 평가하기도 했다("Cinema" 270).

에서의 시간」("Hours in the Library," 1916)에서 울프는 "대가들"이 만족할 만한 "취향"과 "어쩌면 유익하지는 않더라도 분명 즐거운 취향, 즉 나쁜 책에 대한 기호"를 구분하고 있다(37). 그리하여 울프는 "이루 말할 수 없는 재미를 제공하는"(37) 책들로 "서점이 문학과는 상관없는 수많은 욕망을 충족시킨다"(38)고 말하며, 상업적인 "언어의 홍수와 거품, 이 수다스러움과 천박함과 진부함"(38)에 우려하는 태도를 보였다.

이처럼 상업적인 책들이 독서대중들을 무비판적으로 만들 수 있다는 점을 우려한 울프는 비록 저렴한 가격의 책이 대중들에게 널리 보급되어 일반 독자층이 확대되어야 한다는 데 긍정적인 입장을 보였지만(Cuddy-Keane, *VW* 66), "대량 생산과 유통 과정에서 은연중에 내포된 독서 대중의 표준화 혹은 '대량화'에는 반대했다"(Cuddy-Keane, *VW* 2). 울프가 제도화된 교육을 받지 못했지만 에세이를 통해 "훌륭한 독서행위를 연습한" "일반 독자"의 "광범위하고 폭넓은 독서행위를 옹호"한 이유는 "교육받은 대중이 민주 사회의 성공에 핵심적이라고 믿었기 때문이다"(Cuddy-Keane, *VW* 2). 그리하여 울프는 "'교양인주의'(highbrowism)를 급진적 사회적 실천행위로 재조명하면서, 계급 없고 민주적이지만 지적인 독자층의 이상을 고취"함으로써(Cuddy-Keane, *VW* 2), 독자들이 지적인 독서행위를 통해 능동적으로 생각할 수 있기를 희망했다.

울프가 이와 같이 생각하기를 중요하게 생각했던 것은 무엇보다 1930년대 후반 문명의 위기상황을 인식했기 때문이다. 『막간』에서도 드러나듯 파시즘과 전쟁을 겪게 되면서 울프는 당대의 철학자인 벤야민(Walter Benjamin)이 진단한 것처럼 진보 사상에 대해 불신하고 문명이 위기에 처했다고 판단했다. 그리고 벤야민이 문명의 위기를 초래한 "억압과 지배의 연속으로서의 역사를 중단"시키기 위해 무엇보다 "정신의 깨어있음"을 요구한 것처럼(최성만,

『발터 벤야민』 388), 울프 역시 위기 상황에서 대중이 무비판적인 미몽에 빠져있지 않고 깨어 있는 상태에서 능동적이고 비판적으로 생각할 수 있기를 바랐다. 그리하여 울프는 이러한 자신의 바람을 『막간』을 통해 보여주며, 대중들이 수동적이고 무비판적인 상태에서 깨어나 현실을 직시하기를 희망했다. 울프는 이렇게 독서대중들을 능동적으로 생각하도록 하여 그들에게 책임 있는 개인으로서 현실을 자각하도록 하려는 자신의 "글쓰기"를 파시즘과 전쟁에 대항하여 "지적으로 싸우는"(qtd. in Laurence 225-26) 저항 행위라고 보았다. 그리고 울프는 저항 행위로서 자신의 글쓰기를 직접적으로 정치적 의사를 개진하는 열변을 토하는 방식이 아니라, 아도르노가 『미학이론』(*Aesthetic Theory*, 1970)에서 주장한 것처럼 문학의 "내재적 비판"(243)을 통해 수행한다는 입장을 취했다.

따라서 본고는 『막간』이 1930년대 후반 문명의 위기 상황에서 대중매체 중 특히 신문[3]과 상업적 인쇄문화의 영향으로 수동적이고 무비판적이 될 수 있는 대중들에게 생각하기를 촉구하는 내재적 비판을 하고 있다는 점을 살펴본다. 그리하여 가부장적 파시즘의 도구로 이용될 수 있고 동시에 저널리즘으로서 한계를 보여주는 신문과 대중적이고 상업적 책들의 영향으로 무비판적인 독서대중이 양산될 수 있는 현실과 이러한 현실을 극복할 수 있는 가능성에 대해 분석한다. 이러한 가능성은 이자(Isa)를 통해 재현되는데, 이자가 문학작품을 통해 자신의 상상력을 확장시키고 능동적이고 비판적으로 생각하면서 의식의 변화를 보이는 점에서 그 가능성이 드러나고, 작품이 이러한 가능성을 독자들에게도 요구한다는 점을 살펴본다. 그리고 『막간』에서 라 트롭(La Trope)의 야외극이 관객이나 독자들에게 수동성에서 벗어나 적극적

3) 웨스트먼은 신문의 문제에 대해 분석했다. 웨스트먼은 울프의 서술법인 자유간접화법에 주목하여 신문의 이데올로기를 비판적으로 극복할 수 있는 가능성을 분석한다(1-18).

으로 생각하도록 촉구하는 면과, 울프가 대중들에게 능동적으로 생각하게 함으로써 그들이 수동적인 태도에서 벗어나기를 바라는 자신의 비전을 효과적으로 재현하기 위해 『막간』 전체에서 언어적, 형식적 실험을 시도하고 있다는 점에 주목한다. 『막간』에서 울프는 이러한 언어적, 형식적 실험을 하는 가운데, 상업적인 문학과 대비되는 여러 고전 문학작품을 인용하기도 하며, 음악, 대중문화, 대중매체를 효과적으로 사용하거나 언급하기도 한다. 그리하여 울프는 이러한 "다층적 텍스트"로 "독자들을 생각하게 하고 도전하게" 유도하고(Cuddy-Keane, *VW* 26), 그들에게 "문화적, 문학적인" "작품에 흩어져 있는 파편들을 함께 꿰어 맞추기 위해 열심히 노력"(Kaivola 50)하게 만든다. 즉, 『막간』에서 울프는 「장인의 솜씨」("Craftsmanship," 1937)에서 주장한 것처럼 다층적이고 변화하는 언어의 실험을 통해 독자들에게 "잠시 멈추어" "생각하고" "느끼게" 하는 기회를 갖도록 하여(251), 그들이 "삶을 전보다 더 예리하게 느끼고 더 깊이 이해하며"(Woolf, "Hours in the Library" 65) 통찰할 수 있도록 하고자 한다. 울프는 글을 쓰는 작가로서 "생각하는 일이 나의 싸움이다"(*D* 285)라고 말한 것처럼, 『막간』을 통해 독자들에게도 이러한 지적인 싸움에 함께할 것을 요구하는 것이다.

II

『막간』의 작품 전반에 산재되어 언급되는 신문은 앞서 살펴보았듯이 대중의 일상적인 삶의 한 부분이 되었다. 하지만 울프는 신문이 상업적 자본의 논리에 의해 타락한 점과(*TG* 93-4) "신문의 소유주요, 편집자인" 남성에 의해 가부장적이고 편파적인 보도를 할 수 있다는 사실에 주목했다(*AROO* 43).

이러한 신문의 타락상은 작품 초반 올리버 가(the Olivers)의 가부장인 바트(Bart)의 공격적인 행동에서 비유적으로 재현되고 있다. 은퇴한 인도의 행정관인 바트 올리버가 신문을 뾰족하게 말아 손자 조지(George)를 공격하고, 그런 공격에 손자가 울음을 터뜨리자 그를 "울보"라 부르며 화를 내는 장면은(11-13) 웨스트먼(Karin E. Westman)의 지적처럼 신문이 "정보를 매개하는 수단이 아니라 신문이 내포하고 있는 폭력에 대한 환유"(6)로 재현되면서 가부장적 파시즘의 도구로 이용되고 있는 현실을 풍자하는 것이다. 바트의 "신문으로 시도한 작은 게임"(13)은 실패 뒤 그가 자신의 아프카니스탄 사냥개에게 "마치 연대를 지휘하듯" "뒤따라와!"(12) 하고 분풀이하는 제국주의자의 전쟁놀이에 다름 아닌 것이다.

『막간』은 이처럼 신문이 가부장적 파시즘의 도구로 이용될 수 있는 위험성뿐 아니라 무비판적인 독서대중을 양산할 수 있는 신문의 저널리즘으로서의 한계도 보여준다. 이런 점은 야외극에 모인 많은 관객들이 막간의 시간에 신문 기사내용을 소소한 이야깃거리로 소비하는 과정을 통해 드러난다. 신문은 유럽의 전쟁 위협과 유대인들과 난민들에 관한 중요한 정치적 현실에 대한 정보뿐 아니라 "댈러디어(M. Daladier) 수상이 프랑을 안정시키는 데 성공했다"(13)와 같은 경제적 상황, 날씨 예보, "윈저 공작(Duke of WIndsor)에 대한 것 . . . 그가 남쪽 해안에 상륙했어요. 메리 여왕(Queen Mary)이 그를 만났어요"(104)라는 한담에서 보이는 왕족의 근황, "개들이 새끼를 낳을 수 없다"(121)는 사소한 생활에 대한 보도 등 현실의 모든 부분을 망라하여 보도한다. 자일즈처럼 신문에서 보도된 유럽의 현실에 분노하는 독자도 있지만, 야외극에 모인 많은 관객들은 막간의 시간에 신문 기사 내용을 이야깃거리로 소비한다. 이처럼 신문 내용이 가벼운 이야깃거리로 소비되면서 신문은 "독자의 경험의 일부"(Benjamin, "Some Motifs" 158)가 되지 못한다.[4] 즉 저널리즘적 정보의 "새로움, 이해하기 쉬움, 그리고 무엇보다 각각의 소식들 사이에 연관성이 없다는 점"(Benjamin, "Some Motifs" 158-59)은 독자에게 신문의 정보를 경험으로 축적되지 못하게 하고 피상적으로만 소비하게 하는 것이다.

이와 같이 신문은 가부장적 파시즘의 도구로 이용되어 편파적인 보도를 할 가능성과 함께 이해하기 쉽게 전달되어 가벼운 한담 거리로 소비되는 탓에 독자들에게 깊이 있고 성찰적인 독서 경험을 제공하지 못하여 독자들을 무비판적으로 만들 위험이 있었다. 따라서 이자는 이러한 신문이 독서 인구를 잠식하여 "책을 기피"(19)하는 "그녀 세대에게 신문이 책"(20)이라고 생각하면서 당대의 사람들이 수동적이고 무비판적인 신문 구독자가 될 가능성에 우려를 표한다. 이처럼 신문이 대중에 미치는 영향력과 그것에 대한 저항 가능성을 분석한 웨스트먼은 이자가 신문을 읽는 방식, 즉 신문 내용에 깊이 주목하지 않고 몽상에 빠지는 독서 방식에서 이자의 저항 가능성을 찾는다. 그리하여 웨스트먼은 이자가 신문이 제시하는 방식대로 읽지 않고, "독자로서 주체적인 입장"의 이자는 "폭력적 남성의 특권과 여성의 고통에 대한 잠재적 서사를 포함시키기 위해 신문 기사의 분명한 내용을 보충"하는 서사적 불안정성을 보이고, 이것이 이자에게 비판적인 반성을 불러일으킨다고 주장한다(7-9). 웨스트먼의 지적처럼 이자가 신문 기사를 있는 그대로 받아들이지 않고 자신만의 몽상에 빠지며 현실을 떠올리는 불안정한 독서 방식은 신문의 내용을 비판적으로 읽는 데 효과가 있다. 하지만 이자가 보이는 좀 더 효과적인 저항은 이자의 문학적 상상력과 상상력의 비상을 통한 창작행위와 그 과정에 수반되는 비판적 사고과정을 통해 나타난다. 그리고 『막간』은 이러한

4) 벤야민은 새로운 테크놀로지의 잠재력이 정보소통의 장을 창출하고 문학 생산자와 독자 간의 장벽을 낮출 수 있다는 의미에서 진보적인 것으로 보았지만, 자본주의 저널리즘은 글쓰기를 상품화하여 글쓰기의 쇠망을 가져올 수도 있다고 보았다(Buck-Morss 137).

이자의 저항을 독자들에게도 요구한다.

신문은 이자에게 현실의 정보를 제공하는 수단으로 의미가 있지만, 실제적으로 그녀의 상상력을 확장시키는 것은 문학이다. 그러나 상업적인 대중문학은 아닌 것으로 나타난다. 『막간』에서 상업적 대중소설은 울프가 「도서관에서의 시간」에서 말한 것처럼 "수다스럽고 천박하며, 진부한"(38) 것이고 이러한 "나쁜 책에 대한 기호"("Hours in the Library" 37)가 무비판적인 독서대중을 양산할 위험이 있다는 것을 보여준다. 이러한 사실은 올리버 가의 서재가 방문객들이 기차 여행을 하며 소비한 "선정적 싸구려 소설들"(16)로 새롭게 채워지기 시작하는 데서 드러난다. 화자는 이런 상업적인 책들이 "숭고한 영혼을 반사하는 거울"에서 "변색되고 얼룩진 영혼" "권태로운 영혼"인 무비판적인 영혼을 반사하는 것으로 변화되고 있는 상황을 지적한다(16).

그녀 세대가 책을 기피하는 세대라고 생각하는 이자는 자신이 처한 현실, 즉 그녀가 진저리치는 "가정, 소유욕, 모성"(19)을 강조하는 남성 중심적인 현실과 당대의 불안한 정치적 현실에서 기인한다고 볼 수 있는 치통을 멈추기 위해 서재의 책들을 훑어보지만 어떤 책도 그녀의 치통을 멈추게 하지 못한다고 느낀다(20). 따라서 이자는 스스로 작품을 구상하며 창작하려 한다. 그런데 시를 쓰는 이자에게 영감을 주는 것은 서재를 새롭게 채우는 당대의 상업적이고 선정적인 책이 아니라 셸리(Percy Bysshe Shelley)와 키츠(John Keats), 스윈번(Algernon Charles Swinburne), 밀턴(John Milton)의 시와 같은 고전 문학작품이다.[5] 이렇게 이자가 암송하는 "문학 작품은 마음속에 숨겨진 감정에

5) "황야는 달빛 아래 어두웠고 . . ."(18)에서 셸리의 「스탠자-1814년 4월」("Stanzas-April 1814")를 인용하고, "한 모금의 물"(66)은 키츠의 「나이팅게일에 부치는 송시」("Ode to a Nightingale")의 구절과 유사하게 반향 한다. 그리고 자일즈 대신 햄릿(Hamlet)의 독백을 "멀리 사라져 . . ."(54)라고 키이츠의 「나이팅게일에 부치는 송시」를 좀 다르게 외우며 자신의 내면의 감정을 표현한다. "그곳에는 바람도 불지않고, 장미도 자라지 않

접근하게"(MacKay 158) 해주며, 이와 같은 암송을 하는 과정에서 이자는 "자신의 삶과 시대를 이해하기 위해 서사를 찾으려 시도"(Wood 128)한다.

시를 암송하며 자신의 서사를 찾으려는 이자의 노력은 더 나아가 이자의 상상력과 생각의 폭을 확장시키는 데 도움을 준다. 고전 작가들의 시를 이해하고 암송하면서 자신의 시 구절을 만들어 가는 이자는 울프가 「도서관에서의 시간」에서 수다스럽고 진부한 언어의 홍수 한가운데서도 존재한다고 주장한 "대단한 열정의 열기"(38)의 일면을 드러낸다. 즉 이자는 "한 시대에서 다른 시대로 지속될 형태"(Woolf, "Hours in a Library" 38)를 만든 과거의 대가들처럼, 그녀도 "우리 시대의 사상 및 비전과 싸우고, 우리가 사용할 수 있는 것을 움켜잡고, 무가치하게 보이는 것을 없애고, 무엇보다 내면의 관념에 가급적 최고의 형태를 부여하는"(Woolf, "Hours in a Library" 38) 그런 작품을 완성하기를 꿈꾸는 것이다. 따라서 이자에게 이러한 "옛 작가들에 대한 지식"(Woolf, "Hours in a Library" 39)은 비록 현실의 고통을 멈추게 하는 치료제는 아니더라도, 그녀가 "새로운 감각에 맞는 새로운 형식"(Woolf, "Hours in a Library" 39)을 찾아가는 데 길잡이로서 의미 있는 것이다.

이렇게 자신의 작품을 쓰고자 노력하는 이자가 당대의 사상 및 비전과 싸우는 생각의 과정은 소설의 초반 바트가 떨어뜨리고 간 『타임즈』(*Times*)에서 강간 장면을 읽은 후에 나타나기 시작한다. 바트 올리버가 신문을 남성적 폭력성을 드러내는 손자와의 폭력적 놀이에 실패하자 다시 신문의 경제면을 읽으며 편안함을 찾는 데 비해,[6] 이자의 경우 화이트홀에서 군인이 한 소녀를

야"(155)는 스윈번의 시 「프로스피네의 정원」("The Garden of Proserpine")의 23-4 구절을 연상시킨다(Cuddy-Keane, Notes to *BA* 158, 167-69참조). "아, 우리 인간의 고통이 여기서 끝날 수 있다면!"(180)은 허시(Mark Hussey)가 지적하듯 밀턴의 「그리스도의 탄생의 아침에」(On the Morning of Christ's Nativity)의 마지막 연의 한 구절을 연상시킨다(qtd. in Wood 125).

강간했다는 기사는 이자의 뇌리에 박혀 온종일 그녀의 상상력을 자극하고, 여성으로서 이자가 처한 현실적 상황과 교차된다. 사실 이자는 자신이 "우리의 대표, 우리의 대변인"(215)이라고 부르는 남편의 눈을 피하여 시를 회계장부처럼 제본한 책에 써왔는데(15), 이것은 이자가 남성 대변자 없이 스스로의 목소리를 내려는 것이며, 동시에 시 쓰기를 숨겨야 하는 현실을 보여주는 것이기도 하다.

그런데 이자가 "우리의 대변인"이라 칭하는 남편 자일즈는 신문에서 유럽의 현실을 읽고 분노하지만 그 분노를 승화시켜 의미 있고 생산적인 생각으로 확장시키지 못한다. 자일즈는 "유럽 전체가 격노"(53)하고 있는데도 사람들은 무심한 태도를 보이고 자신은 행동하지 못하고 있다는 사실에 분노하여 두꺼비를 입에 문 채 삼키지 못하는 뱀을 발로 짓밟는 폭력적 행동을 보이고(99), 이것을 "그를 후련하게 해"준 "행동"(99)으로 받아들일 뿐이다. 그러나 폭력을 동일한 폭력으로 되갚는 이러한 행동은 폭력을 근절할 수 있는 대안이 되지 못한다. 오히려 이와 같이 "생각을 하지 않는다고 추정되는 행동하는 남자들"(Woolf, "The Mark on the Wall" 88)의 폭력성과 무모함에 의해 전쟁이 자행되는 것이다.[7] 자일즈는 이처럼 무모한 폭력성을 보일 뿐 아니라, 현실에 무심하다는 이유로 여성인 고모 루시(Lucy)를 탓하지만 남성인 아버지는 비난하지 않는 이중적인 태도를 보인다(53). 또한 다지(Dodge)를 "잡종"(49)이라고 표현하며 동성애자를 경멸하고 아내인 이자에게 "그녀가 쓸 돈을 버는, 세상의 고뇌를 짊어진 사람의 자세를 취하며"(111) 가부장으로서 권위를 인정받고자 하는 남성 중심적인 모습을 드러낸다.

---

6) 웨스트먼은 바트가 신문을 보면서 움츠러든 남성적 권위에 안정을 찾고 있다고 지적한다(7).

7) 손영주도 울프의 「벽 위의 자국」("The Mark on the Wall")을 인용하며 생각 없는 행동에 의해 전쟁이 지탱되고 있다는 점을 지적하고 있다(93).

이자가 이러한 남편에게 자신이 쓴 시를 숨겨야만 하는 현실은 여전히 그녀가 남성 가부장에게 종속되어 자유롭지 못하다는 점을 보여주는 것이다. 이자는 이러한 남편에 대한 사랑과 미움이 교차되는 복잡한 심정으로 "낭만적인 신사 농부"인 헤인즈 씨(Mr. Haines)에게 끌리는 자신의 마음을 자제하여 "남편에 대한 사랑"을 스스로에게 상기시키면서 "'내 아이들의 아버지'라고 덧붙이며, 소설이 편리하게 제공하는 상투적 문구에 빠져"들기도 한다(14). 이처럼 이자가 사용하는 상투적인 문구는 "소설" 즉 머케이(Marina MacKay)가 설명하듯 "대중소설"(158)에서 흔히 표현되는 것으로, 대중소설이 체제 순응적이고 표준화된 문구를 재생산하는 면을 드러낸다. 이자는 인습적 역할을 강요하는 남성 중심적 체제의 진저리나는 현실을 다시 한번 실감하면서, 이 체제가 만들어내는 인습적이고 표준화된 상투적인 어구가 자신의 삶에 깊이 자리 잡고 있음을 기억하는 것이다.

하지만 이자는 이런 문구에 사로잡혀 있는 것이 아니라, 신문에서 접한 강간당한 소녀에 대해 떠올리며, 여성으로서 자신이 처한 현실이 화이트홀에서 남성의 폭력에 의해 강간당한 여성의 현실과 연계되어 있다는 인식을 드러낸다. 이자는 이러한 자신의 처지를 짐을 진 당나귀에 비유하는데, 이 짐은 이미 "요람에서"부터 부과된, "잊고 싶은 것이지만, 기억해야 하는"(155) 여성의 짐이라고 생각을 이어가며 시적 상상력을 넓혀간다. 그리고 이러한 이자의 상상력은 가부장제 속의 여성의 짐에 대한 생각에 머물지 않고 더 확장되어 파시즘과 폭력이 만연한 당대의 현실에 대한 자각과 그런 현실에 대한 책임감으로까지 뻗어간다. 그리하여 이자는 전체주의적 지도자들인 "우리를 이끌어가 저버리려는 선도자들의 광란의 외침", 남성 중심적인 이데올로기에 순응하는 "매끈하고 단단한 도자기 같은 얼굴들의 재잘거림"도 듣지 말고, "차라리 목동"에게, "막사에서의 소동"에, "창문을 열었을 때의 누군가의 외참”에 귀 기울이라고 표현하며(156), 독재적이고 선동적인 지도자와 그들에게 순응하는 태도를 비판하고 민중들의 목소리를 책임 있게 듣기를 요구하는 의식의 변화를 보인다.

『막간』은 이렇게 의식을 변화를 보인 이자의 생각의 흐름에 독자들을 동참시킴으로써 독자들에게도 현실을 직시할 수 있는 의식의 변화를 요구한다. 또한 『막간』은 라 트롭의 야외극을 통해 작품 속 관객들뿐 아니라 독자들에게 능동적이고 비판적인 인식을 유도한다. 야외극의 작가이자 연출자인 라 트롭은 어딘가 러시아 인의 피가 흐르는 것처럼 보이는 동성애자이며, 외견상으로도 거무스름하고 억세 보이며 전혀 숙녀처럼 보이지 않는다(57-8). 이처럼 울프는 영국 전원 마을의 아웃사이더처럼 보이는 라 트롭을 통해 당대 유행한 영국성을 찬양하는 야외극 장르를 비판적으로 재현하게 한다. 국가의 위기 상황에서 공동체의 단합을 요구하는 목소리가 기승을 부리던 시기에 『막간』의 야외극은 20세기 초반 야외극에서 유행했던 영국성의 이상과 영국 전통의 연속성과 관련된 내용[8]을 다루고 있다. 그러나 라 트롭이 쓰고 연출하는 야외극은 표면적으로는 영국성의 이상을 기리는 듯하지만, 주의 깊게 살펴보면 영국의 역사나 영국성이 가부장적 제국주의 서사에 의해 오염되어 있음을 보여주며 문명이 진보하고 있다는 믿음을 풍자한다.[9] 라 트롭은 비판과 풍자를 통해 표면적 의미 뒤에 숨은 내용을 재현하므로, 피치(Linden Peach)의 지적처럼 라 트롭의 극에 나타난 “풍자의 암호 같은 성질은 암호해독 하듯이 읽는 독자” 혹은 관객만이 그 “비판적인 글을 제대로 이해할 수 있”(205)는 것이다.

8) 이 부분에 대해서는 도슨(Michael Dobson) 18쪽, 석 라이언(Deborah Sugg Ryan) 67쪽, 에스티(Joshua D. Esty)의 글을 참조할 것.

9) 『막간』의 야외극을 풍자와 패러디의 관점에서 분석한 논문으로 김영주(Youngjoo Kim)의 논문을 참조.

라 트롭의 야외극에서 비판적인 관객만이 숨은 의미를 찾을 수 있는 한 예는 여성에 대한 폭력의 서사를 다룬 부분에서 찾을 수 있다. 초서(Chaucer) 시대의 캔터베리의 순례자들이 마치 시골 농부인 양 건초를 던지는 "나는 한 소녀에게 입 맞추고 그녀를 가게 했다,/ 다른 소녀는 쓰러뜨렸다,/ 짚 속에서 그리고 건초 속에서 . . ."(81)라는 장면은 일상적인 삶에 내재한 남성 중심적 폭력성을 보여주는 예이다. 울프는 이 장면을 이자가 신문에서 읽은 소녀의 강간 장면과 겹쳐지도록 하면서, 중세에서 현재에 이르기까지 계속되는 여성에 대한 남성의 폭력을 가시화한다. 능동적이고 비판적으로 라 트롭의 극을 대해야만 야외극 의미를 제대로 이해할 수 있는데, "삽화가 있는 신문"(66)에서 편안함을 찾는 비판의식이 결여된 맨레사 부인(Mrs. Manresa)의 경우 이 장면을 본 뒤, "즐거운 영국"(81)이라고 쾌활하고 큰 목소리로 주저 없이 말한다. 폭력행위를 제대로 파악하지 못하고 일상의 즐거운 행위라고 표현하는 맨레사 부인의 태도는 울프가 「공습 중 평화에 대한 생각」("Thoughts on Peace in an Air Raid," 1940)에서 비판한 남성들의 "잠재의식적 히틀러주의"(174)를 자라나게 하는 노예에 불과한 "빨간 입술과 빨간 손톱[10]을 한 여인"(174)처럼 남성 중심적인 이데올로기에 순응하고 그것을 재생산하는 역할을 할 뿐이다.

풍자적인 라트롭의 야외극은 서사적 재현을 통해서뿐 아니라 극의 형식적 장치인 음악을 통해서도 비판과 풍자를 보여준다. 야외극에서 축음기의 음악은 극의 내용을 효과적으로 전달하는 장치로 이용되어 영국의 위대함이라는 극의 표면적인 내용을 뒷받침하는 역할을 하는 것 같지만, 사실 그러한 방식을 비틀고 있다. 예를 들어 영국의 탄생과 성장에 관한 첫 장면에서 축음기를

10) 맨레사 부인의 "장미처럼 붉은 손톱"(39)은 이자에게 경멸적으로 포착된다.

통해 영국의 위대함에 어울리는 당대인에게 익숙한 "장대하고 인기를 끄는 음조"(79)가 흘러나오고 관객들은 손으로 박자를 맞추며, 콧노래를 흥얼거리기도 한다. 그러나 축음기의 음악은 처음부터 일관성 있게 찬양조의 음악을 들려주지 않는다. 첫 장면의 시작을 알리는 축음기의 음악은 "뭔가 기계가 잘못되었을 때 내는 소음"처럼 "칙칙, 칙칙, 칙칙"(76) 하고 소리를 내며 관객들을 불안하게 한다. 이렇게 야외극이 시작되면서부터 간헐적으로 계속 들리는 "칙칙" 하는 축음기 소리는 현대 기계문명의 발달 결과가 전쟁과 무기 산업으로 귀결되고 있는 것처럼 잘못되어 가고 있음을 드러내는 것이며,[11] 영국 역사의 시작에서부터 무장한 영웅과 병사들의 전투가 소개되듯 문명이 그릇된 방향으로 나아가고 있음을 부각시킨다.

그런데 이렇게 음악이 제대로 나오지 않는 것은 라 트롭의 의도라기보다 『막간』의 작가 울프의 표현적 장치라고 볼 수 있다. 울프와 라 트롭 사이에는 어느 정도 간극이 있다. 라 트롭이 당대 유행하는 야외극을 풍자적이고 아이러니컬하게 재현하고 있는 측면은 작가 울프의 태도를 반영하는 것이지만, 관객을 대하는 태도와 극을 연출하는 방식에서 『막간』의 작가 울프와의 간극이 드러난다. 야외극을 연출하는 라 트롭은 권위적으로 "갑판 위를 걷는 지휘관의 모습"(62)을 보이며, 배우들은 그녀의 "두목 행세"(63)를 좋아하지 않는다. 이러한 라 트롭은 관객들의 마음도 통제하고 싶어 한다. 그녀는 관객이 극이라는 "환상"(140, 180) 속에 몰입하기를 바라는데, 배우의 목소리가 잘 전달되지 않거나 극의 연결이 중단되면서 관객의 몰입이 방해받는 순간, 자신의 극이 실패라고 토로하며 좌절감을 느낀다(98, 140, 180, 209). 라 트롭

11) 피치는 이 소리가 현재 유럽을 위협하고 있는 과학 기술을 상기시키는 것으로 보고(205), 레스카(Mitchell Leaska)는 과학기술의 진보라는 이름으로 고통을 당하는 병든 문명에 대한 울프의 상징적 논평이라고 말한다(qtd. in Scott 105).

이 이처럼 관객을 통제하려는 태도는 야외극의 마지막 장면이 끝난 뒤 그녀가 확성기를 통해 내용을 전달하는 부분에서 극에 이른다. 이렇게 확성기를 사용하여 극을 재현하는 라 트롭에게서 울프가 비판한 당대의 정치 참여적인 젊은 예술가들의 모습이 투영된 것을 볼 수 있다.

울프는 1932년 「젊은 시인에게 보내는 편지」("A Letter to a Young Poet")에서 하인스(Samuel Lynn Hynes)가 '오든(Auden) 세대'[12]라고 칭한 당대의 좌파 성향의 젊은 시인들, 즉 오든(W. H. Auden), 데이 루이스(Cecil Day-Lewis), 스펜더(Stephen Spender)와 같은 시인들의 시를 인용하며 그들의 시 창작 태도를 비판한다. 우드(Alice Wood)가 설명하듯 울프는 이들의 글쓰기에서 "잠재된 공격성과 쓰라린 환멸"(115)을 발견하고 그들의 시에 나타난 "사적 혹은 정치적 분노의 표현에 반감"(115)을 보인다. 또한 울프는 「기울어가는 탑」("The Leaning Tower," 1940)에서도 오든 세대의 젊은 남성 시인들이 자신에 대한 "연민"과 사회에 대한 "분노"(171), "부조화와 신랄함으로 가득한"(172) 지나친 자의식에 빠져 있고, 이런 마음 상태에서 쏟아내는 그들의 시가 마치 정치가의 확성기에서 울려 퍼지는 듯한 "시가 아니라 웅변"(175), "울부짖는 외침"(176)이라고 비판한다. 이 작가들은 분명히 파시스트에 대항하는 입장이긴 하지만(Rosenfeld 128), 그들의 시는 울프가 우려한 정치가들과 유사한 "확성기의 어투"("The Leaning Tower" 175)를 보여주는

---

12) 오든(W. H. Auden) 세대의 시인들은 2차 세계대전의 전운이 감도는 시기에 자신들이 1차 세계 대전에 "참전하지도 않았고, 전투에서 죽지도 않았다는 죄의식, 질투, 안도감"이 뒤섞인 감정에서 "행동에 대한 관심이 고조"되었다. 그리고 이전 세대 문학적 스승들과 차별화하여 그들과 다른 법칙을 만들고자 했다. 그리하여 오든은 이셔우드(Christopher Isherwood)에게 그들의 "임무는 긴급히 행동을 촉구하는 것이고 그 성격을 분명히 하는 것"이라고 말했다. 마침내 오든은 1939년 1월 예이츠(W. B. Yeats) 사망 후 쓴 「예이츠를 추모하며」("In Memory of W. B. Yeats")에서 예술 즉, "시는 아무 일도 일어나게 하지 않는다"(poetry makes nothing happen)고 표현했다(Leighninger, Jr. 716-17 참조).

것이다. 울프는 「예술가와 정치」("The Artist and Politics," 1932)에서 격동의 시기에 예술가가 어쩔 수 없이 정치에 참여하도록 강요당한다면, 예술가 자신뿐 아니라 그의 예술의 생존이 위험하다고 주장하며 예술이 정치적 도구로 사용되는 것을 극히 우려하였다(232). 이러한 울프의 입장은 정치적인 "선동"으로 "열변을 토하"는 예술을 비판하고, "예술작품은 의식의 변화를 통해서 실천적 영향력"을 줄 수 있다는 아도르노의 주장과 연계된다("Aesthetic Theory" 243). 아도르노는 예술의 직접적인 정치적 개입이 아니라 작품의 "내재적 비판"("Aesthetic Theory" 248)을 통한 실천적 영향력을 강조했는데, 울프의 『막간』도 바로 이러한 '내재적 비판'을 통해 독자들에게 능동적으로 생각하게 함으로써 '의식의 변화'를 유도하는 것이다.

『막간』에서 이러한 의식의 변화 가능성은 이자를 통해 나타나고, 『막간』은 이자의 생각의 흐름에 독자들도 동참하게 함으로써 그들의 의식의 변화를 촉구한다는 점을 살펴보았다. 뿐만 아니라 라 트롭의 야외극이 비판과 풍자를 통해 독자들을 능동적이고 비판적으로 생각하도록 이끈다는 점도 살펴보았다. 울프는 이와 더불어 작품에서 언어적, 형식적 실험을 통해 독자들로 하여금 적극적으로 생각할 수 있도록 하려는 자신의 비전을 효과적으로 재현한다. 울프는 『막간』을 처음 구상할 당시 이 작품을 "대화: 그리고 시: 그리고 산문"(*D* 105)이라고 말한 것처럼 『막간』에서 혼합된 장르의 실험적 형식을 시도한다. 이러한 장르를 혼합한 실험적 형식은 "관습적으로 보고 생각하는 방식을 낯설게 하는 것"(Snaith, "Late Virginia Woolf" 4)으로서, 울프가 독자들에게 적극적이고 비판적으로 생각하기를 촉구하는 자신의 "내면의 관념에 가능한 최고의 형태를 부여"(Woolf, "Hours in the Library" 38)하고자 하는 것이다. 그리하여 『막간』에서는 야외극, 인물들의 대화와 생각, 여러 문학작품의 인용, 신문의 기사, 축음기 음악과 소음, 비행기 소리, 동물의 소리 등을 통해 문학적, 문화적인 울림과 자연의 소리가 여러 장르로 뒤섞여 다층적으로 들려온다. 이렇게 퍼져 나오는 언어의 다층적 울림은 울프가 「장인의 솜씨」에서 말한 것처럼 우리의 상상력과 기억, 눈과 귀를 깨운다. 이 에세이에서 울프는 도구적으로 사용되는 것이 아닌(247), "간단한 하나의 진술이 아니라 수많은 가능성들을 표현"(246)하는 그런 언어로 쓰인 "가장 단순한 한 문장도 상상력과 기억, 눈과 귀를 깨운다"(247)고 주장한다. 『막간』에서 퍼져 나오는 다양한 소리의 울림은 독자들의 "정신적인 지각 능력을 자극"(Cuddy-Keane, *VW* 31)하는 울프 특유의 글쓰기의 한 형태로서 독자들에게 다층적으로 구성된 소설의 의미를 이해하도록 노력하게 만든다.

그리고 『막간』에서는 이처럼 다층적 언어의 울림뿐 아니라 다양한 소리들 사이에 끼어드는 침묵과 중단도 비판적으로 생각할 시간을 제공하는 주요한 요소로 작용한다. 침묵과 중단이 극중 인물들의 수동적 태도에 균열을 일으키고 독자들에게 수동적인 독서에서 벗어나도록 하는 첫 장면은 야외극이 시작되기를 기다리며 올리버 가의 가족들과 두 사람의 방문자인 맨레사 부인과 윌리엄이 전망을 응시하는 순간이다. 그들에게 전망은 "비행기에서 보면" "브리튼들, 로마 사람들, 엘리자베스 시대의 장원이 만든 흔적"(4)을 분명히 볼 수 있는 유서 깊은 장소의 일부이고, 오늘날까지도 그 역사의 흔적을 간직한 광경의 "조화와 평화로움이 영국 이외의 나라에서 찾아볼 수 없는"(Kelsall 176) "골동품적인 영국성"(Esty 246)을 상징하는 것으로 볼 수 있을 것이다. 그러한 전망은 그들에게 "늘 같아"(53) 보이고 "우리가 사라진 뒤에도 저기에 있을 것"(53) 같은 평화로운 영국을 상징하는 듯하다. 하지만 자일즈가 노여워하듯 "어느 순간 총들이 이 땅을 긁고, 비행기들의 폭격"(53)을 당할 수 있는 전망은 더 이상 조화와 평화의 상징이 될 수 없는 상태이다. 이런 상황에서 마치 전망은 자신이 "승리하게 하라고 유혹"(65)하듯 사람들에게 수동적으로 찬양하는 태도를 요구하는 것 같지만, 그들의 생각은 일치하지 않는다. 함께 전망을 바라보는 "그들의 마음과 육체는 너무도 가깝지만, 충분히 가까운 것은 아니"(65)라고 느끼고 그들은 안절부절 못해하며, 모두가 전망에 대해 수동적으로 공감에 이르지는 못한다. 따라서 평화로운 찬양에 동화되지 못하는 자일즈는 분노를(60), 이자는 갇힌 것처럼 느끼게 된다(65). 그리고 인물들의 분열된 감정과 불안한 침묵은 서사의 진행을 방해하여 독자에게 비판적 거리를 제공한다.

『막간』에서 이러한 침묵과 서사의 중단은 브레히트(Bertolt Brecht)가 서사극에서 의도한 "중단"(Benjamin, "What Is Epic Theater?" 151)과 같은 효과를 유발하고, 이와 같은 효과를 통해 관객과 독자에게 수동적인 관람, 수동적인 독서를 지양하게 한다. 벤야민은 「서사극이란 무엇인가?」("What Is Epic Theater?")에서 브레히트의 서사극이 "줄거리를 전개시키기보다는" "소격" 효과(alienation effect)[13]를 유발하면서 "드라마의 진행"을 "중단"(150)하는 수법을 통해 "관객의 환상을 침해하는 간극을 발생시킨다"(153)고 말한 바 있다. 『막간』에서 야외극은 이렇게 흐름이 중단되면서[14] 관객들에게 극에 대해 좀 더 생각할 수 있는 여지를 제공해 주고, 『막간』을 읽는 독자들에게도 이 작품에 대한 비판적인 거리를 가질 수 있게 해 준다. 이러한 점에서 트래트너(Michael Tratner)의 지적처럼 야외극과 소설이 모두 브레히트의 소격 효과를 유발하는 것이다(124-25).

야외극에서 극의 흐름이 중단되어 관객들에게 충격과 자성의 시간을 주는

13) 브레히트는 소격효과에 대해 "관객이 연극의 인물들과 쉽게 감정이입하여 무비판적으로 경험을 받아들이지 않도록"(71) 한다고 설명한다.

14) 스피로포울로우(Angelike Spiropoulou)도 브레히트의 혁신적인 형식적 기법이 야외극의 불연속적이고 '비유적' 재현에서 사용되고 있다고 설명한다.

대표적인 장면은 마지막 장면인 "현재, 우리 자신들"(177)이다. 그런데 이 장면의 바로 앞 막간에서 무대가 텅 비고 음악 소리도 없이 축음기의 기계 소리만 똑딱대며 극이 중단되는 침묵의 순간 관객들은 처음으로 자신을 돌아보기 시작한다. 관객들은 현재의 앞 장면인 "빅토리아 시대 사람들도 아니었으며 그들 자신들도 아니"고(178), "그들은 실재도 없이 천국과 지옥 사이 림보(limbo)에 떠돌고 있는"(178) 것처럼 느끼며 안절부절못한다. 그리하여 그들은 프로그램에 쓰인 "우리 자신들"(178)에 대해 생각하며 지금까지 의식하지 못했던 스스로에 대해 생각해보기 시작한다. 그들은 라 트롭이 "우리 자신들에 대해서 무엇을 알 수 있단 말이지?"라고 질문한다. 그리고 "어쩌면 1939년 6월 어느 날 . . . 우리 자신들 . . . '나 자신' — 그건 불가능하지"(179)라고 말하며, 라 트롭의 극이 과연 "현재, 우리 자신"(177)에 대해 말할 수 있을지에 대해 의문을 품는다. 이러한 상황에서 전쟁과 평화 사이의 혼란한 현실에 대한 관객들의 불안이 고스란히 드러나지만, 그들은 이 순간 능동적으로 생각하기 시작한다. 그리고 관객들의 불안과 혼란스러움은 마지막 장면에서 최고조에 이르고, 그들은 스스로를 낯설게 바라보게 되는 충격 체험을 통해 각성의 시간을 갖게 된다.

야외극의 마지막 장면인 "현재, 우리 자신들"에서 배우들은 비출 수 있는 온갖 종류의 거울 같은 것들로 관객들의 모습을 비춘다. 갑작스럽게 "거울들이 돌진하고 번쩍이고 폭로"하는 상황에서 관객들은 자신들의 모습을 낯설게 조각난 상태로 "단지 부분들"로서만 보게 되어, 그것은 "너무나 왜곡하고 당황스럽게 하는" "끔찍한 폭로"라고 느낀다(184). 이러한 조각난 모습과 더불어 축음기의 곡조도 "불협화음"과 "귀에 거슬리는 소리"를 전달하고(183), "소들도" 가세하면서 "자연의 침묵이 깨졌고, 만물의 영장인 인간을 야수로부터 나누어야 하는 장벽이 용해되었다"고 표현된다(184). 마치 이 상황은

"종으로서의 인간은 수만 년 전에 진화의 정점에 도달했다. 그러나 종으로서의 인간성은 진화의 초기 단계에 불과하다"(qtd. in Buck-Morss 64)는 벤야민의 주장을 상기시키며 인간의 역사는 진보했다기보다는 야수와 다름없는 야만성의 시대를 초래했다는 것을 보여주며, 문명과 영국인들의 파편화된 현실을 비유적으로 재현한다. 뿐만 아니라 이 조각난 거울을 통해 관객들이 단지 부분으로 마치 몽타주처럼 재현된 장면은 스페인 내전 당시 나치 군에 의해 폭격당한 게르니카(Guernica)의 참상을 그린 피카소(Pablo Picasso)의 「게르니카」의 이미지와 중첩된다. 피카소의 이 작품이 1938년 영국 뉴 버링턴 갤러리(the New Burlington Galleries)에서 전시되었을 때, 울프는 전시의 후원자였다(qtd. in Snaith, "Late Virginia Woolf" 7). 울프가 후원한 전시회에 소개된 「게르니카」에서 끔찍하게 폭격당한 스페인 마을의 참상이 인간, 황소와 말, 그리고 불에 탄 집 등의 부분들로 구성되어 몽타주 형식으로 재현된 것처럼, 야외극에서 여러 종류의 거울에 조각난 부분으로만 재현된 관객들의 모습은 불협화음과 소들의 소리와 더불어 평화로워 보이는 영국의 전원 마을도 게르니카처럼 언제라도 폭격 당할지 모르는 위험에 노출되어 있다는 현실을 일깨워 준다.

그리고 "현재, 우리 자신들"이 처한 불안한 상황은 이 장면에 앞서 언급된 『타임즈』의 기사 내용을 신뢰할 수 없게 만든다. "집들이 지어질 것이다. 아파트마다 냉장고가 . . . 있으리라. 우리들 각자는 자유인이다. 접시들은 기계가 씻는다. 비행기 한 대도 우리를 괴롭히지 않으며, 모두 해방되고, 완전해지리라. . . ."(182-83)는 기술 문명에 대한 예찬은 끔찍한 폭로 장면에 의해 부정된다. 그리고 라 트롭이 이러한 문명이 "우리 자신들 같은 조각들, 부스러기들, 그리고 파편들로 세워"(188)진 것이 아닌지를 질문하며 문명의 진보에 대해 비판하듯, "현재, 우리 자신들"에 관한 "조각과 부스러기, 파편들"로 이뤄진 장면은 마치 벤야민의 '역사의 천사'가 목격한 "잔해 위에 또 잔해를 쉼 없이 쌓이게 하고 이 잔해를 우리들 발 앞에 내팽개치는 파국"("Theses on Philosophy of History" 257-58)처럼 독자에게 다가온다. 그리하여 관객들은 낯섦과 충격 속에서 스스로를 성찰할 기회를 가지게 되는데, 이 순간 그들은 "나치의 광상적인 음악극에 모인 단일한 생각을 지닌 대규모의 관중과, 파커류의 야외극에 모인 수동적인 관객들과 대조"(Froula 319)를 이룬다. 이처럼 중단을 통한 충격체험의 장면을 통해 『막간』은 야외극의 관객이나 독자들에게 수동적으로 반응하기를 멈추고 깨어있는 상태에서 생각하며 현실을 직시하기를 촉구한다.

III

울프는 정치적으로 적극적인 참여에 비판적인 입장이었지만, 1940년 「공습 중 평화에 대한 생각」에서 밝히고 있듯이 "확성기와 정치가들의 말에서 홍수처럼 쏟아져" 나오는 일면적이고 맹렬한 "조류에 대항"하여 "무기 없이"도 싸우는 다른 길인, "정신적인 싸움으로부터 멈추지 않을 것"(174)이라고 주장했다. 이러한 울프의 주장은 아도르노가 1968년 작고하기 직전 라디오에서 강연한 글, 「단념」("Resignation")에서 "생각하기는 실제로 저항의 힘"(293)이고 "이미 존재하는 것을 지적으로 재생산하지 않는"(291) 것으로서, "생각만이 탈출구를 찾을 수 있다"(291)고 말한 점과 상통한다. 이 에세이에서 아도르노가 "상황을 최종적인 것으로 받아들이지 않게 되는 것이야말로 생각하기의 책임"(291)이며, "위축되지 않는 통찰을 통해서만 상황이 변화될 수 있다"(291)고 주장한 것처럼, 울프는 『막간』에서 능동적으로 생각하기를

통해 의식이 변화될 수 있는 가능성을 모색했다.[15]

『막간』에서 야외극에 모인 관객들은 스스로에 대해 성찰할 수 있는 기회를 갖지만, 극이 끝나고 다시 일상의 현실로 돌아간다. "이 차와 저 차를 구별할 수 없"(200)을 정도로 동일한 제품을 대량생산하여 "원숭이 마스코트"(200)를 달아야 자신의 차를 구별할 수 있는 것처럼, 관객들은 집단적이고 동질적인 '우리'가 되기를 요구하는 공적 세계로 돌아간다. 그러나 관객들은 잠시 정지된 충격의 순간을 통해 현실에 대해 생각하고 자각하는 기회를 가짐으로써 조금이나마 변화된 모습으로 현실을 바라볼 수 있을 것이다. 책임 있는 작가는 이러한 순간이 지속될 수 있도록 싸움을 멈출 수 없을 것이고, 정신적인 싸움을 멈추지 않을 것이라고 했던 울프처럼 야외극의 작가 라 트롭도 글쓰기를 통해 현실에 저항하기를 멈추지 않는다. 라 트롭은 야외극이 끝나고 한순간 승리감에 빠져들지만, 곧 자신의 극을 이해시키지 못했다는 실패감에 빠져 든다(209). 작가로서 라 트롭은 끊임없이 관객들이 자신의 작품을 통해 현실에 대해 비판적으로 생각하기를 바라며, 그런 열정 때문에 그녀의 글쓰기는 계속되는 것이다. 따라서 라 트롭은 패배감에 머물러 있지 않고, 나무로 달려드는 놀란 찌르레기들의 마치 "광시곡" 같은 소리를 통해 "가지, 잎, 새들이 삶, 삶, 삶" 하는 것 같다고 생각하며(209), 갑작스럽게 계시적인 깨달음을 느낀다. 그리고 자신이 그 나무 뒤에서 겪었던 "승리감, 모멸감, 희열, 절망감"(210)을 회상한 뒤, 다시 예술가로서 책임과 열정을 회복하고 "그때 무엇인가 표면으로 솟아오르"고 "한밤중 . . . 바위에 반쯤 가려진 두 인물이 있을

---

15) 울프 생존당시 비평가들은 울프에 대해 정치적 수용주의(political quietism)를 보이는 작가라고 비판했지만(Prodmore-Brown 408), 1980, 90년대에 이르러 울프의 소설에서 정치적 함의를 읽게 되고 『막간』에 대해 관심을 가지면서, 벤지먼(Galia Benziman)의 지적처럼 이 소설은 비평가들에 의해 울프의 가장 정치적인 소설로 받아들여지기도 한다(53).

것이다. 막이 오를 것이다"(210)라고 새로운 작품에 대한 구상을 떠올린다.

라 트롭이 새롭게 구상한 작품 속의 두 인물은 이자와 자일즈의 모습과 중첩된다. 야외극이 끝나고 잠자리에 들기 전, "우선 그들은 싸워야만" 하고 "어둠의 한가운데서 . . . 숫여우가 암여우와 싸우듯이" 싸워야 한다고 화자는 말한다(219). 콘래드(Joseph Conrad)의 소설 제목을 떠올리는 "어둠의 한가운데서" 이자와 자일즈가 싸워야 하는 이미지는 야만의 시대에 인간이 새로운 역사를 시작하기 위해 겪어야 할 필연적인 투쟁처럼 보인다. 마치 벤야민이 "지금까지 광기만 지배했던 영역을 개간하는 일. 원시림의 심연에서 유혹해오는 공포의 제물이 되지 않기 위해 . . . 날카롭게 이성의 도끼를 들고 전진할 것"(*AP* 456)이라고 주장하듯 야만성을 벗어나기 위한 싸움처럼 보인다. 그리고 이러한 야만성을 자각함으로써 그것을 "벗어나기 시작하는 것이 어쩌면 진정한 진보가 이루어지는 순간이고, . . . '인류'의 역사가 새로이 시작하는 순간"(최성만, 「해제」 34)이 될 수 있을 것이다. 『막간』의 마지막에서 새로운 막이 오르는 "길이나 집들이 만들어지기 이전의" "동굴 속 거주자들이 바위 사이 어떤 높은 지대에서 지켜보았던 밤"(219)은 문명이 만들어온 억압적인 것들, 이자에게 들리는 "오염된 중얼거림"과 "우리를 이끌어 저버리려는 선도자들의 광란의 외침"(156)이 존재하지 않는 순간이다. 이처럼 울프는 현재의 문명이 처한 야만성에 대해 깊이 통찰하고 깨닫는 것으로부터 출발하여 인류가 새로운 역사를 다시 시작할 수 있는 변화, 즉 "새로운 플롯"(215)을 모색하는 것이다.

출처: 『현대영미소설』 제27권 1호(2020), 5-29쪽.

■ 인용문헌

손영주. 「"생각하는 일이 나의 싸움이다": 버지니아 울프의 사유, 사물, 언어」. 『영미문학페미니즘』, 제 22 권 2 호, 2014, pp. 85-116.

최성만. 『발터 벤야민: 기억의 정치학』. 도서출판 길, 2015.

_____. 「해제: 발터 벤야민의 역사철학적 구제비평」. 발터 벤야민. 『역사의 개념에 대하여/ 폭력비판을 위하여/ 초현실주의외』. 최성만 옮김, 도서출판 길, 2017, pp. 5-45.

Adorno, Theodor W. *Aesthetic Theory*. Translated by Robert Hullot-Kentor, edited by Gretel Adorno, and Rolf Tiedemann, Continuum, 2002.

_____. "Resignation." *Critical Models: Interventions and Catchwords*. Translated by Henry W Pickford, Columbia UP, 1998, pp. 289-93.

Benjamin, Walter. "Some Motifs in Baudelaire." *Illuminations*. Translated by Harry Zohn, edited by Hannah Arendt, Shocken Books, 1969, pp. 155-200.

_____. *The Arcades Project*. Translated by Howard Eiland, and Kevin McLaughli, Harvard UP, 2003.

_____. "Theses of the Philosophy of History." *Illuminations*. Translated by Harry Zohn, edited by Hannah Arendt, Shocken Books, 1969, pp. 253-64.

_____. "The Work of Art in the Age of Mechanical Reproduction." *Illuminations*. Translated by Harry Zohn, edited by Hannah Arendt, Shocken Books, 1969, pp. 217-51.

_____. "What is Epic Theater?" *Illuminations*. Translated by Harry Zohn, edited by Hannah Arendt, Shocken Books, 1969, pp. 147-54.

Benziman, Galia. "'Dispersed Are We': Mirroring and National Identity in Virginia Woolf's *Between the Acts*." *Journal of Narrative Theory*, vol. 36, no. 1, 2006, pp. 53-71.

Brecht, Bertolt. *Brecht on Theatre*, Translated and edited by John Willett, Hill & Wang, 1964.

Buck-Morss. *The Dialectics of Seeing: Walter Benjamin and the Arcades Project*. The MIT P, 1999.

Cuddy-Keane, Melba. Notes to *Between the Acts*. *Between the Acts*. by Virginia Woolf. Harcourt, Inc., 2008, pp. 151-212.

_____. "Virginia Woolf, Sound Technologies, and New Aurality." *Virginia Woolf in the Age of Mechanical Reproduction*, edited by Pamela L. Caughie, Garland Publishing, Inc., 2000, pp. 69-96.

_____. *Virginia Woolf: the Intellectual, & the Public Sphere*. Cambridge UP, 2003.

Dobson, Michael. "The Pageant of History: Nostalgia, the Tudors, and the Community Play." *SEDERI*, vol. 20, 2010, pp. 5-25.

Esty, Joshua D. "Amnesia in the Fields: Late Modernism, Late Imperialism, and the English Pageant-Play." *ELH*, vol. 69, no. 1, 2002, pp. 245-76.

Froula, Christine. *Virginia Woolf and Bloomsbury Avant-Garde: War, Civilization, Modernity*. Columbia UP, 2005.

Hynes, Samuel Lynn. *The Auden generation : literature and politics in England in the 1930s*. Princeton UP, 1976.

Kelsall, Malcolm. *The Great Good Place: The Country House and English Literature*. Columbia UP, 1993.

Kim, Youngjoo. "Reinventing the Tradition: The Aesthetics and Politics of the Outsider's Pageant in Virginia Woolf's *Between the Acts*." *Feminist Studies in English Literature*, vol. 14, no. 2, 2006, pp. 63-90.

Laurence, Patricia. "The Facts and Fugue of Was: From *Three Guineas* to *Between the Acts*." *Virginia Woolf and War: Fiction, Reality, and Myth*, edited by Mark Hussey, Syracuse UP, 1991, pp. 225-45.

Robert D. Leighninger, Jr. "The Auden Generation: Literature and Politics in England in the 1930s." *American Journal of Sociology*, vol. 85, no. 3, 1979, pp. 716-17.

MacKay, Marina. "*Between the Acts*: Novels and Other Mass Media." *A Companion to the Virginia Woolf*, edited by Jessica Berman. E-book, Kindle, Wiley Blackwell, 2016, pp. 150-62.

Peach, Linden. *Critical Issues: Virginia Woolf.* St. Martin P, 2000.

Phillipa, Gyllian. "'Vociferating through the megaphone': Theatre, Consciousness, and the Voice from the Bushes in Virginai Woolf's *Between the Acts.*" *Journal of Modern Literature*, vol. 40, no. 3, 2017, pp. 35-51.

Pridmore-Brown. "1939-40: Of Virginia Woolf, Gramophones, and Fascism." *PMLA*, vol. 113, no. 3, 1998, pp. 408-21.

Rosenfeld, Natania. "Monstrous Conjugations: Images of Dictatorship in the Anti-Fascist Writings of Virginia and Leonard Woolf." *Virginia Woolf and Fascism: Resisting the Dictators' Seduction*, edited by Merry M. Pawlowski, Palgrave, 2001, pp. 122-36.

Scott. Bonnie Kime. "The Subversive Mechanics of Woolf's Gramophone in Between the Acts." *Virginia Woolf in the Age of Mechanical Reproduction*, edited by Pamela L. Caughie, Garland Publishing, Inc., 2000, pp. 97-113.

Snaith, Anna. *Virginia Woolf: Public and Private Negotiations*. Macmillian P. LTD, 2000.

_____. "Late Virginia Woolf." *Oxford Handbooks Online.* www.oxfordhandbooks.com/2015. Accessed 29 November 2019.

Spiropoulou, Angeliki. *Virginia Woolf, Modernity and History: Constellations with Walter Benjamin.* Palgrave macmillan P, 2010.

Sugg Ryan, Deborah. "'Pageantitis': Frank Lascelles' 1907 Oxford Historical Pageant, Visual Spectacle and Popular Memory." *Visual Culture in Britain*, vol. 8, no. 2, 2007, pp. 63-82.

Tratner, Michel. "Why Isn't *Between the Acts* a Movie?" *Virginia Woolf in the Age of Mechanical Reproduction*, edited by Pamela L. Caughie, Garland Publishing, Inc., 2000, pp. 115-34.

Westman, Karin E. "'For her generation the newspaper was a book': Media, Mediation, and Oscillation in Virginia Woolf's *Between the Acts.*" *Journal of Modern Literature*, vol. 29, no. 2, 2006, pp. 1-18.

Woolf, Virginia. *A Room of One's Own.* 1929. Oxford UP, 1992.
_____. *Between the Act.* 1941. Harcourt, Inc., 1969.
_____. "Cinema." *Collected Essays II*, edited by Leonard Woolf, Harcourt, Brace & Worid, Inc., 1967, pp. 268-72.
_____. "Craftsmanship." *Collected Essays II*, edited by Leonard Woolf, Harcourt, Brace & Worid, Inc., 1967, pp. 245-51.
_____. "Hours in the Library." *Collected Essays II*, edited by Leonard Woolf, Harcourt, Brace & World, Inc., 1967, pp. 34-40.
_____. "The Artist and Politics." *Collected Essays II*, edited by Leonard Woolf, Harcourt, Brace & Worid, Inc., 1967, pp. 230-32.
_____. *The Diary of Virginia Woolf, Vol 5.* Harcourt Brace Jovanovich, 1984.
_____. "The Leaning Tower". *Collected Essays II*, edited by Leonard Woolf, Harcourt, Brace & World, Inc., 1967, pp. 162-81.
_____. "The Mark on the Wall." *The Complete Shorter Fictions of Virginia Woolf.* Ed. Susan Dick. A Harvert Book, 1989, pp. 83-89.
_____. "Thoughts on Peace in an Air Raid." *Collected Essays IV*, edited by Leonard Woolf, Harcourt, Brace & World, Inc., 1967, pp. 173-77.
_____. *Three Guineas.* 1938. Harcourt Brace Jovanovich, 1966.

회절과 얽힘의 텔레커뮤니케이션: 버지니아 울프의 『막간』*

| 박신현

I. 텔레그래프와 안테나: 울프 시대의 원거리통신망

텔레커뮤니케이션(telecommunication)은 멀리 떨어져 있는 사람과 사람이 장치를 이용해 거리를 극복하는 정보전달의 과정을 뜻한다. 'Tele'란 그리스어 어원으로 '먼 거리', '멀리'를 의미한다. 주로 인쇄 미디어에 의존하던 원거리통신은 그리스어로 '먼 곳에 글을 쓰다'란 뜻을 지닌 '전신'(telegraph)의 개발로 전자 미디어 시대를 열게 된다. 버지니아 울프(Virginia Woolf)의 소설 『막간』(*Between the Acts*)(1941)에서 '전신'이란 용어는 두 차례 등장한다. 한 번은 야외극의 중간휴식시간에 루시(Lucy)가 의자 가장자리에 앉아있는 모습을 "아프리카로 출발하기 전에 전신선 위에 앉은 새 한 마리"(a bird on a telegraph wire before starting for Africa) 같다고 비유한 곳이다(*BA* 105). 또한 번은 야외극이 제작비용을 절감해야 하는 상황에 대해 영국의 두 일간신

* 이 논문은 2019년 대한민국 교육부와 한국연구재단의 지원을 받아 수행된 연구임 (NRF-2019S1A5B5A01040260).

문들인 『더 타임스』(*the Times*)와 『텔레그래프』(*Telegraph*)가 그날 아침 이미 보도했다고 언급하는 곳이다(163).

빅토리아인들이 창조해낸 전 세계적 원거리통신망(global telecommunications network)인 전신은 "빅토리아시대의 인터넷"(Victorian Internet)으로 불린다(Whitworth 171, 195). 1837년에 철로를 따라 전신주를 세우고 케이블을 잇는 방식으로 런던과 버밍엄 철로에 전신이 부설됐고, 1851년에는 런던과 프랑스 파리의 증권거래소를 잇는 최초의 해저 전신 케이블(channel cable)이 도버해협을 횡단해 설치됐다(Whitworth 172). 1858년에는 드디어 대서양 바닥에 케이블을 놓아 영국과 미국을 연결하는 대서양횡단 해저전신이 개통되자 영국의 빅토리아 여왕이 미국의 뷰캐넌(James Buchanan) 대통령에게 성공을 기념하는 첫 문안인사를 보내기도 했다(스탠디지 75-77).

따라서 울프가 1931년에 발표한 『파도』(*The Waves*)에서 수잔(Susan)이 열차 밖을 내다보며 "런던의 거리들이 전신선들로 한데 엮여있다"(43), 그리고 지니(Jinny)가 "전신주들이 끊임없이 불쑥 나타난다"(44)고 묘사할 만큼 전신은 그 시대의 대표적인 유선 원격통신체계였다. 『막간』은 자일스(Giles)와 맨레사(Manresa) 부인 사이에 형성되기 시작한 감정의 연결에 대해 "눈에 보이는, 보이지 않는 실 한 가닥이 그들을 결합했다"(A thread united them—visible, invisible, 51)라고 묘사하듯이, 울프가 시간적 공간적 장애물을 극복하고 사람과 사람을 연결할 수 있는 유선 또는 무선의 통신망에 대해 가졌던 깊은 관심을 잘 보여주는 작품이다.

전신은 세계인들이 외국의 최신 뉴스를 빠르게 접할 수 있게 함으로써 서로 공유하는 경험을 확장시켰다. 해외의 최신 정보를 입수하게 된 세계인들은 서로 감정을 결속시키고, "좀 더 가까이 다가설 수가 있게" 된 것이다(스탠디지 145). 1855년에 『데일리 텔레그래프』(*The Daily Telegraph*)라는 이름으로 창간된 영국 일간지 『텔레그래프지』는 그 명칭 자체가 전신의 첫 수혜자가 신문사였다는 사실을 시사한다. 전신망이 설치되기 전에는 외국뉴스가 신문에 인쇄돼 나오기까지 수주 또는 수개월이 걸렸다(스탠디지 131). 그러다가 해외특파원들이 뉴스를 전신으로 송고하게 되면서 신문사는 외국에서 벌어진 사건을 상황이 변하기 전에 즉시 보도할 수 있었다. 빠른 정보는 곧 경제적인 가치로 환원되기 시작했다. 금융시장은 전신을 적극적으로 활용한 또 다른 중요한 고객이었다. 초창기 런던의 전신 메시지의 절반은 증권거래와 관계된 정보였다(스탠리지 87). 『막간』에서 유럽대륙의 소식에 밝은 자일스가 금융도시이자 국제 전신망의 중심지인 런던의 증권 중개인으로 설정된 것은 우연이 아니다. 전신 등 텔레커뮤니케이션 수단은 중상류층 부르주아 계층이나 소수 경제엘리트들의 사업적 이해와 결속돼 있었다(Whitworth 195, 197).

울프는 『막간』을 "포인츠 홀"(Poyntz Hall)이라는 제목으로 1938년 4월부터 집필하기 시작해서 1940년 11월 중순 초고를 완성했다(*D5* 340).[1] 1938년 8월 무렵부터 히틀러의 군대가 영국영토를 침략할 것이란 "소문"이 들렸기 때문에, 그녀는 "이 땅에 퍼지는 모든 복잡한 일들의 파문들을 알 수 있다면 좋을 텐데"라며 정확한 소식에 대한 간절한 목마름을 드러냈다(*D5* 162, 179). 따라서 『막간』이 집필되던 기간에 울프에게 '뉴스'와 '소문'은 단순한 흥밋거리가 아니라 생사를 좌우하는 막강한 힘을 지닌 것이었다. 이 시기에 신문, 전화, 라디오 같은 통신미디어는 그녀의 생존과 직결돼 있었다. 이러한 배경은 『막간』이 수많은 소문과 뉴스로 조밀하게 짜인 텍스트인 점, 그리고 통신기술의 역할과 미디어의 메시지가 지닌 신빙성에 대한 울프의 집요한 관

1) 울프가 이 작품의 제목을 마침내 "막간"(Between the Acts)이라고 정한 것은 수정 중이던 1941년 2월 26일이 돼서이다(*D5* 356).

심을 납득시켜준다.

이 작품에 자주 등장하는 전화와 더불어 전신이 유선통신망을 대표한다면 라디오는 대표적인 무선 통신매체이다. 하지만 울프가 일기나 소설 『올랜도』(*Orlando*)에서 라디오에 대해 직접 묘사한 것과 달리 『막간』에서 라디오의 존재는 암시적으로 제시되고 있다. 19세기 말 맥스웰(Maxwell)과 헤르츠(Hertz)의 뒤를 이어 마르코니(Marconi)는 긴 전선으로 잇지 않고도 먼 거리에서 서로 통신할 수 있는 무선전신에 성공했고, 1920년대에는 라디오가 가정에 보급돼 무선방송을 청취하게 됐다(보더니스 145-49). 라디오를 통해 일기예보와 음악을 즐겨듣던 울프는 BBC 라디오 방송에 출연해 스스로 청취자들에게 다가가는 '목소리'가 되는 경험을 한 적도 있다. 「장인정신」(“Craftsmanship”)이란 제목의 이 연설은 1937년 4월 29일에 방송됐다(*D5* 79-83).[2]

1938년 8월 무렵부터 울프에게 “라디오”(the wireless)는 임박해 오는 전쟁에 관한 뉴스와 소문을 얻을 수 있는 중요한 채널로서 기능했다(*D5* 170). 『막간』을 창작할 당시에 울프는 현실상황의 변화를 빠르게 파악하고자 라디오로 히틀러의 연설을 기다려 듣곤 했다(*D5* 203). 라디오는 다른 수백만 명의 영국인들에게도 히틀러와 무솔리니뿐만 아니라 처칠의 목소리를 들을 수 있는 가장 극적인 정보 매체였다(Lee 714). 1939년에 영국인 가정에는 9백만 대의 라디오가 있었기 때문에 2차 대전 당시 라디오는 가정과 전쟁터에서 가장 중요한 소통 매체였다(Lee 856).

이러한 배경 속에 울프는 눈에 보이는 기기인 라디오와 보이지 않는 전파 이동을 상징적 언어들로써 『막간』에 자리하도록 연출했다. 소통의 구성요소

2) BBC 라디오방송 시리즈 「말로는 표현할 수 없다」(“Words Fail Me”)의 일부였다.

중 채널(channel)은 메시지가 이동하는 통로이다. 『막간』에서 출신지가 알려지지 않은 야외극 연출자 라 트롭(La Trobe)에 대해 "영국해협제도"(the Channel Islands, 53) 출신인지도 모른다는 추측은, 그녀가 연극을 통해 소통의 '채널' 역할을 할 것이란 사실도 암시한다. 실제로 영국과 프랑스 사이의 무선전신 시대가 열린 것은 마르코니가 1898년에 도버 해협에서 장거리 송신에 성공하면서였다(송성수 321). 따라서 『막간』에 반복적으로 등장하는 "채널"(channel, 8, 179)이란 단어는 영국과 프랑스 간의 해협을 뜻하면서 동시에 라디오의 전파가 이동하는 공중처럼 정보가 전달되는 통로라는 의미도 중의적으로 표현한다.

또한 『막간』에서 바트(Bart)가 반복적으로 들려주는 '안타이오스'(Antaeus)라는 이름에도 주목할 필요가 있다. 안테나(antenna)는 라디오 주파수대의 전자기파를 송신하거나 수신하기 위한 변환장치를 가리킨다. 일련의 실험을 하던 마르코니는 전송거리를 더욱 늘이기 위해 발신기의 한쪽 끝을 전신주 꼭대기에 연결하고, 다른 한쪽 끝을 땅에 묻는 방법을 발견해서 "안테나"로 발전시켰다(송성수 318). '안테나'라는 단어는 동물의 촉각을 의미하기도 한다. 울프는 1939년 일기에서 자신을 "그토록 많은 소문들을 들을 수 있고 즉시 반향할 수" 있는 사람으로 고백한다(*D5* 238). 그녀는 자신을 자기 시대의 메시지나 소문들을 즉시 진동시키는 "안테나"(antenna) 같은 존재로 묘사한다(Pridmore-Brown 412). 실제로 울프는 제2차 세계대전의 불안한 상황 속에서 결정적인 정보들을 주고받는 '안테나'라는 기술적 장비에 관심을 가졌고, 안테나가 전파를 발산하는 모습을 형상화한다. 예를 들어, 그녀의 1940년 5월 일기는 지난밤 공습이 경고되어 모든 탐조등들이 "극도의 안테나 같은 진동 속에"(in extreme antennal vibration) 비춰졌다고 표현한다(*D5* 290).

그런데 『막간』에는 바트가 "행운을 빌다"(Touch wood)라는 관습적 언어 표현의 "기원이 무엇인가?" 물으면서 "안타이오스는 땅을 만지지 않았나?"라고 질문하는 장면이 있다(22). 안타이오스는 그리스 신화에서 땅의 여신 가이아(Gaia)와 바다의 신 포세이돈 사이에서 나온 아들로서 자신의 어머니 대지(mother earth)와의 접촉을 통해서 신선한 힘을 얻었다고 한다. 그래서 바트는 "나무를 만져라, 땅을 만져라, 안타이오스"(Touch wood; touch earth; Antaeus)라고 중얼거리며 그 기원을 고전신화사전 또는 백과사전을 참조해 알아내고자 한다(*BA* 22-23). '안타이오스'의 발음이 '안테나'를 연상시키는 것은 울프가 『막간』 전반을 통해 유사한 발음의 단어들로 유희를 행하는 점에서 볼 때 무리가 아니다. 안타이오스는 땅과 접촉하고 대기 중에 곧게 세워진 채 전파를 전달하는 안테나라는 통신장치를 떠올리게 한다. 바트가 궁금해 하는 이 언어표현의 시대적으로 머나먼 기원은 시간적으로 먼 곳으로부터 발신된 정보를 암시한다.

무엇보다 이 작품에서 라디오는 공중을 채널로 정보를 청각적으로 전달하는 다른 기계적 매체인 축음기와 확성기로 대체된다. 라 트롭은 "축음기"(gramophone)가 반드시 시각적으론 "감춰진 채" 관객들이 소리를 들을 수 있을 만큼 가까이 놓여있어야만 한다고 지시한다(*BA* 58). 이는 비가시적인 무선 통신망, 보이지 않는 라디오를 암시한다. 이에 대해 제레미 라코프(Jeremy Lakoff)도 "울프의 '부재하는' 라디오"(Woolf's "absent" Radio)가 『막간』 전반에 편재하고 있다고 분석한다(19). 『막간』은 특히 세 개의 점으로 이뤄진 생략부호 '. . .'로써 라디오에서 주파수가 맞지 않을 때 들리는 지지거림인 백색 소음(white noise)을 시각화한다. 소통 체계는 신호(signals)와 잡음(noise)으로 이뤄진다. 잡음은 의도된 신호를 간섭하고 방해하는 원하지 않는 신호라고 정의된다. 하지만 울프는 신호와 잡음이 함께 의미를 생성하는 과정이야말로 진정한 소통의 모델이자 삶의 방식이라고 제안한다. 울프는 정보가 잡음의 방해를 뚫고 수신자에게 그대로 도달하는 것만을 소통으로 여기지 않는다. 서로 이질적이고 불일치하는 송신자와 수신자, 중간에 개입하는 행위자들이 만나 상호작용하면서 끊임없이 다양한 차이들을 생성하는 과정을 겪는데, 울프는 이 과정을 소통으로 여기며, 의미는 이렇게 생성된 차이들로서 탄생한다고 본다.

『막간』은 이와 같이 소통과정의 복잡성, 텔레커뮤니케이션에 의한 의미생성과정의 물질적 담론적인 역동성을 탐색한 작품이다. 울프는 하나의 정보가 송신자로부터 수신자에게 전달되는 과정에서 의미가 생산되는 양상을 추적하고, 의미 생산과정에 송신자의 의도와 수신자의 해석뿐만 아니라 소통장소, 날씨와 바람, 동물과 곤충처럼 다양한 행위자들이 끊임없이 개입하고 참여한다는 진실을 드러내고자 한다. 특히 『막간』은 의미 생성에 있어 축음기와 확성기 같은 기구들도 능동적 행위자로서 역할을 담당하고 있으며, 이런 기구들의 조작자가 어떤 사상을 갖고 어떤 태도로 다루는가가 세계 형성에 크게 영향을 미친다는 점을 강조한다. 이 소설에서 메시지는 사회적인 것과 과학적인 것, 자연과 문화, 담론과 물질의 '얽힘' 가운데서, 다양한 인간과 비인간 행위자들이 역동적으로 상호작용하며 불가분하게 '얽힌 상태'에서 생산된다.

본고는 신유물론 페미니즘을 대표하는 캐런 바라드(Karen Barad)의 얽힘(entanglement)과 회절(diffraction) 개념에 근거해 『막간』이 세계를 이해하는 방식에 있어 재현(representation)과 반영(reflection)으로부터 회절로의 전환을 표현한다는 사실을 논증하고자 한다. "얽힘"은 삶 속의 모든 것이 관계적인 과정을 통해서 존재하게 된다는 뜻이다(Oppermann 27). 바라드는 현실이 내부적-상호작용(intra-action)하는 다양한 행위자들의 얽힘으로 구성된다고 전제한다(139-40).[3] 여러 행위자들의 상호작용에 따라서 얽힘은 계속 구체적으로 재구성되는 것이다. 이러한 얽힌 관계성들은 공간과 시간 속에서 근접해 보이지 않는 개체들 사이를 연결해준다(Barad 74).

회절은 이런 "얽힘의 현실"을 조명해 주는 현상이다(Barad 73). 회절은 파동들(waves)의 만남이 만들어내는 간섭(interference) 현상을 의미한다. 회절은 파동이 겹칠 때 서로 결합하고 어떤 장애물과 만날 때 휘어짐과 퍼짐이 일어나는 물리적 현상이다. 친근한 예로, 돌 두 개를 고요한 연못 속에 떨어뜨리면, 각 돌이 야기한 물 속 교란들이 바깥으로 전파되고 서로 겹치는 모습, 또 파도가 방파제의 틈을 뚫고 나아갈 때 파동의 형태들이 휘어지며 퍼져나가는 모습을 떠올리면 된다(Barad 74, 76). 그동안 페미니즘 담론 내에서 많은 비판을 받아온 광학적 은유인 '반영'을 대체하기 위해 도나 해러웨이(Donna Haraway)는 지식 생산에 대한 은유와 방법론으로서 '회절'의 광학 현상을 원용하기 시작했다. 반영은 반사하기(mirroring), 대상을 충실히 복사한 정확한 재현을 제공하는 것이다(Barad 29, 86). 반영은 객체와 주체가 멀리 떨어진 상태에서 주체의 재현행위가 객체에 어떤 영향도 끼치지 않는다는 재현주의에 기초한다(Barad 87). 고전적 형이상학과 뉴턴 물리학에 근거한 재현주의는 관찰자와 관찰대상이 절대적으로 분리된 채 정확히 반영할 수 있다는 이분법을 취한다. 하지만 20세기 자연과학은 관찰자가 관찰의 맥락으로부터 떼어질 수 없이 자신이 관찰하고 있는 것의 필수적 일부이며, 그 과정에 대한 참여자가 된다는 사실을 밝힌다. 따라서 해러웨이와 바라드 같은 페미니스트 과학연구자들은 반영은 이 세계를 탐구하고 묘사하기에 불충분하다고 설명

---

3) 바라드는 현실의 기본단위인 현상이 독립된 사물이 아니라 관계들(relations)이라고 보기 때문에 독립개체들을 전제하는 "상호작용"(interaction) 대신 "내부적-상호작용" 개념을 사용한다(139).

하면서, 반영이라는 낡은 방법론에 대한 대안으로서 회절을 제시한다.

해러웨이는 회절이 "차이들의 과정"이며 "삶의 방식들"이라고 설명한다(Barad 29). 회절 패턴은 파동의 궤적을 기록한다. 회절 패턴은 상호작용, 간섭, 차이의 역사를 기록한다(Haraway 273). 즉 회절은 과정의 결과인 현재 상태뿐 아니라 과거로부터 형성돼 온 양상, 즉 과정과 역사를 모두 묘사한다(Sehgal 189). 바라드에게 회절은 단순한 은유 이상이다. 그녀는 회절 패턴이 변화를 가져오는 "차이의 패턴들"로서 "세상을 만들어내는 기본 구성요소들"이라고 이해한다(Barad 72) 바라드는 회절 개념을 더욱 발전시켜 회절적인 방법론(diffractive methodology)을 제시하면서 우리의 생각을 반영에서 회절로 전환하자고 촉구한다. 반영은 반복적인 모방(mimesis)일 뿐이며 독립개체들 사이의 상응관계와 유사성을 찾기 위해 구축된다(Barad 88). 반영적 방법론은 원본과 일치하는 복사를, 사물을 왜곡 없이 반영하는 언어를 믿는다. 반면에, 회절적 방법론은 존재의 얽힌 관계성에 주목하고 얽힌 상태의 내부로부터 생성되는 세부적인 차이들에 주의한다. 바라드는 "외부로부터"(from outside) 세상을 숙고하는 재현주의의 친숙한 습관과 유혹으로부터 벗어나 "그 내부에서 그리고 그 일부로서"(from within and as part of it) 세상을 이해하는 회절적 방식으로 옮겨가자고 제안한다(88).

이런 회절은 울프가 인식하는 삶의 패턴이기도 한다. 회절적 방법론은 재현 대신 재현불가능성에 기초하는 그녀의 근대문학론과 상통한다. 울프는 원본과 일치하는 복사도, 사물을 왜곡 없이 반영하는 언어도 믿지 않았으며, 그녀의 작품들은 미메시스와 재현주의의 환상을 전복적으로 타파해나갔다. 『막간』에서 회절 패턴은 울프가 소통과 언어, 삶과 세계를 바라보는 주제의식과 수사 전략으로 기능한다. 특히 본 연구는 『막간』에서 다채로운 행위자들이 참여하는 회절적인 의미생성과정이 전체주의의 권위적인 메시지 전달방식을 전복시킴으로써 궁극적으로 민주주의적 의미를 획득한다는 사실을 말하고자 한다. 울프는 여러 작은 존재들과 예측 불가능한 요소들마저 관여하는 회절적인 의사소통과정을 통해서 당시 파시즘과 나치즘의 독재자가 주입하는 일방적인 의미전달을 끊임없이 교란시키고 거부하며 전체주의의 폐쇄성과 폭력성에 저항하고자 했다.

그동안 『막간』에 전개된 개인과 공동체의 관계에 대해서는 전체주의, 제국주의, 그리고 민족주의 관점에서 다양한 논의가 이뤄져왔다.[4] 주목할 만한 논의들은 주로 야외극에 참여하는 민중들이 중앙집권적 권위에 대해 지니는 양가적인 태도, 즉 인정과 전복이란 모순된 욕망의 흐름을 식민주의와 전체주의의 시대적 배경 안에서 논구한다. 여기에 본 연구는 『막간』에서 울프가 2차 대전을 전후한 시기에 발달된 통신기술을 매개로 새로운 형태의 공동체가 발흥할 가능성을 전망한다는 논의로 확장하고자 한다. 본고는 파시즘과 나치즘을 경계했던 울프가 『막간』에서 텔레커뮤니케이션 기술을 통해 분산되고 감추어진 가운데 통합하는 공동체, 실현되고 있지만 잠재적으로 존재하는 공동체를 사유함으로써 통합과 분산이라는 모순된 욕망을 모두 성취하는 공동체 아닌 공동체를 구상하고 있다고 보고자 한다.

---

4) 김영주(2006)는 엘리자베스 여왕시대에 제도적으로 정착된 야외극은 왕위계승의 합법성을 강조하고 주권과 국가에 대해 찬양하는 민족주의적 경향의 장르인데, 혼종적 정체성을 지닌 라 트롭이 영국문화를 새롭게 수정해 재현한 야외극은 양차대전 사이 영국에서 번성했던 국가주의 야외극에 대한 반대 담론을 제시하고 있다고 적절한 묘파한다(65-66, 85). 손영주(2008)는 『막간』에서 배우, 관객, 작가-연출자가 모두 야외극을 만드는 데 참여하며 파시즘과 폭력에 끊임없이 투쟁한다고 논술하면서, 청중들이 독재적 권위와 영웅숭배에 대한 공모와 책임으로부터 자유롭지 못하면서도 독재에 대한 거부와 전복의 가능성으로 나갈 수 있음을 포착하고 있다(706, 725). 데이비드 섀클턴(David Shackleton)(2017)도 마을주민들의 코러스가 기울어져가는 제국을 노래하고 식민지에서의 제국주의적 자본주의와 농업노동의 결탁관계를 상기시킨다고 지적한다(361-63). 섀클턴 역시 『막간』 안에서 제국주의, 식민주의에 대한 공모와 비판이 서로 충돌하고 있다는 점을 말한다.

이를 위해 본 연구는 울프 동시대의 영국통신매체 발달 상황을 파악할 수 있는 톰 스탠디지(Tom Standage)의 『빅토리아시대의 인터넷』(*The Victorian Internet*)(1998), 마이크 휘트워스(Michael Whitworth)의 『아인슈타인의 흔적』(*Einstein's Wake*)(2001), 그리고 질리안 비어(Gillian Beer)의 『버지니아 울프: 공통점』(*Virginia Woolf: the Common Ground*)(1996) 등 영미권 학자들의 선행 자료들로부터 실체적 정보 면에서 많은 도움을 얻었음을 밝힌다. 또한 그동안 『막간』 속 기계와 공동체의 관계에 대해 영미연구자들의 연구가 꾸준히 전개돼 왔는데, 그중 이 작품을 1930년대와 1940년대에 형성된 정보이론과 연관시킨 미셸 프리드모어-브라운(Michele Pridmore-Brown)의 「1939-40: 버지니아 울프, 축음기, 그리고 파시즘」("1939-40: Of Virginia Woolf, Gramophones, and Fascism")(1998), 그리고 멜바 쿠디-킨(Melba Cuddy-Keane)의 「버지니아 울프, 음향 기술, 그리고 새로운 청각성」("Virginia Woolf, Sound Technologies, and the New Aurality")(2000)은 영향력 있는 연구들로 꼽힌다. 쿠디-킨은 『막간』에서 축음기가 내는 다양한 의성어들이 우주 안의 타자성과 다양성의 목소리들을 상상하게 만들어, 인간을 중심이 아닌, 우주라는 더 넓은 공동체의 일부분으로 위치시킨다고 분석한다(93).

의성어에 대한 연구는 그 후에도 이어져, 조나단 나이토(Jonathan Naito, 2015)는 『막간』의 축음기가 내는 의성어들을 시간을 나타내는 시계소리로 읽으면서, 이를 집단의 결속과 결부시킨다. 라코프(2015)는 『막간』의 무선매체가 눈에 보이는 기술과 눈에 보이지 않는 음파 모두에 기초한다는 역설로부터 '현존' 개념을 새롭게 사유하게 만든다고 논평한다. 이러한 연구들은 본고가 울프의 언어로부터 기계에 대한 그녀의 인식론과 존재론에 접근해 나갈 수 있는 방법론을 제시해 준 발판이 되었다.

본 연구는 그동안 울프를 20세기 초 과학 발전과의 관계 속에서 조명한

국내연구가 아직 충분하지 않은 데다가 대부분 에코페미니즘 중심으로 생태학적 관점에서 이뤄져왔기 때문에 울프의 작품을 다른 과학 분야들, 특히 현대물리학과 기술과학과의 관계 속에서도 전면적으로 탐색함으로써 울프 작품에 잠재된 현대적 가치를 규명하려는 기획의 일부이다. 필자는 『파도』와 『올랜도』에 나타난 울프와 '현대물리학'의 관계에 대한 연구를 앞서 발표한 바 있으며, 본고에서는 『막간』의 통신매체를 중심으로 울프와 '기술과학'의 관계를 분석함으로써 울프와 현대과학의 밀접관련성에 대한 기획연구를 완결 짓고자 한다.[5]

II. 전화로 주문한 생선은 신선하게 도착할까?

『막간』은 야외극이 상연되기 이전 올리버(Oliver) 가의 사람들이 나누는 대화를 통해 이 작품이 정보를 소통하는 과정에 대한 작품이라는 점을 선명히 드러내고 있다. 이자(Isa)의 유모들은 테라스에서 유모차를 굴리며 얘기를 나눈다. 그들은 "정보의 알갱이들"(pellets of information)을 빚거나 "생각들"을 주고받지는 않더라도, "혀 위의 사탕처럼 말들을 굴리면서" 달콤함을 방출한다(*BA* 9). 이는 신선한 정보와 사상의 교류, 언어의 교환이 미각의 즐거움에 비유될 수 있을 정도로 감각적 쾌락이라는 사실을 시사한다. 특히 이자가 전화로 생선을 주문하고 먼 곳으로부터 배달되는 생선이 신선할지 지속적으로 질문하는 내용은 정보전달과 소통과정에 대한 은유이다. 이자가 각운이 "공중"(air)으로 이뤄진, 대기를 뚫고 날아가는 깃털에 대한 노래가사를 읊조

5) 박신현, 「행위적 실재론으로 본 울프의 포스트휴머니즘 미학: 『파도』와 『올랜도』」(『제임스조이스저널』 26.1, 2020) 참조.

리는 가운데 전화기를 들어 가게에 생선을 주문하는 모습은 정보전달의 채널로서의 공중을 상기시키고, 대기를 통해 빠르게 이동하는 전파가 가져다주는 연결을 암시한다.

생선이 신선한 정보에 대한 은유라는 사실은 울프가 다른 통신미디어와 생선을 병치시키는 기법에 의해 더욱 명확해진다. 울프는 바트가 "나무를 만져라"라는 표현의 기원을 알기 위해 백과사전을 참조하는 동안, 루시와 이자는 "생선에 대해 토론했다. 먼 곳으로부터 오는데, 그것이 신선할지" (discussed fish: whether, coming from a distance, it would be fresh)라며 멀리에서 또는 먼 과거에서 송신자가 보낸 정보가 변형되거나 왜곡되지 않고 수신자에게 도달할 수 있는가에 대한 질문을 던진다. 그리고 마침내 배달원이 오토바이를 타고 신속하게 배달한 생선이 도착한 것은 발달된 텔레커뮤니케이션 덕분에 빨라진 정보소통을 뜻한다. 주방장 샌즈 부인(Mrs. Sands)은 냄새를 맡아 도착한 생선이 신선한지부터 살핀다. 이제 생선은 그녀가 어떻게 저장하고 요리하는가에 좌우된다. 소설의 후반부에서도 울프는 연극이 끝난 뒤 다시 돌아온 조용한 일상을 "아무것도 훼방하지 않고, 주문할 생선도 없고, 받아야 할 전화도 없는"(*BA* 193) 저녁이라며, 생선과 전화를 나란히 병치시킨다.

『막간』에서 인물들에 의한 고전문학의 암송은 종종 원전과 동일하게 반복되지 않고, 차이를 만들며 변형된다. 바트는 스윈번(A. C. Swinburne)과 사무엘 존슨(Samuel Johnson)의 고전을 연이어 잘못 인용한다(*BA* 104). 울프는 고전문학을 기억하고 재현하는 것은 회절적인 과정을 겪게 된다고 암시한다. 그녀는 정보전달과 메시지 형성과정 자체가 회절적이라고 말한다. 맨레사 부인이 셰익스피어(Shakespeare)를 외우는 어려움에 대해 얘기하다가 "존재하느냐, 존재하지 않느냐"(To be, or not to be, *BA* 50), 그것이 문제라는 햄릿

(Hamlet)의 대사를 인용하는 것은 송신자인 작가가 보낸 정보가 여러 행위자들의 개입을 통해 변형돼 회절적으로 새로운 의미를 생성한다면 그 의미는 존재하는 것이냐 아니냐, 나아가 원전은 존재하느냐라는 도전적인 질문을 감추고 있다. 흥미롭게도 『막간』에서 햄릿의 질문은 "비가 올 것인가, 맑을 것인가?"(Wet would it be, or fine?, 57)라는 일기예보의 정확성에 대한 질문으로 변주되고 있다.

이 작품에서 날씨는 연극에 참여하는 능동적인 행위자로 그려진다. 특히 라 트롭이 야외극을 위한 완벽한 장소로 선택한 개방된 자연무대는 연극 생산에 날씨가 중요한 소통 환경을 이루고 활발한 행위자로서 참여한다는 사실을 부각시킨다. 인류문명을 애도하는 듯 갑자기 쏟아진 소나기까지 포함해 대체로 화창한 날씨는 이 연극에 자연도 자기 역할을 담당하고 있다는 사실을 증명해 보인다(*BA* 162). 인상적인 것은 바트가 신문을 넘겨보며 "일기예보가 . . . 말하길, 변화무쌍한 바람, 적당한 평균 기온, 때때로 비"라며 그날의 날씨에 대한 정보를 얻자, 그들 모두 하늘이 "기상학자"(the meteorologist)에게 순종할지 올려다보는 모습이다(*BA* 20-21). 일간신문을 통해 날씨에 대한 정보를 얻는 것은 빨라진 원격통신체계를 뜻한다. 영국 상무성의 기상부서를 이끌었던 로버트 피츠로이(Robert Fitzroy) 제독은 1861년에 이미 영국 각지에서 전신으로 받은 데이터를 사용해 『더 타임스』에 첫 일기예보를 실었다. 라디오를 통해 첫 일기예보가 방송된 것은 1911년이었다.

하지만 울프가 더욱 강조하려는 것은 날씨의 "변화무쌍한"(variable, 21) 본질이다. 기상학자가 송신한 정보에 순종하기에 하늘은 매우 생기발랄하며 예측하지 못한 변수들(variables)이 개입해 새로운 차이들이 발생할 수 있기 때문이다. 따라서 울프는 "기상 전문가에 의해 예언된" 변덕스러운 산들바람이라고 표현하며, 이전시대에 선지자가 한 예언을 믿듯이 과학적 전문가의 예언에 귀 기울이면서도 세부적인 변화와 차이에 주목하는 근대인을 선보인다 (*BA* 15).

자일스는 런던으로부터 포인츠 홀로 향하는 기차 안에서 읽은 아침 신문을 통해 대륙에서 일어난 사건을 빠르게 접하고, 상연되는 야외극을 취재하기 위해 지역신문사 기자인 페이지 씨(Mr. Page)가 등장할 만큼 『막간』에서 신문은 중요한 매스 커뮤니케이션 매체이다. 울프는 신문기사의 정보가 수신자에게 회절되어 전달되는 과정을 유머러스하게 극화한다. 책을 영혼의 거울이라고 생각하는 루시와 달리 이자는 그녀의 세대에는 신문이 책이라며 『더 타임스』 기사를 읽기 시작한다. 화이트홀의 근위병들이 한 여성을 강간하려고 한 사건이다. "그녀는 소리를 질렀고 그의 얼굴 주위를 때렸다"라는 구절을 읽으며 이자는 사건이 눈앞에 펼쳐지듯이 "매우 현실적"이라고 느끼는데, 이때 마침 헛간에 플래카드를 못으로 박고 난 루시가 손에 "망치를 든 채" 문을 열고 들어선다(*BA* 18-19). 잠시 뒤 이자는 "소녀는 소리를 질렀고 망치로 그의 얼굴 주위를 때렸다"라며 기사내용과 현실을 혼합해서 기억하게 된다(*BA* 20). 동일한 반복 가운데서도 변화와 차이가 출현한다. 또한 기사를 자세히 보면 어떤 말의 꼬리 색깔에 대해 근위병들은 녹색이라고 하고 여성은 평범한 말이라고 하는 언어의 차이, 시각적 기호 해석의 차이가 성폭력으로 이어진 사건이다. 신문은 말의 진짜 꼬리 색깔이 무엇이었는지 알려주지 않으며 사실은 불분명하다. 울프는 사건은 신문기자에 의해, 기사 내용은 수용자에 의해 회절적으로 재구성된다고 말하고 있다.

울프는 지식과 소식을 교류하는 인물들의 담화 안에서 "내가 아는 어떤 사람이 말했는데"(*BA* 94) 또는 "적어도 내 치과의사는 그렇게 말했어요"(27)라는 식으로 인용을 감싸는 또 다른 인용을 통해 정보의 현재 발화자 역시 최초의 정보원은 아니며 정보는 여전히 이동하는 과정에 있다는 사실을 상기시킨다. 헛간에서 휴식시간을 보내는 이자는 등 뒤에서 어떤 목소리가 왕과 왕비가 "인도에 간다고 하더라"라고 말하는 것을 듣는다(*BA* 94). 그녀가 생각에 잠긴 채 "카나리아 빛"(canary) 노랑 장식용 줄들을 바라보고 있자니 다시 등 뒤에서 목소리가 "나는 그들이 인도가 아니라 캐나다라고 말했다고 생각했다"(I thought they said Canada, not India)라고 한다(94). 울프는 카나리아(canary)와 캐나다(Canada)라는 유사한 발음을 활용한 놀이를 통해 메시지의 형성과정에 여러 요소가 개입해 회절되는 모습을 포착한다. 독자는 목소리의 주체가 누구인지, 캐나다와 인도 중 무엇이 사실인지, 내용이 인도에서 '캐나다'로 바뀐 것이 '카나리아'의 영향을 받은 것인지 알지 못한다.

대신 다른 목소리가 들려주는 "당신은 신문이 말하는 것을 믿나요?"(D'you believe what the papers say?, *BA* 95)라는 대답에서 울프가 대중매체에 의한 소통의 회절적 본성에 대해 탐문하고 있다는 것을 확인하게 된다. 사실 이 당시 전쟁의 공포 속에서 울프에게 불완전하고 단편적인 정보의 조각들은 더 이상 단순한 지식이나 쾌락의 대상이 아니라 생명이 크게 의존하는 중요한 가치로 변모돼 있었다. 일기에서 그녀는 『막간』의 표현과 동일하게, 정보가 "작은 조각들, 부스러기들과 파편들"(Scraps, orts & fragments)로만 주어지고, 이런 저런 소문들만 무성히 도는 가운데 공습에 대비해야 하는 상황을 기록한다(*D*5 290). 울프는 미디어에 의한 정보의 성립과정에 흥미를 가질 수밖에 없는 상황이었다.

『막간』은 야외극의 의미가 모든 인간 비인간 개체들이 자기 역할을 "행하면서"(act) 창출된다고 제시한다(54). 바트는 야외극에서 자신들의 역할은 관객이고 "아주 중요한 역할"이라고 말한다(*BA* 54). 관객은 연극을 감상하거나 배우들과 상호작용할 뿐만 아니라 개입하고 방해하는 역할도 한다. 연극이 이미 시작된 뒤 늦게 도착한 루시가 자기 좌석을 찾아 의자들 사이를 헤집고

들어온다. 이때 울프는 "방해가 됐다"(there was an interruption)라고 묘사하고 라 트롭은 "이런 고통스러운 방해들!"이라고 화를 낸다(*BA* 73). 하지만 울프는 정보 전달과정에 발생하는 이런 예측하기 힘든 단절과 개입도 의미를 구성하는 한 요소라는 사실을 보여주는 데에 관심이 있다. 중간에 끼어든 루시가 자신이 놓쳐버린 서막의 내용을 궁금해 하며 묻는 모습은 우리가 결코 선형적인 궤도를 통해 정보를 전달받지 않으며 항상 회절적인 소통의 진행과정 속에 놓이게 된다는 것을 나타낸다.

『막간』에서 정보는 미리 결정된 것이 아니라 수신자의 역량에 의해, 그리고 수신자와 송신자의 상호작용을 통해 마치 어떤 사건처럼 우연히 출현한다는 점에서 질베르 시몽동(Gilbert Simondon)의 정보모델과 닮았다.[6] 기술철학자 시몽동은 정보는 결코 미리 정해져 있는 것이 아니라, 수신자와 송신자가 동등하게 참여하는 긴장된 관계와 상호관계 속에서 비로소 성립한다고 설명한다(김재희 26, 47). 이러한 모델은 정보를 성립시키는 데 있어 수신자의 역량을 강조하고, 정보의 소통이 시스템에 야기하는 새로운 변화에 집중한다. 이 모델은 서로 불일치하는 수신자와 송신자의 상호 만남에서 정보가 성립된다고 보는 점에서 "모든 현실적 삶은 만남이다. 그리고 각 만남은 중요하다"(Barad 353)라는 바라드의 얽힘의 존재론을 상기시킨다. 정보도 얽혀있는 구조이기 때문에 늘 변화하고 우발적이며, 우리는 정보 형성에 "창조적이고

6) 클로드 섀넌(Claude Shannon, 1948)과 노버트 위너(Norbert Wiener, 1950)가 제시한 고전적 정보모델에서 정보는 송신자가 미리 정한 메시지가 잡음의 방해를 뚫고 수신자에게로 정확하게 전달하는 데서 성립한다. 송신자가 바라는 대로 수신자가 반응해야 효과적인 소통이다. 소통을 단순한 선형과정으로 제시하는 이 모델은 중요한 문화적 요소를 간과하고 복잡한 의미를 메시지로 단순화시킨다는 지적을 받는다(오미영 86). 따라서 이후 정보를 이론화하는 시도들은 비선형적인 관계와 우연한 창발에 대해서도 고려하게 된다(Clough 218).

회절적으로 참여하게"(Iovino, 84) 된다. 『막간』은 이와 같이 이질적인 요소들이 마주치면서 생성되는 의미와 새로운 변화를 그린다.

『막간』에서 축음기를 가리키기 위해 'gramophone' 대신 "기계"(machine, *BA* 70)라는 용어가 등장하는 것은 연극이 시작되면서부터이다. 주로 소음을 낼 때는 기계로, 음악이 제대로 흘러나올 때는 축음기로 표기하고 있다. 라트롭은 음악이라고 "신호를 하지만"(signal), 기계는 "잡음"(noise)을 보낸다(70-71). 무대에서 마을주민들이 노래하지만, 기계의 잡음으로 인해 노래가사는 관객들에게 전혀 전달되지 않는다. 맨레사 부인이 실감하는 자신과 마을주민들 사이에 놓인 "광대한 공간"(71)은 송신자와 수신자의 공간적 거리로 인해 신호가 다양한 잡음들의 방해를 받으며 회절적으로 도착할 수밖에 없는 무선 원격통신을 암시한다. 하지만 이 작품이 더욱 강조하는 것은 기계적 존재도 현실의 생성에 개입하는 능동적 행위자들 중 하나이며 기계의 소음도 다른 요소들과의 상호작용을 통해 의미 생산에 참여한다는 점이다.

울프는 "칙, 칙, 칙, 기계가 더운 날 옥수수 줄기를 자르는 기계 같은 소리를 냈다. 마을 주민들은 노래하고 있었지만 가사의 절반은 날아가 버렸다. *길들을 내면서 . . . 언덕 꼭대기까지 . . . 우리는 올라갔다*"(*BA* 72)라고 쓴다. 주민들의 노래 가운데 생략부호는 잡음의 현존이자 탈루된 신호의 조각들이다. 모스 전신기의 신호인 '점'(·)을 연상시키기도 하는 이 세 개의 점은 다양한 행위자들의 예측하지 못한 개입으로 인해 정보전달이 방해를 받는 구간, 의미 생성이 단절되는 잡음의 시간을 형상화한다. 그것은 제목 『막간』(*Between the Acts*)에서 '사이'(Between)가 차지하는 비중이기도 하다. 점 세 개의 생략부호는 부재이자 동시에 현존인 셈이다. 잡음의 원인은 다양해서 인공적으로도 자연적으로 발생할 수 있다. 바람과 같은 자연의 움직임도, 청중들의 웃음과 갈채소리도 잡음을 일으킨다. 바람은 주민들 노래의 "연결된 언어"(the connecting words)를 날려버려 청중에게 단지 한두 단어만 들릴 뿐이다(74).

하지만 울프는 신호와 함께 잡음도 메시지의 생산에 참여해 비록 송신자의 의도와는 다른 차이들이 생산되지만 신호와 잡음이 역동적으로 상호작용하며 창조한 이 차이들을 특수한 의미로서 존중한다.[7] 『막간』은 잡음도 의미 생성에 참여하는 행위자라는 사실을 보여준다. 생략부호는 축음기 소음, 바람소리 같은 물리적인 잡음, 인간 기억력의 한계, 언어와 기호의 본질적 한계 등 정보전달 과정에서 의미 생성에 끊임없이 개입하는 방해꾼들을 함축한다. 마을바보 앨버트(Albert)로 상징되는 우발적인 요소들도 여기에 포함된다. 울프는 예측 불가능한 우연성을 마을바보 앨버트로 형상화한다. 마을마다 한 명씩 있는 이런 바보, 즉 우발성은 두려움을 주는 인자이지만 울프는 이 우발성도 창조의 완벽함에 기여하는 자기 역할을 맡고 있다고 해석한다. 그녀는 앨버트가 무대에 등장하는 순간 그가 "자기 역할을 완벽하게 연기하면서 들어왔다"(*BA* 79)고 표현한다. 바보 앨버트는 지식의 불완전성을 상징한다. 그가 대사를 더듬으며, "나는 알아 . . . 나는 알아 . . ." 하는 것은 회절적으로 생성되는 지식의 본성, 물질과 담론이 얽혀 생성되는 현상으로서의 지식을 반어적으로 표현한다. 울프는 앨버트가 연기하는 당나귀의 뒷다리가 활발해지자, "이것은 의도적이었을까 우연이었을까?"(153)라고 질문하면서 연출자가 의도하든 하지 않든 이런 우발성과 비이성도 연극의 일부를 이룬다고 지적한다.

---

7) 프리드모어-브라운도 정보체계에서는 질서에서 무질서로의 흐름은 더 풍부한 질서에 이르는 복잡성의 증가를 위한 가능성을 제공해주기 때문에, 임의성(randomness), 즉 소음은 위협이 아니라 의미 생성에서 지성의 작동을 촉진시킨다고 설명한다(412). 그는 제국주의와 전체주의적 목적을 위해서도 사용되는 바로 그 정보기술이 전체화시키는 구조로부터 벗어나는 길, 즉 "잡음개념"을 제안한다고 보면서, 잡음은 모든 메시지에는 이미 언제나 불순물이 섞여있음을 의미한다고 한다(412).

『막간』에서 다채로운 행위자들에 의한 회절적인 의미 생성 과정은 위로부터 강제되는 전체주의적인 권위에 대한 부정을 뜻한다. 울프는 의미 생성에 관여하는 다양한 존재들을 확인시킴으로써 제국주의나 파시즘의 독재자가 부여하는 의미를 거부한다. 변화무쌍한 날씨로 상징되는 우발성은 울프에게 파시즘의 폐쇄적 역사성에 대한 저항과 삶의 열려있는 가능성을 의미한다.

연극이 끝난 뒤 누군가가 연극의 "의미"(meaning)를 이해했느냐고 물으며, 교구목사의 연설을 인용해 연출자가 의미하는 것은 "우리들 모두 자기 역할을 하고 있고," 자연도 바보도 역할을 맡고 있다는 것이라고 정리한다(*BA* 177-78). 그러면서 "동일한 영이 전체에 생명을 불어넣는다면, 비행기들은 어떨까?"라며 기계와 과학 역시 이 "전체"(the whole)에 포괄될 수 있다고 암시한다(*BA* 178). 『막간』은 기술발달시대에도 원초적으로 지속되고 있는 민중들의 영적, 초월적 갈망을 인정한다. 그리고 이는 기존의 교회가 과학기술, 동식물, 자연, 우발적 요소들도 포용하는 새롭게 변화된 종교가 된다면 충족될 수 있으리라 제안한다. 스트리트필드(Streatfield) 목사는 교회출석자가 줄어든 것을 오토바이와 버스 등 기술발전 탓으로 돌리며 위기감을 느낀다(*BA* 69). 하지만 그는 교회에 전깃불을 달려고 할 뿐만 아니라 야외극에 대해서도 교조적인 설명을 하는 대신 해석을 각 사람에게 맡기면서 연극 도중에 주의가 분산됐던 것조차 "제작자의 의도"였던 것 같다고 말할 수 있을 만큼 차이들, 실패와 우연성도 포용할 줄 아는 세계관을 지닌 성직자이다(*BA* 173). 바보 앨버트마저도 우리의 일부라고 여기는 스트리트필드 목사의 태도에서 모든 계층의 인간들을 끌어안는 진정한 사랑을 느낄 수 있으며 새 시대를 감당할 종교의 가능성을 희망적으로 엿보게 된다.

야외극의 수익이 교회에 전깃불을 설치하기 위한 자금으로 쓰이게 된다는 점은 상징적이다(*BA* 150). 이웃에 자동차 공장과 비행장이 건설되어 머리 위로 비행기들이 여러 대 날아다니는 데 비해 "교회가 어디에 있었지? 저 너머에. 나무들 사이로 첨탑을 볼 수 있었다"(*BA* 160)라고 자문할 만큼 "현재. 우리 자신들"(160)에게 신앙은 기술과 분리돼 버린 듯하지만, 울프는 민중들의 여흥이 "우리의 귀하고 오래된 교회의 조명"(173)을 위한 것이라고 설정함으로써 종교적 초월에 기술을 결합시키려는 비전을 드러낸다. 울프는 회절적인 세계관으로 더 이상 영적인 것과 과학적인 것을 이분법적으로 인식하지 않는다면 근대인들에게도 신앙은 폐기되지 않고 새롭게 재건될 수 있다고 제안한다. 그녀의 이런 비전은 과학이 사물들을 "더욱 영적으로 만든다"(*BA* 179)라는 말로써 더욱 선명히 전달된다.

Ⅲ. 제한된 자금으로 연극 만들기

『막간』은 청각 미디어를 중심으로 하지만 시각 미디어의 변천도 추적하며 미디어의 본성 자체에 대해 사유한다. 대화 중에 "우리 우체국을 운영하는 닐 부인"(*BA* 97)이 얼마나 많은 편지와 엽서를 다루는지 언급되고, 관객에게 정보를 주기 위해 발행된 "또렷하지 않은 복사지"(141), 즉 야외극의 진행순서가 인쇄된 "프로그램"(134)이 관객과의 소통매체로 기능한다. 작품 서두에서 바트는 신문을 접어서 새부리 모양을 만들고 손자 조지(George)에게 이를 통해 목소리를 내는 장난을 친다. 이 게임은 실패해서 조지를 울게 만든다. 이는 "신문"(17)이라는 대중미디어의 용도를 비틀어 종이의 물질성을 부각시키고, 송신자와 수신자 사이의 오해와 회절을 상징하는 우화이다.

이 작품에서 울프는 언어의 자의성, 지시어와 지시대상의 괴리를 통해 확인되는 언어와 기호의 본질적인 한계를 조명한다. 중간휴식 때 누군가 음계를 연습하는 소리 "C.A.T. C.A.T."가 들려오다가 그 분리된 문자들이 하나의 단어, "Cat"을 형성하기도 하고, "A.B.C. A.B.C."가 들려오다가 "Dog"를 형성하기도 하는 모습은 자의적이고 임의적인 언어 생성의 과정을 상징한다(*BA* 103, 105). 특히 야외극에서 연기자와 연기하는 인물 사이의 희극적인 괴리는 기의(signified)와 기표(signifier)의 필연적 어긋남을 극화한다. 영국의 시대별 성장과정을 소박한 마을 소녀들로 가시화한 연출은 지시대상과 기호 사이의 불가피한 불일치성, 불완전한 상응관계를 강조한다. 담배를 파는 마을가게의 일라이저(Eliza)가 단순히 모조 의상을 차려입음으로써 엘리자베스 여왕을 지시하고 주민들이 빅토리아시대 망토를 걸치면 빅토리아시대 사람을 뜻한다는 것은 옷의 기호적 기능과 기호의 자의성에 대한 음미를 촉구한다. 프로그램에 순서대로 열거된 왕조에 의한 인위적인 역사 구분은 기호에 의한 자의적 구획이며 이는 옷만 다르게 입었을 뿐이지 자신은 빅토리아인들을 믿지 않는다는 루시의 말로 대변된다(156).

하지만 궁극적으로 이 작품은 기의와 기표의 어긋남을 보여주는 것에 그치지 않고, 지시대상으로부터 분리된 기표가 수용자나 다른 기표와 주고받는 상호작용을 통해 창조하는 새로운 의미를 조명한다. 야외극 중간에 연출자의 의미를 이해하냐는 루시의 질문에 이자가 고개를 가로젓자, 루시가 "너는 아마 셰익스피어에 대해서도 똑같이 말했을 것"(157)이라고 답한다. 셰익스피어의 수용도 영국역사를 새롭게 해석한 라 트롭의 연극만큼 의미의 회절적인 생성과정이기 때문이다. 바트가 참조하려는 신화사전은 인쇄문자 미디어를 통해 전달되는 정보가 지시대상을 정확히 지시하는 것은 애당초 불가능하다는 사실을 상징한다. 루시가 웰스(H. G. Wells)의 "『역사의 개요』"(*an Outline of History*, 8)를 읽으며 대륙이 하나였던 원시역사를 자신의 상상력에 의해 재건하는 모습도 마찬가지다. 신화를 기록한 신화나 인류의 원시역사는 확인할 수 없는 지시대상이다. 이를 지시하는 기호인 인쇄문자, 즉 역사책으로 전달되는 정보가 얼마나 저자의 선택과 수용자의 수용에 의존해 회절적으로 의미를 생산하게 되는지 암시한다.

이로부터 울프는 미메시스적인 재현의 필연적인 실패와 회절적인 세계관으로 전환해야 할 필요성을 제안한다. 어차피 개인의 역사도 공동체의 역사도 "조각들과 파편들"(Scraps and fragments, *BA* 108)인 정보들로만 재구성될 뿐 기호와 지시대상의 상응관계는 불가능하다. 실제로 과거와 미래는 개방된 채 상호작용하면서 재형성되며 과정으로서의 역사만 존재할 뿐이다. 그러나 울프에게 이러한 조각들과 파편들로 생성되는 회절적인 소통의 과정은 헛된 것이 아니라 자연스러운 삶의 방식이며, 생산적이고 활기찬 삶의 역동성이다. 연극이 끝난 뒤 라 트롭은 가짜 대신 진짜 진주들을 사용하고 자금이 부족하지 않았다면 좋았을 거라며 자신의 연극을 실패라고 투덜거린다. 하지만 그 모든 불완전함에도 불구하고 그녀의 연극은 실패일까?

연극의 후반부 신문기자는 라 트롭이 "제한된 자금으로"(With the very limited means) 폐허가 된 문명과 이를 재건하는 인류의 노력을 관객에게 전달했다고 기록한다(*BA* 163). 스트리트필드 목사도 연설에서 "이 야외극은 어떤 의미 또는 어떤 메시지를 전달하려는 것인가요?"(what meaning, or message, this pageant was meant to convey?") 묻고는 사용할 수 있는 "자금"(means)이 부족했다고 강조한다(172). 또 루시가 연극이 "무엇을 의미했을까?"(What did it mean?)라고 묻자, 바트는 "그녀의 자금"(her means)을 고려할 때 지나치게 야심적이었다고 덧붙인다(191-92). 여기서 울프는 의도적으로 '의미하다'(mean)와 '자금, 수단'(means)이 동음이의어인 것을 활용하고 있다.

부족한 자금을 손에 쥐고 연극을 올려야 하는 것은 라 트롭뿐만 아니라 인류, 우리들 모두의 과제이다. 울프는 불완전한 언어와 기호라는 빈약한 수단으로 의미를 전달하고 소통해야 하는 인류의 상황을 말하고 있다. 그리고 그녀는 이런 불완전한 기호와 소통수단에도 불구하고 얽힘과 회절의 과정 안에서 의미는 생성되며 이런 소통과정을 현실의 충만한 활기와 열린 가능성으로 본다. 사실 빈약한 수단으로 삶을 재구성해야 하는 작업은 작가인 울프 자신이 짊어진 과업이기도 하다.

실제로 이 시기에 울프는 『막간』에서 라 트롭이 '조각들과 파편들'로 역사를 재구성하듯이, 기존의 연대적 구분과 연속성으로부터 자유롭게 "파편적인 방법론"으로 역사책을 창작하려는 구상을 하고 있었다(Lee 738-39). 그녀는 1940년 9월 에델 스미스(Ethel Smyth)에게 보내는 편지에서 사회사가 문학에 끼친 영향을 다루는 "공통 역사책"(Common History Book)을 쓰려는 착상이 떠올랐다고 밝히고 있으며, 결국 미완성으로 남은 이 책의 제목을 처음엔 "무작위로 읽기"(*Reading at Random*), 또는 "페이지 넘기기"(*Turning the Page*)로 부르고 있다(*L6* 430). 울프는 역사와 문학을 결합한 "영문학에 대한 재미있는 책"을 탄생시킬 계획을 하고 있었던 것이다(*L6* 445). 허마이오니 리(Hermione Lee)가 지적하듯이, 이 영문학사와 『막간』은 매우 밀접하게 연결돼있다. 울프는 영문학을 연속체로 묘사하면서도, 동시대 문학비평의 통상적 절차를 전복시키려고 했고, 논평들의 일관성에 집착하지 않았다(Lee 737-38). 여기에는 어차피 '조각들과 파편들'로 구성해야 하는 역사는 선형적인 사건들의 나열일 수 없으며, 창의적이고 회절적인 장르가 돼야 한다는 그녀의 발상이 담겨있다.

IV. 세계의 생성에 참여하는 기술적 도구들

『막간』에서 통신매체를 비롯한 기술적 도구들은 수동적 객체가 아니라 조작자와의 상호작용 가운데 현실의 생성에 능동적으로 관여하는 행위자로 나타난다. 울프는 당시에 자신이 실감한 기술발전의 속도감을 청각화한다. "자동차 바퀴의 붕붕거리는 소리가 '서둘러, 서둘러, 서둘러'라고 말하는 듯 했다"(*BA* 68)라는 비유는 기술과학이 인간 삶에 가져온 시공간적, 심리적 속도의 변화를 암시한다. 교구목사가 연설 도중 모두가 기여할 수 있는 '기회'라는 단어를 말하려는데, 먼 곳으로부터의 음악 같은 것이 이 단어를 둘로 가른다. "붕 소리가 그것을 갈랐다. 야생오리의 비행처럼 완벽한 대형을 이룬 12대의 비행기가 머리 위로 찾아왔다. . . . 관중들이 바라봤다. 그러자 붕 소리는 윙윙거림이 되었다. 비행기들은 지나가버렸다"(174)라는 부분은 얼핏 비행기 소리가 소통을 방해하는 듯 보이지만, 도래하는 새로운 공동체의 소통에 과학기술이 중요한 역할을 담당하리란 암시를 담고 있다. 마치 신약성서의 12사도처럼 12대 비행기는 새로운 시대의 공동체를 담당할 과학의 영적 의미를 암시한다. 특히 "붕 소리가 그것을 갈랐다"(A zoom severed it)와 "붕 소리는 윙윙거림이 되었다"(zoom became drone)라는 문장에 사용된 단어 "붕"(zoom)과 "윙윙"(drone)은 단순히 비행기의 소음을 나타내는 의성어가 아니라 발달된 정보통신매체의 소형성과 기동성을 암시하고 있다.

'zoom'과 'drone'은 1940년 8월부터 10월 사이 울프의 일기에서 전투용 비행기들의 근접을 청각적으로 묘사하기 위해 매우 빈번히 사용된 어휘들이다. 이 시기 밤부터 새벽까지 런던과 시골마을에 공습이 이어졌고, 공중에서 치열한 전투가 벌어졌다. 울프는 "비행기들이 붕 지나가면"(Planes zooming) 잠시 뒤에 공습과 폭발음이 이어진다고 묘사한다(*D5* 314-15). 또 "수벌 드론"(the wasps drone)과 사이렌 소리는 저녁기도 종만큼 시간을 잘 지킨다고 풍자하기도 하고, 추락한 독일적기를 확인하기 위해 영국 비행기들이 자신들에게 다가올 때, "드론"(the drone) 소리를 들었다고 표현한다(*D5* 313). 그녀는 지상의 나약한 민간인으로서 의인화된 인격체처럼 특유의 소음과 동작을 수반하며 다가오는 비행기를 담담히 대면한다. 울프는 바로 자신들 머리 위에 찾아온 비행기를 "마치 피라미가 으르렁거리는 상어를 보듯이" 바라보기도 했고, 일제사격을 당한 독일 비행기가 자신들을 향해 서서히 회전하다가 마을영토로 추락하는 광경을 집 테라스에서 목격하기도 했다(*D5* 312-13). 실제로는 전투기들의 출현에 압도되어 극도의 공포와 무력함을 느꼈을 그녀는 일기 속에서 'zoom'과 'drone'으로 비행기에 생생한 정체성을 부여하며 차분한 목격자의 역할에 충실하려 한다.

소형 무인조종 비행기 '드론'의 명칭은 날개의 소리가 꿀벌의 윙윙거림 같고 수벌(drone-bee)의 생김새와 비슷한 것에서 유래한다. 『막간』에선 다양한 종류의 "나비들"(52)이 선보이고 "노란 꿀벌들"(111)은 한번 언급되지만, 어린 시절 곤충 채집에 열중했던 울프는 『파도』와 에세이 「독서」("Reading")를 비롯한 여러 저술에서 꿀벌과 나방에 대한 전문적 관심을 드러낸다. 실제로 "나방"(D.H. Moth)이라는 이름의 영국의 경비행기가 1925년에 첫 비행을 하면서 경비행기 운동의 대중화를 예고했다(Beer 162). 그리고 1930년대 동안 영국 군대는 "드 하빌랜드 DH-82 불나방 복엽기"(de Havilland DH-82 Tiger Moth biplane)를 원격으로 조종하는 수단을 개발했는데, 이 "불나방"(*Tiger Moth*)을 개선한 것이 바로 오늘날의 무인비행선 '드론'이다(Bloomberg).

『막간』은 "나무들의 윙윙거림"(The drone of the trees), 또는 "정원의 윙윙거림"처럼 사람의 말소리를 흡수해버릴 만큼 요란한 생명체들의 활발한 소리로서 "drone"이란 어휘를 사용하기도 한다(13, 27). 'drone'은 기계의 움직임뿐만 아니라 자연의 역동적 움직임에도 사용되고 있어, 울프에게 'drone'이 반드시 공습의 공포와 결속되지는 않으며, 오히려 활기와 생명력과도 관련된다는 사실을 확인하게 된다. 한편 정원의 생명체들이 눈에 잘 띄지 않는 채로 요란한 소리를 내는 것은 요즘 무인조종선 드론이 소형이기 때문에 잘 보이지 않고 침투가 쉬워 군사무기로도 활용되는 것을 연상케 한다. 따라서 울프에게도 어휘 'drone'은 공중을 채널로 이동하는 신속한 정보전달에 대한 감각적 형상화이면서 높은 곳에서 눈에 보이지 않게 내려다보고 있는 시선일 수 있다.

물론『막간』에서도 비행물체는 전쟁이 일어나면 유럽에 무자비한 폭격을 가할 무기로 암시되는 곳들이 있다(*BA* 49, 179). 하지만 이자와 루퍼트(Rupert) 사이의 감정적 연결이 둘 사이에 "얽힌 채 진동하는 전선처럼 놓여 있고," 이를 점점 더 빠르게 윙윙거리며 돌다 날아오르는 "비행기 프로펠러의 무한히 빠른 진동"에 비유하는 부분과 같이『막간』에서는 울프가 텔레커뮤니케이션에 의한 소통을 비행물체의 기동성과 관련시키는 방식이 확인된다(13-14). 쿠디 킨도 "붕 소리는 윙윙거림이 되었다"라는 구절은 민족적 편협성을 넘어 도래하는 세계적인 기술의 시대, 그리고 파괴적인 전쟁의 시작, 이 두 가지를 모두 알린다고 분석한 바 있다(93).

울프의 어휘 'zoom'도 의성어로서 기술발전의 속도감을 청각적으로 표현할 뿐만 아니라 시각적 매체도 암시한다. 'zoom'은 줌 렌즈(zoom lens), 또는 줌 렌즈에 의해 영상이 급격히 확대되거나 축소된다는 의미도 지닌다. 오늘날 대표적인 화상회의 애플리케이션 이름이 'Zoom'이고 점차 줌을 통해 일상이 공유되는 현상을 'zoomification'이라고 칭하게 됐듯이, 'zoom'은 멀리 있는 대상을 가까이 끌어당길 수 있는 기술적 장비의 위력과 관찰자의 개입을 상징한다. 줌 렌즈의 초기 형태는 망원경에 사용됐고 1834년에 이 장치가 영국 학술원에 소개됐다. 19세기에서 20세기 초까지 이 기술은 계속 진보했고, 새로운 형태의 줌 렌즈들이 발명돼 영화카메라나 특수효과에 사용되기도 했다. 울프는 망원경과 카메라 두 장치를 모두 소유하고 있었다. 그녀는 1929년에 동료 비타(Vita)가 소유한 망원경을 통해 달을 관찰했고, 1938년엔 자신 소유의 망원경을 얻어 별장 몽크스 하우스에 설치해 베란다를 천문대로 변신시켰다(Henry 57). 또 평소 사진을 찍거나 찍히는 것을 즐겼던 울프 부부는 1931년 6월에 가격이 20파운드(£)인 "최고급 자이스 카메라"(a superb Zeiss camera)를 샀다(*L4* 361). 또한 울프의 1928년도 에세이 「영화」("The Cinema")는 울프가 영화기법을 완전히 알고 있고, "클로즈-업"(close-ups)의 영화적 어휘를 활발히 적용하고 있음을 보여준다(Humm 223).

따라서 울프에게 'zoom'은 렌즈를 통해 세상을 탐색하는 기술 장비의 의미도 지닌다고 추측할 수 있다. 『막간』도 "작은 망원경"(spy-glasses, *BA* 150), "사진들"(photographs, 14), "영화"(the movies, 178) 등을 언급해 울프가 시각 장치의 조작자로서 육안이 아닌 렌즈를 통해 세계를 관찰하는 활동에 친숙한 사실을 드러낸다. 하지만 이 작품에서 세계를 탐색하는 가장 중요한 시각적 기구는 거울인데, 이 거울은 재현이 아닌 회절의 기구로 기능한다. 주석 깡통, 침실 촛대, 목사관 전신 거울, 깨진 거울 등 1939년 현재의 "우리들"(Ourselves)을 관찰하는 렌즈인 이 거울들은 대상들을 그대로 모방하기보다는 신체의 일부분을 비추든지, "왜곡시키는"(distorting) 기구로 설정된다(165).

바라드는 기구들(apparatuses)은 고정된 실험실 장비가 아니라 중요한 차이들을 생산하는 물질적-담론적인 실천이라고 설명한다(141, 146). 기구들은 단순한 관찰 도구가 아니라 복잡한 상호작용을 통해 경계-그리기를 실천하고 세계를 물질적으로 재형성하는 능동적인 역할을 한다는 것이다(Barad 140, 142). 울프가 거울을 통해 암시하는 것은 기구에 따라 세계와 사물은 다르게 보이고 다르게 논술되기 때문에 기구의 조작은 현실의 생성 방식에 크게 영향을 미치며 기구는 세계의 생성에 능동적으로 참여한다는 점이다. 관찰자도 기구도 생성 과정 중인 세계의 일부이기 때문에 기구도 관찰자도 대상인 세계의 바깥에 위치할 수 없고 함께 얽혀있다.

울프는 망원경과 카메라가 보게 해주는 세계에 경탄하면서도, 이런 시각화 기술에 대한 기본원리, 즉 사진과 영화 이미지는 일련의 수사적 실천들에 의해 구성되며 기술의 배치는 결코 가치중립적이지 않다는 점을 이해하고 있었다(Henry 141) 그녀는 기술과학과 사회적 정치적 담론들 사이의 복잡한 상호관련성을 직관적으로 이해했고 객관적인 카메라 앵글은 없다는 점을 깨닫고 있었다(Henry 141). 울프가 1941년에 쓴 단편 「탐조등」(“The Searchlight”)에는 “망원경”(telescope)을 통해서 별들을 관찰하던 소년이 망원경의 초점을 옮겨 지상을 살피는 이야기가 등장한다(270-71). 여기서 그녀는 적의 비행물체를 수색하기 위해 공군이 비추는 탐조등 빛줄기와 “망원경의 렌즈”(272)를 동일시함으로써 관찰기구인 렌즈가 대상으로부터 거리를 둔 채 중립적으로 존재하지 않고 현실 구성에 능동적으로 관여한다고 암시한다.

『막간』은 바트가 관객들이 두고 간 물건들을 확인하기 위해 “내일은 전화벨이 울릴 것이다”(*BA* 181)라고 예상할 만큼 전화로 소통할 수 있는 사회를 그린다. 실제로 울프는 이 소설을 완성하는 동안 “전화”를 통해 자주 지인들의 목소리를 듣고 세간의 소식들과 전쟁에 관한 “소문들”에 대해 대화했다(*D5* 228; *L6* 457). 특히 1940년 8월 31일에는 비타가 울프에게 전화를 걸어 자기 집 주변에 폭탄이 떨어지고 있는 상황을 묘사하자, 울프는 이 통화로 인해 이제는 영국이 공격당하고 있다는 사실을 생생히 실감하기도 한다(*D5*

314). 하지만 1910년까지도 영국에서 전화를 소유한 사람은 인구의 1퍼센트 정도밖에 안 됐고, 공중전화의 보급은 배타적인 사용을 주장하는 기존가입자들의 반대에 부딪혀야만 했다(Whitworth 196). 즉각적 소통이라는 전화의 장점은 중상류 계층과 부르주아 가정만 누려야 했고 대다수 대중에게는 허락되지 않았으며, 이런 배타성은 전화가입은 지배계급에만 한정돼야 한다는 사회정치에 의해 유지됐다(197). 울프 역시 고가의 첨단 카메라를 살 수 있었던 소수의 엘리트계층이었다. 예를 들어, 1922년 4월에 남편 레너드(Leonard)가 사진에 쓴 비용은 10실링이었지만 그들의 하녀에게 준 보수는 2실링에 불과했을 정도로, 그녀가 향유했던 장비들은 기술에 대한 계층분리를 잘 드러내준다(Humm 217).

이와 같이 울프의 시대에도 기술발전이 권력과 자본과 맺는 긴밀한 관련성은 발달된 미디어의 향유에 대한 평등의 과제를 수반하고 있었다. 사실 전신시스템이 세계적 통신망으로 빠르게 성장한 이유도 이 연결망이 제국주의의 이해에 봉사했기 때문이었다(Whitworth 195). 전신선 위에 앉은 새 한 마리가 곧 아프리카로 출발한다는 울프의 표현은 이를 암시한다. 전신을 매개로 빅토리아 여왕은 버킹엄 궁에 앉은 채로 제국영토들의 지역적 상황을 파악하고 통제할 수 있었으며, 특히 인도와 아프리카 식민지들을 효율적으로 관리할 수 있었다(헤드릭 196-99). 마샬 맥루한(Marshall McLuhan), 닐 포스트먼(Neil Postman), 베르나르 스티글레르(Bernard Stiegler) 같은 20세기의 영향력 있는 미디어 이론가들이 모든 정보기술은 비중립적이고 이데올로기적으로 기능한다고 강조하듯이, 울프는 미디어가 특정한 정치적 입장과 연결될 수 있으므로 비판적인 자세로 새로운 매체를 받아들여야 한다는 사실을 알고 있었다. 따라서 그녀는 "확성기가 구어체의, 대화하는 말씨를 취했다"(*BA* 169)거나 "축음기가 그들에게 통보했다"(177)처럼 기구를 인간화, 주체화시킨 표현으로써 단순한 도구 이상으로 현실의 생성에 관여하는 매체와 그 기계와 상호작용하는 조작자의 책임을 상기시킨다.

V. 통합하고 분산하는 미미한 존재들의 민주주의

울프는 에세이 「과거의 스케치」("A Sketch of the Past")(1939)에서 현재보다 더 현실적으로 느껴질 만큼 인상적인 과거의 순간을 생생히 떠올리며, "언젠가는 우리가 두드리면 기억들이 흘러나오는 어떤 장비를 발명하는 것도 가능하지 않을까? . . . 여기서 어떤 장면을, 저기서 어떤 소리를 기억하는 대신에, 나는 벽에 플러그를 꽂고 과거를 들을 것이다. 나는 1890년 8월을 켤 것이다"라는 재미있는 발상을 들려준다(67). 이 방법을 발견한다면 "우리는 우리 삶을 처음부터 다시 살 수 있을 것"(*MB* 67)이라는 울프의 상상력은 기술적 장치의 발명이 인간 존재의 잠재력을 확장할 수 있으리라는 통찰을 담고 있다. 『막간』에서는 "저것은 롤스로이스 . . . 저것은 벤틀리 . . . 저것은 새로운 유형의 포드네요. . . ."(180-81)라며 양차대전 사이 성장한 영국 자동차 산업 안에서 서로 다른 고유한 기능과 탁월성을 지닌 다양한 자동차 모델에 대한 울프의 견식도 엿보인다. 그리고 이 언급은 "기계들은 불일치를 끌어들이나요"(*BA* 181)라는 논쟁적 질문으로 이어진다.

울프는 기술발전에 대해 낙관으로도 공포로도 치우치지 않았다. 그녀는 발명된 기술적 사물들이 고유한 존재성을 지닌다고 통찰했고, 이런 기계 존재들이 현실의 생성 과정에 활발히 참여하는 점에 주목하면서 기술적 발명품들과 적극적으로 관계를 맺곤 했다. 『막간』은 특히 흩어져 살아가야 하는 개체들이 통신기술을 매개로 소통하면서 민주적인 공동체를 형성할 수 있는 가능성에 대한 울프의 관심을 반영한다. 포스트먼이 말하듯이, "어떤 기술적 발명이든 한쪽 측면의 효과만 지닌다고 가정하는 것은 실수"이다(4). 통신미디어는 중립적 기술이 아니므로 유익이 될지 해가 될지는 그 사용에 좌우된다. 울프에게는 새로운 통신매체가 긍정적인 능력을 발휘할지 위험한 힘을 휘두를지는 우리가 어떻게 활용하는가에 달려있다는 통찰이 있었다. 그녀는 기술과학이 단순히 도구나 부속물이 아니라 공동체 개체들 사이의 소통을 담당하고 인간 존재의 의미를 변화시켜나갈 것을 예견했다.

사실 원거리에 흩어져 있는 개체들 간의 연결과 소통에 대한 울프의 열망과 이를 가능하게 할 기술적 장비에 대한 기대감은 울프의 여러 글들 안에서 암시돼 왔다. 『댈러웨이 부인』(*Mrs Dalloway*)에서 클라리사(Clarissa)는 런던 거리에서 자신의 삶과 존재가 매우 멀리 퍼져있고 자신이 만나 본 적도 없는 사람들의 일부라고 느끼기도 하고, 각자 멀리 떨어져 사는 타인들의 현존을 항상 민감하게 의식하면서 이들을 연결시키고 싶다는 소망으로 파티를 열곤 한다(9-10, 133-34), 이 소설은 브루턴(Bruton)과 리처드(Richard)의 만남과 멀어짐을 "가느다란 실"과 "거미줄 한 가닥"(*MD* 123)으로 비유하면서 비가시적인 네트워크로 연결된 인간관계에 대한 작가의 염원과 예기를 어렴풋이 내비친다.

이에 비해 『막간』은 먼 곳의 존재들이 서로 지속적으로 접속할 수 있게 해주는 '연결망들'에 대한 울프의 관심과 심지어 다른 대륙 간에도 친밀히 소통할 수 있게 해주는 유무선 통신기술을 더욱 표면에 부각시킨 작품이다. 하지만 나치즘과 파시즘의 위협을 받던 이 시기에 울프는 연결과 소통에 대해 이전보다 훨씬 복잡하고 긴장된 정서를 드러낸다. 그녀는 연결에 함축된 전체주의적인 욕망을 인정하면서, 다양성과 불일치, 분산과 단절이 소통에 가져올 수 있는 민주적 잠재성에 더욱 주의를 돌리게 된다. 파시즘의 위협은 1930년대 말에 대륙으로부터만 찾아온 것이 아니었다. 1930년대 초에 영국의 많은 지식인들이 자아를 잃지 않으면서도 그들을 한데 묶어주는 공동체를 꿈꾸며 영국 파시즘에 동조했듯이, 파시즘의 유혹은 내부에도 자리하고 있었다(Berman 106). 울프 역시 새로운 형태의 공동체를 염원하고 있었지만, 좌파정치집단이든 파시스트들이든 그것이 독재자의 단일한 목소리로 귀결되는 가부장적인 조직이 될 수 있다는 점을 냉철히 감지하고 있었다. 따라서 그녀가 염원한 공동체는 이와 달리 쉽게 규정할 수 없는 공동체, 분산되고 감추어져 있지만 어디에나 존재하는 잠재적인 공동체, 공동체 아닌 공동체라고 할 수 있다.

라 트롭은 연극의 "플롯"을 통해 불러일으켜진 청중들의 "감정은 계속돼야만"(124) 한다면서 막간(the Interval)이 서사의 연속성을 방해하고 전체화의 시도를 좌절시키는 것을 안타까워한다. 라 트롭은 연출자로서 서사진행에 연속성과 전체성을 부여하려는 의도를 드러내지만, 그녀가 초기 잉글랜드 역사에서부터 엘리자베스시대, 왕정복고시대, 빅토리아시대라는 역사의 시간들을 무대에 올릴 때에는 기록된 역사서술의 권위에 의문을 제기하고 과거와 현재의 재현 사이에 존재하는 충돌과 모순을 본격적으로 전경화시킴으로써 지배적 서사의 불가능성을 전달한다. 연출자 라 트롭에게는 자신이 서사진행을 장악하여 연속성 있는 서사를 추구하려는 욕구와 얼마나 많은 파편적이고 잠정적인 것들이 개입해 지배적인 서사를 방해하는지 폭로하고자 하는 모순된 욕망이 공존한다. 이러한 라 트롭의 모순적인 태도는 작가 울프 자신의 그것이기도 하다.

중요한 점은 『막간』이 이러한 모순된 충동을 변증법적으로 화해시키기보다는 해결되지 않은 채로 공존시킴으로써 '연결'과 '불일치', '통합'과 '분산'이라는 두 축을 오가고 있었던 울프의 공동체에 대한 구상을 드러내고 있다는 것이다. 『막간』은 19세기에 대해서도 "육군이 없으면 무슨 역사야"라고 불평하는 메이휴 대령(Colonel Mayhew)처럼 영국군대 위주로 시대를 정의하는 사람이 있는가 하면, 나이든 린 존스 부인(Mrs. Lynn Jones)처럼 이륜마차와 크리놀린, 수정궁으로 기억하는 사람도 있다는 사실을 나란히 보여준다(*BA* 141-43). 이 작품은 해소되지 않는 이질성과 차이들을 노출시킴으로써 다양한 목소리들의 민주적인 공존을 실현한다. 작품 속에서 울프가 귀족들과 평민들을 모두 불러 모아 "우리 섬의 역사"에서 끌어낸 이야기를 다루는 우리의 "축제"(70)를 마련할 때에는 현재와 과거역사의 연결성, 그리고 구성원들 간의 연결이라는 '통합'에 대한 의도가 작동한다. 하지만 그녀는 과거를 그대로 복구시키려는 보수주의적이고 과거지향적인 실천을 거부하는 대신, 지배적 역사서사에 도전하는 불일치하는 목소리들로 채워나감으로써 민주주의적인 염원을 드러낸다.

울프가 의도하는 전체주의에 대한 저항은 근대와 인접한 빅토리아시대가 무대에 오르고 대영제국의 식민주의가 다양한 타자들에게 가하는 폭력과 억압을 명시적으로 언급함으로써 가장 가속화된다. 선술집 주인 버지(Mr. Budge)가 헬멧을 쓴 채 경찰봉을 휘두르며 "백인 여왕 빅토리아가 지배"하는 제국의 법과 권위를 과시하고 제국의 "모든 백성들"에게 복종을 명령하는 장면은 제국주의의 정당성에 대한 직설적인 저항을 담는다(*BA* 144-47). 흑인들, 백인들, 아일랜드인들, 페루의 원주민들까지 제국의 통치와 감독 아래 있다는 사실을 자랑스럽게 선언하고, 빅토리아시대의 번영을 위해서 아이들마저 광산에서 광차를 끌게 하는 등 수많은 약자들을 희생시킨 "수치스러운 일" 마저도 "제국의 대가"라고 미화하는 제국경찰의 의기양양함은 청중들의 양심을 괴롭힌다(146-47).

울프는 독자들에게 기울어져가는 제국의 한때 찬란했던 번영을 되살리면서 그 이면에 자리한 전체화의 폭력을 목격하게 하고 새롭게 모색하는 공동체가 경계해야 할 파시즘을 암시한다. 제국의 통치자는 "순수성"을 내걸며 생각과 종교, 마시는 것과 입는 것, 가정을 "감시해야만 하고" 부엌과 거실, 서재에서, "나와 당신이 함께 모이는 곳 어디에서든 감시해야" 한다는 버지의 대사는 전체주의에 대한 울프의 비판을 노골적으로 드러낸다(*BA* 146). 그녀는 제국의 순수성이 타자에 대한 통제와 감시, 배제로 성취된 것이라면 그것이 공유하는 파시즘과 나치즘의 메커니즘으로부터 자유로울 수 있는 새로운 공동체의 탄생이 간절히 요청된다고 강조하고 있는 것이다.

『막간』은 독재자들을 싫어하는 "보통 사람들"(the common people, *BA* 109)이 "민주주의 원칙"(the democratic principle, 97)을 실현하려면 언어와 소통매체가 어떻게 역할을 해야 할지 논의한다. 라 트롭은 새 연극의 비전 속에서 "한 음절의 언어", "의미가 없는 언어"를 갈망한다(191). 이는 제국주의와 전체주의 이념에 오염되거나 포획되지 않은 새로운 언어, 기성권력의 규율과 통제 아래 있는 상징코드를 끊어내고, 이로부터 탈주하는 새로운 언어의 필요성을 뜻한다. 무엇보다 이 작품에서 미미한 존재들까지 가담하는 회절적인 소통과정은 전체주의적 의사소통을 전복시킴으로써 민주주의적 정치성을 획득한다.

『막간』은 개인이 거창한 이데올로기적인 소명을 부여받거나 공동체의 근거가 영토에 귀속될 필요 없이 우연히 등장했다가 자유롭게 흩어질 수 있는 공동체, 현전하면서 동시에 부재하는 공동체, 서로 존재와 삶을 공유하고 있다는 사실만을 확인할 수 있는 공동체를 전망한다. 이 작품에서 연결을 가능하게 하는 텔레커뮤니케이션 기술의 공동체적 의미는 역설적으로 구성원들이 영토로부터 자유롭게 곳곳으로 흩어져 있을 수 있게 해준다는 사실에 자리한다. 이런 의미에서 텔레커뮤니케이션을 통해 울프가 지향하는 사회는 개방되어 확장하는 네트워크 안에서 각자 서로 다르게 남아있고 모든 차이들이 자유롭게 표현될 수 있으면서, 공유하는 것을 통해 함께 행동할 수 있는 공동체로 보인다(Hardt xiii-xiv).[8] 울프가 지향하는 민주주의는 오늘날의 인터넷처럼 "개방된, 분산된 네트워크"(open, distributed network, 219)의 형태인지도 모른다. 인터넷에서는 그 다양한 교점들(nodes)은 다르게 남아있으면서도 웹(Web) 안에서 모두 연결되고, 네트워크의 외부경계들은 개방돼 있어 새로운 교점들과 새로운 관계들이 언제나 첨가될 수 있다(xv).

『막간』에서 공연 후 "우리들은 흩어집니다"(*Dispersed are we*, 177)라는 메시지는 흩어지더라도 '분산된 우리들'로서 여전히 함께 얽혀있는 공동체를 전망하는 것일 수 있다. 『막간』의 민주적 공동체는 결코 단일한 정체성으로 환원될 수 없는 다채로운 개성들이 그대로 남아있으면서도 '공통적인 것'을 통해 이런 다수가 함께 소통하고 행동할 수 있는 집단이다. 축음기에서 마지막으로 흘러나온 상반된 두 단어 "통합과 분산"(*Unity*—*Dispersity*, *BA* 181)처럼 통신기술은 민중들이 자유롭게 흩어져있으면서도 통합될 수 있도록 매개하는 역할을 수행한다. 울프가 전망한 공동체는 이렇게 통합과 분산이 공존하는 공동체이다.

회절은 섬세한 차이들을 존중하지 않고 동일화시키는 파시즘의 폭력성에 항거한다. 울프가 전개하는 회절적 세계관은 이런 폭력적 사고방식에 저항하며 다양한 차이들의 민주주의를 성취해나감으로써 그 정치적 의의를 확보한다. 회절은 주체와 객체, 자연과 문화, 인간과 비인간, 인식론과 존재론 사이

---

8) 마이클 하트(Michael Hardt)와 안토니오 네그리(Antonio Negri)는 세계화시대에 진정한 민주주의를 실현시켜줄 새롭게 부상하는 계급으로 "다중"(multitude)을 제안하면서, "인터넷처럼 분산된 네트워크"가 다중의 좋은 모델이라고 주장한다(Hardt xv).

의 본질적 분리가능성에 대해 이의제기하는 개념이다(Barad 381). 회절 패턴의 깊은 의미는 모든 미미한 존재들이 세계를 공동 형성하고 있다는 사실을 이해하고 우리의 실천이 세계의 생성에 영향력을 갖는다는 것을 고려하면서 행동하는 태도이다. 바라드가, "우리는 우주를 중간에서 만나야만 한다"라며 세계의 생성 안에서 우리 역할에 대해 책임지는 방식으로 존재하게 될 수 있는 것들을 향해 나아가자고 한 것은 이런 회절의 윤리를 요약한 것이다(353). 『막간』은 회절적인 만남들로 구성된 우리의 삶과 역사를 보여주며 과정으로서의 각 만남의 소중함을 음미한다. 울프의 텍스트는 독자들을 언제나 회절적인 읽기로 초대한다. 회절은 '사소한 것들'을 존중하고 '세부적인 것들'에 주의를 기울이는 방법론이다. 본고는 『막간』에 대한 회절적인 읽기를 수행함으로써 작고 소박한 차이들의 역사를 삶의 궤적으로 치열하게 기록해나간 울프의 초대에 응답하고자 했다.

출처: 『제임스조이스저널』 제27권 1호(2021), 55-92쪽.

■ 인용문헌

김영주. "Reinventing Tradition: The Aesthetics and Politics of the Outsider's Pageant in Virginia Woolf's *Between the Acts*." 『영미문학페미니즘』, 14 권 2 호, 2006, pp. 63-90.

김재희. 『시몽동의 기술철학: 포스트휴먼 사회를 위한 청사진』. 아카넷, 2017.

보더니스, 데이비드. 『일렉트릭 유니버스: 젊은 세대를 위한 단 한 권의 전기의 역사』. 김명남 옮김. 생각의나무, 2005.

손영주. 「"우리는 변하는 걸까요?"―『막간』의 야외극과 문학적 실천」. 『영어영문학』, 54 권 5 호, 2008, pp. 703-25.

송성수. 『사람의 역사, 기술의 역사』. 부산대출판부, 2015.

스탠디지, 톰. 『19 세기 인터넷 텔레그래프 이야기』. 조용철 옮김, 한울, 2001.

오미영, 정인숙. 『커뮤니케이션 핵심이론』. 커뮤니케이션북스, 2005.

헤드릭, 대니얼 R. 『과학기술과 제국주의: 증기선·키니네·기관총』. 김우민 옮김, 모티브북, 2013.

Barad, Karen. *Meeting the Universe Halfway: Quantum Physics and the Entanglement of Matter and Meaning*. Duke UP, 2007.

Beer, Gillian. *Virginia Woolf: the Common Ground*. U of Michigan P, 1996.

Berman, Jessica. "Of Oceans and Opposition: *The Waves*, Oswald Mosley, and the New Party." *Virginia Wolf and Fascism: Resisting the Dictators' Seduction*, edited by Mery M. Pawlowski, Palgrave, 2001. pp. 105-21.

Bloomberg, Ramon. "Dancing to a Tune: The Drone as Political and Historical Assemblage." *Culture Machine*, vol. 16, 2016, culturemachine.net/vol-16-drone-cultures/dancing-to-a-tune/. Accessed 22 Jan. 2024.

Clough, Patricia T. "The Affective Turn: Political Economy, Biomedia, and Bodies." *The Affect Theory Reader*, edited by Melissa Gregg, and Gregory J. Seigworth, Duke UP, 2010, pp. 206-25.

Cuddy-Keane, Melba. “Virginia Woolf, Sound Technologies, and the New Aurality.” *Virginia Woolf in the Age of Mechanical Reproduction*, edited by Pamela L. Caughie, Garland, 2000, pp. 69-96.

Haraway, Donna. *Modest_Witness@Second_Millenium.FemaleMan©Meets_OncoMouse TM.* Routledge, 1997.

Hardt, Michael, Antonio Negri. *Multitude: War and Democracy in the Age of Empire.* Penguin, 2005.

Henry, Holly. *Virginia Woolf and the Discourse of Science: the Aesthetics of Astronomy.* Cambridge UP, 2003.

Humm, Maggie. “Virginia Woolf and Visual Culture.” *The Cambridge Companion to Virginia Woolf*, edited by Susan Sellers. 2nd ed., Cambridge UP, 2010, pp. 214-30.

Iovino, Serenella. “The Living Diffractions of Matter and Text: Narrative Agency, Strategic Anthropomorphism, and How Interpretation Works.” *Anglia*, vol. 133, no.1, 2015, pp. 69-86.

Lakoff, Jeremy. “Virginia Woolf's (Absent) Radio.” *Virginia Woolf Miscellany*, no. 88, 2015, pp. 19-20.

Lee, Hermione. *Virginia Woolf*, 1st ed., Vintage Books, 1999.

Naito, Jonathan. “The Techno-Onomatopoiea of Woolf's Machines.” *Virginia Woolf Miscellany*, no. 88, 2015, pp. 21-22.

Oppermann, Serpil. “From Ecological Postmodernism to Material Ecocriticism: Creative Materiality and Narrative Agency.” *Material Ecocriticism*, edited by Serenella Iovino, and Serpil Oppermann, Indiana UP, 2014, pp. 21-36.

Postman, Neil. *Technolopy: The Surrender of Culture to Technology.* Vintage, 1992.

Pridmore-Brown, Michele. “1939-40: Of Virginia Woolf, Gramophones, and Fascism.” *PMLA*, vol. 113, no. 3, 1998, pp. 408-21.

Sehgal, Melanie. “Diffractive Propositions: Reading Alfred North Whitehead with Donna Haraway and Karen Barad.” *Parallax*, vol. 20, no. 3, 2014, pp. 188-201.

Shackleton, David. "The Pageant of Mutabilitie: Virginia Woolf's *Between the Acts* and *The Faerie Queene*." *The Review of English Studies*, vol. 68, no. 284, 2017, pp. 342-67.

Whitworth, Michael H. *Einstein's Wake: Relativity, Metaphor, and Modernist Literature*. Oxford UP, 2001.

Woolf, Virginia. *Between the Acts*. Oxford UP, 2008.

_____. *The Diary of Virginia Woolf. Vol. 5: 1936-1941*, edited by Anne Olivier Bell, Harcourt Brace, 1980.

_____. *The Letters of Virginia Woolf. Vol. 4: 1929-1931*, edited by Nigel Nicolson, and Joanne Trautmann, Harcourt Brace, 1980.

_____. *The Letters of Virginia Wolf. Vol. 6: 1936-1941*, edited by Nigel Nicolson, and Joanne Trautmann, Harcourt Brace, 1980.

_____. *Moments of Being*, 2nd ed., Harcourt Brace, 1985.

_____. *Mrs Dalloway*. Penguin Classics, 1992.

_____. "The Searchlight." *The Complete Shorter Fiction of Virginia Woolf*, edited by Susan Dick, 2nd ed., Harcourt Brace, 1989, pp. 269-72.

_____. *The Waves*. Harcourt, Inc, 2006.

플러쉬

Flush

김요섭

•

성장하는 사회적 반려자로서의 동양과 서양의 개 소설 비교:
버지니아 울프의 『플러쉬』와 캐슬린 스미스 고먼의 『맥그레거 이야기』를 중심으로

성장하는 사회적 반려자로서의 동양과 서양의 개 소설 비교: 버지니아 울프의 『플러쉬』와 캐슬린 스미스 고먼의 『맥그레거 이야기』를 중심으로*

| 김요섭

I. 시작하면서

개와 관련된 소설을 탐구하고자 하는 시도는 현재 대한민국 사회에서 반려자로서 동물들에 대한 관심이 높아진 것으로부터 비롯되었다. 21세기에 들어선 지금 대한민국 사회가 특히 개를 바라보는 태도가 단순한 애완동물이 아닌 사회적인 반려자로 점점 더 바뀌고 있는 추세이다. 그 대표적인 예로 이재명 전 성남시장(현 더불어민주당 대표)은 2016년 7월 '개고기 문제 해결 태스크포스'를 꾸린 후 공무원과 상인으로 구성된 협의회를 꾸려 10여 차례에 걸쳐 대화를 통해서 상인들 스스로 '모란 개고기 시장'의 도살시설을 자진 철

* 이 논문은 2015학년도 군산대학교 신임교수 연구비 지원에 의하여 연구되었으며, 원래 『현상과인식』 제42권 3호(2018), 119-142쪽에 수록된 것을 일부 수정·보완한 것임.

거하게 하였다. 영국과 미국의 경우 19세기부터 개를 애완동물의 경지를 넘어선 반려자로 이미 간주하기 시작했는데, 19세기와 20세기 초반까지의 영미근대문학, 특히 아동소설에서 개와 관련된 작품들을 빈번하게 찾을 수 있다. 영국의 아동 문학 작가인 줄리아나 호레시아 유잉(Juliana Horatia Ewing)은 「장님과 말하는 개」("The Blind Man and the Talking Dog")를 1876년에 발표했으며, 영국의 소설가 토마스 앤스티 거스리(Thomas Anstey Guthrie, 필명 F. Anstey)는 1884년에 「검정 푸들」("The Black Poodle")이라는 유머 넘치는 개 이야기를 발표했다. 유잉과 앤스티는 개를 인간의 반려가족으로 묘사했으며, 특히 유잉은 그녀의 단편소설에서 어린이들에게 개들의 이타심을 배우라고 교훈하고 있다. 20세기에 들어서는 개에 대한 소설을 쓰는 움직임이 마크 트웨인(Mark Twain), 오 헨리(O. Henry), D. H. 로렌스(D. H. Lawrence)와 같은 유명작가들에게도 영향을 주게 되는데, 특히 로렌스의 1920년 작품 「렉스」("Rex")는 사고뭉치 강아지가 한 가정에 입양되면서 그 가정에서 크고 작은 소란을 피우는 장난스러운 이야기이다.[1] 버지니아 울프가 『플러쉬』(*Flush: A Biography*)를 집필하기 전부터 이미 영국과 미국문학에서 개들이 반려동물을 넘어선 가족의 일원으로 다루어지게 되었다. 그렇다면 울프가 개에 대한 작품을 쓰게 된 계기는 무엇인지 잠시 살펴볼 필요가 있다.

울프는 1931년에 자신의 가장 대담한 실험이라고 간주할 수 있는 『파도』(*The Waves*)를 탈고한 후 정신적으로나 육체적으로 고갈된 상태에 있었다. 『파도』의 집필로 스트레스를 받고 있는 동안, 엘리자베스 바렛 브라우닝(Elizabeth Barrett Browning)의 시와 편지들을 읽으면서 브라우닝이 반복적으로 언급하는 개에 매료되었다. 그러면서 울프는 브라우닝의 개에 대한 전

1) 트웨인은 1903년에 「어느 개 이야기」("A Dog's Tale"), 오 헨리는 1910년에 「이론과 사냥개」("The Theory and the Hound")라는 단편 소설을 발표한 바 있다.

기를 가볍게 쓰는 것을 상상하게 되었고, 1931년부터 『플러쉬』의 집필 작업을 시작해서 1933년에 이 책을 출판하게 되었다. 소위 대작이라고 불리는 『올랜도』(*Orlando: A Biography*, 1928)나 『자기만의 방』(*A Room of One's Own*, 1929)과 같은 작품들의 집필기간과 『플러쉬』의 집필기간을 비교해보면, 전자들의 경우 집필 시작부터 출판까지 걸린 기간이 1년 정도이다. 하지만 울프의 작품 중 가장 가볍게 읽을 수 있는 후자의 경우 그 집필 시작부터 출판까지 무려 2년 이상이나 걸렸다는 건 산술적으로 이해가 어려운 부분이다. 혹자는 울프가 『플러쉬』 집필 작업을 가벼운 마음으로 쉬엄쉬엄 했다고 해석을 할 수 있겠지만, 이 책의 출판과정은 그리 녹록하지 않았다. 울프는 본인의 라이벌 작가라고 생각한 자일스 리튼 스트래치(Giles Lytton Strachey)의 실험적인 전기문학인 『뛰어난 빅토리아조 인물들』(*Eminent Victorians*, 1918)처럼 『플러쉬』를 일종의 실험적인 작품으로 만들려는 의도에서 이 작품의 집필을 시작했는데, 1932년 1월 스트래치의 갑작스러운 죽음에 『플러쉬』의 작업에 회의감을 가지게 되면서 집필을 잠시 중단한다. 하지만 『플러쉬』는 1933년 10월 울프의 언니인 바네사 벨(Vanessa Bell)의 그림 넉 장이 수록되어 출판되었다. 울프가 오토라인 모렐(Ottoline Morrell)에게 쓴 편지에서 밝혔던 것처럼 『플러쉬』는 자신의 작품 중 "장난"(*L5* 161)스럽게 집필한 작품일 수도 있지만, 오늘날 그녀의 작품 중 가장 많이 팔린 작품이 되었다. 이는 울프가 의도한 바 없고, 원하지 않았던 결과일 것이다.

『플러쉬』는 전통적인 전기의 형식에 따라 플러쉬의 탄생에서 죽음까지 다루는 작품이지만, 오히려 코커스패니얼인 플러쉬의 시선으로 바라본 브라우닝에 대한 기발한 전기이다. 그렇다면 울프는 왜 하필이면 개의 시선을 통한 전기를 집필했을까? 물론 모렐에게 보내는 편지에서 울프가 "『파도』(*The Waves*)를 쓴 후 너무 지쳐서 정원에 누워 브라우닝의 연애편지를 읽고 있었는데, 그 개의 모습이 너무 웃겨서 그에 대한 삶을 쓰지 않을 수 없었어요"(*L5* 161-2)라고 그 동기를 밝힌다. 울프의 조카인 퀜틴 벨(Quentin Bell)은 『버지니아 울프 전기』(*Virginia Woolf: A Biography*)에서 "『플러쉬』는 개를 좋아하는 사람이 썼다기보다는 개가 되고픈 사람이 쓴 책"(*V2* 174)이라면서 울프의 『플러쉬』 집필 의도를 뒷받침한다.

로라 브라운(Laura Brown)에 의하면 『플러쉬』처럼 반려동물을 소재로 한 문학작품의 근원은 인간과 동물과의 관계가 깊게 형성되기 시작한 18세기 초 영국으로 거슬러 올라간다. 브라운은 18세기 초 영문학에서 인간과 동물 사이의 문학적인 연결은 거의 "여성과 작은 애완용 개"(the lady and the lapdog) 사이에서만 존재했다고 주장한다(65). 브라운은 문학작품 속에서 "여성과 작은 애완용 개"의 이미지가 18세기부터 광범위하게 사용된 이유를 18세기 유럽, 특히 영국의 중산층 가정에서 반려동물들을 예전보다 많이 키우게 된 것을 그 증거로 들고 있다(67). 생태학자인 키스 토마스(Keith Thomas)는 18세기 이후 근대로 들어서면서 개와 고양이와 같은 반려동물들과 인간의 거리가 줄어들었고, 반려동물에게 이름을 짓고 교배를 시키는 것이 18세기에서 일종의 "집착"(obsession)의 상태까지로 정착되기 시작했다고 주장한다(117). 잉그리드 타그(Ingrid H. Tague)는 "반려동물 기르기"(pet keeping)가 18세기에 들어서서 만연해지면서 18세기 문학작품에서도 반려동물을 소재로 한 작품이 급격하게 늘어났다고 밝히고 있다(291).

19세기에 들어서서 윌리엄 워즈워스(William Wordsworth)가 1805년에 발표한 "정절"(Fidelity)과 같은 시에서는 죽어서 뼈만 남은 찰스 고프(Charles Gough)의 옆에서 석 달이나 지킨 양치기 개를 볼 수 있는데, 여기서 인간과 개는 인간의 기대치를 훨씬 능가하는 유대관계로 묶여 있다는 것을 볼 수 있다. 개와 같은 반려동물들이 본격적으로 사람과 같은 공간에서 거주하고 1세기가 지나서는 "여성과 작은 애완용 개"뿐만 아니라 남성과 덩치가 큰 개로 그 영역이 확장되는 것을 볼 수 있다. 브라운은 문화적인 관점에서 18세기 문학작품을 살펴보면 여성이 남성보다 상상력이 풍부하기에 인간과 동물 사이의 유대관계에 있어서 좀 더 특별한 역할을 했었다고 하지만(65), 워즈워스의 "정절"에서 개들은 인간의 성별에 상관없이 그들이 인간과 맺고 있는 관계가 단단한 애정에 기반을 두고 있다는 것을 알 수 있다.

울프가 『플러쉬』를 발표한 20세기의 경우 이미 다양한 형태와 크기의 개들이 나왔고, 특히 도시 생활에 맞게 길들여지기 시작했다. 이제 더 이상 예전처럼 양치기를 위해서 개를 사육하는 것이 아니라 순전히 즐거움을 위해 개를 소유하는 것은 울프 당대의 영국인들에게는 일종의 여가활동으로 자리잡게 되었다. 이는 영국뿐 아니라 미국도 마찬가지였기에 『플러쉬』는 영국뿐 아니라 미국에서도 성공을 이어갈 수 있었다. 이렇게 『플러쉬』가 세상에 널리 알려졌기에 당시 한국에 거주하고 있던 캐나다 여성인 캐슬린 스미스 고먼(Kathleen Smith Gorman, 1884-1992)에게도 영향을 미쳤을 것으로 추정된다. 고먼은 본 논문에서 『플러쉬』와 함께 다룰 작품인 『맥그레거 이야기』(*MacGregor of Korea*, 1951)의 작가이다. 본 저자가 『맥그레거 이야기』를 읽으면서 받았던 느낌은 고먼이 맥그레거라는 이름의 개의 전기를 쓰기 전 이미 『플러쉬』를 읽었을 것으로 추정되었다. 그 이유로 고먼은 플러쉬가 겪은 유사한 경험을 맥그레거를 통해서 한국의 문화 혹은 생활양식과 함께 소개하고 있다. 고먼은 『맥그레거 이야기』를 1951년에 집필했지만 소수의 독자들만 2014년이 되어서야 그 이야기의 존재를 알게 되었다. 고먼처럼 울프의 『플러쉬』를 아주 오래 전에 읽은바 있는 캐나다 시인이자 소설가인 패트릭 레인(Patrick Lane)은 1950년대 캐나다 브리티시 컬럼비아 근교의 작은 마을을 배경으로 한 개의 일대기인 『붉은 개, 붉은 개』(*Red Dog, Red Dog*)를 2008년이 되어서야 발표했다. 『플러쉬』, 『맥그레거 이야기』 및 『붉은 개, 붉은 개』는 인간의 반려자인 개의 일대기를 다룬 소설들이다. 주타 이트너(Jutta Ittner)는 미국 작가인 폴 오스터(Paul Auster)의 소설 『팀북투』(*Timbuktu*)를 『플러쉬』와 비교하면서, 오스터 역시 울프의 영향을 받아 의인화 된 개의 소설을 집필했는데 거기서 좀 더 나아가 사회문제 중 하나인 노숙자의 문제를 개의 시선에서 다루고 있다고 주장한다(181). 울프와 달리 고먼은 피아노 연주가였기에, 문학을 공부하는 사람들은 그녀에 대한 어떠한 정보도 없을 것이라고 추정한다. 따라서 본 논문에서 고먼이 『맥그레거 이야기』를 집필할 당시 울프의 『플러쉬』로부터 어떠한 영향을 받았는지 분석하기 전 고먼에 대한 고찰을 먼저 하고자 한다.

II. 『맥그레거 이야기』의 작가 캐슬린 스미스 고먼

학자들뿐 아니라 대부분의 일반 독자들 역시 필자가 본 논문에서 다룰 『맥그레거 이야기』라는 소설과 이 작품의 저자인 고먼에 대해 거의 아는 바가 없을 것이다. 캐나다 출신인 고먼은 대학에서 음악을 전공한 후, 일본에 있던 캐나다 선교사의 아이들을 가르치는 학교의 음악 선생으로 근무하기 위해 1918년 12월에 배를 타고 밴쿠버에서 고베로 건너왔다. 그녀는 재능 있는 피아노 연주가였고, 일본에서 자신이 맡은 아이들에게 음악의 즐거움을 가르치는 일에 재미와 보람을 느꼈다. 또한 일본이라는 이국적인 나라에서의 삶은 새로운 문화적 체험을 할 수 있어서 그녀에게 매력적이기도 했다. 1919년 12월 고먼은 수술을 받으러 서울 세브란스 병원에 오게 되었고, 수술을 받고 회복 중이던 크리스마스 휴가 기간에 훗날에 남편이 된 영국인 아더 고먼

(Arthur Goman)을 만나 사랑에 빠지게 된다. 그들의 사랑은 아더의 잦은 고베 방문을 통해 피워났고, 고먼의 2년의 교직생활이 마칠 때쯤 고베에서 결혼식을 올리게 된다.

고먼 부부는 결혼 후 서울의 한 작은 외국인 사회에 정착을 했고, 아더는 한국과 만주를 총괄하는 스탠다드 석유회사의 상무가 되었다. 서울에서 두 사람 사이에 1923년에 큰딸 패트리시아(Patricia)와 1926년에 둘째 딸 아일린(Eileen)이 태어났다. 고먼 부부는 가정적으로나 사회적으로 만족스러웠고 무척 행복했다. 한국과 한국의 전통 문화는 그녀에게 끊임없는 호기심과 발견의 원천이었다. 1926년 조선의 마지막 황제인 순종의 장례식이 있었는데, 고먼은 왕의 운구가 서울의 왕릉으로 이동하는 웅장하고 화려한 행렬을 목격한 몇 안 되는 외국인 중 한 명이기도 했다. 당시 일본 총독부는 모든 외국 대사관을 통해 외국인들이 이 행사 기간 동안 집에 머물러 있도록 명령했는데, 이는 상복을 입은 한국인들이 그들의 마지막 지도자인 왕에게 존경을 표하기 위해 전국 각지에서 서울로 모여들어 봉기할 것을 두려워했기 때문이었다.

하지만 1928년 고먼 가정에 비극이 찾아왔는데, 남편 아더가 폐렴에 걸려 며칠 만에 세상을 떠난 것이다. 고먼은 남편의 죽음에도 불구하고 그녀에게 행복한 추억들을 준 서울에 머무르고 싶어 했다. 고먼은 지인들의 도움으로 서울에서 피아노 강습과 음악 수업을 하면서 두 아이들을 키울 수 있었지만, 대학원에서 음악 공부를 하기 위해 1935년 두 딸과 함께 당시 음악의 중심지였던 오스트리아 빈으로 떠난다. 하지만 독일에서 세력을 키웠던 히틀러와 나치로 인해 그녀와 아이들은 1937년 그녀의 모국인 캐나다로 돌아가게 되었다. 미국과 캐나다는 1930년대 경제 대공황을 겪은 상황이라 일자리를 구하지 못해 고먼 가족은 같은 해 서울에 돌아오게 되었다. 다행히도 음악 선생님을 그리워하던 외국인 사회가 고먼이 돌아올 것을 강력하게 요청한 덕분이었다. 큰딸 패트리시아는 서울에 잠시 머물다가 같은 해 진학을 위해 홀로 영국으로 건너갔다. 고먼은 몇몇 한국 학생들에게 피아노를 가르친 적이 있었는데, 이것을 계기로 이화여자대학교의 음악학부 피아노학과의 학과장으로 초빙될 수 있었다.

1940년 가을 2차 세계대전으로 인해 고먼과 둘째 딸 아일린은 다시 한번 한국 땅을 떠나야만 했다. 그들은 가능한 한 많은 물건을 챙겨서 일본으로 건너갔으며, 캐나다로 가기 위해 영국 배를 초조하게 기다렸다. 『맥그레거 이야기』는 이 시기 아일린의 '절친한 친구'인 맥그레거와 그의 한국과 캐나다에서의 삶을 담은 모험담이자 전기문학이다. 아일린이 맥그레거를 일본에 두고 떠나는 것을 견딜 수 없어 했기 때문에 1940년 겨울 캐나다로 떠나는 영국 배에 오르며 가족과 동행하게 되었다. 『플러쉬』에서 바네사 벨이 4장의 삽화를 그려 넣었던 것처럼 고먼의 큰딸 패트리시아가 『맥그레거 이야기』를 위해 총 7장의 컬러 삽화를 그렸다. 패트리시아는 한국에서 어린 시절을 보냈기 때문에 한국의 정취를 솜씨 있게 그려냈다. 고먼은 그녀의 마지막 나날들을 브리티시 컬럼비아주의 빅토리아의 요양소에서 보냈으며, 1992년 2월, 98세의 나이로 심장마비로 평온하게 세상을 떠났다. 반세기 정도 같은 시대에 살았던 울프와 고먼의 전기문학 작품들을 개의 성장소설이라는 관점에서 비교·분석하고자 한다.

III. 문학작품 속에서 개들의 성장: 서양의 플러쉬 vs. 동양의 맥그레거

울프의 『플러쉬』는 엘리자베스 바렛 브라우닝의 전기적 사실에 작가적 상상력과 소설적 기법을 실험하는데, 울프는 브라우닝 부부의 사랑, 비밀결혼과 이탈리아로의 도피 등의 일련의 연애 사건을 바로 옆에서 목격한 반려견의 생애를 소설과 전기문학의 경계를 넘나드는 실험적 기법을 통해 이 작품에서 재구성한 것이다. 울프와 마찬가지로 고먼은 자신이 키우던 애견, 맥그레거의 시선과 경험을 통해 그녀가 경험했던 한국에서의 삶을 소설의 형식으로 재구성한다. 이 두 작품 사이의 가장 큰 차이점으로는 전자는 1인칭 관찰자 시점을 사용하지만, 후자는 1인칭 주인공 시점을 사용하면서 전자보다 더 의인화된 작품이라고 간주할 수 있다. 울프와 고먼 둘 다 "사실"을 버무린 허구인 소설을 썼지만, 두 작가 모두 타인 혹은 본인의 전기적 혹은 자서전적 사실을 바탕으로 소설을 쓴 것이다.

필자는 고먼이 『맥그레거 이야기』를 집필하기 전 울프의 『플러쉬』를 읽었는지의 여부를 알 길이 없다. 그럼에도 불구하고 고먼이 분명히 울프의 작품을 읽었을 것이라고 강하게 믿는 데 여러 가지 이유가 있다. 울프의 『플러쉬』는 1933년에 출판된 작품이며, 고먼의 『맥그레거 이야기』는 1951년에 집필을 마친 작품이다. 울프의 작품이 먼저 출판되었다는 이유만으로 고먼이 그 작품을 읽었다고 추정하는 것은 무리가 있지만 고먼의 『맥그레거 이야기』의 여러 부분에서 울프의 『플러쉬』와 흡사한 점을 찾을 수 있다. 먼저 『플러쉬』와 『맥그레거 이야기』의 첫머리를 보면 흡사한 점이 있다.

> 이 회고록의 대상이 아주 유서 깊은 가문의 후손 중 하나라는 주장은 누구나 인정하는 바다. 그러므로 이름 자체의 기원이 정확하게 알려지지 않았다는 것은 이상한 일이 아니다. 수백만 년 전, 현재 스페인이라고 불리는 고장은 창조의 소용돌이 속에서 불안하게 요동쳤다. . . . "들판에서 드러나는 그의 탁월함 때문에" 미트포드 의사가 20기니를 거절했던 것으로 보아, 플러쉬가 "진짜 유서 깊은 코커스패니얼"의 자손이라고 생각할만한 이유는 충분하다. . . . 우리는

플러쉬가 코커 품종이 지닌 모든 우수한 특성들을 다양하게 특징짓는다는 점에서 순종 레드 코커라는 것을 의심할 수 없다. (『플러쉬』 11, 20)

우리 가족과 친구들은 항상 내가 아주 특별한 개라고 생각해왔다. 그들은 나를 '남다르다'고 했다. . . . 나는 뒷다리의 흐린 갈색 털을 빼면 온통 새까맣다. 내 꼬리는 좀 지나치게 길지만 (자른 적이 없기 때문에) 작은 아가씨는 그게 마치 깃털 같아 예쁘다고 생각한다. 나는 잠들었을 때에도 귀를 아주 쫑긋 세우고 있다. 나는 텁수룩한 수염이 난 길고 살짝 들린 코에 반짝반짝 빛나는 둥글고 검은 눈을 가지고 있다. 내 다리는 아주 짧고 앞다리는 굉장히 휘어 있다. 이미 눈치 챘겠지만! 난 스코티쉬 테리어(Scotty)다. 내 부모는 고국의 순종 스코티쉬 테리어지만 나는 멀리 떨어진 나라, 일본에서 태어났다. (『맥그레거 이야기』 29)

두 작가 모두 플러쉬와 맥그레거의 순수한 혈통을 강조하는데, 플러쉬는 영국의 사냥개인 레드 코커스패니얼, 맥그레거는 스코틀랜드의 사냥개인 스코티쉬 테리어이다. 고먼이 울프의 작품을 접하지 않았다면, 『맥그레거 이야기』의 첫머리에 맥그레거를 일본의 지인으로부터 전달받는 과정을 단순히 기록했을 것으로 추정한다. 다시 말해서, 고먼이 굳이 맥그레거를 일본에서 태어난 스코틀랜드 순종이라고 언급할 필요는 없었을 것이다. 울프는 『플러쉬』에서 "유서 깊은 가문"의 코커스패니얼인 플러쉬의 전기를 통해 인간중심주의적 문명과 가치에 대해 의문을 제기한다면, 고먼은 『맥그레거 이야기』에서 "고국"(스코틀랜드)에서 온 부모 사이에서 일본에서 태어난 "순종"이라는 점을 강조하면서 맥그레거의 눈을 통해 동양의 문화를 탐구하고자 한다. 고먼이 사냥개 맥그레거의 혈통을 강조하는 것이 울프의 『플러쉬』를 읽어봤을 것으로 추측되는 첫 번째 근거로 볼 수 있다.

울프와 고먼 모두 플러쉬와 맥그레거의 순수한 혈통을 강조하지만, 정작 두 작가 모두 그들의 정확한 출생 시기를 독자에게 알려주지 않는다. 어쩌면 독자들에게 이 두 개의 출생 시기를 추측하라고 일종의 숙제를 주는 것처럼 보인다.

> 모든 연구자들이 플러쉬가 태어난 달이나 날짜는 물론 정확한 출생연도를 확정짓는 데도 실패했다. 하지만 아마도 1842년 초쯤에 태어났을 가능성이 크다. (『플러쉬』 19)

플러쉬의 경우 그의 출생연도조차 확실하지 않지만, 위 지문처럼 1842년 초 혹은 1841년 후반에 태어났을 확률이 높다. 울프는 『플러쉬』의 2부, "뒤뜰 침실"(The Back Bedroom)의 도입부에서 플러쉬가 바렛 아가씨(후일 브라우닝 부인)와 처음 지낸 여름에 대해 다음과 같이 기술하고 있다.

> 역사가들은 우리에게 1842년의 여름이 다른 여름들과 별반 다르지 않다고 말하지만, 플러쉬에게는 몹시도 달라서 세상 그 자체가 똑같은지에 대해 의심을 품을 수밖에 없었다. 그것은 침실에서 지낸 여름이었고, 바렛 아가씨와 보낸 여름이었다. (『플러쉬』 39)

플러쉬의 첫 주인인 미트포드는 플러쉬를 좋은 값에 팔 수 있었지만, 그녀는 그 강아지를 "우정에 딱 알맞은 상징"으로 여겨 병약한 바렛에게 1842년 초 여름에 선물로 주게 된다. 플러쉬는 런던 윔폴가 50번지에 있는 바렛의 집에 가서 살게 되는데, 병약한 새로운 주인 때문에 어쩔 수 없이 그녀의 침실에서만 1842년 여름을 지내게 되는 것이다. 여기서 독자들은 플러쉬가 한 살이 넘지 않은 어린 강아지라는 것을 알기에 그의 출생연도가 1841년 후반 혹은

1842년 초반일 것으로 유추할 수 있는 것이다. 사냥개인 코커스패니얼 플러쉬가 본격적인 도시 생활을 이렇게 시작하는데, 18세기부터 스패니얼 클럽의 관리를 받은 코커스패니얼은 1세기가 훌쩍 지난 19세기 중반에는 사냥개가 아닌 집안에서 지내는 반려견의 모습을 여기서 볼 수 있다.

고먼의 경우 맥그레거의 출생연도는 어느 정도 독자들에게 알려주고 있으며, 태어난 달 역시 플러쉬의 그것보다는 비교적 정확하게 유추할 수 있도록 알려준다.

> 지금까지 가족과 함께 지내면서 겪은 일에 대해 이야기해보려 한다. 이제 난 14살이나 먹은 늙은이지만, 그동안의 삶을 돌아보면 참 행복하고 파란만장했던 것 같다. . . . 내가 태어난 지 두 달 정도 된 어느 이른 여름날, 요코하마의 우리 집에 친절한 영국인 아주머니와 아저씨가 찾아왔다. (『맥그레거 이야기』 29)

고먼이 1951년에 『맥그레거 이야기』의 집필을 마쳤고, 본 소설은 길이가 25페이지 정도밖에 되지 않는 단편소설이다. 따라서 고먼이 이 작품을 집필하는 데 그리 많은 시간이 걸리지 않았을 것으로 사료된다. 이 작품은 1937년부터 1940년까지 맥그레거의 한국과 캐나다에서의 모험담을 담은 이야기라고 앞서 밝힌 바 있으며, 이 작품의 첫머리에서 맥그레거가 “14살이나 먹은 늙은이”를 밝힌 것을 보면 맥그레거의 출생연도는 1937년으로 유추할 수 있다. 그는 “태어난 지 두 달 정도 된 어느 이른 여름날”에 고먼의 지인들이 고먼에게 보내기 위해 입양이 된다. 일본 요코하마의 초여름은 6월 초 정도에 시작되기에 맥그레거는 1937년 3월 말 혹은 4월 초쯤 태어난 것으로 추측된다. 사냥개인 맥그레거 역시 일본에서 인구가 두 번째로 많은 요코하마에서 태어나서 대도시 생활을 시작했으며, 서울에서 도시 생활을 이어가게 된다.

고먼이 독자들에게 맥그레거의 출생시점을 정확히 알려주지 않는 것과 맥그레거가 강아지 시절부터 대도시에서 비교적 젊은 여성에게 입양되어 생활한다는 것 역시 울프의 『플러쉬』를 연상시킨다. 따라서 필자는 이러한 요소가 고먼이 울프의 『플러쉬』를 읽어봤을 것으로 추측되는 두 번째 근거라고 생각한다.

두 작가 모두 각자의 작품의 1부에서 혈통 좋은 개의 외모에 대한 언급을 한다. 울프는 개의 외모를 언급하면서 서양인들의 외모에 대한 가치관에 대해 간접적으로 비판을 하며, 고먼은 개의 외모를 통해 동양 사람들의 가치관을 다음과 같이 보여주려고 한다.

> 몸체가 얼마나 위엄 있는지에 따라 스패니얼의 악덕을 구성하는 것과 미덕을 구성하는 것이 규정된다. 예를 들어, 옅은 색깔의 눈은 바람직하지 않다. 둥그렇게 말린 귀는 더욱 나쁘다. 코 색깔이 흐리거나 머리에 텁수룩하게 장식털을 가지고 태어나면 그야말로 치명적이다. 스패니얼의 장점 역시 똑같이 명확하게 정의된다. 두상은 매끄러워야 하며, 주둥이에서 너무 구부정하지 않게 솟아올라야 한다. 두개골은 비교적 둥글고, 잘 발달되어 지적 능력을 품을 수 있도록 충분히 큼지막해야 한다. 두 눈은 크고 둥글되 흐리멍덩해서는 안 된다. 전체적인 인상은 총명함과 상냥함이 겸비된 모습이라야 한다. 이러한 요소들을 드러내는 스패니얼은 권장되고 번식되지만, 머리에 터부룩한 장식털과 옅은 코 색깔이 영국적으로 지속되는 스패니얼은 그들 품종의 특권과 혜택에서 제외된다. 따라서 심사관들은 그러한 법을 확실히 준수하도록 하는 벌칙과 특권을 부과해야 한다고 강력하게 주장해왔고, 지금도 주장하고 있다. (『플러쉬』 14-5)

> 내 일본인 주인은 잘생긴 내 형을 가리키며 말했다. "이 녀석은 괜찮긴 한데 그다지 순하지 않아요." 그러고는 날 쓰다듬으며 말했다. "이 녀석은 별로 예쁘지는 않아요. 얼룩무늬가 있고 좀 모자라지만, 성격은 다정하고 붙임성이 있죠."

아주머니가 대답했다. "음, 아이들과 함께 지내야 하니까, 붙임성 있는 애로 데려갈게요." 안 그랬으면 따분한 이야기가 되었을 것이다. (『맥그레거 이야기』 29-30)

스패니얼의 외모에 대한 『플러쉬』의 지문은 "애견가 클럽"(Kennel Club)이나 "스패니얼 클럽"(Spaniel Club)에서 정해놓은 기준과 흡사하며, 좋은 스패니얼의 기준은 사람이 정해놓은 외모에서 나오는 것이다. 물론 고먼은 울프처럼 다방면에 박학다식한 사람이 아니어서 스코티쉬 테리어의 외모 기준을 울프처럼 적나라하게 기술하지 못한다. 하지만 맥그레거의 일본 주인의 말에 의하면 "얼룩무늬"가 있는 것은 그가 설정한 잘생긴 스코티쉬 테리어의 기준에 미치지 못한다는 것을 알 수 있다. 하지만 애견가 클럽에서 정해놓은 스코티쉬 테리어의 외모기준에 보면 그 겉 무늬가 검정뿐 아니라 "얼룩줄무늬"(brindle-stripe pattern)도 맥그레거의 주장처럼 엄연히 순종 스코티쉬 테리어의 그것이라고 나온다. 맥그레거의 일본 주인뿐만 아니라 고먼 역시 스코티쉬 테리어의 외모 기준에 대해 알지 못했기에 아무런 각주 처리 없이 일본 주인의 말을 그대로 작품에서 사용한다. 일본 주인이 제안하는 대로 "성격은 다정하고 붙임성이 있으며", 즉 온순한 맥그레거를 데리고 간 두 영국인들은 동양에서 살면서 외모보다 성격을 중시하는 동양인들의 가치를 어느 정도 받아들이는 것처럼 보인다. 울프는 『플러쉬』에서 코커스패니얼에 대한 인간의 엄격한 외모 기준을 보여주는데, 고먼은 『맥그레거 이야기』에서 울프만큼은 아니지만 잘생긴 스코티쉬 테리어의 기준을 일본 주인의 입을 빌려서 독자들에게 알려준다. 두 작가 모두 순종 혈통인 개의 외모 기준을 언급하는데, 이것이 고먼이 울프의 『플러쉬』를 읽어봤을 것으로 추측되는 세 번째 근거라고 간주할 수 있다.

혹자는 울프가 코커스패니얼의 외모 기준을 적나라하게 나열하는 것을 보면서, 혹시 그녀가 외모지상주의자가 아닌지 잠시 의문을 가질 수도 있다. 이것은 울프 자신이 외모지상주의자라는 주장을 하려는 것이 아니라, 오히려 그 반대의 태도를 보여주기 위해서이다. 울프는 인간중심적인 관점에서 생긴 스패니얼 클럽의 번식 규정에 대한 반박을 그나마 가장 근접한 "문장원"(The Heralds' College)[2]을 통해 인간 사회를 다음과 같이 비판하고 있다.

> 그러나 이제 우리가 인간 사회로 눈길을 돌리면, 얼마나 큰 혼란과 혼동을 접하게 되는지! 어떤 협회도 사람의 번식에 대한 그러한 관할권을 가지고 있지 않다. 스패니얼 클럽과 가장 근접한 것이 문장원이다. 그곳에서는 적어도 인간 가문의 순수성을 보존하려는 시도를 한다. 그러나 우리가 귀족가문 출신을 구성하는 것이 무엇인지, 즉 우리의 눈동자 색깔이 옅어야 하는지 진해야 하는지, 귀가 둥그렇게 말려야 하는지 똑바로 서 있어야 하는지, 머리털이 텁수룩한 것이 과연 치명한 것인지를 물었을 때, 심사관은 우리에게 단지 문장만 언급한다. 그러나 일단 열여섯 개의 4등분 문장에 대해 주장을 잘하고 귀족의 보관에 대한 권리를 입증한다면, 당신은 심사관들이 일컫는 태생일 뿐만 아니라 덤으로 귀족 출신이 되는 것이다. . . . 모든 곳에서 서열이 요청되고 그 덕목이 주장된다. 그렇지만 부르봉[프랑스 왕가]이나 합스부르크[오스트리아 왕가], 호엔촐레른[독일 왕가] 왕가에 대해 살펴보게 되면, 얼마나 많은 보관들과 4등분 문장들로 장식된 것들이, 얼마나 많은 사자들이 머리를 들고 웅크린 자세로 있거나 표범들이 뒷발로 일어서 있는 문장들이, 이제 존경받을 만한 가치가 없다고 판단되어 권좌에서 폐위되고 추방되었는지를 알게 된다. 이럴 때 우리는 고개를 가로저으면서 스패니얼 클럽 심사관들의 심사가 더 낫다고 인정할 수밖에 없는 것이다. (『플러쉬』 15-6)

---

2) 조상의 계보를 확인하고 가문과 도시 등의 상징인 문장을 받을 자격이 있는 사람에게 문장을 수여했던 곳이다.

울프에 의하면 인간은 엄격한 외모 기준으로 개의 등급을 심사하는 데 반해, 인간은 조상들이 작위 혹은 계급을 상징하는 문장을 가지고 있는지 없는지에 따라서만 서열이 정해진다는 것이다. 예를 들어, 위 지문에서 나오는 "4등분 문장"은 대대로 내려오는 조상의 귀족신분을 따져 수여되는 작위로 "열여섯 개의 4등분 문장"은 조상 4대가 귀족이었다는 것을 뜻하는 것이다.

한 세대에서 양쪽 부모 4대가 모두 귀족이었다면, 2의 4제곱인 열여섯 개의 4등분 문장을 획득할 수 있다는 것이다. 지금까지 스패니얼 클럽과 같은 애견가 클럽의 기준대로 명견의 명맥은 유지되고 있지만, 허울만 있는 문장원의 기준으로 생긴 왕가들은 "권좌에서 폐위되고 추방"되었기에 아이러니하게도 스패니얼 클럽 심사관들의 심사가 더 낫다고 울프는 말하고 있다. 손현주는 이러한 울프의 시도와 『플러쉬』를 다음과 같이 평가한다.

> 『플러쉬』는 인간중심주의에서 벗어나 세상과 삶을 바라보는 다양한 방식에 대한 탐색일 뿐 아니라, 울프가 천착해 온 "이름 없는 사람들의 전기"의 범위를 "사람들"조차 넘어서는 너른 지평으로 확장시키려는 시도이기도 하다. 기존의 전기문학이 위대한 인물의 생애를 기리는 장르였다면, 울프는 병약한 여류 시인과 하녀, 나아가 개의 삶까지 전기적 내러티브의 소재로 삼아, 기존의 전통적 전기문학의 틀을 전복시키고, "생애 저술"의 다양한 가능성을 실험한다. 이러한 점에서 『플러쉬』는 울프가 관심을 기울여 온 "이름 없는 사람들의 전기"를 인간이 아닌 존재에까지 확대시킨 일종의 메타전기적 텍스트로 볼 수 있다. (72)

울프는 인간이 동물의 등급을 정하는 기준을 엄격하게 정한 반면, 아이러니하게도 인간의 계급을 심사하는 기준 중 하나인 문장원의 기준은 너무나 느슨해서 문장을 받은 가문들의 몰락으로 이어진다는 것을 보여준다. 이를 통해 울프는 동물의 입장에서 인간사회의 모순을 비판하는 시도를 하고 있는 것이다. 전문작가가 아닌 고먼은 울프처럼 동물의 시선을 통해 인간사회를 비판하는 시도를 하지 않지만, 플래시백을 사용하면서 『맥그레거 이야기』에 문학적인 가치를 더해주려고 한다. 1부에서 14살의 늙은 개가 태어난 지 두 달이 지난 시점부터 세 살이 되던 해까지의 과거 이야기를 일종의 모험담으로 회상하며, 마지막 15부에서 다시 현실로 돌아온다.

손현주는 『플러쉬』가 "일종의 메타전기적 텍스트"일 뿐 아니라 플러쉬의 성장과정을 보여주는 "성장소설"(76)라고 주장하는데, 성장소설의 필수조건으로 고난이라는 요소가 있다. 울프와 고먼은 플러쉬와 맥그레거가 인간으로 인하여 고난을 겪는 것을 다음과 같이 보여준다.

> 돌연 한 마디 경고도 없이, 문명과 안전, 우정이 한창일 때 플러쉬는 — 그는 바렛 아가씨와 그녀의 여동생과 함께 비어가의 한 상점에 있었다. 9월 1일 화요일 아침이었다 — 어둠 속으로 곤두박질쳐졌다. 그에게 지하 감옥의 문이 닫혔다. 그는 도둑맞았다. . . . 한순간 그는 비어가에서 리본과 레이스들 사이에 있었고, 다음 순간 자루 속에 곤두박질쳐졌으며, 급박하게 거리를 가로질러 덜컹거리며 움직이다가, 한참 후에 굴러 떨어졌다 — 여기에. 그는 자신이 냉랭하고 축축한 곳에 있다는 것을 알았다. . . . 그는 벽 옆에 놓인 몇 인치의 축축한 벽돌 위에 겁먹은 채 몸을 웅크렸다. 이제 그는 바닥에서 서로 다른 종류의 동물들이 북적대는 것을 볼 수 있었다. . . . 그들은 거의 헐벗고, 더럽고, 병에 걸렸으며, 털은 엉켜있었고, 솔질이 되어 있지 않았다. 그런데 그들 모두는 목줄을 두른, 자신과 같은 최고의 혈통이며, 제복을 입은 하인들이 있는 집안의 개라는 것을 플러쉬는 알 수 있었다. (『플러쉬』 92, 100-101)

> 한국에서는 매년 특정한 날(복날)에 개를 잡아먹는 것이 관습이었다! 어느 화창한 날, 나는 이 어이없는 관습에 대해서는 전혀 모른 채 기분 좋은 긴 산책을 위해 집을 나섰다. 그리고 도시에서 빠져 나오는 길을 따라 우리 집 뒤쪽의 산

> 을 넘어 초가집이 옹기종기 모여 있는 작은 마을에 도착했다. 이곳 담에 나 있는 어떤 문으로 들어가 보았더니 작은 안마당이 나왔다. . . . 내가 들어오자 언제나처럼 여자들과 아이들은 다들 "아이고 아이고, 이게 대체 뭐야? 돼지야 개야?"라고 말했고 나를 무서워하는 듯했다. 마루에 앉아서 기다란 담배를 피우시던 나이 드신 할아버지가 "잡아먹는 건 어때?"라고 말했지만, 나는 여기저기 살피고 돌아다니느라 별로 신경 쓰지 못했다. 곧 아이들의 아버지가 땔감을 진 소를 데리고 붐비는 마당으로 들어왔다. 그는 나를 발견하자 "아이고 아이고, 잘 됐네. 저녁으로 개고기를 먹을 수 있겠어. 여보, 큰 칼 좀 가져다 줘요."라고 외치고는 나를 붙잡으려고 했다. (『맥그레거 이야기』 39-40)

위 두 개는 각자 자기 목숨이 걸린 상황에 마주하게 되는데, 맥그레거의 경우 이 순간을 벗어나지 못하면 바로 어떤 이의 저녁상에 올라갈 수 있는 일촉즉발의 시점에 마주친 것이다. 다만 다른 점이 있다면 플러쉬는 돈을 노리는 전문 납치범들에 의해 의도적으로 납치된 것이고, 맥그레거는 자신의 모험심에 스스로 위험에 처한 것이다. 자의든 타의든 두 개는 인간으로부터 고초를 겪는데, 고먼 역시 『맥그레거 이야기』에서 고난이라는 요소를 사용하면서 이 작품을 성장소설로 보이게 한 것이 그녀가 울프의 작품을 미리 읽었을 것이라는 네 번째 근거라고 볼 수 있다. 다만 이 두 작품 사이에서 차이점이 있다면 맥그레거는 자신이 스스로 빠지게 된 위험에서 스스로 빠져나오면서 같은 실수를 저지르지 않게 된다.

> 그제야 나는 여기가 내가 있을 곳이 아니고, 이제 행동을 취해야 할 때라는 걸 깨달았다. 내가 사납게 으르렁거리자 그가 뒤로 움찔 물러섰고, 나는 날듯이 뛰어올라 눈 깜짝할 사이에 그 문을 통과해 나갔다. 그리고 사람들이 도착할 때까지 모퉁이를 돌아 그들의 시야에서 사라졌다! 나는 우리 집에 도착할 때까지 전속력으로 쉬지 않고 달렸다.

> 며칠 뒤에 작은 아가씨가 말했다. "엄마, 요즘 우리 예쁜 강아지가 며칠씩이나 도망도 안 가고 장난도 안 친 거 아셨어요?" 솔직히 나는 그 칼에 대해 잊어버릴 때까지 우리 가족의 보호 아래 집에 머물러 있을 수 있어서 너무나 기뻤을 뿐이다. (『맥그레거 이야기』 40)

맥그레거는 심지어 훗날 캐나다에 이주해서도 먼저 "여기서도 개를 먹을까? 알아낼 때까지는 조심하는 게 좋겠어"(51)라고 생각하면서 예전의 실수를 되풀이하지 않게 미리 조심하는 모습을 보이면서 실수를 바탕으로 성장한 모습을 보여준다. 하지만 플러쉬가 고난을 극복하는 과정은 맥그레거의 그것과 조금 다르다.

플러쉬는 무기력하게 닷새 동안 어떠한 저항도 하지 못하며 감금되어 있었고, 바렛을 제외한 윔폴가의 나머지 사람들은 플러쉬를 구출하는 데 어떠한 도움도 주지 않았다. 오히려 바렛이 납치범의 수장 테일러를 윔폴가에 불러 그에게 돈을 주고 구출하려고 하지만, 그녀의 남동생 알프레드 바렛이 테일러를 "사기꾼"라고 자극하면서 그 기회까지 없애고 만다. 어릴 때부터 병약해서 화창한 여름날에도 그녀의 방에서만 머물러야만 했었던 바렛은 가족의 만류를 무릅쓰고 플러쉬를 구하기 위해 직접 테일러의 소굴로 가려고 한다. 여기서 플러쉬가 겪은 고난으로 인해 오히려 인간인 바렛이 집 밖으로 나갈 수 있는 용기를 주게 된다. 울프는 여기서 동물 플러쉬의 고통으로 인해 인간 바렛이 성장하게 하는 극적인 모습을 보여준다. 실제로 어머니와 두 형제의 죽음에도 눈물을 흘리지 않았다던 엘리자베스 바렛이 그녀의 인간적인 감정을 드러낸 것은 플러쉬가 납치되면서부터라고 한다. 『플러쉬』에서 플러쉬의 납치사건이 바렛으로 하여금 윔폴가의 문명화된 억압에서 플로렌스의 무차별적인 즐거움 속으로 탈출할 수 있게 하는 계기를 만들어준 것이다.

울프는 플러쉬의 납치사건을 통해 당시 존재했던 영국 계급사회의 부조리함을 다음과 같이 비판한다.

> 이제 그는 바닥에서 서로 다른 종류의 동물들이 북적대는 것을 볼 수 있었다. 개들은 그들 사이에 놓인 썩은 뼈를 흔들며 물어뜯고 있었다. 그들의 갈비뼈는 털 바깥으로도 두드러져 보였다. 그들은 거의 헐벗고, 더럽고, 병에 걸렸으며, 털은 엉켜있었고, 솔질이 되어 있지 않았다. 그런데 그들 모두는 목줄을 두른, 자신과 같은 최고의 혈통이며, 제복을 입은 하인들이 있는 집안의 개라는 것을 플러쉬는 알 수 있었다. (『플러쉬』 101-102)

울프는 아무리 "최고의 혈통"을 가진 개들이라고 할지라도 납치와 같은 극한 상황에 처하면 그들이 예전에 상상하지도 못했던 밑바닥의 모습을 보여줄 수 있다는 것이며, 이는 인간사회에서도 마찬가지라는 것을 알려준다. 앞서 밝혔듯이 양쪽 부모 4대가 모두 귀족인 열여섯 개의 4등분 문장을 가진 왕족이라고 할지라도 한순간에 몰락할 수 있다는 것을 "혈통"이 훌륭한 개들의 최악의 모습을 통해서 보여주는 것이다.

울프와 고먼은 도시개가 되어버린 플러쉬와 맥그레거가 그들의 본성을 회복할 수 있는 자연으로 돌아가면서 개로서 한 단계 성장할 수 있는 모습을 보여주는데 또 하나의 공통점을 보여준다. 그러나 그들이 자연으로 돌아가는 과정은 순탄하지 않았다.

> 어둠과 덜컹거림 속에서, 돌연 밝은 빛이 비쳤다가, 어두운 긴 터널 안에서 이리저리 내던져지다가, 그러다 갑자기 빛 속으로 나가면 바렛 아가씨의 얼굴을 가까이서 보게 되고, 가느다란 나무들, 선로들, 철도들과 점점이 불 켜진 높은 집들이 보이곤 하는—당시에는 개들을 상자에 담아 여행하도록 하는 것이 철

도의 야만적인 관습이었기 때문에 — 많은 시간, 여러 날, 여러 주가 계속되는 듯했다. 그런데도 플러쉬는 두렵지 않았다. 그들은 벗어나고 있었다. 그들은 압제자들과 도둑을 뒤로한 채 떠나고 있었다. (『플러쉬』 131)

플러쉬에게 자신을 죽음에 이르게 할 수 있었던 도시의 무법자들을 피하는 마지막 관문은 이탈리아 피사까지의 기차여행이었다. 말이 여행이지 상자에 가둬져서 운송되는 경험은 플러쉬에게 감옥과 마찬가지였을 것이다. 맥그레거는 감옥과도 같은 기차를 "괴물"(monster)이라고 두 번 다음과 같이 묘사하고 있다.

그 다음 사흘 동안은 별로 즐겁지 않았다. 나는 위로가 되는 거라곤 마실 물과 과자 몇 조각뿐인 작은 여행용 개집에 넣어졌는데, 그 후 "기차"라고 불리는 무시무시하고 시끄러운 괴물이 나를 새롭고 흥미진진한 삶으로 데려다 주기 위해 쏜살같이 달렸다. (『맥그레거 이야기』 30)
방학이 끝나면 우리는 모두 기차 괴물을 타고 원산에서 우리 집이 있는 서울로 갔다. (『맥그레거 이야기』 34)

맥그레거가 플러쉬와 두 가지 다른 점이 있다면 그는 플러쉬보다 배와 기차를 통해 좀 더 많은 여행을 경험했고, 그의 고난을 스스로 극복했다는 것이다.

또다시 나는 여행용 개집에 넣어졌고, 일본의 고베라는 도시에 도착할 때까지 기차, 배, 또 기차를 타는 긴 여행을 견뎌내야 했다. . . . 우리가 "아시아의 황후"라 불리는 큰 배를 타는 날이 왔다. . . . 그 배에서 우리는 12일을 보냈고 나는 그동안 온갖 경험을 했다. 사흘 째 정도 되던 날 우리는 배가 거의 전복될 지경으로 사납게 몰아치는 폭풍우를 만났다. 어느 날 밤에는 거대한 파도가 우리가 있던 갑판을 둘로 찢어놓았는데, 큰 철제문이 경첩에서 뜯겨져 배 밖으로 휩쓸려 나가기도 했다. 개들은 공포에 사로잡혀 크게 짖어댔다. 나는 앞으로 어떤 일이 일어나든지 마음의 준비가 되어 있었다. . . . 어느 날 밤 우리 가족이 잘 자라고 인사하고 떠난 뒤에, 나는 가족들 곁을 찾아가기로 했다. 작은 아가씨가 나처럼 폭풍우를 무서워한다는 걸 알고 있었기 때문이다. 그래서 나는 힘껏 짖어대기 시작했다. 조용히 하라는 말을 무시한 채 몇 시간을 계속해서 짖어대자, 내가 누구네 개인지 아는 친절한 남자가 와서 내 목줄을 풀어주었고, 나는 좁은 철제사다리를 세 칸씩 뛰어올라갔다. 나는 통로를 따라가며 코를 킁킁거렸다. 그리고 드디어! 우리 가족의 냄새를 찾았다. . . . 그리고 다행히도 작은 아가씨의 신발 위에 안착했다. 잠들지 못하고 있던 엄마가 말했다. "아, 너로구나 맥. 착하기도 하지. 이제 배가 난파해도 네가 우리를 구해줄 수 있겠구나." 그때 나는 우리 가족을 찾기 위해 그 어지러운 복도들을 뚫고 오는 수고를 한 것이 정말 기뻤다. (『맥그레거 이야기』 47-50)

맥그레거는 도축될 뻔했던 복날에 어느 작은 마을을 자신의 기지로 빠져나왔던 것처럼, 이제는 폭풍우 속에서 가족을 구하려고 인간이 가지고 있지 않은 특별한 후각이라는 능력을 이용하여 가족의 곁을 지킬 수 있게 된다. 이는 맥그레거가 12,000마일의 긴 여행을 통해 한 단계 더 성장했다는 것을 보여준다. 고먼의 『맥그레거 이야기』도 울프의 『플러쉬』처럼 성장소설이라는 증거가 여기서 드러나는 것이다. 기차와 배와 같은 운송기관에서의 기나긴 여정을 통해 두 마리의 개 모두 한 단계 더 성장하면서 이 두 작품이 성장소설이라는 것을 보여주는 것이 고먼이 울프의 작품을 집필 전에 읽었을 것으로 유추할 수 있는 다섯 번째 근거로 사료된다.

플러쉬와 맥그레거는 자의 혹은 타의로 인한 납치를 극복하고, 기차와 같은 무시무시한 운송기관을 통한 여정을 견뎌낸 후 드디어 그들이 사냥개로서 속해야 할 자연으로 돌아가 자신들의 자아를 찾게 된다. 이것이 바로 고먼이 울프의 작품을 집필 전 읽었을 것으로 가정할 수 있는 여섯 번째 근거로 제시할 수 있다. 플러쉬는 플로렌스에서, 맥그레거는 캐나다의 한 시골집에서 드디어 다음과 같은 깨달음을 얻게 된다.

> 브라우닝 부인이 스스로 발견하면서 기뻐하고 새로운 자유를 탐험하는 것처럼, 플러쉬 역시 스스로 발견하면서 기뻐하고 자유를 탐험하고 있었다. 그들이 피사를 떠나기 전에 — 1847년 봄에 그들은 플로렌스로 옮겼다 — 플러쉬는 애견협회의 법이 보편적인 것이 아니라는 기이하고도 불편한 진실을 처음으로 접했다. 그는 머리의 가벼운 장식털이 반드시 치명적인 게 아니라는 사실을 상기했다. 따라서 그는 법규를 수정했다. 처음에는 약간 망설였지만, 그는 개들 사회의 새로운 개념에 따라 행동했다. 그는 나날이 점점 더 민주적이 되어 가고 있었다. . . . 플로렌스에서 오래된 족쇄의 마지막 사슬이 그에게서 끊어졌다. 해방의 순간은 어느 날 까시네에서 왔다. "모든 살아 날아다니는 꿩들"과 "에메랄드와 같은" 녹색의 풀밭 위에서 질주하면서, 플러쉬는 불현듯 리젠트파크와 그 선포문을 생각해 냈다. 개들은 반드시 목줄로 묶으시오. 지금 "반드시"는 어디에 있지? 지금 목줄은 어디에 있지? 공원관리인과 곤봉은 어디에 있지? 부패한 귀족사회의 애견협회와 스패니얼협회는 개 도둑들과 함께 사라졌다! 사륜마차와 승객용 마차도 사라졌다! 화이트채플과 쇼디치와 함께! . . . 그는 이제 온 세상의 친구가 되었다. 모든 개들은 그의 형제였다. 그는 이제 이 새로운 세상에서 목줄에 묶일 필요가 없었다. 보호를 받을 필요도 없었다. . . . 플로렌스에서는 두려움을 몰랐다. 이곳에서는 개 도둑들도 없었으며, 그녀는 한숨을 지었을지도 모르겠다, 아버지들도 없었다. (『플러쉬』 139-142)

그 이후에는 더욱 많은 변화가 있었다. 우리 가족은 불가피한 상황 때문에 나와 헤어져야 했지만, 나는 큰 정원이 있는 좋은 시골집에서 행복하고 편안하게 지내고 있다. 나의 새로운 가족은 매우 친절하다.
옛날에 우리 가족은 내 우스꽝스러운 얼굴과 짧은 다리를 보고 웃으며 이렇게 말하곤 했다. "얘는 예쁜 개 뽑는 대회에서는 절대 우승하지 못할 거야. 꼬리는

> 이렇게 길고 등은 약간 벌어졌으니까. 그래도 우리는 여전히 그를 사랑하지만 말이야." 음, 얼마 전에 열린 마을 축제에서 주인 아저씨가 나를 애완견 대회에 내보냈었다. 자 들어보시라, 우리 작은 아가씨들. 내가 1등을 했다고! 멍, 멍, 멍! (『맥그레거 이야기』 39-40)

플러쉬는 플로렌스의 자연에서 개 도둑들로부터 자유로워졌을 뿐 아니라, 스패니얼 클럽과 같은 애견가 클럽이 정해놓은 틀에서 자유로워졌다. 물론 처음에는 자유를 받아들이는 데 어느 정도 망설였지만 이 세상의 모든 개들을 "친구"와 "형제"로 받아들이면서 진정한 자유를 경험하게 된다. 여기서 울프는 플러쉬를 통해 민주적이지 못한 당시의 인간사회를 비판한다. 맥그레거는 플러쉬만큼 혁명적인 자유를 경험하지 못하지만, 새로운 가족과 함께 자연에서 자신감을 키우게 된다. 울프와 고먼은 자연의 개들을 인간의 욕심대로 도시생활에 길들인 인간사회를 플러쉬와 맥그레거의 눈을 통해 비판하는 것이다.

IV. 맺는 말

울프는 동물의 전기 작품이라고 불릴 수 있는 『플러쉬』에 대한 독자들의 뜨거운 반응을 크게 기대하지 않았다. 하지만 그녀의 예상과 달리 이 책은 발행되자마자 처음 6개월 동안 약 19,000부를 판매하면서 그때까지 그녀가 발표한 작품 중 최고의 베스트셀러가 되었다. 울프는 『플러쉬』의 발간일이 가까워짐에 따라 이 작품이 대중적으로 성공할까봐 오히려 두려워했다. 이 작품이 단순히 장난스럽고 재미있는 작품이라기보다, 오히려 울프의 상상력을 통해 사람이 아닌 동물의 털 안에 사는 것이 어떤 것인지 알려주려고 하는 심오한 작품이다. 고먼의 『맥그레거 이야기』 역시 이러한 맥락에서 동물의 희로애락을 동물의 입장에서 알려주려는 의도를 가진 작품이기도 하다. 울프의 『플러쉬』와 고먼의 『맥그레거 이야기』는 인간과 동물, 더 나아가 국적, 인종, 계급, 성과 같은 인간들을 분리시키는 이해의 격차에 가교를 마련해주고 있는 작품들이라는 평가까지 할 수 있다. 울프는 『플러쉬』를 통해 전문가가 아닌 일반 독자들에게 몹시도 어렵고 난해하다고 느껴지는 그녀의 작품과의 거리감을 줄여주기도 한다.

울프와 고먼은 플러쉬와 맥그레거를 통해 인간의 기대치를 능가하는 인간과 개들 사이의 유대관계를 보여주면서 점점 더 물질적인 문화 속에서 타자들을 배려해야 한다는 메시지를 주고 있다. 다시 말해서, 그들은 인간의 사회적이고 개인적인 유대관계에 대한 성찰을 반려동물을 통해 촉발시킨 것이다. 울프의 플러쉬와 고먼의 맥그레거는 애견협회가 정해놓은 품종 기준과 같이 우스꽝스러운 기준으로 인해 개들 중 귀족이라는 권리를 얻게 되지만, 특히 플러쉬의 경우 이로 인해 납치와 같은 인간으로부터의 억압을 받게 된다. 플러쉬가 영국의 숨이 막힐 것 같은 사회적인 압제로부터 벗어나 이탈리아의 자연에서 자유로운 존재로 성장하는 과정을 통해 울프는 당시 영국 사회와 시대를 그려낸다. 고먼의 맥그레거는 2차 세계대전이 끝을 향해 달려가는 가운데 동북아 지역의 불안정한 상황을 피해서 캐나다의 자연으로 이주하면서 자연에서 자신감을 키우게 되면서 한 층 더 성장하게 된다. 동양의 개 소설인 고먼의 『맥그레거 이야기』와 서양의 개 소설인 울프의 『플러쉬』를 통해 인간의 집단적 속물근성, 약점, 사회적 계급화에 대해 그 어떤 다른 작품보다 더 진지하게 조명할 수 있을 것이다.

출처: 『현상과인식』 제42권 3호(2018), 119–42쪽.

■ 인용문헌

고먼, 캐슬린 스미스. 『맥그레거 이야기』. 박지우 옮김, 딥씨, 2014.

손현주. 「『플러쉬』, 어느 뛰어난 개의 전기」. 『제임스 조이스 저널』, 21 권 1 호, 2015, pp. 65-90.

울프, 버지니아. 『플러쉬: 어느 저명한 개의 전기』. 지은현 옮김, 꾸리에, 2017.

Bell, Quentin. *Virginia Woolf: A Biography*, 2 vols. Hogarth, 1972.

Brown, Laura. *Homeless Dogs and Melancholy Apes: Humans and Other Animals in the Modern Literary Imagination.* Cornell UP, 2010.

Ittner, Jutta. "Part Spaniel, Part Canine Puzzle: Anthropomorphism in Woolf's *Flush* and Auster's *Timbuktu.*" *Mosaic: An Interdisciplinary Critical Journal*, vol. 39, no. 4, A Special Issue: The Animal, 2006, pp. 181-96.

Strachey, Lytton. *Eminent Victorians*, edited by Michael Holroyd, Penguin Books, 1986.

Tague, Ingrid H, "Dead Pets: Satire and Sentiment in British Elegies and Epitaphs of Animals." *Eighteenth Century Studies*, vol. 41, 2008, pp. 289-306.

Thomas, Keith. *Man and the Natural World: A History of the Modern Sensibility.* Pantheon, 1983.

Woolf, Virginia. *A Room of One's Own.* Hogarth, 1949.

_____. *Orlando: A Biography*, edited by Rachel Bowlby, Oxford UP, 2008.

_____. *The Letters of Virginia Woolf*, Vol. 5, edited by Nigel Nicolson, and Joanne Trautman, Hogarth, 1979.

_____. *The Waves.* Hogarth, 1931.

단편과 에세이

Short Stories and Essays

김영주

•

"문학은 공동의 땅입니다" –
현대출판문화와 버지니아 울프, 에세이스트

박형신

•

Virginia Woolf's Modernist Narratives and Cosmopolitanism
Focused on *Three Guineas* and *Mrs. Dalloway*

김부성

•

이등시민의 반격:
잉글랜드의 의붓딸들과 이대녀

"문학은 공동의 땅입니다"—
현대출판문화와 버지니아 울프, 에세이스트*

| 김영주

I. "책을 읽고 있는 저 나이든 여자"와 울프의 일반 독자

1940년 2월 2일 버지니아 울프는 일기에 이렇게 기록했다. "런던은 어디든지 빽빽한 거리로 주름져있다. 아마도 애정이라 짐작되는 마음으로 내가 런던을 자주 회상하는 것은 이상한 노릇이다. 런던탑으로 가는 산책, 그것이 나의 영국이다. 내 말은, 만약에 폭탄이 떨어져서 저 작은 골목길 가운데 어느 하나를, 놋쇠장식을 단 커튼이 있고 강 냄새가 배어있고, 그리고 저 나이든 여자가 책을 읽고 있는 그 거리를 파괴한다면 나도, 글쎄, 애국자들이 느끼는 것과 같은 감정을 느끼게 될 것이다"(*Diary* 5: 263). 제2차 세계대전 당시 독일 폭격기의 공습이 일상화된 시기에 남겨진 이 기록은 예고 없이 닥칠 전쟁의 폭력에 대한 불안, 상실에 대한 두려움과 분노를 "책을 읽고 있는 저 나이든 여자"를 떠올리며 토로하고 있다는 점에서 인상적이다. 이 구문은 제

* 이 논문은 2017년 대한민국 교육부와 한국연구재단의 지원을 받아 수행된 연구임 (NRF-2017S1A5A2A01026913).

국주의 및 가부장제에 근거한 영국 내의 파시즘을 신랄하게 비판했던 울프가 드물게 "나의 영국"에 대한 애정과 애국심을 토로한 사례로 종종 여겨진다 (Zwerdling 312; Lassner 30). 무솔리니와 히틀러의 군국주의가 득세하던 1937년 엄습해오는 전쟁의 기운에 어떻게 맞설 것인가라는 논제를 서한문 형식으로 풀어냈던 『3기니』(*Three Guineas*)에서 울프는 맹목적인 국가공동체에 대한 추종과 배타적이고 차별적인 남성중심적 제국주의 문화가 파시즘과 같은 전체주의의 뿌리이며 폭력과 전쟁을 양산하는 기제임을 통찰력 있게 피력한 바 있다. 울프가 『3기니』에서 전쟁에 대한 대책으로 애국심에 호소하여 군비를 증강하는 것은 오히려 전쟁으로 치닫아가는 결과로 이어질 뿐임을 역설했음을 고려할 때, 울프의 일기에 남겨진 구문을 단순히 위기에 처한 국가에 대한 열정과 헌신이라는 의미의 애국심의 토로라고 보기는 어렵다. 울프가 상상한 "애국자들이 느끼던 것과 같은 감정"은 애정을 담은 애틋함, 절박한 위기감, 지키고자 하는 절실함, 상실에 대한 안타까움과 격렬한 분노를 아우르는 감정일 것이다. 여기서 특히 주목할 만한 것은 울프가 일상적이고 사적인 영역을 침범하는 폭력에 대해 분노하고, "책을 읽는" "여자"를 강렬한 애틋함과 애정을 담아 떠올리고 있다는 점이다. 즉, 울프는 군국주의, 자본주의, 가부장제, 제국주의, 전체주의의 폭력적 결정체인 전쟁 폭력과 대치되는 지점에 개별적이고 사적인 영역에서 주체적으로 존재하는 여성과 책을 읽는 행위를 제시하고 있는 것이다.

울프가 일기에서 제시한 여성의 이미지, 사적인 일상의 영역에서 전쟁 중의 불안과 위축감을 떨치고 자기만의 세계를 상상력을 통해 구축하고자 책을 읽고 있는 여성의 이미지는 울프의 "일반 독자"라는 개념을 연상케 한다. 어느 좁은 골목길 안쪽, 놋쇠장식이 달린 커튼이 드리워진 방에서 독서 중인 여성의 이미지는 울프가 『자기만의 방』(*A Room of One's Own*)에서 묘사한 제도화된 책 읽는 공간과 권위적인 책 읽는 주체와 뚜렷한 대비를 이룬다. 대학 구성원이 아닌 여성이라는 이유로 화자의 입장을 거부한 옥스브리지 대학의 도서관이나 대영박물관에서 책을 읽고 쓰는 남성들, 즉 자료를 산더미처럼 쌓아놓고 리서치에 몰두하고 있는 대학원생이나 분노에 차서 무엇인가 휘갈기고 있는 교수와 달리, 울프의 일반 독자는 단조로운 일상이나 불안하고 위태로운 현실 속에서도 순전히 독서의 즐거움을 찾아 짬이 나는 대로 거실이나 침실에서, 혹은 식탁에 앉아 책을 읽는다. 울프는 1925년 출간한 에세이집 『일반 독자』(*The Common Reader*)의 서문에서 '일반 독자'를 "비평가와 학자"와 구분하고 "지식을 전달하거나 다른 사람들의 의견을 교정"하려는 의도 없이 "자기만의 즐거움을 추구하며 독서"하는 사람이라고 규정한 바 있다(*Essays* 4: 19). 즉, 일반 독자의 독서 행위를 추동하는 것은 학식이나 세련된 취향이 아니라 자기만의 "어떤 전체"를 구축하여 "인물론, 시대론, 문예론"을 "창조하고자 하는 타고난 충동"이라는 것이다. 울프의 일반 독자라는 개념의 대척점에는 전문 분야의 독서를 통해 관념적이고 이론적인 증빙을 추구하는 학자나 관습화된 책읽기를 유지하는 독자가 있다. 이들과 다르게 일반 독자는 폭넓은 일상 영역에 대한 관심과 경험을 확장하고자 하는 갈망에 기인한 활동적인 읽기를 실천하는 독자이다.

울프의 일반 독자론은 이처럼 일반적인 용어로 다소 포괄적이고 모호하게 제시되고 있지만, 『자기만의 방』과 『3기니』를 포함하여 여러 에세이에서 울프가 견지한 읽기와 쓰기의 정치학, 즉 문해력의 정치성에 대한 울프의 담론을 담고 있다. 본 논문은 울프의 일반 독자론이 에세이스트로서의 울프가 당대의 인쇄출판문화 담론에 직접 개입하는 과정에서 비롯되었음에 주목하고, 당시의 문학저널리즘에서 벌어진 글쓰기와 읽기에 관한 논쟁의 양상을 살펴봄으로써 울프가 주창한 일반 독자의 면모를 조명하고자 한다.[1] 19세기

후반 민주적인 교육법의 확대 시행 이래 문맹률이 상대적으로 낮아지고 대중적인 독자층이 폭넓게 형성되기 시작하면서 20세기 초 영국사회에서는 인쇄출판문화와 문학저널리즘이 유례없이 활성화되었다. 1901년에만 영국 내에서 5천 종이 넘는 간행물이 발간되었고, 1922년에는 신문과 잡지를 포함하여 정기 간행물의 종류가 5만 종이 넘기에 이르렀다(Hammil and Hussey 3). 값싼 간행물 및 저가 서적이 다량으로 발간되면서 울프가 저널리즘에 본격적으로 참여하기 시작하던 무렵 "문해력"과 "독자"는 당대 문화계에서 가장 논쟁적인 화두가 되었다. 다른 한편으로 대학을 중심으로 문학비평이 학문 분야로 보다 더 전문화되면서 문학비평과 계층구조와의 연관성은 더욱 뚜렷해지는 경향을 보였다. 즉 일반 독자와 전문 독자, 즉 대학 교육의 수혜를 받은 독자 및 권위 있는 비평가의 분리가 보다 더 확연해지기 시작한 것이다. 인쇄문화의 대중화와 상업화가 급격하게 진행되고 작가와 독자를 둘러싼 계층 논쟁이 부상하던 시기에 울프는 스스로를 읽기와 쓰기를 직업이자 노동으로 하는 작가인 동시에 여성에게 배타적인 교육제도와 문화적 장치의 바깥에서 아웃사이더로서 언어 수행을 실천하는 일반 독자로 규정한다.

1904년 첫 서평 「로얄 랭버스의 아들」("The Son of Royal Langbirth")을

1) 울프의 일반 독자론과 책읽기에 관한 국내외 주요 연구로 하수정의 논문 「문학/문화 비평가로서의 버지니아 울프」(2009. 2), 정재식의 「버지니아 울프의 "바로 그 지점": 일반 독자의 선물의 독서법과 독특성의 행복론」(2009. 6), 베스 리걸 도허티(Beth Rigel Daugherty)의 「읽기, 쓰기와 수정하기: 버지니아 울프의 「책을 어떻게 읽을 것인가?」」("Readin', Writin', and Revisin': Virginia Woolf's 'How Should One Read a Book?'")(1997)와 「울프 가르치기/ 가르치는 울프」("Teaching Woolf/ Woolf Teaching")(2004), 케이트 플린트(Kate Flint)의 「독특하게 책읽기: 버지니아 울프와 읽기의 실천」("Reading Uncommonly: Virginia Woolf and the Practice of Reading")(1996), 멜바 커디-킨(Melba Cuddy-Keane)의 『버지니아 울프, 지성인과 공적 영역』(*Virginia Woolf, the Intellectual, and the Public Sphere*)(2003) 등 참조.

『가디언』(*The Guardian*)에 기고한 후 1941년 『뉴 스테이츠맨 앤 네이션』(*The New Stateman & Nation*)에 「스랄 부인」("Mrs. Thrale")을 마지막으로 기고할 때까지 꾸준히 문학저널리즘과 출판문화에 참여했던 울프는 일간지와 주간지 등 정기간행물에 기고했던 여러 편의 에세이를 통해 전문화·상업화하는 글쓰기, 출판사와 편집인의 영향력, 그리고 무엇보다도 작가와 독자의 관계에 대해 천착해왔다. 1926년 에세이 「책을 어떻게 읽을 것인가?」("How Should One Read a Book?")에서도 밝히듯이 울프는 작가와 독자가 각각 독립적이고 자유롭게 쓰기와 읽기를 수행하는 것이 작가와 독자 사이의 이상적인 관계 맺음, 즉 작가와 독자가 친밀하면서도 엄정한 관계를 맺을 수 있는 요건으로 보았다. 특히 울프는 일반 독자란 전문직업화된 읽기·쓰기와 차별화되는 읽기를 수행하고, 자율적이고 독립적인 사고를 통해 탈계층화를 시도하는 주체임을 강조한다. 울프에게 읽기와 쓰기는 단순히 언어적 문해력의 수행이 아니라 문화적 문해력이 끊임없이 수행되는 행위이며, 계급, 성별, 세대의 간극을 둘러싸고 협상과 포섭, 저항과 탈주가 치열하게 벌어지는 현장이다. 울프는 일반 독자의 읽기와 쓰기는 사적인 영역과 공적인 영역을 넘나들며 민주적인 담론을 형성하는 행위이며 이를 통해 누구만의 것이 아닌, "공동의 땅"2)으로서의 문학과 사유를 일구는 시도임을 주창한다.

II. 정기간행물문화와 울프의 순수 에세이론

울프는 1915년 첫 소설인 『출항』(*The Voyage Out*)을 발간하기 십여 년 전

2) "공동의 땅"(common ground)은 1940년 에세이 「기울어가는 탑」("The Leaning Tower")에서 울프가 쓴 구문이다(*Essays* 6: 278)

부터 서평가이자 에세이스트로서 전문적 글쓰기 활동을 활발하게 펼쳤으며, 1917년부터 자신의 글을 레너드 울프(Leonard Woolf)와 함께 1917년에 설립한 호가스 프레스(Hogarth Press)를 통해 출간하게 된 이후에도 수많은 에세이를 꾸준히 문예지 및 일간지에 기고했다. 1904년 12월 브론테 자매의 집을 방문한 후 쓴 「하워스, 1904년 11월」("Haworth, November 1904")과 호웰스(Howells)의 소설 『로얄 랭버스의 아들』에 대한 서평을 당시 성직자를 위한 주간지 『가디언』에 익명으로 처음 기고하고, 1905년 『TLS』(*The Times Literary Supplement*)에 자신의 이름을 실은 첫 번째 서평을 낸 이래 울프는 사십 여 년 동안 에세이스트로서 글쓰기 활동을 멈춘 바 없다. 생을 마감한 1941년에 이르기까지 울프는 당대의 권위 있는 주류 간행물뿐만 아니라 대중적 여성 잡지에 서평, 문학비평, 기행문, 문화비평 등 다양한 종류의 글을 활발하게 기고하며 총 600편이 넘는 방대한 양의 글을 남겼다. 울프의 삶과 문학, 울프의 미학과 정치론 전반을 아우르는 전기를 집필한 허마이오니 리(Hermione Lee)에 따르면, 울프의 생전에 울프의 서평과 에세이는 울프의 소설보다 더 많은 독자층을 형성하였다(91). 에세이 글쓰기를 통하여 울프는 시, 소설, 드라마와 같은 전통적인 장르문학비평과 서한집, 전기문학에 대한 비평적 논쟁을 펼쳤을 뿐 아니라 전쟁, 질병, 여행, 런던의 거리, 영화, 건축물, 여성, 직업, 출판에 이르기까지 일상의 세계를 구성하는 다양한 정치, 문화, 경제, 생활 전반을 논제로 현대사회의 여러 양상에 대한 사유를 활발하게 제시하였다. 울프가 600편 이상의 에세이, 어휘 수로 계산할 때 백만 단어가 넘는 글을 에세이 형식으로 남겼다는 사실은 울프가 에세이라는 특정한 글쓰기 형식에 대하여 강한 애착을 지니고 있었음을 반증한다.

울프는 에세이 출판문화에 꾸준히 참여하는 동시에 당대의 에세이 출판시장과 대중적인 에세이스트에 대해 경계하고 비판하는 입장을 취했다.[3)] 1905

년 「에세이 쓰기의 퇴보」("The Decay of Essay-Writing")에서 울프는 대중잡지시장에서 양산되는 당대의 에세이는 대중적으로 인기가 있다 하더라도 "필력의 능숙함"을 "기계적으로 행하는" 작업에 불과하며 "종이 몇 장과 잉크 몇 갤런"으로 측정될 수 있을 뿐이라고 개탄했다(*Essays* 1: 25). 울프는 몽테뉴(Michel de Montaigne)나 찰스 램(Charles Lamb)의 에세이를 "순수"하고 "개성적"인 에세이로 높이 평가한 반면, 1925년 「현대 에세이」("Modern Essay")에서는 허드슨(W. H. Hudson), 루카스(E. V. Lucas), 린드(Robert Lynd), 스콰이어(J. B. Squire)와 같은 당대의 에세이스트들을 순수하지 못한 에세이를 양산하는 작가들로 지목하였다. "순수"한 에세이라는 개념은 다소 모호하게 들릴 수도 있으며, 자칫 "순수"라는 개념을 장르의 구분이라는 관점에서 본다면 울프가 시-소설(『파도』(*The Waves*)), 극-소설(『막간』(*Between the Acts*)), 에세이-소설(『세월』(*The Years*)) 등 늘 장르의 경계를 넘나들며 동질성을 벗어난 새로운 언어로 실재를 포착하는 실험적 글쓰기를 이행한다는 점을 고려할 때 다소 의아하게 여겨질 수도 있다. 그러나 울프 당대의 에세이스트나 독자라면 20세기 초반 영국의 정기간행물문화에서 벌어진 "순수한 에세이" 논쟁을 쉽사리 떠올릴 것이다. 19세기 말에서 20세기 초에 일간지 및 주간지를 포함한 다양한 정기간행물 출판문화가 활성화되면서 에세이 장르는 대중출판문화의 일부분으로 자리 잡았다. 『TLS』, 『크리테이온』(*The Criterion*), 『네이션 앤 아테니움』(*The Nation & Athenaeum*), 『뉴 스테이츠맨』(*The New Statesman*), 『데일리 뉴스』(*the Daily News*), 『이브닝 스탠더드』(*Evening Standard*), 『새터데이 리뷰』(*The Saturday Review*), 『스펙테이터』(*The Spectator*) 등은 정치 관련

---

3) 대중인쇄문화, 특히 대중적인 여성잡지와 같은 상업저널리즘에 대한 울프의 양가적인 태도에 대한 보다 자세한 논의는 필자의 논문 「도시의 거북이와 맘모스: 버지니아 울프의 런던 기행문과 글쓰기의 윤리」(2016) 참조.

글뿐 아니라 일상적인 글감을 다루는 대중적인 에세이를 정기적으로 실어 대중독자를 늘리고 확보하고자 했다. 체스터톤(G. K. Chesterton), 가디너(A. G. Gardiner), 루카스, 린드, 프리스틀리(J. B. Priestley) 등은 당대의 권위 있는 문예지와 시사 잡지뿐 아니라 대중독자를 대상으로 하는 일간지에도 일상적인 글감을 딱딱하지 않은 문체로 풀어나가는 에세이를 전문적으로 기고하는 대표적인 작가들이다. 이들의 글은 정기간행물에 처음 실린 후 단행본으로 묶여 출판되거나 작가 여러 명의 글을 모은 에세이집으로 재출판되는 경우가 많았다(Pollentier 138). 더 많은 구독자와 독자를 확보하고자 하는 정기간행물의 경쟁이 심해지고, 대중독자 및 학생들을 위해 대학 출판사 및 대형 출판사들이 인기 있는 에세이스트들의 글을 묶어 재출판하는 사례가 상례화되면서 에세이는 현대인쇄출판문화와 상업적 저널리즘과 맞물려 있는 글쓰기의 전형으로 여겨졌다. 울프의 "순수한 에세이"론은 이러한 대중적 저널리즘의 번성과 더불어 전개된 에세이 장르 논쟁의 일부이다.

울프를 비롯하여 20세기 초반의 여러 작가들은 에세이의 대중화, 상업화를 개탄했다. "순수한 에세이"를 고집했던 에드먼드 고세(Edmund Gosse)는 에세이의 대중화로 야기될 에세이 형식의 죽음을 우려했으며, 『TLS』에 주로 글을 기고했던 오를로 윌리엄즈(Orlo Williams)는 상업화된 저널리즘 탓에 에세이 형식이 쇠퇴하고 있다고 지적했다(Pollentier 139). 울프 역시 「현대 에세이」에서 몽테뉴, 애디슨(Joseph Addison), 램, 해즐릿(William Hazlitt), 페이터(Walter Pater), 비어봄(Max Beerbohm)으로 이어지는 고전적인 에세이 전통을 옹호하는 한편, 출판 여건에 따라 좌지우지되는 당대의 에세이를 "무료"하고 "생기 없"는 "불순한" 에세이라고 비판했다(*Essays* 4: 217). 특히 울프는 출판사나 편집자에 의해 결정되는 지면, 원고분량 및 고료 등 "외재적 문제로부터 자유"롭지 못한 에세이를 순수하지 못한 에세이라고 정의함으로써 에세이 논쟁의 중심에 대중지향적인 인쇄매체로서의 정기간행물문화가 자리하고 있음을 지적했다. 이런 맥락에서 울프는 정기간행물을 매체로 글을 쓰기 시작한 젊은이들에게 "반드시 후원자를 현명하게 선택하라"고 조언한다(*Essays* 4: 212). 1924년 4월 『네이션 앤 아테니움』에 실린 에세이 「후원자와 크로커스」("The Patron and the Crocus")에서 울프는 특유의 위트어린 비유를 곁들여 당대의 문학저널리즘시장에서 문학 후원자 역할을 하는 편집자와 발행자의 영향력을 직시해야 할 당위성을 설득력 있게 제시한다. 현대출판문화에서 글쓰기를 직업으로 하는 작가에게 후원자는 고료를 지급할 뿐 아니라 작가로 하여금 어떤 글을 쓸 것인지를 부추기고 고무시키는 사람이기 때문이라는 것이다. 또한 울프는 유례없이 다양하고 혼잡한 출판시장과 독서시장을 지목한다. "일간지 출판사, 주간지 출판사, 월간지 출판사도 있다. 영국 독자층이 있고, 미국 독자층도 있다. 잘 팔리는 베스트셀러 독자층이 있는가 하면 팔리지 않는 책의 독자층도 있으며, 교양인 독자층과 다혈질의(red blood) 독자층도 있다"(212). 이들 모두가 각각 다른 수요층이므로 작가는 켄싱톤 가든에 처음 핀 크로커스를 보고 마음이 움직여 글을 쓰고자 한다면, 펜을 들기 전에 자기에게 가장 잘 맞는 후원자를 골라야 한다는 것이다. 울프는 "정확하게 1,500 단어 분량의 저자명이 표기된 글에 20 파운드"를 제시하는 조간지 편집인의 제안을 받아들인다면 해마다 이른 봄에 흙을 뚫고 피어나는 "원래의 작고 노란 꽃 혹은 보라색 꽃과는 아주 다른" 식물을 낳게 될 것이라고 경고한다(213-14).

페트릭 콜리어(Patrick Collier)가 지적하듯이, 울프는 당시에 활성화된 정기간행물문화가 글쓰기에 미치는 영향을 경계할 필요성을 강조하면서도 글을 쓰고 글을 읽는 문화적 플랫폼으로서 대중잡지문화가 긍정적으로 작동하고 있음을 인정한다(155). 무엇보다도 글쓰기란 "소통의 방식"이므로 가능한 후원자들을 “모두 무시하고 당신의 크로커스만을 생각하라”고 말하는 것은 헛된 소리일 뿐이며, 봄의 전령 크로커스는 함께 나누지 못할 때 “불완전한 크로커스”일 뿐이라고 울프는 말한다(*Essays* 4: 213). 특유의 신랄한 조롱을 더해 울프는 자기만을 위해 글을 쓰는 사람에게는 글을 읽을 줄 아는 갈매기라도 있어야 그의 글에 반가운 독자가 될 것이라고 일침을 더하기도 한다. 또한 울프는 대중독자를 겨냥한 신문 및 잡지의 파급력을 분명히 인식하고 있었다. 『타임즈』(*The Times*)나 『데일리 뉴스』 덕분에 작가는 스코틀랜드 북단의 존오그로츠에서 잉글랜드 남단의 랜즈엔즈에 이르기까지 수많은 집의 아침 식탁 위에 할당된 지면을 맞춤하게 채운 수많은 크로커스를 피워낼 수 있을 것이기 때문이다. 비록 해가 지면 그 꽃들이 시들고 말 것이라고 덧붙임으로써 저널리즘 문학의 단속성을 지적하지만, 울프는 신문·잡지 문화가 작가에게 잠재적 독자층을 보유하는 매개체 역할을 한다는 점에서 매우 중요하다는 점을 간과하지 않는다. 그러므로 작가는 자신의 꽃을 활짝 피어나게 할 수 있는 이상적인 후원자를 찾는 것이 중요하며, 작가와 후원자는 함께 소멸하거나 아니면 함께 상생할 관계에 있고 문학의 운명은 이들 간의 “행복한 연대”에 달려있다고 강조한다(215).

「후원자와 크로커스」는 20세기 초반의 인쇄문화에 대한 울프의 예리한 관찰과 복잡한 태도를 잘 드러낸다. 울프는 작가의 언어가 사적인 공간에서 반향 없이 울리고 마는 소리가 아니라 대중독자가 쉽게 접하고 들을 수 있는 공적 영역을 향한다는 점을 분명히 한다. 또한 글쓰기를 직업으로 하는 작가, 원고료를 지급하고 지면을 제공하는 신문·잡지들과 발행인과 편집인, 그리고 구독료나 요금을 지불하고 기고된 글을 읽는 다양한 부류의 대중 독자는 모두 현대인쇄문화의 동인이자 상업적 저널리즘이라는 회로 안에 유입된 구성체라는 점 또한 분명히 인식하고 있다. 울프 자신의 「후원자와 크로커스」도

1924년 4월 12일에 발행된 영국 주간지 『네이션 앤 아테니움』에 먼저 게재되고, 5월 7일 발행된 미국의 주간지 『뉴 리퍼블릭』(*The New Republic*)에 재수록되었으며, 그 후 수정을 거쳐 1925년 울프의 에세이집 『일반 독자』의 일부로 재출판되었다. 콜리어가 논의하듯이 「후원자와 크로커스」의 출판 역사 역시 울프가 주지하고 경계했던 현대인쇄출판문화와 상업적 저널리즘의 동향과 맥을 같이 하고 있음을 보여준다(161).

지금까지의 논의로 볼 때, 울프의 순수한 에세이론의 요지가 단순히 상업화된 문학저널리즘과 대중독자시장을 위한 에세이에 대한 거부라고 볼 수는 없다. 울프의 에세이 쓰기 역시 당대의 대중 지향적 출판문화와 떼어놓고 논의할 수 없기 때문이다. 그렇다면 정확히 어느 지점에서 울프는 당대에 유명했던 에세이스트, 예컨대 린드나 J. B. 프리스틀리와 같은 작가들을 비판했던 것일까? 「후원자와 크로커스」에서 울프는 직접적으로 린드의 에세이를 거론한다. "그것[크로커스]은 온화하고 상냥하고 부드럽다. . . . 『데일리 뉴스』의 린드 씨의 예술을 '손쉬운 것'이라 여기지 말자. 아침 9시에 백만 명의 두뇌를 깨우고, 이백만 개의 시선을 반짝이고 생기 있고 바라보기에 즐거운 무엇인가로 향하게 하는 것은 결코 경멸할 일이 아니다"(*Essays* 4: 214). 얼핏 보기에 린드의 에세이의 대중성을 높이 평가하는 듯하지만, 울프는 독자의 반응에서 "신문에 난 크로커스"의 한계를 암시한다. 문제는 신문에 난 사랑스러운 크로커스를 백만 명의 독자가 동시에 똑같은 방식으로 마치 자동인형처럼 소비한다는 점이다. "신문에 난 크로커스"를 둘러싸고 린드는 대중문화의 생산자로, 독자는 대중문화의 수동적인 소비자로 그려진다. 1918년 울프가 린드의 에세이집에 대한 서평으로 『TLS』에 기고한 「어느 에세이집」("A Book of Essays")은 현대정기간행물문화의 중요한 일부가 된 에세이 장르와 대중독자를 지향하는 에세이스트에 대한 울프의 비판을 보다 더 분명하게 드러낸다.

당대에 발행되는 주간지가 주로 정치관련 글을 앞에, 가벼운 형식의 에세이와 서평을 뒤에 배치하는 관행을 육류와 사탕과자를 먹는 순서에 비유하면서, 울프는 에세이라는 장르가 이제 "법안, 개혁안, 그리고 사회적 논제들이 지니는 엄숙함을 완화하도록 이용되고 있으며 [독자]를 유인하여 마취된 상태에서 수술을 집도하듯 생각이라는 것을 하게 한다"고 개탄한다(*Essays* 2: 212). 심지어 "사고 자체를 불가능하게 하는" 가벼운 에세이는 "안개 속에서 이십 분 이상 기차가 멈춰 서 있을" 때나 "찾아주는 이에게 사례를 약속하는 광고에 나오는 길 잃은 개에 대해 공상하는 것조차 더 이상 즐겁지 않을 때" 펼쳐보게 되는 글에 불과하다는 것이다(*Essays* 2: 212). 울프는 6페니 주간지 중간 부분에 수록되는 에세이의 전형인 린드의 글은 아주 능숙하고 편안하게 쓰여 읽기에 즐겁지만, 작가의 최종 사유가 도달한 지점을 밝히지 않는 것이 결함이라고 지적한다. 이러한 비판은 「현대 에세이」에서 울프가 "순수한 에세이"는 "어떤 생각을 맹렬하게 고수함으로써 지탱되는" 예술이며 "한 치도 틀림없이 개성을 정직하게 드러낸다"고 규정했던 것과 일맥상통한다(*Essays* 4: 224). 작가의 내밀한 변덕과 기질, 자기만의 고유한 영혼을 고스란히 전달하는 몽테뉴나 램 같은 에세이스트들과 달리 린드의 작가 정신은 낙천적이고 관대하여 보편적인 인간성을 주창하므로 결과적으로 에세이스트라면 반드시 지녀야 할 자질, 곧 개성을 억누른 글을 선보이게 된다는 것이다.

「어느 에세이집」과 「후원자와 크로커스」는 울프가 오랫동안 신문·잡지 등 정기간행물 출판문화의 생태와 관행에 대해 면밀히 관찰하고 현대출판문화와 대중독자시장의 허와 실을 명료하게 인식하고 있었음을 보여준다. 울프는 신문·잡지 등 정기간행물 출판문화가 글쓰기를 직업으로 하고자 하는 젊은이들에게는 독자를 향한 글쓰기를 수행할 수 있는 기회를, 전문적인 지식을 쌓기 위해서가 아니라 재미로 글을 읽으며 일상을 경험하는 폭을 확장하고자 하는 수많은 이들에게는 다양한 제재의 글을 접하는 기회를 제공하는 포괄적인 문해력 문화의 플랫폼으로 작동한다는 점을 높이 샀다. 그러나 다른 한편으로 대중독자를 유인하는 상업적 저널리즘은 개성이 매몰된 대중적 에세이스트의 글쓰기를 대량으로 양산하고, 문화의 획일성을 조장하여 독자의 사고 활동을 마비시키기까지 하는 폐해를 일으킨다고 신랄하게 비판한다.

III. 교양인 논쟁과 일반 독자

캐롤라인 폴렌티어(Caroline Pollentier)가 논의하듯이 1920년대와 30년대의 "미들즈"(middles)라고 불리웠던 정기간행물 수록 에세이를 둘러싸고 전개되었던 논쟁은 당대의 "교양인"(brows) 논쟁과 밀접한 관련이 있다. 본래 "highbrow"는 사람의 얼굴에서 높은 이마를 묘사하는 표현으로 일반적으로 지성인의 속성을 비유하는 긍정적인 의미로 쓰였다. 하지만 20세기 초반에 이르러 파생어인 "middlebrow" 및 "lowbrow"와 함께 사용되면서 "brows"는 지성과 체력, 금욕적인 도덕성과 강인한 활력, 엘리트와 대중, 상류계급과 노동계급 등 여러 면에서 서로 대비되는 암시적 의미를 지닌 표현이 되었다. 교양인 논쟁이 일어났던 1920년대에 "highbrow"는 누군가를 칭하거나 스스로를 규정할 때에 아주 복잡한 뉘앙스를 지닌 개념이 되었다. 멜바 커디-킨(Melba Cuddy-Keane)은 레이몬드 윌리엄즈(Raymond Williams)의 문화용어를 빌려 하층/노동계급(lower/working class)-대중(masses)-비교양인(lowbrow)으로 이어지는 의미의 중첩이 상류/지배계급(upper/ruling class)-엘리트(elites)-고상한 교양인(highbrow)[4]을 대립항으로 하여 이루어지고 있음을 고찰하고, 1920년대 영국사회에서 전개된 교양인 논쟁은 정치·경제적 권력 배분의 불균등과 현대출판 및 방송문화 형성이라는 맥락에서 상호적대적인 의미로 구조화된다고 설명한다(Cuddy-Keane 2003, 16-8). 저렴한 출판인쇄물의 대량 보급과 1922년 라디오 방송의 출현은 지식과 정보를 생산, 유통, 소비하는 새로운 대중문화체계를 구성하였는데, 여기에 기존의 엘리트와 대중이라는 개념이 더해지면서 통속문화(popular culture)-대중(masses)-비교양인, 그리고 고급문화(high culture)-엘리트-고상한 교양인이라는 의미의 맥락화가 이루어졌다는 것이다. 커디-킨의 논의는 특히 1920년대에 "고상한 교양인"이 젠체하는 교양인, 즉 정치·경제·문화적 특권을 누리는 소수 엘리트 계층을 비꼬아 지칭하는 용어로 통용되는 경우가 많았음을 주목한다.

울프가 1920년대 여러 종류의 정기간행물에 대중지향적인 글을 쓰는 에세이스트들을 개성이 없는 작가로, 개별화된 독자를 독자적인 사유로 초대하지 않는 글을 양산하는 작가로 그리자, 울프는 린드 및 프리스틀리 등 당시의 대중적인 작가들의 비판의 표적이 되었다. 1926년 『이브닝 스탠더드』에 기고한 에세이에서 프리스틀리는 울프를 "블룸즈버리의 고귀한 여사제"(the high priestess of Bloomsbury)라고 비꼬고 "끔찍하게 예민하고 고상한 병약한 숙녀"라고 폄하했다(Cuddy-Keane 2010, 236). 아놀드 베넷트(Arnold Bennett)는 1928년과 그 다음 해에 『이브닝 스탠더드』에 기고한 글에서 울프의 『올랜도』(*Orlando*)를 "기이"하고 "시시한" "공상"에 불과하다고 평하고, 자신이 "비교양인"임을 자부하는 동시에 울프에게 "고상한 교양인들의 여왕"(the queen of the high-brows)이라는 칭호를 비꼬듯 부여했다(Madjumbar and

4) 본 논문에서는 "highbrow"를 파생어인 "중간교양인"(middlebrow)와 "비교양인"(lowbrow)과의 관계에서 거론할 때에는 "교양인"으로, 의미의 맥락상 정치·경제·문화적 특권을 누리는 소수 엘리트 계층을 비꼬아 지칭하는 용어로 거론할 때에는 "고상한 교양인"으로 의역하여 사용하였다.

McLaurin 258, 259). 또한 1926년 『새터데이 리뷰』에 기고한 글에서 프리스틀리는 교양인과 비교양인을 모두 양떼에 비유하여 비하하면서 특히 젠체하는 "고상한 교양인은 옥스퍼드나 블룸즈버리 출신으로 안경을 끼고 낄낄대는 비쩍 마른 양떼"라고 조롱했다(Haberman 33). 그는 스스로를 "고상한 교양인"의 편협함 대신 "폭넓은 교양인"(broad-brow)의 이상적인 자질을 갖추었다고 자평했다. 린드 역시 1934년 『뉴 스테이츠맨 앤 네이션』에 실은 「천일의 미들즈」("One Thousand and One 'Middles'")라는 에세이에서 대중독자 시장을 위해 다량의 글을 쓰는 대중적인 에세이스트를 옹호하는 입장을 표명했다(Pollentier 132). 이에 대해 울프는 베넷트와 프리스틀리는 "문학의 장사꾼"(Latham 109)이라고 응수하며, 자신에게 부여된 "고상한 교양인"이라는 칭호에 깔려 있는 비방에도 불구하고, 스스로를 서슴없이 "고상한 교양인"으로 정의했다.

울프는 1932년 『뉴 스테이츠맨 앤 네이션』의 편집인에게 보내는 편지 형식으로 쓴 「중간교양인」("Middlebrow")에서 당시에 가열되었던 교양인 논쟁의 핵심 논점을 지목하고, "고상한 교양인"과 "비교양인"이라는 개념을 재정립하고자 한다. 지면과 방송[5])에서 "교양인 전투"("the Battle of Brows")가 벌어지고 있음을 주지한 후 울프는 자신이 "한 가지 생각을 추구하여 정신을 맹렬히 내달리게 하는" 고상한 교양인 대열에 자랑스럽게 서 있다고 공표하고,

---

5) 1920년대 정기간행물 지면에서 전개되었던 교양인 논쟁은 1932년 10월 BBC 라디오 방송 프로그램 「익명의 청취자에게」("To an Unnamed Listener")에서 프리스틀리와 해롤드 니콜슨(Harold Nicholson) 사이에 벌어진 논쟁으로 이어졌다. 1932년 10월 17일 프리스틀리가 「어느 고상한 교양인에게」("To a High-Brow")를 방송하고 난 후 일주일 후인 10월 24일에 니콜슨은 「어느 비교양인에게」("To a Low-Brow")라는 제목의 방송으로 대응하였다. BBC 라디오에서 전개된 이 논쟁은 10월 29일 자 『뉴 스테이츠맨 앤 네이션』에서 다루어졌다(Cuddy-Keane 2003, 23).

흔히 회자되는 것과는 달리 고상한 교양인은 온전히 "삶을 추구하여 온 몸의 활력을 다해 질주하는" 비교양인을 존경한다고 말한다(*Essays* 6: 470). 비교양인과 교양인 사이에 있지도 않은 반목을 조장하는 것은 바로 중간교양인으로, 울프의 묘사에 따르면, 이들은 예술과 삶, 정신의 활력인 지성과 몸의 생동감 중 어느 하나도 온전히 추구하지 못하며 항상 사이에 끼인 채("betwixt and between") 이리저리 어슬렁거리며 걸어 다닐 뿐이다(471). 이들의 삶은 자신의 취향에 따른 선택이 아니라 "맞고" "올바른 것"에 대한 강박으로 이루어져있으며, "돈과 명성, 권력과 지위"를 추구하여 교양인과 비교양인 모두에게 호감을 얻어내고자 애쓴다(472). 중간교양인에 대한 울프의 평가는 단호하고 신랄하다. 이들에게는 동시대의 문학과 예술에 대한 안목이 없어서 고전문학장서를 유리문이 달린 서가에 보존하거나 이미 지나가버린 시대의 가구와 유명한 그림의 복제품으로 집을 채운다. 주로 신문·잡지의 중간 지면을 차지하는 그들의 글은 "잘 쓴 것도, 못 쓴 것도 아니"라서 어중간할 뿐이다(472). 사고의 맹렬함도, 삶의 활력도 없는 글을 읽기에 지쳐 중간교양인의 책을 창밖으로 던져버려도 풀밭에 있던 양들은 배가 고파도 힐끔 쳐다보고 말뿐 뜯어먹기를 거부하더라고 울프는 덧붙인다. 울프를 블룸즈버리의 여사제 혹은 블룸즈버리에 사는 비쩍 마른 양에, 비교양인을 떼거리 무리의식에 휘둘리는 살찐 양에 비유하고, 그 자신을 "폭넓은" 교양인으로 내세웠던 프리스틀리는 이렇게 양떼에게 외면 받는 작가로 조롱을 당한다(473).

울프의 교양인 논쟁에서 특히 흥미로운 지점은 교양인과 비교양인의 관계와 서로에 대한 태도를 상정하는 부분이다. 울프의 설명에 따르면, 정신의 활력을 맹렬하게 내달리게 하는 교양인과 물리적 삶의 처음부터 끝에 이르기까지 전력을 다해 질주하는 모험을 감행하는 비교양인은 서로를 필요로 하여 떼어질 수 없으며 서로를 보완한다. 또한 울프는 버스 차장, 일주일에 35실링으로 열 명의 아이를 키우는 여자, 주식중개인, 해군장성, 은행서기, 광부, 공작부인, 매춘부에 이르기까지 다양한 직업군과 서로 다른 성별과 계급의 비교양인을 떠올리며 이들은 각각 놀랍도록 흥미롭고 경이롭다고 감탄한다(471). 울프의 비교양인 목록은 울프가 재규정하는 교양인과 비교양인이 통상적으로 구조화된 의미사슬에서 벗어남을 보여준다. 울프는 교양인-고급문화-지성-엘리트-지배계급 및 비교양인-통속문화-신체-대중-노동계급으로 이어지는 의미사슬의 이분법적 구조화에 이의를 제기하고 "교양인"과 "비교양인" 사이의 연대를 주장하는 것이다.

「현대 에세이」와 「중간교양인」은 각각 울프의 에세이집 『일반 독자』와 『일반 독자 II』(*The Common Reader: the Second Series*)가 발간되었던 1925년과 1932년에 쓰였다. 순수 에세이론을 펼치고 교양인 논쟁을 재맥락화하려는 울프의 시도에는 쓰기와 읽기에 대한 울프의 사유가 함축된 일반 독자론이 자리하고 있다고 미루어 짐작할 수 있다. 『일반 독자』의 서문 역할을 하는 「일반 독자」에서 밝히고 있듯이 울프는 "일반 독자"라는 개념을 사무엘 존슨(Samuel Johnson)의 용어에서 차용하여 "문학적 편견"이나 "교조적인 학식"에 오염되지 않은 채 자기만의 독자적인 독서에서 즐거움을 찾으며 "스스로의 세계를 창조하려는" 독자라고 재정의한다. 울프는 특히 자신이 주창하는 일반 독자는 전문적인 독서와 쓰기를 하는 비평가나 학자에 비해 "교육을 제대로 받지 못 했으며" "천부적인 재능을 부여받지도 않았다고" 덧붙임으로써 특정 계층이나 집단에 한정된 지식과 권력을 누리지 못하는 평범한 보통 사람임을 강조한다(*Essays* 4: 19). 그러나 울프의 일반 독자는 책읽기 자체를 즐기면서 그 즐거움을 통해 창조적인 실천을 수행하는 "탁월한 사람"이기도 하다(정재식 4). 『일반 독자 II』에 수록된 「책을 어떻게 읽을 것인가?」("How Should One Read a Book?")에서도 울프는 책 읽기는 "상상력, 통찰력과 안목과 같은 아주 귀한 자질들"을 요구한다고 말하며, 독자가 지녀야 할 가장 중요한 자질은 "독자성"과 "자유로움"이라고 단언한다(*Essays* 5: 581, 573). 울프는「책을 어떻게 읽을 것인가?」의 첫 문장에서 이상적인 독서법을 제시하는 글의 제목이 질문의 형식으로 구성되었음에 독자의 주의를 환기한다. 그리고 "어떤 충고도 받아들이지 말고 당신 자신의 본능을 따르고, 당신 자신의 이성을 사용하고, 당신 자신의 결론에 도달하라"는 것이 이 질문에 대한 유일한 조언임을 전제한다(573).

이러한 조언은「중간교양인」에서 울프가 공작부인에게, 매춘부에게, 또 고된 일을 하며 아이들을 키우는 여성에게 수동적인 독자로 남지 말라고 제언한 것과 일맥상통한다. 울프는 "올바르게" 옷을 입고, "올바르게" 처신하는 것에 집착하는 중간교양인이 그들 비교양인들에게 셰익스피어를 어떻게 읽어야 할지, 어떻게 써야 하는지를 가르치게 내버려두지 말라고 말한다. 대신에 직접 책을 찾아서 읽고 햄릿에게, 오필리아에게 말을 걸어보라고 독려한다(*Essays* 6: 474).「낚시」("Fishing")라는 1937년 에세이에서 울프는 "글쓰기라는 예술은 독자의 정신에 알을 낳아 그것 자체가 생겨나게 하는" 것이라고 표현한 바 있다(*Essays* 6: 493). 이러한 비유는 작가와 독자, 쓰기와 읽기의 상호작용을 강조할 뿐 아니라 작가가 낳은 알을 부화시키는 것은 독자의 자발적이고 적극적인 행위임을 암시한다. 산란과 부화의 비유는 "가르치고" "설교하려는" 글쓰기를 경계하고(*Essays* 4: 72) "이백만 개의 눈길"이 똑같이 신문에 핀 크로커스를 동시에 바라보게 되는 독서 풍경을 불편한 시선으로 바라보던 울프를 떠올리게 한다. 울프가 글 쓰는 이의 중요한 자질로 거론한 개성, 역동성, 독자성, 자유 등의 요소는 이상적인 독자에게도 바람직한 자질이다.

이상적인 독자상과 이상적인 독서법에 대한 울프의 천착은 두 권의『일반 독자』 에세이집이 출간되기 훨씬 이전부터 울프의 에세이에 나타난다. 1916년 『TLS』에 기고한 「도서관에서의 시간들」("Hours in a Library")에서도 울프는 학식을 쌓기를 사랑하는 학자와 책 읽기를 사랑하는 독자를 구분하고 이 둘 사이에는 어떤 상관성도 없음을 강조한다(*Essays* 2: 55). 한 분야의 권위자나 전문가가 되려는 사사로운 욕심 없이 순수한 독서에 대한 열정으로 책을 읽는 독자는 젊고, 호기심 많고, 여러 가지 생각에 가득 차서 이 생각들을 나누고 싶어 하는 사람인 반면에, 어두컴컴한 헌책방과 서재에서 도서목록을 뒤적이는 학자는 창백하고 여위었으며 말주변이 없는 사람으로 그려진다. "진정한 독자"에게 독서는 야외활동을 활발하게 하는 것과 같아서, 독자는 공기가 점점 희박해져서 숨쉬기가 어려워질 때까지 언덕을 오르고 또 오르며 독서 근육을 단련한다.

울프의 에세이는 울프 자신의 독자로서의 자서전과도 같다고 했던 리의 지적처럼(104), 「도서관에서의 시간들」은 울프의 유년 시절과 젊은 시절의 독서 경험을 고스란히 담고 있다. 울프는 어린 시절 서가의 책을 몰래 들고 나와 동이 틀 때까지 읽다가 커튼 사이로 보았던 창백한 바깥 풍경과 서재와 도서관을 자유롭게 출입하며 보냈던 "놀라운 흥분"을 느끼고 "감정이 고양"되던 시절을 회고한다(*Essays* 2: 56). 이러한 독서 경험을 통해 "무엇을 좋아하고 무엇을 싫어하는지에 대한 우리만의 이유를 찾게 되고"(57), 이것이야말로 우리의 독서에 박차를 가하는 것이라고 말하며 울프는 지극히 사적인 체험으로서의 독서, 자유로운 독서를 강조한다. 심지어 울프는 "나쁜 책"도 우리에게 "즐거움"을 준다고 기술한다(58). 시와 소설, 드라마와 같이 예전부터 고전으로 여겨지는 장르의 책 이외에도 회고록이나 자서전처럼 현 시대에 새로운 문학의 가지로 자리 잡은 글을 읽는 즐거움도 크다고 인정한다. 이러한 새로운 글에서 귀족이나 정치가들이 아니라, "웰링톤 공작을 한 번 마주친" 것을 제외하면 별다른 계기도 없는 평범한 사람들이 그네들이 겪은 분쟁과 질병, 속에 품은 의견과 열망을 사사로이 우리에게 털어놓는데, 이들이 그려내는 "사적인 드라마"는 잠 못 이루는 밤이나 혼자 조용히 나선 산책길에 읽기 안성맞춤이라는 것이다(58). 또한 울프의 독서는 정전화된 고전문학에 한정되지 않는다. 출간된 지 얼마 되지 않아 아직 책갈피 사이가 채 떼어지지도 않은 새 책에서 느끼게 되는 흥분은 불후의 명작이 주는 기쁨보다 조금도 덜하지 않다고 울프는 역설한다. 이 책들 중에서 다음 세대가, 우리의 후손이 우리 시대를 기억할 몇 권이 책이 가려질 것이기에, "우리 시대의 몸과 정신"(59)을 말하고 있는 현재 진행 중인 문학을 접하는 것은 경이롭다는 것이다. 울프는 이 시대에 들어 새로운 언어가 파도처럼 밀려들어 거품을 일으키며 엄청난 량의 글을 쏟아내고 있음에 주목한다. 때로 반짝이고 때로 거칠고 때로는 하찮은 수많은 글을 읽는 것은 엄청난 열정을 수반한다고 울프는 말한다. 새로 나온 책들 중에 어떤 책이 진정한 책으로 남고 어떤 책이 한두 해 안에 낱장으로 흩어져 버릴지 알기 무척 어렵지만, "이 소란을 지켜보는 것이 우리의 기쁨"이라고 울프는 단언한다. "우리 시대의 여러 생각들과 비전들과 한바탕 싸움을 벌여 우리에게 유용한 것은 낚아채고 가치 없다고 여겨지는 것들은 없애는 일이 우리의 기쁨이어야 마땅하다. 무엇보다도 자기 내면에 있는 여러 생각들을 최선을 다해 글로 형상화하고 있는 이들에게 우리가 관대해야 한다는 것을 즐겁게 깨달아야 한다"(59). 울프는 젊은 작가들이 그들의 새로운 비전을 살아있는 언어로 형상화하려는 시도를 반기면서, 이들 작가들을 마주하는 독자의 책무가 중요함을 강조하는 것이다.

그렇다고 해서 울프가 지난 시대의 문학을 도외시하는 것은 아니다. 지난 시대의 작가를 읽고 앎으로써 새로운 작가들이 새롭게 시도하는 것들을 이해할 수 있고, 새로운 책을 읽는 모험에 나섬으로써 과거의 책에 대해 더 예리한 시선을 갖출 수 있기에, 고전문학과 현대문학을 오가며 읽는 것은 때로는 절대적인 확신을 주는 즐거움과 때로는 호기심을 자극하는 흥분을 선사한다. 몇몇 위대한 작가의 지배에서 자유로운 시대, 문화적 권위에 굽히지 않는 새로운 실험이 늘 행해지는 지금과 같은 시대에 독자는 고전 작품들을 읽고 배울 필요가 있다고 울프는 역설한다. 울프는 고전문학 읽기와 현대문학 읽기의 상호작용을 설명하기 위해 낚시의 비유를 든다. 고전 작가들이 "삶"을 온전히 포착한 적이 있다면 "그들은 삶의 새로운 형상을 건져 올리고자 아직 알려지지 않은 깊은 바다로 그물을 던질 것이고, 우리도 그들을 좇아 우리의 상상력을 한껏 멀리 내던져야 우리의 상상력이 되가져다줄 낯선 선물을 이해하고 받아들일 수 있"다는 것이다(59). 울프는 "우리 시대의 새로운 감각을 구현할 새로운 형식을 찾아 지도에도 그려지지 않은 길들을 따라 나서고 무수히 많은 어휘들을 체질하듯 가려내고 난 이후에야"(59), 우리는 고전의 반열에 오른 작품의 뛰어남과 부족함을 재인식하게 될 뿐 아니라, 고전 작품이 성취해낸 바에 새삼 경탄하게 될 것이라고 덧붙인다.

「도서관에서의 시간들」은 비평가나 학자의 권위에 개의치 않고 책을 읽는 순수한 즐거움을 좇아 고전과 현대문학, 다양한 장르의 글, 역사를 기록한 책이나 사사로운 삶을 기록한 책을 가리지 않고 자유롭게 읽는 독서를 권장한다. 울프는 좋은 책뿐 아니라 나쁜 책을 읽는 취향도 자연스러운 것으로 여기며, 독서에서 얻는 즐거움이 어떤 것인지 스스로 이해하고 독자적인 취향을 가꾸어 가는 것이 중요하다고 강조한다. 이를 통해 일반 독자는 책을 읽을 때 전율하거나 흥분하거나 애정을 갖게 되거나 싫어하게 되는 자기만의 느낌과 감정을 오롯이 새기는 사적인 차원의 독서에 충실하면서도, 무수히 쏟아져 나오는 새로운 글에 대해서 독자적인 판단을 내림으로써 현대문학의 지형도를 정립하는 데 기여할 뿐만 아니라 고전문학을 재평가하는 공적인 책무를 수행한다. "진실하고 생생한 아름다움이 섬광처럼 뿜어져" 나오는 현대문학을 기꺼이 반기고 다른 시대, 다른 세계를 품었던 상상력을 좇아 그 아름다움을 독자적으로 이해하려고 책을 읽는 순간, 일반 독자의 읽기는 자유롭고 독자적인 지식인으로서 과거와 현재, 계층과 성별, 느낌과 판단, 감정과 이성의 경계를 허물고 새롭게 온전한 삶을 포착하는 창조적인 실천을 수행한다.

Ⅳ. 「일하는 여성 조합을 기억하다」 —사적 영역과 공적 영역으로의 여정

「일하는 여성 조합을 기억하다」("Memories of a Working Women's Guild")는 1930년 울프가 마가렛 르웰린 데이비스(Margaret Llewellyn Davis)의 요청으로 『우리가 알았던 삶』(*Life As We Have Known It*)의 서문으로 쓴 에세이이다. 울프는 여성협동조합(the Women's Co-operative Guild) 운동에 참여했던 데이비스의 초청으로 1913년 뉴캐슬에서 열렸던 조합의 연례회합에 참석했고, 데이비스의 독려로 회고담을 썼던 노동계층 여성회원들의 글을 1920년에 일부 읽었을 때 "레이톤 부인의 글을 아주 흥미롭게 읽었"으며 [레이톤 부인]에게 계속 글을 쓰게 해야" 한다는 취지의 편지를 데이비스에게 보냈다(*Letters* 2: 435). 그러나 1929년 데이비스가 편집 중인 전체 원고를 보내며 서문을 요청했을 때 울프는 오랜 숙고 끝에야 받아들였고 실제 글을 쓸 때에도 고충을 일기에 토로했다(*Diary* 3: 306). 데이비스는 서문을 요청했지만, 울프는 "책은 독립적으로," 다시 말해 서문이나 소개하는 글 없이 읽혀야 한다는 뜻을 밝히며 통상적인 서문 형식을 거부했다. 그리고 자신의 에세이를 조합원들의 회고담을 모은 자서전 모음집을 읽고 난 후에 데이비스에게 보내는 편지 형식으로 썼다. 로라 마커스(Laura Marcus)가 지적하듯이, 편지 형식을 취한 『3기니』와 더불어 「일하는 여성 조합을 기억하다」는 독자들에게 울프의 페미니즘에 내재한 계급의식과 한계에 대한 의문을 불러일으키는 글이다(156). 마커스는 울프가 일부러 공공연하게 "친-프롤레타리아"적인 태도를 거부했음을 거론하며, 이는 울프의 페미니즘에서 "복잡하고 곤혹스러운" 계급의식이 실재하며 울프 스스로 이를 아주 예민하게 인지하고 있음을 드러낸다고 논의한다.[6)]

실제로 「일하는 여성 조합을 기억하다」에서 울프는 1913년 여성협동조합의 연례회합에 참석했을 때 느꼈던 계급적 이질감을 고스란히 드러낸다. "누구나 자일스 부인이 될 수는 없어요. [내] 몸이 빨래통 앞에 서 있어 본 적이 없고, 두 손으로 비틀어 짜고 바닥을 문질러 닦고 광부의 저녁식사가 될 무슨 고기인지를 잘게 난도질해 본 적도 없기 때문이지요"(*Essays* 5: 179). 마치 군대의 행사처럼 절도 있게 한 사람씩 연단에 올라 정확하게 5분씩 이혼법과 세금, 임금, 여성참정권, 아동교육 등 현안에 대해 발언하는 여성들을 보고 듣는 동안 박수도 치고 발도 굴렀지만 그 박수소리는 "공허"하게 울렸고 "나는 자비로운 관중"일 뿐이라는 자각이 "엄청난 무게의 불편함"으로 마음속에 내려앉았노라고 울프는 고백한다(178). 과연 「일하는 여성 조합을 기억하다」는 여성의 계급 차이를 가로지르는 연대가 불가능함을 선언하는 것일까?

울프는 에세이 내내 데이비스와 자신을 함께 아우르는 "우리"로, 노동계층 여성조합회원들을 "그들"로 부르며 차이를 되새긴다. 연례 회합에서 마주친

---

6) 문학의 민주화와 계급에 대한 울프의 사유에 대한 최근의 논의로 이주리의 논문 「텍스트의 정치: 버지니아 울프와 자크 랑시에르의 미학적 체제」(2015) 참조. 이주리의 논문은 울프의 에세이 「기울어져가는 탑」과 「여성에게 있어서의 직업」("Professions for Women")에서 견지되는 텍스트의 정치성과 문학의 민주화에 대한 울프의 치열한 사유를 논의한다.

"그들"의 깊게 주름진 얼굴, "그들"의 딱딱한 표정, 고된 노동의 흔적을 고스란히 드러내는 "그들"의 큼직한 손과 어색하게 차려입은 옷차림을, "우리"와 다르게 살아온 그들의 삶의 편린을 울프는 예리하게 포착한다. "욕실과 오븐," 고작해야 1실링을 더한 17실링으로의 임금 인상안을 제안하고 있는 그들의 얼굴은 가사노동과 육아에 지쳐 있으면서도 되풀이할 수밖에 없는 긴장 상태를 역력히 보여주고 있어서, 편안하고 자유롭게 정신을 내버려두고 있을 때 나타나는 가벼운 감정의 일렁임을 전혀 드러내지 않는다고 울프는 기술한다. 회합에 참석했던 그해 여름 햄스테드에 있는 조합 사무실을 방문했을 때에도 울프는 온 세상의 불만과 노여움을 양 어깨에 짊어지고 있는 듯 작은 키에도 육중해 보이는 윅 양(Miss Wick)이 세상에 저주를 퍼붓듯이 타자기를 두드리는 모습에 주춤했었다고 기록한다. 울프는 중산층 여성으로서 노동계층 여성들의 회합을 방문했을 때 느꼈던 복잡하고 모순된 감정들을 정리해 보려 한다. 울프는 우선 "그들"은 "뜨거운 물이 나오는 욕실과 돈을 원하고" "우리"는 "욕실과 돈을 가졌다"는 차이가 분명함을 상기한다(182). 더 나아가 울프는 "우리"와 같이 "온수와 돈"뿐 아니라 "모차르트와 세잔과 셰익스피어"를 향유하는 여성들이 노동계층여성이 되기를 상상하는 것은 회합의 목적에 위배될 것이라고 지적한다. 게다가 그들과 우리가 식탁이나 계산대를 사이에 두고 만나지 않고 같은 목표를 가진 동료로 만날 수 있다면 "위대한 해방"으로 이어질 수 있겠지만, "심장과 신경"에서 기인하지 않은 공감은 "허구"일 뿐이어서 문제가 된다고 거론한다(183). 해마다 회합에서 펼쳐지는 조합원들의 열기 띤 토론과 주장이 언젠가는 불꽃으로 타올라 모든 것을 태우고 녹여서 새로운 삶을 주조해 내겠지만, 아직은 요원해 보인다고 울프는 덧붙인다.

그러나 이들이 "마치 빗자루를 드는 것처럼 종이와 연필을 손에 쥐"고(180), 각기 자신들의 삶을 써내려갈 때 울프는 "읽기"와 "쓰기"를 통한 소통의 가능성을 체험한다. 이들의 글을 읽으면서 울프는 어린 시절부터 시작된 고된 임금노동과 거듭된 출산과 가사노동에도 꺾이지 않은 여성들의 정신력과 생명력을 느꼈음을 고백한다. 특히 울프는 이들의 독서에 대한 갈망과 함께 나누는 사유행위에 주목한다. 울프가 보기에 이들이 예속의 굴레에서 벗어나 자기 삶의 독자성을 창조하려는 행위는 흐트러진 바느질 한 땀도 허용하지 않으려는 고집스러움에도 나타나지만, 요리를 하거나 식사를 하면서도 번즈(Burns)의 시집을 읽고 공장에 가기 직전까지 디킨스(Dickens)를 읽는 열정어린 독서에서 분명하게 드러난다. 울프는 이들 노동계층의 여성들이 책을 읽고, 조합을 이루고, 목소리를 내기까지의 지난한 과정을 되짚어본다. 배고픈 사람이 고기와 타르트와 사탕과 샴페인을 모두 한입에 넣어 버리듯이 손에 닿는 대로 시와 소설과 역사서를 읽던 이들은 여러 가지 생각으로 끓어오르는 상상력을 함께 나누고자 공장 바닥 한곳에 모여 일곱 명으로 시작한 어머니 조합을 열고, 점점 더 많은 여성들이 모여 매주 읽고 토론했음을 울프는 떠올린다. 독서에 대한 "허기진 욕구"를 주어진 여건에서 할 수 있는 만큼, 자유롭게 수행했던 이들은 울프의 일반 독자들에 다름 아니다. "회초리를 든 남자들, 공장 병실에서도 만들던 성냥상자, 굶주림과 추위, 여러 번의 난산, 힘든 세탁과 청소"로 점철된 삶을 살면서도 "셸리(Shelley)를 읽고 윌리엄 모리스(William Morris)와 사뮤엘 버틀러(Samuel Butler)를 읽던" 이 여성들은 여성조합을 열고 위원회를 구성했다. 1913년 이혼법 개정과 임금인상과 주거환경 개선을 요구하고 여성참정권과 아동교육에 대해 목소리를 냈던 이들은 이제 "평화와 군축과 국가 간의 자매애"를 요청한다(188). 일상의 노동 사이사이에도 짬을 내어 사사로운 욕심이 없이 열정적인 독서를 하는 이들은 그들이 사는 세계의 경계를 넘어서는 새로움과 아름다움을 꿈꾸는 데서부터 연대를 맺고 변화를 추구한다. 바로 지금 이룰 수 없다면 "우리는 기다릴 수 있다”(180)고 결연히 선언하며 그들은 다시 각자 자신들의 일터로 돌아간다.

일상의 노동 사이사이에 짬을 내어 글을 썼을 여성들의 자서전 모음인 『우리가 알았던 삶』을 읽으며 울프는 경계 너머 여성들의 지극히 사적인 삶이 “마음의 눈에 선히 보임”을 깨닫는다. 그리고 17년 전에 진정한 공감으로 다가오지 않던 그들의 5분짜리 연설들을 되새겨본다. 또 울프는 “내가 열일곱 살 적에 . . . 그 마을의 유력인사이자 신사였던 내 고용주가 어느 날 밤 가족이 아무도 없는 자신의 집으로 나를 불러들였고 . . . 강제로 나를 굴복시[켜] 나는 열여덟 살에 엄마가 되었다”(189)는 윅의 무미건조한 글을 읽고 난 후, 작고 땅딸막한 그 여자의 어깨 위에 지워졌던 기억의 무게를 엄중하게 자각한다. 문법에도 맞지 않고 완결성도, 미학적 거리두기도 없는 이 노동계급 여성들의 글이 위대한 작가의 글과 같지 않음은 자명하다고 단언하면서도 울프는 옥스퍼드 대학교의 박사학위가 있다 하더라도 이들이 더 나은 글을 쓸 수 없을 것이라고 덧붙인다.

「일하는 여성 조합을 기억하다」에서 울프는 차이를 삭제하는 동일시는 위선적일 뿐 아니라 불가능하지만 일반 독자로서 함께 읽고 함께 사유하고 함께 글을 씀으로써 연대가 가능함을 보여준다. “우리가 알았던 삶”을 기록하는 여성들이 꾸밈없이 자신의 모습을 드러내었던 것처럼, 울프 역시 「일하는 여성 조합을 기억하다」에서 그들과 섣부른 동일시를 시도하기보다는 그들과 다른 자신에게 가감 없이 충실하고자 한다. “손으로 열심히 일하고 실재를 접하는 노동 계급의 . . . 여자들”이나 “붓으로 그림을 그리는 화가와 펜으로 글을 쓰는 작가”나 모두 할 수 있는 만큼 치열하게 산다고 울프는 말한다(182). 「중간교양인」에서 울프가 어느 생각을 붙들고 정신을 맹렬하게 내달리게 하는 교양인과 삶을 처음부터 끝까지 몸으로 모험하는 비교양인의 연대를 주장했던 것을 떠오르게 하는 부분이다. 『우리가 알았던 삶』에 수록될 노동하는 여성조합원들의 자서전적인 글을 읽고 난 후 울프는 통상적인 형식의 서문을 쓰는 대신, 조합회원여성들의 원고를 편집하는 데이비스에게 보내는 편지 형식의 에세이를 썼다. 울프는 자신이 데이비스와 함께 "그들"과는 다른 "우리"라는 지점에 있음을 함축적으로 암시하면서도, 자신의 글도 레이톤 부인의 글, 롭슨 부인의 글, 윅 양의 글과 마찬가지로 일하는 여성 조합을 회고하는 자서전의 일부가 되게 한 것이다.

V. 독서, 정신의 "근육 운동"

「몽테뉴」에서 울프는 진정한 자기 자신을 찾아내고 이를 가감 없이 진실하게 글로 써서 소통하는 것이 보기보다 무척 험난한 여정이라고 운을 뗀 후, 펜으로 자신의 모습을 고스란히 그려내는 어려운 작업에 성공한 작가로 몽테뉴를 예로 든다. 몽테뉴는 사회의 완고한 규범에 순응하기를 거부하고, "가장 신비로운" 존재인 영혼과 "세상에서 가장 위대한 괴물이자 기적"인 자기 자신을 끝없이 관찰하는 작가라는 것이다(*Essays* 4: 78). 울프는 우리 안의 영혼, 삶의 정수는 각 개인이 사적인 삶을 잘 살아낼 때 보전할 수 있으며 독립적이고 자유로운 영혼은 역동성을 지니기에 매 순간 놀라운 변화를 추구한다고 말한다(75). 그러나 이러한 독립적이고 사적인 삶이 주변으로부터 유리됨을 의미하지 않는다는 것을 울프는 분명히 한다. 몽테뉴를 빌려 울프는 "이웃들과 친밀하게 운동에 대해서, 사는 곳에 대해서, 싸움에 대해서 담소를 나누고, 목수와 정원사와의 잡담을 진정 즐기는 이들은 축복받은 사람들이다. 소통하는 것이야말로 우리의 주된 본분이다. . . . 소통은 건강이고 소통은 진리이며 소통은 행복이다. 나누는 것이야말로 우리의 의무이다. 대담하게 . . . 숨겨져 있던 생각을 환하게 드러내고 아무것도 감추지 말고 아무것도 꾸며내지 말자. 우리가 무지하다면 그렇다고 말하고, 우리가 친구들을 사랑한다면 그 사랑을 그들에게 알리는 것이 우리의 의무이다"라고 선언한다(76). 「몽테뉴」는 역동적인 내적 삶을 추구하면서 이를 "민주적이고 단순한 언어"(democratic simplicity)로 독자와 나누는 것이 에세이의 본질이라는 울프의 에세이론을 잘 보여준다(*Essays* 4: 74).

울프의 문학저널리즘은 현대출판문화에서 글 읽기와 쓰기를 직업으로 하는 전문적인 작가임에 자부심을 지녔던 울프의 면모와 획일적인 대중문화와 저널리즘 문학의 상업적 회로에 함몰되지 않고 독립적이고 자유로운 사유를 견지하려는 의지 사이의 긴장과 협상을 잘 보여준다. 울프는 일반 독자론을 통해 독자적이고 자유로운 사유는 읽기에서 비롯되는 것임을 강조한다. 「일하는 여성 조합을 기억하다」가 예시하듯이, 일반 독자는 고통스럽고 굴욕적인 삶 속에서도 그 예속에서 벗어나고자 하는 힘에서 비롯된 읽기를 수행하고, 사적인 경험으로서의 읽기를 공적인 영역으로 확장하여 자율적이고 독립적인 사고를 통해 변화를 일으키고 창조를 수행하는 주체이다. 1939년 9월 6일 독일의 공습경보가 처음 울린 날, 울프는 공습에 대비해 암막 커튼을 치고 배터씨에서 피난을 온 사람들을 위해 석탄을 준비했던 하루 동안의 어수선한 마음을 일기에 기록한다. 그리고 "터니(Tawney)와 같은 견실한 책을 읽는 것이 좋겠다"고 스스로에게 제안한다(*Dairy* 5: 235). 전쟁의 위협에 위축된 정신을 치유하려면, 울프에게는 정신의 "근육 운동"(an exercise of the muscles)인 독서가 필요하기 때문이다. 이러한 자기 처방은 울프가 1916년 「도서관에서의 시간들」에서 일반 독자의 책 읽기를 탁 트인 야외에서의 운동, 즉 숨이 찰 때까지 언덕을 계속 오르는 행위에 비유했던 것을 떠올리게 한다. 숨이 차서 한계에 다다를 때까지 책 속의 세계로 "깊숙이 자신을 던져서 그 속으로 스며들어 갈 때" 비로소 독자는 처음 떠났던 곳과는 다른 새로운 곳에 다다르는 여행을 하게 되는 것이다(*Essays* 2: 59). 이듬해인 1940년 공습이 일상화되고 공중 폭격으로 낯익은 건물이, 거주지의 골목길이 부서지고 무너질 때, 울프는 자랑스러운 뿌듯함과 애틋함이 벅차게 솟구쳐 오르는 마음으로 커튼을 친 실내에서 조용히 책을 읽고 있을 어느 나이든 여자를 상상한다. 햇빛이 가려져 푸르스름한 빛이 간신히 머무를 공간에서도 책을 꺼내 들고 독서에 열중하는 여성의 의연한 모습은 울프에게 문명을 파국으로 몰아가는 전쟁이라는 폭력, 더 나아가 전쟁 이데올로기의 기저에 있는 군국주의, 민족주의, 제국주의, 가부장적 사회제도에 대해 여전히 사유하기를 멈추지 않는 정신의 표상이기 때문이다. 울프가 기억하고 기록한 일하는 여성조합의 수많은 여자들처럼 "아직도 깊은 어둠 속에 반쯤 가려져 있는"(*Essays* 5: 189) 이 이름 모를 여자는 사사로운 이해에서 자유로운 열정적인 독서를 수행하며 자신을 위한 세계를 창조하는 일반 독자이다.

출처: 『영미문학페미니즘』 제28권 1호(2020), 5-32쪽.

■ 인용문헌

김영주. 「런던의 거북이와 맘모스: 버지니아 울프의 런던 기행문과 글쓰기의 윤리」. 『제임스 조이스 저널』, 22 권 2 호, 2016, pp. 47-69.

이주리. 「텍스트의 정치: 버지니아 울프와 자크 랑시에르의 미학적 체제」. 『제임스 조이스 저널』, 21 권 1 호, 2015, pp. 135-62.

정재식. 「버지니아 울프의 "바로 그 지점": 일반 독자의 선물의 독서법과 독특성의 행복론」. 『제임스 조이스 저널』, 15 권 1 호, 2009, pp. 189-210.

하수정, 「문학/문화 비평가로서의 버지니아 울프」. 『신영어영문학』, 42 권, 2009, pp. 177-202.

Collier, Patrick. "Woolf Studies and Periodical Studies." *Virginia Woolf and the Literary Marketplace*, edited by Jeanne Dubino, Palgrave Macmillan, 2010, pp. 51-166.

Cuddy-Keane, Melba. *Virginia Woolf, the Intellectual, and the Public Sphere*. Cambridge UP, 2003.

_____. "Virginia Woolf and the Public Sphere." *The Cambridge Companion to Virginia Woolf*, edited by Susan Sellers, Cambridge UP, 2010, pp. 231-49.

Daugherty, Beth Rigel. "Readin', Writin', and Revisin': Virginia Woolf's 'How Should One Read a Book?'" *Virginia Woolf and the Essay*, edited by Beth Carole Rosenberg, and Jeanne Dubino, MacMillan, 1997. pp. 159-75.

_____. "Teaching Woolf/ Woolf Teaching." *Woolf Studies Annual*, vol. 10, 2004, pp. 275-307.

Flint, Kate. "Reading Uncommonly: Virginia Woolf and the Practice of Reading." *The Yearbook of English Studies*, vol. 26, 1996, pp. 187-98.

Haberman, Ina. *Myth, Memory and the Middlebrow: Priestley, du Maurier and the Symbolic Form of Englishness*. Palgrave Macmillan, 2010.

Hammill, Faye, and Mark Hussey. *Modernism's Print Cultures*. Bloomsbury, 2016.

Lassner, Phyllis. *British Women Writers of World War II: Battlegrounds of Their Own*. Palgrave Macmillan, 1998.

Latham, Sean. *Am I a Snob?: Modernism and the Novel*. Cornell UP, 2003.

Lee, Hermione. "Virginia Woolf's Essays." *The Cambridge Companion to Virginia Woolf*, edited by Susan Sellers, Cambridge UP, 2010, pp. 89-106.

Madjumdar, Robin, and Allen McLaurin, editors. *Virginia Woolf: The Critical Heritage*. Routledge, 1975.

Marcus, Laura. "Woolf's Feminism and Feminism's Woolf." *The Cambridge Companion to Virginia Woolf*, edited by Susan Sellers, Cambridge UP, 2010, pp. 142-79.

Pollentier, Caroline. "Virginia Woolf and the Middlebrow Market of the Familiar Essay." *Virginia Woolf and the Literary Marketplace*, edited by Jeanne Dubino, Palgrave Macmillan, 2010, pp. 137-50.

Woolf, Virginia. *The Diary of Virginia Woolf*, edited by Anne Olivier Bell, Harcourt Brace, 1977-1984, 5 vols.

_____. *The Essays of Virginia Woolf*, edited by Andrew McNeille, and Stuart N. Clark, Hogarth, 1986-2011, 6 vols.

_____. *The Letters of Virginia Woolf*, edited by Nigel Nicholson, and Joanne Trautmann, Harcourt Brace, 1977-1982, 6 vols.

_____. *A Room of One's Own and Three Guineas*. Oxford UP, 1992.

Zwerdling, Alex. *Virginia Woolf and the Real World*. U of California P, 1986.

Virginia Woolf's Modernist Narratives and Cosmopolitanism Focused on *Three Guineas* and *Mrs. Dalloway**

| Hyungshin Park

I. Introduction

Can we call Woolf a cosmopolitan? And/or how is cosmopolitanism embedded in her writings? As we search for answers to this question, we encounter another unavoidable controversial issue: Woolf's alleged antisemitism. According to Leena Kore Schröder, Woolf's Englishness is inextricably linked to her antisemitism (27). Schröder cites "English voices murmuring nursery rhymes" (313) from *Three Guineas* as reflecting Woolf's Englishness. If not only English voices but also the sounds and rhythms from nature in England were an impetus that nurtured and developed Woolf

* This research was supported by Kyungpook National University Development Research Fund, 2019.

herself, it would be impossible to decouple this Englishness from Woolf's love of England which could be called a kind of patriotism. But what about her alleged antisemitism? Can we call Woolf a cosmopolitan?

This paper focuses on how Woolf's Englishness can compromise and qualify her cosmopolitanism. Kwame Anthony Appiah points out that for Hitler and Stalin "anti-cosmopolitanism was often just a euphemism for anti-Semitism" (xvi), for they demanded "loyalty to one portion of humanity" (xvi), such as a nation and a class. With Appiah's crucial concept, "cosmopolitan patriotism" as an effective analytical tool, I will investigate closely whether Woolf's Englishness is compatible with her cosmopolitanism.

During the Victorian era cosmopolitanism was positively "invoked to support arguments in favor of free trade, especially at the time of the Great Exhibition" (Agathocleous and Rudy 389) which was held in London in 1851. In contrast, "major Victorian authors such as Charles Dickens, Joseph Conrad and Henry James use cosmopolitan as a designation for some of their most degenerate characters" (Agathocleous and Rudy 389). Cosmopolitan was also used to name "a range of journals, such as *the Cosmopolitan Review* (1861), *the Cosmopolitan* (1865-76), *the Cosmopolitan Critic and Controversialist* (1876-77) and *Cosmopolis* (1896-98) to invoke their commitment to patriotism" (Agathocleous and Rudy 389).

The patriotism that these journals advocate "knows of no boundaries and no enemies" (Agathocleous and Rudy 389). The editor of *the Cosmopolitan Review* represented by "we" calls for help "whatever may be their name, country or colour to seek with us the best means to bring concord and justice among men" (Agathocleous and Rudy 389). These progressive connotations and idealistic denotations of cosmopolitanism encompassed property, profession, education and suffrage, but women were excluded from these until the early 20th century. As such, the status of women was like that of "step-daughters, not full daughters, of England" (*Three Guineas* 372). In *Three Guineas* these contradictions are embodied in the complexity of Woolf's attitudes toward Englishness, patriotism, cosmopolitanism, and feminism.

In order to approach this maze of "-isms" in Woolf's works, firstly, I will discuss Appiah's rooted cosmopolitanism and Martha Nussbaum's Stoic cosmopolitanism, in particular paying attention to Appiah's critical position on Nussbaum's cosmopolitanism. Secondly, Woolf's contentions about nationality, women and marriage, and world citizenship in *Three Guineas* will be analyzed in relation to the cosmopolitan theories of these two philosophers. Finally, through the lens of cosmopolitanism, in *Mrs. Dalloway* Woolf's modernist feminist narrative will be reevaluated by illuminating the lives of the characters as outsiders and exiles uprooted in London, the cosmopolitan city.

II. Appiah's Rooted Cosmopolitanism and Nussbaum's Stoic Cosmopolitanism

Appiah's essay "Cosmopolitan Patriots" was profoundly stimulated by Nussbaum's essay "Patriotism and Cosmopolitanism." Appiah points out the fact that the frequent slander of the nationalist against cosmopolitans is their rootlessness. Appiah suggests the term, "rooted cosmopolitanism," in other words "cosmopolitan patriotism" (618), introducing his father's belief in patriotic world citizenship and citing Gertrude Stein's words, "America is my country and Paris is my hometown" (618). The cosmopolitan patriots as rooted cosmopolitans that Appiah intends to introduce through his father and Stein, can "attach to a home of one's own, with its own cultural particularities," but at the same time they can "take pleasure from the presence of other, different places that are home to other, different people" (618).

In his book, *Cosmopolitanism: Ethics in a World of Strangers*, Appiah raises a question about rooted cosmopolitanism: as a citizen of the world, "are you really supposed to abjure all local allegiances and partialities in the name of this vast abstraction, humanity?" (xv-xvi). As for Appiah, how to interpret and practice "this vast abstraction, humanity" is a kernel of his cosmopolitan philosophy and, in fact, an issue in which he criticizes Nussbaum's Stoic cosmopolitanism. Presenting two extreme cosmopolitans, the eighteenth century physiocrat Marquis de Mirabeau and Jean-Jacques Rousseau—who reneged on their obligations to their families "in the name of the vast abstraction, humanity" (xvi), Appiah suggests that a rooted cosmopolitan is neither "the nationalist who abandons all foreigners nor the hard-core cosmopolitan who regards fellow citizens with icy impartiality" (xvii).

Appiah combines Woolf's opposition to patriotism in *Three Guineas* and Leo Tolstoy's scathing condemnation of patriotism. Appiah contends that the two writers' positions against patriotism have parallels in the argument of some contemporary philosopher (not specifically named) who says, "the boundaries of nations are morally irrelevant—accidents of history with no rightful claim on our conscience" (xvi). Appiah advocates "partial cosmopolitanism" (xviii), which does not completely deny local loyalty.

In this "partial" sense, he criticizes Woolf for having advocated "freedom from unreal loyalties," i.e., from nation, sex, school, neighborhood, and on and on" (xvi). The narrator of *Three Guineas*, according to Appiah's view, is a cosmopolitan with no attachment or loyalty to any local community. In contrast, Schröder points to the moments when Woolf's radical claims return to "reactionary Englishness" (33) in *Three Guineas* and criticizes them as a patriotism which is latent within Woolf's consciousness. These two conflicting critical views between "partial cosmopolitanism" and Woolf's Englishness will be discussed in detail in the next chapter.

As we can see, Appiah's writing was "stimulated profoundly by an invitation to read and respond to Martha Nussbaum's essay, 'Patriotism and Cosmopolitanism'" (617). Nussbaum is the very philosopher who has "urged that the boundaries of nations are morally irrelevant" (xvii). The emphasis on patriotism, as Nussbaum argues, is "dangerous, ultimately, subversive" of "moral ideals of justice and equality" ("Patriotism" 1). Furthermore, Nussbaum's insistence on being wary of patriotism leads to the very old ideal of cosmopolitanism, that is, the cosmopolitan's "primary allegiance is to the community of human beings in the entire world" ("Patriotism" 1).

Nussbaum delineates Stoic cosmopolitanism by introducing the Greek Cynic philosopher Diogenes's refusal to recognize "local origins and local group membership" through his reply, "I am a citizen of the world" ("Patriotism" 3). The Stoics, as successors of Diogenes, claimed that we were not allowed to make any distinction, even social class, between our fellow human beings and thus denied "differences of nationality or class or ethnic membership or even gender" ("Patriotism" 3). Nussbaum traces the genealogy from ancient Stoic cosmopolitanism to Immanuel Kant and points out that Kant, the most influential Enlightenment thinker, advocated "a politics based upon reason rather than patriotism" ("Kant and Stoic" 3). Nussbaum, an heir to the humanist and Enlightenment traditions, contends that cosmopolitanism is "an invitation" ("Patriotism" 3) to see our own ways of life in terms of justice and good, away from the comforts and reassurances of patriotism.

Meanwhile, Nussbaum introduces a Stoic's argument about a world citizenship which is not devoid of local affiliations. Stoic world citizenship is depicted as "surrounded by a series of concentric circles" ("Kant and Stoic" 9), which are drawn in the order of self, family, neighborhood, region, and country. Ultimately, on the outside of all these circles, the circle of humanity as a whole is drawn. Nussbaum concedes that "we may give what is near to us a special degree of attention and concern" ("Kant and Stoic" 9). On the other hand, Nussbaum belittles these concentric placements as "incidental" and emphasizes that our most fundamental allegiance must be given not to "any intrinsic superiority in the local," but to "the overall requirements of humanity" ("Kant and Stoic" 9).

World citizenship, in Nussbaum's view, can be, in a sense, "an invitation to be an exile from the comfort of patriotism" ("Patriotism" 3), which means the cosmopolitan may be forced to disclaim "the comfort of local truths," "the warm nestling feeling of local loyalties," and "the absorbing drama of pride in oneself and one's own" ("Kant and Stoic" 11). By contrast, Appiah insists that the ideal of cosmopolitanism—in his words, "take your roots with you" (622)—can allow an individual to live happily with the comfort of patriotism. In addition, Appiah defines those who deny the possibilities of a cosmopolitan patriot as enemies of cosmopolitanism. Appiah's cosmopolitan patriots can have comforts and loyalties in not only the states of birth but also the states where they grew up and live now as their homelands.

Appiah's rooted cosmopolitan celebrates the differences as cultural variety rather than denying or attacking them. This is the significant distinction that distinguishes his rooted cosmopolitanism from that of "some of the other heirs of Enlightenment humanism" (97). In describing the rooted cosmopolitan, Appiah distinguishes the nation from the state and defines the state as a narrower political community than the nation. He thinks of "our engulfment in a single-state, a cosmopolis" (97) negatively, while he insists "humans live best on a smaller scale" (97). It is because the smaller communities such as "the county, the town, the street, the business, the craft, the profession, the family" (97) are appropriate spheres for us to have moral concerns. Cosmopolitans living in smaller communities have "rich possibilities of association within and across their borders" (97) to be patriotic citizens who defend the rights of others in democratic states.

Appiah more clearly distinguishes the humanist cosmopolitan from his cosmopolitan by quoting Joseph de Maistre, a leading philosopher of the

Counter-Enlightenment and of European conservatism. Appiah points out a crucial issue in De Maistre's statement that he has met Frenchmen, Italians and Russians, but has never met a man:

> It is a thought that can, ironically, be made consistent with a liberal cosmopolitanism, a thought that may even lead us to the view that cosmopolitanism is, in certain ways, inconsistent with one form of humanism. A certain sort of humanist says that she finds nothing human alien, and we could gloss this as saying that she respects each other human being as a human, because each actual person we meet, we meet as a French person, or as a Persian — in short, as a person with an identity far more specific that 'fellow human.' (111)

> We cannot know a "fellow human" without her being a French person, etc. He insists we meet "each actual person" as a "a person with an identity far more specific," just as he argued that life in a smaller community was more appropriate for us to practice ethical interests, and thus to protect the rights of others, in his words, to do "kindness to strangers." (155)

> But we do not have to deal decently with people from other cultures and traditions *in spite of* our *differences*; we can treat others decently, humanely, *through our differences*. The humanist requires us to put our differences aside; the cosmopolitan insists that sometimes it is the differences we bring to the table that make it rewarding to interact at all. (111; italics mine)

The humanists and the cosmopolitans are not much different in relation to reason, conscience, and justice as human virtues. However, the ways in which they treat others, "in spite of our differences" or "through our differences" make a fundamental difference between them. As we have seen before, Victorian cosmopolitanism calls for "the best means to bring concord and justice among men" (Agathocleous and Rudy 389) regardless of their names, countries or colours. Such cosmopolitanism of Victorians is similar to humanists' in that it puts differences aside.

All the differences in "names," "countries," and "colors" represent class or gender, nationality or ethnicity, and race respectively. As for our attitudes toward these differences, it is an important criterion for Appiah to distinguish between humanistic cosmopolitanism and his own cosmopolitanism. In addition, like the Victorian patriarchal society, Victorian cosmopolitanism which seeks the concord and justice among men excludes women and disregards differences. Given this similarity between Victorian cosmopolitanism and humanist cosmopolitanism, it can presuppose that Woolf takes issue with this "among men," while declaring, "in fact, as a woman, I have no country" (*Three Guineas* 313).

III. Critical Cosmopolitanism in *Three Guineas*: Women, Nation, and World Citizenship

Three Guineas (1938) has been criticized because among her writings Woolf's political voice is too audible. British political reality before and after the publication of this work is deeply implicated in the formation of a relationship between cosmopolitanism and modernist literature. As Berman's research shows, the United Kingdom in the 1930s was in a national political and economic crisis, a time of rising unemployment and growing dissatisfaction with the National Government. Harold Nicholson, a reviewer of Woolf's book and Oswald Mosley "called for political change in a new journal, entitled simply: *Action*" (Berman 114), and sought to restore the British Empire's international status. The two urged the necessity of a social movement with the aim of propelling the British people back into the world's forefront. The movement was characterized, in Jessica Berman's words, as "patriotic in its mission, yet resolutely international in its scope" (115).

Three Guineas, the political writing of Woolf, is not irrelevant to this social climate but rather reflects it. *Three Guineas*, which Woolf wrote on the brink of World War II, contains a reply from "I" to the gentleman who asks the question "How in your opinion are we to prevent war?" (153). The narrator thinks it is inappropriate to ask such a question to a woman like herself. The narrator, "I," changes into "We" and compares the similarities and differences between an educated man and the daughter of an educated man: "We speak with the same accent; use knives and forks in the same way" (154). Both "can even talk during dinner without much difficulty about politics and people; war and peace; barbarism and civilization" (155). Both share these same aspects of life as educated classes, but the gulf between them is too deep to "speak across it" (155).

The gulf due to gender difference results not only in differences but also in inequality. Above all, "Arthur Education Fund" (155) for the education of sons demonstrates inequality of the daughters of educated men in education. When the narrator thinks about "how we are to help you prevent war" (157), first of all, she contemplates whether "war is the result of impersonal forces" or "war is the result of human nature" (157). If "the causes which lead to war" are the former, the importance of the trained mind by education is highlighted, and if the latter, it requires the premise that human nature, reasons, and emotions are characteristics shared by ordinary men and women. How are people to discuss avoiding war when they can't even discuss gender inequalities?

The gentleman believes that men and women can exert their wills to prevent war and further influence other people's actions and thoughts. The narrator again points out what the gentleman overlooks, that is, the difference developed by law and practice, which is men's fighting habit and which women do not share. The narrator extracts quotes from biographies to understand what war means to men. The narrator realizes "obviously there is for you [i.e., a soldier or an airman] some glory, some necessity, some satisfaction in fighting which we have never felt or enjoyed" (158-59).

At the same time, the narrator is convinced that there must be one thing that can lead to everyone's consensus regarding the war. The narrator suggests calling the one thing patriotism. Furthermore, the narrator introduces the interpretation of patriotism, citing the Lord Chief Justice's writing. He states quite generally "what patriotism means to an educated man and what duties it imposes upon him" (162). The narrator raises a question, "But the educated man's sister—what does 'patriotism' mean to her?" (162).

Unlike Englishmen being proud of England, "the educated man's sister" not only has no reason to be proud of and love England, which is the home of freedom only for Englishmen, but also has no reason to defend it. As such, gender difference, represented by the educated man's sister and Englishmen, leads to different interpretations of patriotism. However, it is necessary to call some attention to the fact that these different interpretations of patriotism caused by gender difference do not mean the absence of patriotism in women, as can be seen from the narrator's "some love of England" or "an obstinate emotion" (313) which is irresistibly linked to her formative memory.

Woolf's feminism, pacifism, cosmopolitanism and even her patriotism are involved intricately and interactively. *Three Guineas* requires more thorough analysis of Woolf's feminist pacifism. Furthermore, the debate on 'whether Woolf's patriotism is compatible with her cosmopolitanism or not' invites us to take more cautious approach as well. Accordingly, not unlike the viewpoints of some critics, I point out that war is a pivot of the complex of all Woolf's ideas, that is, the isms. Noting that almost all of Woolf's works were written and published during the interwar years, Woolf's ideas could not be understood properly as being separated from those socio-historical political situations. Eileen Barrett points out Woolf's incisive analysis of how patriarchal power culminates in war and demonstrates "the enduring relevance of Woolf's feminist criticism of the connections" (24) between the patriarchal state's economic, social and educational institutions and international wars.

Gina Potts and Emily Robins Sharpe claim Woolf to be a strict pacifist, proving how Woolf's pacifism differs from that of her husband, Leonard Woolf and her nephew, Julian Bell who both belong to the Bloomsbury group. According to Potts, Woolf was against all military acts, compared to Leonard being "not a CO [conscientious objector]" (40). Sharpe characterizes Woolf's feminist pacifism by reading *Three Guineas* and Bell's essay, "War and Peace: a Letter to E. M. Forster" in parallel. For Woolf, "Bell's written volunteering in an effort to stop the spread of European fascism" (Sharpe 155) was nothing more than impetuosity, violent impulse, and rationalization of war. Woolf's stance against the rationalization of war to end the war is in the same vein as the contention, as Sharpe points out, "the use of violence and force only perpetuates war" (155), which consistently resonates with *Three Guineas*.

Potts argues that Woolf developed political views of her own that differed from Leonard's. Woolf paid more attention to the activities of WCG (Women's Co-operative Guild), compared to Leonard's active participation in the League of Nations and the Fabian Society. WCG "refused the nation as the primary locus of community affiliation" and "remained tied to its small groups of members" (Berman 127). Woolf believes that "communities of people need to organize themselves not by nation, but in alternative groups" (Potts 41). As Berman points out, while the Fabian Society "focused on infiltrating state institutions and on developing hierarchical national structures" (127), WCG paid much attention to the small events in women's lives.

Unlike Leonard, who argued that war needed to be fought against Germany, thus rejecting conscientious objection, and Bell, who justified his abandoning pacifism, saying nothing about his aunt's community work (Sharpe 157) like the WCG branch in Rodmell, Woolf consistently argues that nationalism and patriotism have been institutionalized and have served to divide people into discrete groups, some of them deeply associated with fascism and patriarchy. In *Three Guineas* Woolf asserts such divisions have been the causes of war and that "war is always evidence of patriarchy and fascism" (Sharpe 170).

Woolf's writings regard the nation as a fatherland, inseparable from the social structure of patriarchy, which alienates women from property ownership, education and profession. In *Three Guineas*, "Outsiders' Society" as a community of women that oppose "the criteria of broad national allegiance" (Berman 126) works "by their own methods for liberty, equality and peace" (310). Similar to WCG's, the first duty of the Outsider's Society would be "not to fight with arms" (310). The Outsider's Society is a community "which must be anonymous and elastic before everything" (310), so their pacifist duty would be fulfilled "not by oath or ceremonies" (310) but by the will of members themselves.

The most difficult and significant duty of the Society is not "to refuse to make munitions or nurse the wounded" but "to maintain an attitude of complete indifference" (310). The narrator of *Three Guineas* elaborates on the indifference which is also an essential concept to Berman who has analyzed cosmopolitanism and the politics of community in modernist fictions.

Indifference, in Berman's view, is "a studied indifference to the concerns of patriotism or the demands of any specific national crisis" (115). Paradoxically, studied indifference can be interpreted as a strategically chosen action.

The Outsider's Society must base its indifference upon reason as well as instinct firmly to deny "the honors and benefits of participating in a tainted society" (Berman 115). To point out the problems of "a tainted society" that result in inequality by hierarchy, in particular patriarchy, the narrator asks, "What does "our country" mean to me an outsider?" (311). This question seems to epitomize the narrator's and Woolf's feminism and cosmopolitanism.

> And if he says that he is fighting to protect England from foreign rule, she will reflect that for her there are no 'foreigners', since by law she becomes a foreigner if she marries a foreigner. And she will do her best to make this a fact, *not by forced fraternity, but by human sympathy*. (312; italics mine)

Page Baldwin's research shows that "a British woman who married an alien became an alien herself, losing the rights and privileges accorded to British nationality" (522). This regulation in the British Nationality and Status of Aliens (BNSA) Act lasted until the 1920s and 1930s, when feminists in the Commonwealth countries as well as the United Kingdom launched a nationality campaign calling for a revision of the regulation. Woolf points out the ironic reality of British women (to be exact, British women married to foreigners) who are no longer distinguished by law from foreigners. The loss of British nationality due to international marriages forces British women to embrace the view that "there are no 'foreigners'" as a fact through "human sympathy," not "forced fraternity." Furthermore, Woolf raises suspicions that patriotism may be "some ingrained belief in the intellectual [and moral] superiority of her own country over other countries" (312).

Baldwin argues that the equal nationality campaign "can contribute to our understanding of interwar Britain and British feminism" (523). At the same time, she points out a strange priority of the feminists: to be specific, the nationality campaign shows feminists' endeavors "to stay within the British imperial family" (523) in their total rejection of "the principle that marriage to an alien could ever thrust them outside that structure" (523). Baldwin's argument is one of the continuous criticisms of Western feminists, but it is not sufficient to generalize it to the case of the female outsiders of Woolf's *Three Guineas*.

The female outsiders whose nationality was "sacrificed first to the unity of the family and then to the unity of the Empire" (Baldwin 524) dream of a women's community around the world rather than subordinating their interests to those of the family and trying to remain citizens of the British Empire. She realizes "our country" has denied her its obligations such as education, property ownership and protection and "treated her as a slave" (313). She also listens impartially and sympathetically to "the testimony of the ruled—the Indians or the Irish, with "human sympathy." Thus, she finds out the answer to the question she asked herself, "What does 'our country' mean to me as an outsider?" (311) and is willing to renounce her nationality and longs for world citizenship:

> For, the outsider will say, in fact, as a woman, I have no country. As a woman I want no country. As a woman my country is the whole world.' And if, when reason has said its say, still some obstinate emotion remains, some love of England dropped into a child's ears by the cawing of rooks in an elm tree, by the splash of waves on a beach, or by English voices murmuring nursery rhymes, this drop of pure, if irrational, emotion she will make serve her to give to England first what she desires of peace and freedom for the whole world. (313)

Using the words "as a woman" three times, she urges a form of non-violent protest against the country which engages in war and violence. The determined insistence that "I have no country" elicits a suspicious response to Kant's idea of a citizen of universal humanity, in other words, "free rational beings equal in humanity, each of them to be treated as an end" ("Kant and Stoic" 12). As Nussbaum points out, Kant and Stoic cosmopolitanism focus not on "their institutional and practical goals," but on "the moral core of their ideas of reason and personhood" ("Kant and Stoic" 12). In contrast, Woolf focuses more on how the patriarchal and militaristic institutions have excluded women than on celebrating the universal humanity of Kant and Stoic cosmopolitanism.

Kant's cosmopolitanism which is encapsulated as "a perfect civil union of mankind" (Kant 51) implies the homogenization of diversity and difference within and among various political communities. In contrast, Appiah's rooted cosmopolitanism emphasizes cultural diversity within states as well as between them. Nevertheless, it is not susceptible to differences and discrimination of the "Outsider Society" in *Three Guineas*. Kant's universal state of humanity which is represented by men on behalf of all mankind, inevitably produces "universal patriarchy" (23) as Susan Standford Friedman points out. Appiah's rooted cosmopolitanism also cannot provide fertile soil for the woman outsider in *Three Guineas*, who states "as a woman my country is the whole world."

The woman outsider is "a cosmopolitan outsider," according to Berman's definition, who resists the national systems through a consistent indifference. Paradoxically indifference implies neither inaction nor political passivity. Rather it shows indifference to "the honors and benefits of participating in what she sees as a tainted society," and thus it can be "the best route to cosmopolitanism" (Berman 115) as well as exile. According to Rosi Braidotti, the cosmopolitan outsider as exile is "a sort of planetary exile which has been a topos of feminist studies" (55).

The exile is a sort of intellectual social exile which "rejects the values that are immanent to that society" (Braidotti 55). The cosmopolitan outsider, Rosi Braidotti argues, is a feminist nomad who is "autonomous yet endowed with fluid ego boundaries" (55) and chooses strategically exile as a means to criticize social inequality. In Braidotti's view, the narrator's statement, "as a woman, my country is the whole world," implies "some belief" (55) in a space that exists in reality for social or political criticism. Friedman observes that she is "a Utopian longing for a peaceful world citizenship" (23-24). According to Friedman's argument, this world citizenship can be compatible with "love of country" (24) that is not nationalistic.

Whether it is a Utopian longing or an active attempt to find an ideal community for subjectivity, these authors invite us to examine closely the narrator's stance as a cosmopolitan outsider. Her love of England, in other words, a deep vein of Englishness which runs through herself can be a focal point on her cosmopolitanism. Rationally, the narrator declares that she will find an ideal country for an outsider like herself around the world across the borders of England. But in emotional terms, the narrator cannot deny her deeply rooted Englishness. The narrator, as a cosmopolitan outsider is not just a marginalized and rootless exile but rather, a cosmopolitan who nonetheless has roots and who still retains "some obstinate emotion" and "some love of England."

How is this outsider's Englishness involved in Appiah's cosmopolitan patriot?' Appiah's cosmopolitan patriot is rooted in his "natal patria" (*Cosmopolitanism* 91) which means one's own country of birth. Like the cosmopolitan patriot "attached to a home of his or her own" (*Cosmopolitanism* 91), the outsider in *Three Guineas* has a deep affinity to England evoked even by the sounds from England's nature such as "the cawing of rooks in an elm tree" or "the splash of waves on a beach" and "English voices murmuring nursery rhymes" (313). This Englishness does not seem much different from what Appiah's cosmopolitan patriots have felt about their home countries. Appiah doesn't seem to pay much attention to the woman outsider's confession of "obstinate emotion," "some love of England" (313) in *Three Guineas*. Regardless of this response, his rooted cosmopolitanism calls our attention to the potentiality of Woolf's cosmopolitan patriot aspiring after a community for sisterhood.

IV. The Exiles in the Cosmopolitan City of London

Mrs. Dalloway represents a day measured by clock, in London, the capital of the British Empire and cosmopolitan city after the end of World War I. Within such a brief temporal span, if not narrated in detail, it offers glances of various marginal lives, such as immigrants, expatriates, and foreigners, along with glances of lives of the ruling class represented by Mrs. Dalloway's party guests. In psychological time, so to speak, in the characters' stream of consciousness, coexist two spatial and temporal dimensions, that is, present and past, and home and foreign country. Uprooted from Milan's gardens and transplanted in London, Rezia Warren Smith, the Italian wife of Septimus who was a World War I veteran, like most foreigners lives "like flowers stuck in pots" (25). While the female narrator of *Three Guineas* dreams of exile for an ideal female community, Rezia, as a married immigrant idealizes her home country as an "Edenic female world" (Abel 424).

According to Abel, *Mrs. Dalloway*'s female development plot interconnects Clarissa and Rezia through tunnels of consciousness. For example, the shift from Italy to England, like Clarissa's shift from Bourton to London results in her feeling powerful nostalgia. As Abel points out, marriage and war "as agents of expulsion from this female paradise" (424) evoke Rezia and Clarissa's nostalgic memories. However, when focusing on immigration and exile, Rezia's vision of London and nostalgia for her home country challenge those of Clarissa. The isolation that Rezia, "only twenty-four, without friends in England, who had left Italy for his sake" (17) feels in London, a foreign city as an immigrant, is not the same as Clarissa feels as a mainstream ruling class.

As Helen Southworth points out, Rezia's disturbed consciousness after Septimus flung himself to death subtly reflects Clarissa's recollection of "bursting open the French windows and plunging at Bourton into the open air" (3). Southworth's comparative analysis highlights "an erasure of boundaries (between city and country, England and Italy)" (112). Like Clarissa, Rezia opens long window, and steps out into some garden. In her dream, Italy commingles with England: "they sat on a cliff. In London too, there they sat," (163). There half dreaming, Rezia hears the nostalgic sound like "the caress of the sea" (163) and "murmuring to her laid on shore" (163). These nostalgic sounds are not much different from "murmuring nursery rhymes" (313) that make the narrator of *Three Guineas* feel a visceral attachment to home country. Thus, Woolf emphasizes the complexity of Rezia's nostalgia which a female immigrant has experienced in a cosmopolitan city.

Rezia's nostalgia, according to Southworth's argument, is associated with issues such as "mixed marriage, (dual) nationality, exile and assimilation" (112). The nostalgia that evokes Rezia's memories of Italy can be a counterpart to those a rooted cosmopolitan (as a woman, not a man) might feel for a lost connection to a world of childhood. As Rezia's mixed marriage causes her dislocation, so Woolf's "alliance to an impecunious Jew" (Rosenfeld 3) leads to her confusion. "Mixed marriage resulted in this mixed Virginia," (*L6* 309) as Woolf wrote in a letter to Ethel Smyth. Woolf's dislocation results from both the marginality from her marriage to a Jew, Jewish Leonard, and the centrality of her having the highest connections in British society. Ironically, Woolf's unique stance "played a vital role in her engagement with injustice" (Rosenfeld 5) and her representing the social outsiders in her works.

Natania Rosenfeld who refers to the Woolfs as "outsiders together" analyzes Woolf's dislocation as "the ground of fertile productivity" (16) for her works. According to Rosenfeld, Woolf, in spite of "the comfortable heights of middle-class life" (16), celebrates displacement, "cherishing the mind's capacity to inhabit two places at once" and in so doing she "always enjoins attention to the tragedy of the forcibly displaced" (16) on her readers. Woolf herself as a modernist writer as well as an outsider, embodies social outsiders' ostracized realities in her works.

With Rosenfeld on the side of Woolf's defense, Rebecca Walkowitz analyzes the narrative features of Woolf's modernist fictions. According to Walkowitz's analysis, Woolf resists "social postures of euphemism and blinding generalization postures" (120), which are associated with decent feelings without dissenting thoughts, to be specific, "decentering the first person point of view, rejecting tones of comfort or confidence, risking indecency" (120). In fact, not only Walkowitz, but even Rosenfeld herself also accept the criticism that Woolf failed to overcome "her class biases" and "ingrained ethnocentric, antisemitic, and racist tendencies" (Rosenfeld 15) and "Woolf's fiction speaks of fascism and war but fails to address those topics directly or appropriately" (Walkowitz 121).

Apart from their admissions of Woolf's failure, they reevaluate the effectiveness of Woolf's narrative strategies and narrative techniques. For Walkowitz, criticism against Woolf, so to speak, "too distracted in her commitments and too cosmopolitan in her analogies" (122) proves, paradoxically, that Woolf's narrative strategy is effective as an evasive one that resists an unambivalent view of life and seeks unattainable realities in life. However, in Woolf's cosmopolitan analogies, the juxtaposition of scenes —"the world of parties at home and the wars of fascism abroad" (122)—is rather evasive than descriptive.

Extricating Woolf's modernism from the dichotomy of "good/bad," Walkowitz attempts to subvert the concept of being "bad:" "Woolf does not replace the euphemisms of British patriotism with explicitness, transparency or heroic action, and in this sense her modernism is purposefully bad" (123). Marleen Gorris' film, *Mrs. Dalloway* (1997) adds direct representation to remedy the problem of Woolf's "bad modernism," more specifically, evasion —having parties instead of thinking about Septimus' death. Good modernism, in Walkowitz's view, is "a modernism matched to narrative clarity, direct representation" (131). Based on this view, Woolf's modernist narrative can't be good, because it distracts our attention with evasions of syntax and plot. Woolf resists paying attention to war and specific wars and proposes to nourish "international sympathy and national dissent" (Walkowitz 123) through evasions.

Woolf's evasions of syntax and plot challenge and disturb the euphemism which also happens when she uses insubordinate syntax, that is, parataxis—

the phrases and images within a sentence as well as the scenes "that follow each other without immediate rationale" (Walkowitz 135). The concern about euphemism is that it makes the contents of the replacement and the act of replacement itself invisible. Euphemisms give an uncomfortable experience a new name to replace the discomfort. For example, to Rezia who asked if her husband was mad, Sir William Bradshaw "never spoke of 'madness;' he called it not having a sense of proportion" (106).

Mrs. Dalloway "tried to be the same always, never showing a sign of all of the other sides of her" (40), so many varied aspects of herself were contracted into one "pointed; dart-like; definite image" (40). With "this image as the face of social decorum" (Walkowitz 133), Woolf suggests English patriotism displays only one socialized thought and conceals "multiple attachments and unruly desires of cosmopolitan Britain" (Walkowitz 133). Woolf demonstrates that euphemism, as in British patriotism as well as in *Mrs. Dalloway*'s London society, is "too comfortable" to represent the lives of citizens in cosmopolitan London after World War I. And thus, in spite of criticisms like "political negligence" (Walkowitz 131), Woolf is willing to adopt evasion as a narrative strategy to challenge the jingoism of wartime England which demanded uniform loyalty and interests.

Woolf's evasion rejects such wartime priorities of attention as trench warfare and the death of comrades. In so doing, she provides her readers with more opportunities to be aware of the networks of denial in human society. Woolf points out the problem or danger from Peter Walsh's generalizing perspective of the British Empire through his celebration of its "civilisation."

Ignoring the horrors or injustices of colonialism, starting with the efficiency of the ambulance which "picked up instantly, humanely, some poor devil" (165), Peter expands gradually his view of the efficiency and order of the British Empire and its whole civilization. In fact, "the organisation, the communal spirit of London" (165) newly recognized by Peter as an expatriate is nothing more than the efficiency of the dominant-subordinate relationship based on colonialism on the one hand and "the European war" (105) on the other.

Peter, just returned to his home country after serving in India as a colonial official, sees "the future of civilisation" (55) in the boys marching off to war,

> Boys in uniform, carrying guns, marched with their eyes ahead of them, marched, their arms stiff, and on their faces an expression like the letters of a legend written round the base of a statue praising duty, gratitude, fidelity, love of England. . . . they marched, past him, past every one, in their steady way, as if one will worked legs and arms uniformly, and life, with its varieties, its irreticences, had been laid under a pavement of monuments and wreaths and drugged into a stiff yet staring corpse by discipline. (55-56)

Through the march of "boys in uniform" and their facial expressions embodying the inscriptions on a marble statue, "praising duty, gratitude, fidelity, love of England," Woolf presents a skeptical vision of the future of the British Empire or "civilisation." More specifically, like the boys' march, civilization in British society demands uniformity, will not tolerate dissent, and its final destination is war, death, and praise for patriotism: "the solemnity of the wreath which they had fetched from Finsbury Pavement to the empty tomb" (56). On this historic road with the monuments to commemorate war heroes, including those killed in World War I, Peter is conscious almost simultaneously of the denial of "life, with its varieties" as well as of the uniformity of a narrow version of civilization.

Peter stands feeling "the strangeness" (56) under Gordon's statue in Trafalgar Square, and he thinks Gordon and he himself too "had made the same renunciation, and achieved at length a marble stare" (56). The great war heroes like Gordon as well as Peter from his Anglo-Indian family had to "trample under the same temptations" in order to accomplish a marble stare. Particularly noteworthy is that the achievements of marble stare, in other words, patriotism, imperialism, and militarism tempt the great soldiers, colonial officers, and the marching boys to renounce varieties and "irreticences" of life. As such Woolf criticizes the national ideologies through the characters' perspectives on national monuments made of marble.

Woolf's character, Eleanor in *The Years* (1938) tells Peggy about the statue of Edith Cavell, a British nurse who was executed during World War I for treating wounded soldiers from both camps. The statue of the heroic woman stands in the northeast of Trafalgar Square, with predictable inscriptions, that is, "the usual patriotic phrases" such as "fortitude," "devotion," "for King and country" (Walkowitz 141) and Cavell's own words later added, "Patriotism is not enough, I must have no hatred or bitterness for anyone." Eleanor's quote for Walkowitz constitutes "[t]he only fine thing that was said in the war" (141), and it may represent Woolf's own critical view of war and patriotism.

Compared to the patriotism propagated by "the exalted statues, Nelson, Gordon, and Havelock" (56), the statue of Cavell suggests something beyond patriotism, perhaps non-habitual attentiveness that might cross the border of blind patriotism. "Neither embracing patriotism nor rejecting it outright," as Walkowitz notes, "Cavell's tentative universalism forces readers to speculate about the statue's message" (141). In this respect, Cavell's statue has oxymoronically "its articulate evasiveness" (Walkowitz 141), which illustrates Woolf's bad modernism. Woolf's evasion as the defining factor of "bad modernism" paradoxically serves as a basis for defending Woolf. Woolf rejects the topic and tone appropriate for war and patriotism in the conventions of traditional narrative to challenge our persistent habit of attentiveness.

V. Conclusion

'Root' has been a significant recurrent figurative term, often in such words as 'rootless,' and 'rooted' in articles on cosmopolitanism. Appiah also uses 'rooted' as an important rhetorical device to fuse seemingly mutually exclusive terms like patriotism and cosmopolitanism. As a modernist feminist writer, Woolf shows her Englishness, which can be seen as a root of Woolf's identity, and is aware that it is likely to be viewed as discordant with cosmopolitanism. To find a point of intersection with cosmopolitanism, the philosophical speculations of cosmopolitanism by Appiah and Nussbaum needed to be analyzed comparatively.

In *Three Guineas*, Woolf uses gender difference to suggest that women's understanding of patriotism is different from men's. The point is not women's deficiency of patriotism but perhaps men's deficient understanding of patriotism. In real life, Woolf actively participated in WCG's activities, and in *Three Guineas* she adopted the strategic indifference of "the Outsiders' Society" (309) as a way of resistance. This studied indifference enabled outsiders to escape from "unreal loyalties" and "interested motives" assured by "the State" (320). This serves as a criterion for Appiah to put Woolf into the same category as the philosopher who advocates Stoic cosmopolitanism. Appiah considers Woolf's strategic indifference as opposed to patriotism, and sees her cosmopolitanism as close to "the impartialist version of cosmopolitanism."

In *Three Guineas*, Woolf urges us to distinguish between "the unreal loyalties which we must despise" and "the real loyalties which we must honour" (272). Woolf's argument, through Antigone, emphasizes that "the real loyalties" represent opposition to tyranny and support for universal humanity. In addition, Antigone's words, "'Tis not my nature to join in hating, but in loving" (*Three Guineas* 396) like Cavell's are related to a cosmopolitanism, which is critical of blind and narrow patriotism and seeks universal values for mankind. Nevertheless, there have been problems that have made it difficult to judge Woolf as a Stoic cosmopolitan, such as the conflicts intertwined with patriotism, cosmopolitanism, anti-Semitism and Englishness, which make Woolf's cosmopolitanism seem 'partial' rather than 'impartial.'

Reading *Mrs. Dalloway* focused on the representations of the displaced lives of social outsiders—immigrants, expatriates, and foreigners— living in the cosmopolitan city of London in the early 20th century, this paper has attempted to interpret Woolf's modernist narrative through cosmopolitanism. Woolf represents the alienated life of Rezia, a married immigrant who moved to London, the cosmopolitan city with empathetic understanding, which can be seen as Woolf's ethical practice of cosmopolitanism—"kindness to strangers" (Appiah 155)— through writing as a writer. As Rosenfeld argues, the unique stance of 'mixed Virginia' due to 'mixed marriage' with a Jew opens up the possibility of representing the displacements of social outsiders, 'through' the ethnic, cultural, and gender differences.

Now, I would like to answer the questions raised at the beginning of this paper, Can we call Woolf a cosmopolitan? and Is Woolf's Englishness or patriotism compatible with cosmopolitanism? Woolf's Englishness coexists with cosmopolitanism uncertainly and dissatisfiedly, making Woolf's modernist novels difficult to approach as a cosmopolitanism. Nonetheless, Woolf appreciates women's and foreigners' displacements without abandoning some love of England which can also be seen as a feminist pacifist patriotism, even if not completely crossing the barriers of her deeply ingrained class, ethnic and racial prejudices.

The statement, "As a woman, I want no country. As a woman, my country is the whole world" does not mean shedding "stigma of nationality" (*Three Guineas* 273) and advocating exile or rootless cosmopolitanism. More attention needs to be paid to the "As a woman" of this statement. While *Mrs. Dalloway* offers aesthetically vague possibility of a rooted cosmopolitan through "the mind's capacity to inhabit two places at once" (Rosenfeld 16), it implies that there is no such country that exists as an ideal community of peace and equality for women.

Woolf opposes presenting abstract and universal humanity as well as literary conventions and patriotism, to represent conflicts related to affiliations, attachments, and displacements of characters who leave their home country and live as strangers. Just as Woolf led the literary revolution called modernism, which challenges literary conventions through innovative narrative techniques, she challenges the ideal and revolutionary adventure of cosmopolitanism, demanding the reader's intimate and caring feminist imagination.

출처: 『영미어문학』 145호(2022), 131–60쪽.

■ 인용문헌

Abel, Elizabeth. "Narrative Structure(s) and Female Development: The Case of Mrs Dalloway." *Virginia Woolf Critical Assessments: Critical Responses to the Novels from The Voyage Out to To the Lighthouse*, edited by Eleanor McNees, Helm Information, 1994, pp. 412-44.

Agathocleous, Tanya, and Jason Rudy, "Victorian Cosmopolitanisms: Introduction." *Victorian Literature and Culture*, vol. 38, no. 2, 2010, pp. 389-97.

Appiah, Kwame A. *Cosmopolitanism: Ethics in a World of Strangers*. W. W. Norton & Company, 2006.

_____. "Cosmopolitan Patriots." *Critical Inquiry*, vol. 23, no. 3, 1997, pp. 617-39.

Barrett, Eileen. "The Value of *Three Guineas* in the Twenty-First Century." *The Theme of Peace and War in Virginia Woolf's War Writings: Essays on Her Political Philosophy*, edited by Jane Wood, The Edwin Mellen Press, 2010, pp. 23-38.

Baldwin, M. Page. "Subject to Empire: Married Women and the British Nationality and Status of Aliens Act." *Journal of British Studies*, vol. 40, no. 4, 2001, pp. 522-56.

Berman, Jessica. *Modernist Fiction, Cosmopolitanism, and the Politics of Community*, Cambridge UP, 2001.

Braidotti, Rosi. *Nomadic Subjects: Embodiment and Sexual Difference in Contemporary Feminist Theory*, Columbia UP, 1994.

Friedman, Susan S. "Wartime Cosmopolitanism: Cosmofeminism in Virginia Woolf's *Three Guineas* and Marjane Satrapi's *Persepolis*." *Tulsa Studies in Women's Literature*, vol. 32, no. 1, 2013, pp. 23-52.

Kant, Immanuel. "Idea for a universal history with a cosmopolitan purpose." *Kant: Political Writings*, edited by Hans Reiss, Cambridge UP, 1991, pp. 41-53.

Nussbaum, Martha. "Kant and Stoic cosmopolitanism." *The Journal of Political Philosophy*, vol. 5, no. 1, 1997, pp. 1-25.

_____. "Patriotism and Cosmopolitanism." *Boston Review*, www.bostonreview.net/articles/martha-nussbaum-patriotism-and-cosmopolitanism. Accessed 9 April 2021.

Potts, Gina. "Woolf and the War Machine." *The Theme of Peace and War in Virginia Woolf's War Writings: Essays on Her Political Philosophy*, edited by Jane Wood, The Edwin Mellen Press, 2010, pp. 39-60.

Rosenfeld, Natania. *Outsiders Together: Virignia Woolf and Leonard Woolf*, Princeton UP, 2000.

Schröder, Kore L. "'A Question is asked which is never answered': Virginia Woolf, Englishness and Antisemitism." *Woolf Studies Annual*, vol. 19, 2013, pp. 27-57.

Sharpe, E. Robins. "Pacifying Bloomsbury: Virginia Woolf, Julian Bell, and the Spanish Civil War." *The Theme of Peace and War in Virginia Woolf's War Writings: Essays on Her Political Philosophy*, edited by Jane Wood, The Edwin Mellen Press, 2010, pp. 153-170.

Southworth, Helen. "'Mixed Virginia': Reconciling the 'Stigma of Nationality' and the Sting of Nostalgia in Virginia Woolf's Later Fiction." *Woolf Studies Annual*, vol. 11, 2005, pp. 99-132.

Walkowitz, Rebecca. "Virginia Woolf's Evasion: Critical Cosmopolitanism and British Modernism." *Bad Modernisms*, edited by Douglas Mao, and Rebecca L. Walkowitz, Duke UP, 2006, pp. 119-44.

Woolf, Virginia. *A Room of One's Own and Three Guineas*, Oxford UP, 1992.

_____. *Mrs. Dalloway*, Penguin Books, 1992.

_____. *The Letter of Virginia Woolf Vol 6*, edited by Nigel Nicolson, and Joanne Trautmann, A Harvest/HBJ Book, 1982.

_____. *The Years*, Harvest/Harcourt Brace Jovanovish, 1965.

이등시민의 반격: 잉글랜드의 의붓딸들과 이대녀*

ㅣ 김부성

I. 여성을 정치 참여 주체로 호명하기

2016년 겨울 한국에서 폭발한 시민의 분노는 '촛불혁명'으로 번졌고 대통령 탄핵이라는 민주주의 역사에 길이 남을 사건을 만들었다. 하나의 거대한 에너지로 응집되어 정의를 실현하고 권력을 심판하는 데 쓰인 한국 사회의 분노는 그후 사그라지지 않고 노선을 바꾸어 진영, 남녀, 세대 등 다양한 계층 간 갈등 속으로 재배치되었다. 특히 지난 몇년 사이 주요 쟁점으로 급부상한 남성과 여성 사이 갈등과 분노는 사회의 분열과 배제를 논할 때마다 도마 위에 올랐고, 급기야 올해 대선에서 거대 양당의 첨예한 접전의 주요 원인으로 지목되었다. 또 한 번의 정권교체라는 결과를 가져온 이번 3월 대선에서 언론이 주목한 이슈 중 하나는 20대 여자 현상, 이른바 이대녀 현상이다. "부유하는 심판자들"(국승민 외 81), "대선판에서 실종된"(강성만) 존재들로 불

---

* 『안과밖』 제53호(2022), 38-58쪽에 수록된 것을 일부 수정·보완한 것임.

리기도 한 이대녀는 2021년 4·7 재보궐 선거 때부터 언론의 주목을 받기 시작했다. 당시 서울시장 당선자인 오세훈 후보에게 가장 적은 표(40.9%)를 준 집단이자 거대 양당을 찍지 않은 비율이 가장 높았던(15.1%) 집단인 이들을 두고 언론은 이 숫자들이 무엇을 의미하는지 — 가령 이들의 정치에 대한 무관심을 의미하는 것인지, 아니면 자신들의 의견을 대변하는 정당이 없다는 사실에 기인한 무력감을 의미하는 것인지 — 분석하고자 했다. 한 시사지가 설문조사한 바에 따르면 20대 여자들은 "능력 차원에서 자신들이 남성에 비해 '약자'라고 생각하지 않지만, 한국의 사회구조가 성차별적이라고" 본다(김은지). 이들 열명 중 네명은 자신을 페미니스트로 생각하고 있다. 이들은 특히 성별에 따른 임금격차에 민감하고 결혼과 출산을 사회적 성취를 저해하는 요소로 보는 경향이 강하다. 또한 사회적 소수자가 겪는 차별 금지와 다양성을 우선하는 노력에 관심을 보이는 비율이 다른 성별과 연령대보다 두배 이상 높다.

이대녀 현상은 한국사회가 여성을 유권자, 즉 정치 참여 주체로 호명하는 이례적인 방식이다. 이들은 선거의 판세를 바꿀 수 있는 유의미한 부동층으로 비춰지기도 하며, 이들의 비혼·비출산 지향은 국가적 차원에서 인구절벽의 원인으로 지목되기도 한다. 그러나 과연 이들을 일관된 정치적 영향력을 행사하는 결집세력이라 할 수 있을까? 공통된 목소리를 내고 실체가 파악되는 '집단'으로 볼 수 있는가? 이들의 대립항으로 여겨지는 '이대남'이 페미니즘에 대한 부정적인 경향을 비교적 일관적으로 드러내는 반면,[1] 이대녀를 구성하는 특징은 연령과 성별 외에 뚜렷하게 파악되지 않는다. 언론 일각에서

1) 물론 김수아가 주요하게 지적하듯이 '이대남' 또한 실체가 뚜렷이 파악되는 집단이라기보다는 "담론 과정을 통해" 문재인 "정부 반대와 반 페미니즘으로 축약된 청년 남성상으로 구성"된 것이라 할 수 있다(54). 이에 대한 자세한 논의는 김수아 참조.

는 성별·세대 갈등의 반영이 아니라 오히려 이를 조장하는 용어이며, "정치권이 부풀린 허상"일 뿐이라는 비판도 있다(정진호).

이 글은 울프(Virginia Woolf)의 장편 에세이 『3기니』(*Three Guineas*, 1938) 읽기를 통해 한국사회 내 이대녀 현상을 바라보는 하나의 관점을 제시하고자 한다. 『3기니』는 출판 당시와 울프 사후 신비평주의가 우세하던 시기에는 비평적 관심을 받지 못하다가, 여성문학의 (재)발견과 문학의 정치성에 대한 논의가 활발해지고 특히 전쟁과 파시즘에 대한 여성의 글쓰기가 주목받기 시작한 20세기 중후반 제2물결 페미니즘의 부상과 함께 재발견된 작품이다. 『3기니』는 울프의 "노골적인 페미니스트"로서의 면모가 가장 두드러지는 작품, 그녀의 시대에 일어난 사건들에 대해 직접적으로 정치적·사회적 목소리를 내는 작품으로 평가받는다(Marcus 229). 『3기니』를 현재 한국사회 이대녀 현상을 의식하며 읽을 때 단연 도드라져 보이는 지점은 당대 영국사회가 여성시민권 문제를 다루는 방식에 대한 울프의 비판적 사유이다. 이어지는 절에서는 먼저 『3기니』의 배경인 19세기 말 20세기 초 영국 여성의 시민권을 둘러싼 주요 쟁점들을 살펴본 다음, 이를 바탕으로 울프가 『3기니』에서 "교육받은 남성의 딸들"(daughters of educated men)이라는 계층 개념을 제시하는 방식, 그리고 이 계층을 "잉글랜드의 의붓딸들"(step-daughters of England)로, 나아가 여성의 무국적성을 선언하는 "아웃사이더 단체"(Outsiders' Society)로 단계적으로 표상하는 방식을 추적한다. 그런 다음 울프의 여성시민권에 대한 논의가 한국의 청년여성들에게 줄 수 있는 시사점을 생각해보고자 한다.

II. 여성참정권운동과 울프

19세기 말에서 20세기 초 영국 여성의 시민권은 사유재산권과 선거권 획득을 중심으로 쟁점화되었다. 1882년 잉글랜드와 웨일스에서는 기혼여성재산법(Married Women's Property Act)이 통과되어 기혼여성이 부동산 등의 재산을 사고팔거나 소유할 수 있으며 소득을 가질 수 있게 되었다. 1884년에는 제3차 개혁법(Third Reform Act)이 잉글랜드 내 선거권을 확대해 전체 유권자가 550만 명 이상에 달했으나, 여전히 성인 남성의 40퍼센트와 모든 성인 여성은 선거권을 부여받지 못했다. 1918년 1차 세계대전 휴전 직후 의회개혁법은 영국 내 여성들의 전쟁에 대한 기여를 인정하는 의미에서 일정 자격을 갖춘 30세 이상의 여성에게 선거권을 부여하는 한편, 모든 남성에게 투표권을 부여했다. 1884년 이후 남은 40퍼센트에 해당하는 성인 남성 노동자 계층의 투표권이 새로운 정치적 영향력으로 유입된 것이다. 1년 후인 1919년에는 성별직업제한철폐법[Sex Disqualification (Removal) Act]이 여성들에게 전문직업과 공직을 개방했고, 애스터(Nancy Astor)가 영국역사상 첫 번째 여성 국회의원으로 선출되었다. 그로부터 약 10년 후인 1928년에 제정된 평등선거권법(Equal Franchise Act)은 재산 소유 여부에 관계없이 21세 이상 모든 성인에게 선거권을 부여했고 그 결과 전체 유권자의 50퍼센트가 넘는 500만 명 이상의 여성이 투표할 수 있게 되었다. 20세기 전반 여성시민권 증진 관련법 제정 및 개정은 이렇게 일단락된다.

이러한 점진적 권리 확대에는 제1물결 페미니즘이라 할 수 있는 여성참정권운동이 기여한 바가 크다. 영미권 여성참정권운동사에서는 특히 1905년부터 1920년까지가 중요한 시기로 거론되는데, 대략 잉글랜드 내 여성참정권운동이 투쟁의 성격을 띠기 시작한 시점부터 여성 참정권 보장을 골자로 한 미국 수정헌법 제19조가 통과된 때까지를 아우른다. 이 시기 영국 내 여성참정권운동은 세 여성단체를 주축으로 이루어졌다. 1897년 조직되고 포셋(Millicent Fawcett)이 주도한 비투쟁적 성향의 전국여성참정권연합협회(National Union of Women's Suffrage Society), 1903년 팽크허스트(Emmeline Pankhurst)가 설립 후 그녀의 딸 크리스타벨(Christabel Pankhurst)과 함께 이끌었으며 투쟁적 방법을 표방한 것으로 유명한 여성사회정치연합(Women's Social and Political Union, WSPU), 그리고 1907년 WSPU에서 갈라져 나온 여성자유연맹(Women's Freedom League, WFL)이 그것이다. 이 단체들은 당시로서는 파격적인 방식이었던 퍼레이드·행진 등을 통해 자신들을 공공장소에 전시하는 한편, 인쇄 및 시각 매체를 적극적으로 활용하여 자신들의 대의를 알리는 방법을 택했다(Chapman and Green 26). 이러한 페미니스트 단체들의 자기스펙터클화는 조직하고, 갈등을 협상하며, 다양한 집단과 연대할 수 있는 여성의 능력을 보여줌으로써 "가정의 천사"라는 여성의 구시대적 이상형을 깨부수는 한편, 여성이 정치에 적합한 존재임을 부각시킴으로써 성 구분에 대한 인식 재고를 촉구했다(27). 여기서 더 나아가 WSPU와 WFL은 시위·선거집회 방해·자발적 투옥 반복 등의 방법을 사용했으며, 1912년부터는 유리창 깨기, 사유재산이나 공공기물에 방화하기 등 더욱 과격한 행위를 통해 남성 위주 정치담론에 균열을 내고자 했다(28).

여성참정권에 대한 울프의 입장은 다소 양가적이고 모호하다고 평가받는다. 울프는 참정권 획득의 실효에 대해 의문을 제기하거나 회의감을 표출하기도 했는데, 이는 역설적으로 여성의 실질적 권리 획득에 대한 울프의 깊은 관심을 드러낸다. 1928년 평등선거권법 제정 이듬해 출간된 『자기만의 방』(*A Room of One's Own*, 1929)에서 울프의 화자는 가상의 친척 메리 비턴으로부터 1년에 500파운드라는 유산을 상속받았다는 사실과 함께 "투표권과 돈,

이 두 가지 중 내게는 돈이 훨씬 더 중요해 보였다는 사실을 인정해야겠"다고 말한다(37). 『3기니』에서는 여성들이 그들에게 의미 있는 "유일한 권리"인 "생활비를 벌" 권리를 얻었기에 "페미니스트"라는 "죽은 단어," 의미를 잃어버린 "타락한 단어"를 불태워버리자는 급진적인 표현을 쓰기도 한다(179). 비록 울프는 활동가적 면모를 보인 적이 거의 없지만, 여성참정권운동이 활발히 전개되던 시기에 자신의 가정교사였던 고전학자이자 여성의 권리 옹호자였던 케이스(Janet Case)에게 영향받아 정치활동에 나설 것을 적극적으로 숙고해보기도 한다. 1910년 1월 1일 케이스에게 보낸 편지에서 울프는 케이스가 얘기해준 당시 상황의 부당함에 대해 "조치가 필요하다"(action is necessary)고 느꼈다고 쓰며, "일주일에 한두 번 오후에 성인 참정권자들에게 보내는 서신 봉투에 주소 쓰는 일을 하는 것이 도움이 될지" 묻는다(*Letters* 1: 421).[2] 또한 울프는 『밤과 낮』(*Night and Day*, 1919)과 『세월』(*The Years*, 1937)과 같은 작품에 주요 등장인물 중 한명으로 여성참정권운동가를 그림으로써 여성참정권운동의 역사적 중요성을 간과하지 않는다.[3]

1928년 여성참정권운동의 대의가 평등선거권법 제정과 함께 실현되면서 많은 여성단체들은 그 성격을 수정하거나 새로운 대의를 표방하게 된다. 일례로 울프의 유명한 "집 안의 천사" 개념이 제시된 에세이 「여성을 위한 직업」("Professions for Women," 1942)은 울프가 1931년 여성 공무직 근로자를 위한 런던 및 전국단체(London and National Society for Women's Service)에

---

2) 울프와 여성 참정권 사이에 간과된 영향관계를 포착하여 그 중요성을 선구적으로 밝힌 학자 중 한 명인 박소원(Sowon S. Park)은 이를 근거로 1910년에 울프가 아마도 정황상 국민참정권연맹(People's Suffrage Federation)이라는 단체에서 거의 1년 정도 일했을 것이라고 추측한다. 좀더 자세한 논의는 Park 참조.

3) 『밤과 낮』을 중심으로 울프의 여성참정권운동에 대한 관점을 다룬 국내 연구는 김금주 참조.

서 읽은 발표문에 기초한 것으로 알려져 있는데, 이 단체는 본래 참정권 단체였다가 1928년 이후 직업을 통해 공적 영역에 진입하는 여성들을 지원하는 방향으로 재편성되었다. 또 한 가지 특기할 사항은 평등선거권법 제정부터 2차 세계대전 발발 사이 잉글랜드의 몇몇 주요 여성단체는 새롭게 선거권을 부여받은 여성시민들의 권리를 위해 싸우고 헌신하는 과정에서 자신들을 "페미니스트"가 아닌 "시민"이라고 표방했다는 점이다(Beaumont 411).[4] 이들은 페미니즘을 여성시민권의 대척점에 위치시키는 것이 전간기(戰間期) 여성 절대다수의 사회경제적 권리를 확보하고 일반 회원을 모으는 데 효과적인 방법이라 믿었는데, 이들의 활동을 조사한 보몬트(Caitriona Beaumont)는 가정에서 일하는 부녀자들이 여성의 대다수를 차지했던 시대 정황상 이러한 보수적인 접근이 상대적으로 작은 규모로 정치활동을 벌였던 페미니스트 단체보다 훨씬 폭넓은 활동을 가능케 했다고 평한다(420).

보몬트의 연구를 개리티(Jane Garrity)의 저서 『잉글랜드의 의붓딸들』(*Step-daughters of England*)과 함께 읽으면 울프가 『3기니』를 작성할 당시 여성시민권과 관련한 시대적 정황을 좀더 균형 있게 파악할 수 있다. 개리티는 전간기가 여성의 국가 정체성 경험이 시대의 패러다임으로 다루어진 시기이자 국가의 시선에서 잉글랜드 여성이 "딸"이 아닌 "어머니"로 여겨진 시기였다는 점을 논의의 출발점으로 삼는다(Garrity 1). 개리티에 따르면 대영제국의 "건강한 백인시민"을 잉태할 수 있는 "국가적 자산"으로 여겨진 이 "선택받은" 잉글랜드 여성들은 우생학과 산아 증가를 옹호하는 프로파간다의 물결

---

4) 어머니연합(the Mothers' Union), 청년여성기독교협회(the Young Women's Christian Association), 가톨릭여성연맹(the Catholic Women's League), 전국여성기관중앙회(the National Federation of Women's Institutes), 전국여성시민길드연합(the National Union of Townswomen's Guilds), 그리고 전국여성위원회(the National Council of Women) 등을 포함한다(Beaumont 411).

속에서 진화론에 기반한 인류사회 진보와 민족적 순수성이라는 가치들과 동일시되었으며, 국가의 상상적 경계를 안정화시키고 제국의 확장에 기여하는 존재로 표상되었다(1, 5). 개리티는 울프나 리차드슨(Dorothy Richardson), 워너(Sylvia Townsend Warner), 버츠(Mary Butts)와 같은 전간기 모더니스트 여성작가들이 여성의 시민적 권리를 결혼 등을 통해 남성시민과의 관계에 의존하거나 그 관계를 통해 매개되는 것으로 보았던 당대의 지배적 관점에 각자의 방식으로 대안을 제시했다고 주장한다(5).

1938년 『3기니』에서 울프는 독일어로 쓰여 있는 유럽 독재자의 목소리를 다음과 같이 인용하며 파시스트 정권이 여성시민권을 다루는 방식을 암시한다. "국가의 삶에는 두개의 세계가 존재한다. 남성의 세계와 여성의 세계다. 자연이 남성에게 가족과 국가를 돌보는 일을 위임한 것은 잘한 일이다. 여성의 세계는 그녀의 가족, 남편, 아이들 그리고 가정이다"(Woolf, *Three* 65). 1930년대 유럽을 휩쓴 대공황과 파시즘, 독재정치의 대두는 여러 차례의 법 개정과 수많은 여성단체들의 노력과 희생에 의해 몇십 년에 걸쳐 조금씩 순차적으로 확장된 여성시민의 입지를 다시 순식간에 빈약하게 만드는 결과를 낳았다. 또한 울프가 "부인"(Mrs.)이라는 호칭을 "더럽혀진 단어" "역겨운 단어"라고 부른 것에서 알 수 있듯이(93), 30년대에도 여전히 확보되지 못한 여성의 시민적 권리는 주로 공적 영역에서의 기혼여성 차별과 관련 있었다. 1919년 제정된 성별직업제한철폐법은 여전히 결혼하지 않았거나 미망인인 여성에게만 교직과 공무직을 수행할 자격을 허락했고, 이 제약은 각각 교직은 1944년, 공무직은 1946년이 되어서야 풀렸다(Garrity 77). 또한 영국 여성의 국적은 외국인과 결혼하는 즉시 상실되었으며, 배우자의 국가가 결혼으로 인한 여성의 국적 변동을 받아주지 않으면 어느 국적도 주장할 수 없는 상태에 놓이게 되었다. 이렇게 20세기 초 영국 여성이 국가와 맺는 정치적 관계는 참정권 획득이라는 표면적 평등의 실현에도 불구하고 개리티의 표현처럼 남성과의 사회적 관계 안으로 "수몰"되었다고 할 수 있다(46).

III. 교육받은 남성의 딸들은 정치 참여 주체가 될 수 있는가?

이러한 역사적 배경을 놓고 볼 때, 울프가 『3기니』의 서두에서 공공연히 자신이 속한 계층을 "딸들"로 명명하는 방식은 백인 잉글랜드 여성시민 주체를 어머니로 호명했던 당대 지배담론에 대한 저항으로 읽을 수 있다. 『3기니』는 『자기만의 방』의 후속작으로 기획된, 울프의 페미니즘이 가장 직접적이고 급진적인 방식으로 드러난 에세이로 평가받는다. 울프는 이 작품을 통해 『자기만의 방』에서 다루었던 여성혐오가 담론화된 방식에 대한 논의를 이어가는 한편 여성의 공적 영역으로부터의 배제를 역사화하고 주제화한다. 서간문 형식을 취한 『3기니』는 울프가 남성 왕실 변호사로부터 "당신 생각에 어떻게 하면 우리가 전쟁을 막을 수 있겠소?"라는 질문이 담긴 서한을 받고 이에 대해 답하는 데 3년이나 걸렸음을 고백하는 것으로 시작한다(Woolf, *Three* 5). 『자기만의 방』에서 취한 전략과 유사하게 『3기니』 또한 반쯤의 사실들과 반쯤의 허구가 결합된 서사적 요소들을 취한다. 울프는 자신이 쓰는 편지의 내포독자로 상정한 왕실 변호사를 관자놀이가 희끗하고, 정수리 머리숱은 적으며, 아내와 자녀와 집을 소유한 중년 백인남성으로 묘사하는데, 이는 실존 인물이라기보다는 어떤 전형적 요소들의 총체화한 것이다. 이미 1920년대 새로운 형식과 기법의 소설을 쓴 작가로서 명성을 얻은 울프에게 왕실 변호사는 위의 질문을 던지며 공적 영역으로 걸어 나와 정치적 목소리를 내줄 것을 요구한다. 뿐만 아니라 다음과 같은 세 가지 실질적인 제안을 고려할 것을 종용한다. 첫째, 각종 신문에 보낼 전쟁반대 서한에 서명하고, 둘째, 특정 단체에 가입하며, 셋째, 그 단체의 기금 약정을 하는 것이다(15). 이러한 방식들은 모두 20세기 초 주요한 정치적 영향력 행사 방법으로 여겨졌으며, 1930년대 전반에 걸쳐 울프가 기록한 방대한 양의 노트를 보면 실제로 그녀가 이와 비슷한 요청이 담긴 서한을 여러 단체로부터 자주 받았음을 알 수 있다.

울프는 왕실 변호사인 "당신"과 "나" 사이 공통점과 차이점을 드러내기 위해 "교육받은 남성의 딸들"이라는 표현을 사용한다. 울프는 먼저 "태생은 섞여 있는데 계층은 고정되어 있는" 이 시대에, 당신과 나를 "교육받은 계층"이라고 부르는 것이 편리한 방식이라고 하며 "당신"과 "나" 사이 공통점을 거론한다(6). 울프는 "같은 말씨"를 쓰고 같은 테이블 매너를 지킬 뿐만 아니라 "시녀가 저녁을 짓고 식사 후 설거지도 할 것이라고 똑같이 기대하며, 별 어려움 없이 정치와 사람들에 대해, 전쟁과 평화에 대해, 야만과 문명에 대해" 이야기를 나눌 수 있다는 점에서, 그리고 각자 "자신의 생활비를 벌"고 있다는 점에서 "당신"과 "나"는 같은 계층이라 할 수 있을 것이라고 쓴다(6). 그러나 울프는 이내 말줄임표와 함께 둘 사이 좁힐 수 없는 간극이 교육의 혜택 차이에서 드러남을 역설한다.

> 그러나 . . . 이 세 개의 점은 절벽을, 우리 사이에 너무나 깊게 패어 있는 심연을 표시하는 것으로, 저 심연을 가로질러 말을 해보려고 하는 것이 도대체 무슨 소용이 있을까를 생각하며 나는 삼년이 넘게 그 심연의 한쪽 편에 그냥 줄곧 앉아 있었던 것입니다.[5] (6)

---

5) *Three Guineas*의 긴 인용문은 부분적으로 오진숙의 번역(솔 출판사, 2019)을 참조했다.

이어 남자 형제의 교육비로 2천 파운드가 들어갔던 것에 비해 자신이 받은 유일한 유료 교육이 독일어 교습이었던 한 여성의 목소리를 빌려 울프는 전쟁에 관한 정치적 관점을 갖는 데 "교육이 중요한 차이를 가져온다는 사실"을 지적한다(8). 따라서 울프의 "교육받은 남성의 딸들"이라는 인위적인 계층 분류 방식은 내포독자인 남성 법조인의 질문 속 "우리"의 성립 불가능성과 동일 계급 내 여성이 교육의 혜택으로부터 배제되어왔음을 강조하기 위한 울프의 전략으로 볼 수 있다.

내포독자 왕실 변호사가 울프에게 자신과 같은 국가적 주체(national subject)로서의 의무와 애국심을 종용한다면, 울프는 자신의 목소리가 아닌 남성 권위자의 목소리를 통해 여성이 시민적 권리로부터 배제되어왔음을 들려준다. 울프는 잉글랜드의 수석 재판관인 헤워트 경(Lord Hewart)이 어느 연회에서 한 건배사를 다음과 같이 인용한다.

> 잉글랜드인들(Englishmen)은 영국을 자랑스러워한다. 잉글랜드의 학교와 대학에서 교육받고, 잉글랜드에서 평생 일해 온 사람들에게 조국을 사랑하는 마음보다 더 강렬한 사랑이란 없다. 우리가 다른 나라에 대해 생각할 때, 우리가 이 나라 저 나라 정책의 장점을 판단할 때, 우리가 적용하는 것은 바로 우리나라의 기준이다. (. . .) 자유가 바로 잉글랜드에 거주해왔다. 잉글랜드는 민주주의 제도의 본고장이다. (. . .) 우리 한가운데 자유의 적이 많이 있는 것이 사실이며, 그들 중 일부는 아마도 예상치 못한 곳에 있을 것이다. 그러나 우리는 굳게 버티고 있다. 잉글랜드인의 고국은 그의 성(castle)이라는 말이 있다. 자유의 고향은 잉글랜드에 있다. 그리고 그것은 정말로 성, 마지막까지 지켜질 성이다. (. . .) 그렇다, 우리 잉글랜드인들은 대단히 축복받았다. (12)

헤워트 경의 건배사는 애국심에 호소하는 수사가 남성들만을 국가적 주체로 호명하는 방식을 보여준다. 또한 애국심, 즉 "자유"와 "민주주의 제도"의 수호라는 국가의 호명 메시지가 잉글랜드인/남성(Englishmen)만을 대상으로 한정할 뿐 아니라, 전쟁을 막을 수 있는 장치가 아니라 전쟁의 대의명분을 제공하는 수사로 작동하고 있음을 드러낸다.

울프는 교육받은 남성의 딸이 여성 참정권 실현으로 인해 남성과 동등한 시민적 권리를 가지게 된 역사적 사실에 대해 논하는 부분에서 여성참정권운동가들의 공적을 인정하는 한편, "잉글랜드의 의붓딸"이라는 표현을 제시함으로써 자신이 속한 계층이 처한 여전히 빈약한 입지와 배제 상태를 강조한다. 참정권이라는 정치적 목적을 얻기 위해 여성참정권운동가들이 들였던 수고를 울프는 다음과 같이 묘사한다.

> 확실히, 교육받은 남성의 딸의 그 위대한 한 가지 정치적 업적은 그녀에게 한 세기가 넘는 동안 가장 힘들고도 비천한 노동의 대가를 치르게 했습니다. 즉 그녀는 계속 터벅터벅 행진해야 했고 계속 사무실을 이곳저곳 전전하며 일해야 했고 길모퉁이에서 계속 연설해야 했으며 그러다 마침내 무력을 사용했다는 이유로 감옥에 가야 했지요. 그리고 아마 그녀는 계속 거기에 갇혀 있었을 것입니다. 매우 역설적이게도 남자 형제들이 무력을 사용할 때 그녀가 준 도움 덕분에, 마침내 비록 친딸은 아니더라도 스스로를 잉글랜드의 의붓딸이라고 부를 수 있는 권리를 부여받게 되지 않았더라면 말이지요. (18)

1차 세계대전 휴전 직후 30세 이상 여성에게 부여된 선거권이 전쟁에 대한 여성의 기여 때문이었다는 역설을 논하는 이 단락은 서간문 형식과 함께 『3기니』의 또 하나의 주요한 형식적 특징이라 할 수 있는 학술담론의 패러디, 즉 긴 각주를 통해 보충 설명된다. 이 부분에 대한 울프의 각주는 참정권 투쟁에서 여성들이 무력을 사용한 것에 대해 얼마나 많은 비난을 받았는지에 대한 상세한 근거를 제시한다. 1910년 한 무리의 여성참정권자들에 의해 "비렐 씨[6]의 '모자가 짓이겨지고' 정강이뼈를 걷어차인" 종류의 무력이 받았던 비난, 즉 "여성참정권운동이 몰상식함과 무질서함을 일으켰다"는 비난이 유럽 전쟁의 폭력에는 적용되지 않았음을 지적하는 것이다(175). 울프는 또한 이 각주에서 참정권과 관련하여 "의붓딸"이라는 표현이 수반하는 "까다로운 질문을 제기"한다(175). "전쟁을 추진하도록 도와준 것이 아니라 오히려 전쟁을 막기 위해 자신들이 할 수 있는 일을 한 이들은" 다른 사람들이 "전쟁을 추진하는 것을 도왔기 때문에 자신들에게까지 누릴 자격이 주어진 투표권을 과연 사용해야 할 것인가라는 질문을 제기"하게 된다는 것이다(175). 또한 잉글랜드 여성이 외국인과 결혼하는 순간 바로 국적이 바뀌게 되는 당시 법 또한 여성들을 잉글랜드의 "적출이 아니라 의붓딸"이 되게 하는 주요 요인이라고 울프는 덧붙인다(175). 예컨대 잉글랜드 여성이 독일인과 결혼하는 순간 그녀의 정치관이 완전히 뒤집어지고 딸로서의 도리를 이적하게 만드는 당시 잉글랜드법의 맹점을 울프는 "의붓딸"이라는 표현을 통해 비판한다.

IV. 아웃사이더 단체 선언

앞서 살펴본 "교육받은 남성의 딸들," "잉글랜드의 의붓딸들"과 같은 개념은 자신을 공적 영역에서 동등하게 정치적 목소리를 내는 "우리"로 호명한 남성 법조인의 시선을 의식하며, 과연 그의 말처럼 자신의 계층이 그와 동등

6) 비렐(Augustine Birrell)은 자유당 소속 정치가로 1910년 11월 하원(the House of Commons)에서 나와 혼자 걸어가던 중 그를 알아본 스무명 남짓한 여성참정권자들에게 습격당했다.

한 위치를 점하는 정치 참여 주체가 될 수 있는지를 가늠해보기 위한 울프만의 전략적 제스처라 할 수 있다. 의붓딸이라는 빈약한 입지에도 불구하고 모두가 "어떻게 하면 전쟁을 막을 수 있을지"에 대해 생각하지 않을 수 없는 시대적 요구를 숙고하며 『3기니』의 후반부에서 울프는 "아웃사이더 단체"라는, 비참여의 방식으로 참여하고 무관심과 수동성을 저항 전략으로 삼는 대안적인 형태의 정치 참여 주체 집단을 상상한다.

울프는 "교육받은 여성의 딸들"의 빈약한 입지를 드러내는 것에서 멈추지 않고 그 빈약한 입지, 박탈, 배제, 주변화의 상태가 역설적으로 "정치적 미덕"이 될 수 있음을 제시한다(Eide 49). 전쟁의 주요 원인이 되어 온 가부장제라는 남성의 특권으로부터 여성들이 배제되어온 것에 대해 울프는 "잉글랜드의 법이 우리를 부정하니, 국적이라는 꽉 찬 낙인을 우리에게 계속 허락하지 않기를 희망하자"고 쓴다(Woolf, *Three* 99). 여성들의 정치적 조건인 배제는 그들을 제약하는 불리한 조건으로만 작동하는 것이 아니라 "우리 쪽에서 어떤 어려움도 없이 기부금과 각종 특권이 일으키는 특별한 충의와 충성으로부터 면제될 수" 있게 해준다고 울프는 덧붙인다(99).

울프는 정치 주체로서 여성만이 가진 미덕을 "가난, 정절, 조롱, 그리고 거짓 충성으로부터의 자유" 이렇게 네 가지로 제시한다(96). 먼저 가난이 의미하는 것은 "먹고살 정도" "독립할 수 있을 정도의 돈"만 벌 것, 정절은 "돈 자체를 위해 두뇌를 파는 일을 거부해야 한다는 것," 조롱은 "자신의 공적을 과시하는 모든 방법을 거부"하며 차라리 "비웃음, 무명, 비난"이 "명성이나 칭송보다 더 낫다"고 주장하는 것, 그리고 거짓 충성으로부터의 자유는 국적·종교·대학·학교·가문·성에 대한 자부심과 "그런 것들에서 비롯되는 거짓 충성을 없애야 한다는 것"을 뜻한다(97). 이러한 울프의 독특한 주장은 개리티가 평하듯 울프가 여성을 공적 주류의 바깥에 위치시키는 동시에 그들을 "모범 시민,” 남성 시민보다 훨씬 “문명화된 인간상”으로 특권화하는 시도라고 볼 수 있다(Garrity 49). 정치 참여 주체되기를 저해하는 역사적 조건인 이 배제 덕분에 여성은 도덕적으로 우월한 위치를 점하며, 전쟁과 평화를 둘러싼 질문을 사심 없이 다룰 수 있게 되는 것이다.

남성 법조인의 세 가지 요청에 차례로 답하던 울프는 이윽고 “입회원서를 작성하고 [자신의] 협회의 회원이 되어달라는” 그의 마지막 부탁에 대해 숙고해본다(Woolf, *Three* 123). 앞서 살펴보았듯이 20세기 초는 다양한 집단의 권익을 추구하거나 정부에 요구하기 위한 수단으로 각종 사회단체가 난무하던 시대였다. 짐작할 수 있듯이 울프는 여성권리단체를 비롯한 어떠한 종류의 단체에도 선뜻 속하지 않으려 했다. 울프는 사회단체를 “어떤 특정한 목적을 위해 결속한 사람들의 집합체”라고 정의하며(123), 수신인 남성이 속한 반전을 표방하는 지식인 남성 중심의 사회단체, 즉 역사상 여성을 배제시켜온 사상적 흐름인 “문화와 지적 자유를 수호하는” 이 단체가 교육받은 남성의 딸들에게 “너는 배우면 안 된다, 돈을 벌면 안 된다, 소유하면 안 된다, 너는 안 된다”와 같은 “거친 음률의 음울한 종소리”를 연상시키기에 도저히 가입할 수 없다고 말한다(124).

울프가 이에 대한 대안으로 상상하는 사회단체의 형태는 명예 회계 담당자도 기금도 사무실도 위원회도 비서도 없으며, 어떤 회합이나 회의도 소집하지 않는 단체다(126). 이 단체는 철저하게 “무관심”(indifference)을 본질로 삼아 오로지 무관심으로부터 촉발된 행동만을 수행하는데, 그 수행들은 다음 인용에서 알 수 있듯 무엇을 하는 것이 아니라 하지 않는 방식으로 이루어진다.[7]

7) 울프가 무관심을 저항 전략으로 삼는 방식에 대한 좀더 자세한 논의는 Hollander 참조.

[아웃사이더인] 그녀는 애국적 시위에 한몫 끼지 않을 것이며, 어떤 형태의 국가적 자화자찬에도 동조하지 않을 것이며, 전쟁을 장려하는 어떤 박수부대나 청중의 일부도 되지 않을 것이며, 어떠한 군사 전시회, 시합, 분열행진, 수상식, 그리고 '우리의' 문명이나 '우리의' 통치를 다른 사람들에게 강요하려는 욕망을 부추기는 어떠한 예식에도 맹세코 불참할 것입니다. (127)

남성들이 "나는 우리의 조국을 수호하고자 싸우고 있다"라고 말하며 "여성의 애국심을 일으키려고 노력"하는 동안 이 단체의 여성들은 "아웃사이더인 나에게 '우리 조국'이란 무엇을 의미하는가?"라고 질문한다(128). 그들은 질문의 답을 얻고자 "애국심"이라는 단어의 의미를 분석하고, "과거 여성의 지위와 계급"에 대해 조사하고 알아보며, 자신 앞에 놓인 현실과 스스로 제기한 질문에 대해 "곰곰이 생각"해보는 작업을 수행한다. 이 숙고는 "우리" 나라라는 표현 속 "우리"에 포섭될 수 없는 여성들의 입지를 남성 법조인인 당신과 내가 "냉정하게 그리고 합리적으로 이해"해야만 한다는 설득으로 이어진다(128). 그리고 그 이유에 대해 이 단체의 일원인 아웃사이더는 다음과 같이 말할 것이라고 울프는 적는다. "왜냐하면 사실상 여성으로서 나에겐 국가가 없으며, 여성으로서 나는 국가를 원치 않으며, 여성으로서 나의 국가는 전 세계이기 때문입니다"(129).[8)]

조직하지 않음으로써만 존재를 입증할 수 있는 이 모순적인 단체는 그 실

---

8) 프리드먼(Susan Stanford Friedman)이 주요하게 지적하듯, 여성의 국가적 속박으로부터의 해방을 선언하는 이 명제는 후대 여성주의 비평가들 사이에 논쟁을 촉발했다. 예컨대 이 명제로 인해 울프는 강제 이민을 당한 제국주의 피식민지인들을 배제한 "위로부터"의 엘리트주의적 세계시민권의 특권과 권력을 반영했다는 시선과, 누구도 민족·국가·인종·계급·성별을 포함한 모든 사회적 위치의 결과를 거부할 수 없다는 사실만을 재확인시켜줄 뿐이라는 비판으로부터 자유롭지 못하게 되었다. 좀더 자세한 논의는 Friedman, 특히 28-29면 참조.

체를 파악하기 어렵다. 울프는 "아웃사이더들이 존재한다는 증거"를 "날 것의 역사와 전기 속에서, 신문 속에서, 때로는 공공연하게, 때로는 행간 사이에 슬쩍 나타나는" 형태로만 찾을 수 있다고 말한다(125). 울프가 1930년대 전반에 걸쳐 몇권의 스크랩북에 수집한 신문 기사의 인용을 통해 아웃사이더의 존재는 확인된다. 그들은 군수물자 공장 노동자가 대다수인 울위치시에서 "군인들의 양말을 꿰매는 것이 전쟁을 돕는 행위이기에 그만두겠다고 선언"해 유권자들의 원성을 산 울위치 시장의 부인, 우승컵이나 상금에 관심 없이 경기 자체가 좋아서 축구를 하는 여성 축구선수들, 영국국교회에 참석하는 숫자가 점점 줄고 있는 젊은 여성들 등이다.[9] 울프가 상상하는 아웃사이더 단체는 익명성을 기반으로 한 일종의 지하조직 혹은 점조직의 형태에 가깝다. 이 단체가 영향력을 행사하는 방식은 간접적이지만 강력하며, 그 구성원들은 실체를 드러내지는 않지만 서로가 어딘가에 존재한다는 사실을 일상 속에서 언뜻언뜻 발견하며 힘을 얻는 것이다.

20세기 초 영국 여성의 국가 정체성 경험이 대영제국의 시민을 잉태하고 길러내는 "백인 어머니"라는 정체성으로서만 유효했던 당대 지배적 담론을 고려할 때, 울프가 자신이 속한 계층을 "의붓딸"과 "아웃사이더"로 표상한 것은 어떤 전통적 의미의 시민권 개념이나 당대 담론에도 포섭되지 않는 새로운 정치 참여 주체의 가능성을 사유하는 방식이라 할 수 있을 것이다. 이 주체에 대한 사유는 호명당하면서 시작되었지만 그 호명을 거부하고, 무관심이라는 태도로 저항하며, 비참여의 방식으로 정치에 참여한다. "여성으로서 나에게 국가는 없"으며 "여성으로서 나의 국가는 전 세계다"라는 명제는 당대

9) 울프는 이러한 사실들의 근거를 자신이 1930년대 전반에 걸쳐 스크랩한 다양한 성향의 일간지에서 취한다. 울프가 『3기니』에서 일간지, 신문, 전기, 자서전, 사진 등 다양한 형태의 문서를 다루는 방식에 대한 논의는 김부성 참조.

지배 담론인 민족국가적 정치 주체, 즉 국가가 호명하는 종속적인 주체로서의 시민성을 거부하고, 무국적 세계시민으로서 어떠한 기득권에도 발 담그지 않은 채 양심에 따라 전쟁을 반대하는 평화주의적 세계시민주의 세계관의 표현이라 할 수 있다.

V. 이등시민에서 모범시민으로, 민족국가적 시민성에서 무국적 세계시민으로

다시 한국의 청년여성들 이야기로 돌아와 보자. 이대녀라는 표현이 현 한국사회가 청년여성들을 아마도 역사상 처음으로 의미 있는 유권자층 또는 정치 참여 주체로 호명하는 방식이라면, 이 상상적이고 비조직적인 집단은 어떤 방식으로 정치적 영향력을 행사하고 있는 것일까?

이러한 질문에 선뜻 답하기 어려운 것은 최근 약 5년 간 국내외 다양한 사회적·정치적 사건들에 영향을 받아온 현재 한국의 젠더 갈등 지형의 복잡성 때문일 것이다. 학자들의 견해는 현 한국사회 젠더 갈등을 새로운 정치전선의 시작으로 보는 시각부터 세대, 계층 등 여러 갈등의 양상들을 가리고 단순화하는 '프레임'으로 보는 시각까지 다양하다. 가령 국승민은 설문조사를 통해 20대 여성은 "사회적 소수사 차별 금지와 다양성"을, 20대 남성은 "정부 개입의 최소화"를 선호하는 뚜렷한 경향을 포착했으며, 이것은 "한국 사회를 20년 넘게 설명한 진보/보수의 이념 지형에 새로운 균열이 생기고 있다는 사실을 보여주는 단초"라고 주장한다(국승민 외 75-79). 그는 젠더 갈등을 한국의 정치구도를 바꿀 주요한 요인으로 볼 수 있음을, 다시 말해 "정체성 정치" (사회적으로 배제된 집단이 자신들의 정체성을 기준으로 목소리를 내는 것)

가 한국사회의 새 정치전선이 될 수 있음을 시사한다(263). 이에 반해 홍찬숙은 온라인 공론장과 오프라인 공론장에서의 논의가 각각 다르게 진행되어왔음을 지적하며 "온라인 공론장에서 발화하는 젊은 층을 중심으로 '시민' 범주가 성별화했다"는 점이 한국사회 "시민 공론장의 성별 분화 및 대립추세"의 특징임을 강조한다(홍찬숙 129, 124). 그는 또한 "청년세대의 젠더담론 갈등에는 세대 간 문화변동과 긴밀히 연결된 세대 간 불평등 특히 남성 내부의 세대 불평등 문제가 숨어들어" 있음에도 불구하고 "복잡한 불평등의 단순화로서 '젠더갈등' 프레임"이 구축되어왔음을 지적한다(229, 232). 이렇듯 현재 한국의 젠더갈등을 바라보는 학자들의 시각은 다르지만, 그들이 의견을 같이하는 지점은 미투운동 등을 계기로 '광장'으로 나와 발화하기 시작한 한국 청년여성들의 이등시민으로서의 집단적 자각과 소수자 차별금지와 다양성을 지향하는 그들의 저항적 정치전략이다.

"2008년 전후로 여성의 대학 진학률이 남성을 앞질렀고, 시험을 통해 경쟁하는 취업 시장에서 여성이 약진하는 현상이 나타났"음을 고려해볼 때(국승민 외 205), 현재 한국 청년여성들은 "잉글랜드의 의붓딸들"과는 달리 교육과 사회진출에서 박탈과 배제를 겪지 않은 여성들이다. 그럼에도 한국 청년여성의 정치적 위치와 태도는 울프가 표상한 "잉글랜드의 의붓딸들"과 많은 공통점을 가지고 있다. 그들은 처음부터 이등시민이었다. 오랫동안 서양 정치철학의 핵심 범주로 간주된 시민이라는 개념에 비추어 볼 때, 여성의 시민권이라는 의제는 여성'도' 시민인가라는 질문의 범주를 벗어날 수 없기 때문이다. 온라인 공론장을 중심으로 전 세계적인 규모로 퍼져나간 미투운동은 표면적 성평등 아래 감추어져 있던 여성의 이등시민 위치를 다시금 재확인시켜주었다. 울프가 『3기니』를 통해 사유한 여성 정치 참여 주체 모델과 이대녀는 애국심이나 국가주의에 기반한 시민성, 즉 개인과 국가가 맺는 관계의 기반이 점차 희미해지고 있으며 그들의 정치적 관심이 점점 더 개인과 세계와의 관계로 옮겨가고 있음을 드러낸다. 그들은 배제·박탈·주변화의 상태에 익숙하며, 그러한 조건을 정치적 미덕의 자양분으로 삼는다. 잉글랜드의 의붓딸들이 반전과 평화를 표방했다면, 이대녀는 장애인·외국인 노동자·이민자·북한이탈주민·난민·성소수자·기초생활수급자 등 사회적 약자를 동료 시민으로 받아들일 가능성이 가장 높은 계층이다.10) 그들은 '평균적인 교육받은 남성의 딸' '평균적인 20대 여성'으로 정형화될 수 없는 계층이다. 또한 기존의 프레임에 균열을 내며 새로운 정치전선을 취하는 계층이다.

출처: 『안과밖』 제53호(2022), 38–58쪽.

10) 『20대 여자』 70-74면 표 1-1-36 "귀하는 다음 사람들을 어느 정도 관계까지 받아들일 수 있습니까?"라는 질문에 대한 설문조사 결과 참조. 20대 여자는 '절친한 친구가 될 수 있다'에 조손·한부모 가정에서 자란 사람 72.8%(전체 평균 61.1%), 외국인 노동자·이민자 53.7%(전체 평균 45.7%), 북한이탈주민 49.5%(전체 평균 43.9%), 난민 30.9%(전체 평균 26.8%), 성소수자 57.3%(전체 평균 28.3%), 기초생활수급자 63.2%(전체 평균 51.9%)라고 응답했으며, '가족으로 받아들일 수 있다'에는 장애인 35.8%(전체 평균 26.4%), 조손·한부모 가정에서 자란 사람 65.5%(전체 평균 43.3%), 외국인 노동자·이민자 27.3%(전체 평균 17.4%), 북한이탈주민 24.9%(전체 평균 21.0%), 난민 12.3%(전체 평균 9.5%), 성소수자 34.2%(전체 평균 10.6%), 기초생활수급자 33.8%(전체 평균 26.6%)라고 답해 전체 평균보다 높았다.

■ 인용문헌

강성만. 「대선판에서 실종된 이대녀들 스스로 새 정치판 만들자는 뜻이죠」. 『한겨레』, 2022 년 3 월 13 일, https://www.hani.co.kr/arti/culture/book/1034665.html.

국승민 외. 『20 대 여자』. 시사 IN 북, 2022.

김금주. 「『밤과 낮』: 20 세기 초 영국 여성참정권운동이 주목하지 못한 여성의 욕망과 일」. 『영미문학페미니즘』, 28 권 3 호, 2020, pp. 5-31.

김부성. 「『3 기니』: 버지니아 울프의 30 년대 다큐멘터리」. 『영미연구』, 48 호, 2020, pp. 1-24.

김수아. 「'이대남'과 반 페미니즘 담론: '메갈 손가락 기호' 논란을 중심으로」. 『여성문학연구』, 53 호, 2021, pp. 443-75.

김은지. 「[20 대 여자 현상] '약자는 아니지만 우리는 차별받고 있다'」. 『시사 IN』, 2021 년 8 월 30 일, https://www.sisain.co.kr/news/articleView.html?idxno=45420.

정진호. 「이대남·이대녀, 정치권이 부풀린 허상」. 『중앙일보』, 2022 년 6 월 27 일, https://www.joongang.co.kr/article/25082186#home.

홍찬숙. 『한국 사회의 압축적 개인화와 문화변동: 세대 및 젠더 갈등의 사회적 맥락』. 세창출판사, 2022.

Beaumont, Caitriona. "Citizens not Feminists: The Boundary Negotiated Between Citizenship and Feminism by Mainstream Women's Organizations in England, 1928-39." *Women's History Review*, vol. 9, no. 2, 2000, pp. 411-29.

Chapman, Mary, and Barbara Green. "Suffrage and Spectacle." *Gender in Modernism: New Geographies, Complex Intersections*, edited by Bonnie Kime Scott, U of Illinois P, 2007, pp. 25-66.

Eide, Marian. "'The Stigma of a Nation': Feminist Just War, Privilege, and Responsibility." *Hypatia*, vol. 23, no. 2, 2008, pp. 48-60.

Friedman, Susan Stanford. "Wartime Cosmopolitanism: Cosmofeminism in Virginia Woolf's *Three Guineas* and Marjane Satrapi's *Persepolis*." *Tulsa Studies in Women's Literature*, vol. 32, no. 1, 2013 pp. 23-52.

Garrity, Jane. *Step-Daughters of England: British Women Modernists and the National Imaginary*. Manchester UP, 2003.

Hollander, Rachel. "Indifference as Resistance: Virginia Woolf's Feminist Ethics in *Three Guineas*," *Feminist Modernist Studies*, vol. 2, no. 1, 2019, pp. 81-103.

Marcus, Laura. "Woolf's Feminism, Feminism's Woolf." *The Cambridge Companion to Virginia Woolf*, edited by Sue Roe, and Susan Sellers, Cambridge UP, 2000, pp. 209-44.

Park, Sowon S. "Suffrage and Virginia Woolf: 'The Mass Behind the Single Voice'." *Review of English Studies*, vol. 56, no. 223, 2005, pp. 119-34.

Woolf, Virginia. *The Letters of Virginia Woolf, Volume 1: 1888-1912*, edited by Nigel Nicolson, Harcourt, 1977.

_____. *A Room of Ones Own*. Harcourt, 2006.

_____. *Three Guineas*. Harcourt, 2005.

Others

박은경

•

울프 부부가 밋츠를 만났을 때:
『밋츠』에 나타난 돌봄의 윤리

조성란

•

호가스 출판사와 공적 지식인으로서의 버지니아 울프

울프 부부가 밋츠를 만났을 때: 『밋츠』에 나타난 돌봄의 윤리*

ㅣ 박은경

I. 들어가며

20세기 영국을 대표하는 여성 모더니스트이자 페미니스트 작가인 버지니아 울프(Virginia Woolf)는 학계에서뿐만 아니라 대중적으로도 광범위한 영향을 끼쳐, 브렌다 실버(Brenda Silver)가 일목요연하게 정리하였듯이, 그녀의 "이름, 얼굴, 권위"는 "예술, 정치, 섹슈얼리티, 젠더, 계급, '정전'(canon), 패션, 페미니즘, 인종, 그리고 분노와 연관된 논의 속에서 계속적으로 소환되고 [또는] 거부되어 왔다"(3). 1966년 당대 최고의 할리우드 여배우 엘리자베스 테일러(Elizabeth Taylor)가 주연을 맡아 더욱 유명해진 에드워드 올비(Edward Albee)의 희곡 『누가 버지니아 울프를 두려워하랴?』(*Who's Afraid of Virginia Woolf?* 1962)는 중년부부의 결혼생활의 와해를 심리적 드라마 속에서 다루며, 울프를 직접 등장시키지 않으면서도 "강력하고 또한 강력하게 다

* 이 글은 2016년도 충남대학교 학술 연구비 지원을 받아 수행된 연구를 바탕으로 『현대영어영문학』 61권 1호(2017년 2월), 97-125쪽에 게재되었던 글을 다소 수정한 것임.

툼을 야기하는 문화적 아이콘"(Silver 3)인 버지니아와 더불어 남편 레너드 울프(Leonard Woolf)를 관객에게 상기시키며 이들을 20세기 중반의 문화계에 재등장시켰다. 2002년 스티븐 달드리(Stephen Daldry) 감독이 만든 영화 『시간들』(*The Hours*)의 인기와 인지도는, 제인 골드먼(Jane Goldman)이 논평했듯이, "현대의 습속(習俗)에 미치는 울프의 지속적이고 강력한 영향력"(34)을 시사한다. 마이클 커닝험(Michael Cunningham)이 1998년 출간한 동명 소설을 영화화한 이 작품은 남편 레너드와 언니 바네사(Vanessa Bell) 등 가족과의 일상은 물론, 1925년 출판된 소설 『댈러웨이 부인』(*Mrs. Dalloway*)을 구상하며 고통스러운 창작 과정을 겪는 버지니아 울프를 보여줌으로써 난해한 모더니스트 작가로 인식되어 온 울프를 보다 대중 친화적으로 만드는 데 기여했다. 나아가 이 영화는 울프와 함께 1950년대 초반 로스 엔젤러스(LA)의 가정주부 로라 브라운(Laura Brown)이나 21세기 초 뉴욕(New York)시에 사는 전문직 여성 클라리사 보언(Clarissa Vaughan)을 다룸으로써, 시공을 초월한 여성의 문제와 함께 현시점에서도 강한 영향력을 발휘하는 울프를 조명했다.

플레이트(Leideke Plate)는 『시간들』 영화에 대한 대중의 열렬한 반응은 블룸즈버리가 "기존 체제 하에서 수립된 믿음을 위협하는 모종의 것을 여전히 상징"(107)하고 있음을 증명한다고 언급하며, "버지니아 울프 컬트(cult)"와 함께 확장된 "소위 블룸즈버리 산업"의 여파로 울프와 블룸즈버리를 상업화한 여러 문화적 산물이 나오게 되었다고 적절히 지적한 바 있다(114). 문화 영역에서의 울프의 이름과 얼굴이 지닌 상품 가치는 물론이고, 학계와 문단에서도 울프의 인기와 상품성 역시 꾸준히 지속되고 있다. 21세기에 접어든 오늘날에도 울프를 둘러싼 논쟁과 그 문화적, 문학적 파급 효과가 여러 분야에서 실로 다양하게 드러나고 있어, 울프는 "다의적 이미지"(Silver 3) 속에서 자기증식의 과정을 밟고 있다고 볼 수 있다. 울프의 삶과 작품을 둘러 싼 모호함과 난해함은 학계에서 여러 시각에서의 연구를 끌어내고 있고, 여러 나라에서 참여하는 버지니아 울프 학회를 통해 울프 공동체의 연대감과 결속력이 강화되고 있을 뿐 아니라, 현대의 많은 작가들에게 영감의 원천이 되어 울프와 울프 부부, 울프의 가족, 블룸즈버리 친구들을 소재로 한 소설이 줄지어 등장하고 있다. 커닝험의 소설에 뒤이어, 버지니아 울프와 언니 바네사의 라이벌 의식과 사랑, 예술 등을 다룬 샐러스(Susan Sellers)의 『바네사와 버지니아』(*Vanessa and Virginia* 2008), 언니 바네사의 시각에서 버지니아와의 이야기를 다룬 프라이아 파마르(Priya Parmar)의 『바네사와 그녀의 여동생』(*Vanessa and Her Sister* 2014), 울프를 21세기 뉴욕 맨해튼에 되살려놓은 매기 지(Maggie Gee)의 『맨해튼의 버지니아 울프』(*Virginia Woolf in Manhattan* 2014) 등, 이처럼 여러 작품의 출간은 울프와 울프를 둘러싼 블룸즈버리 그룹 일원들에 대한 매혹이 강하게 작용하고 있는 우리의 21세기 문화 및 문학 지형도를 보여준다.

지그리드 누네즈(Sigrid Nunez)가 1998년에 처음 출판한 『밋츠: 블룸즈버리의 마모셋』(*Mitz: The Marmoset of Bloomsbury*)은 울프 부부가 1934년 여름부터 1938년 겨울까지 약 5년을 함께 지냈던 애완동물을 주인공으로 삼아 버지니아와 레너드 울프의 1930년대 중·후반의 삶과 함께 엮은 일종의 동물 전기(傳記)로, 심리 묘사나 여성 문제에 초점을 둔 버지니아 울프를 소재로 한 종래의 소설과는 차별화 된다.[1] 재기발랄하고 장난기 있으며, 사회, 정치적 영역에 대해 도전적 메시지를 품고 있던 울프의 삶과 그 태도가 도외시된 채 우울하고 너무나도 섬세한 감성에 가득 차 죽음으로 향하는 울프와 그 신비화가 『시간들』에서 두드러졌다면, 애완동물 마모셋(marmoset) 밋츠(Mitz)를

1) 이하 『밋츠: 블룸즈버리 마모셋』은 『밋츠』로 축약하여 논하며, 이 작품에서의 모든 인용은 책 제목 표기 없이 괄호 안에 쪽수만 표기한다.

중심으로 전개되는 이 이야기는 버지니아 울프의 탈신화화에 기여한다. 이 작품이 출판된 직후 나온 『메트로』(*Metro*) 서평(June 25-July 1)을 통해 모제스(Tai Moses)는 익살스러운 이 이야기가 "좁지만 멋진 창문"을 통해 울프 부부의 소소한 가정사를 보여주고 있다고 보았는데, 그는 울프의 방대한 편지, 일기, 전기 속에서 작가 누네츠가 여러 사실을 효율적으로 뽑아내고 주의를 기울여 인용하고 대화를 구성해내면서, "보석세공사의 눈으로" 정밀하게 이야기를 빚어내었다고 언급하였다. 모제스는 버지니아뿐 아니라 남편 레너드 울프의 모습이 부각되어 이들 부부의 생활과 작품 활동을 엿볼 수 있다는 점에서 울프 애호가들이 즐겁게 읽을 수 있는 작품이라는 점을 잘 포착하면서, 엘리자베스 바렛 브라우닝(Elizabeth Barrett Browning)의 애견 플러쉬(Flush)를 다룬, 유머 가득한 전기인 버지니아의 중편소설 『플러쉬: 전기』(*Flush: A Biography* 1933)가 누네츠의 영감의 원천이라는 점 역시 잘 지적하였다.[2] 그러나 "마모셋에 관한 이야기라기보다는, 창작 면에서나 가정사에 있어서 문단에서 가장 축복받은 동반자 관계 중 하나에 대한 초상화"에 불과하며 그다지 새로운 것은 없다는 모제스의 평은 재고의 여지가 있다. 이 작품은 모제스의 제목("Monkeying Around")이 요약하듯이 "장난만 치는" 울프 부부의 다소 천진난만한 가정사의 소소한 유희적 측면만을 드러내거나, 울프 부부를 둘러싼 가족과 친구, 블룸즈버리 일원들에 대한 에피소드를 재밌게 재구성하는 데 그치지 않는다.

웜볼드(Carolyn Nizzi Warmbold) 역시 모제스와 유사하게 1998년 5월 12일 자 『시카고 트리뷴』(*Chicago Tribune*)에 기고한 서평에서 울프 부부와 그들을 둘러싼 지인들의 실화를 바탕으로 한 매력적인 작품으로 『밋츠』를 평

2) 이하 『플러쉬: 전기』는 『플러쉬』로 축약하여 논한다.

했다. 원숭이를 뜻하는 다양한 애칭(Apes, Singe, Mandril)으로 불리어졌던 버지니아 울프를 상기시키며 2차 세계대전 발발 직전에 점차 심리적 문제점을 안게 되는 버지니아의 또 다른 자아, 혹은 "전쟁의 위협을 받는 유럽에서의 흔들리는 안보 의식"의 암시로서의 다층적인 상징적 기능을 하는 것으로 애완동물 밋츠를 언급하면서도, 밋츠의 죽음을 다룬 결말이 너무 감상적이고, 마모셋의 시각을 보여주는 장면을 삽입한 탓에 "아이러니와 함께 동화 같은 특질"을 보여주었다고 언급한다. 시대적 배경에 주목하면서도 '동화'적 특질을 강조하기에, "때로 아동문학과 유사한" 서사로 이루어져 있다는 모제스의 서평과 마찬가지로, 윔볼드 역시 '동화'나 '아동문학' 장르를 폄하할 뿐 아니라, 작품의 제목이자 중심축을 이루는 마모셋 밋츠의 이야기를 간과한다.

버지니아 스스로가 "장난"으로 폄하했고 엘리자베스 바렛과 남편 로버트 브라우닝(Robert Browning)의 사적인 이야기 속에서 엘리자베스의 애완동물 플러쉬가 재미있게 묘사될 뿐이라는 식으로만 평가될 뿐, 비평 초기에 그다지 주목받지 못했던 『플러쉬』와 유사하게, 누네츠의 『밋츠』 역시 울프 부부의 삶의 편린을 애완동물 밋츠와 함께 가볍게 엮은 소품으로 치부되고 있다. 『밋츠』는 비평적 접근이 불필요한 가벼운 이야기로 평가절하 되어 본격적인 비평이 거의 나오지 않았으나, 동물 전기라는 측면에서 『플러쉬』와 상당한 유사성을 보이는 『밋츠』는 간단한 서평만으로 밀쳐두기 어려운, 의미 있는 작품이다.

스스로의 작품을 평가 절하하는 버지니아 울프의 습관적인 태도를 인지하고 울프가 휴식 중에 쓴 가벼운 작품으로 취급하는 데 그치지 않고 『플러쉬』를 여러 비평적 시각에서 접근하고 있는 현 비평적 조류는 『밋츠』를 읽어 내는 작업에서도 참고할만하다. 울프 부부와 그들을 둘러싼 블룸즈버리 일원들의 소소한 일상사로 간주하거나 "마모셋의 이야기라기보다는 이 유명한 부부의 독특한 관계에 대한 [책]"으로 국한 지은 윔볼드의 한계를 넘어, 우리는 이야기의 구심점이 되는 밋츠에 대해 보다 면밀히 접근할 필요가 있다. 울프 부부의 일기, 편지, 자서전, 전기 등에서 단편적으로 언급된 밋츠를 주인공으로 삼아 그의 삶과 죽음을 다루며 애완동물과 인간의 관계에 대한 투사가 유머와 풍자 속에서 드러난다는 점에서, 『밋츠』는 엘리자베스 바렛의 편지에서 언급된 애완견 플러쉬를 중심축으로 그의 삶과 죽음을 엮은 『플러쉬』와 자연스럽게 비교선상에 놓인다. 『플러쉬』에서 질식할 것 같은 가부장적인 집안에서 반복적 일상적 삶을 살던 엘리자베스가 로버트 브라우닝을 만나 사랑에 빠지고 이탈리아로 도피하여 사는 과정 속에서 영국과 이탈리아의 판이한 문화를 보여주면서 빅토리아조 계급 사회와 그 문화에 대한 비판이 애완견 플러쉬의 여러 감각을 통해 미묘하게 드러나듯이, 『밋츠』는 1930년대 중·후반을 사는 울프 부부의 삶의 일상적 일화 속에서 유럽 사회의 전체주의적 시대 상황에 대한 비판 역시 포함한다. 특히 우리의 주의를 끄는 것은 동물을 주인공으로 삼은 『플러쉬』와 마찬가지로 『밋츠』에서의 인간과 동물의 만남이다. 일반 동물에 대한 연구가 점차 늘어나고, 동물을 둘러싼 여러 비평적 논의 속에서 동물과 인간의 관계, 동물의 타자성 등에 기반을 둔 타자에 대한 윤리 문제가 중요시되는 현 시점에서 『플러쉬』의 '익살스러운' 모방작 『밋츠』는 시의적절한 탐구 과제를 제공한다. 본 논문에서는 울프 부부와 동물과의 연관성, 그들의 동물에 대한 관점, 마모셋 밋츠와 맺는 관계 양상을 1930년대 서구의 정치 상황 및 그들의 작품에 대한 고찰과 더불어 살펴본다. 또한 동물의 타자성을 중시하는 윤리 문제를 사유한 데리다(Jacques Derrida)나 동물과의 관계에서 인간의 책임감을 강조한 해러웨이(Donna Haraway) 등을 매개로 삼아 울프 부부와 밋츠의 관계 짓기와 돌봄의 윤리 문제를 짚어보고자 한다.

II. 울프 부부와 동물—감상주의를 넘어서

레너드와 버지니아의 일기나 편지, 전기와 자서전 등에는 그들과 동물의 긴밀한 관계가 잘 드러나 있는데, 이러한 자료를 재구성하여 누네츠는 울프 부부의 애완동물 마모셋 밋츠의 이야기를 전개해나간다. 1934년 7월 19일, 어느 목요일 오후에 울프 부부가 케임브리지(Cambridge)에 사는 신혼부부 바바라와 빅터 로스차일드 부부(Barbara and Victor Rothschild)를 방문하여 밋츠를 만나게 된 날을 기술한 『밋츠』의 첫 장에서, 누네츠는 "켄징턴(Kensington) 가의 그녀의[버지니아의] 어린 시절 집에서 함께 살았던 많은 애완동물 중에 마모셋도 있었다"(9-10)는 서술을 통해 이국적인 원숭이에 대한 버지니아의 호기심과 마모셋과의 친연성(親緣性)을 강조한다. 20살이던 버지니아가 1902년 디킨슨(Violet Dickinson)에게 보낸 편지에서 동물원에서 본 "멋진 초록빛 원숭이를 갖고 싶었다"(*Letters I*: 60)고 언급한 적이 있기에, 마모셋과 버지니아의 만남과 그 인연의 필연성을 암시하는 『밋츠』의 서두는 1930년대 중반 울프 부부와 함께 생활한 마모셋 밋츠의 '전기'에 객관적 신빙성을 부여한다.

레너드와 버지니아가 가족과 지인들과 함께 동물, 특히 원숭이와 연관된 애칭을 즐겨 사용했던 점은 밋츠와 울프 부부의 밀접한 연결 고리를 보여준다. 애봇(Reginald Abbot)은 블룸즈버리의 "'인간' 동물"을 상세히 정리한 바 있는데, 버지니아는 바네사에게는 염소(Goat)로, 바네사는 목견(Sheepdog), 디킨슨(Emily Dickinson)에게는 "스패로이"(Sparroy)로 불렸을 뿐 아니라,[3] 버

3) 리치(Trekkie Ritchie)도 1983년 펴낸 『플러쉬』의 「서언」("Introduction")에서 울프의 여러 동물 애칭을 언급한 바 있는데, '스패로이'는 "절반은 원숭이, 절반은 새"인 동물을 지칭한다고 밝힌 바 있다(xvi).

지니아는 레너드를 사향고양잇과의 포유동물을 일컫는 "몽구스"(Mongoose)로, 레너드는 버지니아를 개코원숭이를 일컫는 "맨드릴"(Mandrill)로 칭했다(282, n. 8). 누네즈는 이러한 사실에 기반하여 『밋츠』 앞부분에서 울프 부부와 동물과의 긴밀한 연관성을, 특히 원숭이와의 관련성을, 여러 애칭을 통해 제시한다. 레너드가 버지니아를 맨드릴로 칭했을 뿐 아니라, 어렸을 적 버지니아를 가족들은 주로 "원숭이"(Apes)의 애칭으로 불렀고, 바네사 역시 '고트' 외에 프랑스어로 "원숭이"(Singe)를, 비타(Vita Sackville-West) 역시 원숭이와 유사한 종인 "포토"(Potto)를 버지니아의 별칭으로 사용했다는 서술로서 누네즈는 버지니아와 원숭이와의 유사성을 암시하며, 마모셋 밋츠와 버지니아를 긴밀히 연결 짓는다(36).[4]

『밋츠』의 앞부분 묘사에는 밋츠와 버지니아의 유사성이 두드러지는데, 이는 버지니아 울프의 유머와 위트가 묻어나는, 엘리자베스 바렛 브라우닝의 애견 플러쉬를 얼굴 양쪽에 늘어뜨려진 풍성한 곱슬머리나 밝게 빛나는 커다란 눈, 큰 입을 묘사하며 엘리자베스와 코커 스패니얼(cocker spaniel) 종 플러쉬의 첫 대면에서 명확히 "그들 사이의 유사성"(*Flush* 23)이 도입되는 『플러쉬』의 서사와 병치된다. 탐식하는 밋츠와 상반되게, 밋츠가 관찰한 바대로, 인간에 있어 가장 이상한 점은 "얼마나 버지니아가 잘 먹지 않는가 하는 것"(87)이지만, 밋츠와 버지니아의 이러한 차이점에도 불구하고, 버지니아와 밋츠는 둘 다 예민하고 소음을 두려워하며 겁이 많다(41). 또한 이들은 "불안해하며, 연약하고, 경계하는 두 암컷(females)"으로, 늘 호기심이 많으며, "둘

4) 스패니얼(Spaniel)의 어원을 추적하는 가운데, 버지니아는 『플러쉬』에서 "연인이 애인을 괴물(monster)이나 원숭이(monkey)라고 부른다"(*Flush* 4)고 서술한 바 있다. 흥미롭게도 『플러쉬』에서 원숭이와 버지니아, 애완동물 마모셋 밋츠가 연결될 여지를 찾을 수 있으며, 『플러쉬』와 『밋츠』의 상호 교차적 텍스트성이 드러난다.

다 말썽꾸러기"이다(60). 더욱이 그들은 "둘 다 발톱을 가지고 있다"(61). 또한 울프 부부와 함께 런던 시즌에서 매일 밤 파티에 나간 밋츠는 버지니아처럼 흥분을 맛보면서도 두통을 앓았고, 그들은 "집에 돌아오는 것이 항상 기뻤다"(90).

버지니아와 밋츠는 정서적 예민함과 신체적 허약함을 공유하며, 둘 다 유사한 방식으로 레너드와 관계 지어진다.[5] 버지니아와 밋츠는 그들을 지탱해 주는 바위이자 삶의 중심인 "[레너드와] 둘 다 사랑에 빠져 있었다"(60). 레너드를 사이에 두고 밋츠가 갖는 버지니아와의 라이벌 의식과 질투심의 묘사는 여러 부분에서 등장하는데, 이는 울프 부부의 동물과의 친밀감뿐 아니라 이들 부부의 유희적인 측면을 잘 포착하여 밋츠의 전기를 재미있게 만드는 요소로 작용한다. 외출 시 밋츠가 나무에 올라가 내려오지 않으면 레너드는 버지니아를 포옹함으로써 밋츠의 질투심을 자극하여 밋츠가 내려와 레너드의 어깨 위에 앉도록 꼬였는데, 이러한 방법은 "언제나 잘 먹혀들었다"(33). 밋츠가 질투의 감정을 폭발시키는 모습을 보려고 버지니아는 이따금씩 레너드에게 바짝 들러붙어 그를 끌어안곤 하며, 레너드가 어깨에 밋츠를 올려둔 채 글을 읽고 있을 때 버지니아가 그 앞에서 옆으로 왔다 갔다 하며 밋츠와 까꿍놀이(peekaboo)를 즐기곤 했다는 묘사에서 버지니아의 유머스럽고 개구쟁이 같은 모습이 노출될 뿐 아니라, 밋츠와 버지니아는 공통의 유희를 통해 연결 된다. 밋츠가 버지니아를 좇아 레너드의 어깨 왼쪽, 오른쪽을 번갈아 뜀뛰기를 하면, 레너드는 참다못해 "*숙녀 분들 제발 좀!*"("*Oh, ladies, please!*")이라고 소리 질렀다(42; 원문 강조). 이러한 병치는 연거푸 등장한다. 1938년 초 심한

---

5) "모든 애정 관계에서 그녀는[버지니아는] 절반은 동물인 척 함으로써 자신을 보호했다"는 리치의 논평은 한편으로는 버지니아와 동물의 상응에 내재한 버지니아의 심리적 욕구를 반영한다(xvi).

감기로 고생하던 레너드 옆을 떠나지 않고 애견 샐리(Sally), 마모셋 밋츠, 그리고 아내 버지니아가 염려할 때, 오래 살 테니 "걱정하지 말아요, 숙녀 분들"("Don't worry, ladies" 110)이라며 레너드가 안심시키는 부분에서도 동물들은 버지니아와 함께 '숙녀'로 취급된다.

『밋츠』에서 적나라하게 묘사된 버지니아에 대한 밋츠의 질투심은 『플러쉬』에서 엘리자베스 바렛에 입양된 후 그녀와 친밀한 관계를 형성하며 로버트 브라우닝을 그들 관계망의 침입자로 규정하고, 로버트를 질투하여 물어뜯는 등의 행동으로 표출되는 플러쉬의 감정과 평행선상에 놓인다. 플러쉬의 시샘이나 밋츠의 격렬한 집착은 동물도 인간과 유사한 감정을 겪는다는 것을 드러내는 예이다. 레너드처럼 동물을 '숙녀 분들'로 칭하는 것은 인간의 감정을 동물에 투사하기에, 이러한 의인화는 인간 위주의 시각의 표출로서 위험성을 지닌 것으로 비판 받을 여지가 있다. 의인화와 감상주의의 함정을 논의하는 데 있어 스미스(Craig Smith)의 견해는 유용한 실마리를 제시한다. 인간의 특성으로 사고의 힘을 꼽은 데카르트(René Descartes) 같은 철학자들이 "이성, 자각, 감정이 없는 존재로 동물을 취급"(Smith 349)하여 왔는데, 의인화(anthropomorphism)와 감상주의(sentimentalism)를 동일시함으로써 데카르트 식으로 인간과 동물을 구별 짓고 우열을 논하는 서구 계몽주의 철학의 영향력은 상당한 지속력을 지녀왔다. 하지만 스미스가 온당히 지적하였듯이, "다른 존재의 정신적인 경험을 [. . .] 우리 자신의 경험으로서 상정하는 것"은 "더 이상 인간 중심적이지 않으며," 동물을 인간과 같은 경험을 겪지 않는 존재로 규정하고 인간과 차별 짓는 것이야말로 '인간 중심적' 관점보다 더 문제적이다(351). 로버트 브라우닝을 받아들이게 되고 화이트채플(Whitechapel)에 유괴당하는 등의 시련을 겪으며 사회화 과정을 거치고 브라우닝 부부와 함께 이탈리아에서 자유를 만끽하다가 엘리자베스의 발치에서 죽음을 맞이하게 되는 플러쉬는, 리치(Trekkie Ritchie)가 평한 바와 같이, "버지니아가 개였더라면 그렇게 생각했음직한 방식으로 생각하며"(xi) 그러하기에 "인간의 생각을 가지고 있지만"(x), 개의 시력과 후각에 따른 경험의 기록인 『플러쉬』는 분명 신체와 욕망을 가진 "실제 개로서"(x) 플러쉬를 보여준다.[6] 스미스와 유사하게 동물과 인간의 관계에 초점을 맞추어 『플러쉬』를 읽은 와일리(Dan Wylie)도 의인화는 손쉽게 비판될 수 있는 단순한 것이 아니라는 점을 지적하면서, 개의 삶을 "상상하는" 버지니아의 작업은 개를 "사랑하는" 행위이며, 이는 곧 "의인화의 윤리"로 이어진다고 지적한 바 있다(122). 동물의 감정을 상상해내는 '의인화' 작업은 "과학적으로 의심스럽고 철학적으로 증명이 불가하지만" 문학적 상상력으로 타자의 세계를 엿보게 하며 공동체 형성과 공감과 동정의 토대를 마련한다는 와일리의 논의(122)는 『밋츠』에도 적용될 수 있다. 밋츠와 버지니아의 모습을 포개어놓고 밋츠를 '인간'처럼 취급함으로써, 『밋츠』에서 마모셋 밋츠와 울프 부부와의 소통의 가능성이 열리며, 인간과 동물 사이의 윤리적 관계의 출발점을 부여한다.

울프 부부와의 첫 대면에서 밋츠는 로스차일드 집에서 게걸스럽게 베리를 다 먹어치우고 크림을 밑바닥까지 핥는 등 탐식하는 모습을 보이는데(10), 누네츠는 밋츠의 이러한 탐식 습관을 본 레너드가 그가 행정관리 생활을 했던 영국의 식민지 실론(Ceylon)에서 빵을 주었을 때 "골목으로 달려가 어깨 너머로 겁에 질린 시선을 던지며 게걸스럽게 먹어 넘기던 거지 부랑아"(30)를 떠올렸다고 서술한다. 포스트식민주의적인 측면에서 비판의 여지가 있을 수 있는 부분이지만, 레너드의 동물 사랑이 약자에 대한 공감과 맞물려있다는 점

6) 벨(Quentin Bell) 역시 버지니아가 자신의 개가 느끼는 감정을 궁금해 하며 이 책을 썼다고 보고, "개를 사랑하는 사람의 책"이라기보다는 "개가 되기를 사랑한 사람이 쓴 책"으로서 『플러쉬』를 읽은 바 있다. 스미스 책에서 재인용(pp. 352-53).

은 명백하다. 밋츠와 식민지 거지와의 병치는 동물 밋츠가 식민지인과 마찬가지로 억압과 학대의 대상이었다는 레너드의 인식을 드러낸다. 이러한 레너드의 동물에 대한 공감은 4년 반 동안 밋츠를 맡아 그가 이행한 책임감 있는 돌봄으로 이어진다.

레너드의 애정과 보살핌을 필요로 한다는 점에서 밋츠와 버지니아는 경쟁 상대로 자리 잡는데, 이는 '인간 동물'과 인간이 아닌 '일반 동물'의 차이를 좁히는 서사로 이끌어진다. "훌륭한 간호사"(36)인 레너드는 버지니아의 "열병, 떨림, 불면증, 기절, 빠른 맥박, 쪼개질 듯 아픈 머리, 식욕 부진" 등의 증상을 치료하고자 "애정 어린 보살핌"을 베푸는데(37), 이는 병약한 밋츠를 돌보는 데서도 비슷하게 드러난다. 버지니아에게 우유를 먹이고 잠을 충분히 자도록 배려하며 헌신적인 남편 노릇을 했던 레너드는 밋츠를 돌보는 데서도 유사한 의학적, 심리학적인 접근방식을 활용한다. 런던 집과 몽크스 하우스(Monk's House)를 오가면서 버지니아의 집필 활동과 휴식을 적절히 분배하며 버지니아의 건강을 염려하고 호전시켜 온 레너드의 보살핌은 밋츠에게도 기울여지어, "절뚝거림," "매끈하지 않고" "거칠고 건조해 보이는" 털, 그리고 구루병까지 갖고 있었던 병약한 밋츠는(10-12) 레너드의 정성어린 간호 덕분에 점차 회복되어 진정한 "원숭이 같아 보이게 된다"(37). 남미 브라질이 원산지인 마모셋이 영국 케임브리지에 위치한 로스차일드 집에 오기까지 겪은 힘든 여정이 벗겨진 피부와 목 부위의 닳아빠진 털, 그리고 "목줄에 매어 있었던"(12) 학대의 흔적으로 압축되어 있었다면, 런던 동물원의 수의사에게 원숭이의 습성과 섭생의 지식을 얻어 정성스레 돌봐준 레너드 덕분에 밋츠는 생동감 있고 기민하며 호기심 많고 투지 있는 원숭이의 모습을 되찾는다. 다시 말해서, 레너드는 마모셋을 인간화하기보다는 마모셋을 마모셋답게 돌봐주는 데 헌신적이었기에, 이 작품에서의 의인화는 인간중심적인 욕망의 발현이라기보다는 와일리가 옹호한 '의인화의 윤리'의 실천에 가깝다.

실상 울프 부부는 동물을 키우면서도 동물을 인간처럼 대하거나 동물의 행동을 인간 중심으로 해석하기를 경계했다. 동물을 주인공으로 한 이야기가 흔히 동물을 인격화하는 경향이 있었고, 이러한 의인화는 인간의 감정을 동물에 투사함으로써 동물의 동물성이나 타자성을 부여하지 않을 위험을 안고 있다. 일상생활 속에서 애칭뿐 아니라 울프 부부는 각자의 문학 작품에서도 동물을 중요한 소재나 모티프로 종종 활용하였는데, 이들의 이야기 속에서 동물은 인격화된 모습을 띠기도 하지만, 동물의 타자성이 온전히 억압되거나 동물과 인간이 차별되어 우열의 관계로 규정짓지 않는다. 잘 알려진 바와 같이, 버지니아 울프는 인간을 자연, 특히 동물과 연관시키거나 동물과 인간의 유사성과 병치 가능성을 작품 속에서 자주 다루었다. 여러 소설에 동물 이미지를 활용하고 있는데, 트로먼하우저(Vicki Tromanhauser)가 면밀히 살펴본 바와 같이, 버지니아의 마지막 소설 『막간』(*Between the Acts* 1941)의 서사는 동물에 대한 인간의 우위에 의문을 제기하며 "인간/동물 구분을 해체한다"(80). 작중 연출자인 라 트로브(La Trobe)가 기획한 영국 역사를 훑는 야외극은 인간의 기획과 각본대로가 아니라 동물의 돌발 행동과 참여로 완성된다. 라 트로브의 극이 끝난 후 모금을 위해 축사를 하는 목사의 연설 속의 한 문장—"'저는 자신에게 묻습니다, 우리는 감히 생명을 우리 [인간] 자신에게만 한정지을 수 있을까요?'"(*Between the Acts* 192)—은 작가 버지니아가 인간 중심적, 인간 독점적 세계를 부정하고 인간을 동물의 일부로 포함시키며, 동물 역시 인간 세계의 정당한 참여자로 수용하는 것으로 해석할 수 있다. 이 소설에서 인간을 소(the bovine)에 동화시킴으로써 작가가 "'의인화에서 오는 중압감'을 역전시킨다"(79)고 평한 트로만하우저는 동물을 의인화하는 것을 비판적으로 바라보는 대신, 버지니아가 동물을 작중인물로 끌어들임으로써 인간 중심주의 혹은 인간 우위론을 약화시키는 과제를 문학작품을 통해 효과적으로 수행했다는 점을 명확히 한 것이다.

결혼생활을 통해 각종 동물이 레너드를 쉽게 따르고 좋아하게 되는 것을 목격해왔던 버지니아는 레너드를 "진정한 동물 애호가"(12)로 칭하는데, 『밋츠』 곳곳에 신뢰와 애정에 기반을 두고 밋츠와의 관계를 발전시켜나가는 레너드의 모습이 그려진다. 실상 레너드의 밋츠와의 친밀한 관계는 레너드가 한평생 동물과 맺은 긴밀한 관계 형성의 연장선상에 있다. 레너드의 동물과의 긴밀한 관계 맺기는 그가 대학 졸업 후 식민지 관리 생활을 하러 실론으로 떠날 때 90권의 볼테르(Voltaire) 전집과 함께 영국에서 가져간 것이 "털이 빳빳한 폭스테리어 개"(*Growing* 12)인 찰스(Charles)였다는 데서 상징적으로 잘 드러나 있다. 벨(Quentin Bell)이 회고했듯이, 레너드는 몽크스 하우스에서 여러 마리의 개뿐만 아니라 연못에는 많은 금붕어 떼를, 그리고 심지어는 미니 애완 거북이를 군집을 이루도록 키웠다(124).[7] 버지니아와 밋츠뿐만 아니라 레너드는 당시 키우고 있던 8살이나 된 애완견 핑카(Pinka)에게도 헌신적이었다. 비타(Vita Sackville-West)의 선물이었던 핑카가 점차 비대해지고 시력이 약화되어 갔지만, 수년 동안 레너드는 "습진, 벌레, 벼룩, 더위, 모성, 류머티즘, 아픈 발" 등으로 고통 받는 핑카를 돌보았다(38). 버지니아는 핑카를 "'빛의 천사'(An angel of light)"라고 부르며 애정을 표현했고, 레너드는 핑카야말로 "'그로 하여금 신을 믿게 했다'고 말한 바 있다"(38). 그러나 이러한 애정 표현은 감상적 감정이입의 소산이기보다는 인간보다 결코 열등한 존재로 치부할 수 없는 반려동물에 대한 존중의 표현으로 보아야 마땅하다. 버지니아와 레너드는 "동물을 인간처럼 대하지 않으면서도 동물을 돌보는 방법이

7) 누네츠는 1937년 6월 "몽크스 하우스 연못의 세 마리의 거북이 가족"(101)을 언급한 바 있다.

있다고 믿었고," 그래서 그들은 "동물 권리를 옹호하는 사람들을 경계했다"(77-78).

울프 부부는 동물에 대해 이성적인 접근 방식을 취했다. 버지니아는 어린 시절 스티븐 가(the Stephens)에서 애완견 두 마리를 키웠지만, 인격화하거나 감정적으로 개입하는 것을 꺼렸다. 애완견 거쓰(Gurth)와 한스(Hans)가 도심을 뛰어다니자 이를 붙잡은 경찰이 이 두 마리 개를 "'각하'"(His Lordship)와 "'한스 양'"(Miss Hans)으로 부르는 것을 듣고 이 경찰관을 "본래부터 얼간이"라고 비웃었던 편지글은 애완동물을 인간처럼 대하는 사람들에 대한 버지니아의 냉소적 시선을 드러낸다(*Letter I*: 352). 리치의 기록에 따르면, 버지니아는 동물을 "애정 어린 무심함을 가지고 유머를 갖고 세밀하게 관찰하였고, 레너드와 함께 [동물들에] 대해 우스갯소리를 지어내곤 했다"(xvi). 버지니아와 비교했을 때 레너드가 동물에 보다 더 깊이 관여하고 정성을 기울이고 보살펴주었을지라도, 레너드의 동물에 대한 태도 역시 감상성에 빠져 있다고 볼 수만은 없다. "83세의 나이에도 그가 특별히 애정을 쏟았던 고양이 트로이(Troy)가 죽자 눈물을 쏟았다"며 동물을 향한 레너드의 감정은 버지니아보다 "훨씬 더 감정적이었다"(xv)고 리치는 술회한 바 있으나, 『밋츠』를 통해 우리는 1935년 한 달간의 유럽 대륙 여행에서 돌아온 날 영국에 남겨졌던 핑카의 죽음을 접한 울프 부부가 상심하기는 했어도 두 사람의 애도가 그리 오래가지 않았다는 사실을 접하게 된다. 울프 부부는 "동물을 좋아하는 것만큼이나 동물에 대해 감상적이거나 [동물] 숭배(fetishism)에 이르기까지 아끼는 사람들을 싫어했다"(77). 런던에서 밋츠와 함께 서펀타인(Serpentine) 연못이나 켄징턴 가든(Kensington Gardens)을 산책할 때 사람들은 밋츠를 궁금해하며 "'오 불쌍한 것!'"("Oh, the poor thing!")이라고 반응을 보이면, 레너드는 "'얘는 *불쌍하지도 않고* 또 다른 어떤 *것*도 아닙니다'"라고 응수하며, 사람들의 반응에 레너드는 짜증을 내곤 했다(48; 필자 강조). 울프 부부가 퍼그(pugs)나 장난감 품종(toy breeds)을 좋아하지 않았다는 사실(77)은 인간보다 동물을 애호하고 동물을 인간의 욕망의 노리갯감으로 삼는 사이비 동물 애호가들에 대한 울프 부부의 비판 의식과 연결된다.

『밋츠』에서 나치즘이 팽배한 시기에 울프 부부가 감행한 독일 여행담을 통해 동물에 대해 과도하게 감정이입 하고 인간적 감정을 투사하는 사람들의 위선적인 측면이 우스꽝스럽게 부각되며, 인간의 비이성적인 속성이 폭로된다. 1935년 5월 1일에 영국을 출발하여 유럽 몇몇 국가를 아우르는 한 달 동안의 여행에 밋츠를 대동하였을 때 네덜란드, 독일, 이탈리아 사람들이 밋츠를 어린아이처럼 취급하고 감정적으로 반응하며 어리석은 질문 등을 하는데, 이 유럽 대륙에서의 에피소드는 신랄한 풍자적 어조로 서술된다. 본(Bonn)으로 향하는 길에 울프 부부와 밋츠가 밴드 음악과 노랫소리가 울려 퍼지고 수많은 붉은 깃발과 나치 어금꺾쇠 십자기장(swastika), 그리고 '유태인은 우리의 적'이라고 쓰인 현수막의 홍수 속에서 도로에 양편에 늘어선 제복을 입은 경찰과 총을 든 군인들, 그리고 제복을 입은 아이들과 맞닥뜨려 위기의 순간에 봉착하였을 때, 밋츠는 울프 부부의 생명의 은인이 된다. 나치에 포위된 채 출구를 찾지 못한 울프 부부에게 밋츠는 구원자의 역할을 수행한다. 흥분한 밋츠가 운전대에 뛰어 올라 깩깩 소리를 질러대자 술을 마셨는지 얼굴이 벌건 나치 돌격대원은 처음에는 놀라고 어리둥절해 하다가 만면에 부드러운 미소를 띠며, "어린아이처럼 손뼉을 치고," "'*이 사랑스러운 귀여운 것*'"("*Das liebe kleine Ding!*" 70; 원문 강조)이라며 기꺼워한다. 유태인인 레너드는 만일의 경우에 대비해 독일 외교관 비스마르크(Bismarck)의 편지를 준비해 소지하고 있었지만, 유태인 학살을 서슴지 않을 무자비한 독일인들은 아이러니컬하게도 마모셋 밋츠에 시선과 주의를 빼앗겨 제대로 검사를 하지도 않은 채

"'히틀러 만세!'"(*Heil Hitler!*)를 외치며 밋츠를 위해 길을 터준다(71). 마치 "군중이 오늘 모인 이유가 밋츠 때문인 것으로 혹자는 생각했을 수 있다"(71)는 서술은 동료 인간 유태인은 증오하면서 동물 마모셋에게는 사뭇 애정을 표현하는 독일 나치의 위선을 고발하고, 게르만족의 우월성을 외치지만 우매한 독일 군중의 열등한 인간성을 조롱한다. 남녀노소 독일 군중이 밋츠를 향해 나치 인사로 환송할 때, 레너드는 밋츠가 가장 좋아하는 먹이인 벌레를 밋츠에게 먹이며 "누가 비스마르크를 필요로 하겠는가?"(72)라고 자문한다. 마모셋 원숭이가 인간보다 더 강한 권력을 발휘하는 그 순간에 인간과 동물의 우열의 관계는 역전되어 있다. "독일인들이 밋츠가 그들의 [지도자] 괴벨스(Dr. Goebbels)와 닮았다는 것을 어떻게 알아채지 못했는지 이해할 수 없다"(74)는 퀜틴의 언급은 나치 지도자와 밋츠를 병치시킴으로써 다윈(Charles Darwin)이 정립한 인간과 원숭이의 밀접한 유전적 관계를 상기시키며, 2차 세계대전의 위기로 몰고 가는 인간의 퇴행과 독일 나치의 야만성을 고발한다.

1차 세계대전 후 1920년대 유럽의 상황을 진단하고 자신의 정치적 견해를 밝힌 레너드의 정치 에세이 「공포와 정치: 동물원에서의 토론」("Fear and Politics: A Debate at the Zoo," 1925)은 『밋츠』의 후반부에 드러난 2차 세계대전을 목전에 둔 시대의 인간의 야수성과 그로 인한 공포에 대해 유사한 통찰력을 보여준다. 레너드는 동물 코뿔소(Rhinoceros)와 개코원숭이(Mandril)를 대변인으로 삼아 1917년의 러시아 혁명 이후 영국에서 보수와 진보 진영의 양분화 된 논의를 극화하면서, 러시아 혁명을 파괴적인 국수주의의 대안으로 제시하는 올빼미(Owl), 서구 역사를 훑으며 전쟁 방지와 문명 수호의 난제 앞에서 인간의 동물과의 차별성을 의문시하는 코끼리(Elephant) 등을 등장시킨다. 타국에 대한 혐오와 타자에 대한 공포를 조장하고 국수주의를 강화하는 독일과 이탈리아가 득세하는 1930년대 후반의 유럽은, 동물 알레고리를 통해 레너드가 진단한, 야만성으로 퇴행한 1920년대 중반 서구 상황의 복제판(複製版)이다. "지속적인 투쟁이며, 서로를 계속 죽이는 일"의 연속이라고 동물의 삶을 한탄하며 "우리 모두는 인간동물처럼 영속적으로 서로를 두려워한다"는 코끼리의 단언은 인간과 동물을 우열의 이분법으로 나누는 인간의 논리를 무력화하며, 인간과 동물의 경계를 지운다("Fear and Politics" 150). 동물원 우리 속에 갇혀 있는 동물과 마찬가지로 동물원 우리 밖의 '인간동물'은 "공포"에 지배당하는 밀림의 원시성 속에 갇혀 있다. "밀림의 지혜의 시작과 끝은 공포다"("Fear and Politics" 150)라는 선언은 공포라는 밀림의 '지혜'를 이용하여 다른 인간을 억압하고 지배하려 드는 독일 및 이탈리아의 전제정치에 내재한 우둔함과 인간 세계의 밀림화를 예견한 것처럼 들린다. 인간은 전쟁 방지를 위해 국제기구 등의 방안을 마련하지만 결국 인간은 "밀림에서 가장 야만스러운 육식동물"에 불과하며, "이 세상은 개별 인간이 각기 별개의 우리 속에 가두어졌을 때라야 민주주의[의 유지]나 다른 동물들[의 안전에] 안전할 곳이 될 것이다"("Fear and Politics" 151)라는 코끼리의 최종적 판단은 인간 문명의 허약함과 인간의 야만성에 대한 레너드의 통찰을 드러낸다.

독일 나치즘을 통해 인간의 어리석음을 서술하는 가운데, 누네츠는 1938년 3월 오스트리아를 침공한 후 체코슬로바키아를 노리는 야수 같은 속성을 지닌 히틀러를 동물에 비유한 레너드의 자서전의 논평을 그대로 인용한다. "'호랑이는 [. . .] 저녁식사 후 소화시키고 나면, 다시 덤벼들 것이다'"(115). 이 작품의 말미, 13장(chapter)에서부터 서술되는 유럽에 드리워진 암운은 "보이지 않으면서도" 우리 곁에 살아가는 "위험한 동물"로 묘사된다(94). 독일의 폭탄 투하가 시작되자 영국은 수천 명의 아이들을 대비시키고 동물원 우리 안의 위험한 동물들을 죽일 계획을 세워둔다. 동료 인간의 학살을 꾀하는 전제주의와 그 권력자가 동물과 병치되는 시대에, 아이러니컬하게도 동물원의 동물들이 애꿎은 죽음을 당할 위기에 놓인다. 밀림에서 포획된 밋츠가 경험한 인간 세계에서의 잔인성은 원시성으로 회귀한 1930년대 후반 서구의 상황과 얽혀 있다. 동물보다 더 동물적 본능에 충실한 인간동물에 대한 쓰라린 풍자와 함께, 나치 위협 아래 "밋츠는 어쩌나? 샐리는 어쩌지?"(120)라며 동물을 걱정하는 부분의 서사를 통해 우리는 밀림화의 위기에 봉착한 인간 세계에서 진정 동물이 어떤 존재인지를 탐구하는 과제야말로 인간 문명 속 윤리의 문제와 맞닿아있다는 점을 깨닫게 된다.

III. 밋츠의 이야기—인간/동물 심연을 가로질러

누네츠는 작품의 맨 뒤에 수록한 「감사의 말」("Acknowledgement")을 통해 레너드 울프의 자서전과 버지니아 울프의 일기와 편지 등에서의 전기적 사항을 참고하고, 퀜틴 벨의 회고록과 전기 및 허마이오니 리(Hermione Lee)의 울프 전기 등을 바탕으로, "*공인받지 않은 밋츠의 전기*"로서 『밋츠』를 완성하였다고 밝힌 바 있다(필자 강조). 「감사의 말」에서 설명하였듯이, 참고문헌에서의 인용을 따옴표로 처리하고, 부족한 전기적 세부사항은 상상으로 메우며, 울프 부부의 대화 중 일부는 "발명"하고, 동물 백과사전(*Larousse Encyclopedia of Animal Life*; *Funk & Wagnalls Wildlife Encyclopedia*)을 참고하여 마모셋의 습성 등을 연구, 활용한 누네츠는 밋츠의 실제 삶을 최대한 진실하게 기록하여, 이 전기의 완성도를 높이고자 시도하였다. 『플러쉬』에 핑카의 사진을 수록함으로써 버지니아 울프가 플러쉬의 '전기'적 사실성을 부여한 것과 유사하게, 누네츠는 『밋츠』에 레너드 울프의 자서전에 들어 있던, 밋츠와 핑카가 나란히 앉아 있는 사진을 「핑카와 밋츠」("Pinka and Mitz")라는 제목을 달아 소설 말미 「감사의 말」 바로 앞에 수록함으로써 이 작품을 밋츠의 삶의 진정성 있는 기록으로 제시하였다.[8)]

울프 부부의 집에 함께 살게 되면서 밋츠가 울프 부부의 애견 핑카와의 상호 탐색기를 거쳐 공존을 모색하게 되는 시기를 다루는 부분에서, 누네츠는 『플러쉬』를 서사에 끌어들인다. "비타가 올랜도(Orlando)의 모델이었듯이, 핑카는 플러쉬(Flush)의 모델이었고," 『플러쉬』는 버지니아가 브라우닝 부부의 편지를 읽으면서 플러쉬의 삶을 상상력으로 구현해낸 작품으로서, 친구인 스트레치(Lytton Strachey)의 현대적 전기인 『뛰어난 빅토리아조 인물들』(*Eminent Victorians*)과 『빅토리아 여왕』(*Queen Victoria*)을 모델로 하여 동물을 주인공으로 삼은 획기적인 전기였다는 것이다(38-39). 병약하여 윔폴 가(Wimpole Street) 상류층 대저택의 뒤편 자신의 침실에 칩거하며 지냈던 엘리자베스 바렛에게 친구인 밋포드 양(Miss Mitford)이 보낸 선물이 플러쉬였고, 『플러쉬』의 앞부분에서 코커 스패니엘 종의 기원과 플러쉬의 어린 시절, 엘리자베스에게로의 입양 등이 묘사된 『플러쉬』의 서두 부분은 빅터가 고물상에서 구입한 밋츠를 레너드에게 기꺼이 양도하여 밋츠가 울프 부부와의 적응기를 거치고 핑카와도 교류를 이루게 되는 『밋츠』의 초반부와 병치된다. 『플러쉬』처럼 플러쉬의 시각, 촉각, 특히 후각에 기대어 서술되고 있지는 않지만, 밋츠의 태생, 적응, 관계 맺기, 성장, 죽음에 이르기까지의 경로를 추적하며 밋츠의 주체성을 점차 드러내고 있기에, 『플러쉬』처럼 『밋츠』도 버지니아 울프식의 새로운 전기 쓰기의 시도로 보고, 울프 부부의 삶 속에서 이들

---

8) 누네츠는 레너드 울프의 자서전 『악화 일로에서』(*Downhill All the Way*)에 수록된 밋츠 관련 사진 3장 중, 핑카와 밋츠가 함께 들어 있는 사진 한 장을 『밋츠』에 포함시켰다.

부부와 함께 경험하고 성장하는 밋츠에 주목할 필요가 있다.

인간과의 유사성을 찾아내며 의인화를 감행하면서도 감상성을 배제하고자 한 울프 부부의 태도와 맞물려 이들 부부의 눈으로 관찰된 밋츠의 모습이 앞부분에서 유머를 담고 주로 그려졌다면, 독일에서 밋츠가 나치 군중의 '환호'를 받는 에피소드를 통해 인간의 어리석음과 인간의 동물로서의 퇴행에 대한 통찰에 이어지는 뒷부분에서는 동물 밋츠의 관찰과 생각, 다른 인간/동물들과의 관계, 꿈과 기억이 점차 부각된다. 밋츠는 울프 부부에게 종속된 동물이라기보다는 인간과 다름없는, 때로는 인간보다 우월한 감정과 감각과 정신의 소유자로서 부각된다.

밋츠가 이야기의 전면에 나서게 된 배경에는 버지니아 울프의 다음과 같은 질문이 자리하고 있다. "마모셋은 꿈을 꿀까, 기억을 할까, 후회를 할까, 마모셋은 무엇을 원할까"(60)? 버지니아의 궁금증은 데리다(Jacques Derrida)가 동물을 사유할 때 제시한 논제와 흡사하다. 데리다는 "'동물이 꿈을 꾸는가'" 하는 질문을 시작으로 동물의 사고, 언어, 죽음에 대한 의식, 웃음, 눈물, 애도의 역량을 비롯하여 유희성, 호의, 환대, 겸손, 옷, 거울을 통한 자기 정체성 문제에까지 동물 논의를 확대한다(62-63). 동물은 이성적 사고나 자아 성찰을 할 수 없으며, 자아 정체성, 주체성, 유희성, 정치성, 윤리성은 인간 고유의 영역이라는 인간중심적 관점과 이에 불가피하게 잇따르는 인간과 동물의 인위적인 이분법이 서구 남근·로고스 중심주의(phallogocentrism) 철학의 오랜 전통의 소산이라면, 데리다와 버지니아 울프는 동물의 사유를 통해 인간의 특권적인 지위를 의문시한다. 칼라르코(Matthew Calarco)가 효율적으로 정리하였듯이, 아리스토텔레스(Aristotle)는 "동물의 이성(rationality)의 결핍"(8)을 논했고, 데카르트는 동물에게는 "*이해하는* 능력이 결핍되어 있다"(9; 원문 강조)고 주장한 바 있으며, 칸트(Immanuel Kant) 역시 "동물이 이성과 자의식을 소유한다는 점을 부정"(10)하였기에 이들 서구의 대표적인 철학자들의 뒤를 이은 "영향력 있는 철학자들이 인간 중심주의적 경향을 반복하여 왔다"(10)면, 『밋츠』와 『플러쉬』에서는 인간 '고유의 영역' 그 자체가 문제시된다.

『밋츠』의 모델이 된 『플러쉬』에서 버지니아 울프는 플러쉬가 이탈리아 플로렌스(Florence)에서 생활하던 중, 털에 기생하는 벼룩 때문에 코커 스패니얼 종의 태생적 고귀함의 표식, 다시 말해서 "가계의 문장((紋章)이 새겨진 금시계와 같은 것"인 털이 깎이게 되었을 때, 플러쉬가 머리 부분의 털만 남겨진 "'사자와 같은 모습'"을 한 자신을 거울에 비춰보며 "이제 나는 무엇인가"(134) 하고 자신의 정체성에 대해 질문을 던지는 모습을 그린다. 거울을 보며 자신을 "태생도 좋고 교육도 잘 받은 개"(*Flush* 32)로 인지하며, 일반 개들과 구분 지으며 자신의 정체성을 확인하는 앞부분과 병치를 이루는 가운데, '거울'을 통해 자신의 존재와 그 정체성을 인지하는 것을 인간 고유의 영역으로 간주하는 종래 서구 형이상학적 이분법의 경계는 모호해진다. 등의 털을 깎이고 나서 피상적인 자아의 소멸에 따른 혼란한 심정으로 "거세되고 작아지고 수치스럽다고 느끼기에"(*Flush* 135) 플러쉬도 인간처럼 수치심이라는 감정을 갖는 듯하지만, 플러쉬는 마침내 수치심을 내던지고 벼룩에서 해방된 기쁨에 "날렵해진 다리로 춤을 추며"(*Flush* 135) 거짓 정체성으로부터의 자유를 맛본다. 족보 있는 애견의 상징물로서의 복슬복슬한 털을 벗은 플러쉬는 진정한 정체성을 찾은 인간에 상응한다. 병을 앓고 나서 이전의 모습을 되찾을 수 없게 되었다는 것을 알고 화장품을 불태워버리고는 더 이상 거울을 들여다볼 필요도 없고 애인의 열정의 소멸이나 라이벌의 미모를 두려워할 필요가 없어졌다는 것을 깨닫고 비로소 기쁨에 겨워 웃는 여인, 혹은 탄수화물만을 섭취하고 무명옷을 입으며 20년 동안 갇힌 삶을 살다가 성직자 옷을 내던져버리고 선반에서 프랑스의 계몽주의 철학자 볼테르(Voltaire)의 작품을 집어 들게 된 성직자에 비유되는 플러쉬는 시련을 통해 "'현명해졌고'," 진정한 자아를 찾고 만족하기에 이른다(*Flush* 135-36). "모든 나라는 그에게 이제 똑같은 것이 되었으며, 모든 인간은 그의 형제가 되었다"(*Flush* 137)고 플러쉬의 주체적 성장을 그리면서 버지니아 울프는 계급과 종(species)의 차이와 구별을 지우는 사유를 동물 이야기 속에서 이끌어낸 것이다.

18세기 중반 유럽에 진출한 최초의 마모셋으로 프랑스의 루이 15세(Louis XV)의 궁정에서 루이 15세의 총희 퐁파두르 후작부인(Marquise de Pompadour)의 품에 안겨 사랑을 받았던 비단원숭잇과의 귀족이라 불리는 "황금 사자 마모셋"(golden lion marmoset)과는 달리, 밋츠는 "소박한 태생"으로 그저 "평범한 마모셋에 속했다"(53). 플러쉬의 혈통적 우월성이나 그의 변화, 발전, 성취와 비교할 때, 낮은 계급적 태생의 밋츠의 성장과 자아정체성의 발현은 크게 두드러지지 않는다. 그러나 밋츠는 블룸즈버리 그룹의 황혼기에 울프 부부와 살면서, 부부의 응접실에서 당대 최고 지성인이었던 블룸즈버리 그룹의 일원들을 만나며 울프 부부를 관찰하고, 스스로 생각한다. 수많은 원고를 읽으며 쓰레기 같은 글에 분개하는 울프 부부를 보면서, 그들이 게임을 하고 있다고 밋츠는 "*생각했다*"(88; 필자 강조). 레너드 울프의 어깨에 올라앉아 밋츠는 울프 부부와 함께 "블룸즈버리 회고록 클럽(Memoir Club) 모임에 *참석하였고*"(88-89; 필자 강조), "사회주의의 미덕이 칭송되고, 파시즘과 공산주의의 사악함이 개탄되는 것을 *들었다*"(89; 필자 강조). 밋츠는 블룸즈버리 그룹의 일원이었던 것이다. 또한 밋츠는 관찰의 객체나 애정의 수동적 수용체가 아니라, 보고 듣고 아는 주체로 부상한다. 밋츠는 사람들이 말하는 '전쟁'이라는 단어를 자주 "들었는데," 이 단어는 "샐리가 짖어대는 소리와 같았다"(89). 누네츠는 전쟁을 일삼는 인간의 '개소리'에 대한 신랄한 풍자를 함축할 뿐 아니라, 우월한 인간 vs 열등한 동물이라는 종래의 이분법을 무너뜨리며, 밋츠를 느끼고 생각하고 판단하는 주체로 부상시킨다.

인간이 전쟁을 통해 동족을 죽이는 세태 속에서 동물인 마모셋 밋츠와 개 핑카가 종의 차이에도 불구하고 어떻게 서로 이해하고 도우며 공존해나가는지가 『밋츠』에서 드러나며, 동물이 나누는 우정과 애정 역시 포착된다. 밋츠가 울프 부부의 집에 살게 되었을 때 8살이나 되어 노쇠한 상태였던 핑카는 너그러이 밋츠를 받아들이며, "핑카를 열정적으로 좋아하게 된"(38) 밋츠는 핑카의 털 속이나 발톱 사이사이에 숨은 벼룩을 찾아 자신의 입에 털어 넣는데, 이러한 "몸단장해주는 일"(grooming)은 동물 사이의 "애정의 징표"였다(41). 밋츠는 레너드에게도 이러한 애정을 표현하여 그의 머리카락을 손질해 주었기에 레너드는 비듬 걱정을 할 필요가 없었다(41). 날이 추울 때면 밋츠는 의자에서나 핑카의 바구니 속에서 몸을 동그랗게 말아 핑카와 몸을 맞대고 있곤 했다(43). 이처럼 핑카와 밋츠의 우애가 강조되며, 핑카의 죽음 이후 "버지니아는 그들 부부보다도 밋츠가 더 핑카에게 신의가 있었다고 느끼지 않을 수 없었다"(83)는 서술을 통해 밋츠가 감정과 사고와 주체성을 지닌 동물임을 드러낸다. 밋츠는 핑카의 죽음 이후 새로 울프 부부가 데려온 또 다른 스패니얼 샐리(Sally)의 털을 이따금씩 골라주기는 해도 핑카에 주었던 만큼의 애정을 쏟지는 않았다. 날씨가 추워도 밋츠는 샐리의 털 속에서 피난처를 찾지 않았다(83). 샐리 역시 밋츠를 그다지 좋아하지 않기에 집 밖으로 나가는 밋츠를 막지 않고 버지니아에게 경고를 하지도 않는다. 그러나 샐리는 버지니아가 갖지 못한 민첩성과 후각을 이용하여 밋츠를 찾아 데려오는데, 밋츠뿐 아니라 샐리가 보여주는 동료애는 인간의 편협함과 잔인성과 대조를 이루며, 동물을 열등한 존재로 분류하는 인간중심적 관점의 오류를 짚어낸다(123-24).

동물들 간의 동지애(同志愛)에 덧붙여 『밋츠』에서는 동물의 죽음에 대한 의식과 애도의 역량이 암시된다. 서구 계몽주의 철학 전통 속에서 동물의 주체적 사고, 감정, 정체성, 죽음에 대한 인식 등의 결핍을 가정하여 농업이나 스포츠 분야에서, 그리고 실험실 등에서 동물의 학대가 정당화되어 왔다면, 밋츠의 이야기는 그러한 서구의 인간/동물의 이분법적 틀의 허구성을 폭로한다. 핑카의 죽음 이후 밋츠는 평소와 달리 기운이 없고, 자신의 집인 새장에 더 오래 머물렀다(80). 무언가를 찾듯이 집안 구석구석을 뒤지며 부산했고, "무언가를 물으려는 듯이" 버지니아와 레너드의 얼굴을 번갈아 쳐다보기도 했다(80). 버지니아는 평소에도 "'세계 자체가 의문인 것처럼'" 밋츠가 행동했다고 기록한 바 있지만, "밋츠는 핑카의 바구니가 있던 곳에 오랫동안 매우 조용히 앉아 있었다"(80)는 서술을 통해 화자는 밋츠야말로 울프 부부가 찬탄해마지 않았을 이성적인 방식, 즉 "절제하며 극히 사적인 방식으로"(81) 핑카의 죽음을 애도하고 있었을지도 모른다고 암시하고 있는 것이다.

데리다는 동물 논의에 있어 "가장 *우선적이고 결정적인* 논제는 동물이 *고통받을 수 있는지를* 알아내는 것"(27; 원문 강조)이라 천명한 바 있다. 버지니아 울프는 『플러쉬』에서 태생적 속성을 억압당한 채 인간 사회에서 고통받는 동물을 설득력 있게 그렸다. 털이라는 의복을 벗어버리고 계급을 초월한 평등을 이탈리아에서 맛본 플러쉬가 1852년 여름 브라우닝 부부와 함께 다시 런던을 방문했을 때 경찰의 감시를 받으며 여전히 목줄에 매여 있어야 하고 개 도둑의 위협 아래 있는 다른 개들의 처참한 실상을 보며, 런던의 개들이 "모종의 병적인 상태"(*Flush* 139)에 있을 수밖에 없다고 진단한다, "자살을 하려는 의도로" 체인 로우(Cheyne Row)의 집 "꼭대기 층 창문에서 뛰어내렸다"(*Flush* 139)는 빅토리아 조 영국의 철학자 카알라일(Thomas Carlyle)의 부인의 애견이었던 네로(Nero)의 이야기는 동물도 자유를 꿈꾸고 속박에 분노하며 해방의 가능성이 없을 때 죽음을 선택할 수도 있다는 버지니아의 파격적인 사고를 보여주며, 동물에 대한 우리의 인식의 지평을 넓힌다. 습관화된 일상과 감금 상태, 유괴와 폭력의 위협이 지배하는 영국을 벗어나 플로렌스에 정착하여 시장 한복판에서 낮잠을 즐기고 암컷을 쫓아다니면서 '개'다운 속성을 마음껏 누리는 삶을 성취한 플러쉬는 가부장의 억압 속에 숨 막히는 삶을 살던 윔폴 가의 집을 벗어나 이탈리아로 떠나 자유와 사랑을 쟁취한 엘리자베스 바렛과 병치를 이룬다. 플러쉬뿐만 아니라 엘리자베스에게도 공통적으로 적용되는 사회적 억압과 그로 인한 고통, 그 고통으로부터의 공동의 탈출의 결과 획득한 인간과 동물의 자유, 자아 성취, 행복의 공유가 『플러쉬』에 잘 극화되어 있는 것이다.

열대지역에 서식하던 마모셋이 생존하기에 부적합한 영국에 이식되기까지 겪은 고난이 담겨 있는 『밋츠』에서 동물의 고통 문제는 훨씬 첨예하게 드러난다. 버지니아가 관찰했듯이 "'어깨에 세상의 온갖 짐을 다 짊어진 것 같아 보이는'"(23) 밋츠의 구슬픈 표정은 밋츠의 고통을 현시한다. 또한 탐식하는 습관에도 불구하고 유독 바나나만을 거부하는 밋츠에게서 인간의 편견으로 인해 받은 학대의 흔적이 고스란히 엿보인다(29). 춥고 습한 영국에서 밋츠는 제 수명을 다 채우지 못하고 일찍 죽음을 맞이할 수밖에 없고, "쉽게 감기에 걸리고, 폐렴과 결핵에 취약하다"(28). 신체적 질병에서 오는 고통은 동물에게 있어서도 정신적 고통과 맞물려 있다는 점을 누네츠는 기록한다. 울프 부부의 보살핌에도 불구하고 밋츠의 자유를 향한 염원은 가끔 정원의 나무 위에 올라가는 것으로 표출된다. 로드멜(Rodmell)의 몽크스 하우스에서 1935년 8월 풍성한 냄새의 향연이 펼쳐진 여름날 밤 달빛 아래 부엉이와 뻐꾸기의 울음소리를 듣고 여우의 체취를 느끼며 밋츠는 집안을 탈출하여 정원의 나무 위로 올라간다(83-84). 고향 밀림에 대한 그리움이 희미하게나마 엿보이는 부분인데, 『밋츠』의 끝부분 14장에서 상세히 서술되듯이 아이러니컬하게도 밋츠의 밀림은 평온한 장소가 아니라, 이미 공포로 얼룩져있다.

동물의 고통이 꿈의 형식을 통해 전달되고 있는 『밋츠』의 끝부분은 밋츠가 죽기 직전 그의 무의식 속에서 되살아나는 밀림에서의 끔찍한 기억을 추적한다. 다양한 색채, 소리, 형상으로 가득 찬 밀림 속에 인간이 들어와 동물을 포획하고 돈벌이로 동물을 데려가 학대하는 과정이 상세히 묘사되는데, 이는 마치 제국이 식민지에 쳐들어와 약탈과 폭력을 저지르고 경제적 이득을 위해 잔인한 살육을 자행하는 것과 유사하다. "집도, 거리도, 공원도 스퀘어도, 자동차도, 인쇄소도, 안락의자도, 침대도, 책도, 새장도, 벽난로도, 잉크병도, 찻주전자도 없는" 밀림이지만 밋츠의 밀림 풍경에는 "인간들이 없지는 않다"(128). 배나 말을 타고, 혹은 걸어서 밀림에 침입한 인간들은 닥치는 대로 동물을 잡아간다. 밋츠의 고난과 고통의 기억은 생생히 전달된다. "[밋츠는] 그물이 덮쳤을 때 있는 힘을 다해 싸웠지만"(129), 우리(cage)에 갇혀 "공포의 항해"(130)를 시작한다. 온갖 동물이 한데 뒤엉켜있는 우리 속에서 "밋츠는 원숭이들로 터질 듯한 우리가 여럿 있는 것을 *보았다*"(129; 필자 강조). 또한 각양각색의 원숭이들 속에서 "자신과 같이 아주 작은 마모셋들도 *보았다*"(129; 필자 강조). 밋츠의 시선은 아비규환을 이룬 우리 속의 학대받는 짐승의 자화상을 적나라하게 포착한다. 아기 마모셋의 "*엄마*"(*Mother* 130; 원문 강조)가 되어야 할 인간은 동물을 괴롭히며 웃어댈 뿐이다. 온갖 고초 끝에 도착한 영국 땅에서 밋츠는 고물상에 팔려와 마코 앵무새(macaw)를 대신하여 호객행위의 도구로 쓰인다. 고물상의 새장에 갇혀 "빅토리아 인형의 옷을 입은 구경거리"(132)가 된 밋츠는 우연히 이 고물상에 들른 빅터 로스차일드로 인해 구출되고 운 좋게도 울프 부부의 보살핌 속에 다른 마모셋보다 더 오래 생존하기는 하지만, 밋츠의 과거 이야기는 모제스나 윔볼드처럼 이 이야기를 가볍게 '동화적' 특질을 지닌 서사로 읽을 수 없다는 점을 분명히 드러낸다. 열병과 굶주림과 모욕과 폭력을 견뎌야 했던 밋츠의 과거는 꿈 이야기로 치환되지만, 이 부분은 『밋츠』에서 유일하게 현재형 동사로 서술되어 있다(132-34). 이는 밋츠의 기억 속에 또렷하게 현존하는 공포를 적나라하게 드러낼 뿐 아니라, 동물 보호를 외치는 오늘날에도 실험용으로, 경제적 이득을 위한 상품으로, 인간의 정서적 유희용 등으로 지속적으로 희생당하는 동물의 현주소를 상기시키며, 깊은 비애감을 자아낸다. 이러한 잔혹 동화 속 인간은 어떤 동물보다도 잔인하고 포악하며 야만적이다. 밋츠의 기억과 감정으로 포착된 밀림의 침입자들은 '동물성'을 갖고 있지만, 동물과 진정한 '만남'을 갖지 못한다.

철학이 아닌 문학에서야말로 동물에 대한 사고가 가능하다는 데리다의 생각은 『플러쉬』와 『밋츠』에서 그려낸 동물의 감정과 애정과 고통의 기록을 통해 증명된다. 작가의 상상력으로 포착되지 않는 한, 논리·이성 중심의 논의로는 동물을 사유하기 어려운 탓이다. 동물과의 만남은 서로를 향한 응시에서 출발한다. 자신의 벌거벗은 몸을 보고 있는 고양이와 눈이 마주친 사건을 통해 동물에 대한 사유를 시작한 데리다는 "짐승처럼 벌거벗고 있다는 데서 [자신이] 느끼는 수치심"(4)을 인간으로서의 자의식의 소산일 뿐, "[벌거벗었다는 것을] 알지 못한 채 벌거벗은 존재"(4-5)인 고양이와 무관하며, 자신의 관념 이전에 존재하는 고양이와 자신의 시선은 항상 비껴있을 수밖에 없다고 본다. 데리다에 있어 윤리적 접촉은 그 고양이가 갖고 있는 독자적인 관점을 '내'가 이해할 수 없다는 전제 하에서만 가능하고, 개별적 개체와 메울 수 없는 심연을 인지한 일별(一瞥)에서 윤리적 만남의 순간을 마주할 수 있을 뿐이다. 데리다의 사유 속에서 인간과 동물의 진정한 윤리적 관계는 문학적인 사유에서나 가능할 뿐이어서 실질적 만남은 절대적 난관(aporia)으로 귀결된다. 동물과 인간의 거리를 메우려는 시도가 인간중심적인 것으로 환원될 여지가 필연코 존재하므로, 데리다에게 있어 이종(異種) 간의 현실적 교류는 지극히 의심스러운 것이 된다. 데리다의 사유에서 실제 인간과 동물의 관계 형성이나 공동체 형성은 지난한 것이며, 윤리적 관계 형성의 실질적 토대를 찾기 어렵다.

인간과 동물의 메울 수 없는 심연의 상정이나 절대적인 차별화의 패러다임을 거부한 해러웨이(Donna Haraway)는 자본주의, 제국주의, 기술 발전, 가부장제 목표를 위해 동물이 이용당해 왔다는 점을 인정하고, 이를 막는 보다 실질적이고 유용한 사유를 전개한다. 『종(種)들이 만날 때』(*When Species Meet* 2008)에서 해러웨이는 "고양이에 대해 보다 더 알아내고 어떻게 [고양이를] 뒤돌아볼 것인가 하는 위험을 감수하는" 대안을 취하지 않았기에 데리다는 고양이와 친밀한 관계를 형성하지 못했고 따라서 데리다는 "반려동물로서의 단순한 의무를 이행하는 데 실패했다"고 비판한다(20). "인간이 동물의 아픔을 진심으로 공유하는 법을 배우는 것이야말로" "윤리적인 의무이며, 실질적인 문제이고, 존재론적인 열림"으로 보는 해러웨이는 동물과 함께 "되기"라는 실천 방안을 마련한다(84).

밋츠와 울프 부부의 만남이 역사적, 문화적인 맥락 속에서 이루어지고 그 구체적인 상황 속에서 밋츠와 울프 부부의 접촉과 소통이 극화되기에 밋츠의 아픔을 공유하고 윤리적 실천을 인지하게 되는 작품으로 『밋츠』를 읽어나가는 데 있어, 해러웨이가 사유한 동물과 인간의 실질적인 접촉과 윤리적 책임감의 문제는 유용한 이론적 틀을 제공한다. "접촉, 존중, 뒤돌아보기, 함께 되기"(Touch, regard, looking back, becoming with 36)를 통해 인간—동물의 연결, 연합이 가능하다는 해러웨이의 제안은 밋츠와 울프 부부의 만남에서의 윤리성을 가늠해 볼 지침을 제시한다. “타자의 시선을 만나는 것이야말로 자신과 마주하는 조건”(88)이며 인간이 동물을 돌봄, 혹은 돌아봄으로써 ‘존중’의 길이 열리고 ‘동물 되기’의 윤리적 실천성을 갖게 된다는 해러웨이의 통찰은 울프 부부와 밋츠의 응시의 장면을 되돌아보게 한다.

버지니아 울프는 밋츠의 코앞까지 다가가 “네 눈엔 내가 어떻게 보이니”(62)라고 질문한다. 밋츠를 응시하며 밋츠에게 자신의 존재를 물음으로써 버지니아는 시각의 주체로서의 인간의 우월한 지위를 포기하고 밋츠의 눈에 비친 자신의 모습과 마주한다. “추하고, 끔찍하고, 진저리나는 거냐”(62)라고 되묻는 버지니아는 이종(異種) 간의 친밀성에 대한 탐색을 진지하게 시도하고 있는 셈이다. “동물이 된다는 것은 어떤 것일까, 개의 눈으로 세상을 바라보면 어떻게 보일까, 고양이들은 우리를 어떻게 생각할까”(59)—일련의 질문을 통해 버지니아는 동물의 응시를 되돌아보며 동물을 ‘존중’하는 윤리적 만남의 순간을 맞이한다. “밋츠가 자기 동료들과 함께 있을 때 어떻게 행동할지”(61)를 궁금해 하는 버지니아는 인간과 동물의 관계망 형성을 지향하는 윤리적 문제에 성큼 다가서 있다. ‘동물 되기’를 꿈꾸는 버지니아의 도발적인 상상력은 밋츠와의 공동체적 만남을 가능케 한다. 학대하는 인간의 끔찍한 모습을 자신 안에서 직시함으로써 버지니아는 동물에 대해 책임을 질 준비가 되어 있다.

레너드가 밋츠와 맺는 관계는 보다 현실적인 차원에서 이루어진다. 레너드의 밋츠와의 윤리적 만남은 버지니아의 방식과는 달랐고, 레너드는 “밋츠의 내면의 삶에 대해 짐작해보려는 생각조차 없었다”(61). 레너드의 가슴 속, 주머니 속, 머리 위, 어깨 위 등에 올라가 있는 밋츠는 레너드와 신체적, 정신적 친밀감을 강하게 지니며, 레너드의 헌신적인 돌봄 속에서 밋츠는 ‘원숭이답게’

성장한다. 벨이 술회했듯이, 레너드는 동물원 수의사에게 마모셋에 대한 정보를 얻어 "이 열대지역에서 유배된 동물[마모셋]이 영국의 겨울 동안에 죽기 쉽다"는 사실을 알아내고 비탄에 잠겼었다(125). "밋츠를 진정 오랜 세월 동안 생존하게 하였던"(Bell 125) 사람은 돌봄을 성실히 실천한 레너드였다. 밋츠를 고향 남미로 돌려보낸다 해도 신체적 쇠약함과 부적응으로 인해 밋츠가 야생의 상태에서 "'절대 생존할 수 없다'"(61)는 점을 인식한 레너드는 밋츠의 영양 상태를 챙기고 따뜻한 환경을 만들어 주려는 배려를 아끼지 않았다.

돌봄의 윤리는 타자를 완벽하게 장악할 때 필연적으로 실패한다. "작은 밋츠 안에서 어떤 공포, 어떤 즐거움, 어떤 기억, 혹은 어떤 열망이 일깨워졌는지 누가 말할 수 있겠는가"(84)라며 밋츠를 온전히 파악할 수 없음을 인정하는 『밋츠』의 화자는 윤리적 실천의 출발점에 서 있다. 밋츠의 "우울함"(80)은 울프 부부가 완전히 파악할 수 없는 것이었으며, "[밋츠가] 무엇을 느끼는지는 불가해했다"(80-81). 밋츠의 감정과 생각을 서술하는 화자의 어조는 자신감에 차 있지 않고, 밋츠에 대한 이해의 불완전성을 인정한다. 동물을 완전히 이해할 수 없는 불가피한 인간의 한계와 인간과 동물의 완전히 메워지지 않는 거리가 적시된다. 배려와 공감이 있으나 차이를 인정하는 '존중'이야말로 타자와의 진정한 관계의 토대가 된다. 고난과 시련으로부터 자기 주체성 확립과 자유의 획득에 이르는 과정까지 함께한 엘리자베스 바렛과 애견 플러쉬가 그 유사성에도 불구하고 완전한 일체감을 거부하듯이, 밋츠는 울프 부부로부터 타자성을 유지한 채 관계 지어진다. 추위에서 보호하고자 레너드는 차 주전자 덮개에 밋츠를 넣어 다녔고, 밋츠는 레너드를 분신처럼 따랐지만, 밋츠는 밤에는 자신의 집인 새장으로 돌아간다. 밋츠의 눈은 신뢰감을 주는 핑카의 눈과 달랐고, 밋츠는 웅크리고 자는 동안에도 "결코 온전히 느긋하게 쉬지 않았다"(60).

4년 반의 세월 중 밋츠가 처음으로 자신을 깨우러 오지 않은 날 아침 레너드는 새장 속에서 죽은 밋츠를 발견한다(137-38). 땅이 언 탓에 밋츠의 매장을 미루고 친구 케인즈(John Maynard Keynes) 집의 크리스마스 파티에 참석하는 울프 부부의 모습에서 냉정함이 느껴지지만, 이는 울프 부부가 밋츠를 하찮은 미물로 여겼다는 증거는 분명 아니다. 밋츠와 울프 부부의 아득한 거리감으로 끝맺어지는 이 작품은 흥미롭게도 『플러쉬』의 마지막 부분과 유사하다. 엘리자베스 브라우닝은 플러쉬가 죽는 순간 책을 읽고 있었다. "그녀가 플러쉬를 다시 바라보았지만, 그는 그녀를 쳐다보지 않았다"(*Flush* 161). "쪼개져 있으나 같은 틀 속에서 만들어진" 인간과 동물은 "각자 다른 존재에게 잠재된 것을 완성하였지만," "그러나 그녀는 여인이었고, 그는 개였다"(*Flush* 161). 울프 부부와 밋츠의 만남은 내밀한 접촉을 통하여 함께 돌보고 성장하였으나, 울프 부부는 인간이었고 밋츠는 마모셋이었다. 플러쉬가 그런 것처럼, 밋츠는 "살았고, 이제는 죽었다. 그것이 전부였다"(*Flush* 161). 상호 성취의 만족감을 남기며 산뜻하게 끝맺는 『플러쉬』와 달리, 밋츠의 죽음이 2차 세계대전 발발 직전의 묵시론적 세계와 중첩됨으로써 『밋츠』의 결말은 어두운 분위기를 풍기지만, 울프 부부와 밋츠가 윤리적 접속을 이루었다는 점은 부정되지 않는다.

IV. 맺으며

울프 부부가 동물, 특히 마모셋 밋츠와 맺은 관계를 흥미롭게 풀어내지만, 『밋츠』는 버지니아와 레너드 울프를 소재로 한 소극(笑劇)에 불과하거나 블룸즈버리의 또 다른 상품화에 그치지 않는다. 버지니아와 레너드가 지녔던 동물과의 친연성, 인간/비인간의 구별에 대한 의문, 1930년대 서구의 파시즘과 나치즘 속 인간과 동물의 유사성에 대한 쓰라린 통찰, 동물의 타자성 인지 등을 축으로 하여, 울프 부부와 함께 엮은 인간/동물의 이야기 『밋츠』는 우리 시대가 당면한 절박한 과제를 제시한다. 문학적 상상력을 통해 재구성된 누네츠의 『밋츠』는 『플러쉬』의 적법한 계승자로서, 의인화의 윤리 및 동물의 타자성 인식에 기반을 둔 윤리라는 얼핏 모순되어 보이는 난제에 대한 버지니아 울프의 선구자적인 탐구의 연장선상에 놓여 있다.

브라운은 20세기 후반부터 21세기 초반에 걸쳐 학계에서 유행하고 있는 "의인화 혹은 타자화(anthropomorphism or alterity)라는 대조적 시각"(2)을 인지하며, 동물을 그린 문학작품을 읽는 데 있어서도 이러한 후기 구조주의의 풀기 어려운 문제가 화두(話頭)로 도사리고 있다고 잘 지적한 바 있는데, 『밋츠』는 인간/동물의 이분법적 틀의 허구성을 드러내며, 남근·로고스 중심적 철학의 대안으로서 "비관습적이고 한계 지어지지 않는 복잡하고 유연한 문학적 판타지"(Brown 2)로서 기능한다. 동물을 바라보는 인간의 응시가 의인화의 덫을 완전히 피해갈 수 있는지, 혹은 동물의 타자화가 관계 맺기를 진정 가능하게 할 수 있는지 등의 질문은 이분법적 패러다임을 갖춘 논리적 사유 속에서 불가피하게 난관에 부딪히는데, 문학적 판타지인 『밋츠』는 현대에도 영향력이 막강한 작가이자 사회 비평가인 울프 부부와의 긴밀한 연결고리를 통해 밋츠의 삶을 조망하며 동물/비동물의 탈(脫)이분법에 기반한 윤리적 실천의 장을 엿볼 기회를 제공한다. 감정을 갖고 고통을 겪으며, 자기 정체성 및 죽음에의 인식에까지 이르는 동물의 삶을 드러내 보여주어 자유와 해방을 꿈꾸는 동물에 공감의 정서를 부여하며 '의인화의 윤리'를 제시하는 동시에, 이 동물 전기를 통해 감상주의나 집착을 벗어나 어떻게 인간과 동물의 진정한 만남이 가능한지를 탐구하고 있는 것이다.

인간의 불합리성과 잔혹함, 권력에의 욕망이 지속되고 있는 세계에서 동물의 학대는 종종 정당화 된다. 동물 보호 운동에도 불구하고 여전히 학대당하고 멸종 위기에 놓인 동물이 늘어가고 있다. 벌목과 온난화로 인한 열대우림의 상실과 가속화되는 빙하의 해빙 등은 오늘날 곳곳에서 일어나는 '자연' 재해의 연장선상에 있으며, 이로 인한 생태계의 교란은 일반 동물뿐 아니라 인간 동물의 존립 자체를 위협하고 있다. 동물의 피폐한 실상을 현실감 있게 들려줌으로써 『밋츠』는 시급해진 동물과 환경의 문제에 보다 적극적으로 개입할 필요성을 환기시키며, 우리의 윤리적 실천을 요구한다. 타자의 타자성을 인지하며, 자유와 공존을 가능케 할 '돌봄'의 윤리는 진정 절실하다.

출처: 『현대영어영문학』 61권 1호(2017), 97-125쪽.

■ 인용문헌

Abbott, Reginald. "Birds Don't Sing in Greek: Virginia Woolf and 'The Plumage Bill'." *Animals & Women: Feminist Theoretical Explorations*, edited by Carol J. Adams, and Josephine Donovan, Duke UP, 1995, pp. 263-89.

Bell, Quentin. *Bloomsbury Recalled.* Columbia UP, 1995.

Brown, Laura. *Homeless Dogs and Melancholy Apes: Humans and Other Animals in the Modern Literary Imagination*. Cornell UP, 2010.

Calarco, Matthew. *Thinking Through Animals: Identity, Difference, Indistinction*. Stanford UP, 2015.

Cunningham, Michael. *The Hours*. Farrar, Straus, Giroux, 1998.

Derrida, Jacques. *The Animal That Therefore I Am*, edited by Marie-Louise Mallet, translated by David Wills, Fordham UP, 2008.

Gee, Maggie. *Virginia Woolf in Manhattan.* Telegram, 2014.

Goldman, Jane. *The Cambridge Introduction to Virginia Woolf.* Cambridge UP, 2006.

Haraway, Donna. *When Species Meet.* Minneapolis: U of Minnesota P, 2008.

Moses, Tai. "Monkeying Around." *Metro.* 25-July 1, 1998 issue, http://www.metroactive.com/papers/metro/06.25.98/lit-nunez-9825.html. Accessed 23 July, 2016.

Nunez, Sigrid. *Mitz: The Marmoset of Bloomsbury*. Soft Skull Press, 2007[1998].

Parmer, Priya. *Vanessa and Her Sister: A Novel.* Ballantine Books, 2015.

Plate, Leideke. "Walking in Virginia Woolf's footsteps: Performing Cultural memory." *European Journal of Cultural Studies*. vol. 9, no. 1, 2016, pp. 101-20.

Ritchie, Trekkie. "Introduction." *Flush: A Biography*. Harcourt Brace & Company, 1983[1933]. vii-xvii.

Sellers, Susan. *Vanessa and Virginia.* Two Ravens Press, 2008.

Silver, Brenda. *Virginia Woolf Icon.* The University of Chicago Press, 1999.

Smith, Craig. "Across the Widest Gulf: Nonhuman Subjectivity in Virginia Woolf's *Flush*." *Twentieth Century Literature*, vol. 48, no. 3, 2002, pp. 348-61.

Tromanhauser, Vicki. "Animal Life and Human Sacrifice in Virginia Woolf's *Between the Acts*." *Woolf Studies Annual*, vol. 15, 2009, pp. 67-90.

Warmbold, Carolyne Nizzi. "There's No Reason To Be Afraid Of Virginia Woolf's Marmoset." *Chicago Tribune Book Review*, May 12, 1998. http://articles.chicagotribune.com/1998-05-12/features/9805120212_1_woolfs-sigrid-nunez-mitz. Accessed 10 Oct. 2016.

Woolf, Leonard. *Downhill All the Way: An Autobiography of the Years 1919 to 1939.* Harcourt Brace Jovanovich, Publishers, 1967.

_____. "Fear and Politics: A Debate at the Zoo." *A Bloomsbury Group Reader*, edited by S. P. Rosenbaum, Basil Blackwell Ltd., 1993 [1925], pp. 136-51.

_____. *Growing: An Autobiography of the Years 1904 to 1911.* Harcourt Brace Jovanovich, Publishers, 1961.

Woolf, Virginia. *Between the Acts.* Harcourt Brace & Company, 1969[1941].

_____. *Flush: A Biography.* Harcourt Brace & Company, 1983[1933].

_____. *The Letters of Virginia Woolf Vol. I: 1888-1912*, edited by Nigel Nicolson, and Joanne Trautmann, Harcourt Brace Jovanovich, 1975.

Wylie, Dan. "The Anthropomorphic Ethic: Fiction and the Animal Mind in Virginia Woolf's *Flush* and Barbara Gowdy's *The White Bone*." *Isle: Interdisciplinary Studies in Literature and Environment*, vol. 9, no. 2, 2002, pp. 115-31.

호가스 출판사와 공적 지식인으로서의 버지니아 울프*

ㅣ 조성란

I. 들어가며

출판과 문화 민주주의

「블룸스버리 작가들의 방송」("Broadcasting Bloomsbury Author(s)")의 저자인 미디어 학자 화이트헤드(Kate Whitehead)에 따르면 블룸스버리 그룹 멤버들은 라디오 매체를 통해 대중들에게 많이 알려지기 시작했다(125). 레너드(Leonard)와 버지니아 울프[1] 부부는 총 세 번에 걸쳐 이러한 라디오 대담 방송 프로그램에 참여하는데 첫 방송이 1927년 7월 15일에 방송된 「너무 많은 책이 쓰이고 출판되고 있는가?」("Are Too Many Books Written and Published?")[2]이다. 이때 레너드와 버지니아 울프 부부는 이미 십 년 이상 호

* 이 논문은 『제임스 조이스 저널』 제25권 1호 (2019), 91-113쪽에 수록된 것을 일부 수정·보완한 것임.

1) 본고에서는 맥락에 따라 레너드 울프는 레너드 또는 레너드 울프, 버지니아 울프는 버지니아, 버지니아 울프, 또는 울프로 표기한다.

가스 출판사(Hogarth Press)를 운영하고 있었고 버지니아는 방송 2년 전인 1925년, 『일반 독자』(*The Common Reader*)를 출간했다. 당시 영국 공영 방송국(BBC)은 당대의 첨예한 문화적 쟁점을 중심으로 프로그램을 진행하고 있었는데 울프 부부는 출판인이자 작가로 참여해 급격하게 변화하는 출판 시장의 현황을 분석했다.

『현대어문학회저널』(*PMLA*)에 실린 이 프로그램의 방송 원고를 보면 방송은 레너드와 버지니아가 지적 긴장을 유지하면서 서로 상반된 견해를 피력하는 대화 형식으로 이루어져 있음을 알 수 있다. 레너드는 당대 출판의 문화적 환경에 대해 부정적 입장을 취한다. 레너드 분석의 주안점은 대량 출판으로 인해 글쓰기와 생산이 공장 제도화하고 질이 저하되었으며 출판은 영화 등 타 매체와의 경쟁에서도 위협받고 있다는 것이다. 반면에 버지니아는 낙관적이고 긍정적인 견해를 피력한다. 대량 생산을 통하여 책에 대한 접근성이 높아지고 많은 사람에게 책 읽기가 쉽게 가능한 더욱 평등한 세계가 가능하다고 분석하고 있는 것이다. 울프는 책의 대량 생산을 지지하며 펭귄 문고판을 예견하는 듯한 담뱃값만큼 값싼 책, 또는 일정 기간이 지나면 소멸하는 책을 출판하자는 시대를 앞서가는 흥미로운 제안을 한다. 글쓰기에 관해서도 더 많은 사람이 글을 쓰고 출판하자고 권장한다. 책의 수가 전체적으로 많은 것이 아니라 한 저자가 써내는 책의 수가 많은 것으로 보고 삼십 권 이상 책을 쓰면 벌금을 부과하여 양을 제한하자는 희화적 제안을 하고 대신 전문 작

2) 커디-킨(Melba Cuddy-Keane)은 책과 출판에 관한 『현대어문학회저널』(*PMLA*)의 2006년 1월 특집호에 저술가 협회(the Society of Authors)의 허가를 얻어 울프 부부의 방송 원고를 편집, 출판했다. 본고의 논의는 이 방송 원고를 참고했다. 다른 두 번의 방송은 'Beau Brummell'(20 Nov. 1929)과 'Craftsmanship'(29 Apr. 1937)이다. Leonard and Virginia Woolf, 'Are Too Many Books Written and Published?', edited with intro. by Melba Cuddy-Keane, *PMLA* vol. 121. no.1. 2006. pp. 235-44 참조.

가가 아닌 다양한 일반인들이 쓴 글을 출판하자고 제안한다. 레너드가 출판물의 대량 생산이 초래할 대중문화의 질적 저하와 획일성을 우려하는 반면 버지니아는 책에 대한 접근성을 높인다는 장점을 부각시키는 것이다. 이러한 태도는 누구나 글을 쓸 수 있고, 누구나 일반 독자가 될 수 있다는 울프의 문화 민주주의적 사회 비전을 반영하는 것이다. 주지하듯 F. R. 리비스와 퀴니 리비스 부부는 버지니아와 블룸스버리 그룹을 '진실한' 노동 계급 작가 D. H. 로렌스와 대비시키며 엘리트주의라고 비판한다(Marcus 26). 하지만 이 방송은 모더니즘 계열의 예술가와 지식인들이 당대 문화와 유리된 엘리트주의자가 아니고 현실적이고 물질적인 일상의 문제와 분리되어 있지 않으며, 엘리트 '모더니스트'라 간주되는 버지니아 울프 또한 출판과 글쓰기에 대하여 민주적인 생각을 가지고 있음을 보여준다. 한편, 책 읽기, 책 쓰기, 그리고 출판이 문화의 민주적 확장이라는 울프의 주장은 호가스 출판사의 운영 원리와 가치관을 반영하는 것이기도 하다. 글 읽기와 글쓰기의 외연 확장이라는 민주적 지침은 호가스 출판사의 출판 간행물 선택의 준거이며 실제 버지니아가 출판인으로서 실천했던 것이다. 예컨대 울프는 출판 초기부터 주변의 친지, 특히 여성들에게 자서전을 쓸 것을, 그리고 이러한 자서전적 글쓰기를 통해 여성 스스로 자기 성찰과 주체성 확립의 기회를 가질 것을 권고하고 촉구했다.

울프 부부는 1917년에서 1941년까지 24년 동안 함께 호가스 출판사를 운영했다. 호가스 출판사는 울프 부부의 개인적이고 사적인 관심에서 출발하여 울프 글쓰기에 기여했고 작가와 출판사는 상호 영향을 미치며 발전했다. 또한 호가스 출판사는 긴 세월에 걸쳐 과감하고 때로 혁명적인 출판을 하며 시대정신을 선도하는 담론 공동체로 기능했고 이에 따라 울프 부부는 글쓰기뿐 아니라 출판을 통해서도 당대 영국 문화와 담론의 중심에서 공적 지식인[3]의 역할을 담당했다. 하지만 호가스 출판사의 중요성과 의미는 울프 관련 연구에서 상대적으로 주목받지 못했고 정치적 맥락에서 그 의미를 논한 경우는 드물다. 본 연구는 이 점에 주목하여 첫째, 호가스 출판사가 작가 버지니아에게 어떤 양상으로 개인적으로 기여하였는지 고찰하고 둘째, 출판 목록의 성격과 출판의 궤적을 추적하여 어떻게 사적으로 시작한 작은 출판사가 시대정신을 반영하며 사회적으로 기여하게 되었는지의 관점에서 출판사의 문화사적 의의와 중요성을 논구하며 이를 통하여 출판을 통한 버지니아 울프의 사회적 기여와 공적 지식인으로서의 역할을 재조명할 것이다. 호가스 출판사에 관한 이 연구는 사회인문학적 연구로서 버지니아 울프가 작가로서만이 아니라 공적 지식인으로서 가지는 총체적 역할의 중요성을 부각하는 데 기여할 것으로 기대한다.

호가스 출판사에 대한 기존 연구는 국내 학계에서 현 시점에서는 아직 없고 영어권에서도 많이 축적되지는 않았지만 출판 전체 서지 목록에 대한 토대 연구가 되어 있다. 다나 리(Donna E. Rhee)의 『레너드와 버지니아 울프의 호가스 출판사 핸드 프린트, 1917-1932』(*The Handprinted Books of Leonard and Virginia Woolf at the Hogarth Press*, 1917-1932), 윌슨 고든(Elizabeth Wilson Gordon)의 논문들이 있고, J. H. 윌리스(J. H. Willis)의 『출판가로서의 레너드와 버지니아 울프: 호가스 출판사 1917-1941』(*Leonard and Virginia Woolf as Publishers: The Hogarth Press, 1917-1941*)는 연대별과 주제별로 출판 목록을 개괄하고 있다(Drew 316).

비평가 드루(Patrick-Shannon Drew)는 에세이 식 논문 「울프와 출판: 왜

3) 본 논문에서는 공적 지식인을 실천적 지식인이라는 의미로 사용한다. 『3기니』의 행간에서 드러나는 "교육받은 남자의 딸"로서의 울프는 "자기 계급에서의 의식화, 조직화와 실천을 행하는 유기적 지식인이다.

호가스 출판사가 중요한가?」("Woolf and Publishing: Why the Hogarth Press Matters?")에서 호가스 출판사에 대한 헌사를 싣고 있다.

> 왜 호가스 출판사가 중요한가? 왜 신경 써야 하는가? 대형 출판사의 마케팅 부서의 위원회에서 수입 창출의 가능성, 시장성을 따져서 출판 결정을 하는 것이 아니라, 단 두 사람, 버지니아와 레너드 울프라는 두 사람의 지성인이 시장성이 아니라 지력과 감성, 미학적 취향을 기반으로 해서 출판을 결정하기 때문이다. . . . 21세기에 출판사는 붕괴되어 가고 소형 출판사의 도태로 상업적 패러다임에 맞지 않는 예술가들의 목소리는 잦아들며 . . .
> 호가스 출판사와 같은 출판사가 다시 번창할 수 없을 것이기 때문이다.[4)]

> Why does the Hogarth Press matter? Why should we care about it?. . . . that it was published based on the opinions of precisely two intelligent people and not by a committee in thrall to the marketing department. . . . We should care because the publishing houses of the twenty-first are falling apart. We should care because the absence of small publishers is silencing the voices of innumerable artists, those whose work does not fit into the prescribed paradigms of commerce. We should care because it seems impossible that an enterprise like the Hogarth Press could ever flourish again. (320-21)

드류는 그가 소지한 『세이도』(*Sado*)라는 소설에 있어 그 초판본의 내용보다도 원고를 울프가 읽고 출판을 결정하고 실제로 출판했다는 사실이 자신에게 중요하며 책 표지와 밑에 "런던 타비스톡 스퀘어 52번지 호가스 출판사에서 레너드와 버지니아 울프가 1931년에 출판함"(Published by Leonard and Virginia Woolf at the Hogarth Press, 52 Tarvistock Square, London, W.

4) 이후 본 논문의 영문 인용 번역은 필자.

C.1931)이라는 글귀가 찍혀 있다는 사실 자체가 자신에게 아트 오브제와도 같은 상징적 의미와 중요성을 지닌다고 고백한다(320).

울프 생애의 공적인 사건들과 사적인 이야기들을 잘 엮어냈다는 평가를 받는(Berman 471) 허마이오니 리(Hermioni Lee)의 울프 전기는 한 장(章)을 할애하여 호가스 출판사와 울프에 관하여 논한다. 울프 부부에게 호가스 출판사의 역사야 말로 공적인 사건들과 사적인 이야기가 교차되는 지점이었다. 1916년 10월에 버지니아는 세실(Elinor Cecil)에게 옛날 친구들이나 가족을 중심으로 "우리 친구들 모두의 개인적 이야기를 위해서" 출판사를 시작한다고 썼다. 하지만 1931년 즈음에는 출판사는 대단히 정치적이 되어 있었다. 울프는 호가스 출판사가 팸플릿과 편지, 강연 원고를 출판하는 수준에서 정신 분석학 문고와 새로운 글쓰기의 2절판, 시뿐만 아니라 경제학, 제국 그리고 무장 해제에 대한 책들을 출판하는 출판사로 발전하게 될지 상상하지 못했으며 흥미로운 취미에서 사업으로 변화할 것 또한 예측하지 못했다(리 715, 704-05). 본론의 연구에서는 이러한 호가스 출판사가 울프 개인에게 끼친 영향력과 기여, 호가스 출판사의 사회문화적 기여, 이를 바탕으로 공적 지식인으로서의 울프, 국외자 단체로서의 호가스 출판사의 의미와 중요성을 논구하고자 한다.

II. 작가 버지니아 울프와 호가스 출판사

> 나는 영국에서 가장 자유롭게 자기가 쓴 글을 출판할 수 있는 사람이다!! (리 730)

호가스 출판사는 버지니아에게 실존적 의미에서의 자유와 정신적 자유를 제공했다. 출판 일은 글쓰기라는 정신노동의 고단함에서 때로 벗어나 다른 종류의 활동을 가능하게 하였으며 경제적 자립을 통해 물질적 자유를 제공했다. 또한 직접 출판을 하는 것은 출판인의 간섭에서 벗어난 창작의 자유를 주었다. 호가스 출판사는 울프 부부에게 있어 생활의 물적 토대이며 블룸스버리 그룹보다 확대된 의미에서 사회적 인간 관계망을 제공한 곳이기도 했다. 울프 부부는 블룸스버리 그룹 안에 머물지 않고 출판 네트워크를 통해 더 넓은 지적, 예술적 교제를 할 수 있었다.

호가스 출판사가 버지니아에게 개인적으로 중요했다는 것은 레너드가 출판사의 최초 목표를 창작의 노고에서 분리하여 치유를 하는 것으로 설정했다는 점에서 드러난다. 리(Lee)는 울프 전기에서 버지니아의 치유를 목적으로 한 호가스 출판사의 설립 과정을 상술한다. 1915년 1월 25일, 울프 부부는 버지니아의 생일을 기해 고양이와 출판기를 산다는 가벼운 마음으로 출판사를 계획한다. 레너드의 관점에서는 그녀에게 치료의 역할을 해 줄 활동을 찾기 위해서였다. 즉, “그녀의 마음을 완전히 작품에서 앗아갈 수 있는 육체적인 일”로 “출판이 버지니아에게 치료 형태가 되기를” 기대했다(Leonard Woolf, 『다시 시작』 223, 리 705 재인용). 출판사는 그녀의 건강에 대한 레너드의 근심, 그들의 상호 관심, 그들의 불화 영역, 그리고 출판 목록에서 드러나는 그들의 문화적이고 정치적인 삶 등을 반영하는 두 사람의 연결고리였고 그들의 결혼처럼 두 사람을 단단히 붙들어 매었다(울프 1918년 12월 일기, 리 706 재인용). 출판 일은 시간이 많이 드는 일로서 글 쓰는 작업에서 벗어나서 “세밀한 것에 빠져 중독되는 것, 미학적인 결정들, 지루한 기계적인 일과들이 혼합된”(710) 일이었다.

치유적 기능과 더불어 호가스 출판사는 작가 울프에게 창작과 출판의 자유를 제공하였다. 울프의 처음 두 소설 『항해』(*Voyage Out*)와 『밤과 낮』(*Night and Day*)은 그녀의 의붓오빠 덕워스(Gerald Duckworth)에 의해 출판되었다. 호가스 출판사는 그녀를 덕워스의 출판 간섭에서 벗어날 수 있게 했다. 출판의 자유는 나아가 글쓰기의 자유를 의미했다. 검열의 공포나 편집자의 시선에서 벗어나 자신과 남편 레너드만을 위해 글을 쓰면 되는 상황에서 상상력과 창작 에너지는 자유롭게 분출하였고 견제 없는 상상력과 창의력은 각종의 문학 실험을 가능하게 했다. 호가스의 첫 출판물인 「벽 위의 얼룩」("Mark on the Wall")에서 시작하는 스타일 실험은 이어 『제이콥의 방』(*Jacob's Room*), 『댈러웨이 부인』(*Mrs. Dallaway*), 『등대로』(*To the Lighthouse*), 『파도』(*The Waves*)의 글쓰기 실험으로 이어진다. 울프 명성의 토대가 되는 이 작품들의 출판을 위하여 호가스 출판사가 아닌 다른 출판사를 찾아다닌다는 상황을 생각해 보자. 비평가 드루의 말처럼 "너무 대중적이지 않다, 너무 이상하다, 너무 섬세하다, 너무 여성적이다. . . . 등등"(318)의 반응을 보이며 혼란스러워 하는 편집자들의 저항과 반대에 부딪혀 출판에 어려움을 겪었으리라는 것을 쉽게 짐작할 수 있다. 편집자의 까다로운 비판적 시선에서 벗어나 마음껏 창작의 혁신적 실험을 할 수 있다는 것은 버지니아 울프처럼 새로운 문학의 스타일을 찾기 위해 고심하는 작가에 있어서 호가스 출판사가 담당한 가장 큰 역할이었다.

출판은 또 다른 관점에서 울프의 글쓰기에 영향을 주었다. 호가스 출판사를 통해 울프는 단순히 예술가, 글의 창조자의 역할에 머무르지 않고 생산-유포-소비의 전 과정에 참여하는 편집인, 출판인의 역할을 담당하였다. 출판사의 운영은 글쓰기에 관한 두 가지 생각, '어떻게 글이 존재하게 되고' '누가 독자인가'에 관한 영감을 주었고 글 읽기와 문학의 유포에 관한 그녀의 생각에 지대한 영향을 주었으며 그에 따라 그녀의 글쓰기에도 영향을 미쳤다(리 727).

한편, 호가스 출판사의 운영은 출판사를 중심으로 형성되는 네트워크를 통한 지적 교류를 그녀에게 제공했다. 울프에게는 이미 가족처럼 친밀하게 구성된 블룸스버리 그룹이라는 공동체가 있었다. 이에 더하여 울프는 출판을 함으로써 당대의 지성과 근접한 거리에 있게 되었고 이를 통해 성장했다. 여러 가지 사례 중에서 가장 두드러진 두 가지의 예, 캐서린 맨스필드(Katherine Mansfield)와 멜라니 클라인(Melanie Klein)의 경우를 살펴보자. 맨스필드 또한 한 저널의 편집장을 맡고 있었다. 울프는 그녀를 지적, 문학적 경쟁상대로 여기면서도 친밀하게 지냈고 그녀의 글을 좋아했다. 맨스필드의 『서곡』(*Prelude*)은 호가스가 처음 출판한 목록 중 하나이다. 한편 클라인의 영향은 울프가 '사물/대상'(object)에 집중하게 했다. 마이젤(Perry Meisel)의 연구 「울프와 프로이트: 클라인에게로의 선회」("Woolf and Freud: Kleinian Turn")에 따르면 클라인 이론의 영향으로 울프는 엄마와 자녀와의 관계를 소설에서 다루는 것에 깊이 있게 천착할 수 있었다. 부계 중심의 프로이트 정신분석을 모계중심으로 궤도 수정한 클라인의 대상관계 정신 분석은 특히 울프가 『등대로』에서 핵심적으로 다루는 램지 부인의 모성과 그 영향력의 재현에 영향을 미쳤다.

호가스 출판사의 또 다른 기여는 경제적 자유이다. 레너드의 자서전은 그가 꼼꼼하게 경제적인 측면을 관리하는 것을 보여준다. 레너드에 따르면 큰 부를 목표로 세운 것은 아니었고 교환가치보다 사용가치를 중시했지만 그럼에도 불구하고 출판사는 흑자를 보았다. 1928년 『올랜도』(*Orlando*)의 성공으로 흑자를 보기 시작했고 프로이트 정신 분석 서적의 꾸준한 번역 또한 성공하여 울프 부부에게 경제적인 자립과 자유를 제공했다(L. Woolf 143). 울프보다 먼저 오메가 워크숍(Omega Workshop)이라는 예술 공방을 운영하고 있었던 블룸스버리 멤버 프라이(Roger Frye)에게서 호가스 출판사 재정 운용의 아이디어와 도움을 얻기도 했다. 출판사 시작 단계에서는 오메가 워크숍의 구독자 목록을 이용하여 사전 구매 예약을 함으로써 출판에 필요한 초기 자금을 확보했다. 오메가 워크숍의 경제 원칙인 선물 경제(gift sphere)의 방법에 따라 이윤을 남기는 출판물에서 자금을 확보하여 이윤 창출이 힘들더라도 신념에 따라 본격적인 실험 시, 정치, 국제 관계 팸플릿 등을 출판하고 배포할 수 있었다(Simpson 170).

호가스 출판사가 울프에게 미친 개인적인 영향과 중요성을 고찰한 데 이어 출판사가 작가 발굴과 출판을 통해 담론 선도자로서 사회에 기여한 점을 논하고자 한다. 호가스 출판사는 인정받지 못한 젊은 아방가르드 작가들과 영국 제국의 주변부에서 오는 작가들이 모이고 또 지적으로 교제하는 구심점이 되었다.

III. 호가스 출판사의 사회문화적 기여

앞서 언급했듯 출판사 초기에 울프 부부는 자신들의 작품과 시와 소설을 주로 출판하였다. 그러나 다른 한편으로 호가스 출판사는 탁월한 시사적 에세이와 편지들의 출판사로서도 자리매김하게 되었다. 이 에세이와 편지 시리즈를 통하여 당대의 예술적, 지적, 정치적 이슈의 토론에 참여할 수 있었고 유럽의 파시즘의 발흥에 관해서도 직접적으로 다룰 수 있게 되었다. 이러한 편지 시리즈와 호가스에서 출판한 레너드의 『대홍수 이후』, 『문간의 야만인』, 『제국과 아프리카에서의 상업』, 『제국과 문명』, 『꽥꽥』 등의 저서와 버지니아의 『자기만의 방』, 『3기니』 등의 저서만 생각해 보더라도 20세기 초기 정치적 담론의 중심에 호가스 출판사가 자리하고 있었음을 알 수 있다.

호가스 출판사는 출판사가 중요해지기 시작한 20세기에 태어난 "자기만의 출판사"(A Press of One's Own)로 그 출판 목록은 총 417개에 이르며(Willis

132), 호가스 출판사의 역사야말로 보기 드문 재능, 시간, 개인적 필요, 그리고 기회의 조합이 이루어낸 결과물이다. 출판사의 새로운 구독자를 찾는 1922년의 5주년 공고는 호가스 출판사와 그 출판을 "전문 인쇄공의 서비스를 고용해 번창하는 사업체이면서 개인 집에서 다소 제한된 조건 속에서 남는 시간에 아마추어들이 실행하는 작업"이라고 설명한다(리 715 n27).

주목할 것은 이 5주년 공고에서 내세운 출판사의 목표가 "진정 가치 있으나[. . .]좀처럼 일반 통로를 통해서는 출판 확보를 기대할 수 없는 작품들을 만드는 것"이라고 묘사하여 출판사의 시대 선도적 특성을 명확히 했다는 것이다(711). 호가스 출판사에 관한 본격적인 첫 연구인 J.H. 윌리스의 토대 연구 『출판가로서의 레너드와 버지니아 울프: 호가스 출판사 1917-1941』의 주제별 출판 목록 개괄을 보면 앞서 언급한 출판 목표가 분명해진다. 호가스에서 출판한 목록을 주제별로 보면 다음과 같다. 1)모더니즘 또는 아방가르드 작품 2)페미니즘계열의 작품 3)러시아 작품 번역 4)반제국주의 작품 5)프로이트와 그 외 정신 분석 번역 6)정치 팸플릿. 한편 주제별 목록 조사뿐 아니라 목록의 연도별, 시대별 출판 궤적의 분석에서도 호가스 출판사의 성장, 이에 따른 당대 사회 비판과 담론 선도자로서의 기여를 찾을 수 있다. 출판 목록을 점검하여 울프의 실험적인 소설들의 발표 시기를 당대의 사회문화적 맥락에서 조명하고 호가스 출판사 출판 결정의 근간이 되는 가치관의 변화와 성장의 궤적을 추적해 보자.[5] 맥태것(Ursula McTaggart)은 시대 변화와 함께 울프의 주요 관심과 사상 변천의 추이를 보여주는 출판 목록을 다음과 같이 구분하고 있다.

---

5) 추후 연구에서 이 방법론을 심도 있게 발전시켜 적용할 필요가 있을 것이다. 또 다른 접근 방법으로 버지니아의 일기나 편지에서 울프가 직접 출판에 관해 언급한 부분들, 특정 집필과 출판과의 상호 영향 관계 연구도 유의미할 것이다.

1917–23년:

모더니즘 문학을 중심으로 출판했다. 첫 해에 버지니아 울프의 「벽 위의 얼룩」 캐서린 맨스필드의 「서곡」, T. S. 엘리엇의 시들을 출판했다. 이와 함께 1920년에 중요한 출판물은 러시아 문학의 번역이다. 고르키(Maxim Gorky)의 『톨스토이의 회상』(*Reminiscence of Tolstoy*)을 비롯하여 일곱 편의 러시아 문학이 번역되었다. 울프는 19세기 러시아 문학에서 사실주의 문학을 읽은 것이 아니라 새로운 세기의 문학의 새로움을 읽어내었고 이에 매료되었다. 울프는 러시아 문학에서 사실과 근접한 것이 아니라 '내면의 진실'에 충실하고자 하는 그녀의 문학과 조우하는 지점을 발견한다. 러시아 문학 번역물들의 출판과 함께 '개인 출판업자'(private press)에서 '소규모 출판사'(small publishing house)로의 전환이 이루어졌다. 1922년에는 『제이콥의 방』의 출간과 함께 버지니아의 전속 출판사가 되었다. 1923년에 버지니아가 직접 식자와 조판을 담당하여 엘리엇의 「황무지」("The Waste Land")를 출판함으로써 『다이얼』, 『에고이스트』 등의 잡지와 함께 모더니즘 운동에 참여하게 되었다(리 724). 「황무지」는 모더니즘 계열 작품 중 가장 중요한 것으로 여겨졌다.

1920년대 중후반:

가장 생산적인 기간으로 계속 모더니즘 운동을 지지했다. 1924년에 호가스 출판사는 사무실과 집을 런던 교외에서 블룸스버리로 옮겼다. 출판 활동을 런던의 중앙부로 옮긴 것은 출판에 헌신하겠다는 의지의 표출이라고 볼 수 있다. 1927년에서 1932년 사이에 출판이 절정을 이루어 매년 평균 26목록을 출간했다. 이 시기는 울프가 작가로서 성숙하는 시기로서, 『댈러웨이 부인』, 『등대로』, 『올랜도』, 『자기만의 방』이 출판되었다. 특히 『올랜도』와 『자기만의 방』은 성공적인 판매고를 기록하여 레너드 울프에 따르면 『올랜도』의 출판 이후 인세와 출판사의 이윤을 합쳐 경제적 걱정에서는 완전히 벗어나게 되었다. 호가스는 선물 경제 방식으로 몇몇의 흥행작들의 이윤에 기대어 본격 실험 시, 정치, 국제관계 팸플릿들을 출판하는 식으로 운영되었다. 모더니즘의 이념이 진전되어 엘리엇의 「존 드라이든에게의 헌정」("Homage to John Dryden")을 출판했고 울프의 『일반 독자』(*The Common Reader*) 또한 출판되었다. 1929년에 『자기만의 방』이 출판되었다.

1930년대 초중반:

이차 세계 대전이 일어나기 전까지의 1930년대 초, 중반은 문화적 가치가 급변하는 시기였다. 이러한 변화에 적응하는 방편으로 젊은 시인이자 편집자인 존 레만(John Lehman)이 출판사 운영을 맡게 되었고 레만은 오든(Auden) 써클 시인들의 영향력 있는 선집들을 성공적으로 펴냈다. 한편 울프는 이 시기에 출판한 『파도』(*The Waves*)에서 모더니즘에 기반을 둔 서정 소설(lyrical fiction) 쓰기에 작별을 고하기 시작했다. 『세월』(*The Years*)의 출판에 이르러서는 자기 방식의 사회적 사실주의 소설을 써 냈다. 이는 1930년대 중반 사회가 붕괴되어 가고 있다는 위기의식에서 그녀의 창작 에너지를 고통스럽게 재조정한 결과이다. 이 시기에 스펜더(Steven Spender)와 이셔우드(Christopher Isherwood)의 사회의식 소설을 출판했다. 예컨대 1935년에 펴낸 이셔우드의 『노리스 씨 기차 바꿔 타다』(*Mr. Norris Changes Trains*)는 베를린을 배경으로 히틀러의 부상과 30년대의 사회 붕괴 상을 그린 작품이다. 실험적 소설과 평론을 통해 꾸준히 표출되어 온 버지니아의 신념은 1929년의 『자기만의 방』

을 거쳐 1938년의 『3기니』의 출판으로 이어진다. 이 기간 동안 울프의 가부장제 비판은 전쟁, 제국주의, 파시즘을 반대하는 사회 비판으로 심화되고 확장되었다.

호가스 출판 목록의 연대별 고찰과 구분하여 목록을 주제 별로 살펴보면 특히 반제국주의와 정신 분석 관련 서적 출판이 시대정신을 담아내고 또 선도한 것으로 중요하다. 편집자-출판가로서 레너드와 버지니아 울프는 반제국주의 서적을 출판함으로써 반제국주의 정서에 구심점이 되어 제국주의 문제를 지속적으로 논란의 중심에 서게 하는 데 기여했다. 실론의 영국 공무원으로 근무한 경험이 있는 레너드는 실론에서의 경험 이후 1920년대와 30년대에 반제국주의에 관한 뛰어난 이론가가 되었다. 1924년에는 제국주의 문제 관련 노동당 자문위원회6)의 간사로 정책 개발 관련 일을 했다. 레너드는 인도의 독립 주장과 제국주의 이름하에 자행되는 아프리카의 경제적 착취를 당대의 가장 중요한 두 가지 정치적 문제로 보고 정치권에 지속적으로 경각심을 불러일으키기 위해 각종 글과 팸플릿을 썼다. 그중 대표적인 것이 1933년의 정치 팸플릿 「하루하루」 16호(*Day to Day* No.16)이다. 버마에서의 제국 경찰관 경험 이후 조지 오웰(George Orwell)이 「코끼리 쏘기」("Shooting an Elephant")라는 뛰어난 반제국주의 에세이를 써 냈듯 레너드는 『아프리카의 제국과 상업』(*Empire and Commerce in Africa*, 1920), 『제국과 문명』(*Imperialism and Civilization*, 1928)을 호가스에서 출판했다.

작가로서 반제국주의 이념의 글을 쓰고 이 글들을 호가스 출판사에서 출판했을 뿐만 아니라 호가스 출판사는 또한 제국 주변부의 작가들을 발굴했고 그들의 서적을 출판함으로써 제국주의를 비판했다. 대표적으로 중요한 출판

6) Labour Party's Advisory Committee on Imperial Questions

이 『블랙 자코벵』(*The Black Jacobins*)의 저자 C. L. R. 제임스(C. L. R. James)의 『서인도 제도 자주 독립의 경우』(*The Case for West Indian Self-Government*)이다. 제임스는 책 출판 한 해 전인 1932년에 트리니다드에서 블룸스버리에 도착했고 이후 호가스 출판사와 연계되어 영국 문화학회에서 활동하였다. 망명 중인 인도 민족주의 활동가이자 작가인 아난드(Mulk Raj Anand) 또한 1927년 경 호가스 출판사의 타비스톡 스퀘어 사무실에서 교정 일을 보며 일함으로써 블룸스버리 한복판에 강력한 반식민주의 정서를 몰고 왔다[7](Snaith 208).

호가스 출판사는 정신 분석 학회 출판물 전체와 프로이트, 클라인, 에이브러햄(Karl Abraham) 등 정신 분석가들의 저서를 출판하여 정신 분석이 실제 치료법과 영향력 있는 이론으로 2차 대전 전의 영국 사회에 퍼지고 정착하는 데 기여했다[8](Bahun). 스트레치(James Strachey)의 프로이트 전집 영역 본은 정신 분석 이론이 영어권으로 확산되고 20세기의 주요 담론으로 정착하는 데 핵심적인 역할을 했다. 또한 호가스는 국제 정신 분석 학회 시리즈 등 정신 분석 관련 서적을 계속 출판했고 호가스의 이러한 정신 분석 서적 출판은 정신 분석이 프로이트 영국 망명 이후 클라인의 대상관계 이론을 중심으로 한 정신 분석과 애나 프로이트를 중심으로 한 자아 심리학적 정신 분석의 두 흐름으로 정착하고 발전하는 데 기여했다(Randall 95-97).

---

7) 1981년에 그는 『블룸스버리에서의 대화』(*Conversations in Bloomsbury*)를 펴내어 울프 부부, 포스터, 엘리옷 등과의 만남, 상호 영향을 서술하였다(Snaith 208).

8) 샌저 베이헌(Sanja Bahun)에 따르면 호가스 출판사는 1922년에 IPL 페이퍼 6권, 『쾌락원리 너머』(*Beyond the Pleasure Principle*), 『집단심리학과 이고 분석』(*Group Psychology and the Analysis of the Ego*)을 출판하였고, 연구논문 선집(*Collected Papers*) 4권을 1924-1925에 걸쳐 출판하였다.

IV. 공적 지식인, 『3기니』, 국외자 단체로서의 호가스 출판사

글쓰기의 미학적 형식 실험은 울프에게 있어서 가장 중요한 정치적 행위였다. 한편 울프는 앞서 논했듯 호가스 출판사의 출판을 통해서도 담론의 중심에서 당대 첨예한 논제들을 직면하고 사회에 적극적으로 참여했다. 호가스 출판사라는 자기 소유의 출판사는 글을 통해 자신이 하고 싶은 말을 하는 자유를 주었을 뿐 아니라 자신이 믿고 있는 바를 출간할 수 있도록 했다. 그리고 출판인으로서의 울프는 출판 목록의 선택을 통해 자신의 가치관과 신념을 주장하고 선포했다. 호가스 출판사가 기존의 주류 출판사와 차별화되는 지점은 어디인가? 마커스는 호가스 출판사에서 펴낸 출판물들의 목록에서 실험적인 글쓰기뿐 아니라, 페미니즘, 사회주의, 평화주의, 반제국주의, 반파시즘에 바쳐온 울프의 투신을 분명하게 간파할 수 있으며 "우리는 출판 또한 울프의 싸움이었다는 점을 명심해야" 한다고 주장한다(xl).

『3기니』와 『자기만의 방』은 독특한 문학적 형식을 사용한 후기 울프의 대표적 정치적 에세이이다. 1929년에 울프는 『자기만의 방』에서 '자기만의 방'이라는 상징을 들어 여성문제를 다루고 가부장제를 비판했다. 9년의 시간이 지나는 동안 2차 대전 전 30년대의 급박한 사회 상황에서 울프의 사회의식은 더욱 확장되어 『3기니』에서는 가부장제를 비판함과 동시에 제국주의와 전쟁을 일으키는 국가주의와 파시즘을 함께 비판한다. 울프가 제목으로 삼은 '3기니'라는 화폐가 이미 제국주의와 계급 문제를 상징적으로 표상한다.

『3기니』는 내용과 글쓰기 형식에서 혁신적인 복잡한 층위의 글이다. 예컨대 이 글이 이야기하고 있는 페미니즘만 해도 여러 층위이다. 한편으로 본문에서 "페미니즘"이라는 단어를 사용하여 페미니즘은 끝났으니 그 단어를 불태우자고 주장하는가 하면, 가정 같은 사적 공간의 일에 왜 임금을 지불하지 않는가 하는 21세기 현재에도 급진적인 페미니즘적 비판 의식 또한 보인다. 또한 울프는 "교육받은 남자의 딸들"이라는 단어를 후렴구처럼 반복하며 이 글에서 다루는 상황이 "교육받은 남자의 딸들"에 관한 것이라는 점을 명백히 함으로써 젠더 문제를 논의하는 데 있어 계급적 소외 계층 문제를 첨예하게 인식하고 있었다는 점을 명시한다. 여기서 울프가 제시하는 '국외자 단체'는 계급주의와 국가주의를 초월하는 페미니즘 내에서도 급진적인 비전이다. 울프는 『3기니』에서 기존의 공과 사 구분의 권력 관계 허물기, '당신의 단체'와 대조되는 '차이'를 존중하는 '국외자 단체'의 형성, 새로운 말과 방법의 창조, 이에 따른 주체적 글 읽기와 글쓰기를 비전으로 제시한다. 이러한 비전을 출판인 울프는 출판을 통해 실현하고자 한다.

울프는 공과 사 구분에 대하여 『3기니』에서 다음과 같이 이야기한다.

> 다시 말해, 선생님, 현재 세계는 두 가지 업무, 하나는 공공 업무, 다른 하나는 사적 업무로 나뉘어 있다는 말씀이지요. 공공 업무 영역에서는 교육받은 남성의 아들들이 공무원, 판사, 군인으로 일하고 보수를 받습니다. 사적 업무 영역에서는 교육받은 남성의 딸들이 아내, 어머니, 딸로서 일하고 있습니다－그런데 그녀들은 일의 대가로 보수를 받고 있나요? 어머니, 아내, 딸로서의 일은 국가에 아무런 현금 가치도 없는 일이란 말입니까?

> In other words, Sir, I take you to mean the world as it is at present is divided into two services; one the public and the other the private. In one world the sons of educated men work as civil servants, judges, soldiers, and are paid for that work; in the other word, the daughters of educated men work as wives, mothers, daughters－but are they not paid for the work? In the work of a mother, of a wife, of a daughter, were nothing to the nation in solid cash? (66)

이 글에서 울프는 제도적 공간으로서의 공적 공간과 대비되는 곳으로서의 사적 공간이 인정받지 못하고 있음을 비판한다. 이러한 사적 업무의 영역은 인정받지 못할 뿐 아니라 공적 제도의 폭력으로 침범당하고 파괴되고 무너진다. 여기서 공적 제도란 전쟁, 파시즘, 제국주의, 그리고 이들의 뿌리가 되는 가부장 제도를 포함하는 것으로 루이 알튀세(Louis Althusser)가 이론화한 이른바 억압적인 '이데올로기적 (국가)장치'이다. 여기에서 화자는 『3기니』에서 가장 많이 인용되는 "여자로서 나는 나라가 없다. 여자로서 나는 나라를 원하지 않는다. 여자로서 내 나라는 전 세계다."라고 주장하고 가부장제가 제국주의적이고 전체주의적인 국가주의의 뿌리에 자리하고 있음을 천명하며 가부장제로 인한 폭력과 전쟁을 뛰어넘을 것을 요청한다.

여기서 울프는 사적 공간, 사적 업무, 사적 영역의 긍정적인 면을 부각시키고 사적 공간을 공적 공간과 대등한 위치로 자리매김하고자 한다. 이 사적 공간의 첫 번째 의미는 『자기만의 방』에서 주장하는 자기만의 방, 개인의 주체성과 감수성을 담보할 수 있는 영역으로서의 사적 공간이다. 다른 하나는 '사적 문화의 공간', 주체적인 글 읽기와 자기만의 글쓰기의 공간이다. 이는 역사적으로 폄하되어 왔던 편지, 자서전 등과 같은 사적 공간에서 발현된 문화이다. 출판인 울프는 기성의 작가가 아닌 아방가르드 예술가들이나 식민지 지역에서 오는 작가들과 같이 공적 영역에서 배제된 경계 밖의 작가들을 발굴할 뿐 아니라 학문이나 예술 영역에 속하지 않더라도 일반인 누구든지 하나의 자서전을 쓰라고 권고한다. 그리고 울프의 글의 독자는 '일반 독자'이다.

『3기니』는 반전 단체의 기부 요청 편지에 답하는 사적인 답장 편지로 <1기니>, <2기니>, <3기니>의 세 장(章)으로 이루어져 있다. 화자는 요청받은 반전 단체 대신 첫째 기니를 '여성 교육'을 위해, 둘째 기니를 '여성의 직업'을 위해 기부한다. 왜냐하면 여성 교육과 여성의 직업 확보가 반전을 위해 우선 되는 길이라 믿기 때문이다. 셋째 기니에 이르러서야 공동의 목표를 가진 반전 단체의 기부 요청에 아무 조건 없이 응한다. 하지만 그 단체에 가입하라는 요청은 거부한다. 전쟁이라는 악을 제거한다는 동일 목표를 가지고 있지만 당신과 우리가 다르므로 그 도움도 다른 방식을 취하는 것이 당연하기 때문이다(169).

> 그동안 우리는—불완전하고 피상적이나마 우리가 도울 수 있는 가능성에 대해 말해 왔습니다[. . .] 우리는 선생의 말을 반복하거나 선생의 방법을 답습함으로써가 아니라 *새로운 말과 새로운 방법을 창조함으로써* 전쟁 방지를 가장 잘 도울 수 있습니다. 그리고 선생 단체에 가입함으로써가 아니라 *선생 단체의 바깥에서 그 목표를 위해 일함*으로써 선생의 전쟁 방지를 가장 잘 도울 수 있습니다. (필자 강조)

> What ours can be we have tried to show—how imperfectly, how superficially there is no need to say. [. . .] we can best help you to prevent war not by repeating your words and following your methods but *by finding new words and creating new methods.* We can best help you to prevent war not by joining your society but by *remaining outside your society* but in cooperation with its aim. (169-70; my emphasis)

화자는 전쟁 방지라는 같은 목표를 추구하지만 그 단체에 가입하기에는 깊은 내면의 어려움이 있음을 토로한다. 그것은 "이유나 감정이라고 할 것은 아니며 그보다 더욱 심오하고 근본적인 무엇[. . .]*차이*라고나 할" 무엇 때문이다. 하지만 "성(性)과 교육에서 차이"가 있는 우리가 "자유를 수호하고 전쟁을 방지하는 데[. . .]도울 수 있는 부분도 바로 그러한 차이에서 나올 것"이며 신청서에 서명하고 회원이 되면 "그 차이를 잃어버리게 될 것"이라고 생각되는 것이다. 따라서 독자성과 다양성이 무시되고 차이를 무화시키는 공적 단체인 선생 단체의 '바깥'에서 같은 목표를 위해 일할 것이다. "정의와 평등과 자유라는 위대한 원칙을 스스로 존중하는 모두의, 모든 남녀의 권리"(170)를 선포하는 것은 국외자 단체에서 더 잘 할 수 있다고 믿기 때문이다. 그리고 새로이 형성될 국외자 단체의 비전을 제시한다. 중요한 것은 새로운 말과 새로운 방법을 창조함으로써 정의와 평등과 자유라는 위대한 원칙이 수호된다는 화자의 언명이다. 그리고 '차이'를 지킴으로써 새로운 말, 새로운 방법이 창조된다는 방법론적 성찰이다.

> 목표는 우리 다 같습니다. "*정의와 평등과 박애*라는 위대한 원칙을 스스로 존중하는 모두의-모든 남자와 여자의 권리"를 주장한다는 것입니다.

> The aim is the same for us both. It is to assert "the rights of all — all men and women — to the respect in their persons of great principles of Justice and Equality and Liberty." (170)

울프는 『3기니』에서 어떠한 명제를 선언하거나 반전과 평화의 이념을 주장하고만 있는 것이 아니다. 그러한 이념을 성취하기 위한 방법론적 지향점으로 새로운 말과 새로운 글쓰기의 방식을 제시한다. 그리고 이 모든 것의 근간에 차이의 존중이 자리한다. 차이의 인정과 포용은 그녀가 글쓰기로, 출판으로, 강연으로 언명해온 문화 민주주의의 근간이 되는 개인의 독자성의 존중으로 이어진다.

마커스는 울프의 『3기니』 서문에서 작가가 독자와 함께 "우리"9)가 되어

9) 이 '우리'는 편지와 답장에 의해 형성되는 작가와 독자라는 우리이다. 독자는 평화, 여성교육, 반파시즘의 대의명분에 관심이 있다고 상정된다.

국외자 단체의 모델로 삼을 만한 담론 공동체를 형성하고자 용감하게 시도하지만 실패한다고 평가한다. 화자의 다중적 목소리를 따라가면서 맡게 되는 독자의 다중적 역할 때문에 글 읽기가 어렵기 때문이다. 그러나 이러한 글 읽기의 형식적 어려움은 의도적인 것이다. 마커스는 이 글을 하나의 '선언', '여성을 위한 공산당 선언'으로 읽고 있기 때문에 글쓰기 형식에 대해 부정적 평가를 하게 되는 것이다. 하나로 규정되고 선언된 독자의 주체 위치는 없다. 울프가 '어려운' 글쓰기의 형식을 통해 의도하는 것은 독자가, 여성과 남성, 제국주의자와 평화주의자 모두가, 한 사회와 문화 속에서 호명된 스스로의 주체 위치를 새로운 말과 글쓰기의 방법을 통해 지속적으로 점검하도록 도전하는 것이다. 즉, 울프의 새로운 글쓰기는 독자에게 고정된 위치를 부여하지 않고 스스로의 가치관과 사상을 성찰하고 문화 현상을 관찰하고 분석하며 문제의식을 가지고 비판적으로 참여하도록 유도하는 것이다.

> 작가 측에서 평화, 여성교육, 반파시즘이라는 대의명분에 우리가 두고 있는 관심에 근거하여 담론 공동체를 만들려고 한 시도는 용감했지만 내 생각으로는 실패하였다. 어쩌면 편지와 그 답장에 의해 형성된 '우리'를 국외자 단체의 모델로 사용하면서 만든 것 말이다.
>
> There is a valiant but (I think) failed attempt on the part of the writer to create a discursive community based on our interest in the cause of peace, women's education, and antifascism, perhaps using as the model for her "Society of Outsiders" the "we" created by the letter and its reply. (Marcus xlii)
>
> 이 책을 읽는 어려움 중 하나는 화자의 다중적 목소리를 따라 가면서 우리에게 부여한 다중적 역할을 맡아야 한다는 것이다.

> One of the difficulties of reading this book is following the multiple voices of the speaker and assuming the multiple roles in which she casts us. (Marcus xlii)

한편, 맥태것은 국외자 단체가 현실적으로 실현된 예로서 호가스 출판사를 들고 있다. 이러한 호가스 출판사라는 국외자 단체는 사적 영역과 시민적 공공영역(public sphere)[10]이 교차하는 '생성적 사적 영역'[11]이다. 사적 공간인 울프 부부의 개인 집 호가스 하우스에서 출발한 호가스 출판사는 개인 집으로서의 사적 영역과 출판사로서의 시민적 공공영역이 교차하며 공존하는 공간이다. '생성적'이라는 용어의 의미는 '발현되는'(emergent)이라는 의미이며 '생성적 사적 영역'은 공과 사가 교차하고 '발현되는 공동체'를 지칭하는 역동적인 영역의 의미이다. 하버마스는 시민적 공공영역[12]을 이론화하며 인쇄 시스템의 발전으로 '모든' 시민들이 공적인 영역에서 공적인 의제를 논의하는

---

10) 본고는 'public sphere'를 '시민적 공공영역'으로 칭한다.

11) '생성적 사적 영역'은 필자의 용어이다. 관련된 최근의 연구로는 일본 고베대학교 대학원 국제문화학과의 인류학자 전은이, 「지속가능한 마을, 마을성: 글로컬 시대의 <작은 나라 적은 백성>」『작은 연구 보고서』 6 (경기도, 따복 공동체 지원 센터, 2015) 1-12. 전은이는 오늘날의 공동체가 공공권역(public sphere)과 개인의 주관성에 의해 타자와의 상호작용이 가능한 친밀권역(intimate sphere)의 교차 지점에 위치한다고 보고 이 영역을 "형성 가능한 공동체"로 지칭했다(5). '생성적 사적 영역' 또한 공적 영역과 사적 영역이 교차하는 영역이며 '형성 가능한' 공동체이다.

12) 전은이가 소개하는 사회과학에서 널리 사용하는 공과 사 구분은 토크빌(Alexis de Tocqueville), 아렌트(Hannah Arendt), 하버마스(Jurgen Habermas)의 공화정 중심의 공과 사 구분이다. 아렌트의 관점에서 '공'은 국가, 정치, '사'는 가족을 의미한다. 하버마스는 아렌트의 공공성 개념을 일부 이어받아 '국가권력'과 '시민 사회'(public sphere)를 대치시킨다. 시민 사회를 다시 시민적 공공권, 정치적 공공권, 문예적 공공권으로 나누고 자발적 결사활동과 소통으로 문제를 해결해가는 '자율적 공공성'을 전망으로 제시한다. 하버마스의 이론은 이질적 공간에서 자유로운 시민이 자발적 결사를 통해 소통으로 합의에 이르는 것을 지향점으로 삼는다(5). 그러나 하버마스의 '소통에 의한 합의'에 관하여는 그 허와 실에 관한 논의가 지속되어 왔다.

다양성의 시대가 도래 했다고 주장했다. 문제는 하버마스의 이론에서는 이 모든 시민이 '서구, 백인, 남성으로 획일화되고 구성체 내부에 내재된 불평등한 권력 관계나 부당함은 간과된다는 점이다. 이에 반하여 호가스 출판사와 국외자 단체를 연결하여 논의하는 시민적 공공영역은 하버마스가 이론화하는 시민적 공공영역과 궤를 같이 하고 있지만 구성체의 다양성이 강조된다는 의미에서 하버마스의 개념13)을 넘어서고자 한다. 생성적 사적 영역은 울프가 『3기니』에서 비판하는 빅토리아 시대의 명확한 공과 사의 공간 분리와 위계 질서를 허물며 공적인 제도적 공간과 대등한 중요성을 부여 받는다.14) 생성적 사적 영역으로서의 호가스 출판사는 국외자 단체로서 여러 경계를 넘나들며 형성되며 현실에 없는 이상향의 유토피아적 공간이 아니라 현실에 공존하는 헤테로토피아의 대안 공간이다.

---

13) 하버마스의 시민적 공공영역(public sphere)과 이의 한계를 지적하는 반(反)시민적 공공영역(counter public sphere), 그리고 여성주의 시민적 공공영역(feminist public sphere)의 논의는 커디-킨의 연구 참조. 커디-킨은 하버마스의 의견인 인쇄 시스템의 발전으로 '모든' 시민들이 공적인 영역에서 공적인 의제를 논의하는 다양성의 시대가 도래 했다는 것은 동의한다. 그러나 이 견해는 구성체 내부에 내재된 불평등한 권력 관계나 부당함을 간과하는 한계를 노정하고 있다고 지적한다. 하버마스의 이론에서는 사적 공간인 친밀권역에 대한 고려가 없으며 공공권역의 주체가 추상적(서구, 백인, 남성)으로 획일화 된다는 것이다.

14) 울프에 있어서의 공과 사에 관하여 두드러진 연구로는 공과 사의 협상을 논하는 스네이스의 *Virginia Woolf: Public and Private Negotiations*, 사적 영역을 중심으로 논하는 버만의 "Woolf and the Private Sphere," 공적 영역을 중심으로 논하는 커디-킨의 "Virginia Woolf and the Public Sphere"가 있다. 이 연구들에서는 공과 사 개념이 중첩적으로 쓰이고 있어 명확한 개념 정의가 필요하다. 울프에 있어서 '사적인'"사적 공간'에 관하여는 심도 있는 향후 연구를 요한다. 커디-킨은 편집자로서의 울프의 편지들이 남아있다면 울프에게 있어서 공과 사의 구분이 좀 더 명확했으리라 논한다(241). 주목할 점은 커디-킨이 울프 연구에서 공과 사 구분의 필요성과 중요성을 재강조한다는 것이다.

V. 나가며

울프는 생각하는 것을 자신의 싸움이라고 말했고(*Diary* 5권 28쪽) "나는 다른 무엇보다 더욱 더 필요한 일을 글쓰기로 행하고 있다"(*A Sketch* 73쪽)고 했다. 출판 또한 그녀의 필요였고 싸움이었다. 작가로서 울프는 글쓰기의 형식 실험을 통하여 영국 문학사 정전의 계보에 전복적으로 개입했고 출판인으로서 울프는 시대정신의 새로운 흐름을 반영하는 출판을 통해 당대 담론을 선도하며 사회에 비판적으로 참여했다. 그녀의 글과 출판을 통하여 울프는 "세대에게 읽는 법을 가르치고자"(J. H. Willis 114) 한 것이다. 잘 읽는다는 것이 곧 민주 시민의 교육으로 생각했기 때문이다. 파울로 페라리의 비판적 페다고지는 '기능적인 글 읽기와 글쓰기 능력'의 습득으로 문맹을 벗어나고 문제 제기를 통하여 사회 비판의식을 함양할 것을 강조했다. 울프가 가르치고자 한 글 읽기와 글쓰기는 이에서 더 나아간 '문화적인 글 읽기와 글쓰기 능력'이며 이를 통한 개개인의 독자성에 대한 스스로의 성찰 능력 함양이다. 주체적인 글 읽기와 글쓰기가 울프가 꿈꾸는 문화민주주의를 실현하는 방법의 하나이며, 앞서 평화 단체가 이야기한 정의, 평등, 자유라는 위대한 원칙으로 가는 방법이기도 하다. '현실과 유리된 선병질의 모더니스트', '70년대 이후 갑자기 부상한 페미니스트의 대모' 모두 울프의 양 극단의 이미지이다. 본 연구가 조명한 호가스 출판사의 출판인이자 작가인 울프는 공적 지식인으로서 생성적 사적 영역에 참여하며 경계를 허무는 다층적이고 다성적인 작가이자 비판적 교육자이다.

출처: 『제임스 조이스 저널』 제25권 1호(2019), 91-113쪽.

■ 인용문헌

리, 허마이오니. 『버지니아 울프 1: 존재의 순간들, 광기를 넘어서』. 정명희 옮김, 책세상, 2001.

전은이. 「지속가능한 마을, 마을성: 글로컬 시대의 <작은 나라 적은 백성>」 『작은 연구 보고서』 6. 경기도 따복 공동체 지원센터, 2015.

Bahun, Sanja. "Woolf and Theory." *Virginia Woolf in Context*, edited by Bryony Randal, and Jane Goldman, Cambridge UP, 2012, pp. 92-109.

Berman, Jessica. "Woolf and the Private Sphere." *Virginia Woolf in Context*, edited by Bryony Randal, and Jane Goldman, Cambridge UP, 2012, pp. 461-73.

Cuddy-Keane, Melba. *Virginia Woolf, the Intellectual, and the Public Sphere*. Cambridge UP, 2003.

_____. "Virginia Woolf and the Public Sphere." *The Cambridge Companion to Virginia Woolf*. 2nd ed. edited by Susan Sellers, Cambridge UP, 2010, pp. 231-49.

Hunter, Adrian. "The Custom of Fiction: Virginia Woolf, the Hogarth Press, and the Modernist Short Story." *English*, vol. 56, 2007. pp. 147-69.

Marcus, Jane. Introduction. *Three Guineas*. By Virginia Woolf. Harcourt Brace, 1966.

Marder, Herbert. Rev. of *Leonard and Virginia Woolf as Publishers: The Hogarth Press, 1917-41* by J. H. Willis. The Journal of English and Germanic Philology, vol. 93. no. 1, 1994, pp. 131-34.

McTaggart, Ursula. "'Opening the Door': The Hogarth Press as Virginia Woolf's Outsider's Society." *Tulsa Studies in Women's Literature*, vol. 29. no. 1, 2010, pp. 63-81.

Meisel, Perry. "Woolf and Freud: The Kleinian Turn." *Virginia Woolf in Context*, edited by Bryony Randal, and Jane Goldman, Cambridge UP, 2012, pp. 332-41.

Patrick-Shannon, Drew. "Woolf and Publishing: Why the Hogarth Press Matters." *Virginia Woolf in Context*, edited by Bryony Randal, and Jane Goldman, Cambridge UP, 2012, pp. 313-21.

Randall, Bryony, and Jane Goldman, editors. *Virginia Woolf in Context.* Cambridge UP, 2012.

Rosner, Victoria. *Modernism and the Architecture of Private Life.* Columbia UP, 2005.

Simpson, Kathryn. "Woolf's Bloomsbury." *Virginia Woolf in Context*, edited by Bryony Randal, and Jane Goldman, Cambridge UP, 2012, pp 170-182.

Snaith, Anna. "Race, Empire, and Ireland." *Virginia Woolf in Context*, edited by Bryony Randal, and Jane Goldman, Cambridge UP, 2012, pp. 206-18.

_____. *Virginia Woolf: Public and Private Negotiations.* Palgrave, 2003.

Whitehead, Kate. "Broadcasting Bloomsbury Author(s)." *Yearbook of English Studies* 20, *Literature in Modern Media: Radio, Film, and Television Special number*, 1990, pp. 121-31.

Willis, J. H. *Leonard and Virginia Woolf as Publishers: The Hogarth Press, 1917-1941.* U of Virginia P, 1992.

Woolf, Leonard. *Downhill All the Way: An Autobiography of the Years 1919-1939.* Hogarth, 1967.

Woolf, Virginia. *A Room of One's Own.* Harcourt Brace, 1989.

_____. *Three Guineas.* Harcourt Brace, 1966.

Woolf, Leonard, and Virginia Woolf. "Are Too Many Books Written and Published?" Introduction by Melba Cuddy-Keane. *PMLA*, vol. 121 no. 1, 2006, pp. 235-44.

미수록 논문 리스트

(논문 출간 기간: 2016. 7. 31. ~ 2023. 4. 30.)

김금주. 「『댈러웨이 부인』에 나타난 생성의 순간들: 니체 철학을 중심으로」. 『제임스조이스저널』, 제 24 권 1 호, 2018, pp. 35-65.

_____. 「『밤과 낮』: 20 세기 초 영국 여성참정권운동이 주목하지 못한 여성의 욕망과 일」. 『영미문학페미니즘』, 제 28 권 3 호, 2020, pp. 5-31.

김부성. 「『3 기니』: 버지니아 울프의 30 년대 다큐멘터리」. 『영미연구』, 48 호, 2020, pp. 1-24.

김영주. 「도시의 거북이와 맘모스: 버지니아 울프의 런던 기행문과 글쓰기의 윤리」. 『제임스조이스저널』, 제 22 권 2 호, 2016, pp. 47-69.

박신현. 「버지니아 울프 소설에 구현된 기술미학과 환경미학: 『파도』와 『올랜도』」. 『외국문학연구』, 79 호, 2020, pp. 117-50.

_____. 「행위적 실재론으로 본 울프의 포스트휴머니즘 미학: 『파도』와 『올랜도』」. 『제임스조이스저널』, 제 26 권 1 호, 2020, pp. 53-96.

_____. 「한나 아렌트의 『칸트 정치철학 강의』로 읽는 버지니아 울프의 『댈러웨이 부인』: 예증적 타당성과 공동체 감각」. 『현대영미소설』, 제 26 권 3 호, 2019, pp. 53-84.

_____. "Eros and Beauty Already Involving the Sublime: *To the Lighthouse and Orlando*: a Biography." *James Joyce Journal*, vol.24, no.1, 2018, pp. 87-109.

박은경. 「꽃잎 속 전갈, 잎새/벽의 달팽이: 버지니아 울프, 러시아 경계를 가로지르다」. 『제임스조이스저널』, 제 23 권 1 호, 2017, pp. 73-101.

박형신.「생태주의 비평의 관점에서 본 꽃 이데올로기의 의미와 한계: 버지니아 울프와 존 러스킨을 중심으로」.『영미어문학』, 148 호, 2023, pp. 23-44.

손일수.「"자연"스러운 성장:『파도』와 성장소설」.『제임스조이스저널』, 제 23 권 1 호, 2017, pp. 103-26.

손현주.「버지니아 울프와 1920 년대 런던의 소비문화」.『영어권문화연구』, 제 12 권 3 호, 2019, pp. 127-51.

_____. "Big Ben and Cleopatra's Needle: Exploring the Changing Roles of Time as a Governing Factor of Empire in Virginia Woolf's *Mrs Dalloway*." *Horizons*, vol.7, no.2, 2016, pp. 235-49.

이순구.「『올랜도』: 레즈비어니즘과 제국주의 비판」.『현상과인식』, 제 44 권 3 호, 2020, pp. 229-56.

김금주 연세대학교 인문학연구원 전문연구원
연세대학교 영어영문학과 박사
최근 논문으로 「도리스 레싱의 「19호실로」: "지성의 실패"를 통해 본 여성에 대한 부정의」, 「『밤과 낮』: 20세기 초 영국 여성참정권운동이 주목하지 못한 여성의 욕망과 일」, 「능력주의에 대한 비판 서사로서 이언 맥큐언의 『토요일』 읽기」 등이 있다. 주요 저서로 『여성신화 극복과 여성적 가치 긍정하기』가 있다. 옮긴 책으로 『밤과 낮』, 『버지니아 울프 단편소설 전집』(공역), 『울프가 읽은 작가들』(공역), 『버지니아 울프 문학 에세이』(공역) 등이 있다.

김부성 이화여자대학교 영어영문학부 조교수
미국 텍사스 A&M 대학교 문학박사
주요 논문으로 "From "Einfühlung" to Empathy: the Problem of Other Minds and Aesthetic Encounters in Pursuit of Self-Understanding in Dorothy Richardson's *Pointed Roofs*", 「『3기니』: 버지니아 울프의 30년대 다큐멘터리」 등이 있다.

김영주 서강대학교 영문학부 영미어문전공 교수
미국 텍사스 A&M 대학교 문학박사, 연세대학교 영어영문학과 및 동 대학원 졸업
주요 논문으로 「영국 소설에 나타난 문화지리학적 상상력: 가즈오 이시구로의 『지난날의 잔재』와 그레이엄 스위프트의 『워터랜드』를 중심으로」, 「"가슴속의 이 빛이": 버지니아 울프와 고딕미학의 현대적 변용」, 「잔혹과 매혹의 상상력: 안젤라 카터의 동화 다시쓰기」 등이 있으며 역서로 『세월』, 지은 책으로 『영국문학의 아이콘: 영국신사와 영국성』, 『20세기 영국 소설의 이해 II』(공저), 『여성의 몸: 시각, 쟁점, 역사』(공저) 등이 있다.

김요섭 국립군산대학교 교육혁신처 부교수
서울대학교 문학박사
주요 논문으로 "A Room of Her Own: Hong Ying on the Verge of Artistry and Pornography in *K: The Art of Love*",「존 스타인벡의 집단인 이론을 토마스 실리의 『꿀벌의 민주주의』로 분석하기」, 「「황무지」와 『올랜도』의 상호 텍스트성과 젠더 감수성에 관하여」 등이 있으며, 주요 저서로는 『문학으로 이해하는 경제』, 『4차 산업혁명시대의 의료산업: 퓨어 지니어스를 중심으로』 등이 있다.

박신현 건국대학교 몸문화연구소 학술연구교수
고려대학교 문학박사
저서로 『캐런 바라드』와 『공유, 관계적 존재의 사랑 방식』이 있고, 공저로 『신유물론: 몸과 물질의 행위성』과 『생태, 몸, 예술』이 있다.

박은경 충남대학교 영어영문학과 교수
미국 뉴욕 주립대학교(버팔로) 문학박사, 고려대학교 영문과와 동 대학원 졸업
울프 연구 이외의 논문으로, "Undoing Colonialism from the Inside: Performative Turns in the Short Stories of Leonard Woolf and E. M. Forster", 「조이스와 맨스필드의 결혼 플롯 고찰: 『죽은 사람들』과 『낯선 사람』을 중심으로」, 「D. H. 로렌스의 '고딕' 이야기 고찰－『사랑스러운 부인』에 드러난 여성 흡혈귀 모티프를 중심으로」, 「E. M. 포스터의 『목신을 만난 이야기』 다시 읽기: 다나 해러웨이의 사이보그 페미니즘과 목신의 정치학」 등이 있다.

박형신 경북대학교 인문학술원 연구원
경북대학교 문학박사
연구 논문으로 「울프의 『등대로』의 정원과 에코페미니즘」, 「『플러쉬』: 여성과 반려동물의 "의미심장한 타자성"」, 「버지니아 울프의 비인간 등장인물과 포스트휴머니즘」, 「생태주의 비평의 관점에서 본 꽃 이데올로기의 의미와 한계: 버지니아 울프와 존 러스킨을 중심으로」, "The Gardens in Virginia Woolf's *Mrs. Dalloway* and Ecofeminism" 등이 있다.

손영주 서울대학교 영어영문학과 교수
미국 위스콘신 대학교(매디슨) 박사
주요 저서로는 *Here and Now: The Politics Social Space in D. H. Lawrence and Virginia Woolf*, 역서로 『사랑에 빠진 여인들』(D. H. 로렌스 저) 등이 있고, 논문으로 「『사랑에 빠진 여인들』의 지루함과 우울: 근대적 주체와 역사의 변증법」, 「"생각하는 일이 나의 싸움이다": 버지니아 울프의 사유, 사물, 언어」, "Why Matter Matters: Things and Beings in D. H. Lawrence", 「"레이첼은 방에 앉아 전혀 아무것도 하고 있지 않았다": 버지니아 울프의 『출항』이 탐색하는 '무위'(idleness)와 여성의 성장의 문제」 등이 있다.

손일수 부산대학교 영어교육과 부교수
미국 워싱턴 대학교 문학박사
주요 저서로 『영미문화를 읽는 세 가지 키워드: 공간 · 윤리 · 권력』(공저), 주요 논문으로 「냉전시대의 감시와 스파이: 존 르 카레의 『팅커, 테일러, 솔저, 스파이』를 중심으로」, "Bullying in Young Adult Literature: S. E. Hinton's *The Outsiders* and Robert Cormier's *The Chocolate War*" 등이 있다.

손현주 서울대학교 인문학연구원 책임연구원
영국 버밍엄 대학교 문학박사
관련 저서로 『유럽의 영화와 문학』(공저), 『영미소설 속 장르』(공저) 등이 있으며, 주요 논문으로는 「초상화와 전기문학: 버지니아 울프의 전기문학과 시각예술」, 「거울 속의 이방인: 버지니아 울프의 일기에서 만나는 '낯선' 자아」 등이 있다.

이순구 평택대학교 피어선칼리지 교수
서울대학교 문학박사
주요 저서로 『죠지 엘리어트와 빅토리아조 페미니즘』, 『오스카 와일드: 데카당스와 섹슈얼리티』, 『버지니아 울프와 아웃사이더 문학』 등이 있다.

이주리 전남대학교 영어영문학과 부교수
미국 텍사스 A&M 대학교 영문학 박사
『틈새비평 – 버지니아 울프 연구의 빈 곳을 찾아서』, 『20세기영국소설강의』(공저) 등 20~21세기 영미소설 관련 다수 논문 출판하였으며 한국버지니아울프학회, 현대영미소설학회, 한국페미니즘학회 연구이사와 21세기영어영문학회, 『현상과인식』 편집위원을 역임하였다.

임태연 홍익대학교 영어영문학과 조교수
미국 워싱턴 대학교(시애틀) 문학박사
주요 논문으로는 「아도르노와 함께 쿳시의 『엘리자베스 코스텔로』 읽기: 보이지 않는 것의 서기인 작가의 소명과 또 다른 충실함(Fidelity)의 문제」, 「모레티의 "원거리 읽기"를 통한 18, 19세기 영문학 텍스트 지리적 어휘 빈도수 및 감정 분석: 서유럽 근대 민족-국가의 발전과정과 지리적 감정의 정치학」, "Houses in Motion and Queer Voyagers in the Ordinary: Spatial Ideology of Modernism and Gertrude Stein' s Domestic Space", "The stories that have not been told: Comfort women, Nora Okja Keller's novels and the subaltern's performance of history" 등이 있다.

조성란 전 경희대학교 외국어대학 글로벌커뮤니케이션학부 영미문화전공 교수
미국 뉴욕 주립대(버팔로) 문학박사
『이민자 문화를 통해 본 한국문화』(공저), 『위기의 시대, 인문학이 답하다: 문학과 코로나 시대』(공저) 등의 저서가 있고 「가즈오 이시구로의 『나를 보내지 마』에 나타나는 상실과 기억과 애도로서의 스토리텔링」, 「제국주의 여행서사 비판과 교육: 메리 루이스 프랫의 『제국의 시선』과 자메이카 킨케이드의 『작은 곳』을 중심으로」, 「H.F.의 증언: 대니얼 디포의 전염병 연대기 연구」, 「하이데거와 토니 모리슨 함께 읽기: 『빌러비드』에 나타나는 거주의 문제」, 「하인쯔 인수 펭클의 『내 유령형의 기억들』 연구: 디아스포라, 제국의 환유」 등의 논문이 있다.

진명희 한국교통대학교 인문사회대학 영어영문학전공 명예교수
한국외국어대학교 문학박사
주요 논문으로 「「천상의 기쁨」: 성적 욕망의 주체적 발현과 여성적 글쓰기」, 「『마음의 죽음』: 엘리자베스 보엔의 삶의 비전에 관한 서사」, 「정원 가꾸기와 글쓰기: 마사 발라드와 가브리엘 루아」, 「『광막한 사르가소 바다』: 대항담론으로서의 자전적 서사」, 「울프의 식탁과 예술적 상상력」 등이 있으며, 관련 역서로 『출항』, 『울프가 읽은 작가들』(공역), 『버지니아 울프 단편소설 전집』(공역)이 있다.

최석영 서울대학교 영어영문학과 강사
미국 텍사스 A&M 대학교 문학박사
전공 분야는 20세기 이후 영미 · 영어권 소설이며, 주요 연구 관심사는 모더니즘과 서사 윤리이다. 박사학위 논문에서는 모더니즘 소설에서 주체와 타자의 관계를 재현하는 방식의 윤리성을 레비나스의 타자철학 관점에서 연구했다.

한솔지 서울대학교 영어영문학과 강사
미국 브랜다이스 대학교 문학박사
연구 논문으로 「20세기 소설 속 묘사와 비-인간적 존재론: 조셉 콘래드의 『로드 짐』을 중심으로」와 "The Ethics of Melancholic Subjectivity in D. H. Lawrence's *Sons and Lovers*" 등이 있다.

버지니아 울프 4

한국버지니아울프학회 편

발행일 2024년 2월 28일
발행인 이성모
발행처 도서출판 동인
서울시 종로구 혜화로3길 5 아남주상복합빌딩 118호
등 록 제 1-1599호
전 화 (02)765-7145 / **팩스** (02)765-7165
이메일 donginpub@naver.com / **홈페이지** www.donginbook.co.kr

ISBN 978-89-5506-960-0

정 가 48,000원

※잘못 만들어진 책은 바꾸어 드립니다.